古文觀止

吳楚材、吳調侯　選編

俞日霞　注釋

前言

　　《古文觀止》，是清人吳楚材、吳調侯叔侄兩人選編和注釋的一部文言散文選集，編選此書的目的是「正蒙養而裨後學」，作為家塾訓蒙讀本，也是清以來最流行的散文選本之一。古文觀止成書於清康熙三十四年（1695 年），付印問世以來，流傳甚廣，雅俗共賞，影響非常廣泛。書中選編了上啟東周下至明代的二百二十二篇散文作品，其中絕大多數為古文，個別為駢文中的經典作品，作品題材涉及史傳、策論、遊記、書信、筆記等，由於古文觀止入選作品題材廣泛、代表性強、語言簡潔易明，篇幅短小精髓，言辭優美，因而一經出版便非常流行，成為文言文教學的經典教材！

　　本書是在康熙十五年（1676 年），吳乘權在福州教授學習古文。除參與選編《古文觀止》外，還同周之炯、周之燦一起採用朱熹《通鑒綱目》體例，編過一個歷史普及讀本——《綱鑒易知錄》。吳大職，字調侯，也是嗜古學而才器過人。一生的主要經歷，是在家鄉同叔父一道教書。二吳編撰《古文觀止》費時有年。初時只是為給童子講授古文編了一些講義。後來逐年講授，對古文見解越來越深，講義越編越精，以致「好事者手錄」而去，「鄉先生」讀後有「觀止」之歎，勸他們「付之剞劂以公之於世」。這樣，他們才「輯平日之所課業者若干首」為一書。書稿編好後，即寄往歸化（今呼和浩特市）請吳興祚審閱。興祚，字伯成，號留村，為乘權伯父。他官至兩廣總督，時任漢軍副都統。他「披閱數過」，以為此書於初學古文者大為有益。

　　康熙三十四年（1695 年），端午節吳興祚為書做序，且「亟命付諸梨棗」，因此就有了《古文觀止》最早的刻本。

古文出自唐代文人韓愈倡導的古文運動，是與六朝時期流行的「今文」即駢文相對的概念。古文運動主張恢復先秦兩漢流行的質樸自由、以散行單句為主的文風，韓愈又提出「有道即有文」、「文以載道」的思想，在中國文學史上產生了極大影響。後來古文成為文言文的代稱。古文觀止雖然以古文為名號，但並不排斥駢文，一些精彩的駢文如《阿房宮賦》等也收錄在文集中。

觀止典出《左傳》的「季札觀周樂」一節：吳國公子季札在魯圍觀《韶簫》之後，讚嘆道：「觀止矣！若有他樂，吾不敢請已。」意指韶簫是音樂水平的頂峰，欣賞過之後便不再欣賞其他音樂了。

二吳將文集取名「古文觀止」意指文集所收錄的文章代表文言文的最高水平，學習文言文至此觀止矣。

《古文觀止》漏選了辭賦和記事散文中的許多名篇，受到不少人的批評。但也有人認為，這種批評忽視了《古文觀止》的選材標準，有偏頗之處。

魯迅評論道：「評選的本子，影響於後來的文章的力量是不小的，恐怕還遠在名家的專集之上，我想，這許是研究中國文學史的人們也該留意的罷。選本所顯示的，往往並非作者的特色，倒是選者的眼光。」

目　錄

六朝文

唐 文

宋　文

明 文

周文

鄭伯克段於鄢 《左傳·隱公元年》

【題解】

《左傳》全稱《春秋左氏傳》，是我國現存最早的編年體史書，依照魯國十二個君主的次序記事，起於魯隱公元年（前722），止於魯悼公十四年（前454）。相傳為春秋末年魯國史官左丘明所著。現在一般認為《左傳》非一時一人所作，成書時間大約在戰國中期（公元前4世紀中葉），是由戰國時的一些學者編撰而成。《左傳》代表了先秦史學的最高成就，是研究先秦歷史的重要文獻，對後世的史學產生了很大影響，特別是對確立編年體史書的地位起了很大作用。而且由於它具有強烈的儒家思想傾向，強調等級秩序與宗法倫理，重視長幼尊卑之別，同時也表現出「民本」思想，因此也是研究先秦儒家思想的重要史料。《左傳》記錄了周王室的衰微，諸侯爭霸的史實，對各類禮儀規範、典章制度、社會風俗、民族關係、道德觀念、天文地理、曆法時令、古代文獻、神話傳說、歌謠言語均有記述和評論。《左傳》也是一部優秀的文學著作，長於敘事，富於情節和故事性、戲劇性，善於描寫細節，文辭精練，塑造了鮮明的形象，對後世的文學創作產生了深遠的影響。

本文記述了鄭國統治者內部一樁骨肉相殘的事件。結構完整，情節曲折，人物形象鮮明生動。鄭莊公陰險狡詐，姜氏偏心溺愛，共叔段貪得無厭，不著一褒字，也不著一貶字，通過他們各自的言行惟妙惟肖地表現出來。這種《春秋》一書所用的手法，即後來常說的「春秋筆法」。

【原文】

初，鄭武公娶於申，曰武姜。生莊公及共叔段。莊公寤生①，驚姜氏，故名曰寤生，遂惡之。愛共叔段，欲立之，亟請於武公，公弗許。及莊公即位，為之請制。公曰：「制，岩邑②也，虢叔死焉，他邑唯命。」請京，使居之，謂之京城大叔。

祭仲曰：「都城過百雉③，國之害也。先王之制：大都，

古文觀止

一〇

不過參④國之一；中，五之一；小，九之一。今京不度，非制也，君將不堪。」公曰：「姜氏欲之，焉辟害？」對曰：「姜氏何厭之有？不如早為之所，無使滋蔓。蔓，難圖也。蔓草猶不可除，況君之寵弟乎？」公曰：「多行不義必自斃⑤，子姑待之。」

既而大叔命西鄙、北鄙貳於己⑥。公子呂曰：「國不堪貳，君將若之何？欲與大叔，臣請事之；若弗與，則請除之，無生民心。」公曰：「無庸，將自及。」大叔又收貳以為己邑，至於廩延。子封曰：「可矣。厚將得眾。」公曰：「不義不暱，厚將崩。」

大叔完聚⑦，繕甲兵，具卒乘，將襲鄭。夫人將啟之。公聞其期，曰：「可矣！」命子封帥車二百乘以伐京。京叛大叔段。段入於鄢。公伐諸鄢。五月辛丑，大叔出奔共。

書曰：「鄭伯克段於鄢。」段不弟，故不言弟。如二君，故曰克。稱鄭伯，譏失教也。謂之鄭志，不言出奔，難之也。

遂置姜氏於城潁，而誓之曰：「不及黃泉⑧，無相見也。」既而悔之。

潁考叔為潁谷封人，聞之，有獻於公。公賜之食。食舍肉。公問之，對曰：「小人有母，皆嘗小人之食，未嘗君之羹。請以遺之。」公曰：「爾有母遺，繄我獨無！」潁考叔曰：「敢問何謂也？」公語之故，且告之悔。對曰：「君何患焉？若闕⑨地及泉，隧而相見，其誰曰不然？」公從之。公入而賦：「大隧之中，其樂也融融！」姜出而賦：「大隧之外，其樂也洩洩！」遂為母子如初。

君子曰：「潁考叔，純孝也。愛其母，施及莊公。《詩》曰：『孝子不匱，永錫爾類⑩。』其是之謂乎！」

【注釋】

① 寤生：出生時腳先出來，即逆產、難產。

② 岩邑：險要的城邑。

③ 雉：古時計算城牆長度的單位，長三丈，高一丈，為一雉。

④ 參：通「三」。

⑤ 斃：倒下去。

⑥ 鄙：邊境上的城邑。貳於己：同時屬於莊公和自己。

⑦ 完：完備。聚：積聚。

⑧ 黃泉：黃土下的泉水，這裡指墳墓。

⑨ 闕：通「掘」，挖。

⑩ 出自《詩經‧大雅‧既醉》。匱：窮盡。錫：通「賜」，給予。

【譯文】

　　當初，鄭武公娶了申國之君的女兒為妻，叫作武姜。武姜生下了莊公和共叔段。莊公出生時是腳先出來的，使得武姜受了驚嚇，所以取名叫「寤生」，武姜也因此厭惡莊公。武姜寵愛共叔段，想立他為太子，多次向武公請求，武公都沒有答應。等到莊公繼位之後，武姜幫共叔段請求把製作為他的封邑。莊公說：「制是個險要的城邑，從前虢叔就死在那裡。除此之外，別的地方我都能答應。」武姜便要求將京邑給共叔段，莊公就讓共叔段住在那裡，國人因此稱他為「京城太叔」。

　　祭仲向莊公進言：「所封都城的城牆若是超過了三百丈，就會成為國家的禍害。按先王的規定，大的封邑，都城的城牆不能超過國都的城牆的三分之一，中等的不超過五分之一，小的不超過九份之一。現在，京邑城牆的規模不合法度，違反了先王的制度，這將會讓您無法承受。」莊公說：「姜氏要這麼做，我怎能避開這禍害呢？」祭仲說：「姜氏的慾望怎麼可能滿足呢？不如趁早採取措施，不要讓事態惡化。如果事態惡化了，就很難對付了。蔓延的野草都很難根除，何況是您受寵的弟弟呢？」莊公說：「不仁不義的事情做多了，必定會自取滅亡，您暫且等著看吧！」

　　不久，太叔擅自命令西面和北面的邊邑聽從他的管轄。公子呂向莊

公進諫道：「一個國家不能有兩個君主，您打算怎麼辦呢？如果您想把國家交給太叔，就請允許我去侍奉他；如果您並不想讓位，就請除掉他，不要讓百姓產生二心。」莊公說：「用不著，他會自取滅亡的。」於是太叔又把兩屬之地收歸己有，將自己管轄的區域一直擴張到了廩延。公子呂再次進言：「可以出手了。他占的地方越來越多，勢必得到更多百姓的擁護。」莊公說：「對國君不義，對兄長不親近，那麼占有的地方再大也會土崩瓦解。」

太叔修築城池，招募百姓，修繕鎧甲和武器，準備好了步兵和戰車，將要襲擊鄭國國都。武姜屆時也將打開城門，作為內應。莊公得知太叔出兵的確切日期後，說：「可以動手了！」他命令公子呂率領二百輛戰車去攻打京邑。京邑百姓紛紛背叛了共叔段，共叔段只得逃往鄢地；莊公又攻打鄢。五月二十三日，共叔段逃到了共國。

《春秋》中記載：「鄭伯在鄢地打敗了段。」因為共叔段作為弟弟卻不守本分，所以不稱他為莊公之弟；莊公與共叔段交戰就像兩個國君交戰，所以稱「克」；稱莊公為「鄭伯」，是在諷刺他沒有教化好弟弟；莊公的本意就是要殺死共叔段，所以不說共叔段逃亡，而強調莊公「克」段，字裡行間包含了責難莊公的意思。

事後，莊公將武姜安置到城穎，並向她發誓道：「不到地下黃泉，永遠不再見面！」然而沒多久，他就後悔了。

穎谷有一個管理疆界的官吏，叫穎考叔。他聽說了這事，就以送禮為契機來見莊公。莊公賜他酒食，他在吃的時候卻將肉放在了一旁。莊公問他為什麼這麼做，穎考叔回答說：「我家中有老母親，我孝敬她的食物她都吃過了，就是沒有吃過君主賞賜的肉，請允許我將這些肉拿回去給她吃。」莊公感慨地說：「你有母親可以孝敬，我卻沒有！」穎考叔說：「我能冒昧問一下這話是什麼意思嗎？」莊公把自己發誓的事情詳細地告訴了他，並說自己很後悔。穎考叔說：「您又何必為此擔憂呢？如果掘地道一直見到泉水，在地道中與您母親相見，誰又能說您違背了誓言呢？」莊公聽從了穎考叔的建議，果然這樣做了。莊公進入地道，吟詩道：「隧道之中，其樂融融！」武姜走出隧道，吟詩道：「隧道之外，快樂歡暢！」於是，母子和好如初。

君子說：「穎考叔不愧是個孝子！愛自己的母親，並因此影響了鄭

莊公。《詩經》中說：『孝子一直堅持自己的德行，必定會永久地感化眾人。』大概說的就是這樣的事吧！」

石碏諫寵州吁 《左傳·隱公三年》

【題解】

　　衛莊公溺愛庶子州吁，石碏看到潛在的危機，加以規勸。石碏不像許多進諫者那樣旁徵博引，列舉許多的歷史教訓，而是開門見山，直奔主題，動之以情，曉之以理，把道理講深講透。只可惜莊公聽不進去，結果真的釀成災難。後來州吁殺了桓公篡位。這時又是已經告老還鄉的石碏挺身而出，設計在陳國誅殺了州吁，同時大義滅親，處決了幫助州吁作亂的親生兒子石厚。

【原文】

　　衛莊公娶於齊東宮得臣之妹①，曰莊姜。美而無子，衛人所為賦《碩人②》也。又娶於陳③，曰厲媯。生孝伯，蚤④死。其娣⑤戴媯生桓公，莊姜以為己子。

　　公子州吁，嬖人⑥之子也。有寵而好兵，公弗禁，莊姜惡之。

　　石碏諫曰：「臣聞愛子，教之以義方⑦，弗納於邪。驕奢淫佚，所自邪也。四者之來，寵祿過也。將立州吁，乃定之矣；若猶未也，階⑧之為禍。夫寵而不驕，驕而能降，降而不憾，憾而能眕⑨者，鮮矣。且夫賤妨貴，少陵長，遠間親，新間舊，小加大，淫破義，所謂『六逆』也。君義，臣行，父慈，子孝，兄愛，弟敬，所謂『六順』也。去順效逆，所以速禍也。君人者，將禍是務去，而速之，無乃不可乎？」弗聽。

　　其子厚與州吁游，禁之，不可。桓公立，乃老⑩。

【注釋】

① 衛：國名，姬姓，在今河南淇縣一帶。東宮：太子的居所，這裡指太子。

② 碩人：《詩經‧衛風》中的一篇，被認為是歌頌莊姜的詩篇。

③ 陳：國名，媯（音規）姓，在今河南東部及安徽西部。

④ 蚤：通「早」。

⑤ 娣（音弟）：妹。古時諸侯娶妻，妹可隨姊同嫁。

⑥ 嬖（音碧）人：妾。

⑦ 義方：為人行事的規範。

⑧ 階：階梯。這裡指逐漸。

⑨ 眕（音診）：穩重，克制。

⑩ 老：告老辭官。

【譯文】

　　衛莊公娶了齊國太子得臣的妹妹為妻，名叫莊姜。莊姜長得很漂亮，可惜沒有生兒子。衛國人曾作了一首叫《碩人》的詩以讚美她。後來衛莊公又從陳國娶了一個女子，名叫厲媯。厲媯生下孝伯，不幸夭折了。厲媯隨嫁的妹妹戴媯生了衛桓公。莊姜將其當作自己的兒子。

　　公子州吁是莊公寵妾所生的兒子，受到莊公寵愛。他喜好舞槍弄棒，莊公不加禁止。莊姜則討厭州吁。

　　大夫石碏勸莊公說：「我聽說疼愛孩子，應當用正道去教導他，防止其走上邪路。驕橫、奢侈、淫亂、放縱是走上邪道的開始。這四種惡習的產生，是過分溺愛和享樂的結果。如果想立州吁為太子，就趕快確定下來；如果定不下來，就會逐漸釀成禍亂。至於受寵而不驕橫，驕橫而能安於下位，地位在下而不怨恨，怨恨而能克制的人，是很少的。況且低賤者欺壓高貴者，年輕人欺凌年長者，疏遠者離間親近者，新來者離間舊有者，地位低下者壓迫地位高貴者，淫亂者侵犯正直者，這就是所謂『六逆』。國君仁義，臣下恭行，為父慈愛，為子孝順，為兄友愛，為弟恭敬，這是所謂『六順』。背棄『六順』而傚法『六逆』，這是招致禍害很快到來的行徑。作為統治民眾的君主，務必除掉禍害，現在卻在加速禍害的到來，這恐怕不可行吧？」衛莊公不聽勸告。

石碏的兒子石厚與州吁交往密切，石碏加以阻止，但禁止不了。到衛桓公繼位為君主時，石碏就告老還鄉了。

臧僖伯諫觀魚 《左傳‧隱公五年》

【題解】

春秋時期有著嚴格的禮樂制度。隱公五年（前718）春，魯隱公要到棠地觀看漁民捕魚。魯國大夫臧僖伯從傳統禮法出發，認為國君要成為臣民的表率，一舉一動都要符合禮制的要求，對隱公提出勸諫。臧僖伯委婉而含蓄，並不直接反對「觀魚」，而是講解君主的禮制，以及不遵守禮制的危害。但隱公一意孤行，以巡視的名義前往棠地，臧僖伯只能稱病迴避。

【原文】

春，公將如棠觀魚者。

臧僖伯諫曰：「凡物不足以講大事①，其材不足以備器用②，則君不舉焉。君將納民於軌物者也③。故講事以度④軌量，謂之『軌』；取材以章⑤物采，謂之『物』。不軌不物，謂之亂政。亂政亟行，所以敗也。故春蒐、夏苗、秋獮、冬狩⑥，皆於農隙以講事也。三年而治兵，入而振旅⑦，歸而飲至⑧，以數軍實⑨。昭文章，明貴賤，辨等列，順少長，習威儀也。鳥獸之肉，不登於俎⑩，皮革、齒牙、骨角、毛羽，不登於器，則君不射，古之制也。若夫山林川澤之實，器用之資，皂隸之事，官司之守，非君所及也。」

公曰：「吾將略地焉。」遂往，陳魚而觀之。僖伯稱疾不從。

書曰：「公矢⑪魚於棠。」非禮也，且言遠地也。

【注釋】

① 物：這裡指下文中提及的鳥獸之類東西。講：講習。大事：指祭祀、軍事等。

② 材：材料。這裡指下文中提及的皮革、齒牙、骨角、毛羽之類的東西。器用：指祭祀所用的器具與軍事物資。

③ 納：納入。軌物：法度和禮制。

④ 度：衡量。

⑤ 章：通「彰」，使明顯。

⑥ 春蒐（音收）：指春天打獵。蒐：搜尋，謂搜尋不產卵、未懷孕的禽獸。夏苗：指夏天打獵。苗：謂捕獵傷害莊稼的禽獸。秋獮（音險）：指秋天打獵。獮：殺，謂順秋天肅殺之氣，進行捕獵活動。冬狩：指冬天打獵。狩：圍守，謂冬天各種禽獸都已長成，可以不加選擇地加以圍獵。春蒐、夏苗、秋獮、冬狩指四季狩獵。當時組織大規模的狩獵活動，都帶有軍事演習的性質。

⑦ 治兵、振旅：都是指操練、整治軍隊。外出稱治兵，歸來稱振旅。

⑧ 飲至：古代的一種禮儀活動。凡諸侯盟會、朝拜、征伐結束後，都要告於宗廟，舉行宴會慶賀。

⑨ 軍實：指各種軍事器械物資和戰鬥中的俘獲。

⑩ 登：裝入。俎（音祖）：古代祭祀時用以盛祭品的禮器。

⑪ 矢：通「施」，陳設。

【譯文】

　　隱公五年春，隱公準備到棠地觀看漁民捕魚。

　　臧僖伯進諫道：「凡是物品，不能用到講習祭祀和軍事等大事上，所用材料不能製作禮器和兵器，那國君就不要親自參與。國君是把民眾引向遵守社會規範和行為準則的人。所以，講習大事以法為準則進行衡量，叫作法度，選取材料製作器物以顯示它的文彩，叫作禮制。既不符合法度，又不符合禮制，叫作亂政。屢屢亂政，就是衰亡的原因。所以，春、夏、秋、冬四季的狩獵活動，都是在農閒時節進行，並以此講習軍事。每三年都要出去進行軍事演練，返回都要對軍隊進行整治。並要到宗廟進行祭告，宴飲慶賀，清點軍用器物和獵獲物。表明器物的文

采，貴賤分明，等級井然，少長有序：這都是講習這種表示威儀的禮制啊！鳥獸的肉不能拿來放到祭祀用的器具裡，皮革、牙齒、骨角和毛羽不能用來製作軍事器物，君主就不會親自去射殺，這是自古以來的規矩啊！至於山林川澤的物產，一般器物的材料，這都是僕役們的差使，有關官吏按職分管理的事，而不是君主所應涉足的。」

隱公說：「我是要去那裡巡視。」於是就去了棠地，讓漁民把各種漁具都擺出來，供他觀賞。臧僖伯推說有病沒有隨同前往。

史書中記載：「隱公在棠地陳設漁具。」意思是說他這一行為不合禮法，並且譏諷他去了遠離國都的地方。

曹劌論戰 《左傳·庄公十年》

【題解】

魯莊公十年（前684），齊桓公藉口魯國曾經幫助過同自己爭做國君的公子糾，出兵攻魯國。當時齊強魯弱，魯國處於防禦地位。本文記述曹劌（音貴）向魯莊公獻策，終於使弱小的魯國擊敗了強大的齊國。長勺之戰是中國歷史上以弱勝強的著名戰例。本文緊緊圍繞「論戰」來選取材料，文字簡練，邏輯嚴密，對話準確生動，是《左傳》中膾炙人口的名篇。

【原文】

十年春，齊師伐我。公將戰。曹劌請見。其鄉人曰：「肉食者①謀之，又何間焉？」劌曰：「肉食者鄙，未能遠謀。」遂入見。

問：「何以戰？」公曰：「衣食所安，弗敢專②也，必以分人。」對曰：「小惠未遍，民弗從也。」公曰：「犧牲玉帛③，弗敢加也，必以信。」對曰：「小信未孚④，神弗福⑤也。」公曰：「小大之獄，雖不能察，必以情。」對曰：「忠之屬也，可以一戰。戰則請從。」

公與之乘。戰於長勺。公將鼓之，劌曰：「未可。」齊人三鼓，劌曰：「可矣。」齊師敗績。公將馳之。劌曰：「未可。」下視其轍，登軾而望之，曰：「可矣。」遂逐齊師。

既克，公問其故。對曰：「夫戰，勇氣也，一鼓作氣，再而衰，三而竭。彼竭我盈⑥，故克之。夫大國，難測也，懼有伏焉。吾視其轍亂，望其旗靡，故逐之。」

【注釋】

① 肉食者：吃肉的人，指居高位，得厚祿的人。
② 專：獨自享有。
③ 犧牲玉帛：古代祭祀用的物品。犧牲：指牛、羊、豬之類。
④ 孚：誠信感人。
⑤ 福：作動詞，賜福，保佑。
⑥ 盈：充沛，旺盛。

【譯文】

魯莊公十年的春天，齊國發兵攻打魯國。魯莊公準備應戰，曹劌請求去見他。曹劌的同鄉對他說：「那些吃肉的達官貴人自然會謀劃這件事的，你又何必參與其間呢？」曹劌說：「權貴們目光短淺，不能深謀遠慮。」於是他入宮覲見魯莊公。

曹劌先問道：「您憑藉什麼與齊國打仗？」莊公說：「衣食這類民生之物，我不敢獨自享用，一定會分給大家。」曹劌說：「這是小恩小惠，不能遍及所有百姓，他們不會因此而追隨您。」莊公說：「祭祀用的牛羊、玉帛之類，我不敢誇大虛報，一定對神誠實。」曹劌說：「這是小小的誠信，還不能取信於神，神也不會因此而保佑您。」莊公說：「大大小小的訴訟案件，我雖然不能一一明察，但一定盡心盡力來處理。」曹劌說：「這是忠於職守的表現，可以憑此與齊國一戰。開戰時請允許我隨同。」

魯莊公與曹劌同乘一輛戰車，魯、齊兩軍在長勺對陣。剛開始，魯莊公就要下令擊鼓，讓軍隊出擊。曹劌制止道：「還不行。」齊軍擊鼓

三次後，曹劌說：「現在可以進攻了。」結果齊軍被打得大敗。魯莊公就要下令追擊齊軍，曹劌又制止道：「還不行。」他下車察看了地上齊軍戰車留下的車轍，又登上車前的橫木遠望齊軍敗退的情況，隨後說：「可以追擊了。」於是魯軍追擊齊軍。

打敗齊軍之後，魯莊公問取勝的原因。曹劌回答說：「打仗是要靠勇氣的，第一次擊鼓，能夠最大程度地激發士兵的勇氣；第二次擊鼓，士兵的勇氣就減弱了；第三次擊鼓後，士兵的勇氣就耗盡了。而當他們的勇氣消失之時，我軍卻士氣高昂，所以戰勝了他們。但像齊這樣的大國，是很難捉摸的，恐怕他們會有埋伏；當我看到他們留下的車轍雜亂，又望見他們的軍旗東倒西歪時，才確信他們是真的敗了，所以可以大膽追擊。」

宮之奇諫假道 《左傳·僖公五年》

【題解】

僖公五年（前655），晉國向虞國借道攻打虢國，進而想趁虞國不備，一舉吞併虞國。虞國大夫宮之奇深謀遠慮，看清晉國的野心，力諫虞公。可是虞公冥頑不靈，最終使虞國滅亡，自己也成了階下囚。本文語言簡潔有力，多用比喻句和反問句，生動形象，具有很強的說服力。

【原文】

晉侯復假道於虞以伐虢。宮之奇諫曰：「虢，虞之表[①]也。虢亡，虞必從之。晉不可啟[②]，寇不可玩。一之謂甚，其可再乎？諺所謂『輔車相依[③]，唇亡齒寒』者，其虞、虢之謂也。」

公曰：「晉，吾宗也，豈害我哉？」對曰：「大伯、虞仲，大王之昭[④]也。大伯不從，是以不嗣。虢仲、虢叔[⑤]，王季之穆也，為文王卿士，勳在王室，藏於盟府。將虢是滅，

何愛於虞？且虞能親於桓、莊乎？其愛之也？桓、莊之族何罪，而以為戮，不唯逼乎？親以寵逼，猶尚害之，況以國乎？」

公曰：「吾享祀豐潔，神必據我。」對曰：「臣聞之，鬼神非人實親，惟德是依。故《周書》曰：『皇天無親，惟德是輔。』又曰：『黍稷非馨，明德惟馨。』又曰：『民不易物，惟德馨物。』如是，則非德民不和，神不享矣。神所馮⑥依，將在德矣。若晉取虞，而明德以薦馨香，神其吐之乎？」

弗聽，許晉使。宮之奇以其族行，曰：「虞不臘矣⑦。在此行也，晉不更舉矣。」

冬，晉滅虢。師還，館於虞，遂襲虞，滅之，執虞公。

【注釋】

① 表：外表，這裡指屏障、藩籬。

② 啟：啟發，這裡指激起晉的貪心。

③ 輔：面頰。車：牙床骨。

④ 昭：古代宗廟制度，始祖的神位居中，左昭右穆。昭位之子在穆位，穆位之子在昭位。昭穆相承，所以又說昭生穆，穆生昭。太伯、虞仲以及後面提到的王季都是先王之子，都是先王之昭。

⑤ 虢仲、虢叔：虢國的開國祖先，王季的次子和三子，文王的弟弟。王季於周為昭，昭生穆，故虢仲、虢叔為王季之穆。

⑥ 馮：通「憑」，憑藉。

⑦ 臘：歲終祭祀。不臘：不舉行臘祭，這裡指亡國。

【譯文】

晉侯再次向虞國借路去攻打虢國。宮之奇勸阻虞公說：「虢國是虞國的屏障，假如虢國亡了，虞國也一定會隨之滅亡。晉國的貪心是不能讓它產生的，強悍的大軍是不能掉以輕心的。曾經借過一次路已經是過分了，怎麼可以再有第二次呢？俗話說『面頰和牙床骨互相依存，嘴唇

沒了牙齒就會寒冷」，這就如同虞、虢兩國的關係啊。」

虞公說：「晉國與我國是同宗，難道會加害我嗎？」宮之奇回答說：「太伯、虞仲是周太王的兒子，太伯不尊從父命，因此沒能繼承王位。虢仲、虢叔是王季的兒子，曾做過文王的大臣，為周王室建立了功勳，因此受封的典策還藏在盟府中。現在晉國連虢國都要滅掉，怎麼會對虞國格外愛惜呢？再說晉獻公對虞的情分難道會超過對桓叔、莊伯之族的情分嗎？桓、莊兩族有什麼罪過？可晉獻公把他們都殺了，還不是因為覺得是近親對自己構成了威脅嗎？至親的同宗威脅到自己，獻公尚且要加害於他們，更何況一個別的國家呢？」

虞公說：「我的祭品豐盛而清潔，神必定會保佑我。」宮之奇回答說：「我聽說，鬼神對人不分親疏，只看重其是否有德行。所以《周書》裡說：『上天對於人沒有親疏之分，只要是有德的人就會保佑。』又說：『黍稷不算芳香，美德才是芳香。』又說：『一般人拿來的祭品沒什麼不同，只有有德行的人奉獻的祭品，才是真正的祭品。』如此看來，君主沒有德行，百姓就不和，神靈也就不接受供奉了。神靈所注重的，只是德行。如果晉國消滅虞國，但崇尚德行，將芳香的祭品貢獻給神靈，難道神靈會吐出來嗎？」

但虞公不聽從宮之奇的勸阻，答應了晉國使者借道的要求。宮之奇帶領全族的人離開了虞國。他說：「虞國要亡了，不能舉行臘祭了。晉國這次行動後就會把虞國滅了，不用再次出兵了。」

這年冬天，晉滅掉虢國。晉軍回師途中駐紮在虞國，突然發動進攻，將虞國也滅了，並抓住了虞公。

子魚論戰 《左傳・僖公二十二年》

【題解】

宋、楚兩國爭奪中原霸權。宋襄公為了削弱楚國，出兵攻打親楚的鄭國。楚國出兵攻宋救鄭，就在泓水邊爆發了大戰。當時楚強宋弱。戰爭開始時，形勢對宋軍有利，可宋襄公死抱住所謂君子「不乘人之危」的迂腐教條不放，拒

絕接受子魚的正確意見，以致貽誤戰機，慘遭失敗。本文前半部分敘述戰爭經過及宋襄公慘敗的結局，後半部分寫子魚駁斥宋襄公的迂腐論調，言簡意賅，十分精闢。

【原文】

楚人伐宋以救鄭。宋公將戰，大司馬固諫曰：「天之棄商久矣[1]，君將興之，弗可赦也已！」弗聽。

及楚人戰於泓。宋人既成列，楚人未既濟[2]。司馬曰：「彼眾我寡，及其未既濟也，請擊之。」公曰：「不可。」既濟而未成列，又以告。公曰：「未可。」既陳而後擊之，宋師敗績。公傷股，門官[3]殲焉。

國人皆咎公。公曰：「君子不重傷[4]，不禽二毛[5]。古之為軍也，不以阻隘也。寡人雖亡國之餘[6]，不鼓不成列。」

子魚曰：「君未知戰。勍敵之人[7]，隘而不列，天贊[8]我也。阻而鼓之，不亦可乎？猶有懼焉！且今之勍者，皆吾敵也。雖及胡耇[9]，獲則取之，何有於二毛？明恥教戰，求殺敵也。傷未及死，如何勿重？若愛重傷，則如勿傷；愛其二毛，則如服焉。三軍以利用也，金鼓以聲氣也。利而用之，阻隘可也；聲盛致志，鼓儳[10]可也。」

【注釋】

① 宋國是商朝的後裔，宋襄公時距商朝滅亡已有四百多年。
② 既：盡，完全。濟：渡過。
③ 門官：國君的衛士，平時守門，戰時跟隨國君。
④ 重傷：再次受傷。
⑤ 禽：通「擒」。二毛：頭髮斑白的人。
⑥ 亡國之餘：亡國者的後代。
⑦ 勍（音晴）敵：強敵。勍：強勁有力。

⑧讚：助。

⑨胡耇（音苟）：年老之人。

⑩儳（音嬋）：混亂，此指不成陣勢的軍隊。

【譯文】

楚國要攻打宋國以援助鄭國。宋襄公想要應戰，大司馬子魚堅持勸阻道：「老天拋棄商已經很久了，您想要復興它是違背天意，是不可赦免的。」宋襄公不聽從。

宋軍與楚軍在泓水交戰。宋軍已擺好了陣勢，楚軍還沒有全部渡過泓水。大司馬子魚對宋襄公說：「對方人多而我們人少，趁著他們還沒有全部渡過泓水，請您下令攻打他們。」宋襄公說：「不行。」楚軍全部渡過了泓水但還沒有擺好陣勢，子魚又建議宋襄公下令進攻。宋襄公又說：「不行。」等楚軍擺好了陣勢後，宋軍才發起進攻，結果宋軍大敗。宋襄公大腿受了傷，護衛官被殺死。

宋國人都埋怨宋襄公。宋襄公說：「有道德的人作戰，不會去傷害已經負傷的敵人，不會去俘虜頭髮斑白的敵人。古時候指揮戰鬥，不憑藉地勢險要。我雖然是已經亡了國的商朝的後代，卻也不能進攻沒有擺好陣勢的敵人。」

子魚說：「您不懂得打仗的規律。強大的敵人因地形不利而沒有擺好陣勢，那是老天爺在幫助我們。乘敵人處於不利的地形而向他們發動進攻，不也可以嗎？這樣還擔心不能取勝呢！而且現在那些強悍的對手，都是我們的敵人。即使是年紀很老的，能俘虜的就該抓住他們，對於頭髮花白的人又有什麼值得憐惜的呢？使將士們明白什麼是恥辱，教他們奮勇作戰，為的是消滅敵人。敵人受了傷，還沒有死，為什麼不能再給他們致命一擊？不忍心再去殺他們，那不如不去殺傷他們；憐憫年老的敵人，不如直接屈服於敵人。軍隊要抓住有利的時機進行戰鬥，鳴金擊鼓是用來鼓舞士氣的。軍隊作戰要抓住有利的時機，那麼敵人處於不利地勢時，我們正好可以利用。既然我們聲勢浩大，鬥志昂揚，那麼趁著敵人混亂之時發起進攻，也是完全可以的。」

燭之武退秦師 《左傳‧僖公三十年》

【題解】

魯僖公三十年（前630），晉國和秦國合兵圍鄭。鄭國大夫燭之武隻身來到秦營，向秦穆公說明利害關係，勸秦穆公退兵。燭之武抓住秦晉之間的矛盾，處處從秦國的角度立言，展現了高超的語言技巧，終於打動秦穆公，化解了鄭國的滅國之災。

【原文】

晉侯、秦伯圍鄭，以其無禮於晉①，且貳於楚②也。晉軍函陵，秦軍氾南。

佚之狐言於鄭伯曰：「國危矣！若使燭之武見秦君，師必退。」公從之。辭曰：「臣之壯也，猶不如人；今老矣，無能為也已！」公曰：「吾不能早用子，今急而求子，是寡人之過也。然鄭亡，子亦有不利焉。」許之。

夜縋而出。見秦伯，曰：「秦、晉圍鄭，鄭既知亡矣。若亡鄭而有益於君，敢以煩執事。越國以鄙遠③，君知其難也，焉用亡鄭以陪鄰④？鄰之厚，君之薄也。若舍鄭以為東道主⑤，行李之往來，共其乏困⑥，君亦無所害。且君嘗為晉君賜矣，許君焦、瑕，朝濟而夕設版焉，君之所知也。夫晉，何厭之有？既東封鄭，又欲肆其西封；若不闕秦，將焉取之？闕秦以利晉，唯君圖之！」

秦伯說，與鄭人盟。使杞子、逢孫、楊孫戍之，乃還。子犯請擊之。公曰：「不可！微夫人之力不及此。因人之力而敝之⑦，不仁；失其所與，不知；以亂易整，不武。吾其還也。」亦去之。

【注釋】

① 無禮於晉：晉文公即位前曾流亡到鄭國，鄭文公不以禮相待。

② 貳於楚：依附晉，卻對楚有心親近。

③ 越國：秦國在晉國的西面，秦到鄭國，要越過晉國。鄙遠：以遠方的鄭國作為秦國的邊境。鄙：邊境。

④ 亡鄭以陪鄰：以滅亡鄭國來增強相鄰的晉國的勢力。陪：增加。

⑤ 東道主：東方路上的主人。

⑥ 共：通「供」。乏困：乏，缺乏資糧；困，困頓疲倦。

⑦ 因：依靠。敝：傷害。

【譯文】

　　晉文公與秦穆公率兩國大軍合圍鄭國，因為鄭文公曾經對晉文公十分無禮，並且對晉國懷有二心而親近楚國。晉國軍隊駐紮在函陵，秦國軍隊駐紮在氾水南面。

　　鄭國大夫佚之狐對鄭文公說：「鄭國大難臨頭了！倘能派燭之武去見秦君，秦兵一定退去。」鄭伯聽從了他的建議，召見燭之武。燭之武推辭道：「我年輕力壯之時尚且不及人，現在年老體衰，不能做什麼了！」鄭文公說：「不能及早重用您，現在遇到急難之時才來求您，這是我的過錯。但是，鄭國滅亡了，對您也不利啊！」燭之武答應了。

　　當晚，燭之武用繩子縛著身子從城上吊下去。他見到秦穆公，說：「秦、晉兩國合兵圍攻鄭國，鄭國知道這回是要亡了！倘使滅掉鄭國對您有什麼好處，那麼就麻煩您做這件事吧。中間隔著晉國，而把遠處的鄭國作為秦國的邊界，您知道是非常困難的；那怎麼能用滅掉鄭國來加強鄰近的晉國的勢力呢？鄰國實力增強了，就意味著您的實力削弱了。若是能夠放棄滅亡鄭國，而將其作為您的東道主，您的外交使者往來經過這裡，鄭國可以為他們提供食宿，這對您來說有益無害。況且您曾經對晉惠公有恩，當初他允諾將焦、瑕二地給您作為酬謝，可是他早上渡過黃河，晚上就在那裡構築防禦工事，這您是知道的。可見晉國之貪婪哪裡有滿足的時候！若是它吞併了鄭國將其作為東面的疆界，勢必回頭向西面擴張疆域。這樣的話倘若不是侵占秦國，還能到哪兒獲取土地呢？可見滅亡鄭國的結果是損害秦國而使晉國得益，請您三思啊！」

秦伯聽了很高興，隨即與鄭國結盟，並派杞子、逢孫、楊孫幫助鄭國防備，自己率大軍回國。晉軍聞訊，大將子犯請求發兵攻打秦軍。晉文公說：「不行！當初沒有秦君的幫助我便沒有今天。藉助了他人的力量反過來傷害人家，這是不仁；丟掉了自己的盟國，這是不智；用戰亂來替代當初的聯合，這是不武。我們還是回去吧！」於是晉國也撤離了鄭國。

蹇叔哭師 《左傳·僖公三十二年》

【題解】

本文記敘了秦國老臣蹇（音撿）叔在大軍出征鄭國之前勸阻的一篇哭諫。秦穆公急欲擴張勢力，利令智昏，對蹇叔的諫言充耳不聞，反而對其羞辱謾罵，但蹇叔的預言卻一一應驗。蹇叔的睿智與秦穆公的一意孤行形成鮮明對比。

【原文】

杞子自鄭使告於秦曰：「鄭人使我掌其北門之管[1]，若潛師以來，國可得也。」穆公訪諸蹇叔。蹇叔曰：「勞師以襲遠，非所聞也。師勞力竭，遠主[2]備之，無乃不可乎？師之所為，鄭必知之。勤[3]而無所，必有悖心。且行千里，其誰不知？」公辭焉。召孟明、西乞、白乙，使出師於東門之外。

蹇叔哭之，曰：「孟子！吾見師之出，而不見其入也！」公使謂之曰：「爾何知？中壽[4]，爾墓之木拱[5]矣。」

蹇叔之子與師，哭而送之，曰：「晉人御師必於殽。殽有二陵焉：其南陵，夏后皋之墓也；其北陵，文王之所避風雨也。必死是間，余收爾骨焉！」秦師遂東。

①管：鑰匙。

②遠主：指鄭國。

③勤：辛苦。

④中壽：一般指六十歲，也有解釋為七十、八十、九十歲的。

⑤拱：兩手合抱。

古文觀止

【譯文】

　　秦國大夫杞子從鄭國派人回國向秦穆公報告：「鄭國人讓我掌管鄭國都城北門的鑰匙，如果趁此機會派兵悄悄前來，就可以占領鄭國。」秦穆公為此向老臣蹇叔徵求意見。蹇叔說：「讓大軍歷盡艱辛偷襲遠方的國家，這是我從沒聽說過的。軍隊長途跋涉必定疲憊不堪，而遠方國家必定做好了準備，這樣做恐怕不行吧？秦軍出兵奔襲，鄭國必定會察覺。將士如此辛勞而一無所得，內心就會產生不滿。再說行軍千里，有誰不知道呢？」秦穆公沒有聽從蹇叔的意見。他召見了孟明、西乞術和白乙丙三位大將，命令他們率領大軍從東門出師。

　　蹇叔哭著說道：「孟明啊，我看著大軍出發，卻看不到大軍回來了！」秦穆公聞訊派人去斥責蹇叔：「你知道什麼？如果你活到中壽時就死了的話，現在你墳頭上的樹該有兩手合抱那樣粗了！」

　　蹇叔的兒子也隨大軍出征，蹇叔流著淚為兒子送行，說：「晉軍必定會在崤山阻截我軍，崤山有兩座山峰，南面的那座是夏王皋的墳墓，北面的那座曾經是周文王躲避風雨的地方。你們一定會在這兩座山之間喪命的，到時我就去那裡為你收屍吧！」於是秦國軍隊就向東進發了。

王孫滿對楚子 《左傳·宣公三年》

【題解】

　　春秋時期，禮崩樂壞，周王室逐漸衰落。楚莊王在吞併一些小國之後，野心膨脹，陳兵於周朝邊境，詢問鼎的輕重，大有取代周王、一統天下的意圖。

王孫滿處處用「德」和「天命」壓服他，滴水不漏，使其不得不打消了狂妄的念頭。

【原文】

　　楚子伐陸渾之戎[1]，遂至於洛，觀兵[2]於周疆。定王使王孫滿勞楚子。楚子問鼎之大小輕重焉。對曰：「在德不在鼎。昔夏之方有德也，遠方圖物，貢金九牧，鑄鼎象物，百物而為之備，使民知神、奸。故民入川澤、山林，不逢不若。螭魅罔兩[3]，莫能逢之。用能協於上下，以承天休[4]。桀有昏德，鼎遷於商，載祀六百。商紂暴虐，鼎遷於周。德之休明，雖小，重也。其奸回[5]昏亂，雖大，輕也。天祚明德，有所底止。成王定鼎於郟鄏，卜世三十，卜年七百，天所命也。周德雖衰，天命未改。鼎之輕重，未可問也。」

【注釋】

①陸渾：今河南嵩縣。戎：中國古代西北各族的通稱。
②觀兵：檢閱軍隊以炫耀武力。
③螭魅罔兩：也作魑魅魍魎，傳說山林中的鬼怪和河川中的精怪。
④休：福佑。
⑤奸回：奸惡邪僻。

【譯文】

　　楚莊王出兵討伐陸渾之戎，於是把大軍帶到洛河邊，在周朝邊境上排列陣勢。周定王派王孫滿慰勞楚莊王。楚莊王問起了九鼎的大小和輕重。王孫滿回答說：「治理天下取決於德行而不是鼎的制式。夏代立國之初，有德之君在位，描繪遠方各種奇異事物的圖像，以九州進貢的銅鑄成九鼎，將所畫的事物鑄在鼎上。鼎上各種事物都已具備，使百姓懂得哪些是神，哪些是邪惡的東西。所以百姓進入江河湖泊和深山老林，不會碰到不順利的事，像山精水怪之類也不會碰到。因此上下和諧，而

承受上天賜福。夏桀昏亂無德，九鼎遷於商，商朝統治達六百年。商紂殘暴，九鼎又遷到周朝。若是天子德行美好光明，鼎雖小，也重得無法遷走；如果奸邪昏亂，鼎再大，也輕得可以遷走。上天賜福有德行的人，是有一定限度的。成王將九鼎安放在郟鄏時，曾占卜過，周朝將傳國三十代，享年七百載，這是上天所決定的。如今周朝的德行雖然衰退了，但天命還未更改。九鼎的輕重，是不可以詢問的。」

齊國佐不辱命 《左傳·成公二年》

【題解】

　　齊晉之戰，齊國慘敗，齊侯險些被俘，只好求和。作為戰敗國的使者，面對晉國苛刻的條件，國佐不卑不亢，委婉而嚴正地駁斥晉國的無理，使對方陷於被動；又表示齊國已下決心，求和不成，就拚死一戰。話雖鋒利，措詞仍相當委婉，使晉國不得不和。

【原文】

　　晉師從齊師，入自丘輿，擊馬陘。齊侯使賓媚人賂以紀甗、玉磬與地[①]。「不可，則聽客之所為。」

　　賓媚人致賂，晉人不可，曰：「必以蕭同叔子[②]為質，而使齊之封內盡東其畝。」對曰：「蕭同叔子非他，寡君之母也；若以匹敵，則亦晉君之母也。吾子布大命於諸侯，而曰必質其母以為信，其若王命何？且是以不孝令也。《詩》曰：『孝子不匱，永錫爾類。』若以不孝令於諸侯，其無乃非德類也乎？先王疆理天下，物土之宜，而布其利。故《詩》曰：『我疆我理，南東其畝。』今吾子疆理諸侯，而曰『盡東其畝』而已；唯吾子戎車是利，無顧土宜，其無乃非先王之命也乎？反先王則不義，何以為盟主？其晉實有闕[③]。四

王之王也，樹德而濟同欲焉④；五伯之霸也，勤而撫之，以役王命；今吾子求合諸侯，以逞無疆之欲。《詩》曰：『敷政優優⑤，百祿是遒⑥。』子實不優，而棄百祿，諸侯何害焉？不然，寡君之命使臣，則有辭矣。曰：『子以君師辱於敝邑，不腆敝賦，以犒從者；畏君之震，師徒橈⑦敗。吾子惠徼⑧齊國之福，不泯其社稷，使繼舊好，唯是先君之敝器、土地不敢愛。子又不許，請收合餘燼，背城借一。敝邑之幸，亦云從也；況其不幸，敢不唯命是聽。』」

【注釋】

① 賓媚人：齊國上卿，即國佐。賂：贈送財物。紀：古國名，為齊所滅。甗（音演）：炊器，用作禮器。玉磬（音慶）：玉製樂器。

② 蕭同叔子：指齊頃公的母親。蕭：小國名。同叔：國君的名稱。子：女兒。

③ 闕：缺點，過失。

④ 濟：滿足的意思。同欲：共同的慾望。

⑤ 優優：和緩寬大的樣子。百祿：

⑥ 百祿：百福，百種福祿。遒：聚。

⑦ 橈：彎曲，屈從。

⑧ 徼：求取，招致。

【譯文】

　　晉軍追趕齊軍，從丘輿進入齊國境內，攻打馬陘。齊頃公派賓媚人將從紀國得來的禮器、玉磬贈送給晉國，歸還從魯、衛兩國掠奪的土地，並囑咐道：「如果他們還不答應，就任憑他們所為。」

　　賓媚人奉上禮物，請求議和，晉國人卻不答應，說：「若要議和，必須以蕭國國君同叔的女兒做人質，同時使齊國境內的田畝全部改為東西向。」賓媚人說：「蕭同叔的女兒不是別人，是我齊君的母親。如果以地位推算起來，也可說是晉國國君的母親。您這次是代表天子號令天

下的，卻要讓人家的母親做人質作為憑信，將何以對天子之命？而且這是以不孝來號令諸侯。《詩經・大雅・既醉》說：『孝子堅持不停地盡孝，就會感化他的同類。』如果周天子以不孝號令諸侯，那不就是以不孝來感染天下嗎？先王劃定天下的疆界，規劃道路、田畝，都會根據自然環境的特點，以各得其利。所以《詩經・小雅・信南山》說：『我的土地我來規劃，朝南朝東修起田埂。』現在您要求諸侯的田壟『全部改為東西走向』，只考慮您的戰車出入便利，完全不顧及環境的適宜，這恐怕違背了先王的遺命吧！違背先王就是不義，不義之人怎麼能做諸侯的盟主？恐怕晉國的確有過錯！禹、湯、文、武四位先王之所以能成就王業，是因為他們廣立德行，幫助實現諸侯的共同願望。五伯之所以能成就霸業，是因為他們勤於王事，安撫諸侯，奉行天子的命令。而您現在謀求號令諸侯，卻是為了滿足自己無止境的貪慾。《詩經・商頌・長發》說：『施政寬和仁慈，百種福祿聚集。』您實在不肯寬和，那便是拋棄各種福祿，這對諸侯有什麼害處呢？如果您執意不同意，我君還命令我告訴您：『您率領貴國國君的軍隊光臨敝國，敝國以微薄的財物犒勞您的部下。由於畏懼貴國國君的威嚴，我軍遭到了挫敗。如果您施惠於齊國，保全齊國的社稷，使齊國繼續同貴國保持原有的友好關係，敝國決不敢獨自享用先君留下的破舊器物和土地。如果您執意不答應求和，那我們只能收集殘兵敗將，在敝國城下與您決一死戰。如果敝國僥倖不敗，也會順從於貴國；至於不幸戰敗了，自然更不敢不對貴國唯命是從。』」

祁奚請免叔向 《左傳・襄公二十一年》

【題解】

　　叔向受弟弟的牽連，被捕入獄，但他並不慌張，拒絕了庶弟樂王鮒，相信只有祁奚能救他。已經告老還鄉的祁奚為國家愛惜人才，當即前去拜見范宣子，曉以利害。事成後不見而歸，根本不希望別人報答。祁奚正直無私，相形之下，樂王鮒虛偽卑鄙，令人唾棄。

【原文】

　　欒盈①出奔楚。宣子殺羊舌虎②，囚叔向③。人謂叔向曰：「子離④於罪，其為不知⑤乎？」叔向曰：「與其死亡若何？《詩》曰：『優哉游哉⑥，聊以卒歲。』知也。」

　　樂王鮒⑦見叔向曰：「吾為子請。」叔向弗應。出，不拜。其人皆咎叔向。叔向曰：「必祁大夫⑧。」室老⑨聞之曰：「樂王鮒言於君無不行，求赦吾子，吾子不許；祁大夫所不能也，而曰必由之。何也？」叔向曰：「樂王鮒，從君者也。何能行？祁大夫外舉不棄仇⑩，內舉不失親⑪，其獨遺我乎？《詩》曰：『有覺德行，四國順之。』夫子⑫，覺者⑬也。」

　　晉侯問叔向之罪於樂王鮒。對曰：「不棄其親，其有焉。」

　　於是祁奚老矣，聞之，乘馹⑭而見宣子，曰：「《詩》曰：『惠我無疆，子孫保⑮之。』《書》曰：『聖有謨⑯勳，明征定保。』夫謀而鮮過，惠訓不倦者，叔向有焉。社稷之固也。猶將十世宥之⑰，以勸能者。今壹⑱不免其身，以棄社稷，不亦惑乎？鯀殛而禹興，伊尹放大甲而相之，卒無怨色；管、蔡為戮，周公右王。若之何其以虎也棄社稷？子為善，誰敢不勉？多殺何為？」宣子說，與之乘，以言諸公而免之。不見叔向而歸，叔向亦不告免焉而朝。

【注釋】

①欒盈：晉大夫，因與大夫范鞅不和，謀害范鞅。事敗被驅逐，故出奔楚。

②宣子：即范鞅。羊舌虎：欒盈的同黨。

③叔向：羊舌虎的哥哥，叫羊舌肸（音夕）。

④離：通「罹」，遭遇。

⑤知：通「智」。

⑥ 優哉游哉：閒暇而快樂自得的樣子。

⑦ 樂王鮒（音付）：即東桓子，晉大夫，叔向的庶弟。

⑧ 祁大夫：即祁奚。

⑨ 室老：古時卿大夫家中有家臣，室老是家臣之長。

⑩ 不棄仇：祁奚曾經向晉君推薦過他的仇人解狐。

⑪ 不失親：祁奚曾經向晉君推薦過的他的兒子祁許。

⑫ 夫子：那個人，指祁奚。

⑬ 覺者：有正直德行的人。

⑭ 馹（音日）：古代驛站的馬車。

⑮ 保：依賴。

⑯ 謨：謀略。

⑰ 十世：指遠代子孫。宥：赦宥。

⑱ 壹：指因羊舌虎這一件事。

【譯文】

　　欒盈逃奔楚國，范宣子殺了欒盈的同黨羊舌虎，囚禁了羊舌虎的哥哥叔向（羊舌肸）。有人對叔向說：「你在這裡受罪，是因為你不夠明智嗎？」叔向說：「這與死亡了的和逃跑了的相比，又怎麼樣呢？《詩經》說：『輕鬆自在，悠然度過一生。』這才是明智。」

　　樂王鮒來探望叔向，對他說：「我可以幫您去求情。」叔向沒有理會，樂王鮒離開時，也不拜謝。一旁的家人朋友都為此埋怨叔向，叔向卻說：「只有祁大夫才能救我。」家臣聽到這話就說：「樂王鮒在君主面前說的話，沒有不被採納的。他主動請求去赦免您，您卻不理會。祁大夫根本無法辦到這事，您卻說必須是他才行。這是為什麼呢？」叔向說：「樂王鮒是聽命於君主的人，怎麼能行呢？祁大夫舉薦人才，外不遺棄有仇的人，內不遺漏自己的親人，難道唯獨會遺漏我嗎？《詩經》說：『正直有德行的人，天下都會順從。』祁大夫正是這樣的人啊！」

　　晉侯向樂王鮒問起叔向的罪責，樂王鮒說：「他沒有與自己的親人劃清界限，應該是參與其中吧！」

　　當時祁奚已經告老還鄉了，聽到叔向被囚禁之事，趕緊乘上驛站的馬車來見范宣子，對他說：「《詩經》中說：『祖先給予我無邊恩惠，

子孫後代將永遠保有恩澤。』《尚書》中說：『聖賢有謀略建立功勛，應當彰顯並加以保護。』謀劃國家大事而少有過失，給人許多教益而不知疲倦，叔向就是這樣的人。他是國家的棟梁，即使他十代子孫犯了罪，他也應該得到寬恕，這樣才能嘉獎勉勵那些有特殊才華的人。如今僅僅因為受到他弟弟的牽連就要治他的罪，輕易丟棄了國家棟梁，這不是太糊塗了嗎？從前鯀（音滾）因為治水失敗而被誅殺，他的兒子禹卻仍然得到重用；伊尹曾放逐太甲，後來又輔佐太甲，太甲始終沒有怨恨伊尹；管叔、蔡叔因為造反被殺，他們的兄長周公卻輔佐侄子成王。您為什麼因為羊舌虎就拋棄了國家的棟梁呢？您與人為善，誰還敢不竭力為國？多殺人又有什麼必要呢？」

范宣子聽了茅塞頓開，便與祁奚同乘一輛車去觀見晉平公，晉平公因此赦免了叔向。祁奚沒見到叔向就自己回家了，叔向也未去向祁奚致謝，徑直上朝見國君去了。

子產壞晉館垣 《左傳・襄公三十一年》

【題解】

春秋後期，鄭國作為處於晉、楚兩個大國之間的弱小國家，在夾縫中求生存，處境十分艱難。魯襄公三十一年，子產陪同鄭簡公到晉國會盟。晉平公託故不見，十分輕慢無禮。子產斷然命人拆毀賓館的牆垣，使車馬得以進館。當晉平公派士文伯前來責問時，子產振振有詞，維護了鄭國的尊嚴，使得趙文子和晉平公為之折服。

【原文】

公薨之月[1]，子產相鄭伯以如晉[2]，晉侯以我喪故，未之見也。子產使盡壞其館之垣，而納車馬焉。士文伯讓之[3]，曰：「敝邑以政刑之不修，寇盜充斥，無若諸侯之屬辱在寡君者何，是以令吏人完客所館，高其閈閎[4]，厚其牆垣，以

無憂客使。今吾子壞之，雖從者能戒，其若異客何？以敝邑之為盟主，繕完葺牆[5]，以待賓客。若皆毀之，其何以共命[6]？寡君使丐請命。」對曰：「以敝邑褊小，介於大國，誅求無時[7]，是以不敢寧居，悉索敝賦，以來會時事[8]。逢執事之不閒，而未得見；又不獲聞命，未知見時。不敢輸幣，亦不敢暴露。其輸之，則君之府實也，非薦陳[9]之，不敢輸也。其暴露之，則恐燥濕之不時而朽蠹，以重敝邑之罪。僑聞文公之為盟主也，宮室卑庳[10]，無觀台榭，以崇大諸侯之館，館如公寢；庫廄繕修，司空以時平易道路，圬人以時塓館宮室[11]；諸侯賓至，甸設庭燎[12]，僕人巡宮，車馬有所，賓從有代，巾車脂轄[13]，隸人、牧、圉[14]，各瞻其事；百官之屬，各展其物；公不留賓，而亦無廢事；憂樂同之，事則巡之；教其不知，而恤其不足。賓至如歸，無寧災患？不畏寇盜，而亦不患燥濕。今銅鞮之宮[15]數里，而諸侯舍於隸人。門不容車，而不可踰越；盜賊公行，而夭厲不戒[16]。賓見無時，命不可知。若又勿壞，是無所藏幣以重罪也。敢請執事，將何所命之？雖君之有魯喪，亦敝邑之憂[17]也。若獲薦幣，修垣而行，君之惠也，敢憚勤勞？」

　　文伯覆命。趙文子[14]曰：「信。我實不德。而以隸人之垣以贏[19]諸侯，是吾罪也。」使士文伯謝不敏焉。

　　晉侯見鄭伯，有加禮，厚其宴好而歸之[20]。乃築諸侯之館。

　　叔向曰：「辭之不可以已也如是夫！子產有辭，諸侯賴之，若之何其釋辭也？《詩》曰：『辭之輯[21]矣，民之協[22]矣；辭之懌[23]矣，民之莫[24]矣。』其知之矣。」

【注釋】

① 公：指魯襄公。薨（音烘）：諸侯之死。

② 相：輔佐。鄭伯：指鄭簡公。

③ 士文伯：晉國大夫，名匄，子伯瑕。讓：責備。

④ 閈閎（音汗宏）：指館舍的大門。

⑤ 完：通「院」，指牆垣。葺：用草蓋牆。

⑥ 共命：供給賓客所求。

⑦ 誅求：責求，勒索貢物。無時：沒有定時。

⑧ 會時事：按時朝會納貢。

⑨ 薦陳：進獻並當庭陳列。

⑩ 卑庳（音畢）：低小。

⑪ 圬（音烏）人：泥水工匠。墁（音密）：塗牆，粉刷。

⑫ 甸：甸人，掌管柴火的官。庭燎：庭中照明的火炬。

⑬ 巾車：管理車輛的官。脂：塗油。轄：指車軸。

⑭ 隸人：清潔工。牧：放牧牛羊之人。圉：養馬之人。

⑮ 銅鞮（音滴）之宮：晉侯的別宮，故址在今山西沁縣西南。

⑯ 天厲：天災。不戒：無法防備。

⑰ 敝邑之憂：晉國、鄭國、魯國同姓，故魯喪也是晉、鄭之喪。

⑱ 趙文子：晉國大夫趙武。

⑲ 贏：接待。

⑳ 宴：宴會。好：指宴會上送給賓客的禮物。

㉑ 輯：和順。

㉒ 協：融洽。

㉓ 懌（音益）：敗壞。

㉔ 莫：通「瘼」，指病。

【譯文】

　　魯襄公死去的那個月，子產輔佐鄭簡公去晉國會盟，晉平公因為魯國有喪事而沒有接見他們。子產派人把晉國接待賓客的賓館的圍牆全部拆毀，將自己的車馬放進去。晉國大夫士文伯責備子產說：「敝國由於政事和刑罰沒有搞好，到處都是盜賊，不知道對屈尊來訪的各諸侯會怎

樣，因此派了官員修繕來賓住的館舍，加高了館門，加厚了圍牆，使賓客無需擔心。現在您將其拆毀了，雖然您的隨從能夠戒備，別國的賓客怎麼辦呢？由於敝國是諸侯的盟主，所以修建館舍圍牆，用來接待賓客。如果都拆毀了，怎麼滿足賓客的要求呢？我的國君派我來詢問您拆牆的理由。」子產答道：「敝國國土狹小，處在大國之間，大國索取財物沒有一定的時間，所以我們不敢安居，只有儘力搜尋所有的財物，以便隨時前來進貢。正巧又碰上貴國國君沒有空，不能見到，也沒有得到接見的命令，不知道接見的日期。我們既不敢進獻財物，又不敢把它們存放在露天。若是進獻了，那就成了貴國君主府庫中的財物，可是不經過進獻儀式，是不敢進獻的。如果堆放在露天，又怕日曬雨淋而腐爛生蟲，加重敝國的罪過。我聽說當初晉文公做盟主的時候，他自己居住的宮室又矮又小，沒有觀台樓閣，卻將接待賓客的館舍修建得宏偉壯觀。那賓館就像是王宮。倉庫和馬棚也修建得很好，司空按時平整道路，泥水工匠按時粉刷館舍房間；諸侯賓客來時，甸人點起庭院中的火把，僕人巡視客舍，車馬有安置的地方，賓客的隨從有代勞的人員，管理車輛的官員給車軸加油，打掃房間的，伺養牲口的，各司其職；朝中百官各自拿出招待賓客的物品；晉文公從不讓賓客多等，也沒有延誤他們的事；與賓客同憂共樂，遇到事情親自巡查，賓客有不懂的地方及時指教，有什麼困難就加以接濟。賓客到來晉國就像回到家裡一樣，哪裡會有災患啊？不怕有人搶劫偷盜，不用擔心日曬雨淋。現在晉侯的銅鞮別宮方圓數里，諸侯賓客卻住在像奴僕居所一般的房子裡，院門小得車輛都不能進，又不能翻牆而入；盜賊公然橫行，而對天災又沒有防備。接見賓客沒有定時，召見的命令也不知何時發佈。如果不拆毀圍牆，就沒有地方存放貨物，我們的罪過就要加重。斗膽請教您，您要我們怎麼辦？雖然貴國遇上魯國喪事，可這也是我們鄭國的憂傷啊。如果能讓我們早獻上貢品，我們就把圍牆修好了返回，這是貴君的恩惠，我們哪敢害怕這點辛勞？」

士文伯回去報告了。趙文子說：「的確是這樣。我們不注重培養德行，用像奴僕住的房舍來招待諸侯，這是我們的過錯。」於是讓士文伯前去道歉，承認自己的過失。

晉平公很快以隆重的禮節接見了鄭簡公，設宴盛情款待，贈送禮

物，然後讓鄭簡公回國。晉國隨之建造了接待諸侯的賓館。

叔向說：「辭令不可不講究，就是這樣的啊！子產善於辭令，諸侯因此都受益了，為什麼要輕視辭令呢？《詩・大雅・板》中說：『言辭和順，百姓融洽；言辭乖張，百姓遭殃。』子產是懂得這個道理的。」

子革對靈王《左傳・昭公十二年》

【題解】

楚靈王是個頗有爭議的人物。他殺死自己的侄子楚郟敖，自立為楚國國君。即位後窮兵黷武，對外擴張，與晉國平分霸權。最後又眾叛親離，被迫自殺。面對這樣一個狂妄不可一世的君主。來自鄭國的子革欲擒故縱，看似處處迎合，卻是綿裡藏針，令人折服，展現了一個足智多謀的諫臣形象。

【原文】

楚子狩於州來①，次於潁尾，使蕩侯、潘子、司馬督、囂尹午、陵尹喜帥師圍徐以懼吳。楚子次於乾溪，以為之援。雨雪，王皮冠，秦復陶，翠被，豹舄②，執鞭以出，僕析父從。

右尹子革夕，王見之。去冠被，舍鞭，與之語曰：「昔我先王熊繹③，與呂伋、王孫牟、燮父、禽父④，並事康王⑤，四國皆有分，我獨無有。今吾使人於周，求鼎以為分，王其與我乎？」對曰：「與君王哉！昔我先王熊繹，辟在荊山，篳路藍縷⑥，以處草莽，跋涉山林，以事天子，唯是桃弧、棘矢⑦，以共禦王事。齊，王舅⑧也；晉及魯、衛，王母弟也。楚是以無分，而彼皆有。今周與四國服侍君王，將唯命是從，豈其愛鼎？」王曰：「昔我皇祖伯父昆吾⑨，舊許是宅。今鄭人貪賴其田，而不我與。我若求之，其與我乎？」

對曰：「與君王哉！周不愛鼎，鄭敢愛田？」王曰：「昔諸侯遠我而畏晉，今我大城陳、蔡、不羹⑩，賦㉘皆千乘，子與有勞焉。諸侯其畏我乎？」對曰：「畏君王哉！是四國者，專足畏也，又加之以楚，敢不畏君王哉？」

　　工尹路請曰：「君王命剝圭以為鏚柲⑫，敢請命。」王入視之。

　　析父謂子革：「吾子，楚國之望也！今與王言如響，國其若之何？」子革曰：「摩厲以須⑬，王出，吾刃將斬矣。」

　　王出，復語。左史倚相趨過。王曰：「是良史也，子善視之。是能讀《三墳》《五典》《八索》《九丘》。」對曰：「臣嘗問焉。昔穆王欲肆其心，周行天下，將皆必有車轍馬跡焉。祭公謀父作《祈招》之詩，以止王心，王是以獲沒於祇宮。臣問其詩而不知也；若問遠焉，其焉能知之？」

　　王曰：「子能乎？」對曰：「能。其《詩》曰：『祈招之愔愔⑭，式昭德音。思我王度，式如玉，式如金。形民之力，而無醉飽之心。』」

　　王揖而入，饋不食，寢不寐，數日。不能自克，以及於難⑮。

　　仲尼曰：「古也有志：『克己復禮，仁也。』信善哉！楚靈王若能如是，豈其辱於乾溪？」

【注釋】

① 楚子：即楚靈王，名圍，楚共王庶出的兒子。狩：冬季打獵。

② 豹舄（音夕）：豹皮做的木底鞋。

③ 熊繹：楚國始封之君。

④ 呂伋：齊太公呂尚之子。王孫牟：衛始封君王康叔之子。燮父：晉始封君王唐叔之子。禽父：周公之子，名伯禽，始封於魯。

⑤ 康王：即周康王，西周第三代君主。

⑥ 篳路：柴車。藍縷：破爛的衣服。

⑦ 桃弧：桃木做的弓。棘矢：酸棗木做的箭。

⑧ 王舅：周成王的母親是姜太公的女兒。

⑨ 皇祖伯父昆吾：陸終氏生六子，長子昆吾，次子季連。季連是楚國的
　遠祖，因此稱昆吾皇祖伯父。昆吾曾住在許地。

⑩ 陳、蔡：本為周武王所封的諸侯國，後來為楚所滅。不羹：地名，有
　東西二邑。

⑪ 賦：指兵車。

⑫ 鍼（音戚）：斧頭。柲（音密）：兵器的柄。

⑬ 摩厲以須：摩厲，通「磨礪」。須：等待。

⑭ 愔愔（音陰）：深厚平和的樣子。

⑮ 及於難：次年，楚國內亂，靈王兵潰逃走，途中自縊而死。

【譯文】

　　楚靈王到州來冬獵，駐紮在潁尾，派蕩侯、潘子、司馬督、囂尹
午、陵尹喜率領軍隊包圍徐國，以此恐嚇吳國。楚王駐紮在乾谿，作為
他們的後援。當時天下雪，楚王戴皮帽，穿秦國的羽衣，翠鳥羽毛的披
肩，豹皮鞋，握鞭而出。僕析父緊隨其後。

　　左尹子革傍晚時來進見，楚王接見了他。楚王摘下帽子，脫去披
風，丟掉鞭子，對他說：「從前我們先王熊繹與齊國的呂伋、衛國的王
孫牟、晉國的燮父、魯國的伯禽同時侍奉周康王，四國都有分賜的寶
器，唯獨我國沒有。如果現在我派人到周室，要求將寶鼎作為分賜給我
國的寶器，周王會給我嗎？」子革答道：「會給您啊！從前我們先王熊
繹居住在偏僻的荊山一帶，駕柴車穿破衣，出沒於草野，跋涉於山林，
侍奉天子，只有將桃木做的弓、棗木做的箭進獻王室之用。齊之先君是
周王的舅父，晉和魯、衛之先君是周王的同母兄弟。楚國因此沒有分賜
到寶器，而他們都有。現在周室與上述四國都服侍君王，將會唯命是
從，豈會吝惜寶鼎？」楚王說：「從前我們的遠祖伯父昆吾，居住在許
國舊地，現在鄭國人貪圖那塊地方，賴著不給我們。我們如果向其索
取，鄭國會給我嗎？」子革答道：「會給您啊！周室不吝惜寶鼎，鄭因
豈敢吝惜田地？」楚王又說：「從前各諸侯疏遠我國而畏懼晉國，現在

我大力修築陳、蔡、不羹等城邑，這些地方兵車都達到一千輛，你參與其事也是有功勞的。各諸侯會畏懼並追隨我嗎？」子革答道：「會畏懼並追隨您啊！光是這四大城邑，已足以震懾他們了，再加上楚國本土，誰還敢不畏懼您呢！」

這時工尹路前來請示道：「大王令我剖開圭玉以裝飾斧柄，冒昧請您指示。」楚王進去察看。

僕析父對子革說：「您在楚國是有聲望的人，如今與君王說話卻像應聲蟲一般，這樣國家會怎麼樣啊？」子革說：「我已經磨快了利刃在等待時機，等大王出來，我就將用刀砍斷妄念。」

楚王出來以後，繼續與子革談話。左史倚相從面前小步快速走過。楚王說：「這是個好史官，你要好好對待他。這個人能讀《三墳》《五典》《八索》《九丘》這樣的古書。」子革回答說：「我曾經問過他，從前周穆王想要隨心所欲，遊遍天下，讓各處都留有他的車轍馬跡。祭公謀父作了《祈招》之詩，以遏止穆王的貪心，穆王因此才能在祗宮壽終正寢。我問他這首詩他都不知道，如果問及早的事情，他又怎能知道呢？」楚王說：「你能知道嗎？」子革答道：「臣能。那首詩說：『《祈招》的深厚平和，彰顯了周王的美德。希望我王的氣度，像玉一般純潔，像金一般閃耀。根據百姓的力量使用他們，沒有醉生夢死之心。』」

楚靈王聽後拱手作揖就進去了，一連數日，送上飯不吃，躺下睡不著。但他終究沒能克制自己的慾望，因而招致禍難而身亡。

孔子說：「古書上這樣記載：『克制自己的慾望，使言行都符合禮儀，這就是仁。』說得真好啊！楚靈王如果能這樣做，又怎能在乾溪受辱？」

子產論政寬猛 《左傳·昭公十二年》

【題解】

子產是春秋時期鄭國的政治家和思想家。他根據當時鄭國「國小而逼，族

大寵多」的實際情況，大力實行改革。推行法治，寬猛相濟，安撫百姓，抑制強宗，保持國內政局長期穩定。對外進行了一系列外交活動，維護了鄭國的利益，使鄭國免遭兵革之禍。為政數十年，政績顯赫。「寬猛相濟」的主張是他首先提出來的，得到孔子的讚賞，對後世影響很大。

【原文】

鄭子產①有疾。謂子大叔②曰：「我死，子必為政。唯有德者能以寬服民，其次莫如猛。夫火烈，民望而畏之，故鮮死焉；水懦弱，民狎而玩之，則多死焉，故寬難。」疾數月而卒。

大叔為政，不忍猛而寬。鄭國多盜，取人於萑苻③之澤。大叔悔之，曰：「吾早從夫子，不及此。」興徒兵以攻萑苻之盜，盡殺之，盜少止。

仲尼曰：「善哉！政寬則民慢，慢則糾之以猛；猛則民殘，殘則施之以寬。寬以濟猛，猛以濟寬，政是以和。《詩》曰：『民亦勞止，汔④可小康；惠此中國，以綏四方。』施之以寬也。『毋從詭隨⑤，以謹無良；式遏寇虐，慘⑥不畏明。』糾之以猛也。『柔遠能邇，以定我王。』平之以和也。又曰：『不競不絿⑦，不剛不柔。布政優優，百祿是遒⑧。』和之至也。」及子產卒，仲尼聞之，出涕曰：「古之遺愛也。」

【注釋】

①子產：春秋時著名政治家，名僑，字子產。鄭簡公時為執政大夫。
②子大叔：即游吉，鄭簡公、鄭定公時為卿。
③萑苻（音環伏）：湖澤名。後代指強盜的巢穴或出沒之處。
④汔（音汽）：希望，但願。
⑤從：通「縱」。詭隨：狡猾善變。
⑥慘：通「憯」，曾經。

⑦絿（音求）：急，急躁。
⑧遒：聚集。

【譯文】

鄭國的子產得病了，對子太叔說：「我死後，您必定主政。只有德行高尚的人，才能夠用寬厚的政策使民眾服從，德行稍次的人，就沒有比嚴厲政策更有效的了。火顯得凶猛，民眾望著就害怕，所以很少有人被燒死；而水顯得柔弱，民眾就忽視它而與之嬉戲，結果被淹死的人就很多，所以執行寬厚的政策是很難的。」病了數月之後子產就去世了。

太叔執政，不忍心採取苛嚴的政策，而施行寬柔政策。鄭國因此盜賊很多，他們聚集在萑苻之澤，搶奪財物。太叔後悔了，說：「我早聽從子產的話，就不會到此地步。」於是發兵攻打萑苻的盜賊，將他們全部殺了。這樣，鄭國的盜賊才稍稍被遏止。

孔子說：「好啊！政策寬厚民眾就怠慢，民眾怠慢就用嚴厲的政策來糾正；政策苛嚴民眾就受到傷害，民眾受傷害了就施行寬厚的政策。用寬厚來彌補嚴厲，用嚴厲來彌補寬厚，政治因此而調和。《詩經》中說：『民眾也勞累了，希望能稍稍得以安康；賜予都城中民眾恩惠，用來安撫四方。』這是施行寬厚之政啊。『不要放縱奸詐，用來防範邪惡；遏止盜賊肆虐，從不害怕他們狡詐逞強。』這是用嚴厲來糾正啊。『寬柔對待遠方的民眾，如同近處一般，使得我們的君王安定。』這是用平和的政策使得平安祥和啊。《詩經》又說：『不競爭不急求，不過剛不過柔，施政溫和寬厚，所有的福祉彙集過來。』這是和平的極致啊。」到了子產逝世，孔子聽說後，哭泣道：「他繼承了古人仁愛的遺風啊！」

祭公諫征犬戎《國語・周語上》

【題解】

《國語》是中國最早的一部國別體史書。上起周穆王十二年（前990）西征

犬戎，下至智伯被滅（前453），記錄了周朝王室和魯國、齊國、晉國、鄭國、楚國、吳國、越國等諸侯國的歷史。包括各國貴族間朝聘、宴饗、諷諫、辯說、應對之辭以及部分歷史事件與傳說。其中又以「晉語」最為詳細。《國語》的思想比較駁雜。它重在紀實，所以表現出來的思想也隨所記之人、所記之言不同而各異。《國語》比較善於擷取一些歷史人物的精彩言論來反映和說明某些社會問題，具有較高的史學和文學價值。

　　本篇記載了周穆王要攻打犬戎，祭公謀父極力加以規勸一事。他對穆王講述聖明的先君光大自己的德政，而不炫耀自己的武力，分析了窮兵黷武的危害。但周穆王不聽勸告，執意出兵，只獲得了幾隻狼、鹿，卻使得周邊的少數民族不再稱臣納貢。極具辛辣的諷刺意味。

【原文】

　　穆王將征犬戎①。祭公謀父②諫曰：「不可！先王耀德不觀兵。夫兵，戢③而時動，動則威；觀則玩，玩則無震。是故周文公之《頌》曰④：『載戢干戈，載櫜⑤弓矢。我求懿德，肆於時夏。允王保之。』先王之於民也，茂正其德，而厚其性；阜⑥其財求，而利其器用；明利害之鄉，以文修之，使務利而避害，懷德而畏威。故能保世以滋大。

　　「昔我先世后稷⑦，以服事虞夏；及夏之衰也，棄稷弗務。我先王不窋⑧用失其官，而自竄於戎、翟之間。不敢怠業，時序其德，纂修其緒⑨，修其訓典；朝夕恪勤，守以惇篤，奉以忠信；奕世⑩載德，不忝⑪前人。至於武王，昭前之光明，而加之以慈和，事神保民，莫不欣喜。商王帝辛，大惡於民，庶民弗忍，欣戴武王，以致戎於商牧。是先王非務武也，勤恤民隱而除其害也。

　　「夫先王之制：邦內甸服，邦外侯服，侯、衛賓服，夷、蠻要⑫服，戎、翟荒服。甸服者祭，侯服者祀，賓服者享，要服者貢，荒服者王。日祭，月祀，時享，歲貢，終

王，先王之訓也。有不祭則修意，有不祀則修言，有不享則修文，有不貢則修名，有不王則修德；序成而有不至，則修刑。於是乎有刑不祭，伐不祀，征不享，讓不貢，告不王。於是乎有刑罰之辟，有攻伐之兵，有征討之備，有威讓之令，有文告之辭。布令陳辭，而又不至，則又增修於德，無勤民於遠。是以近無不聽，遠無不服。

「今自大畢、伯仕⑬之終也，犬戎氏以其職來王，天子曰：『予必以不享征之，且觀之兵。』其無乃廢先王之訓，而王幾頓乎？吾聞夫犬戎樹惇能帥舊德，而守終純固，其有以御我矣！」

王不聽，遂征之，得四白狼、四白鹿以歸。自是荒服者不至。

【注釋】

① 穆王：周穆王。犬戎：古代西北少數民族。

② 祭公謀父：周公的後代，周穆王的卿士，封於祭，故叫祭公。謀父是他的字。

③ 戢：聚集，集結。

④ 周文公：即周公姬旦。《頌》：指《詩經‧周頌‧時邁》篇。

⑤ 櫜（音高）：收藏盔甲、弓矢的器具。

⑥ 阜：使……豐富，滿足。

⑦ 后稷：周族始祖，名棄，在帝舜時執掌農事，故稱后稷。其子孫世襲后稷的官職。

⑧ 不窋（音竹）：棄的後代，繼為夏的農官。

⑨ 纂：通「纘」，繼續。緒：前人未竟的事業。

⑩ 奕世：累世。

⑪ 忝：玷污。

⑫ 要：邊境。

⑬ 大畢、伯仕：犬戎的兩位君主。

【譯文】

周穆王準備征討犬戎。祭公謀父對他說：「不行！先王歷來弘揚德政，而不是炫耀武力。軍隊平時只聚集力量，必要時才出動，一動用就能顯示威力；輕易炫耀就等於玩弄，玩弄便沒有威懾力。所以周公的《頌》詩說：『把干戈收起來吧，把弓箭收藏好吧，我王崇尚美德，要使恩惠遍中國，永遠發揚光大。』先王對於百姓，總要勉勵他們端正德行，使得他們性情敦厚；滿足其各方面的物質需求，可以使用合適的器具；使他們明白種種利害關係，以禮法教育他們，做有利的事情而迴避有害的事情，感激德政而畏懼刑威。因此先王的基業就能世代相傳，發揚光大。

「從前我周朝的先祖后稷、不窋相繼擔任農官，侍奉虞舜和夏禹。等到夏朝衰落，廢除農官，忽視農業，我先王不窋因此喪失官職，只好遷居到戎狄之間。但他對農業仍不敢懈怠，時時宣揚后稷的德行，繼承后稷的事業，學習后稷的教導和典則，早晚勤勤懇懇，以篤實的態度加以保持，以忠信的情懷加以奉行，世世代代繼承先德，從不辱沒前人。到了武王時，他能發揚前人的美德，加上慈愛和善，侍奉神靈，保護百姓，沒有人不欣喜歡樂的。那時商紂殘害百姓，眾人忍無可忍，都樂於擁戴武王。因此武王才出兵牧野。可見先王並非崇尚武力，而是體恤百姓的痛苦，為民除害。

「先王的制度：直轄區內是甸服，直轄區外是侯服，介於諸侯與邊疆之地是賓服，夷、蠻是要服，戎、狄是荒服。甸服須獻給天子祭祀祖父、父親的用品；侯服須獻給天子祭祀高祖、曾祖的用品；賓服須獻給天子祭祀遠祖的用品；要服須獻給天子祭祀神靈的用品；荒服則是諸侯必須來朝拜天子。貢獻祭祀祖父、父親的祭品，每天一次；貢獻祭祀高祖、曾祖的，每月一次；貢獻祭祀遠祖的祭品，每季一次；貢獻祭祀神靈的祭品，每年一次；入朝拜見天子，終生一次。這是先王的遺訓。如果有不供日祭的，天子就應檢查自己的思想；有不供月祭的，就應檢查自己的言辭；有不供季祭的，就應檢查自己的法令；有不進歲貢的，就應檢查自己的尊卑名分；有不來朝拜的，就應檢查自己的德行。依次檢查完了，還有不來的，這才檢查刑法。因此，懲罰不祭的，征伐不祀的，討伐不享的，譴責不貢的，警告不朝的。因此才有用於懲罰的

法律，用於征伐的軍隊，用於討伐的武備，用於譴責的命令，用於曉諭的文辭。如果宣佈政令、發出文告，還有不來貢獻朝見的，那就再努力增進自己的德行，決不輕易勞民遠征。這樣，近處的諸侯沒有不聽從的，遠處的諸侯沒有不信服的。

「現在，自從大畢、伯仕去世以後，犬戎的酋長已經履行了他荒服，前來朝拜天子。可是您卻說：『我定要按照賓服不享的罪名討伐他，還要向他炫耀軍威。』這恐怕違背先王的遺訓，使朝見天子之禮瀕於破壞吧？我聽說犬戎的酋長具有敦厚的性情，能夠遵循先人的德行，保持朝拜的禮節，辦事認真，他有理由也有能力抵抗我們。」

穆王不聽，執意去攻打犬戎。結果得到四頭白狼、四匹白鹿回來。從此，荒服的諸侯再也不來朝拜天子了。

召公諫厲王弭謗 《國語·周語上》

【題解】

周厲王是歷史上著名的暴君，最後被國人驅逐，下場很慘。他究竟是怎樣走到這一步的？《召公諫厲王弭謗》僅用數百字就揭示了根本原因。周厲王殘暴無道，遭到人們的譴責，但他非但不思改弦易轍，反而採取高壓手段堵塞輿論的批評，結果便是「自絕於人民」。召公苦口婆心，說出了「防民之口，甚於防川」一言，振聾發聵，足以讓所有的統治者認真吸取。

【原文】

厲王虐，國人謗王。召公①告曰：「民不堪命②矣！」王怒，得衛巫，使監謗者。以告，則殺之。國人莫敢言，道路以目。

王喜，告召公曰：「吾能弭③謗矣，乃不敢言。」召公曰：「是障④之也。防民之口，甚於防川；川壅而潰，傷人必多，民亦如之。是故為川者，決之使導；為民者，宣之使

言。故天子聽政，使公卿至於列士獻詩，瞽⑤獻曲，史獻書，師箴⑥，瞍賦矇誦⑦，百工⑧諫，庶人傳語，近臣盡規，親戚補察，瞽、史教誨，耆、艾⑨修之，而後王斟酌焉，是以事行而不悖。民之有口，猶土之有山川也，財用於是乎出；猶其原隰之有衍沃也⑩，衣食於是乎生。口之宣言也，善敗於是乎興。行善而備敗，其所以阜⑪財用衣食者也。夫民慮之於心而宣之於口，成而行之，胡可壅也？若壅其口，其與能幾何？」

　　王弗聽，於是國人莫敢出言。三年，乃流王於彘⑫。

【注釋】

① 召公：名虎，周厲王的卿士，後輔佐周宣王，諡穆公。

② 命：指周厲王苛虐的政令。

③ 弭：消除。

④ 障：堵塞。

⑤ 瞽（音鼓）：盲人。因古代樂官多由盲人擔任，故也稱樂官為瞽。

⑥ 師：少師，樂官。箴：一種具有規戒性的文辭。

⑦ 瞍（音守）：沒有眼珠的盲人。賦：有節奏地誦讀。矇：有眼珠的盲人。瞍、矇均指樂師。

⑧ 百工：周朝職官名。指掌管營建製造事務的官員。

⑨ 耆（音其）、艾：年六十叫耆，年五十叫艾。

⑩ 隰（音習）：低窪之地。衍沃：平坦肥沃的良田。

⑪ 阜：多，盛。

⑫ 流：放逐。彘（音制）：地名，在今山西霍縣東北。

【譯文】

　　周厲王殘暴無道，國都中的人紛紛譴責他。召公對厲王說：「百姓們已不堪忍受暴虐的統治啦！」厲王非常氣憤，從衛國召來一些巫師，派他們暗中監視那些批評朝政的人。只要得到巫師的告密，厲王就把被

告發的人抓起來殺了。於是國都中的人再也不敢隨便說話了。在路上相遇，只能互相交換一下眼色。

周厲王得意揚揚，對召公說：「我已經讓他們都閉嘴了，現在誰都不敢再說三道四。」召公對他說：「你這樣只是堵住了人們的嘴。但是，封住百姓的嘴，比堵塞河流危險多了。堵塞河流造成決口，就會傷害很多人。倘若堵住了百姓的嘴，後果也將如此。因此，善於治水的人，會疏通堵塞的河道；善於統治百姓的人，要讓人們把心中的話說出來。所以，天子處理政事，讓三公九卿以至各級官吏進獻諷喻詩，樂師進獻民間歌謠，史官進獻有借鑑意義的文獻，少師誦讀箴言，無眸子的盲人吟詠，有眸子的盲人誦讀，掌管營建事務的百工紛紛進諫，百姓的意見輾轉上達朝廷，近侍之臣盡規勸之責，宗親外戚都能補其過失，察其是非，樂師和史官以分別歌曲、史籍加以諄諄教導，元老重臣經常規勸，然後由天子斟酌取捨，這樣實施國家政事才不違背情理。老百姓有嘴，就像大地有高山河流一樣，財富、物資由此產生；又像高原和低地都有平坦肥沃的良田一樣，衣食物品全靠它產生。人們用嘴巴發表議論，政事的成敗得失就能反映出來。人們以為好的就儘力實行，以為失誤的就設法預防，這樣社會的衣食財富就會日益豐富，不斷增加。人們心中所想，通過嘴巴表達出來，考慮成熟了，自然就會流露出來，怎麼可以堵呢？如果硬是堵住老百姓的嘴，追隨者又能有幾個呢？」

周厲王不聽，於是老百姓再也不敢公開發表言論指責他。過了三年，人們就把他放逐到彘地去了。

敬姜論勞逸 《國語‧魯語下》

【題解】

敬姜教子，圍繞一個「勞」字。從先王創立基業，列數了天子、諸侯、卿大夫、士、王后及各級官員之妻的職責，強調勞則善心生，逸則噁心生，因而上至天子下到庶民都應勤勞，否則便會毀家敗業，給人以啟迪。

【原文】

　　公父文伯[1]退朝，朝其母，其母方績。文伯曰：「以歜之家而主[2]猶績，懼干季孫之怒也[3]，其以歜為不能事主乎！」

　　其母嘆曰：「魯其亡乎！使僮子備官而未之聞邪[4]？居，吾語女。

　　「昔聖王之處民也，擇瘠土而處之，勞其民而用之，故長王天下。夫民勞則思，思則善心生；逸則淫，淫則忘善，忘善則惡心生。沃土之民不材，淫也；瘠土之民莫不向義，勞也。

　　「是故天子大采朝日[5]，與三公、九卿祖識地德[6]；日中考政，與百官之政事，師尹惟旅牧[7]，相宣序民事；少采夕月[8]，與太史、司載糾虔天刑[9]；日入監九御，使潔奉禘、郊之粢盛[10]，而後即安。

　　「諸侯朝修天子之業命，晝考其國職，夕省其典刑，夜儆百工，使無慆淫[11]，而後即安。卿大夫朝考其職，晝講其庶政，夕序其業，夜庀其家事[12]，而後即安。士朝受業，晝而講貫，夕而習復，夜而計過無憾，而後即安。自庶人以下，明而動，晦而休，無日以怠。

　　「王后親織玄紞[13]，公侯之夫人加之以紘綖[14]，卿之內子為大帶，命婦成祭服，列士[15]之妻加之以朝服，自庶士以下，皆衣其夫。社而賦事[16]，烝而獻功[17]，男女效績，愆則有辟[18]，古之制也。君子勞心，小人勞力，先王之訓也。自上以下，誰敢淫心舍力？

　　「今我寡也，爾又在下位，朝夕處事，猶恐忘先人之業。況有怠惰，其何以避辟？吾冀而朝夕修我曰：『必無廢先人。』爾今曰：『胡不自安？』以是承君之官，余懼穆伯之絕嗣也。」

　　仲尼聞之曰：「弟子志之，季氏之婦不淫矣。」

【注釋】

① 公父文伯：即公父歜（音觸），魯國大夫。

② 主：大夫或者大夫之妻。此處指敬姜。敬姜是魯大夫公父穆伯之妻，公父文伯之母。

③ 干：冒犯。季孫：即季康子，魯國的正卿，他是季桓子之子，敬姜是季康子叔祖母。

④ 僮子：即童子。備官：充任官職。

⑤ 大采：五彩禮服。朝日：天子在春分時祭祀日神的儀式。

⑥ 祖：熟習。識：知道。地德：古人認為土地生長萬物，養育人民，是地的恩德。

⑦ 師尹：大夫官。惟：與。旅：眾。牧：地方長官。

⑧ 少采：三彩禮服。夕月：天子祭祀月神的儀式。

⑨ 太史：掌管天文曆法，記史事、編史書的朝臣。司載：掌管天文的官員。

⑩ 禘：天子祭祀先祖的大典。郊：天子在郊外祭祀天地的大典。粢盛：盛在祭器裡的黍稷。

⑪ 慆淫：怠惰放蕩。

⑫ 厎（音四）：治理，料理。家：指大夫的封地。

⑬ 玄：黑色。紞（音膽）：王冠上的絲繩。

⑭ 紘（音宏）：冠冕上的繫帶。綖（音延）：冠冕上長方形的布。

⑮ 列士：周代的士分為上士、中士、下士三等。下士又稱庶士。

⑯ 社：祭祀土神。賦事：安排農桑一類事務。

⑰ 烝（音爭）：冬天的祭祀。獻功：獻出勞動成果。

⑱ 愆：過失。辟：處罰。

【譯文】

　　公父文伯退朝回家，拜見母親。他的母親正在紡麻。文伯說：「以我們這樣的家庭，主母還在紡麻，恐怕會惹季孫生氣，以為我不能孝敬母親吧！」他母親嘆息道：「魯國大概要亡了吧！讓你這樣的小孩子做官，卻沒讓你明白做官的道理嗎？坐下，我來告訴你。

　　「從前聖明的先王治理百姓，選擇貧瘠的土地安置他們，為了讓百

姓辛勤勞作，因而能長久統治天下。百姓辛勤勞作就會思考，思考就產生善心；安逸了就會放縱，放縱就忘卻善良，忘卻善良就產生壞心。住在肥沃土地上的百姓沒有成才的，是放縱的緣故；生活在貧瘠土地上的百姓無不趨向正義，這是辛勤勞作的緣故。

「所以天子每年春分時穿上五彩禮服祭祀日神，與三公九卿一起熟悉五穀生長的情況。中午考察朝政以及百官的政事，大夫及地方長官輔佐天子普遍安排百姓的事情。每年秋分時天子穿上三彩禮服祭祀月神，與太史、司載一起恭敬地仰察上天垂示的徵兆。傍晚監督宮庭女官，命令她們將禘祭、郊祭的祭品收拾乾淨，然後天子才去休息。

「諸侯早晨執行天子頒佈的任務和命令，白天考察自己邦國的事務，傍晚檢查自己執行法令的情況，晚上告誡百官，督促他們不要怠惰放縱，然後才去休息。卿大夫早晨考察自己的職守，白天講習各項政事，傍晚清理一天的事情，夜晚處理自己封邑的事務，然後才去休息。士人早晨接受分配的任務，白天講習政事，傍晚複習，夜裡檢查自己有無過失，不留遺憾，然後才去休息。從平民以下，天明做事，晚上休息，沒有一天可以怠惰的。

「王后親自編織王冠上繫的黑絲帶，公侯的夫人要編織冠纓和縫製冠頂布，卿的妻子縫製禮服上的腰帶，大夫的妻子縫製祭服，列士的妻子縫製朝服。下士以下的妻子，都要親自給丈夫做衣服。

「春分祭祀後安排農事，冬日祭祀時貢獻收成，男女都努力做出成績，有罪過就要接受懲罰，這是自古傳下來的制度。君子用心力操勞，小人用體力操勞，這是先王的遺訓。從上到下，誰敢放縱偷懶，而不盡心儘力？

「現在我守寡，你又處在大夫的職位，從早到晚處理事務，還怕忘記先人的功業，何況有了怠惰之心，將來要怎樣逃避刑罰呢？我指望你早晚提醒我：『一定不要廢棄先人的功業。』你現在卻說：『為什麼不讓自己過得安逸？』以這種想法去擔任君王的官職，我擔心穆伯要絕後了。」

孔子聽到這件事，說：「弟子們記住這番話，季氏的婦人可算是不放縱自己的了。」

叔向賀貧 《國語·晉語八》

【題解】

　　韓宣子憂貧，可見他是個鼠目寸光之人，叔向卻以賀貧的方式進行勸說，想來著實不易。叔向舉了欒、郤兩家的事例，都是晉國不久前的事。尤其是八郤五大夫三卿，聲勢何等榮耀！「一朝而滅，莫之哀也。」可見不愁自己未能建立德行，卻愁自己財產不夠，是何等危險！這正反的事例直觀明了，形象地說明了貧可賀，富可憂，難怪韓宣子驚得起身下拜，對他感激萬分。

【原文】

　　叔向見韓宣子①，宣子憂貧，叔向賀之。

　　宣子曰：「吾有卿之名，而無其實；無以從二三子②，吾是以憂。子賀我，何故？」

　　對曰：「昔欒武子無一卒之田③，其宮不備其宗器，宣其德行，順其憲則，使越於諸侯。諸侯親之，戎狄懷之，以正晉國。行刑不疚㉓，以免於難⑤。及桓子⑥，驕泰奢侈，貪慾無藝，略則行志⑦，假貨居賄，宜及於難；而賴武之德，以沒其身。及懷子㉖，改桓之行，而修武之德，可以免於難；而離桓之罪⑨，以亡於楚。夫郤昭子㉗，其富半公室，其家半三軍，恃其富寵，以泰於國。其身屍於朝，其宗滅於絳。不然，夫八郤五大夫三卿⑪，其寵大矣；一朝而滅，莫之哀也，惟無德也。今吾子有欒武子之貧，吾以為能其德矣，是以賀。若不憂德之不建，而患貨之不足，將吊不暇，何賀之有？」

　　宣子拜，稽首焉，曰：「起也將亡，賴子存之，非起也敢專承之，其自桓叔⑫以下，嘉吾子之賜。」

【注釋】

① 叔向：即羊舌肸（音夕），晉大夫。韓宣子：韓起，「宣子」是其諡號，晉國的卿。

② 二三子：指同朝的卿。

③ 樂武子：欒書，「武子」是其諡號，晉國的上卿。一卒之田：百夫之田，一百頃。這是上大夫的俸祿，上卿的俸祿為一旅之田，即為五百頃。

④ 不疚：沒有弊病。

⑤ 以免於難：因此避免了禍患。指欒書弒晉厲公而沒有被追究。

⑥ 桓子：欒黶（音演），欒書之子，晉國大夫。

⑦ 略：干犯。則：憲則、法度。略則行志：干犯法度，恣意妄為。

⑧ 懷子：欒盈，欒黶之子，晉國的下卿。

⑨ 離桓之罪：因為桓子的罪孽，懷子遭到懲罰。離：通「罹」，遭到。

⑩ 郤（音夕）昭子：郤至，與堂兄郤錡、叔父郤犫（音抽）並稱「三郤」，都是晉國的卿，曾掌控朝政，與欒書的矛盾激化，後被晉厲公派親信殺死，並遭滅族。

⑪ 八郤五大夫三卿：郤氏八個人，其中五個大夫，三個卿。

⑫ 桓叔：名成師，桓叔是其號，晉穆侯之子，韓氏的始祖。

【譯文】

叔向去拜訪韓宣子，韓宣子正為貧窮而發愁，叔向卻向他表示祝賀。

宣子說：「我徒有正卿的名分，卻沒有正卿的財富，無法跟其他的卿交往，我正為此發愁，你卻祝賀我，這是怎麼回事呢？」

叔向回答說：「從前欒武子沒有一百頃田，他掌管家族的祭祀，家裡卻連祭祀的器具都不齊備；可是他能夠傳播德行，遵循法制，因此名聞於諸侯各國。各方諸侯都願意親近他，戎、狄這樣的邊遠民族也都歸附他，因此使得晉國安定下來。他執行法度沒有弊病，甚至他後來弒殺晉厲公，也沒有受到追究，沒有遭到殺害或被迫逃亡。傳到桓子時，他驕奢淫逸，貪得無厭，胡作非為，借貸聚財，原本就該遭到禍難，但依賴其父欒武子的餘德，才得以保全。傳到懷子時，他改變他父親桓子的

行為，遵循他祖父武子的德行，原本是可以免除災難的；可是他受到他父親桓子罪孽的拖累，因而逃亡到楚國。再說那個郤昭子，他的財產抵得上晉國公室財產的一半，他的家族在三軍中擔任將佐的就占了一半，他依仗自己的財產和權勢，在晉國過著窮奢極慾的生活，結果被殺後屍體在朝堂上示眾，在絳邑被滅族。如果不是這樣的話，郤氏八人有五個做大夫，三個做公卿，真的可以說是不可一世，可是一旦被誅滅，沒有一個人同情他們，就是因為他們沒有德行！現在你也像欒武子那樣清貧，我認為你能夠繼承他的德行，所以表示祝賀。如果你不擔心德行上的建樹，卻只為財富不足而發愁，我表示哀悼還來不及，哪裡還會祝賀呢？」

宣子聽了便下拜叩頭道：「我正朝著死路上走呢，全靠你拯救了我。不但我要感謝你的教誨，自我先祖桓叔之後的子子孫孫都要感激你的恩德。」

王孫圉論楚寶 《國語‧楚語下》

【題解】

春秋時期，晉、楚兩國爭霸，不僅在戰場上真刀真槍較量，也在外交場合互不相讓。在晉國的宴席上，楚國使臣王孫圉面對晉國權臣趙鞅的挑釁，侃侃而談，竟然讓身著華麗禮服的趙鞅成為一個目光短淺的小丑，而被視為蠻夷之邦的楚國卻展示了泱泱大國之風範。王孫圉睿智的形象深深留在人們的腦海之中。

【原文】

王孫圉聘於晉①，定公饗之。趙簡子鳴玉以相②，問於王孫圉曰：「楚之白珩猶在乎？」對曰：「然。」簡子曰：「其為寶也，幾何矣？」曰：「未嘗為寶。楚之所寶者，曰觀射父，能作訓辭③，以行事於諸侯，使無以寡君為口實。又有

左史倚相④，能道訓典，以敘百物⑤，以朝夕獻善敗於寡君，使寡君無忘先王之業；又能上下說乎鬼神⑥，順道其欲惡，使神無有怨痛於楚國。又有藪曰雲連徒洲⑦，金、木、竹、箭之所生也，龜、珠、角、齒、皮、革、羽、毛，所以備賦⑧，以戒不虞者也。所以共幣帛，以賓享於諸侯者也。若諸侯之好幣具⑨，而導之以訓辭，有不虞之備，而皇神相之，寡君其可以免罪於諸侯，而國民保焉。此楚國之寶也。若夫白珩，先王之玩也，何寶焉？

「圉聞國之寶，六而已：聖能制議百物，以輔相國家，則寶之；玉足以庇蔭嘉穀，使無水旱之災，則寶之；龜足以憲臧否⑩，則寶之；珠足以禦火災，則寶之；金足以御兵亂，則寶之；山林藪澤，足以備財用，則寶之。若夫嘩囂之美，楚雖蠻夷，不能寶也。」

【注釋】

① 王孫圉（音禹）：楚國大夫。聘：訪問。
② 趙簡子：趙鞅，晉國的卿。相：相禮，輔助國君執行禮儀。
③ 訓辭：指外交辭令。
④ 左史：周代史官分左史、右史。左史記言，右史記事。倚相：楚國的史官。
⑤ 百物：各種事物。
⑥ 上下：指天地。說：通「悅」，古人觀念，史官能和鬼神交往。
⑦ 藪：多草的湖澤。雲連徒洲：即雲夢澤，在今湖北監利縣北。
⑧ 賦：軍需物資。
⑨ 幣具：禮品。
⑩ 憲：表明。臧否：吉凶。

【譯文】

王孫圉到晉國訪問，晉定公設宴招待他。趙簡子身著佩玉叮噹作響

的禮服，擔任儐相。他問王孫圉：「楚國的美玉白珩還在嗎？」王孫圉答道：「在啊。」簡子又問：「它作為國寶，已經有多久了？」王孫圉答道：「楚國可不曾把它當國寶。楚國所寶貴的，是觀射父。他熟悉外交辭令，代表楚國出使諸侯各國，使別國不能拿我國君王作話柄。又有左史倚相，能根據先王遺訓和典章制度，說明各種事物，時時向國君舉出前人興亡成敗的事例，使國君不忘記先王的大業；他還能取悅於天地神靈，順應他們的好惡之情，使神靈對楚國沒有怨恨。又有個大湖叫作雲連徒洲，出產金、木、竹、箭，還有龜、珠、角、齒、皮、革、羽、毛。這些可以供給軍用，防備意外發生，又可以作為禮物饋贈諸侯，招待賓客。如果諸侯喜歡這些禮品，使臣善於辭令加以疏解，就有了對不測事件的防備，天神又加保佑，敝國君王就可不得罪諸侯，國家和百姓都可保安寧。這些才是楚國的寶貝。至於白珩，不過是先王的小玩意兒，有什麼可貴的呢？

　　「我聽說國家的寶貝，不過六種：有才德，能創造，評判各種事物，並能輔佐治理國家的人，可視之為國寶；玉器足以保證好年成，使它不受水旱災害，可以視之為國寶；龜甲能表明吉凶，可視之為國寶；珍珠足以防禦火災，可視之為國寶；銅、鐵金屬做成武器，足以防備戰亂，可以視之為國寶；山林湖澤足以供給財物用品，可以視之為國寶。至於那叮噹作響的美玉，楚國雖是蠻夷之邦，也不把它當寶貝啊！」

春王正月 《公羊傳·隱公元年》

【題解】

　　《公羊傳》亦稱《春秋公羊傳》《公羊春秋》，是專門解釋《春秋》的一部典籍，與《左傳》《穀梁傳》並稱為「《春秋》三傳」。《公羊傳》的體裁特點是經傳合併，用問答的方式，傳文逐句傳述《春秋》經文的大義，與《左傳》以記載史實為主不同。

　　《春王正月》分為兩部分。前一部分解釋《春秋》經文「元年春王正月」

的含義，表明《春秋》尊崇周王室為天下宗主的「大一統」思想。後一部分解釋該年雖為隱公元年卻不稱隱公即位的原因，闡發「辨尊卑，別嫡庶」的儒家思想。

【原文】

元年①者何？君之始年也。春者何？歲之始也。王者孰謂？謂文王②也。曷為先言「王」而後言「正月」？王正月③也。何言乎王正月？大一統也。

公何以不言即位④？成公意也。何成乎公之意也？公將平國而反之桓⑤。曷為反之桓？桓幼而貴，隱長而卑。其為尊卑也微，國人莫知。隱長又賢，諸大夫扳⑥隱而立之。隱於是焉而辭立，則未知桓之將必得立也。且如桓立，則恐諸大夫之不能相⑦幼君也。故凡隱之立，為桓立也。隱長又賢，何以不宜立？立適以長不以賢，立子以貴不以長。桓何以貴？母貴也。母貴則子何以貴？子以母貴，母以子貴。

【注釋】

① 元年：君王執政的第一年，這裡指魯隱公元年。

② 文王：即周文王，姓姬，名昌，殷紂時為諸侯，稱西伯。周朝的奠基人，其子武王得天下後，追尊為文王。

③ 王正月：每年的頭一個月叫正月，每月的頭一天叫朔。上古時候改朝換代，必改正朔。這裡講的「王正月」是說奉周王的正朔，以周曆紀年月。

④ 公：指魯隱公，魯惠公之妾所生長子。即位：就君王之位。

⑤ 平國：使國家安定。反：歸還。桓：魯桓公，也是魯惠公庶子，但其母得寵。

⑥ 扳：通「攀」，這裡指強行擁立。

⑦ 相：輔佐。

【譯文】

「元年」是什麼意思？是國君即位的第一年。「春」是什麼意思？是一年的開始。「王」指的是誰？指的是文王。為什麼先說「王」然後才說「正月」？因為是文王所頒佈的曆法的正月。為什麼說是「王正月」？是表明天下統一，都實行周王的政令。

為什麼不說魯隱公即位？是為了成全隱公的心願。為什麼要成全隱公的心願？隱公想把國家治理好了就把國君之位歸還給桓公。為什麼要歸還給桓公？因為桓公年幼卻出身高貴，隱公年長卻出身卑微。他們的高貴與卑微並不明顯，國都之中的人都不清楚。隱公年長而且賢德，各位大夫都擁戴他，將他推上國君之位。如果隱公在此情況下執意推辭君位，就不知道桓公將來能否被立為國君。況且如果桓公被立為國君，他又擔心各位大夫不願輔助年幼的國君。總之，隱公即國君之位，都是為了桓公繼位。隱公年長而且賢德，為什麼不應該立為國君呢？因為在嫡夫人的兒子中選擇，只看其是否年長而不論其賢德；在庶出的兒子中選擇，只論其是否尊貴而不論其是否年長。桓公為什麼尊貴？因為他的母親尊貴。母親尊貴為什麼兒子就尊貴？因為兒子憑藉母親而能夠尊貴，母親憑藉兒子而得以尊貴。

吳子使札來聘 《公羊傳·襄公二十九年》

【題解】

魯襄公二十九年（前544），吳國派公子札訪問魯國，《左傳》對此經過情形有詳細記載。當時的吳王余祭是公子札的二哥。吳國在公子札的父親壽夢就位時（公元前585）就已稱王。但中原諸國還是視吳國為蠻夷之邦，《春秋》記事稱之為「吳子」，「子」的爵位在公、侯、伯之下，所以實際上是貶稱。而《公羊傳》出於「諸夏」的民族偏見和地域偏見，甚至否認吳國「有君、有大夫」，對《春秋》記事用語認為是抬高了吳國的地位。本文就是《公羊傳》解釋《春秋》為什麼用「吳子」肯定吳國「有君」，用「聘」肯定吳國「有大夫」的。全文層層設問，步步深入，以事實說明公子札的賢、仁、深明大義，

使吳國在諸國心目中的地位得到了提高。

【原文】

　　吳無君、無大夫①，此何以有君、有大夫？賢季子也。

　　何賢乎季子②？讓國也。

　　其讓國奈何？謁也、余祭也、夷昧也③，與季子同母者四。季子弱而才，兄弟皆愛之，同欲立之以為君。謁曰：「今若是迮④而與季子國，季子猶不受也。請無與子而與弟，弟兄迭為君，而致國乎季子。」皆曰：「諾。」故諸為君者，皆輕死而為勇，飲食必祝，曰：「天苟有吳國，尚速有悔於予身。」故謁也死，余祭也立。余祭也死，夷昧也立。夷昧也死，則國宜之季子者也。

　　季子使而亡焉。僚⑤者，長庶也，即之。季子使而反，至而君之爾。闔閭⑥曰：「先君之所以不與子而與弟者，凡為季子故也。將從先君之命與，則國宜之季子者也；如不從先君之命與，則我宜立者也。僚惡得為君乎？」於是使專諸刺僚，而致國乎季子。季子不受，曰：「爾弒吾君，吾受爾國，是吾與爾為篡也。爾殺吾兄，吾又殺爾，是父子兄弟相殺，終身無已也！」去之延陵，終身不入吳國。故君子以其不受為義，以其不殺為仁。

　　賢季子，則吳何以有君、有大夫？以季子為臣，則宜有君者也。

　　札者何？吳季子之名也。

　　《春秋》賢者不名⑦，此何以名？許夷狄者，不一而足也。

　　季子者，所賢也，曷為不足乎季子？許人臣者必使臣，許人子者必使子也。

【注釋】

① 吳無君、無大夫：儒家的觀點，吳國是夷狄之國，沒有君臣上下之禮。

② 賢：讚美，用作動詞。季子：季札，吳王壽夢的小兒子，古以伯、仲、叔、季排行，因此以「季子」為字。

③ 謁：壽夢長子，亦作「遏」，號諸樊。余祭：壽夢次子。夷昧：壽夢三子，亦作「余昧」。

④ 迮（音則）：倉促。

⑤ 僚：吳王僚，夷昧之子。

⑥ 闔閭：諸樊之子。

⑦ 不名：不直稱名。古人生三月取名，年二十行冠禮，另取字。對人表示尊敬，就稱其字而不稱名。

【譯文】

　　吳國原本沒有國君、沒有大夫，這裡為什麼說有國君、有大夫呢？這是為了讚美季子。

　　為什麼要讚美季子呢？因為他辭去了國君之位。

　　他辭去君位是怎麼一回事呢？謁、余祭、夷昧和季子是一母所生的四兄弟。季子年齡最小卻最有才華，兄長們都喜歡他，都想讓他來做國君。謁說：「如果現在倉促把君位給他，季子還是不會接受的。我們都不要傳位給兒子而傳位給弟弟，由弟弟依次接替哥哥做國君，就可以最終把君位傳給季子。」余祭、夷昧都說：「好。」因此幾個哥哥當上國君後都將視死如歸當作勇敢，每次用餐時必定祈禱道：「上天如果要讓吳國生存，就快將災難降於我身上吧！」所以謁死了，余祭做國君；余祭死了，夷昧做國君；夷昧死了，君位應當歸屬季子了。

　　當時季子出使在外還沒有回來。僚是已故國君眾子中最年長的，即位當上了國君。季子出使回來，就把僚當國君。闔閭說：「先君之所以不將君位傳給兒子，而傳給弟弟，都是為了季子。要是遵照先君的遺囑，那麼國君應該由季子來做；要是不遵照先君的遺囑，那就應該我來當國君。僚怎麼能做國君呢？」於是派專諸刺殺僚，而把君位交給季子。季子不接受，說：「你殺了我的國君，我接受了你給的君位，那就

是我和你一起篡位了。你殺了我哥哥的兒子，我又殺你，這樣父子兄弟相殘殺，一輩子沒完沒了了。」他離開國都去了延陵，終身沒有回來。所以君子以他的不接受君位為義，以他的反對互相殘殺為仁。

讚美季子，那麼吳國為什麼有國君、有大夫呢？因為既然承認季子是臣，就應該有君啊。

札是什麼呢？吳季子的名啊。

《春秋》對賢者不直稱其名，這裡為什麼稱名呢？認可夷狄，不能只憑一事一物就全部肯定了。

季子是被讚美的，為什麼又認為他不夠完美呢？因為讚美人臣，一定要將他擺在人臣的位置上；讚美人子，一定要將他擺在人子的位置上。

虞師晉師滅夏陽①《穀梁傳・僖公二年》

【題解】

《穀梁傳》也稱《春秋穀梁傳》，與《左傳》《公羊傳》合稱《春秋》三傳。《穀梁傳》與《公羊傳》體裁特點相似，傳文逐句傳述經文大義。

晉獻公借道伐虢之事在《左傳》與《穀梁傳》中均有記述。區別在於《穀梁傳》是從荀息的角度表現。宮之奇雖然早有預見，卻不能真正起作用。而荀息可謂料事如神，不僅算到了虞公的鬼迷心竅、貪小失大，也算到了宮之奇的性格懦弱。最終晉國如願以償，所付出的代價僅僅是馬長了幾顆牙。

【原文】

非國而曰滅，重夏陽也。虞無師，其曰師，何也？以其先晉，不可以不言師也。其先晉何也？為主乎滅夏陽也。夏陽者，虞、虢②之塞邑也。滅夏陽而虞、虢舉矣。

虞之為主乎滅夏陽，何也？晉獻公欲伐虢，荀息③曰：「君何不以屈產之乘、垂棘之璧④，而借道乎虞也？」公曰：

「此晉國之寶也。如受吾幣而不借吾道,則如之何?」荀息曰:「此小國之所以事大國也。彼不借吾道,必不敢受吾幣。如受吾幣而借吾道,則是我取之中府⑤,而藏之外府;取之中廄,而置之外廄也。」公曰:「宮之奇⑥存焉,必不使受之也。」荀息曰:「宮之奇之為人也,達心而懦,又少長於君。達心則其言略,懦則不能強諫,少長於君則君輕之。且夫玩好在耳目之前,而患在一國之後,此中知以上乃能慮之。臣料虞君中知以下也。」公遂借道而伐虢。

宮之奇諫曰:「晉國之使者,其辭卑而幣重,必不便於虞。」虞公弗聽,遂受其幣,而借之道。宮之奇又諫曰:「語曰:『唇亡則齒寒。』其斯之謂與!」挈其妻子以奔曹⑦。

獻公亡虢,五年而後舉虞。荀息牽馬操璧而前曰:「璧則猶是也,而馬齒⑧加長矣。」

【注釋】

① 虞師晉師滅夏陽:《春秋》中的一句經文。虞:春秋時姬姓小國,在今山西平陸。夏陽:虢邑,在今山西平陸縣東北約三十五里。

② 虢(音國):春秋時姬姓小國,有東、西、北虢之分,東虢、西虢已先亡於鄭、秦。晉獻公所伐為北虢。

③ 荀息:晉大夫,食邑於荀,亦稱荀叔。獻公病危時以荀息為相,托以國政,獻公死後在宮廷政變中為里克所殺。

④ 屈:即北屈,晉地名,在今山西吉縣東北,盛產良馬。垂棘:晉地名,在今山西潞城縣北,產美玉。

⑤ 府:國家收藏財物、文書的地方。

⑥ 宮之奇:虞大夫。

⑦ 曹:春秋時姬姓小國,都陶丘。

⑧ 馬齒:馬每歲增生一齒。馬齒可以顯示馬的年齡。

【譯文】

　　不是一個國家而說它滅亡，是看重夏陽被占領這件事。虞國沒有出兵，《春秋》卻說到虞師，這是為什麼呢？因為虞國引導晉軍前來，不能不說虞師。為什麼說虞國引導了晉軍？因為它是滅夏陽的關鍵。夏陽是虞、虢交界處的一個要塞。夏陽一失，虞、虢兩國都可占領了。

　　虞國為什麼成了滅夏陽的關鍵呢？當時晉獻公想要討伐虢國，荀息說：「君主為什麼不用屈地出產的馬，垂棘出產的美玉，向虞國借路呢？」獻公說：「這些都是晉國的寶貝啊！如果虞國接受了我的禮物卻不借路給我，那該怎麼辦呢？」荀息說：「這些東西是小國用來侍奉大國的。如果不借路給我們，他一定不敢接受我們的禮物。如果接受了我們的禮物而借路給我們，那不過就是把美玉從宮內拿出來，藏在宮外的府庫裡，把良馬從宮內的馬房裡牽出來，安置在宮外的馬房裡。」獻公說：「宮之奇在，一定不會讓虞公接受我們的禮物的。」荀息說：「宮之奇為人處世，心裡明白，可是怯懦，又比虞公稍大不了幾歲。心裡明白，話就說得簡短，怯懦就不能強力諫阻，比虞君大不了幾歲，虞公就不會太尊重他。再加上珍貴的玩物就擺在虞公面前，而災禍在滅虢國之後，這點具有中等之上智力的人才能考慮到。我料定虞公是中等智力以下的人。」獻公於是向虞國借路征伐虢國。

　　宮之奇勸諫說：「晉國的使者言辭謙卑而禮物隆重，一定會對虞國不利。」虞公不聽，接受了晉國的禮物，借路給晉國。宮之奇又諫道：「俗語說『唇亡齒寒』，大概說的就是這種情況吧！」於是他帶領自己的老婆孩子投奔曹國去了。

　　晉獻公滅了虢國，是在魯僖公五年，隨後便占領了虞國。荀息牽著馬捧著璧，走到獻公面前，說：「璧還是原樣，而馬的牙齒增加了。」

晉獻公殺世子申生 《禮記·檀弓下》

【題解】

　　《禮記》是戰國至秦、漢年間儒家學者解釋說明經書《儀禮》的文章選

集。主要記載和論述先秦的禮制、禮儀，解釋儀禮，記錄孔子和弟子等的問答，記述修身做人的準則。內容涉及政治、法律、道德、哲學、歷史、祭祀、文藝、日常生活、曆法、地理等諸多方面，其中的《大學》《中庸》與《論語》《孟子》合稱為《四書》，為儒家的重要經典。

《晉獻公殺世子申生》記述的是晉國歷史上一個悲慘的事件。晉獻公晚年寵幸驪姬，欲立驪姬之子奚齊為太子，便聽信驪姬的讒言，要殺掉太子申生。申生為了讓父親如願，為了減輕國家動盪，不為自己辯護，也不出逃，選擇了自殺。這篇150字的短文，沒有議論，沒有說教，只通過申生與重耳的一段對話和申生給老師的遺言，成功地塑造了申生至忠至孝的形象。

【原文】

晉獻公將殺其世子申生[①]。公子重耳[②]謂之曰：「子蓋[③]言子之志於公乎？」世子曰：「不可。君安驪姬，是我傷公之心也。」曰：「然則蓋行乎？」世子曰：「不可。君謂我欲弒君也。天下豈有無父之國哉？吾何行如之？」

使人辭於狐突[④]曰：「申生有罪，不念伯氏之言也，以致於死。申生不敢愛其死。雖然，吾君老矣，子[⑤]少，國家多難。伯氏不出而圖吾君，伯氏苟出而圖吾君，申生受賜而死。」再拜稽首，乃卒。是以為恭[⑥]世子也。

【注釋】

① 世子：古代天子或諸侯的嫡長子。申生：晉獻公與齊姜所生的太子。
② 公子重耳：申生同父異母弟弟。即後來的晉文公，春秋五霸之一。
③ 蓋（讀作何）：通「盍」，何不，為什麼不。
③ 狐突：申生的師傅，字伯行，所以又稱「伯氏」。
④ 子：指驪姬的兒子奚齊。
⑤ 恭：申生的謚號。

【譯文】

晉獻公想要殺掉他的太子申生。其弟公子重耳對申生說：「你為什麼不對父親說出你自己的想法呢？」太子說：「不行。父親得到了驪姬才快樂安逸，我要是說出了真相會傷了他的心。」重耳又說：「那你為什麼不逃走呢？」太子說：「不行。如果那樣，父親會以為我真的要謀害他。天下哪裡有能夠容忍弒父之人的國家？我能逃到哪裡去呢？」

申生派人向老師狐突訣別，說：「我申生有罪，當初沒能聽從您的教誨，以致於今天走上絕路。我不敢吝惜性命。但是，國君年紀老了，他寵愛的兒子奚齊年歲又小，國家必定面臨許多憂患。您若是不出來為國君效力也就罷了，如果肯出來為國君出謀劃策，那我死了也蒙受您的恩惠。」申生拜了兩拜，然後自盡了。因此，人們稱他恭世子。

晉獻文子成室《禮記·檀弓下》

【題解】

趙氏是嬴姓的一個分支，是晉國的一個大族，功勛卓著。趙衰、趙盾父子時，成為專國政的重臣。但其後，受到司寇屠岸賈陷害，趙氏遭遇了滅門之災。只有趙武倖免於難，這便是人們耳熟能詳的「趙氏孤兒」的故事。十五年後，趙武得到韓厥的幫助，報仇雪恨，後又成為晉國的正卿。本篇所記趙武築新居之事，當在復位後不久。一頌一禱，便包含了吸取歷史教訓之意。「善頌善禱」，恰如其分。

【原文】

晉獻文子①成室，晉大夫發②焉。張老曰：「美哉，輪③焉！美哉，奐④焉！歌⑤於斯，哭⑥於斯，聚國族於斯！」文子曰：「武也得歌於斯，哭於斯，聚國族於斯，是全要領以從先大夫於九京也⑦。」北面再拜稽首。君子謂之善頌善禱。

【注釋】

①獻文子：即趙武，又稱趙文子，晉大夫，「獻文」是其謚號。

②發：指送禮慶賀。

③輪：盤旋屈曲而上，引申為高大。

④奐：通「煥」，鮮明，光亮。

⑤歌：指祭祀。古代祭祀要奏樂歌頌。

⑥哭：指舉行喪禮。

⑦要：通「腰」。領：頭頸。古代刑戮，罪重腰斬，稍次殺頭。全要領：指免受刑戮。先大夫：指亡父趙朔等人。九京：即九原，春秋時晉國卿大夫的墓地。

【譯文】

　　晉國趙武的新居落成，晉國的大夫紛紛前去祝賀。大夫張老說：「美啊，這麼高大！美啊，這麼華麗！可以在這兒祭祀唱歌，可以在這兒辦喪禮哭泣，還可以在這兒宴請國賓宗親。」趙武說：「我趙武能夠在這兒祭祀唱歌，在這兒辦喪禮哭泣，在這兒宴請國賓宗親，這是說我能保全身軀頭顱得以善終，將來追隨先祖葬於九原啊。」於是向北面兩次跪拜，以示答謝。君子都稱讚他們一個善於讚揚，一個善於祈禱。

戰國文

蘇秦以連橫說秦 《戰國策‧秦策一》

【題解】

　　《戰國策》又稱《國策》，是由西漢劉向根據秘室所藏有關戰國史事的資料彙集編纂校訂而成的。上繼春秋，下至秦漢之間，約 245 年。因為主要記述戰國游士的策謀說辭，所以劉向定名為《戰國策》。《戰國策》是一部國別體史書，分列十二國，三十三篇。該書文辭優美，語言生動，富於雄辯與運籌的機智，描寫人物繪聲繪色，常用寓言闡述道理，具有很高的文學價值。

　　戰國時期，各諸侯國相互攻伐，一批謀臣策士周旋其間，朝秦暮楚，以逞其智能，獲取功名，蘇秦便是典型的代表。他起初以連橫之策說秦，碰壁之後發憤讀書，轉而以合縱之策說趙，最終得六國重用，以功名顯於天下。文章以蘇秦的前後境遇，秦王和趙王對蘇秦的態度，蘇秦家人的前後態度等對比，突出了主人公的形象。同時語言鋪成誇張，大量使用排偶句式，增強了文章的氣勢。

【原文】

　　蘇秦始將連橫說秦惠王①，曰：「大王之國，西有巴蜀、漢中之利，北有胡貉、代馬之用②，南有巫山、黔中之限③，東有殽、函之固④。田肥美，民殷富，戰車萬乘，奮擊百萬，沃野千里，蓄積饒多，地勢形便，此所謂天府，天下之雄國也。以大王之賢，士民之眾，車騎之用，兵法之教，可以並諸侯，吞天下，稱帝而治。願大王少留意⑤，臣請奏其效。」

　　秦王曰：「寡人聞之：毛羽不豐滿者，不可以高飛；文章不成者，不可以誅罰；道德不厚者，不可以使民；政教不順者，不可以煩大臣。今先生儼然不遠千里而庭教之，願以異日。」

蘇秦曰：「臣固疑大王之不能用也。昔者神農伐補遂[6]，黃帝伐涿鹿而禽蚩尤[7]，堯伐驩兜[8]，舜伐三苗[9]，禹伐共工[10]，湯伐有夏，文王伐崇，武王伐紂，齊桓任戰而霸天下。由此觀之，惡有不戰者乎？古者使車轂[11]擊馳，言語相結，天下為一。約從連橫，兵革不藏，文士並飭[12]，諸侯亂惑，萬端俱起，不可勝理。科條既備，民多偽態。書策稠濁，百姓不足。上下相愁，民無所聊，明言章理，兵甲愈起。辯言偉服，戰攻不息。繁稱文辭，天下不治。舌敝耳聾，不見成功。行義約信，天下不親。於是乃廢文任武，厚養死士，綴甲厲兵，效勝於戰場。夫徒處而致利，安坐而廣地，雖古五帝、三王、五霸，明主賢君，常欲坐而致之，其勢不能，故以戰續之。寬則兩軍相攻，迫則杖戟相撞，然後可建大功。是故兵勝於外，義強於內，威立於上，民服於下。今欲並天下，凌萬乘，詘[13]敵國，制海內，子元元[14]，臣諸侯，非兵不可。今之嗣主，忽於至道，皆惛[15]於教，亂於治，迷於言，惑於語，沉於辯，溺於辭。以此論之，王固不能行也。」

說秦王書十上而說不行。黑貂之裘敝，黃金百斤盡，資用乏絕。去秦而歸，嬴縢履屩[16]，負書擔囊，形容枯槁，面目黧[17]黑，狀有愧色。歸至家，妻不下紝[18]，嫂不為炊，父母不與言。蘇秦喟然嘆曰：「妻不以我為夫，嫂不以我為叔，父母不以我為子，是皆秦之罪也。」乃夜發書，陳篋數十，得太公《陰符》之謀[19]，伏而誦之，簡練以為揣摩[20]。讀書欲睡，引錐自刺其股，血流至足。曰：「安有說人主不能出其金玉錦繡，取卿相之尊者乎？」期年，揣摩成，曰：「此真可以說當世之君矣。」

於是乃摩燕烏集闕[21]，見說趙王於華屋之下，抵掌而談，趙王大悅，封為武安君。受相印，革車百乘，錦繡千

純，白璧百雙，黃金萬鎰，以隨其後，約從散橫，以抑強秦。故蘇秦相於趙而關不通。

當此之時，天下之大，萬民之眾，王侯之威，謀臣之權，皆欲決於蘇秦之策。不費斗糧，未煩一兵，未戰一士，未絕一弦，未折一矢，諸侯相親，賢於兄弟。夫賢人任而天下服，一人用而天下從，故曰：式於政不式於勇；式於廊廟之內，不式於四境之外。當秦之隆，黃金萬鎰為用，轉轂連騎，炫煌於道，山東之國從風而服，使趙大重。

且夫蘇秦，特窮巷掘門、桑戶棬樞之士耳㉒。伏軾撙銜㉓，橫歷天下，庭說諸侯之主，杜左右之口，天下莫之伉㉔。

將說楚王，路過洛陽。父母聞之，清宮除道，張樂設飲，郊迎三十里。妻側目而視，傾耳而聽。嫂蛇行匍伏，四拜自跪而謝。蘇秦曰：「嫂，何前倨而後卑也？」嫂曰：「以季子之位尊而多金。」蘇秦曰：「嗟乎！貧窮則父母不子，富貴則親戚畏懼。人生世上，勢位富貴，蓋可以忽乎哉？」

【注釋】

① 蘇秦：字季子，戰國時洛陽人，縱橫家代表人物。連橫：戰國時代，六國聯合抗秦稱合縱；秦與六國中任何一國聯合以打擊別的國家，稱為連橫。說：勸說，遊說。秦惠王：秦國國君，姓嬴，名駟，公元前　至前　年在位。

② 胡：指匈奴族所居地區。貉：一種形似狐狸的動物，毛皮可作裘。代：今河北、山西北部，以產良馬聞世。

③ 巫山：在今四川巫山縣東。黔中：在今湖南沅陵縣西。限：屏障。

④ 殽：殽山，在今河南洛寧縣西北。函：函谷關，在今河南靈寶縣西南。

⑤ 少留意：稍加注意。

⑥ 神農：傳說中上古原始氏族社會的首領，據稱曾發明農業、醫藥等。補遂：上古部落名。

⑦ 黃帝：姬姓，號軒轅氏，傳說中中原各族的共同祖先。涿鹿：在今河北涿鹿縣南。禽：通「擒」。蚩尤：傳說中東方九黎族的首領。

⑧ 堯：祁姓，陶唐氏，名放勳，傳說中的五帝之一。兜：堯的大臣，傳說曾與共工一起作惡。

⑨ 舜：姚姓，名重華，受堯的「禪讓」而稱帝，傳說中的五帝之一。三苗：古代部落名。

⑩ 共工：傳為堯的大臣，與兜、三苗、鯀並稱「四凶」。

⑪ 轂：車輪中央圓孔，以容車軸。這裡代指車乘。

⑫ 飭：通「飾」，巧飾。

⑬ 詘：通「屈」，使屈服。

⑭ 子：以……為子，這裡指統治。元元：百姓。

⑮ 惛：不明。

⑯ 贏：纏繞。縢：綁腿布。 ：草鞋。

⑰ 黧：黃黑色。

⑱ 紝：紡織。這裡指紡織機。

⑲ 太公：姜太公呂尚。《陰符》：姜太公的兵書。

⑳ 簡：選擇。練：熟習。

㉑ 摩：靠近。燕烏集：宮闕名。

㉒ 掘門：掘牆為門。桑戶：桑木為門板。捲樞：彎樹枝做的門樞。

㉓ 軾：車前橫木。撙：節制。

㉔ 伉：通「抗」，匹敵。

【譯文】

　　蘇秦起初用連橫策略遊說秦惠王，說：「大王您的國家，西面有巴蜀、漢中的富饒物產，北面有胡貉、代馬的供給，南面有巫山、黔中的天然屏障，東面有殽山、函谷關的堅固要塞。田地肥沃富饒，百姓富庶殷實，戰車有萬輛，勇猛進擊的武士有百萬，千里沃野出產豐富，地勢形勝又便於攻防，這就是所謂的天府之地，天下顯赫的大國啊。憑著大王的賢明，士民的眾多，車騎的充足，兵法的教習，可以兼併諸侯，統一天下，稱帝而加以治理。希望大王能對此稍許留意一下，我來講解如何去實施。」

秦王說道：「我是這樣聽說的：羽毛不豐滿的不能高飛上天，法令不完備的不能使用刑罰，道德不深厚的不能驅使百姓，政教不順民心的不能煩勞大臣。如今你不遠千里鄭重地來到朝廷上開導我，我願改日再聽你的教誨。」

蘇秦說：「我本來就懷疑大王不會採納我的主張。早先神農討伐補遂，黃帝用兵涿鹿，擒獲蚩尤，堯討伐兜，舜討伐三苗，禹討伐共工，商湯討伐夏桀，周文王討伐崇侯虎，周武王討伐紂王，齊桓公用武力稱霸天下。看看這些，哪有不用戰爭手段的呢？從前各國使者乘車來回奔波，通過言語互相結交，使天下成為一體。但自從合縱連橫之說興起，不再將兵器藏在庫中，文士辯士個個巧舌如簧，使諸侯聽得暈頭轉向，各種事端層出不窮，以致無法治理。法令規章雖已完備，人們卻虛與委蛇。條文典策雜亂繁瑣，百姓還是衣食不足。君臣相對發愁，人民無所依靠。冠冕堂皇的道理越是清楚，戰亂反而越是頻繁。穿著講究的文士越是善辯，攻戰越是不息。繁徵博引的文辭越多，天下就越難治理。說的人舌頭磨破，聽的人耳朵震聾，卻不見成功。說是要行仁義講誠信，卻不能使天下人相親。於是就丟棄文治依靠武力，以優厚待遇蓄養勇士，製作盔甲，磨好兵器，在戰場上決一勝負。想什麼都不做就獲得利益，安然坐著就擴展疆土，即使是上古五帝、三王、五霸和賢明的君主，想坐享其成，也是不可能的。因此隨之要用戰爭來解決問題。兩軍相距遠，就用戰車攻擊；兩軍相距近，就用兵器廝殺。然後方能建立大功績。所以軍隊能對外打勝仗，國家對內行仁義而強大，上位的國君有了權威，下位的人民自然馴服了。現在要想併吞天下，超越大國，使敵國屈服，控制海內，君臨天下百姓，以諸侯為臣，非發動戰爭不可。如今在位的國君，忽略了這個根本道理，都是教化不明，治理混亂，又被一些人的奇談怪論所迷惑，沉溺在巧言詭辯之中。由此看來，大王您是不會採納我的主張的。」

遊說秦王的奏摺多次呈上，而蘇秦的主張仍未被採納。此時他的黑貂皮大衣穿破了，百斤黃金也用完了，一點錢都不剩。他只得離開秦國回家去，纏著綁腿布，穿著草鞋，背著書箱，挑著行李，憔悴不堪，臉又黃又黑，滿是羞愧之色。回到家裡，妻子不下織機迎接，嫂子不去做飯，父母不與他說話。蘇秦長嘆道：「妻子不把我當丈夫，嫂子不把我

當小叔，父母不把我當兒子，這都是我的過錯啊！」於是他在半夜找書，擺開幾十隻書箱，找到了姜太公的兵書《陰符》，埋頭誦讀，找出要點反覆熟習體會。讀到疲憊欲睡時，就拿錐子刺自己的大腿，鮮血一直流到腳跟。他自言自語道：「哪有去遊說國君而不能讓他拿出金玉錦繡，取得卿相之尊的呢？」一年之後，他學有所成，說：「這下真的可以去遊說當代國君了！」

於是他走近燕烏集闕，在華麗的宮殿中與趙王拍著手掌侃侃而談。趙王聽得非常高興，封蘇秦為武安君，授予相印。隨後將兵車一百輛、錦繡一千匹、白璧一百對、黃金一萬鎰運載在他的後面，讓他用來聯合六國，瓦解連橫，抑制強秦。所以蘇秦在趙國為相，秦國與函谷關外六國的交往就斷絕了。

當時，普天之下，那麼多的百姓，王侯的威望，謀臣的權術，都取決於蘇秦的策略。不耗費一斗糧食，不煩勞一個士兵，沒讓一個戰士出戰，沒斷一根弓弦，沒損失一支箭，卻使諸侯相親，勝過兄弟。賢人在位而天下百姓歸順，一人被重用而天下諸侯順從。所以說：要把功夫花在為政上，而不是武力上；要把功夫用在朝廷之內，而不是邊境之外。在蘇秦春風得意之時，黃金萬鎰任他花，隨從車騎絡繹不絕，一路炫耀，山東各國隨風折服，從而使趙國的地位大大加重。

況且那個蘇秦，只不過是一個住在窮巷之中，挖牆為門、桑木做門板、彎樹枝做門軸的窮書生。現在卻乘華麗之車，騎高頭大馬，橫行於天下，在朝廷上遊說各諸侯，使得那些親信大臣都閉口無言，天下沒有人能與他匹敵。

蘇秦將去遊說楚威王時，路過洛陽。父母聞訊後收拾房屋，打掃街道，設置禮樂，擺設酒席，到三十里外郊野去迎接。妻子不敢正面看他，側著耳朵聽他說話。嫂子像蛇一樣在地上匍匐，再三再四地跪拜謝罪。蘇秦問：「嫂子！你為什麼過去那麼傲慢，而現在又如此謙卑呢？」嫂子答道：「因為您現在地位尊貴而且很有錢呀。」蘇秦嘆道：「唉！貧窮的時候父母不把我當兒子，富貴的時候連親戚也畏懼，人活在世上，權勢、地位、財富，難道可以忽視嗎？」

范雎說秦王 《戰國策·秦策三》

【題解】

　　當時秦國由宣太后主政，重用其弟魏冉、羋（音米）戎以及兒子公子悝、公子市等四貴，形成了強大的利益集團。以致秦國國內只知有太后和四貴，不知有秦王。有著遠大志向的秦昭王迫切希望有所作為，因此向范雎（音居）請教。但正所謂疏不間親，在本國不得志，遭受誣衊冤屈，流亡到秦國來的范雎，如何真正獲得秦王的信任和重用，確實頗費周折。范雎旁敲側擊，試探再三，並反覆強調自己的忠誠，最後直接點出問題的關鍵，打動了秦王。後來秦王毅然廢太后，逐穰侯，用范雎為相，封為應侯，君臣共同開創了一番大業。

【原文】

　　范雎①至，秦王②庭迎，敬執賓主之禮。范雎辭讓。是日見范雎，見者無不變色易容者。秦王屏左右，宮中虛無人。秦王跪而請曰：「先生何以幸教寡人？」范雎曰：「唯唯。」有間，秦王復請。范雎曰：「唯唯。」若是者三。秦王跽③曰：「先生不幸教寡人乎？」

　　范雎謝曰：「非敢然也。臣聞：昔者呂尚④之遇文王也，身為漁父而釣於渭陽之濱耳。若是者，交疏也。已，一說而立為太師，載與俱歸者，其言深也。故文王果收功於呂尚，卒擅天下而身立為帝王。即使文王疏呂望而弗與深言，是周無天子之德，而文、武無與成其王也。今臣，羈旅⑤之臣也，交疏於王，而所願陳者，皆匡君臣之事，處人骨肉⑥之間。願以陳臣之陋忠，而未知王心也。所以王三問而不對者，是也。

　　「臣非有所畏而不敢言也。知今日言之於前，而明日伏誅於後，然臣弗敢畏也。大王信行臣之言，死不足以為臣

患，亡不足以為臣憂，漆身而為厲⑦，披髮而為狂，不足以為臣恥。五帝之聖而死，三王之仁而死，五霸之賢而死，烏獲⑧之力而死，奔、育⑨之勇而死。死者，人之所必不免也。處必然之勢，可以少有補於秦，此臣之所大願也，臣何患乎？

「伍子胥橐載而出昭關⑩，夜行而晝伏，至於淩夫⑪，無以糊其口，膝行蒲伏⑫，乞食於吳市，卒興吳國，闔閭⑬為霸。使臣得進謀如伍子胥，加之以幽囚不復見，是臣說之行也，臣何憂乎？箕子、接輿⑭，漆身而為厲，被髮而為狂，無益於殷、楚。使臣得同行於箕子、接輿，可以補所賢之主，是臣之大榮也，臣又何恥乎？

「臣之所恐者，獨恐臣死之後，天下見臣盡忠而身蹶⑮也，是以杜口裹足，莫敢向秦耳。足下上畏太后⑯之嚴，下惑奸臣之態，居深宮之中，不離保傅⑰之手，終身暗惑，無與照奸。大者宗廟⑱滅覆，小者身以孤危，此臣之所恐耳！若夫窮辱之事，死亡之患，臣弗敢畏也。臣死而秦治，賢於生也。」

秦王跪曰：「先生，是何言也！夫秦國僻遠，寡人愚不肖，先生乃幸至此，此天以寡人愿⑲先生，而存先王之廟也。寡人得受命于先生，此天所以幸先王而不棄其孤也。先生奈何而言若此？事無大小，上及太后，下至大臣，願先生悉以教寡人，無疑寡人也。」范雎再拜，秦王亦再拜。

【注釋】
① 范雎（音居）：字叔，戰國時魏國人，著名政治家、軍事謀略家。
② 秦王：秦昭襄王嬴則。
③ 跪（音忌）：古人席地而坐，雙膝著地，臀部坐在自己腳跟上。「跪」是雙膝著地，把上身挺直，表示恭敬、有所請求，也稱為長跪。

④呂尚：姜姓，呂氏，名尚，字子牙，號太公望。傳說他垂釣於渭水之濱，遇周文王，被拜為太師，輔周滅殷。文王：姬姓，名昌，商紂時為西伯昌，武王滅殷後追諡文王。

⑤羈旅：客居他鄉。

⑥骨肉：比喻親屬。秦昭襄王是尤其母宣太后等人擁立的。

⑦漆身：身上塗漆。屬：通「癩」，這裡指人中漆毒而發腫癩。

⑧烏獲：秦國武王時的力士，傳說能舉千鈞之重。

⑨奔、育：孟奔、夏育。戰國時衛國人，都為秦武王所重用。

⑩伍子胥：名員，字子胥，春秋時楚國人。楚平王殺其父兄伍奢及伍尚，子胥逃亡吳國，幫助吳王闔閭即位並成就霸業。橐：袋子。昭關：楚、吳邊境的要沖，位於今安徽含山縣北。

⑪菠（音菱）夫：即溧水，在今江蘇溧陽一帶。「夫」是「水」字之誤。

⑫蒲伏：同「匍匐」，爬行。

⑬闔閭：春秋時吳國國君，重用伍子胥而打敗楚國。

⑭箕子：商紂王的叔父，封於箕。因諫紂王而被囚禁。武王克殷，才得到釋放。接輿：春秋楚隱士，人稱楚狂，曾唱《鳳兮》歌諷勸孔子避世隱居。

⑮蹷：跌倒，這裡指死亡。

⑯太后：指秦昭王之母芊八子。昭王即位才十九歲，尚未行冠禮，長期由宣太后掌握實權。

⑰保傅：太保、太傅。周代以太師、太傅、太保為三公。這裡泛指輔佐國王的大臣。

⑱宗廟：古代帝王、諸侯等祭祀祖宗的處所，代指王室。

⑲慁（音混）：打擾，煩勞。

【譯文】

　　范雎來到秦國，秦昭王在宮廷裡迎接，恭敬地執行賓主之禮。范雎表示辭讓。這一天秦王接見范雎，在場的人沒有不感到驚訝而臉色變得嚴肅的。秦王讓身邊的人都退下，宮中再沒有別人時，秦王跪著上前請求道：「先生拿什麼來教導寡人呢？」范雎說：「哦，哦。」過了一會

兒，秦王再次請求。范雎說：「哦，哦。」一連多次都是這樣。秦王挺直上身跪著說：「先生不肯賜教寡人嗎？」

范雎表示歉意道：「不敢這樣啊。臣聽說當初呂尚遇到文王的時候，身分只是個漁夫，在渭水北岸垂釣罷了。像是這樣，交往應該是相當疏遠的。但一番交談之後，就請他做太師，和他一同乘車回去，這是因為他們交談得深啊。所以文王依靠呂尚建立了功勳，得天下而自身成為帝王。假如文王因為跟呂望疏遠而不跟他深談，這樣周就沒有稱天子的德行，文王、武王也就不能成為王了。現在臣是個客處他鄉的人，與大王關係疏遠，而臣所想要面陳的，是糾正君臣關係的事，這些又都是親屬骨肉之間的關係。臣願意獻上一片淺陋的忠誠，卻不知大王的心意如何。大王再三催促我都沒有回答，就是這個原因。

「臣並非害怕什麼而不敢開口說，即使知道今天把話說了，明天就會受刑處死，臣子也不害怕。大王若是真能聽信並實施臣子所言，死不足成為臣的禍殃，流亡不足成為臣的憂慮，渾身塗漆像生癩瘡，披頭散髮裝作發狂，也不足成為臣的恥辱。五帝這樣的聖人要死，三王這樣的仁人要死，五霸這樣的賢人要死，烏獲這樣的力士要死，孟奔、夏育這樣的勇士也要死。死亡是人所無法逃避的。既然終究會死，可以對秦國稍微有些益處，這就是臣最大的願望了，臣還擔心什麼呢？

「伍子胥藏在袋子裡混出昭關，夜間趕路，白天躲藏，到了溧水，沒東西可吃了，只好在地上爬行，在吳國集市上乞討，但他最終使吳國崛起，吳王闔閭成為霸主。假如臣進獻謀略能像伍子胥那樣取得成效，就是把我禁閉起來，終生不再見大王，只要臣的主張實行了，臣還憂慮什麼呢？箕子、接輿用漆塗身，像生了癩瘡，披頭散髮變成狂人，可是對殷朝、楚國並無益處。假如臣也像箕子、接輿那樣，但能幫到我認為賢明的君主，這就是臣最大的榮耀了，臣又有什麼可恥辱的呢？

「臣所擔心的，只是我死之後，天下人看到臣盡忠而身亡，從此閉上了嘴，裹足不前，再沒有人願到秦國來罷了。大王上怕太后的嚴厲，下受奸臣的偽裝迷惑，身居深宮之中，離不開輔政重臣的把控，終生受到矇蔽，沒法洞察奸佞。這樣，大則王室覆滅，小則自身陷於孤立危險的境地。這才是臣所怕的！至於那些被困受辱的事，死亡流放的禍殃，臣不敢畏懼。臣死了而秦國能夠強盛，這比我活著更有價值。」

秦王直跪著說：「先生這是什麼話！秦國地處偏遠的西方，寡人又愚昧無能，先生大駕光臨，這是上天讓寡人來煩勞先生，從而使先王的宗廟得以保存啊。寡人能夠受到先生的教誨，這是上天賜恩於先王而不拋棄他的兒子啊。先生為什麼要這樣說呢？從此，事不論大小，上到太后，下到群臣，希望先生一概賜教寡人，不要懷疑寡人不會聽從。」范雎向秦王拜了兩拜，秦王也向范雎拜了兩拜。

鄒忌諷齊王納諫 《戰國策·齊策一》

【題解】

高高在上的君王會被各式各樣的人矇蔽，看不到真相。怎樣讓君王明白這樣的道理？鄒忌現身說法。妻、妾、客出於不同的動機和原因，都說鄒忌比徐公還美，但這不是事實。也許鄒忌並沒有經歷過這樣的事，但這個事例既形象又生動，用來啟發齊威王再合適不過了。難怪齊威王當即便採納了。

【原文】

鄒忌修八尺有餘①，形貌昳麗②。朝服衣冠，窺鏡，謂其妻曰：「我孰與城北徐公美？」其妻曰：「君美甚，徐公何能及君也！」城北徐公，齊國之美麗者也。忌不自信，而復問其妾曰：「吾孰與徐公美？」妾曰：「徐公何能及君也？」旦日③，客從外來，與坐談，問之：「吾與徐公孰美？」客曰：「徐公不若君之美也。」

明日，徐公來。熟視之，自以為不如；窺鏡而自視，又弗如遠甚。暮，寢而思之曰：「吾妻之美我者，私我也；妾之美我者，畏我也；客之美我者，欲有求於我也。」

於是入朝見威王，曰：「臣誠知不如徐公美。臣之妻私臣，臣之妾畏臣，臣之客欲有求於臣，皆以美於徐公。今齊

地方千里，百二十城，宮婦左右莫不私王，朝廷之臣莫不畏王，四境之內莫不有求於王。由此觀之，王之蔽甚矣！」

　　王曰：「善。」乃下令：「群臣吏民能面刺寡人之過者，受上賞；上書諫寡人者，受中賞；能謗議於市朝，聞寡人之耳者，受下賞。」令初下，群臣進諫，門庭若市。數月之後，時時而間進。期年④之後，雖欲言，無可進者。燕、趙、韓、魏聞之，皆朝於齊。此所謂戰勝於朝廷。

【注釋】

① 鄒忌：又作「騶忌」。齊桓公時就任大臣，威王時為相，封於下邳，　　號成侯。修：長。八尺：戰國時各國尺度不一，從出土文物推算，每　　尺約相當於今到釐米。

② 昳（音佚）麗：英俊漂亮。

③ 旦日：明日。

④ 期年：一整年。

【譯文】

　　鄒忌身高八尺以上，體型容貌英俊漂亮。他早上穿戴整齊後照著鏡子，問他的妻子說：「我和城北徐公誰美？」他妻子說：「您非常英俊漂亮，徐公怎麼能比得上您呀！」城北徐公是齊國公認的美男子。鄒忌不太相信自己比他還漂亮，又問他的妾：「我跟徐公比哪個漂亮？」妾說：「徐公哪能比得上您啊！」第二天，客人前來拜訪，鄒忌與他坐下交談，又問道：「我跟徐公比，誰美？」客人回答說：「徐公不如您俊美。」

　　過了一天，徐公來訪。鄒忌仔細地打量他，自以為不如；再照鏡子看自己，更覺得差很遠。夜晚鄒忌躺在床上想這件事：「我妻子說我美，是偏愛我；我的妾說我美，是怕我；客人說我美，是有求於我啊！」

　　於是，鄒忌入朝覲見威王，說：「臣下確實知道自己不如徐公俊

美，但臣的妻偏愛我，臣的妾懼怕我，臣的客人有求於我，他們都說我比徐公俊美。如今齊國領土方圓千里，有一百二十座城池，大王的後宮嬪妃、左右親信沒一個不偏愛您，滿朝大臣沒一個不懼怕您；全國百姓沒一個不有求於您。由此看來，大王受到矇蔽已經非常嚴重了！」

威王說：「確實如此。」於是發佈命令：「不論是官吏百姓，能當面指責寡人過錯的，得上等獎賞；上書勸諫寡人的，得中等獎賞；在公共場所批評議論而傳到寡人耳中的，得下等獎賞。」命令剛頒佈時，群臣紛紛上朝進諫，宮門前好像熱鬧的集市。幾個月後，還陸續有人進諫。一年之後，雖然還有人想說，但已經沒什麼可以說的了。燕國、趙國、韓國、魏國聽到這件事，都來朝拜威王。這就是所謂的戰勝敵國於朝廷之內。

馮諼客孟嘗君 《戰國策·齊策四》

【題解】

在社會急遽動盪的戰國時期，統治者為網羅人才，盛行養士之風；有一技之長的士人投靠在權貴門下，成為社會上一種特殊勢力。最著名的養士者有號稱「戰國四公子」的齊國孟嘗君、趙國平原君、魏國信陵君、楚國春申君。本篇所記，就是孟嘗君禮待食客馮諼，馮諼知恩圖報，為孟嘗君出謀劃策、奔走效勞，使孟嘗君既獲美名，又鞏固了地位的事蹟。本文用白描手法刻畫人物，語言簡潔富有個性。馮諼出場時看似百無一能，還牢騷滿腹，被眾人譏笑，實則高瞻遠矚，足智多謀。

【原文】

齊人有馮諼①者，貧乏不能自存，使人屬孟嘗君②，願寄食門下。孟嘗君曰：「客何好？」曰：「客無好也。」曰：「客何能？」曰：「客無能也。」孟嘗君笑而受之，曰：「諾。」

左右以君賤之也，食以草具③。居有頃，倚柱彈其劍，

歌曰：「長鋏④歸來乎！食無魚。」左右以告。孟嘗君曰：「食之，比門下之客。」居有頃，復彈其鋏，歌曰：「長鋏歸來乎！出無車。」左右皆笑之，以告。孟嘗君曰：「為之駕，比門下之車客。」於是乘其車，揭其劍，過其友曰：「孟嘗君客我。」後有頃，復彈其劍鋏，歌曰：「長鋏歸來乎！無以為家。」左右皆惡之，以為貪而不知足。孟嘗君問：「馮公有親乎？」對曰：「有老母。」孟嘗君使人給其食用，無使乏。於是馮諼不復歌。

後孟嘗君出記，問門下諸客：「誰習計會，能為文收責⑤於薛者乎？」馮諼署曰：「能。」孟嘗君怪之，曰：「此誰也？」左右曰：「乃歌夫『長鋏歸來』者也。」孟嘗君笑曰：「客果有能也！吾負之，未嘗見也。」請而見之，謝曰：「文倦於事，憒⑥於憂，而性懧愚，沉於國家之事，開罪于先生。先生不羞，乃有意欲為收責於薛乎？」馮諼曰：「願之。」於是約⑦車治裝，載券契⑧而行，辭曰：「責畢收，以何市而反⑨？」孟嘗君曰：「視吾家所寡有者。」

驅而之薛，使吏召諸民當償者，悉來合券。券遍合，起矯命以責賜諸民，因燒其券，民稱萬歲。

長驅到齊，晨而求見。孟嘗君怪其疾也，衣冠而見之，曰：「責畢收乎？來何疾也？」曰：「收畢矣。」「以何市而反？」馮諼曰：「君云『視吾家所寡有者』。臣竊計，君宮中積珍寶，狗馬實外廄廊，美人充下陳。君家所寡有者以義耳！竊以為君市義。」孟嘗君曰：「市義奈何？」曰：「今君有區區之薛，不拊愛子其民⑩，因而賈利之。臣竊矯君命，以責賜諸民，因燒其券，民稱萬歲。乃臣所以為君市義也。」孟嘗君不說，曰：「諾，先生休矣！」

後期年，齊王⑪謂孟嘗君曰：「寡人不敢以先王之臣為

臣。」孟嘗君就國於薛，未至百里，民扶老攜幼，迎君道中，終日。孟嘗君顧謂馮諼曰：「先生所為文市義者，乃今日見之。」

　　馮諼曰：「狡兔有三窟，僅得免其死耳。今君有一窟，未得高枕而臥也。請為君復鑿二窟。」孟嘗君予車五十乘，金五百斤，西遊於梁⑫，謂梁王曰：「齊放其大臣孟嘗君於諸侯，先迎之者，富而兵強。」於是梁王虛上位，以故相為上將軍，遣使者，黃金千斤，車百乘，往聘孟嘗君。馮諼先驅，誡孟嘗君曰：「千金，重幣也；百乘，顯使也。齊其聞之矣。」梁使三反，孟嘗君固辭不往也。

　　齊王聞之，君臣恐懼，遣太傅齎⑬黃金千斤，文車二駟，服劍一，封書謝孟嘗君曰：「寡人不祥⑭，被於宗廟之祟⑮，沉於諂諛之臣，開罪於君！寡人不足為也，願君顧先王之宗廟，姑反國統萬人乎！」馮諼誡孟嘗君曰：「願請先王之祭器，立宗廟於薛。」廟成，還報孟嘗君曰：「三窟已就，君姑高枕為樂矣。」孟嘗君為相數十年，無纖介之禍者⑯，馮諼之計也。

【注釋】

① 馮諼：孟嘗君的門客，《史記・孟嘗君列傳》作「馮驩」。

② 屬：通「囑」，叮囑，求告。孟嘗君：姓田，名文，號孟嘗君，齊威王之孫，襲其父田嬰之封邑於薛，因此又稱薛公。

③ 草具：指粗劣的食物。

④ 鋏（音夾）：劍把，這裡代指劍。

⑤ 責：通「債」。

⑥ 憒：昏亂。

⑦ 約：纏束，這裡指把馬套上車。

⑧ 券契：指放債的憑證。券分為兩半，雙方各執其一，履行契約時拼而相契合，即下文所說「合券」。

⑨市：購買。反：通「返」。

⑩拊：通「撫」。子其民：視其民為子。

⑪齊王：指齊閔王田地，齊宣王之子。

⑫梁：即魏國。當時魏國以大梁為都。

⑬齎（音基）：送物給人。

⑭祥：通「詳」，審慎。

⑮被：遭受。宗廟：古代祭祀祖先的處所。這裡借指祖先。祟：災禍。

⑯纖：細絲。介：通「芥」，比喻細微。

【譯文】

　　齊國有個叫馮諼的人，窮得沒法活下去，託人請求孟嘗君，願意投在其門下做個食客。孟嘗君問：「這人有什麼愛好？」回答說：「他沒什麼愛好。」又問：「這人有什麼才能？」答道：「他沒什麼才能。」孟嘗君笑著收下了，說：「好吧。」

　　手下的人以為孟嘗君輕視他，就給他吃粗劣食物。住了一陣子，馮諼靠著柱子彈他的劍，唱道：「長劍啊，咱們回去吧！吃飯沒有魚。」手下報告了這事。孟嘗君說：「給他吃魚，比照門下的食客。」住了一段時間，馮諼又彈起他的劍，唱道：「長劍啊，咱們回去吧！出門沒有車駕。」大家都笑話他，又把此事報告上去。孟嘗君說：「給他配備車子，同有車的門客一樣對待。」於是他駕著車，舉著劍，出去拜訪朋友，說：「孟嘗君把我當成上客。」後來過了一陣，他又彈起劍，唱道：「長劍啊，咱們回去吧！沒法養家。」身邊的人都討厭他了，認為他貪得無厭。孟嘗君問：「馮先生有親人嗎？」回答說：「有老母親。」孟嘗君派人給馮母送去吃的用的，不讓短缺。於是馮諼不再唱了。

　　後來孟嘗君張貼文告，徵詢門下的眾食客：「哪一位懂會計，能為我到薛邑去收債？」馮諼寫下自己的名字，說：「我能。」孟嘗君驚詫地問：「這個人是誰？」身邊的人說：「就是那個唱『長劍啊，咱們回去吧』的人啊。」孟嘗君笑道：「這人果然還是有本事的，我對不起他了，一直沒見過面。」於是請他相見，並賠禮道歉：「我被瑣事搞得疲憊不堪，勞神費心使得頭昏腦漲，生性懦弱又愚拙，埋頭於國家的事務中，對先生多有得罪。先生不認為受到侮辱，還願意為我到薛邑去收債

嗎？」馮諼說：「我願意。」於是套馬備車，整理行裝，帶上債券契約準備出發。辭別時問道：「收完債，買些什麼回來呢？」孟嘗君說：「看我家缺什麼就買吧。」

馮諼驅車來到薛邑，讓官吏把該還債的百姓都召集攏來，核對債券。憑證全部驗過後，馮諼站起來，假傳孟嘗君的命令，把債賞賜給眾百姓，因此把債券都燒了，百姓都呼叫萬歲。

馮諼馬不停蹄趕回齊都，大清早就來求見。孟嘗君對他這麼快就回來感到奇怪，穿戴好了就出來接見他，問：「債都收了嗎？怎麼回來這麼快啊？」馮諼說：「收完了。」又問：「買些什麼回來了？」馮諼說：「您說『看我家缺什麼就買吧』。我暗自想著，您家裡珍寶成堆，牲口棚裡擠滿了良犬駿馬，堂下美人如雲。您家裡缺少的只有義了。我私下替您買了義。」孟嘗君問：「買義，是怎麼回事？」馮諼說：「現在您有個小小的薛邑，不把百姓當子女般撫愛，相反卻要用商人的手段向其斂財。我擅自假托您的命令，把債賞賜給百姓，因此把債券都燒了，百姓都喊萬歲。這就是我為您買的義啊。」孟嘗君聽了很不高興，說：「哦，先生算了吧！」

一年後，齊閔王對孟嘗君說：「寡人不敢讓先王的臣子做臣子。」孟嘗君只好前往自己的封地薛邑。離薛還有百里時，老百姓扶老攜幼出動，在半路上迎接孟嘗君，整整一天。孟嘗君回頭對馮諼說：「先生為我買的義，今天終於看到了。」

馮諼說：「狡猾的兔子有三個洞穴，僅僅可以逃脫一死。現在您只有一個洞穴，還不能高枕無憂。請讓我再為您鑿兩個洞穴吧。」孟嘗君給了他五十輛車，五百斤黃金。馮諼向西來到大梁，對魏王說：「齊國罷免了孟嘗君的相位，諸侯中誰先得到他，必定能國富兵強。」於是魏王空出了相國的位置，把原來的相國調任大將軍，派遣使者，帶著黃金一千斤，一百輛車子，前去聘請孟嘗君。馮諼搶先驅車回來，告誡孟嘗君說：「千斤黃金，是隆重的聘禮；百輛車馬，是顯赫的使者。齊王應該聽到這消息了。」魏國的使者往返請了三次，孟嘗君堅持辭謝不去。

齊王聽說這事，君臣上下一片恐慌，派太傅送來黃金一千斤，四匹馬拉的彩飾紋車二輛，佩劍一柄，修書向孟嘗君道歉：「我太不慎重了，遭到祖先降下的災禍，被諂媚奉承的臣子所矇蔽。我是不值得您同

情，但希望您念及先王宗廟，回來治理萬民！」馮諼告誡孟嘗君說：「希望你向齊王求得祭祀先王禮器，在薛邑建立宗廟。」宗廟建成後，馮諼回報孟嘗君說：「三個洞穴已經鑿好，您可以盡情享樂了。」孟嘗君做相國幾十年，沒遭受一絲半點災禍，全仗馮諼的計謀啊。

觸龍說趙太后 《戰國策・趙策四》

【題解】

公元前 265 年，趙惠文王卒，子孝成王新立，由太后掌實權。秦乘機攻趙，連拔三城，趙形勢告急。此時對趙國來說，只有連齊抗秦才是上策。而齊國要趙國送上長安君為質才肯出兵。太后溺愛其子，並為此發怒。事情陷入僵局。面對太后的盛怒和撂下的狠話，觸龍知難而進。觸龍非常瞭解太后的心理，又有著高超的遊說技巧。他一上來隻字不提人質之事，絮絮叨叨卻是拉家常，解除了太后的戒備之心，一下子拉近了二人的距離；然後從託付幼子入手，將話題轉入什麼是愛護子女上，最終讓太后心悅誠服。

【原文】

趙太后①新用事，秦急攻之。趙氏求救於齊。齊曰：「必以長安君為質②，兵乃出。」太后不肯，大臣強諫。太后明謂左右：「有復言令長安君為質者，老婦必唾其面。」

左師觸龍願見。太后盛氣而揖③之。入而徐趨，至而自謝曰：「老臣病足，曾不能疾走，不得見久矣，竊自恕，而恐太后玉體之有所郄④也，故願望見。」太后曰：「老婦恃輦而行。」曰：「日食飲得無衰乎？」曰：「恃鬻⑤耳。」曰：「老臣今者殊不欲食，乃自強步，日三四里，少益嗜食，和於身。」太后曰：「老婦不能。」太后之色少解。

左師公曰：「老臣賤息⑥舒祺，最少，不肖。而臣衰，竊

愛憐之。願令得補黑衣⑦之數，以衛王宮。沒死以聞。」太后曰：「敬諾。年幾何矣？」對曰：「十五歲矣。雖少，願及未填溝壑⑧而托之。」太后曰：「丈夫亦愛憐其少子乎？」對曰：「甚於婦人。」太后笑曰：「婦人異甚！」對曰：「老臣竊以為媼之愛燕后⑨，賢於長安君。」曰：「君過矣，不若長安君之甚。」

左師公曰：「父母之愛子，則為之計深遠。媼之送燕后也，持其踵⑩為之泣，念悲其遠也，亦哀之矣。已行，非弗思也，祭祀必祝之，祝曰：『必勿使反⑪！』豈非計久長，有子孫相繼為王也哉？」太后曰：「然。」

左師公曰：「今三世以前，至於趙之為趙⑫，趙王之子孫侯者，其繼有在者乎？」曰：「無有。」曰：「微獨趙，諸侯有在者乎？」曰：「老婦不聞也。」「此其近者禍及身，遠者及其子孫。豈人主之子孫則必不善哉？位尊而無功，奉厚而無勞，而挾重器多也。今媼尊長安君之位，而封以膏腴之地，多予之重器，而不及今令有功於國。一旦山陵崩⑬，長安君何以自托於趙？老臣以媼為長安君計短也，故以為其愛不若燕后。」太后曰：「諾。恣君之所使之。」於是為長安君約車百乘，質於齊，齊兵乃出。

子義⑭聞之，曰：「人主之子也，骨肉之親也，猶不能恃無功之尊，無勞之奉，而守金玉之重也，而況人臣乎？」

【注釋】

① 趙太后：趙惠文王趙威之妻，趙孝成王之母。公元前年，趙惠文王去世，孝成王年幼，尤其執政。

② 長安君：趙太后幼子的封號。質：抵押，即人質。

③ 揖：應作「胥」，等待。

④ 郄（音夕，同隙字）：不舒服。

⑤ 鬻：「粥」的本字。

⑥ 賤息：對自己兒子的謙稱。

⑦ 黑衣：宮廷衛士。因著黑服，故稱。

⑧ 填溝壑：指死，委婉的說法。自比賤民奴隸，死後棄屍於溝壑。

⑨ 燕后：趙威王的女兒，嫁給燕王為后。

⑩ 踵：足跟。

⑪ 反：通「返」。古代諸侯嫁女於他國為后，若非失寵被廢、夫死無子、亡國失位，是不回國的。

⑫ 趙之為趙：指公元前年，魏、韓、趙三家分晉，趙始立國。

⑬ 山陵崩：比喻帝王死亡。此處指趙太后。

⑭ 子義：趙國賢人。

【譯文】

　　趙太后剛剛掌權當政，秦國向趙國發起猛攻。趙國向齊國求救。齊國說：「必須以長安君為人質，齊國才出兵。」趙太后不同意，大臣們極力勸諫。太后明確告訴左右：「有再說讓長安君去做人質的，老婦我一定朝他的臉吐唾沫。」

　　左師觸龍請求謁見太后。太后怒氣衝衝地等待他。觸龍進來後慢慢地小步走向太后，到了跟前自動請罪道：「老臣腿腳有病，竟然不能快步行走了，好久沒能來謁見，私下裡以此原諒自己，可是又擔心太后身體欠安，所以很想來看看太后。」太后說：「老婦出行全靠車子了。」觸龍又問：「每天的飲食該不會減少吧？」太后說：「就只能喝點粥罷了。」觸龍說：「老臣現在特別不想吃東西，就勉強自己步行，每天走三四里，稍微增進一點食慾，以調養身體。」太后說：「我可做不到。」太后的臉色稍稍和緩些了。

　　左師公說：「老臣的賤子舒祺，年紀最小，沒有出息。臣子日益衰老，心裡卻最疼愛他。希望他能到侍衛隊裡湊個數，以保衛王宮。我冒著死罪來稟告您。」太后說：「完全可以答應你。他多大年紀了？」回答說：「十五歲了。雖然還小，但我希望在自己沒死的時候先託付給您。」太后說：「男人也特別疼愛小兒子嗎？」回答說：「比婦人更疼愛呢。」太后笑道：「婦人特別疼愛小兒子。」左師說：「老臣私下認

為，您老人家疼愛女兒燕后，就勝過小兒子長安君。」太后說：「你弄錯了，比不上對長安君那樣疼愛得深。」

左師公說：「父母疼愛子女，總是為他們長遠考慮。您老人家當初送燕后出嫁，抱著她的腳為她哭泣，是想到她要嫁那麼遠去，心裡悲傷。送走以後，並不是不想念她，每逢祭祀一定為她祈禱，祈禱說：『一定別讓她回來啊！』這難道不是從長遠考慮，希望她有了子孫可以世代相繼在燕國為王嗎？」太后說：「確實如此。」

左師公問道：「往上數三世，到趙國建立的時候，趙國君主的子孫被封侯的，他們的後代還有能繼承爵位的嗎？」太后答道：「沒有。」左師公又問：「不只是趙國，其他諸侯國的子孫還有這樣的情況嗎？」太后說：「老婦也沒聽說過。」左師公說：「這大概就是近的災禍落在自己身上，遠的災禍殃及子孫。難道是君王的子孫一定就不成器嗎？只是因為他們地位高貴卻沒什麼功績，俸祿特別優厚卻未曾辛勤付出，平白無故擁有大量的金玉珠寶。現在您老人家給長安君以高位，把富裕肥沃的地方封給他，又賜予他大量珍寶，卻不曾想到趕緊讓他為國家做出功績，有朝一日您百年之後，長安君憑什麼在趙國安身立足呢？老臣認為您為長安君考慮得太短淺了，因此以為您愛他不如愛燕后。」太后說：「好吧。任憑你怎樣派遣他吧。」於是為長安君套馬備車一百乘，到齊國去做人質。齊國於是出兵了。

子義聽到這件事，說：「君王的兒子，有著骨肉之親，尚且不能依靠沒功勛的高貴之位，沒勞績的豐厚俸祿，而占有著金玉珍寶等貴重的東西，何況做臣子的呢？」

魯仲連義不帝秦 《戰國策‧趙策三》

【題解】

長平之戰後，秦軍又趁勝進逼趙國都邯鄲，趙國危在旦夕，向魏國求救。趙、魏唇齒相依，魏王派兵相救，秦昭襄王寫信恐嚇魏王，揚言誰救趙就先攻擊誰。魏王害怕秦國，令晉鄙留兵不進，虛張聲勢擺出救趙的姿態，另派魏將

辛垣衍祕密潛入邯鄲，想說服趙孝成王一起尊秦為帝，以屈辱換和平，求得苟安。魯仲連主動去見辛垣衍，用具體的事例作比，生動形象闡明了帝秦的弊害，使辛垣衍折服。魯仲連，又名魯仲連子、魯連子、魯連，是戰國末年齊國稷下學派後期代表人物，著名的平民思想家。胸羅奇想，志節不凡，為人排除患難、解決紛亂而一無所取，展現了高風亮節。

【原文】

　　秦圍趙之邯鄲①。魏安釐王使將軍晉鄙救趙②。畏秦，止於蕩陰不進。

　　魏王使客將軍辛垣衍間入邯鄲③，因平原君謂趙王曰④：「秦所以急圍趙者，前與齊閔王爭強為帝⑤，已而復歸帝，以齊故；今齊閔王益弱，方今唯秦雄天下，此非必貪邯鄲，其意欲求為帝。趙誠發使尊秦昭王為帝，秦必喜，罷兵去。」平原君猶豫未有所決。

　　此時魯仲連適遊趙，會秦圍趙，聞魏將欲令趙尊秦為帝，乃見平原君曰：「事將奈何矣？」平原君曰：「勝也何敢言事？百萬之眾折於外⑥，今又內圍邯鄲而不去。魏王使客將軍辛垣衍令趙帝秦。今其人在是。勝也何敢言事？」魯連曰：「始吾以君為天下之賢公子也，吾乃今然後知君非天下之賢公子也。梁客辛垣衍安在？吾請為君責而歸之。」平原君曰：「勝請為召而見之于先生。」

　　平原君遂見辛垣衍，曰：「東國有魯連先生，其人在此，勝請為紹介，而見之於將軍。」辛垣衍曰：「吾聞魯連先生，齊國之高士也。衍，人臣也，使事有職。吾不願見魯連先生也。」平原君曰：「勝已洩之矣。」辛垣衍許諾。

　　魯連見辛垣衍而無言。辛垣衍曰：「吾視居此圍城之中者，皆有求於平原君者也。今吾視先生之玉貌，非有求於平原君者，曷為久居此圍城之中而不去也？」魯連曰：「世以

鮑焦無從容而死者⑦，皆非也。今眾人不知，則為一身。彼秦，棄禮義，上首功之國也⑧，權使其士，虜使其民，彼則肆然而為帝，過而遂正於天下⑨，則連有赴東海而死耳，吾不忍為之民也！所為見將軍者，欲以助趙也。」辛垣衍曰：「先生助之奈何？」魯連曰：「吾將使梁⑩及燕助之，齊、楚固助之矣。」辛垣衍曰：「燕則吾請以從矣；若乃梁，則吾乃梁人也，先生惡能使梁助之耶？」魯連曰：「梁未睹秦稱帝之害故也；使梁睹秦稱帝之害，則必助趙矣。」辛垣衍曰：「秦稱帝之害將奈何？」魯仲連曰：「昔齊威王嘗為仁義矣，率天下諸侯而朝周。周貧且微，諸侯莫朝，而齊獨朝之。居歲余，周烈王崩，諸侯皆弔，齊後往。周怒，赴⑪於齊曰：『天崩地坼⑫，天子下席⑬，東藩之臣田嬰齊後至，則斫之。』威王勃然怒曰：『叱嗟！而母，婢也！』卒為天下笑。故生則朝周，死則叱之，誠不忍其求也。彼天子固然，其無足怪！」

辛垣衍曰：「先生獨未見夫僕乎？十人而從一人者，寧力不勝，智不若邪？畏之也。」魯仲連曰：「然，梁之比於秦，若僕邪？」辛垣衍曰：「然。」魯仲連曰：「然則吾將使秦王烹醢梁王⑭！」辛垣衍快然不悅，曰：「嘻！亦太甚矣，先生之言也！先生又惡能使秦王烹醢梁王？」魯仲連曰：「固也！待吾言之：昔者鬼侯、鄂侯、文王，紂之三公也。鬼侯有子而好，故入之於紂，紂以為惡，醢鬼侯；鄂侯爭之急，辨之疾，故脯鄂侯。文王聞之，喟然而嘆，故拘之於牖里之庫百日⑮，而欲令之死。曷為與人俱稱帝王，卒就脯醢之地也？」

「齊閔王將之魯，夷維子執策而從，謂魯人曰：『子將何以待吾君？』魯人曰：『吾將以十太牢待子之君。』夷維子

曰：『子安取禮而來待吾君？彼吾君者，天子也。天子巡狩，諸侯避舍[16]，納筦鍵[17]，攝衽抱几[18]，視膳於堂下；天子已食，退而聽朝也。』魯人投其籥，不果納。不得入於魯。將之薛，假途於鄒。當是時，鄒君死，閔王欲入吊。夷維子謂鄒之孤曰：『天子吊，主人必將倍殯柩[19]，設北面於南方，然後天子南面吊也。』鄒之群臣曰：『必若此，吾將伏劍而死。』故不敢入於鄒。鄒、魯之臣，生則不得事養，死則不得飯含[20]。然且欲行天子之禮於鄒、魯之臣，不果納。今秦萬乘之國，梁亦萬乘之國。交有稱王之名，睹其一戰而勝，欲從而帝之，是使三晉之大臣，不如鄒、魯之僕妾也。

「且秦無已而帝，則且變易諸侯之大臣。彼將奪其所謂不肖，而予其所謂賢，奪其所憎，而予其所愛；彼又將使其子女讒妾，為諸侯妃姬，處梁之宮，梁王安得晏然而已乎？而將軍又何以得故寵乎？」

於是辛垣衍起，再拜謝曰：「始以先生為庸人，吾乃今日而知先生為天下之士也！吾請去，不敢復言帝秦！」

秦將聞之，為卻軍五十里。適會公子無忌[21]奪晉鄙軍以救趙擊秦，秦軍引而去。

於是平原君欲封魯仲連。魯仲連辭讓者三，終不肯受。平原君乃置酒，酒酣，起，前，以千金為魯連壽。魯連笑曰：「所貴於天下之士者，為人排患釋難、解紛亂而無所取也。即有所取者，是商賈之人也，仲連不忍為也。」遂辭平原君而去，終身不復見。

【注釋】
① 邯鄲：趙國都城，位於今河北邯鄲西南。
② 魏安釐（音西）王：魏國國君，魏昭王之子，公元前年至前年在位。
　　晉鄙：魏國大將。

③ 客將軍：別國人在本國任將軍。辛垣衍：複姓辛垣，名衍。間入：潛入。

④ 因：通過。平原君：趙國公子趙勝，封平原君，時為趙相。趙王：指孝成王，名丹。

⑤ 前與齊閔王爭強為帝：公元前年，秦昭王稱西帝，齊閔王稱東帝。

⑥ 百萬之眾折於外：公元前年，秦將白起在長平大破趙兵，坑趙降兵40餘萬人。

⑦ 鮑焦：春秋時隱士，因對現實不滿，抱樹而死。無從容：心胸不開闊。

⑧ 上：通「尚」，崇尚。首功：斬首之功。

⑨ 過：甚至。正：通「政」，統治。

⑩ 梁：即指魏國。當時魏國已經遷都大梁。

⑪ 赴：通「訃」，報喪。

⑫ 天崩地坼：比喻天子死亡。坼：裂。

⑬ 下席：指離開原來的宮室，寢於草薦上守喪，以示哀悼。

⑭ 烹：煮殺。醢（音海）：剁成肉醬。

⑮ 牖里：也作羑（音有）里，地名，今河南湯陰北。庫：監獄。

⑯ 避舍：宮室讓給天子。

⑰ 筦（音管）鍵：鑰匙。

⑱ 衽：衣襟。几：小桌子。

⑲ 倍殯柩：把靈柩換到相反的方位。古代喪禮，天子來弔喪時要面向南，所以就必須換到坐南朝北的方位。倍：通「背」。

⑳ 飯含：古代殯禮，把粟米放入死者口中稱「飯」，把珠玉放入死者口中稱「含」。

㉑ 公子無忌：即信陵君，魏安釐王異母弟弟，戰國四公子之一。當時信陵君托魏王愛姬盜得兵符，又假傳王命，殺晉鄙奪兵權，率軍前來救趙。

【譯文】

秦軍圍困趙國的都城邯鄲。魏安釐王派大將晉鄙率軍援救趙國。晉鄙畏懼秦軍，將大軍駐紮在蕩陰，不敢前進。

魏王另派客籍將軍辛垣衍抄小路潛入邯鄲，通過平原君向趙王說：「秦之所以加緊圍困趙國，是因為當初秦昭王與齊閔王爭強而稱帝；後

來秦昭王取消了帝號，是因為齊閔王先把帝號撤銷了。如今齊國更加衰弱，只有秦國能稱雄天下。這次秦國未必是貪圖邯鄲，其實是想稱帝罷了。趙國若能派使臣尊秦王為帝，秦王必定非常高興，就馬上會撤兵了。」平原君聽了，猶豫不決。

這時，魯仲連剛好在趙國遊歷，碰著秦軍圍困邯鄲，又聽說魏國打算讓趙王尊秦王為帝，就去拜見平原君，說：「這件事您打算怎麼辦？」平原君說：「我怎麼還敢談論國事呢？在外，趙國折損了百萬大軍；在內，秦軍又包圍了邯鄲不肯撤離。魏王派了客籍將軍辛垣衍前來，要趙國尊秦王為帝，現在此人還在這裡。我怎麼還敢談論國事呢？」魯仲連說：「原來我認為您是天下稱頌的賢公子，如今聽了這番話才知道您還夠不上天下稱頌的賢公子啊！梁客辛垣衍在哪裡？讓我替您斥責他，叫他回去！」平原君說：「讓我叫他來見先生。」

平原君就去見辛垣衍，說：「齊國有位魯仲連先生正在這裡，我想介紹他來見將軍。」辛垣衍說：「我聽說魯仲連是齊國品行高尚而不做官的人，我呢，是君主的臣子，擔負著使命，不希望見魯仲連先生。」平原君說：「我已經把您的情況透露給他了。」辛垣衍這才答應。

魯仲連見了辛垣衍卻不言語。辛垣衍說：「我看在這圍城裡的人，都是有求於平原君的。現在我看到先生的神態，不是有求於平原君的。那麼，先生為什麼長久滯留圍城之中而不離去呢？」魯仲連說：「世人中那些以為焦鮑是因為心胸狹窄而死的，都是錯的。現在很多人不理解他，還以為他出於個人考慮。秦這個國家，廢棄禮義，以戰場上殺人多少來計算戰功；慣用欺詐的手段驅使武士，用對待俘虜的方法奴役百姓，如果秦王肆無忌憚地稱帝，甚至占有了整個天下，那我只有跳進東海自殺了，我決不做其治下的子民！我之所以要見將軍，就是為了助趙抗秦。」

辛垣衍說：「先生能怎樣助趙呢？」魯仲連說：「我將讓魏國、燕國都幫助趙國，齊、楚兩國已經幫它了。」辛垣衍說：「燕國嘛，我看是會聽從先生的；至於魏國，我就是魏國人，先生怎麼能使魏國助趙呢？」魯仲連說：「魏國還沒認識到秦王稱帝的害處；如果讓魏國明白過來，就一定會幫助趙國了。」

辛垣衍說：「秦王稱帝的危害將會怎樣呢？」魯仲連說：「從前齊

威王也曾倡導仁義，想率領天下諸侯去朝拜周天子。當時周朝既貧且弱，諸侯都不去朝見，只有齊侯單獨去了。過了一年多，周烈王駕崩，諸侯都去弔唁，齊侯最後才去。周顯王發怒了，派使臣去齊國報喪，說：『天子駕崩，如同天崩地裂，新即位的天子居草蓆守喪，你東方的藩臣田嬰齊竟敢後到，就該砍下腦袋！』齊威王勃然大怒，罵道：『呸！你娘不過是個賤婢！』結果惹得天下都笑話他。為什麼周烈王在世，齊威王去朝拜他，死後又罵他呢？實在是不堪忍受周顯王橫蠻的苛求啊！那天子本來就是這樣的，倒也並不奇怪。」

　　辛垣衍說：「先生豈不見那些奴僕嗎？他們十個人跟從一個主子，難道是力量不如他，智慧也不如他？是害怕他啊！」魯仲連說：「這麼說來，魏國相對於秦國，就像是奴僕嗎？」辛垣衍說：「是的。」魯仲連說：「那麼，我就要使秦王烹煮魏王，把魏王剁成肉醬！」辛垣衍很不高興，說：「唉！先生這話說得太過分了吧！先生又怎麼能叫秦王烹煮魏王，把魏王剁成肉醬？」魯仲連說：「當然可以！讓我說給你聽。從前，鬼侯、鄂侯、文王是商朝紂王的三公。鬼侯有個女兒長得很漂亮，因此獻給了紂王；紂王卻嫌她醜，便把鬼侯剁成肉醬。鄂侯急忙爭辯，極力為鬼侯辯護，紂王竟然又將鄂侯殺了，做成肉乾。文王聞訊長嘆一聲，紂王就把他關進牖里的牢房，整整關了一百天，還想置他於死地。為什麼與他人同樣稱王稱帝，卻落到被人曬成肉乾、剁成肉醬的地步呢？

　　「齊閔王將要去魯國，夷維子執鞭駕車隨行，對魯國人說：『你們打算用什麼禮節款待我們的君王？』魯國人說：『我們準備用十具太牢的盛宴款待貴國君王。』夷維子說：『你們根據哪來的禮節款待我們君王啊！我們的君王是天子呀！天子巡察天下，諸侯應當讓出自己的宮殿，交出鎖鑰，撩起衣襟，親自搬動几案，在堂下伺候天子用餐。等天子吃過了，才敢退下來處理朝政。』魯國人聽了這番話，就閉關下鎖，拒不接納，齊閔王因此無法進入魯國。他又想去薛國，向鄒國借道。當時正遇上鄒國的國君死了，閔王想去弔唁。夷維子對鄒國的新君說：『天子來弔喪，喪主必須移動靈柩，從坐北朝南改為坐南朝北，然後天子才朝向南方弔喪。』鄒國的群臣聽了，說：『如果一定要這樣，我們寧可伏劍自刎！』結果，齊閔王不敢到鄒國去。鄒、魯兩個小國的臣

子，當他們國君在世時無力侍奉供養，國君去世後又不能舉行將飯、玉放入口中的殯禮，然而當齊閔王想讓他們對自己行天子之禮時，他們卻執意不肯接受。現在秦是擁有萬輛兵車的大國，魏也是擁有萬輛兵車的大國，彼此都有王的名分。只因看見秦王在長平打了一個勝仗，就嚇得拜倒在他的腳下，要尊他為帝。這樣看來，三晉的大臣比鄒、魯兩個小國的奴僕婢妾都不如呢！

「再說，秦王若是貪得無厭而稱帝，他必將調換諸侯的大臣，免去他認為不賢的，換上他認為賢能的；除去他所憎惡的，提拔他所喜歡的。他又會讓自己的女兒和那專門挑撥離間的姬妾充當諸侯的妃嬪，住進魏國的後宮，魏王還能夠安然無事嗎？而將軍閣下又還能用什麼辦法保持原有的恩寵？」

於是辛垣衍起身，向魯仲連拜了兩拜，謝罪道：「起先我將先生當作平庸之人，現在才知道先生真是天下的賢士！我這就告辭，再也不敢說什麼尊秦為帝了！」

秦國的將軍聽說這事，因此退軍五十里。恰好此時魏公子無忌奪了晉鄙的軍權，率領魏軍救趙擊秦，秦軍就退走了。

於是平原君打算封賞魯仲連。魯仲連再三辭謝，始終不肯接受。平原君只好擺酒宴請。酒興正濃之時，平原君起身向前，捧上千金祝壽。魯仲連笑道：「人們尊重天下之士，是因為其能為人排除憂患，解除苦難，消除紛亂，而不取任何酬報。如果要什麼酬報，那就是做買賣的商人了。我不屑做這種人。」於是辭別平原君而去，終身沒有再來相見。

樂毅報燕王書 《戰國策·燕策二》

【題解】

燕王噲時，齊閔王因燕國內亂而起兵攻燕，擄掠燕國寶器運回齊國。燕昭王繼位後，厚禮招聘賢人，用樂毅為上將軍，聯合趙、楚、魏、韓軍隊攻破齊國。昭王去世，燕惠王猜忌樂毅，派騎劫代樂毅，樂毅恐懼奔趙。齊人大破燕軍，殺騎劫。燕惠王後悔莫及，又擔心樂毅率趙軍來攻，寫信斥責，樂毅寫了

這封信回答。樂毅感激昭王的知遇之恩，委婉地回答了惠王的責難，表明了自己的心跡。這封信措辭得體，顧及君臣兩個方面，展現自己坦蕩的胸襟，是歷代所傳誦的名篇。

【原文】

　　昌國君樂毅，為燕昭王合五國之兵[①]而攻齊，下七十餘城，盡郡縣之以屬燕。三城[②]未下，而燕昭王死。惠王即位，用齊人反間[③]，疑樂毅，而使騎劫[④]代之將。樂毅奔趙，趙封以為望諸君[⑤]。齊田單[⑥]詐騎劫，卒敗燕軍，復收七十餘城以復齊。

　　燕王悔，懼趙用樂毅乘燕之弊以伐燕。燕王乃使人讓[⑦]樂毅，且謝之曰：「先王舉國而委將軍，將軍為燕破齊，報先王之仇，天下莫不振動。寡人豈敢一日而忘將軍之功哉！會先王棄群臣，寡人新即位，左右誤寡人。寡人之使騎劫代將軍，為將軍久暴露於外，故召將軍，且休計事。將軍過聽[⑧]，以與寡人有隙，遂捐[⑨]燕而歸趙。將軍自為計則可矣，而亦何以報先王之所以遇將軍之意乎？」

　　望諸君乃使人獻書報燕王曰：「臣不佞[⑩]，不能奉承先王之教，以順左右[⑪]之心，恐抵斧質之罪[⑫]，以傷先王之明，而又害於足下[⑬]之義，故遁逃奔趙。自負以不肖之罪，故不敢為辭說。今王使使者數之罪，臣恐侍御者之不察先王之所以畜幸臣之理[⑭]，而又不白於臣之所以事先王之心，故敢以書對。

　　「臣聞賢聖之君不以祿私其親，功多者授之；不以官隨其愛，能當者處之。故察能而授官者，成功之君也；論行而結交者，立名之士也。臣以所學者觀之，先王之舉錯，有高世之心，故假節於魏王，而以身得察於燕。先王過舉，擢之乎賓客之中，而立之乎群臣之上，不謀於父兄，而使臣為亞

卿。臣自以為奉令承教，可以幸無罪矣，故受命而不辭。

「先王命之曰：『我有積怨深怒於齊，不量輕弱，而欲以齊為事。』臣對曰：『夫齊，霸國之餘教而驟勝之遺事也，聞於甲兵⑮，習於戰攻。王若欲伐之，則必舉天下而圖之。舉天下而圖之，莫徑於結趙矣。且又淮北、宋地，楚、魏之所同願也。趙若許約，楚、趙、宋盡力，四國攻之，齊可大破也。』先王曰：『善。』臣乃口受令，具符節，南使臣於趙。顧反命，起兵隨而攻齊，以天之道，先王之靈，河北之地，隨先王舉而有之於濟上。濟上之軍奉令擊齊，大勝之。輕卒銳兵，長驅至國。齊王逃遁走莒，僅以身免。珠玉財寶、車甲珍器，盡收入燕。大呂陳於元英⑯，故鼎反乎歷室⑰，齊器設於寧台⑱。薊丘⑲之植，植於汶篁⑳。自五伯以來，功未有及先王者也。先王以為順於其志，以臣為不頓命㉑，故裂地而封之，使之得比乎小國諸侯。臣不佞，自以為奉令承教，可以幸無罪矣，故受命而弗辭。

「臣聞賢明之君，功立而不廢，故著於《春秋》，蚤㉒知之士，名成而不毀，故稱於後世。若先王之報怨雪恥，夷萬乘之強國，收八百歲㉓之蓄積，及至棄群臣之日，遺令詔後嗣之餘義，執政任事之臣，所以能循法令、順庶孽㉔者，施及萌隸，皆可以教於後世。臣聞善作者不必善成，善始者不必善終。昔者伍子胥說聽乎闔閭，故吳王遠跡至於郢；夫差弗是也，賜之鴟夷㉕而浮之江。故吳王夫差不悟先論之可以立功，故沉子胥而弗悔；子胥不蚤見主之不同量，故入江而不改。

「夫免身全功，以明先王之跡者，臣之上計也。離㉖毀辱之非，墮㉗先王之名者，臣之所大恐也。臨不測之罪，以幸為利者，義之所不敢出也。

「臣聞古之君子，交絕不出惡聲；忠臣之去也，不潔其名。臣雖不佞，數奉教於君子矣。恐侍御者之親左右之說，而不察疏遠之行也。故敢以書報，唯君之留意焉。」

【注釋】

① 五國之兵：趙、楚、韓、燕、魏五國聯軍。

② 三城：指聊城、莒、即墨。當時齊國只剩這三座孤城。

③ 用齊人反間：齊將田單散佈謠言，說樂毅想反叛燕國，自己做齊王。新即位的燕惠王信以為真。

④ 騎劫：燕國將領，接替樂毅為聯軍統帥，敗於田單之手，被殺。

⑤ 望諸君：趙國給樂毅的封號。

⑥ 田單：齊國大將。齊國危亡之際臨危受命，屢立戰功，後封安平君，被齊襄王任為國相。

⑦ 讓：責備。

⑧ 過聽：誤信流言。

⑨ 捐：拋棄。

⑩ 不佞：沒有才智，謙詞。

⑪ 左右：書信中對對方的尊稱，表示不敢直接稱對方，只稱呼對方的左右執事者。

⑫ 抵：遭受。斧質：刀斧與砧板，殺人的刑具。

⑬ 足下：對對方的尊稱。古時用於尊者，後代只用於同輩。

⑭ 侍御者：侍侯國君的人，此處代指惠王。畜幸：畜養寵幸。

⑮ 閒：通「嫻」，嫻熟，熟練。甲兵：鎧甲兵器，借指軍事。

⑯ 大呂：鐘名。元英：燕國宮殿名。

⑰ 故鼎：指齊國殺燕噲王時所掠奪的燕鼎。歷室：燕國宮殿名。

⑱ 寧台：燕國宮殿名。

⑲ 薊（音季）丘：燕國都城，今北京市西南。

⑳ 汶篁（音問皇）：齊國汶水邊的竹田。

㉑ 頓命：辜負使命。

㉒ 蚤：通「早」。

㉓八百歲：從姜太公受封立國到樂毅破齊約八百年。

㉔庶孽：妾生的兒子。

㉕鴟（音吃）夷：皮革制的口袋。

㉖離：通「罹」，遭受。

㉗墮：敗壞。

【譯文】

　　昌國君樂毅，替燕昭王聯合五國的軍隊攻打齊國，連下七十多座城池，都劃為燕國的郡縣。還有三座城邑未攻下，燕昭王卻去世了。燕惠王繼位，中了齊人的反間計，懷疑樂毅，派騎劫取代他為統帥。樂毅因此逃到趙國，趙王封他為望諸君。齊國大將田單用計詐了騎劫，最終打敗燕軍，收復了齊國七十多座城邑，恢復了齊國的領土。

　　燕王後悔了，又害怕趙國任用樂毅乘燕國戰敗之機來攻打燕國，便派人去責備樂毅，又向樂毅表示歉意，說：「先王把整個燕國託付給將軍，將軍為燕國攻破齊國，為先王報了仇，天下人莫不震動。寡人怎敢一刻忘記將軍的功勛啊！當時遇上先王駕崩，寡人剛剛繼位，身邊的近臣矇騙了寡人。不過，寡人派騎劫接替您，只是因為將軍長久在野外作戰，所以調將軍回國休養，共商國事。將軍誤信流言，因此與寡人產生了隔閡，拋棄燕國而投奔趙國。為將軍自己打算固然是可以的，但是這樣又如何報答先王對將軍的恩情呢？」

　　望諸君樂毅便派人進獻書信，回答惠王說：「臣不才，不能奉承先王的遺命，無法順從大王左右的心意，擔心回來會受到斬殺之刑，以致損害先王知人之明，也使您蒙受不義之罪，只得投奔趙國。臣寧願承擔不忠的罪名，也不願為自己辯白。現在大王派人來數說臣的罪過，臣擔心大王左右之臣不能理解先王重用臣的理由，也不明白臣之所以事奉先王的心意，所以斗膽寫信答覆大王。

　　「臣聽說，賢能聖明的君主不把爵祿私賞給自己偏愛的人，只有立功多的才授予；不把官職隨便授予自己寵幸的人，只有才能相當的才任命。所以，考察才能而授官的，是能成就功業的君主；根據德行而結交朋友的，是贏得聲譽的賢士。臣以所學的知識來觀察，覺得先王的種種舉措，表明其有高於世上一般諸侯的理想，因此我借用魏王使節的身分

來燕國親身考察。先王對臣格外看重，把我從賓客中選拔出來，安置在群臣之上，不與宗室長輩商量，便任命臣為亞卿。臣自以為能夠奉行命令，秉承教導，就可以僥倖免於罪罰，所以接受了任命，毫不辭讓。

「先王命令臣說：『燕國與齊國世代積下深仇大恨，不考慮國小力微，也要將向齊國報仇作為自己的使命。』臣回答說：『齊國是有著霸主的傳統並打過多次勝仗的國家，熟悉軍事，長於攻戰。大王如果要伐齊，必須聚集天下的力量來對付它。若要聚集天下的力量來對付它，最好莫過於先與趙國結盟。況且還有淮北和原來宋國的地盤，被齊國獨吞了，楚、魏兩國都想分一杯羹。趙國如果同意結盟，楚、魏儘力相助，以四國的力量攻打，就可大破齊國了。』先王說：『好！』臣便接受先王親口下的命令，準備好符節，南下出使趙國。很快回國覆命，接著發兵攻齊。靠著上天的保佑，倚仗先王的聲威，黃河以北的齊國土地，都隨著先王大軍的推進而為燕國占有，一直抵達濟水。接著，結集在濟水的燕軍奉令繼續出擊，大獲勝利。將士輕裝上陣，手握銳利的兵器長驅直入，攻占齊都。齊王逃奔至莒地，倖免一死。齊國所有的珠玉財寶、車甲珍器，全歸燕國所有。大呂鐘掛在了燕國元英殿上，被齊國掠奪走的燕國寶鼎又運回歷室殿，齊國的寶器都擺在燕國的寧台。原來樹立在薊丘的燕國旗幟，插到齊國汶水兩岸的大地上。自從五霸以來，沒有誰的功勳能趕上先王。先王志得意滿，認為臣沒有貽誤他的命令，所以裂土分封，使臣得到相當於小國諸侯的地位。臣雖然不才，自信能夠奉行命令，秉承教導，可以僥倖免於罪罰，因此欣然接受而沒有推辭。

「臣聽說，賢明的君主建立了功業就不讓它廢棄，所以能夠載入史冊；有先見之明的賢士成名之後就不會讓名聲敗壞，所以為後世稱讚。比如先王這樣報仇雪恨，征服了萬輛兵車的強國，盡收其八百年的積蓄，直到逝世那天，還留下叮囑嗣君的遺訓，使執政任事的官員能遵循法令，處理好嫡庶後嗣，並推及百姓奴隸，這都是能夠教育後世的啊。

「臣聽說，善於創造的人不一定善於完成，善於開始的人不一定善於結束。從前，伍子胥的謀略被闔閭採納，因此吳王能夠遠征，到達楚國的郢都；夫差卻不信任伍子胥，而是給了他一個皮囊將他拋進江中。原來夫差不能領會伍子胥的謀略能夠用來建功立業，所以淹死伍子胥而不悔恨；而伍子胥不能預見新舊兩個君主聽取意見的氣量不同，因此直

到被投入江還不改初衷。所以，脫身免禍，保全伐齊的大功，用以彰顯先王的業績，這是臣的上策。遭受詆毀和侮辱，毀壞先王的美名，這是臣最大的恐懼。面臨著不測之罪，卻又僥倖圖謀私利，臣決不敢做出這樣不義之事。

「臣聽說古代的君子，即使與朋友斷絕交往，也不說對方的壞話；忠臣即使含冤離開一個國家，也不為自己的名聲辯白。臣雖然不才，但也曾多次受過君子的教誨。只是擔心大王輕信左右的讒言，因此冒昧回信說明，希望您多加考慮。」

諫逐客書　李斯

【題解】

李斯（？—前208），楚國上蔡（今屬河南）人。戰國時期法家代表人物。曾為秦相呂不韋舍人，深得秦王（後來的秦始皇）的信任，為統一天下做出貢獻，官至丞相。秦始皇死，與趙高定謀，矯詔殺始皇長子扶蘇，立少子胡亥為帝。後趙高誣李斯謀反，腰斬於咸陽市。

本篇見於《史記·李斯列傳》。戰國末年，韓國擔心秦國出兵來攻，派水工鄭國到秦國，建議秦國開鑿渠道，引涇水入洛水，稱鄭國渠，想以此阻礙秦國向韓國進軍。事情發覺後，秦宗室大臣提出逐客的主張，李斯也在被逐名單之中，他因此寫了這篇《諫逐客書》。當時驅逐客卿的主張已得到秦王同意，李斯敢於抗辯，並成功逆轉，劉勰《文心雕龍·論說》中說，關鍵在「順情入機，動言中務」，開頭將「逐客」說成是「吏議」，避免冒犯秦王，然後例舉穆公、孝公、惠王、昭王四位先君任用客卿所收到的功效「入機」，又假設「四君」不用客卿會怎樣作為對比，突出逐客的錯誤。隨後轉到秦王自身，所愛好的色樂珠玉均不產於秦，反覆推論，歸結到重色樂珠玉而輕人民，「非所以跨海內、制諸侯之術也」，點到了秦王要稱霸的雄心。整個論述論據確鑿，邏輯嚴密，終於打動了秦王。

【原文】

　　秦宗室大臣皆言秦王曰：「諸侯人來事秦者，大抵為其主游間①於秦耳。請一切逐客。」李斯議亦在逐中。

　　斯乃上書曰：「臣聞吏議逐客，竊以為過矣。昔穆公②求士，西取由余③於戎，東得百里奚④於宛，迎蹇叔⑤於宋，求丕豹、公孫支於晉⑥。此五人者，不產於秦，而穆公用之，並國二十，遂霸西戎。孝公用商鞅之法⑦，移風易俗，民以殷盛，國以富強。百姓樂用，諸侯親服。獲楚、魏之師，舉地千里，至今治強。惠王用張儀之計⑧，拔三川⑨之地，西並巴蜀；北收上郡；南取漢中，包九夷，制鄢、郢；東據成皋之險，割膏腴之壤。遂散六國之從，使之西面事秦，功施到今。昭王得范雎⑩，廢穰侯⑪，逐華陽⑫，強公室，杜私門，蠶食諸侯，使秦成帝業。此四君者，皆以客之功。由此觀之，客何負於秦哉？向使四君卻客而不內，疏士而不用，是使國無富利之實，而秦無強大之名也。

　　「今陛下致崑山之玉，有隨和之寶⑬，垂明月之珠，服太阿⑭之劍，乘纖離⑮之馬，建翠鳳⑯之旗，樹靈鼉之鼓⑰。此數寶者，秦不生一焉，而陛下說之，何也？必秦國之所生然後可，則是夜光之璧不飾朝廷，犀象之器不為玩好，鄭魏之女不充後宮，而駿馬駃騠⑱不實外廄，江南金錫不為用，西蜀丹青不為采。所以飾後宮、充下陳、娛心意、說耳目者，必出於秦然後可，則是宛珠之簪、傅璣之珥、阿縞之衣、錦繡之飾不進於前⑲，而隨俗雅化、佳冶窈窕，趙女不立於側也。夫擊甕叩缶⑳、彈箏搏髀㉑而歌呼嗚嗚，快耳目者，真秦之聲也。鄭衛桑間、韶虞武象者㉒，異國之樂也。今棄擊甕而就鄭衛，退彈箏而取韶虞，若是者何也？快意當前，適觀而已矣。今取人則不然，不問可否，不論曲直，非秦者去，為客者逐，然則是所重者在乎色樂珠玉，而所輕者在乎人民

也。此非所以跨海內、制諸侯之術也。

「臣聞地廣者粟多，國大者人眾，兵強則士勇。是以泰山不讓土壤，故能成其大；河海不擇細流，故能就其深；王者不卻眾庶，故能明其德。是以地無四方，民無異國，四時充美，鬼神降福，此五帝三王之所以無敵也。今乃棄黔首^㉓以資敵國，卻賓客以業諸侯，使天下之士退而不敢西向，裹足不入秦。此所謂藉寇兵而齎盜糧者也。

「夫物不產於秦，可寶者多；士不產於秦，而願忠者眾。今逐客以資敵國，損民以益仇，內自虛而外樹怨於諸侯，求國之無危，不可得也。」

秦王乃除逐客之令，復李斯官。

【注釋】

① 游間：遊說離間。

② 穆公：秦穆公，姓嬴，名任好，在位三十九年，為春秋五霸之一。

③ 由余：春秋時晉人，逃亡西戎，奉戎王之命出使秦國，為秦穆公所用。獻策攻戎，開境千里，使穆公稱霸。

④ 百里奚：春秋楚人，字井伯，為虞大夫。虞亡，走宛，為楚人所執。秦穆公聞其名，以五張羊皮贖他，用為相。

⑤ 蹇叔：春秋時人，百里奚好友，居宋，穆公迎為大夫。

⑥ 丕豹：春秋時晉人，其父丕鄭為晉惠公所殺，逃亡秦國，穆公用為大夫。公孫支：秦人，游於晉，後歸秦，穆公用為大夫。

⑦ 孝公：秦孝公，名渠梁，在位二十四年，任用商鞅變法，使秦國迅速強盛。商鞅：即公孫鞅，戰國時衛人，仕魏為中庶子。封於商，稱商君。秦孝公死，為惠王所殺。

⑧ 惠王：秦惠文王，名駟。用張儀為相，使司馬錯滅蜀，又奪取楚漢中地六百里，始稱王，在位二十七年。張儀：戰國時魏人，主張「連橫」的縱橫家，散六國合縱，使六國西向事秦。

⑨ 三川：指伊水、洛水、黃河。

⑩昭王：秦昭襄王，名則，秦武王的異母弟弟。范雎：字叔游，魏國人，被秦昭王任為丞相。

⑪穰侯：魏冉，秦昭王母宣太后的異父同母弟。昭王即位，年少，宣太后用冉執政，封為穰侯。

⑫華陽：羋戎，宣太后之弟，封華陽君。

⑬隨和之寶：相傳春秋時隨侯救了受傷的大蛇，後蛇於江中銜大珠以報，稱隨侯珠。春秋時楚人卞和得璞，剖璞得寶玉，琢為璧，稱和氏璧。

⑭太阿：寶劍名。相傳春秋時楚王命歐冶子、干將鑄龍淵、太阿、工布三寶劍。

⑮纖離：良馬名。

⑯翠鳳：一種珍奇的鳥。

⑰靈鼉（音駝）之鼓：用揚子鱷皮製成的鼓。

⑱駃騠（音決堤）：古代北方的名馬。

⑲宛珠之簪：用宛地出產的珠裝飾的簪。傅：附著。璣：不圓的珠。珥（音耳）：耳環。阿縞：齊國東阿出產的白色絲織品。

⑳甕：汲水的瓦器。缶（音否）：小口大腹的瓦罐。

㉑搏髀（音皮）：拍大腿以節歌。

㉒鄭、衛桑間：指當時民間的音樂。《禮・樂記》：「鄭衛之音，亂世之音也，比於慢矣。桑間濮上之音，亡國之音也。」桑間：衛國濮水邊上的一個地名。韶虞：相傳是歌頌虞舜的樂舞。武象：周武王時的樂舞，指當時的雅樂。

㉓黔首：以黑巾裹頭，指平民百姓。

【譯文】

秦國的宗室大臣紛紛向秦王政進言：「諸侯各國前來秦國效力的人，大多是為其君主來秦國遊說離間的。請下令將其統統驅逐出境。」李斯也在計議驅逐之列。

於是李斯向秦王上書說：「臣聽說宗室大臣在議論驅逐客卿，我私下認為這是錯的。從前秦穆公求訪賢能之人，從西面戎地得到了由余，從東面宛地得到百里奚，從宋國迎來了蹇叔，從晉國求得丕豹、公孫支。這五個人都不出生在秦國，可穆公重用他們，因此吞併了二十個小

國，並成為西方的霸主。秦孝公用商鞅變法，移風易俗，百姓富裕興盛，國家因此富強。百姓樂意為國家效力，各諸侯國親近服從。戰勝了楚、魏的軍隊，開拓千里疆土，直到現在秦國還社會安定、國家強盛。秦惠王採納張儀的計策，奪得了三川之地，向西併吞巴蜀，向北取得上郡，向南攻占漢中，席捲南方諸族，控制楚國鄢、郢二都，向東占據了險要的成皋地區，割據大片肥沃的田地。於是拆散了六國的合縱，迫使他們向西事奉秦國，功績一直延續到今天。昭王得到范雎，罷免了穰侯，趕走了華陽君，加強了王室權力，杜絕了私家的弄權，不斷侵占各諸侯國，使秦國建成了帝王大業。這四位君主，都是依靠客卿的功勞。由此看來，客卿有什麼對不起秦國呢？假使四位君主拒絕客卿不予接納，疏遠外來之士不加任用，這不會使秦國出現富裕的現狀，秦國也不會有強大的聲望了。

「現在陛下收羅了崑山的寶玉，有了隨侯珠、和氏璧這樣的稀世珍寶，懸掛著明月般的珍珠，佩戴著太阿寶劍，駕著纖離駿馬，豎立著翠鳳羽毛裝飾的旗幟，架起了蒙著靈鼉皮的鼓。這種種寶物，秦國一樣都不出產，陛下卻喜歡它們。為什麼呢？一定要秦國出產的才能用，那麼夜光璧就不能裝飾朝廷，犀牛角、象牙制的器物不能成為玩賞之物，鄭國、魏國的美女不能充實後宮，駿馬不能充實宮外的馬廄，江南的金錫不能用來製作器皿，西蜀的丹青不能用作顏料。若是用來裝飾宮殿、充實後宮、娛樂心意、滿足耳目的一定要秦國自己出產的才行，那麼嵌著宛珠的簪子、鑲上珠璣的耳飾、東阿的絲織衣服、華麗的裝飾物都不能供奉於面前；那些隨著社會風氣而穿著入時，善於將自己打扮得婀娜多姿的趙國美女也不能侍立於身旁。敲著罈罈罐罐，彈著箏，拍著大腿，嗚嗚呀呀著，讓人觀賞聆聽的，才是真正的秦國的音樂。鄭、衛及桑間的民間音樂、韶虞、武象之類的古代樂舞，都是別國的音樂。現在陛下拋棄敲甕擊缶而選擇鄭、衛的音樂，不用彈箏而用韶虞的雅樂，這是為什麼呢？無非是這些呈現在面前能快人心意，讓人賞心悅目罷了。現在錄用人才卻不這樣，不問是否可用，不論是非曲直，不是秦國人就丟棄，凡客卿就趕走。這樣的話豈不表明陛下您看重的是女色、音樂、珠寶、玉器，所看輕的是人？這不是可以統一天下，制伏諸侯的方法。

「臣聽說，地域廣闊的糧食就充足，國力強盛的人口就多，軍隊強

盛的將士就勇猛。因此，泰山不拒絕泥土，所以能夠成就它的高大，黃河和大海不嫌棄細流，所以能夠成就它的深廣；王者不拒絕眾民，所以能夠顯示其大德。因此，地不分東南西北，百姓不分國別，四季充實美好，鬼神都來降福，這是五帝三王無敵於天下的原因。現在您卻拋棄人民來幫助敵國，辭退賓客去讓別的諸侯建功立業，使得天下的賢士後退而不敢向西，停步不進秦國，這就是給敵寇以兵器，給盜賊以糧食啊。

　　「東西不產於秦國而值得珍愛的很多，士子不生在秦國而願意效忠的也很多。現在趕走客卿以幫助敵國，拒絕百姓來加強敵國的力量，使自己內部虛弱，在外與諸侯國結怨，如此這般還想讓國家沒有危險，是不可能的。」

　　於是秦王廢除了逐客令，恢復了李斯的職位。

卜　居 《楚辭》

【題解】

　　楚辭是戰國時以屈原為代表的楚國人創作的詩歌，它是在楚國民間歌謠的基礎上加工創新的一種獨特文體，具有濃厚的地方特色。西漢劉向將其彙編成集，題名《楚辭》。因此，楚辭既是一種詩歌形式的名稱，又是詩歌的名稱。

　　屈原（前340—前278），名平，字原，出身楚國王族，曾任楚懷王的左徒、三閭大夫等官，是中國文學史上第一位留下姓名的偉大愛國詩人。他強烈反對腐朽的政治，敢於抨擊黑暗的社會現實，因此遭到誣陷迫害，長期流亡在外，最後投江自盡。「卜居」的意思是占卜自己該怎麼處世。相傳為屈原所作，實際上是楚國人在屈原死後為了悼念他而記載下來的相關傳說。文中用排比、比喻的形式列舉了正反兩個方面，雖然是在提問，答案卻一目了然，反映了屈原的憤慨和不滿，歌頌了他堅持真理、決不妥協的鬥爭精神。

【原文】

　　屈原既放[①]，三年不得復見。竭知盡忠而蔽障於讒。心

煩慮亂，不知所從。乃往見太卜②鄭詹尹，曰：「余有所疑，願因先生決之。」詹尹乃端策拂龜③，曰：「君將何以教之？」

屈原曰：「吾寧悃悃款款④樸以忠乎，將送往勞來⑤斯無窮乎？寧誅鋤草茅以力耕乎，將游大人以成名乎？寧正言不諱以危身乎，將從俗富貴以偷生乎？寧超然高舉以保真乎，將呢訾栗斯⑥，喔咿嚅唲⑦，以事婦人乎？寧廉潔正直以自清乎，將突梯滑稽⑧，如脂如韋以絜楹乎⑨？寧昂昂若千里之駒乎，將泛泛若水中之鳧乎⑩，與波上下，偷以全吾軀乎？寧與騏驥亢軛乎⑪，將隨駑馬之跡乎？寧與黃鵠⑫比翼乎，將與雞鶩⑬爭食乎？此孰吉孰凶？何去何從？世溷濁⑭而不清：蟬翼為重，千鈞⑮為輕；黃鐘⑯毀棄，瓦釜⑰雷鳴；讒人高張，賢士無名。吁嗟默默兮，誰知吾之廉貞！」

詹尹乃釋策而謝曰：「夫尺有所短，寸有所長；物有所不足，智有所不明；數有所不逮⑱，神有所不通。用君之心，行君之意。龜策誠不能知此事。」

【注釋】

①放：放逐，流放。

②太卜：掌管卜筮的官。

③策：蓍草。龜：龜殼。蓍草、龜殼均為占卜的工具。

④悃（音捆）悃款款：誠實勤懇的樣子。

⑤送往勞來：指到處鑽營奉承。

⑥呢訾（音除姿）：以言獻媚。栗斯：阿諛奉承。

⑦喔咿嚅唲（音兒）：強顏歡笑的樣子。

⑧突梯滑稽：指圓滑詭詐，善於迎合他人。

⑨脂：油脂。韋：熟牛皮。絜楹：形容處世圓滑隨俗。

⑩泛泛：漂浮不定的樣子。鳧：野鴨。

⑪亢：通「伉」，並列。軛：車轅前端的橫木。

⑫黃鵠（音胡）：天鵝。

⑬鶩（音務）：鴨子。

⑭溷（音混）濁：骯髒、污濁。

⑮鈞：古代重量單位，三十斤為一鈞。

⑯黃鐘： 我國古代音韻十二律中六種陽律的第一律,表示莊嚴宏大的聲調。這裡指聲調合於黃鐘律的大鐘。

⑰瓦釜：陶制的鍋，這裡指鄙俗音樂。

⑱數：術數，這裡指占卜。逮：及。

【譯文】

　　屈原被流放後，三年沒能再見楚懷王。他竭盡才智效忠國家，卻因小人的讒言誣陷與君王遮蔽阻隔。他心煩意亂，不知如何是好。於是去見太卜鄭詹尹，說：「我有些疑惑不解之事，希望先生能為我分析判斷。」詹尹就擺正蓍草，拂去龜甲上的灰塵，問道：「先生有何見教？」

　　屈原說：「我是寧可誠懇樸實、保持耿直忠誠之心呢，還是到處周旋奉迎以擺脫困境呢？寧可墾荒鋤草、勤勞耕作呢，還是交遊權貴以沽名釣譽？寧可直言不諱而使自己招禍呢，還是與世俗同流合污、貪圖富貴而苟且偷生？寧可超然物外而保持自己的本性呢，還是阿諛逢迎、強顏歡笑以侍奉那位婦人？寧可廉潔正直以潔身自好呢，還是圓滑詭詐、喪失氣節以趨炎附勢？寧可昂首挺胸像志在千里的駿馬呢，還是應當像浮在水面的野鴨隨波逐流以保全自身？寧可與駿馬並駕齊驅呢，還是跟著劣馬的足跡亦步亦趨？寧可與黃鵠比翼高飛呢，還是與雞鴨一同爭食？這些，哪個是吉，哪個是凶？哪個該捨棄，哪個該遵從？現在的世道渾濁不清：認為蟬翼是重的，千鈞是輕的；黃鐘大呂竟遭毀棄，瓦釜陶罐卻響如雷鳴；讒佞小人身居高位而囂張跋扈，賢明之士默默無聞而遭到排斥。唉，沉默吧，誰人能知我的廉潔忠貞！」

　　詹尹於是放下蓍草抱歉地說：「尺比寸長但也有短處，寸比尺短卻也有它的長處；世間萬物都有欠缺之處，人的智慧也有不明了的時候；占卜有預見不到的地方，神靈也有無法洞察的時候。請您按自己的心意行事吧，龜甲和蓍草實在不能解答您的這些事！」

宋玉對楚王問 《楚辭》

【題解】

　　宋玉是戰國後期楚國著名的辭賦家，傳說是屈原的弟子，在楚懷王、楚頃襄王時做過文學侍從之類的官。他的作品富有想像力，且有浪漫主義色彩。代表作《九辯》，敘述他在政治上不得志的悲傷，流露出抑鬱不滿的情緒。本文採用誇張、比喻手法，回答楚王的疑問，寫出「才高被忌，曲高和寡」之恨。

【原文】

　　楚襄王問於宋玉曰：「先生其有遺行與①？何士民眾庶不譽之甚也？」

　　宋玉對曰：「唯，然。有之。願大王寬其罪，使得畢其辭。客有歌於郢②中者，其始曰《下里》《巴人》③，國中屬而和者數千人；其為《陽阿》《薤露》③，國中屬而和者數百人；其為《陽春》《白雪》③，國中屬而和者不過數十人；引商刻羽④，雜以流徵⑤，國中屬而和者不過數人而已。是其曲彌高，其和彌寡。故鳥有鳳而魚有鯤。鳳凰上擊九千里，絕雲霓，負蒼天，足亂浮雲，翱翔乎杳冥⑥之上；夫藩籬之鷃⑦，豈能與之料天地之高哉！鯤魚朝發崑崙之墟，暴鬐於碣石⑧，暮宿於孟諸⑨；夫尺澤之鯢⑩，豈能與之量江海之大哉！故非獨鳥有鳳而魚有鯤也，士亦有之。夫聖人瑰意琦行⑪，超然獨處，世俗之民，又安知臣之所為哉？」

【注釋】

① 遺行：品行有缺點。遺：遺失。
② 郢：楚國都城，位於今湖北江陵。
③ 《下里》《巴人》：楚國的通俗曲名。《陽阿》《薤露》：楚國比較
　　高雅的曲名。《陽春》《白雪》：楚國高雅的曲名。

④引商刻羽：古代以宮、商、角、徵、羽為五音。引商：引高而為商音。刻羽：降低而為羽音。

⑤流徵：流動的徵音，其音調抑揚頓挫。

⑥杳冥：高遠的天空。

⑦鷃（音宴）：一種小鳥。

⑧暴：通「曝」。鬐（音其）：魚脊。碣石：山名，今河北昌黎北。

⑨孟諸：大澤名，位於今河南商丘東北。

⑩尺澤：一尺來深的池塘。鯢：小魚。

⑪瑰意琦行：指卓越的思想和不平凡的行為。

【譯文】

楚襄王問宋玉說：「先生的行為恐怕有不檢點的地方吧？為什麼士人和百姓對你有那麼多的非議呢？」

宋玉回答說：「哦，是啊。有這種情況。不過，請大王寬恕臣的罪過，允許我把話說完。有個客人在郢都歌唱，起初唱《下里》《巴人》，都城裡跟著他唱的有幾千人；接著唱《陽阿》《薤露》，都城裡跟著他唱的有幾百人；等到唱《陽春》《白雪》時，都城裡跟著他唱的不過幾十人；最後，他引發悲涼的商聲，轉入高亢的羽聲，又摻雜流動的徵聲時，都城裡跟著他唱的只剩下幾個人而已。可見曲調越是高雅，應和的人也就越少。所以鳥類中有鳳凰，魚類中有鯤。鳳凰展翅上飛九千里，穿過雲霧，背負青天，兩隻腳攪動浮雲，翱翔在無邊無際的高空；那跳躍在籬笆下面的小鳥，豈能與它一樣瞭解天地的高大！鯤早上從崑崙腳下出發，中午到渤海邊的碣石山上曬脊背，夜晚在孟諸過夜；那一尺來深水塘裡的小魚，豈能和它一樣瞭解江海的廣闊！不光是鳥類中有鳳凰，魚類中有鯤，士人中也有出類拔萃者啊！聖人的偉大志向、美好品德，超出常人而獨立存在。世俗之人又怎能理解我的作為呢？」

漢文

五帝本紀贊《史記》

【題解】

　　司馬遷（約前145—前86），字子長，中國古代偉大的史學家和文學家。他撰寫的《史記》「究天人之際，通古今之變，成一家之言」，是中國歷史上第一部紀傳體通史，對後世史學和文學的發展都產生了深遠影響，被魯迅譽為「史家之絕唱，無韻之離騷」。《史記》的首篇為《五帝本紀》，本文就是司馬遷為首篇作的贊語，列在該篇的末尾。在這篇贊語中，司馬遷說明了《五帝本紀》的史料來源和他對這些史料的看法。從中我們可以瞭解到司馬遷對待史料的審慎態度以及他在驗證史料時跋山涉水的艱苦過程。

【原文】

　　太史公①曰：學者多稱五帝，尚矣。然《尚書》②獨載堯以來，而百家言黃帝，其文不雅馴③，薦紳④先生難言之。孔子所傳《宰予問五帝德》及《帝系姓》⑤，儒者或不傳。余嘗西至空峒⑥，北過涿鹿⑦，東漸於海，南浮江淮矣，至長老皆各往往稱黃帝、堯、舜之處，風教固殊焉。總之，不離古文者近是。予觀《春秋》《國語》，其發明《五帝德》《帝系姓》章矣，顧弟弗深考⑧，其所表見皆不虛⑨。《書》缺有間矣⑩，其軼乃時時見於他說。非好學深思，心知其意，固難為淺見寡聞道也。余並論次，擇其言尤雅者，故著為本紀書首。

【注釋】

①太史公：司馬遷自稱，因他曾任西漢太史令。《史記》各篇多有「太史公曰」，這是司馬遷自己的評論。

②《尚書》：簡稱《書》，我國最早的史書，主要記載商、周帝王的言論與文告，也有後人根據傳說編纂的堯、舜、禹的相關事蹟。

③雅：正確。馴：通「訓」，準則。

④ 薦紳：即縉紳，有官職或做過官的人。
⑤《宰予問五帝德》《帝系姓》：《大戴禮記》和《孔子家語》中的篇
　　名，有些儒者認為是偽書，所以不傳習。
⑥ 空峒：也作「崆峒」，山名，傳說是黃帝問道於廣成子處，位於今甘
　　肅平涼西。
⑦ 涿鹿：山名，位於今河北涿鹿東南，相傳黃帝、堯、舜曾在此建都。
⑧ 顧：但。弟：通「第」，只不過。
⑨ 見：通「現」。表見：記載。
⑩ 缺有間：殘缺很久了。

【譯文】

　　太史公說：學者常稱讚五帝，但五帝時代距現代很久遠了。然而
《尚書》也只記載堯以來的歷史，諸子百家雖然提及黃帝，但記述不夠
嚴謹可靠，連有身分地位的長者都無法說清楚。孔子傳下來的《宰予問
五帝德》及《帝系姓》，儒者也有懷疑，並不傳習。我曾經往西到達崆
峒山，往北經過涿鹿，向東直抵大海，向南遊於長江、淮河一帶，所到
之處，所見過的長者都稱頌黃帝、堯、舜的功績，但其風俗教化卻並不
相同。總之，不違背古文記載的說法比較接近實際。我看《春秋》《國
語》，其對《五帝德》《帝系姓》的闡述都很明白，只是學者們沒有深
入考察，其所記述的內容都不是沒有根據的。《尚書》殘缺已經很久
了，其缺失的內容常常能夠在其他著作中看到。除了刻苦鑽研，愛好思
考，能領會書中要旨的人，原本就很難向那些見識淺薄、孤陋寡聞的人
說清楚。我將有關五帝的材料論定編排，選擇其中準確可靠的寫成《五
帝本紀》，作為全書的開頭。

項羽本紀贊《史記》

【題解】

　　所謂「成王敗寇」，中國歷史上鮮有失敗的英雄，項羽是個例外。項羽是

秦末農民起義中湧現出來的一位悲劇式的英雄。他勇猛善戰，叱吒風雲，顯赫一時，在擊敗秦軍，推翻秦王朝的過程中建立了巨大的功績。但他驟然崛起，又轉瞬覆滅。司馬遷將與當朝爭天下的項羽列為記載帝王事蹟的本紀之中，詳細總結了項羽成敗興亡的經驗教訓，褒貶兼具的字裡行間對項羽充滿了惋惜之情。《項羽本紀》也是《史記》中最精彩的篇章之一。

【原文】

　　太史公曰：吾聞之周生①曰，「舜目蓋重瞳子②」，又聞項羽亦重瞳子。羽豈其苗裔③邪？何興之暴也？夫秦失其政，陳涉首難④，豪傑蜂起，相與並爭，不可勝數。然羽非有尺寸，乘勢起隴畝⑤之中，三年，遂將五諸侯滅秦⑥，分裂天下而封王侯，政由羽出，號為霸王。位雖不終，近古以來，未嘗有也。及羽背關⑦懷楚，放逐義帝⑧而自立，怨王侯叛己，難矣。自矜功伐⑨，奮其私智而不師古，謂霸王之業，欲以力征經營天下，五年，卒亡其國，身死東城，尚不覺寤⑩，而不自責，過矣。乃引「天亡我，非用兵之罪也」，豈不謬哉！

【注釋】

① 周生：漢時一位姓周的儒生，事蹟不詳。

② 蓋：原來。重瞳子：雙瞳仁，古人認為這是神異的人物。

③ 苗裔：後代子孫。

④ 陳涉：名勝，字涉，陽城人，秦末著名農民起義領袖。首難：率先發難。

⑤ 隴畝：田野，這裡指民間。

⑥ 將：率領。五諸侯：指原先戰國七雄中的齊、趙、韓、魏、燕。項羽屬楚，合為六國義軍。

⑦ 背關：放棄關中形勝之地。

⑧ 義帝：楚懷王熊心。公元前年，項梁立其為王。公元前年，項羽尊他

為義帝，後又把他放逐到長沙，並暗中派人把他殺了。

⑨矜：誇耀。功伐：功勛。

⑩寤：通「悟」。

【譯文】

　　太史公說：我從周生那兒聽說，「舜的眼睛有兩個瞳仁」，又聽說項羽也是雙瞳仁。項羽難道是舜的後代嗎？否則他怎麼崛起得這樣迅猛！那秦朝統治衰敗之際，陳勝首先發難抗秦，英雄豪傑蜂擁而起，競相爭奪天下的人數不勝數。而項羽沒有一絲一毫可藉助的權勢地盤，只不過乘勢奮起於民間，僅用三年的時間，就率領五國諸侯一舉滅秦，分割秦的天下，封賞王侯，政令都由他來頒佈，自號為「霸王」。雖然他的霸王之位未能維繫到底，但近代以來未曾有過這樣的人物。待到項羽放棄關中而眷戀楚地，放逐義帝而自立為王，就失去了人心，再去怨恨王侯們背叛自己，那就很難了。項羽自以為奇功蓋世，只憑藉個人的智慧而不傚法古人，認為霸王大業只靠武力征伐，就能統治天下，結果五年時間便亡國了，自己死在了東城，直到那時還不醒悟，不自責，這就大錯特錯了。卻說什麼「是上天要滅亡我，不是我用兵的過錯」，這難道不荒謬嗎？

秦楚之際月表 《史記》

【題解】

　　「表」是《史記》創立的一種體例，用表格的形式來表述歷史人物和歷史事實。《史記》中的表一般為年表，但因為秦楚之際事情紛繁複雜，變化很快，因此按月記述，稱為「月表」。秦楚之際是指秦二世胡亥與西楚霸王項羽統治時期。

　　本文是《秦楚之際月表》的序言。司馬遷簡要概括這一歷史進程，分析了秦朝覆滅的原因。但其中的天命觀念以及將秦朝廢止分封制、郡縣製作為亡國的原因之一，則反映了作者受時代的侷限。

【原文】

太史公讀秦楚之際，曰：初作難，發於陳涉；虐戾滅秦自項氏[1]；撥亂誅暴，平定海內，卒踐帝祚[2]，成於漢家。五年之間，號令三嬗[3]，自生民以來，未始有受命若斯之亟[4]也！

昔虞、夏之興，積善累功數十年，德洽百姓，攝行政事，考之於天，然後在位。湯、武之王，乃由契、后稷修仁行義十餘世[5]，不期而會孟津[6]八百諸侯，猶以為未可。其後乃放弒[7]。秦起襄公[8]，章於文、繆[9]，獻、孝之後[10]，稍以蠶食六國，百有餘載，至始皇乃能並冠帶之倫[11]。以德若彼，用力如此，蓋一統若斯之難也！

秦既稱帝，患兵革不休，以有諸侯也，於是無尺土之封，墮壞名城，銷鋒鏑，鉏[12]豪傑，維[13]萬世之安。然王跡之興，起於閭巷，合從討伐，軼於三代。鄉[14]秦之禁，適足以資賢者為驅除難耳。故奮發其所為天下雄，安在無土不王？此乃傳之所謂大聖乎？豈非天哉？豈非天哉？非大聖孰能當此受命而帝者乎？

【注釋】

① 虐戾（音力）：殘暴，凶狠。項氏：這裡指項羽。

② 踐：登上，踏上。祚：通「阼」，帝位。

③ 嬗（音善）：更替，變遷。

④ 亟：急促，疾速。

⑤ 契：傳說中帝嚳之子，虞舜之臣，封於商，為商朝的始祖。后稷：傳說中虞舜時的農官，為周朝的始祖。

⑥ 孟津：地名，在今河南省孟縣南，又名河陽渡。周武王伐紂，曾在這裡會集八百諸侯。

⑦ 放弒：指商湯王放逐夏桀，周武王誅殺商紂。

⑧ 襄公：秦襄公。

⑨ 章：顯著，顯赫。文：秦文公。繆：秦穆公。

⑩ 獻：秦獻公。孝：秦孝公。

⑪ 冠帶之倫：高冠大帶之輩，指六國諸侯。

⑫ 鉏（音阻）：通「鋤」，剷除。

⑬ 維：通「唯」，度量，打算。

⑭ 鄉：通「向」，從前。

【譯文】

　　太史公研讀關於秦楚之際的記載，說：最早發難的是陳勝，用血腥殘酷的手段滅掉秦朝的是項羽，撥亂反正、誅滅凶暴、平定天下，終於登上帝位、取得成功的是漢家。五年之間，號令變更了三次，自從有人類以來，帝王受天命的變更，從不曾這樣急促。

　　當初虞舜、夏禹興起的時候，他們積累善行和功勞的時間長達幾十年，給百姓施予恩德，代行君主的政事，還要受到上天的考驗，然後才正式即位。商湯、周武稱王，是從契、后稷開始就奉行仁政，實施德義，經歷了十幾代，以至到周武王時，沒有約定之期卻仍有八百諸侯到孟津相會，而他們還認為時機不到。在充分推行仁政之後，他們才放逐了夏桀，殺了殷紂王。秦國自襄公時興起，在文公、穆公時顯示出強大的實力，到獻公、孝公之後，逐步蠶食六國的土地。經歷了一百多年，到了始皇帝才兼併了六國。實行德治像虞、夏、湯、武那樣，使用武力像秦國這樣，才能成功，統一天下是如此艱難！

　　秦始皇稱帝之後，認為以往攻伐不休，是由於分封諸侯，因此一尺土地都沒有分封，而且毀壞有名的城池，銷毀刀箭，剷除各地的豪強勢力，希望保持千秋萬代帝業的安定。然而新的帝王功業又興起於民間，天下英雄豪傑互相聯合，討伐暴秦，氣勢超過了三代。之前秦國的那些禁令，恰好有助於賢能的人排除危難。因此，發憤有為而稱譽天下的英雄，怎麼能說沒有封地便不能成為帝王呢？這就是上天把帝位傳給所說的大聖吧！這難道不是天意嗎？這難道不是天意嗎？如果不是大聖，怎麼能夠在這亂世承受天命，建立帝業呢？

高祖功臣侯者年表 《史記》

【題解】

　　劉邦自身沒多少過人的才能。他曾說過：運籌帷幄不如張良，安撫百姓不如蕭何，率軍打仗不如韓信。他只是能夠駕馭這三位俊傑，所以能得天下。這些為他打江山出了汗馬功勞的人自然要封賞，於是有了漢初一百多名王侯。封王和削藩都是歷史的必然，但功臣之後不能善終卻是值得認真思考的。雖然這些功臣在《史記》中大多有列傳，司馬遷還是特意將其歸納列表，探究列侯衰微的原因。

【原文】

　　太史公曰：古者人臣，功有五品，以德立宗廟定社稷曰勳，以言曰勞，用力曰功，明其等曰伐，積日曰閱。封爵之誓曰：「使河如帶，泰山若厲[1]。國以永寧，爰[2]及苗裔。」始未嘗不欲固其根本，而枝葉稍陵夷[3]衰微也。

　　余讀高祖侯功臣，察其首封，所以失之者，曰：異哉所聞！《書》曰：「協和萬國」，遷於夏、商，或數千歲。蓋周封八百，幽、厲之後[4]，見於《春秋》。《尚書》有唐、虞之侯伯[5]，歷三代千有餘載，自全以蕃[6]衛天子，豈非篤於仁義，奉上法哉？漢興，功臣受封者百有餘人。天下初定，故大城名都散亡，戶口可得而數者十二三，是以大侯不過萬家，小者五六百戶。後數世，民咸歸鄉里，戶益息，蕭、曹、絳、灌[7]之屬或至四萬，小侯自倍，富厚如之。子孫驕溢，忘其先，淫嬖[8]。至太初，百年之間，見侯五，余皆坐法隕命亡國，耗矣。罔[18]亦少密焉，然皆身無兢兢於當世之禁云。

　　居今之世，志古之道，所以自鏡也，未必盡同。帝王者

各殊禮而異務，要以成功為統紀，豈可緄^㉗乎？觀所以得尊寵及所以廢辱，亦當世得失之林也，何必舊聞？於是謹其終始，表見其文，頗有所不盡本末；著其明，疑者闕之。後有君子，欲推而列之，得以覽焉。

【注釋】

① 厲：通「礪」，磨刀石。

② 爰：乃，於是。

③ 陵夷：衰頹。

④ 幽：周幽王，公元前年至前年在位，在位時荒淫昏亂，被殺於驪山下，西周滅亡。厲：周厲王，公元前至前年在位。暴虐嚴酷，壓制輿論，公元前年，國人暴動，厲王出奔彘，年後死於彘。

⑤ 唐：唐堯。虞：虞舜。皆為遠古傳說中部落聯盟的首領。

⑥ 蕃：通「藩」，屏障。

⑦ 蕭、曹、絳、灌：指酇侯蕭何、平陽侯曹參、絳侯周勃、潁陰侯灌嬰。

⑧ 淫嬖：淫亂邪惡。

⑨ 罔：通「網」，法網。

⑩ 緄：縫合。

【譯文】

　　太史公說：古代大臣的功勞分為五品：因為有德行而建立帝業，安定國家的稱為勳，因言論的稱為勞，因戰鬥的稱為功，功績等第突出的稱為伐，功績日積月累的稱為閱。封爵的誓詞說：「即使黃河變得像衣帶一樣窄，泰山像磨刀石一樣小，封國也永遠安穩，一直傳給子孫後代。」起初沒有不想讓封國根基穩固的，但到了其子孫手裡卻逐漸衰敗式微了。

　　我讀了高祖給功臣封侯的記載，考察當初封賞和後來廢黜的原因，我想說這與我前面聽到的誓詞完全不同。《尚書》說：堯以前所封的諸侯國和睦相處，至夏朝、商朝，已經有數千年了。周朝大概封了八百諸

侯，到周幽王、周厲王以後，其後代的記載見於《春秋》一書。《尚書》記載有唐堯、舜虞的子孫為侯爵、伯爵的，經歷三個朝代，有一千多年。他們自己保全下來還護衛著天子，難道不是因為他們堅定地信守仁義，遵守天子的法令嗎?漢朝立國之時，功臣受封的有一百多人。當時國家剛剛安定下來，名城大都的人口大多流散死亡，戶口統計上來實際只有十分之二三。所以大的王侯封邑不過萬戶，小的不過五六百戶。後來經過數代，流亡的百姓逐漸回歸鄉里，戶口越來越多。蕭何、曹參、周勃、灌嬰等世襲大侯，有的達到四萬戶，小的王侯戶口也比當初增加了一倍，他們財富的增長也是如此。功臣的子孫們驕奢淫逸，忘記了其祖先創業的艱辛，行為淫亂邪惡。到了武帝太初年間，從分封算起已有百年時間，剩下的侯只有五家了，其餘的都因犯法而丟掉性命，失去封國，一切都完了。國家的法律對他們確實稍微嚴厲了些，然而他們也都沒有謹慎小心地遵守當時的法令。

生活在當今社會，記住古代的道理，可以對自己有所借鑑，並不是說要完全和古人相同。帝王各自用不同的禮法處理不同的事務，總是以自己的成功作為目標，怎麼能強求完全一樣呢？觀察那些之所以受到尊寵或者被廢黜受辱的王侯，也有許多當世就有或得或失的例子，何必都要看古代的事例呢？因此，我仔細蒐集了他們興衰的始末，用表格記載下來，有些地方不能寫得很完整，只敘述了清楚顯著的部分，有爭議的地方空缺著。以後有哪位君子要補充完善，可以參閱這個表。

孔子世家贊 《史記》

【題解】

孔子原本不是世襲封爵的王侯，但司馬遷卻把他列入「世家」，並對他推崇備至。文中首先引用《詩經・小雅》，表達對孔子的崇敬；接著提出遺書、遺物和遺教，表示對孔子的嚮往；最後通過反襯來說明孔子的崇高地位和對後世的深遠影響。

【原文】

太史公曰：《詩》有之①：「高山仰止②，景行③行止。」雖不能至，然心嚮往之。余讀孔氏書，想見其為人。適魯，觀仲尼廟堂、車服、禮器，諸生以時習禮其家④，余低回⑤留之，不能去云。天下君王至於賢人眾矣，當時則榮，沒則已焉。孔子布衣⑥，傳十餘世，學者宗之。自天子王侯，中國言六藝者折中於夫子⑦，可謂至聖矣！

【注釋】

① 《詩》：又稱《詩三百》，我國最早的一部詩歌總集。漢代將其奉為
　經典，稱《詩經》。以下兩句詩見《詩經·小雅》。

② 高山：比喻道德崇高。仰止：敬仰。止：語氣助詞。

③ 景行：大道，比喻美好的品行。

④ 諸生：許多儒生。以時：按時。

⑤ 低回：恭敬地流連徘徊。

⑥ 布衣：平民百姓。

⑦ 六藝：《詩》《書》《易》《禮》《樂》《春秋》六種儒家經典，又
　稱六經。折中：指判斷事物的準則。

【譯文】

太史公說：《詩經》中有這樣的句子：「巍峨的高山讓人仰望，美好的德行讓人效仿。」我雖然不能達到這樣的境界，但是心中始終嚮往著。我讀孔子的書，就想像到他的為人。我來到魯國，瞻仰孔子的廟堂，他乘坐過的車，穿過的服飾和祭祀的器具。他的學生們正按時在他的家廟裡學習禮儀，我徘徊留戀，不忍離去。天下的君王乃至賢人眾多，他們在世時何等顯赫，但去世後就被人遺忘了。孔子只是一個平民百姓，他的學說卻傳了十幾代，讀書人都尊崇他。從天子、王侯起，中國談的六藝，都是以孔夫子的學說為標準的，他可以說是道德學問最高尚的人了！

伯夷列傳 《史記》

【題解】

　　這是列傳第一篇，記述伯夷、叔齊的事蹟。伯夷、叔齊以堅持氣節、品行高潔著稱。但這篇二人的合傳中，作者夾敘夾議，真正描述其事蹟的文字僅三分之一，而且其中還有相當的篇幅是用來論證二人死時是否有怨恨。司馬遷用大量的筆墨抒發自己的感慨，是強烈地質疑了為封建統治階級服務的天道觀。

【原文】

　　夫學者載籍①極博，猶考信於六藝②。《詩》《書》雖缺③，然虞、夏之文④可知也。堯將遜位，讓於虞舜。舜、禹之間，岳牧咸薦⑤，乃試之於位，典職數十年⑥，功用既興，然後授政。示天下重器⑦，王者大統，傳天下若斯之難也。而說者⑧曰：堯讓天下於許由，許由不受，恥之逃隱。及夏之時，有卞隨、務光者⑨。此何以稱焉？太史公曰⑩：余登箕山，其上蓋有許由冢云。孔子序列古之仁聖賢人，如吳太伯、伯夷之倫詳矣。余以所聞由、光義至高，其文辭不少概見，何哉？

　　孔子曰：「伯夷、叔齊，不念舊惡，怨是用希⑪。」「求仁得仁，又何怨乎？」余悲伯夷之意，睹軼詩⑫可異焉。其傳曰：伯夷、叔齊，孤竹君之二子也。父欲立叔齊，及父卒，叔齊讓伯夷。伯夷曰：「父命也。」遂逃去。叔齊亦不肯立而逃之。國人立其中子。於是伯夷、叔齊聞西伯昌善養老，「盍往歸焉？」及至，西伯卒，武王載木主⑬，號為文王，東伐紂。伯夷、叔齊叩馬而諫曰：「父死不葬，爰及干戈，可謂孝乎？以臣弒君，可謂仁乎？」左右欲兵之。太公曰：「此義人也。」扶而去之。武王已平殷亂，天下宗周，

而伯夷、叔齊恥之，義不食周粟，隱於首陽山，採薇⑭而食之。及餓且死，作歌，其辭曰：「登彼西山兮，采其薇矣。以暴易暴兮，不知其非矣。神農、虞、夏忽焉沒兮，我安適歸矣？于嗟徂⑮兮，命之衰矣！」遂餓死於首陽山。由此觀之，怨邪非邪？

　　或曰：「天道無親，常與善人。」若伯夷、叔齊，可謂善人者非邪？積仁潔行如此而餓死！且七十子⑯之徒，仲尼獨薦顏淵為好學。然回也屢空，糟糠不厭，而卒蚤夭⑰。天之報施善人，其何如哉？盜跖日殺不辜，肝人之肉，暴戾恣睢⑭，聚黨數千人，橫行天下，竟以壽終，是遵何德哉？此其尤大彰明較著者也。若至近世，操行不軌，專犯忌諱，而終身逸樂，富厚累世不絕。或擇地而蹈之，時然後出言，行不由徑，非公正不發憤，而遇禍災者，不可勝數也。余甚惑焉，儻所謂天道，是邪非邪？

　　子曰：「道不同，不相為謀。」亦各從其志也。故曰：「富貴如可求，雖執鞭之士，吾亦為之。如不可求，從吾所好。」「歲寒，然後知松柏之後凋。」舉世混濁，清士乃見。豈以其重若彼，其輕若此哉？

　　「君子疾沒世而名不稱焉。」賈子曰：「貪夫徇財⑲，烈士徇名，誇者死權⑳，眾庶馮生㉑。」「同明相照，同類相求。」「雲從龍，風從虎，聖人作而萬物睹。」伯夷、叔齊雖賢，得夫子而名益彰；顏淵雖篤學，附驥尾㉒而行益顯。岩穴之士㉓，趨舍有時，若此類名堙滅而不稱，悲夫！閭巷之人，欲砥行立名者，非附青雲之士㉔，惡能施於後世哉㉕？

【注釋】

① 載籍：書籍。

② 六藝：即六經，指《詩》《書》《禮》《樂》《易》《春秋》。

③ 《詩》《書》雖缺：相傳孔子曾經刪定《詩經》《尚書》，經秦始皇焚書，多有缺失。

④ 虞、夏之文：指《尚書》中的《堯典》《舜典》《大禹謨》，其中記載了虞夏禪讓的經過。

⑤ 岳：指四岳，傳說堯舜時掌管四方部落的四個首領。牧：指九牧，九州長。咸：全部。

⑥ 典職：任職，此指代理職務。典：主持。

⑦ 重器：寶器。此處用以象徵國家政權。

⑧ 說者：指諸子雜記。

⑨ 卞隨：古隱士。相傳商湯滅夏桀後，要將天下讓給卞隨，卞隨認為受到污辱，投水而死。務光：古代隱士。相傳湯曾讓位給他，他不肯接受，負石沉水而死。

⑩ 太史公曰：司馬遷轉述其父司馬談的話。

⑪ 用：因。希：通「稀」。

⑫ 軼詩：指下文的《採薇》。該詩未收入《詩》，所以稱之為軼詩。

⑬ 木主：象徵死者的木製牌位。

⑭ 薇：野豌豆，蕨類植物，草本，其葉與果可食。

⑮ 徂：通「殂」，死亡。

⑯ 七十子：孔子受徒三千，通六藝者七十二人。七十是舉整數而言。

⑰ 卒蚤夭：終於早死。蚤：通「早」。夭：過早地死。相傳顏淵二十九歲白髮，三十二歲死去。

⑱ 恣睢（音姿雖）：任意胡為。

⑲ 徇財：為了求得財物而犧牲性命。徇：通「殉」。

⑳ 誇者：矜誇之人。死權：為權勢而死。

㉑ 眾庶：泛指百姓。馮：通「憑」，依據。

㉒ 附驥尾：蒼蠅附驥尾而行千里。比喻追隨名人、受到名人的稱揚之後而成名。

㉓ 岩穴之士：隱居山野之人。

㉔青雲之士：德隆望尊、地位顯赫的人。

㉕惡：怎麼，如何。施：延續，流傳。

【譯文】

　　讀書人讀過的書籍雖然很多，但其內容需要通過《六藝》來考證。《詩經》《尚書》雖有缺失，但是有關虞、夏兩代的記載還是可以見到的。堯將退位時，把天下交給了虞舜。舜和禹在即位之前，都是經過四岳九州的推薦，於是讓他們先試著任職，執政數十年，做出了成就，然後才把大政交給他們。這表明天下是極貴重的寶器，帝王是天下最大的統領者，所以把天下移交給繼承者需要慎重。然而有人這樣說：堯曾要將天下讓給許由，許由不肯接受，認為是一種恥辱，逃走隱居起來。到了夏朝，又有卞隨、務光這樣不肯接受帝位之人。這些說法有什麼根據呢？太史公說：我登上過箕山，相傳山上有許由之墓。孔子依次評論古代的仁人、聖人、賢人，對吳太伯和伯夷等講得很詳細。我聽說許由、務光等節義品德至為高尚，但在孔子編定的經書中卻連概略的記載都沒有，這是為什麼呢？

　　孔子說：「伯夷、叔齊不記舊仇，因此怨恨很少。」又說：「追求仁德而得到了仁德，又有什麼可怨恨的呢？」我對伯夷兄弟的意志行為感到悲痛，看到他們沒有收錄在《詩》中的《採薇》又感到詫異。他們的傳記是這樣說的：伯夷、叔齊是孤竹君的兩個兒子。父親想把王位傳給叔齊。到了父親去世後，叔齊讓位給伯夷。伯夷說：「這是父親的遺命啊！」於是便逃走了。叔齊也不肯即位，於是也逃走了。國人便立孤竹君的第二個兒子為新君。這時，伯夷、叔齊聽說西伯姬昌會關心贍養老人，便商量道：「我們何不去投奔他呢？」等他倆到達那裡時，西伯已去世了。武王正用車載著西伯的牌位，追諡其為文王，揮師東進去征伐紂王。伯夷、叔齊拉住武王馬的韁繩諫阻道：「父親死了卻不安葬，竟然大動干戈去打仗，這難道是孝的行為嗎？身為臣子卻要去殺害國君，這難道可以算作仁德嗎？」武王左右的人準備殺掉他們，姜太公說：「他們是仁義之人啊！」於是將他們拉起來推開了。武王平定了殷紂之亂以後，天下都歸附周朝，而伯夷、叔齊卻認為這是很可恥的事。為了表示對殷商的忠義，不吃周朝的糧食，隱居在首陽山中，靠著採食

薇菜充飢。到了餓得將要死的時候，作了一首歌，歌詞說：「登上那西山啊，採摘些薇菜！以暴虐來取代暴虐啊，還不知道這是錯誤的！神農、虞舜和夏禹這樣的聖君匆匆而去啊，我們又該去哪裡尋找歸宿？啊，我們都要死啦，生命是如此衰弱！」最終餓死在首陽山中。從這些記載來看，伯夷、叔齊是有怨恨呢，還是沒有怨恨？

有人說：「天道沒有對誰特別偏愛，但總會照應善人。」那像伯夷、叔齊總應該算得上是善人了吧！難道不是嗎？他們行善積仁，品行高潔，這樣的人竟然餓死了！再說，那七十二位賢弟子，孔子唯獨認為顏淵是特別好學的。然而顏回經常為貧窮所困擾，連糟糠都吃不飽，結果早早去世了。上天對於善人的回報到底是怎樣的呢？而盜跖天天屠殺無辜的人，將人肝當肉吃，凶暴殘忍，胡作非為，聚集了數千黨徒，橫行天下，卻能壽終正寢。這又是根據什麼樣的仁德？這是幾個特別明顯的例子。至於到了近代，那種品行不遵循法度，專門違法亂紀的人，終身安逸享樂，積累無數財富，世代相傳；而有的人謹言慎行，走路看準了地方才邁步，說話要待到合適的時機才開口，只走大路正道，不抄小路捷徑，不是公正之事不會發憤去做，但結果自身還是遭遇災禍。這種情形數不勝數。為此我深感困惑。倘若真有所謂的天道，是這樣呢，還是不是這樣呢？

孔子說：「選擇不同道路的人，不在一起謀劃。」意思就是各自都遵從自己的意志。孔子又說：「富貴如果能夠求得，即使手拿鞭子替人駕車，我也願意去幹；如果不能求得，那還是按照我自己的喜好去幹吧！」「到了嚴寒季節，才知道松柏是最後落葉的。」世間到處混濁齷齪，那清廉高潔之士就顯現出來。這或許是因為他們只注重德行，而輕視財富吧！

「君子所擔憂的是到死而名聲不被大家所稱頌。」賈誼說：「貪得無厭的人為追求錢財而死，崇尚道義的人為追求名節而死，誇耀權勢的人為爭權奪利而死，芸芸眾生只求保全性命。」「同樣是光明的東西方能相互輝映，同一類別的方能相互親近。」「飛龍騰空而起，總有祥雲相隨；猛虎縱身一躍，總有狂風相隨；聖人一出現，萬物才引人注目。」伯夷、叔齊雖然賢明，但得到孔子的讚揚後名聲才更加響亮；顏淵雖然好學，但由於追隨孔子，高尚的品德才更加明顯。那些居住在深

山洞穴之中的隱士，他們是聞名或是被埋沒都在於一定的時運，像這類聲名湮沒而不被人們所傳頌的，真是可悲啊！一個普通的凡人，要想磨練品行，樹立名聲，如果不依靠德高望重的賢人，怎麼可能流芳百世呢？

管晏列傳 《史記》

【題解】

　　管仲、晏嬰都是齊國名相，在歷史上功勛卓著。管仲輔佐桓公，一匡天下，使桓公成為春秋時期第一個霸主。晏嬰事齊三世，節儉力行，嚴於律己，三世顯名於諸侯。司馬遷將其合傳，讚揚了二人的功績，同時巧妙地以「知己」立論，寫了鮑叔牙和晏子知人善用，貫穿前後，又抒發了作者自己的人生感慨。

【原文】

　　管仲夷吾者，潁上人也。少時常與鮑叔牙遊，鮑叔知其賢。管仲貧困，常欺鮑叔，鮑叔終善遇之，不以為言。已而鮑叔事公子小白[1]，管仲事公子糾[2]。及小白立為桓公，公子糾死，管仲囚焉。鮑叔遂進管仲。管仲既用，任政於齊，齊桓公以霸。九合諸侯，一匡天下，管仲之謀也。

　　管仲曰：「吾始困時，嘗與鮑叔賈，分財利多自與，鮑叔不以我為貪，知我貧也。吾嘗為鮑叔謀事而更窮困，鮑叔不以我為愚，知時有利不利也。吾嘗三仕三見逐於君，鮑叔不以我為不肖，知我不遭時也。吾嘗三戰三走，鮑叔不以我為怯，知我有老母也。公子糾敗，召忽[3]死之，吾幽囚受辱，鮑叔不以我為無恥，知我不羞小節而恥功名不顯於天下也。生我者父母，知我者鮑子也。」

鮑叔既進管仲，以身下之。子孫世祿於齊，有封邑者十餘世，常為名大夫。天下不多管仲之賢而多鮑叔能知人也。

管仲既任政相齊，以區區之齊在海濱，通貨積財，富國強兵，與俗同好惡。故其稱曰：「倉廩實而知禮節，衣食足而知榮辱，上服度則六親固④。四維⑤不張，國乃滅亡。下令如流水之原，令順民心。」故論卑⑥而易行。俗之所欲，因而予之；俗之所否，因而去之。

其為政也，善因禍而為福，轉敗而為功。貴輕重，慎權衡。桓公實怒少姬，南襲蔡，管仲因而伐楚，責包茅⑦不入貢於周室。桓公實北征山戎⑧，而管仲因而令燕修召公之政。於柯之會，桓公欲背曹沫之約⑨，管仲因而信之，諸侯由是歸齊。故曰：「知與之為取，政之寶也。」

管仲富擬於公室，有三歸、反坫⑩，齊人不以為侈。管仲卒，齊國遵其政，常強於諸侯。

後百餘年而有晏子焉。

【注釋】

① 公子小白：即齊桓公，齊襄公之弟，春秋時第一位霸主。
② 公子糾：齊襄公之弟，與公子小白爭君位，失敗被殺。
③ 召忽：齊國人，與管仲同事公子糾。齊桓公即位後，逼迫魯人殺公子糾，召忽隨之自殺。
④ 服度：遵守法度。六親：父、母、兄、弟、妻、子。
⑤ 四維：指禮、義、廉、恥。維：綱，即網上的總繩，此引申為綱要、原則。
⑥ 論卑：指政令平易符合下邊的民情。
⑦ 包茅：古代祭祀，用裹束成捆的菁茅過濾去渣。菁茅即包茅。
⑧ 北征山戎：齊桓公二十三年，山戎伐燕，燕告急，桓公親自率軍伐山戎，至於孤竹而還。
⑨ 曹沫之約：魯國後敗，魯莊公請獻遂邑求和，齊桓公與魯莊公在柯地

會盟。魯將曹沫以匕首劫持桓公於壇上，威脅桓公歸還侵占的魯地。
桓公被迫答應，隨後想殺死曹沫背約。管仲勸他遵守諾言。

⑩ 三歸：三座華麗的高台。反坫（音旦）：堂屋兩柱間放置供祭祀、宴
會所有禮器和酒的土台。根據禮制，只有諸侯才能設有三歸和反坫。
管仲是大夫，本不該享有。

【譯文】

管仲，名夷吾，是潁上人。他年輕時常與鮑叔牙交往，鮑叔牙知道
他很有才華。管仲家境貧寒，經常占鮑叔牙的便宜，但鮑叔牙始終對他
很好，沒有因此而有怨言。後來，鮑叔牙侍奉齊國公子小白，管仲侍奉
公子糾。等到小白即位成了齊桓公後，桓公迫使魯國殺了公子糾，管仲
被囚禁。於是鮑叔牙向齊桓公推薦管仲。管仲被委以重任，主持齊國國
政，桓公正是靠著管仲而稱霸。以霸主的身分多次召集諸侯會盟，使天
下統一，這都是管仲的智謀。

管仲這樣說過：「我當初貧困時，曾與鮑叔牙一起做生意，分財利
時自己總是多要一些，鮑叔牙不認為我是貪財，知道我是因為家裡貧
窮。我曾替鮑叔牙謀劃事情，結果卻使他受到損失而陷入困境，鮑叔牙
並不認為我愚笨，知道時運有時順利有時不順利。我曾多次做官又多次
被國君罷免，鮑叔牙不認為我不成器，知道我是沒遇上好時機。我曾多
次參加戰鬥，卻都因失敗而逃跑，鮑叔不認為我膽小，而是知道我家裡
有老母需要贍養。公子糾落敗後被殺，召忽為之殉難，我被囚禁蒙受屈
辱，鮑叔牙不認為我沒有廉恥之心，知道我不會因小的過失而羞愧，卻
以功名不能彰顯於天下而恥辱。生養我的是父母，真正瞭解我的是鮑叔
牙啊！」

鮑叔牙推薦了管仲之後，職位處於管仲之下。他的子孫後代都在齊
國享有俸祿，擁有封地的有十幾代，大多是著名的大夫。因此天下人不
稱讚管仲的賢能，而讚美鮑叔牙能夠識別人才。

管仲出任齊相執政後，以瀕臨大海的區區齊國，流通貨物，積聚財
富，使得國富兵強，與百姓同好惡。因此他在《管子》一書中說道：
「倉庫儲備充實了，百姓才懂得禮節；衣食豐足了，百姓才能分辨榮
辱；國君的言行合乎法度，上下尊卑的親情關係才穩固。不提倡禮義廉

恥之心，國家就會滅亡……國家下達政令就像流水的源頭，順著百姓的心意流下。」所以政令符合民情就容易推行。百姓想要得到什麼，就給他們什麼；百姓反對什麼，就替他們廢除什麼。

管仲執政的時候，善於逢凶化吉，使失敗轉化為成功。他重視分辨事物的輕重緩急，能慎重地權衡利弊得失。比如，齊桓公實際上是怨恨少姬改嫁而南下攻打蔡國，管仲就尋找藉口攻打楚國，譴責其沒有向周王室進貢菁茅。又如，桓公實際上是要北上攻打山戎，而管仲則乘機讓燕國重修召公時期的政教。在柯地會盟時，桓公想背棄曹沫逼迫他訂立的盟約，管仲順應形勢勸他信守盟約，諸侯們因此歸順齊國。所以說：「懂得給予正是為了取得的道理，這是治理國家的法寶。」

管仲的富貴程度可以與國君相比擬，擁有設置華麗的三歸台和國君的宴飲設備，齊國人卻不認為他奢侈僭越。管仲逝世後，齊國仍遵循他的政策，常比其他諸侯國強大。

此後過了百餘年，齊國又出了個晏嬰。

【題解】

晏平仲嬰者，萊之夷維人也。事齊靈公、莊公、景公，以節儉力行重於齊。既相齊，食不重肉，妾不衣帛。其在朝，君語及之，即危言；語不及之，即危行。國有道，即順命；無道，即衡命①。以此三世顯名於諸侯。

越石父②賢，在縲紲③中。晏子出，遭之途，解左驂④贖之，載歸。弗謝，入閨。久之，越石父請絕。晏子懼然，攝衣冠謝曰：「嬰雖不仁，免子於厄⑤，何子求絕之速也？」石父曰：「不然。吾聞君子詘於不知己而信於知己者⑥。方吾在縲紲中，彼不知我也。夫子既已感寤而贖我，是知己；知己而無禮，固不如在縲紲之中。」晏子於是延入為上客。

晏子為齊相，出，其御之妻從門間而窺其夫。其夫為相御，擁大蓋，策駟馬，意氣揚揚，甚自得也。既而歸，其妻請去。夫問其故。妻曰：「晏子長不滿六尺，身相齊國，名

顯諸侯。今者妾觀其出，志念深矣，常有以自下者。今子長八尺，乃為人僕御，然子之意自以為足，妾是以求去也。」其後夫自抑損。晏子怪而問之，御以實對。晏子薦以為大夫。

太史公曰：吾讀管氏《牧民》《山高》《乘馬》《輕重》《九府》，及《晏子春秋》，詳哉其言之也。既見其著書，欲觀其行事，故次其傳。至其書，世多有之，是以不論，論其軼事。

管仲，世所謂賢臣，然孔子小之[7]。豈以為周道衰微，桓公既賢，而不勉之至王，乃稱霸哉？語曰：「將順其美，匡救其惡，故上下能相親也。」豈管仲之謂乎？

方晏子伏莊公屍哭之，成禮然後去[8]，豈所謂「見義不為無勇」者邪？至其諫說，犯君之顏，此所謂「進思盡忠，退思補過」者哉！假令晏子而在，余雖為之執鞭，所忻慕焉。

【注釋】

① 衡命：斟酌命令的情況去做。
② 越石父：齊國賢人。
③ 縲紲：拘繫犯人的繩子。引申為囚禁。
④ 驂：古代一車三馬或四馬，左右兩旁的馬叫驂。
⑤ 厄：災難。
⑥ 詘：通「屈」，委屈。信：通「伸」，伸展，伸張。
⑦ 孔子小之：語出《論語‧八佾》：「管仲之器小哉。」
⑧ 成禮然後去：齊國大夫崔杼設謀殺死莊公。晏嬰到崔家抱著莊公屍體哭之，完成君臣之禮而離去。

【譯文】

　　晏平仲，名嬰，是萊地夷維人。他輔佐了靈公、莊公、景公三代國君。他節約儉樸又努力工作，在齊國受到人們的尊重。他做了齊國宰相，一餐不吃兩種葷菜，妻妾不穿絲綢衣服。在朝廷上，國君和他說話，他就嚴肅認真地陳述自己的意見；國君沒和他說話，他就嚴肅認真地辦事。國君能行正道，就順著他的命令去做；不能行正道時，就對命令斟酌著去辦。因此，他在靈公、莊公、景公三代，名聲顯揚於各國諸侯。

　　越石父是個賢才，當時正被囚禁。晏子外出，在路上遇到他，就解開乘車左邊的馬，把他贖出來，讓他上車一同回家。晏子沒有向越石父告辭，就走進內室，過了好久沒出來。越石父要求與晏子絕交。晏子大吃一驚，匆忙整理好衣帽道歉說：「我即使說不上善良寬厚，也總算幫助您從困境中解脫出來，您為什麼這麼快就要求絕交呢？」越石父說：「不是這樣說的。我聽說君子在不瞭解自己的人那裡受到委屈，而在瞭解自己的人面前得到伸展。當我在囚禁之中，那些人不瞭解我。你既然瞭解到我而把我贖買出來，這就是知己了；互為知己卻不能以禮相待，還不如在囚禁之中。」於是晏子就請他進屋，待為貴賓。

　　晏子做齊國宰相時，一次坐車外出，車伕的妻子從門縫裡偷偷看她的丈夫。她丈夫替宰相駕車，頭上遮著大傘，揮動著鞭子趕著四匹馬，神氣十足，揚揚得意。不久回到家裡，妻子就要求離去。車伕問其原因，妻子說：「晏子身高不過六尺，卻做了齊國的宰相，名聲在各國顯揚。我看他外出，志向思想都非常深沉，常有那種甘居人下的態度。現在你身高八尺，不過做人家的車伕，看你的神態，卻自以為滿足，因此我要求和你離婚。」從此以後，車伕就謙虛恭謹起來。晏子發現了他的變化，感到很奇怪，就問他，車伕如實相告。晏子就推薦他做了大夫。

　　太史公說：我讀了管仲的《牧民》《山高》《乘馬》《輕重》《九府》和《晏子春秋》，這些書上說得太詳細了！讀了他們的著作，還想讓人們瞭解他們的事蹟，所以就依次編寫了他們的合傳。至於他們的著作，社會上已有很多，因此不再論述，只記載他們的軼事。

　　管仲是世人所說的賢臣，然而孔子卻小看他。難道是因為周朝統治衰微，桓公既然賢明，管仲不勉勵他實行王道卻輔佐他稱霸主嗎？古語

說：「要順勢助成君子的美德，糾正挽救他的過錯，所以君臣百姓之間能親密無間。」這大概說的就是管仲吧。

　　當初晏子枕伏在莊公屍體上痛哭，完成了禮節然後離去，難道是人們所說的「遇到正義的事情不去做就是沒有勇氣」的表現嗎？至於晏子直言進諫，敢於冒犯國君的威嚴，這就是人們所說的「進就想到竭盡忠心，退就想到彌補過失」的人啊！假使晏子還活著，即使要我替他揮動著鞭子趕車，我也非常高興和嚮往啊！

屈原列傳《史記》

【題解】

　　我國偉大的浪漫主義愛國詩人屈原生活於「山雨欲來風滿樓」的戰國後期。由於楚國政治黑暗，在強大的秦國面前日益被削弱。楚國貴族出身的屈原雖然遭讒去職，流放江湖，仍然憂國憂民。最後，毅然自沉汨羅江，以殉自己的理想。

　　司馬遷滿懷熱情，夾敘夾議，寫下這一名篇，簡潔地勾勒出屈原坎坷的一生，感慨他的悲劇命運，謳歌其忠貞不渝的戰鬥精神，同時也讚美其非凡的藝術才華。其中與漁父的問答一段，屈原抒發矢志不渝的信念，膾炙人口。語言上，本文具有濃厚的抒情色彩，敘中有情，傾向鮮明；議中有情，直抒胸臆。作者運用對偶、對比、排比、反覆、比喻等修辭手法，增強了語言表達效果。本文是《史記‧屈原賈生列傳》中的屈原部分，刪除了文中所引的《懷沙》賦。

【原文】

　　屈原者，名平，楚之同姓①也。為楚懷王左徒②。博聞強志，明於治亂，嫻於辭令。入則與王圖議國事，以出號令；出則接遇賓客，應對諸侯。王甚任之。

　　上官大夫③與之同列，爭寵而心害其能。懷王使屈原造

為憲令④，屈平屬⑤草稿未定。上官大夫見而欲奪之，屈平不與，因讒之曰：「王使屈平為令，眾莫不知，每一令出，平伐其功，曰：以為『非我莫能為』也。」王怒而疏屈平。

屈平疾王聽之不聰也，讒諂之蔽明也，邪曲之害公也，方正之不容也，故憂愁幽思，而作《離騷》。離騷者，猶離憂也。夫天者，人之始也；父母者，人之本也。人窮則反本，故勞苦倦極，未嘗不呼天也；疾痛慘怛⑥，未嘗不呼父母也。屈平正道直行，竭忠盡智以事其君，讒人間之，可謂窮矣！信而見疑，忠而被謗，能無怨乎？屈平之作《離騷》，蓋自怨生也。《國風》好色而不淫，《小雅》怨誹而不亂。若《離騷》者，可謂兼之矣。上稱帝嚳，下道齊桓，中述湯、武，以刺世事。明道德之廣崇，治亂之條貫⑦，靡不畢見。其文約，其辭微，其志潔，其行廉。其稱文小而其指極大，舉類邇⑧而見義遠。其志潔，故其稱物芳⑨。其行廉，故死而不容。自疏濯淖污泥之中⑩，蟬蛻於濁穢，以浮游塵埃之外，不獲世之滋垢，皭然泥而不滓者也⑪。推此志也，雖與日月爭光可也。

屈平既絀⑫，其後秦欲伐齊。齊與楚從親⑬。惠王患之，乃令張儀詳去秦⑭，厚幣委質事楚，曰：「秦甚憎齊，齊與楚從親，楚誠能絕齊，秦願獻商、於⑮之地六百里。」楚懷王貪而信張儀，遂絕齊，使使如秦受地。張儀詐之曰：「儀與王約六里，不聞六百里。」楚使怒去，歸告懷王。懷王怒，大興師伐秦。秦發兵擊之，大破楚師於丹、淅⑯，斬首八萬，虜楚將屈匄⑰，遂取楚之漢中地。懷王乃悉發國中兵以深入擊秦，戰於藍田。魏聞之，襲楚至鄧。楚兵懼，自秦歸。而齊竟怒，不救楚，楚大困。

明年，秦割漢中地與楚以和。楚王曰：「不願得地，願

得張儀而甘心焉。」張儀聞，乃曰：「以一儀而當漢中地，臣請往如楚。」如楚，又因厚幣用事者臣靳尚⑱，而設詭辯於懷王之寵姬鄭袖。懷王竟聽鄭袖，復釋去張儀。是時屈平既疏，不復在位，使於齊，顧反⑲，諫懷王曰：「何不殺張儀？」懷王悔，追張儀不及。

　　其後，諸侯共擊楚，大破之，殺其將唐　。

　　時秦昭王與楚婚，欲與懷王會。懷王欲行，屈平曰：「秦，虎狼之國，不可信。不如毋行。」懷王稚子子蘭勸王行：「奈何絕秦歡！」懷王卒行。入武關，秦伏兵絕其後，因留懷王，以求割地。懷王怒，不聽。亡走趙，趙不內。復之秦，竟死於秦而歸葬。

　　長子頃襄王立，以其弟子蘭為令尹。楚人既咎子蘭以勸懷王入秦而不反也。

　　屈平既嫉之，雖放流，眷顧楚國，繫心懷王，不忘欲反。冀幸君之一悟，俗之一改也。其存君興國而欲反覆之，一篇之中三致志焉。然終無可奈何，故不可以反，卒以此見懷王之終不悟也。

　　人君無愚智賢不肖，莫不欲求忠以自為，舉賢以自佐。然亡國破家相隨屬，而聖君治國累世而不見者，其所謂忠者不忠，而所謂賢者不賢也。懷王以不知忠臣之分，故內惑於鄭袖，外欺於張儀，疏屈平而信上官大夫、令尹子蘭。兵挫地削，亡其六郡，身客死於秦，為天下笑。此不知人之禍也。《易》曰：「井渫⑳不食，為我心惻，可以汲。王明，並受其福。」王之不明，豈足福哉！

　　令尹子蘭聞之大怒，卒使上官大夫短屈原於頃襄王。頃襄王怒而遷之。

　　屈原至於江濱，被髮行吟澤畔。顏色憔悴，形容枯槁。

漁父見而問之曰：「子非三閭大夫㉑歟？何故而至此？」屈原曰：「舉世混濁而我獨清，眾人皆醉而我獨醒，是以見放。」漁父曰：「夫聖人者，不凝滯於物而能與世推移。舉世混濁，何不隨其流而揚其波？眾人皆醉，何不餔其糟而啜其醨㉒？何故懷瑾握瑜而自令見放為？」屈原曰：「吾聞之，新沐者必彈冠，新浴者必振衣。人又誰能以身之察察㉓，受物之汶汶者乎㉔！寧赴常流而葬乎江魚腹中耳，又安能以晧晧之白而蒙世俗之溫蠖乎㉕！」乃作《懷沙》之賦。於是懷石，遂自投汨羅以死。

屈原既死之後，楚有宋玉、唐勒、景差之徒者，皆好辭而以賦見稱；然皆祖屈原之從容辭令，終莫敢直諫。其後楚日以削，數十年竟為秦所滅。

自屈原沉汨羅後百有餘年，漢有賈生㉖，為長沙王太傅。過湘水，投書以弔屈原。

太史公曰：「余讀《離騷》《天問》《招魂》《哀郢》，悲其志。適長沙，過屈原所自沉淵，未嘗不垂涕，想見其為人。及見賈生弔之，又怪屈原以彼其材游諸侯，何國不容，而自令若是！讀《鵩鳥賦》㉗，同死生，輕去就㉘，又爽然自失矣。」

【注釋】

① 楚之同姓：楚王族本姓芉（音米）。楚武王熊通的兒子瑕封於屈，他的後代以屈為姓，瑕是屈原的祖先。

② 楚懷王：楚威王之子，名熊槐，公元前至前年在位。左徒：楚國官名，職位僅次於令尹。

③ 上官大夫：楚大夫。上官：複姓。

④ 憲令：國家的重要法令。

⑤ 屬：撰寫。

⑥惨怛：憂傷。

⑦條貫：條理，道理。

⑧邇：近。

⑨稱物芳：指《離騷》中多用蘭、桂、蕙、芷等香花芳草作比喻。

⑩疏：離開。濯淖：污濁。

⑪皭（音叫）然：潔白的樣子。泥：通「涅」，染黑。

⑫絀：通「黜」，廢，罷免。指屈原被免去左徒的職位。

⑬從親：合縱相親。從：通「縱」。當時楚、齊等六國聯合抗秦，稱為
　合縱，楚懷王曾為縱長。

⑭張儀：魏人，主張「連橫」，遊說六國，後事奉秦國，為秦惠王所
　重。詳：通「佯」。

⑮商、於：秦地名。商：在今陝西商州東南。於：在今河南內鄉東。

⑯丹、淅：二水名。丹水發源於陝西商州西北，東南流入河南。淅水為
　丹水上游的支流。

⑰屈匄（音蓋）：楚軍大將。

⑱靳尚：楚大夫。一說即上文的上官大夫。

⑲顧反：回來。反：通「返」。

⑳渫：淘去泥污。這裡以淘乾淨的水比喻賢人。此句引自《易經・井
　卦》的爻辭。

㉑三閭大夫：楚國掌管王族昭、屈、景三姓事務的官。

㉒餔：通「哺」，吃，食。糟：酒渣。啜：喝。醨：薄酒。

㉓察察：潔白的樣子。

㉔汶汶：渾濁的樣子。

㉕皓皓：皎潔的樣子。溫蠖：塵滓重積的樣子。

㉖賈生：即賈誼，西漢政論家、文學家。長沙王：指吳差，漢朝開國功
　臣吳芮的玄孫。太傅：君王的輔助官員。當時賈誼遭小人詆毀，被貶
　長沙，途徑湘江時寫下《弔屈原賦》，表達對屈原的崇敬之心，抒發
　自己的怨憤之情。

㉗《鵩（音服）鳥賦》：賈誼所作。

㉘去：指貶官放逐。就：指在朝任職。

　　屈原，名平，與楚國王室同姓同族。他擔任楚懷王的左徒，學識淵博，記憶力很強，洞察國家存亡興衰的道理，對於接人待物的辭令非常熟悉。因此他入朝與楚王討論國家大事制定政令，對外則接待各國使節，應對與各諸侯國的外交事務。楚懷王對他非常信任。

　　上官大夫與屈原職位相同，他為了爭得懷王的寵幸，很嫉妒屈原的才能。懷王命屈原制定國家法令，屈原寫成了草稿還沒最後定稿。上官大夫見後想奪來據為己有，而屈原不肯給他。上官大夫便在楚懷王面前詆毀屈原：「大王您讓屈原制定法令，上下沒有人不知道這件事，每頒佈一條法令，屈原就自誇其功，說什麼『除了我誰也做不出來』。」懷王聽了非常生氣，因此疏遠屈原了。

　　屈原心痛於懷王不能分辨是非，被讒佞諂媚之徒所矇蔽，致使邪惡傷害了公道，正直的人不被朝廷所容，因此憂愁苦悶，寫下了《離騷》。所謂「離騷」，就是遭遇憂患。上天是人的發端，父母是人的根本。人在危難窘迫之時，就會追念根本，所以在勞累困苦到極點時，沒有不呼叫上天的；在受到病痛折磨無法忍受時，沒有不呼叫父母的。屈原堅持公正，行為耿直，竭盡才智報效君王，卻受到小人的讒言離間，其處境可以說是極端困窘了。誠心為國而被君王懷疑，忠於君王卻被小人誹謗，怎能沒有悲憤之情呢？屈原寫作《離騷》，正是為了抒發這種悲憤之情。《詩經・國風》描寫了許多男女戀情，卻不過分；《詩經・小雅》表露了百姓對朝政的責難和憤怨，卻不主張反叛。而像屈原的《離騷》，可以說是兼有以上兩者的特點。在《離騷》中，往上追述帝嚳的事蹟，近世讚揚齊桓公的功績，中間敘述商湯、周武王的德政，以此來批評時政。闡明道德內容的廣博深遠，治亂興衰的道理，都非常詳盡。其語言簡約精練，其內容卻寓意深遠，其志趣高潔，其品行方正。文中描寫的事物雖然細小，而其意旨卻極其宏大博深；所舉的雖然都是眼前常見的事例，所寄託的意義卻極其深遠。其志趣高潔，所以喜歡用香草作比喻；其品行方正，所以至死也不放鬆對自己的要求。身處污泥濁水之中而能洗滌乾淨，就像蟬能從混濁污穢中解脫出來一樣，在塵埃之外浮游，不被世俗的混濁所玷污，清白高潔，出污泥而不染。推論其高尚的志向情懷，即使說與日月爭輝也恰如其分。

屈原被罷免後，秦國想出兵攻打齊國。因為齊國與楚國有合縱的盟約，秦惠王為此擔憂，於是讓張儀假裝逃離秦國，帶著豐厚的禮品來到楚國，想事奉楚王，說：「秦國非常痛恨齊國，而齊國和楚國有合縱的盟約，如果楚國能和齊國斷交，那秦國願意獻出商、於一帶六百里土地給楚國。」楚懷王貪圖土地而輕信了張儀，就和齊國斷絕了關係，並派使者到秦國接受土地。張儀變臉抵賴道：「我和楚王約定的是六里，沒聽說過什麼六白里。」楚國使者生氣地離去，回到楚國稟報懷王。懷王怒不可遏，調動大部隊攻打秦國。秦國也派兵迎擊，在丹水、淅水一帶大敗楚軍，斬殺八萬人，俘虜了楚將屈匄，接著又攻取了楚國的漢中一帶。於是楚懷王調動了全國的軍隊深入秦境，與秦軍決戰，在藍田大戰。魏國聞訊後，派兵偷襲楚國，到達鄧地。楚軍非常害怕，不得不從秦國撤軍。而齊國很痛恨懷王背棄盟約，不肯派兵救助楚國，楚國的處境非常艱難。

　　第二年，秦國提出割讓漢中之地與楚國議和。楚懷王說：「我不想要得到土地，只要把張儀交給我就行了。」張儀聽到這話，對秦王說：「用我一個張儀來抵漢中之地，請大王同意我去楚國。」張儀到了楚國，又給楚國掌權的大夫靳尚送上厚禮，通過靳尚用花言巧語哄騙懷王的寵姬鄭袖。懷王竟然聽信了鄭袖之言，把張儀放了回去。這時屈原已被疏遠，不再擔任重要官職，剛被派往齊國出使。他回來後，向懷王進諫：「大王您為何不殺了張儀呢？」懷王后悔了，便派人去追趕，但已經趕不上了。

　　此後，各諸侯國聯合出兵攻打楚國，大敗楚軍，殺死了楚國大將唐眜。

　　當時秦昭王和楚王聯姻，想讓楚懷王前去會面。楚懷王準備動身前往，屈原勸諫說：「秦國是虎狼一般的國家，是不能信任的，還是不要前去。」可懷王的小兒子子蘭卻勸懷王前去，說：「為什麼要拒絕秦王的好意呢？」懷王最終還是去了。但他剛入武關，秦國的伏兵就截斷了他的歸路，把懷王扣留，以逼迫他答應割讓土地。懷王大怒，執意不肯。他逃往趙國，但趙國拒絕接納。只得又回到秦國，最終死在那裡，屍體運回楚國安葬。

　　懷王的大兒子頃襄王繼位，任命他的弟弟子蘭為令尹。楚國人都責

怪子蘭，因為是他勸懷王入秦而最終使其死在秦國。

　　屈原也痛恨子蘭，雖然身遭放逐，卻依然眷戀楚國，懷念懷王，盼望著能重返朝廷，希望國君能幡然醒悟，庸政也能為之改變。他總是不忘心懷君王，復興國家，扭轉局勢，所以在每一篇作品中反覆流露出此種心情。然而終究無可奈何，也不可能再返回朝廷，於此可見懷王最終也沒有醒悟。

　　作為國君，不管他聰明還是愚蠢，賢能還是昏庸，都希望有忠臣賢士效忠自己，輔佐自己治理國家，然而亡國破家之事卻不斷發生；而聖明之君、安定之國卻好多代都未曾一見，其根本原因就在於其所謂忠臣並不忠，其所謂賢士並不賢！懷王因不知忠奸之分，所以在內被鄭袖所迷惑，在外被張儀所欺騙，疏遠屈原而信任上官大夫和令尹子蘭。結果導致軍隊慘敗，國土被侵占，失去了六郡，自己還流落他鄉，客死秦國，被天下人所恥笑。這是由於不知人所造成的災禍。《易經》上說：「井已經疏濬乾淨，卻沒人來喝水，真令人難過，因為井水原本就是讓人喝的。國君若是聖明，大家都可以得到幸福。」而懷王如此昏庸，哪裡配得到幸福啊！

　　令尹子蘭聽到屈原對他的不滿勃然大怒，於是讓上官大夫向頃襄王誣陷屈原。頃襄王輕信而發怒，把屈原放逐了。

　　屈原來到江邊，披頭散髮，一邊行走一邊悲憤地吟詩。他臉色憔悴，形體乾瘦。一位漁翁看到他，就問道：「您不就是三閭大夫嗎？為什麼來到這裡？」屈原說：「世上之人都污濁不堪而只有我是乾淨的，大家都昏沉大醉而只有我是清醒的，所以我被流放了。」漁翁說：「道德修養達到最高境界的人，對事物的看法並非一成不變，而是能隨著世俗風氣而轉變。世上的人都污濁，你為什麼不隨波逐流而推波助瀾？大家都昏沉大醉，你為什麼不也吃點酒糟，喝點酒讓自己醉呢？為什麼一定要保持美玉一般的品德，而使自己落得被流放的下場呢？」屈原說：「我聽說過，剛洗過頭的人一定要撢去帽子上的灰塵，剛洗過澡的人一定要把衣服上的塵土抖乾淨。人們又有誰願意以清白之身而受外界污垢的玷染呢？我寧願跳入江水，葬身魚腹之中，也不願自己的清白品德蒙受世俗的污染！」於是寫了《懷沙》賦。於此之後，屈原懷抱石頭，投入汨羅江溺死。

屈原死後，楚國有宋玉、唐勒、景差等人，都愛好文學，以擅長辭賦而聞名。但他們都只學習了屈原辭令委婉含蓄的一面，最終沒人敢像屈原那樣直言勸諫。此後楚國一天比一天弱小，幾十年之後終於被秦國所滅。

自屈原自沉汨羅江後一百多年，漢代有個賈誼，擔任長沙王的太傅。他路過湘水時，撰文投入江中，以憑弔屈原。

太史公說：我讀了《離騷》《天問》《招魂》《哀郢》，為屈原的志向不能實現而悲傷。到長沙，經過屈原自沉的地方，未嘗不流下眼淚，追懷他的為人。看到賈誼憑弔他的文章，文中責怪屈原憑他這樣的才能如果去遊說諸侯，哪個國家不會容納？他卻選擇了這樣的道路！讀了《鵩鳥賦》，覺得應將生和死等同看待，將入仕和罷免等閒視之，不禁又悵然若失。

遊俠列傳序 《史記》

【題解】

　　史書一般只記載帝王將相的事蹟，很少涉及普通的民眾。而司馬遷則認為，普通民眾身上所體現的精神，足以彪炳千秋。《遊俠列傳》為行俠仗義的遊俠立傳。所謂遊俠，是指那些言必信，行必果，不懼強暴，藐視法令，除暴安良，輕生重義的人。本文是《遊俠列傳》的序。作者巧妙地運用對比、襯托手法，將儒者與遊俠作對比，烘托出遊俠的可貴品質。

【原文】

　　韓子①曰：「儒以文亂法，而俠以武犯禁。」二者皆譏，而學士多稱於世云。至如以術取宰相、卿、大夫，輔翼其世主，功名俱著於春秋，固無可言者。及若季次、原憲②，閭巷人也，讀書懷獨行③君子之德，義不苟合當世，當世亦笑之。故季次、原憲終身空室蓬戶，褐衣疏食不厭④。死而已

四百餘年，而弟子志之不倦。今遊俠，其行雖不軌於正義[5]，然其言必信，其行必果，已諾必誠，不愛其軀，赴士之厄困，既已存亡死生矣，而不矜其能。羞伐其德。蓋亦有足多者焉。

且緩急，人之所時有也。太史公曰：昔者虞舜窘於井廩[6]，伊尹負於鼎俎[7]，傅說匿於傅險[8]，呂尚困於棘津[9]，夷吾桎梏[27]，百里飯牛[11]，仲尼畏匡[12]，菜色陳、蔡。此皆學士所謂有道仁人也，猶然遭此災，況以中材而涉亂世之末流乎？其遇害何可勝道哉！鄙人有言曰：「何知仁義，已享其利者為有德。」故伯夷丑周，餓死首陽山，而文、武不以其故貶王；跖蹺[13]暴戾，其徒誦義無窮。由此觀之，「竊鉤者誅，竊國者侯；侯之門，仁義存」，非虛言也。今拘學[14]或抱咫尺之義，久孤於世，豈若卑論儕俗[15]，與世浮沉而取榮名哉！而布衣之徒，設取予然諾，千里誦義，為死不顧世。此亦有所長，非苟而已也。故士窮窘而得委命，此豈非人之所謂賢豪間者邪？誠使鄉曲之俠，予季次、原憲比權量力，效功於當世，不同日而論矣。要以功見言信，俠客之義，又曷可少哉！

古布衣之俠，靡得而聞已。近世延陵、孟嘗、春申、平原、信陵之徒[16]，皆因王者親屬，藉於有土卿相之富厚，招天下賢者，顯名諸侯，不可謂不賢者矣。比如順風而呼，聲非加疾，其勢激也。至如閭巷之俠，修行砥名，聲施於天下，莫不稱賢，是為難耳！然儒、墨皆排擯不載。自秦以前，匹夫之俠，湮滅不見，余甚恨之。以余所聞，漢興有朱家、田仲、王公、劇孟、郭解[17]之徒，雖時扞當世之文罔[18]，然其私義，廉潔退讓，有足稱者。名不虛立，士不虛附。至如朋黨宗強，比周[19]設財役貧，豪暴侵凌孤弱，恣欲自快，

遊俠亦醜之。余悲世俗不察其意,而猥以朱家、郭解等,令與豪暴之徒同類而共笑之也。

【注釋】

① 韓子:韓非,戰國時期韓國人,法家代表人物,著有《韓非子》,下文引自《韓非子‧五蠹》。

② 季次:公皙哀,字季次,齊國人。原憲:字子思,魯國人。兩人均為孔子的高徒,終身沒有做官。

③ 獨行:獨善其身。

④ 褐衣:粗布上衣。疏:通「蔬」。厭:通「饜」,滿足。

⑤ 軌:合。正義:這裡指國法。

⑥ 虞舜窘於井廩:傳說虞舜曾受其父瞽叟和其弟象迫害,他們讓舜修糧倉,放火想把舜燒死;又讓舜去挖井,兩人填井想將舜活埋,然而舜均逃脫了。

⑦ 伊尹負於鼎俎:伊尹為商湯的賢相,傳說當初伊尹為了接近湯,曾到湯的妻子有莘氏家裡當奴僕,後又以媵臣的身分,背著做飯的鍋和砧板見湯,用做菜的道理闡釋他的政治見解,終於被湯所重用。

⑧ 傅說匿於傅險:傳說是商王武丁的賢相,在未遇武丁時曾在傅岩築牆服苦役。

⑨ 呂尚困於棘津:呂尚即姜子牙,相傳他歲時還在棘津以屠牛和賣飯謀生。

⑩ 夷吾桎梏:夷吾是管仲的字。管仲起初輔助公子糾,與公子小白爭天下。公子糾失敗,管仲曾被囚。

⑪ 百里飯牛:百里即百里奚,春秋時秦國大夫,入秦前曾賣身為奴,替人餵牛。

⑫ 仲尼畏匡:孔子字仲尼,他曾到陳國,途經衛國的匡地時被當地人誤認為是仇人陽貨,孔子險遭殺害。其後孔子想去楚國,陳、蔡兩國懼怕孔子去楚國於己不利,發兵把孔子圍困起來,使他絕糧七天。

⑬ 跖蹻(音敲):即盜跖與莊蹻,均為春秋戰國時起義的領袖,歷來被誣為大盜。

⑭拘學：拘泥於教條的學者，此指季次、原憲之類的人。

⑮卑論：放低論調。儕俗：混同於流俗。

⑯延陵：春秋時吳國公子季札，封於延陵。孟嘗：即孟嘗君，齊國貴族田文。春申：即春申君，楚國考烈王的相國黃歇。平原：即平原君趙勝，趙惠文王之弟。信陵：即信陵君魏無忌，魏安釐王的異母弟。

⑰朱家、田仲、王公、劇孟、郭解：此五人均為漢代初年著名的遊俠，司馬遷為其立傳。

⑱扞：觸犯。文罔：指法網。

⑲比周：互相勾結，狼狽為奸。

【譯文】

韓非子說：「儒者用文字擾亂國家的法度，而遊俠用暴力違犯國家的禁令。」這兩種人都受到韓非子的譏諷，然而儒者還是更多地為世人所稱道。至於那些憑藉權術取得宰相、卿、大夫等高官的人，輔佐當世的君主，其功名都記載在史書上了，本來就不必多說什麼。至於像季次、原憲，只是民間的百姓，他們一心讀書，謹守獨善其身的君子節操，堅持正義，不與世俗苟合，在當時卻被世人所譏笑。所以季次、原憲終生住在家徒四壁的蓬室之中，就連布衣粗食都不能滿足，他們死了四百餘年了，他們的弟子卻依然不斷地紀念他們。現在的遊俠，他們的行為雖然不合乎當時國家的法令，但他們說話一定守信用，辦事一定要取得成功，答應人家的事一定會兌現，不吝惜自己的生命，盡全力解救別人的危難。經歷了生死存亡，卻從來不誇耀自己的本領，羞於稱讚自己對他人的恩德。這樣的游狹，大概也有值得稱頌的地方吧！

況且急難之事是人們經常遇到的。太史公說：「從前虞舜曾被困於井底和糧倉中，伊尹曾背著鼎鍋和砧板當過廚師，傅說曾隱於傅險築牆，呂尚也曾受困於棘津，管仲亦曾戴著鐐銬成為囚徒，百里奚曾經替人餵過牛，孔子曾在匡地受威脅，並遭到陳、蔡兩國的發兵圍困而斷炊挨餓。這些均為儒者所說的有道德的仁人，還遭到如此的災難，何況那些僅有中等才能而處在亂世末期的人呢?他們所遭受的災禍又如何能說得完呢！俗話說：「誰知道什麼仁義不仁義，誰能給我好處，那便是有德行的人。」因此，伯夷以食周粟為恥，最終餓死於首陽山，但周文王、

周武王的聲譽並沒有因此而降低；盜跖、莊蹻凶殘暴虐，他們的黨徒卻沒完沒了地稱頌他們的義氣。由此看來，莊子所說的：「偷衣帶鉤的人要殺頭，竊國的人卻做了王侯；仁義存在於王侯的門庭之內。」此話一點不假。

如今那些拘泥於教條的學者，死抱著那一點點所謂的道義，長久地孤立於世，還不如降低論調，接近世俗社會，與世俗共浮沉，去獵取功名呢！那些平民出身的遊俠，很重視獲取和給予的原則，並且恪守諾言，義氣傳頌千里，為義而死，不顧世人的議論。這正是他們的長處，不是隨隨便便就可以做到的。所以有些士人到了窮困窘迫時，就把自己的命運交給了遊俠，這些遊俠難道不是人們所說的賢人、豪傑等特殊人物嗎?如果把民間的遊俠與季次、原憲等比較地位、衡量能力，看他們對當時社會的貢獻，那是不能相提並論的。總之，從辦事見功效，說話守信用來看，遊俠的義氣又怎麼能缺少呢！

古代民間的遊俠，已經不得而知了。近代的延陵季子、孟嘗君、春申君、平原君、信陵君等人，都因為是國君的親屬，憑藉著卿相的地位以及封地的巨額財產，招攬天下賢能之士，在諸侯中名聲顯赫，這不能說不是賢能的人。這就如同順風呼喊，聲音本身並沒有加大，是風勢激盪使其傳播得更遠罷了。至於像民間的遊俠，修養品德，砥礪名節，揚名天下，沒有人不稱讚他們的賢能，這是不容易的啊！然而，儒家、墨家都排斥遊俠，不記載他們的事蹟。秦朝以前，民間的遊俠都被埋沒而不見於史籍，我非常遺憾。據我所知，漢朝建立以來，有朱家、田仲、王公、劇孟、郭解等人，儘管時常觸犯當時的法網，然而他們個人的品德廉潔謙讓，有值得稱讚的地方。他們的名聲不是憑空而來的，士人也不是無緣無故依附他們。至於那些結黨營私的人和豪強，狼狽為奸，依仗錢財奴役窮人，依仗權勢侵害欺凌那些勢孤力弱的人，恣意享樂，遊俠也很是憎恨他們。我所悲傷的是世人不瞭解遊俠的心意，卻隨便將朱家、郭解等人與那些豪強橫暴之徒混為一談，並加以譏笑。

太史公自序 《史記》

【題解】

　　《太史公自序》是《史記》的總序，又是司馬遷的自傳。全文由三部分組成：第一部分歷敘世系和家學淵源，並概括了自己前半生的經歷；第二部分闡明了自己創作《史記》的動機、目的和過程；第三部分是《史記》一百三十篇的各篇小序。

　　本文節選於第二部分。作者借用對話的形式道出撰寫《史記》的目的：出於一個史官的歷史使命，為了完成父親臨終前的囑託，以繼承孔子的《春秋》為己任；通過對歷史人物的描繪、評價，來抒發自己心中的抑鬱不平之氣，以古人身處逆境、發憤著書的事蹟自勵，甚至在遭受宮刑之後，仍然忍辱負重，完成了《史記》這部巨著。全文縱橫捭闔，氣勢磅礴，被後世贊為千古奇文。

【原文】

　　太史公曰：「先人①有言：『自周公②卒五百歲而生孔子。孔子卒後至於今五百歲，有能紹明世，正《易傳》③，繼《春秋》④，本《詩》《書》《禮》《樂》之際⑤。』意在斯乎！意在斯乎！小子何敢讓焉！」

　　上大夫壺遂⑥曰：「昔孔子何為而作《春秋》哉」？太史公曰：「余聞董生⑦曰：『周道衰廢，孔子為魯司寇⑧，諸侯害之，大夫壅之。孔子知言之不用，道之不行也，是非二百四十二年之中，以為天下儀表。貶天子，退諸侯，討大夫，以達王事而已矣。』子曰：『我欲載之空言，不如見之於行事之深切著明也。』夫《春秋》，上明三王之道，下辨人事之紀，別嫌疑，明是非，定猶豫，善善惡惡，賢賢賤不肖，存亡國，繼絕世，補敝起廢，王道之大者也。《易》著天地、陰陽、四時、五行⑨，故長於變；《禮》經紀人倫，故長於

行；《書》記先王之事，故長於政；《詩》記山川、溪谷、禽獸、草木、牝牡、雌雄，故長於風；《樂》樂所以立，故長於和；《春秋》辨是非，故長於治人。是故《禮》以節人，《樂》以發和，《書》以道事，《詩》以達意，《易》以道化，《春秋》以道義。撥亂世，反之正，莫近於《春秋》。《春秋》文成數萬，其指數千。萬物之散聚皆在《春秋》。《春秋》之中，弒君三十六，亡國五十二，諸侯奔走不得保其社稷者，不可勝數。察其所以，皆失其本已。故《易》曰：『失之毫釐，差之千里。』故曰：『臣弒君，子弒父，非一旦一夕之故也，其漸久矣。』故有國者不可以不知《春秋》，前有讒而弗見，後有賊而不知。為人臣者不可以不知《春秋》，守經事而不知其宜，遭變事而不知其權。為人君父而不通於《春秋》之義者，必蒙首惡之名。為人臣子而不通於《春秋》之義者，必陷篡弒之誅，死罪之名。其實皆以為善，為之不知其義，被之空言而不敢辭。夫不通禮義之旨，至於君不君，臣不臣，父不父，子不子。君不君則犯，臣不臣則誅，父不父則無道，子不子則不孝。此四行者，天下之大過也。以天下之大過予之，則受而弗敢辭。故《春秋》者，禮義之大宗也。夫禮禁未然之前，法施已然之後；法之所為用者易見，而禮之所為禁者難知。」

壺遂曰：「孔子之時，上無明君，下不得任用，故作《春秋》，垂空文以斷禮義，當一王之法。今夫子上遇明天子，下得守職，萬事既具，咸各序其宜，夫子所論，欲以何明？」

太史公曰：「唯唯，否否，不然。余聞之先人曰：『伏義[⑩]至純厚，作《易》八卦。堯、舜之盛，《尚書》載之，禮樂作焉。湯、武之隆，詩人歌之。《春秋》采善貶惡，推三代

之德，褒周室，非獨刺譏而已也。」漢興以來，至明天子，獲符瑞⑪，建封禪⑫，改正朔⑬，易服色⑭，受命於穆清⑮，澤流罔極，海外殊俗，重譯款塞⑯，請來獻見者，不可勝道。臣下百官力誦聖德，猶不能宣盡其意。且士賢能而不用，有國者之恥；主上明聖而德不布聞，有司之過也。且余嘗掌其官，廢明聖盛德不載，滅功臣世家賢大夫之業不述，墮先人所言，罪莫大焉！余所謂述故事，整齊其世傳，非所謂作也，而君比之於《春秋》，謬矣。」

　　於是論次其文。七年而太史公遭李陵之禍⑰，幽於縲絏，乃喟然而嘆曰：「是余之罪也夫！是余之罪也夫！身毀不用矣！」退而深惟曰：「夫《詩》《書》隱約者，欲遂其志之思也。昔西伯⑱拘羑里，演《周易》；孔子厄陳、蔡⑲，作《春秋》；屈原放逐，著《離騷》；左丘⑳失明，厥有《國語》；孫子臏腳㉑，而論兵法；不韋㉒遷蜀，世傳《呂覽》；韓非㉓囚秦，《說難》《孤憤》；《詩》三百篇㉔，大抵賢聖發憤之所為作也。此人皆意有所鬱結，不得通其道也，故述往事，思來者。」於是卒述陶唐以來，至於麟止㉕，自黃帝始。

【注釋】

① 先人：指司馬遷的父親司馬談。

② 周公：姓姬，名旦，周武王之弟，周成王之叔。武王死時，成王尚年幼，由周公攝政。周朝的禮樂制度相傳是由周公制定的。

③ 《易傳》：《周易》的組成部分，是儒家學者對《周易》所作的解釋，也可以直接指《周易》。

④ 《春秋》：春秋時期魯國的編年體史書，相傳是孔子加以整理、修訂而成的。

⑤ 《詩》：即《詩經》，是我國第一部詩歌總集。《書》：即《尚書》，是上古歷史文件和部分追述古代事蹟的著作。《禮》：即《儀禮》記載周代的禮儀制度。《樂》：即《樂經》，已失傳。這四部其

餘均為儒家經典，加上《易》《春秋》，漢時稱「六藝」。

⑥壺遂：人名，曾和司馬遷一起參加太初改曆，官至詹事，秩二千石，位在上大夫列。

⑦董生：指漢代儒學大師董仲舒。

⑧司寇：掌管刑獄的官，孔子曾在魯國出任此職。

⑨陰陽：古代以陰陽解釋世間萬物的發展變化，凡天地萬物皆分屬陰陽。四時：春、夏、秋、冬四季。五行：水、火、木、金、土五種基本元素，古人認為它們之間相生相剋。

⑩伏羲：神話傳說中人類的始祖。據說八卦就是他創的。

⑪符瑞：吉祥的徵兆。古代的迷信說法。這裡指的是公元前年，漢武帝獵獲了一頭白麟，於是改元「元狩」。

⑫封禪：帝王祭天地的典禮。封：在泰山上築土為壇祭天。禪：在泰山下的梁父山上辟出一塊場地祭地。

⑬正朔：正是一年的開始，朔是一月的開始；正朔即指一年的第一天。古時候改朝換代，要重新確定何時為一年的第一個月，以示受命於天。

⑭易服色：更改服飾器物的顏色。秦漢時代盛行「五德終始說」，認為每一個朝代在五行中必定占據一德。與此相應，每一朝代都崇尚一種顏色。漢初延續秦曆，仍為水德，故崇尚黑色；武帝時正式改定為土德，崇尚黃色。

⑮穆清：指天。

⑯重譯：經過幾重翻譯。喻遠方鄰邦通過輾轉翻譯，前來請見。款塞：叩關。

⑰遭李陵之禍：李陵，漢名將李廣之孫，善於騎射，漢武帝時官拜騎都尉。天漢二年，漢武帝出兵三路攻打匈奴，以他的寵妃李夫人之弟、貳師將軍李廣利為主力，李陵為偏師。李陵率步卒五千人孤軍深入，被匈奴以八萬騎兵圍攻。鏖戰八晝夜，李陵部斬殺了一萬多匈奴人，由於得不到主力部隊的後援，彈盡糧絕，兵敗投降。朝中百官見風使舵，落井下石，司馬遷挺身為李陵辯護，觸犯了漢武帝，竟被下獄問罪，處以宮刑。

⑱西伯：即周文王，當初被殷紂王拘禁在羑（音有）里時，曾把上古時

代的八卦推演成六十四卦。

⑲ 孔子厄陳、蔡：孔子為了宣傳自己的政治主張，周遊列國，曾在陳國和蔡國受到圍攻斷糧。其後返回魯國撰寫《春秋》。

⑳ 左丘：春秋時魯國的史官。相傳他失明以後，撰寫成《國語》一書。

㉑ 孫子：即孫臏，因受臏刑而得名。齊國人，曾與龐涓一起從鬼谷子學兵法。後龐涓擔任魏國大將，忌孫臏之才，將其騙到魏國，處以臏刑。孫臏後被齊威王任為軍師，最終戰勝龐涓，並著有《孫臏兵法》。臏：挖去膝蓋骨的酷刑。

㉒ 不韋：即秦始皇的相國呂不韋。呂不韋曾是大商人，秦莊襄王時出任相國，封文信侯。始皇即位，稱呂不韋為「尚父」。他曾命門下的賓客編撰了《呂氏春秋》。秦始皇親政後，免去其相國職務，趕出都城，又令遷蜀，呂不韋憂懼自殺。

㉓ 韓非：戰國末期法家的代表，出身韓國貴族。曾受秦始皇的器重，為李斯所讒，在獄中自殺。《說難》《孤憤》是《韓非子》中的兩篇。

㉔ 《詩》三百篇：今本《詩經》共三百零五篇，這裡是指約數。

㉕ 至於麟止：漢武帝元狩元年，獵獲白麟一隻，《史記》記事止於此年。據說當初魯哀公十四年也曾獵獲麒麟，孔子聽說後，停止了《春秋》的寫作，後人稱之為「絕筆於獲麟」。《史記》此舉有做做孔子作《春秋》之意。

【譯文】

太史公說：「我的父親生前曾經說過：『周公死後五百年才有了孔子，孔子死後到今天也有五百年了，誰能繼承聖明時代的事業，修正《周易》，續寫《春秋》，持守《詩經》《尚書》《禮記》《樂經》之意呢？』」他老人家是把希望寄託在我的身上啊！寄託在我的身上啊！我怎麼敢推辭呢！」

上大夫壺遂說：「當初孔子為什麼要寫《春秋》呢？」太史公說：「我曾聽董先生說過：『周朝的政治衰落破敗之時，孔子出任魯國的司寇，諸侯忌恨他，大夫們排擠他。孔子知道他的建議不會被採納，他的政治主張不能實施，於是評判二百四十二年歷史中的是非，以此作為天下人行為的準則。貶抑天子，斥責諸侯，聲討大夫，以闡明王道。』孔

子說：『我想空泛地記下褒貶議論，不如通過具體的歷史事件來表現更加深刻清楚。』《春秋》這部書，往上闡明了夏禹、商湯、周文王的統治原則；往下辨明了為人處事的綱紀，分清了疑惑難明的事物，判明了是非的界限，使猶豫不決的人拿定了主意，褒揚善良，貶斥邪惡，崇敬賢能，鄙薄昏庸，保存已經滅亡了的國家，延續已經斷絕了的世系，補救政治上的弊端，振興起已經荒廢的事業，這些都是王道的重要內容。《易經》昭示了天地、陰陽、四時、五行的關係，所以長於變化；《禮記》規定了人與人之間的關係，所以長於指導行動；《尚書》記載了上古先王的事蹟，所以長於政治；《詩經》記載了山川、溪谷、禽獸、草木、雌雄，所以長於教化；《樂經》是快樂的根本，所以長於調和性情；《春秋》明辨是非，所以長於治理百姓。因此，《禮記》是用來節制人的行為的，《樂經》是用來激發和樂的性情的，《尚書》是用來指導政事的，《詩經》是用來表達內心情意的，《易經》是用來說明變化的，《春秋》是用來闡明正義的。把一個混亂的社會引導到正確的軌道上來，沒有比《春秋》更有用了。《春秋》全書數萬字，其中的要點有數千。萬物萬事的成敗離合，都包括在《春秋》裡了。《春秋》中，臣殺君的有三十六起，亡國的有五十二個，諸侯逃亡失去政權的不計其數。觀察所有這些發生的原因，都在於失去了禮義這根本啊！所以《周易》說『失之毫釐，差之千里』。因此說，『臣殺君，子殺父，不是一朝一夕產生的，而是長時間逐漸形成的』。所以，一國之君不可以不通曉《春秋》，否則當面有人進讒他看不出，背後有謀逆竊國之賊他不知道。身為國家大臣的也不可以不通曉《春秋》，否則處理日常的事務不知怎樣做才合適，遇到變故不知道隨即變通處置。作為一國之君和一家之長卻不通曉《春秋》大義，一定會蒙受罪魁禍首的惡名。作為大臣和兒子的不通曉《春秋》大義，一定會因篡奪君位殺害父親的罪名而被誅殺，得一個死罪的名聲。其實，他們都以為自己在幹好事，但做著卻不知道意義所在，受了毫無根據的批評而不敢反駁。因為不通曉禮義的要旨，以致於做國君的不像國君，做大臣的不像大臣，做父親的不像父親，做兒子的不像兒子。做國君的不像國君，大臣們就會犯上作亂；做大臣的不像大臣，就會遭到殺身之禍；做父親的不像父親，就是沒有人倫之道；做兒子的不像兒子，就是不孝敬父母。這四種行為，是天下最

大的過錯。把這四種最大的過錯加在這些人身上，他們也只能接受而不敢推卸。所以《春秋》這部書，就是禮義的精髓所在。禮的作用是防患於未然，法的作用是懲惡於已然；法的懲惡作用容易被大家理解，而禮的防患作用卻難以被人們所認識。」

壺遂說：「孔子的時代，上無英明的國君，下層賢士得不到重用，孔子因此才編撰《春秋》，流傳下這些文字來判明什麼是禮義，以作為聖王的法典。現在您上遇英明的皇帝，下有自己的職守，萬事已經具備，各種事項都按著適當的順序進行著，您現在要續《春秋》，是想要說明什麼呢？」

太史公說：「對，對！不對，不對！不是這樣的。我曾聽我父親說：『伏羲最純樸厚道，他作了《易》中的八卦。唐堯、虞舜時代的昌盛，《尚書》上記載了，禮樂就是那時產生的。商湯、周武王時代繁榮昌盛，古代的詩人已加以歌頌。《春秋》揚善抑惡，推崇夏、商、週三代的德政，頌揚周王朝，並非全是抨擊和譏諷。』自從漢朝建立以來，直到當今的英明天子，獲得上天降下的符瑞，於是上泰山祭祀天地之神，改正曆法，更換服飾器物的顏色。受命於上天，天子的德澤流布遠方，四海之外與華夏民族風俗不同的地區的人們，也紛紛通過幾重翻譯叩開關門，請求前來進獻物品朝拜天子，不可勝數。大臣百官儘力歌頌天子的聖明功德，也無法完整地表達內心之情。況且，賢士不被任用，這是國君的恥辱；皇上英明神聖而他的美德沒能流傳久遠，這是史官的過錯。而我曾經做過太史令，如果不去記載皇上英明神聖的盛大美德，埋沒功臣、世家、賢大夫的事蹟，丟棄先父生前的殷勤囑託，就沒有比這更大的罪過了！我所說的記述過去的事情，是整理那些世上的傳說，談不上創作，而你卻把其同孔子作的《春秋》相比，這就錯了。」

於是我按次序編寫《史記》。寫了七年，我因李陵事件而大禍臨頭，被關進了牢裡。於是喟然長嘆道：「這是我的罪過啊！這是我的罪過啊！身體被摧毀了，再沒有什麼用了！」但退一步又深思：「《詩經》《尚書》言辭隱約含蓄，這是作者要表達其內心的思想。當初周文王被囚禁在羑里，卻推演了《周易》；孔子在陳國和蔡國受到困窘，卻撰寫了《春秋》；屈原被懷王放逐，卻寫成了《離騷》；左丘明雙目失明，這才有了《國語》；孫臏遭受臏刑，於是有了《孫臏兵法》；呂不

韋被貶謫蜀地，後世卻流傳著《呂氏春秋》；韓非子被囚禁在秦國，卻有了《說難》《孤憤》；《詩》三百零五篇，大多是古代的聖賢之人為抒發胸中的憤懣之情而創作的。這些人都是意氣有所鬱結，沒有地方能施展自己的抱負，這才追述往事，寄希望於將來。」於是，我終於編撰了自黃帝以來，經唐堯，止於獵獲白麟的元狩元年的歷史。

報任安書　司馬遷

【題解】

　　這是司馬遷寫給任安的一封回信。任安，字少卿，在任益州刺史時，曾寫信給司馬遷，要他利用擔任中書令（司馬遷受宮刑出獄後擔任了這個一般由宦官擔任的中書令，常在皇帝身邊，可以出入內宮）的機會，「推賢進士」。司馬遷當時不知如何答覆，一直拖延到任安因事下獄之時。然而，這封寫給身在大牢中生死未卜之人的信，卻沒有談及任安之事，也沒有寬慰之言，通篇只講述司馬遷自己的身世遭遇，解釋了自己遭受奇恥大辱，卻隱忍苟活的原因，抒發了自己內心極大的悲憤和痛苦。信中還表現了司馬遷積極的處世態度，提出了「人固有一死，或重於泰山，或輕於鴻毛」的人生觀，明確地表示：只要能夠完成「究天人之際，通古今之變，成一家之言」的《史記》，雖萬死而不辭。全文感情沉痛悲憤，言辭委婉深沉，引用大量的典故，嫻熟地運用排比、對偶、誇張等修辭手法，文勢跌宕起伏，把作者的心曲表現得淋漓盡致。這封信還對我們瞭解司馬遷的身世與思想，瞭解李陵事件的始末，提供了寶貴的資料。

【原文】

　　太史公牛馬走[①]司馬遷再拜言。

　　少卿足下：曩[②]者辱賜書，教以慎於接物，推賢進士為務。意氣勤勤懇懇，若望僕不相師，而用流俗人之言。僕非敢如此也！僕雖罷駑[③]，亦嘗側聞長者之遺風矣。顧自以為

身殘處穢，動而見尤，欲益反損，是以獨抑鬱而誰與語。諺曰：「誰為為之？孰令聽之？」蓋鍾子期死，伯牙終身不復鼓琴。何則？士為知己者用，女為說己者容。若僕大質已虧缺矣，雖才懷隨、和，行若由、夷，終不可以為榮，適足以見笑而自點④耳。書辭宜答，會東從上來⑤，又迫賤事，相見日淺，卒卒⑥無須臾之間，得竭志意。今少卿抱不測之罪，涉旬月，迫季冬⑦，僕又薄從上雍⑧，恐卒然不可諱⑨。是僕終已不得舒憤懣以曉左右，則長逝者魂魄私恨無窮。請略陳固陋。闕然久不報，幸勿為過。

　　僕聞之：修身者，智之符也；愛施者，仁之端也；取予者，義之表也；恥辱者，勇之決也；立名者，行之極也。士有此五者，然後可以托於世，而列於君子之林矣。故禍莫憯⑩於欲利，悲莫痛於傷心，行莫醜於辱先，而詬莫大於宮刑⑪。刑餘之人，無所比數，非一世也，所從來遠矣。昔衛靈公⑫與雍渠同載，孔子適陳；商鞅⑬因景監見，趙良寒心；同子⑭參乘，袁絲⑮變色：自古而恥之。夫中材之人，事有關於宦豎，莫不傷氣，而況於慷慨之士乎？如今朝廷雖乏人，奈何令刀鋸之餘薦天下之豪俊哉？

　　僕賴先人緒業，得待罪輦轂下⑯，二十餘年矣。所以自惟：上之，不能納忠效信，有奇策材力之譽，自結明主；次之，又不能拾遺補闕，招賢進能，顯巖穴之士；外之，不能備行伍，攻城野戰，有斬將搴⑰旗之功；下之，不能積日累勞，取尊官厚祿，以為宗族交遊光寵。四者無一遂，苟合取容，無所短長之效，可見於此矣。向者，僕亦嘗廁下大夫之列，陪奉外廷末議⑱。不以此時引綱維，盡思慮，今已虧形為掃除之隸，在闒茸⑲之中，乃欲仰首伸眉，論列是非，不亦輕朝廷、羞當世之士邪？嗟乎！嗟乎！如僕，尚何言哉！

尚何言哉！

　　且事本末未易明也。僕少負不羈之才，長無鄉曲^⑳之譽。主上幸以先人之故，使得奉薄技，出入周衛^㉑之中。僕以為戴盆何以望天^㉒，故絕賓客之知，忘室家之業，日夜思竭其不肖之才力，務一心營職，以求親媚於主上。而事乃有大謬不然者。

　　夫僕與李陵俱居門下^㉓，素非能相善也。趨舍^㉔異路，未嘗銜杯酒、接殷勤之餘歡。然僕觀其為人，自守奇士，事親孝，與士信，臨財廉，取與義，分別有讓，恭儉下人，常思奮不顧身，以殉國家之急。其素所蓄積也，僕以為有國士之風。夫人臣出萬死不顧一生之計，赴公家之難，斯已奇矣。今舉事一不當，而全軀保妻子之臣，隨而媒蘖其短^㉕，僕誠私心痛之。且李陵提步卒不滿五千，深踐戎馬之地，足歷王庭，垂餌虎口，橫挑強胡，仰億萬之師，與單于連戰十有餘日，所殺過當，虜救死扶傷不給。旃裘^㉖之君長咸震怖，乃悉征其左右賢王，舉引弓之民，一國共攻而圍之。轉斗千里，矢盡道窮，救兵不至，士卒死傷如積。然陵一呼勞軍，士無不起，躬自流涕，沫血^㉗飲泣，更張空弮^㉘，冒白刃，北向爭死敵者。陵未沒時，使有來報，漢公卿王侯皆奉觴上壽^㉙。後數日，陵敗書聞，主上為之食不甘味，聽朝不怡。大臣憂懼，不知所出。僕竊不自料其卑賤，見主上慘悽怛悼^㉚，誠欲效其款款之愚。以為李陵素與士大夫絕甘分少，能得人之死力，雖古名將，不能過也。身雖陷敗，彼觀其意，且欲得其當而報漢。事已無可奈何，其所摧敗，功亦足以暴於天下。僕懷欲陳之，而未有路。適會召問，即以此指，推言陵之功，欲以廣主上之意，塞睚眥^㉛之辭。未能盡明，明主不曉，以為僕沮貳師^㉜，而為李陵遊說，遂下於理

㉝。拳拳之忠，終不能自列，因為誣上，卒從吏議。家貧，貨賂不足以自贖；交遊莫救視，左右親近不為一言。身非木石，獨與法吏為伍，深幽囹圄㉞之中，誰可告訴者！此真少卿所親見，僕行事豈不然乎？李陵既生降，隤其家聲，而僕又佴之蠶室㉟，重為天下觀笑。悲夫！悲夫！事未易一二為俗人言也。

　　僕之先非有剖符丹書之功㊱，文史星曆㊲，近乎卜祝之間，固主上所戲弄，倡優所畜，流俗之所輕也。假令僕伏法受誅，若九牛亡一毛，與螻蟻何以異？而世俗又不能與死節者次比，特以為智窮罪極，不能自免，卒就死耳。何也？素所自樹立使然也。人固有一死，死或重於泰山，或輕於鴻毛，用之所趨異也。太上不辱先，其次不辱身，其次不辱理色，其次不辱辭令，其次詘㊳體受辱，其次易服㊴受辱，其次關木索、被箠楚受辱㊵，其次剔毛髮、嬰金鐵受辱㊶，其次毀肌膚、斷肢體受辱，最下腐刑極矣！傳曰：「刑不上大夫。」此言士節不可不勉勵也。猛虎在深山，百獸震恐，及在檻阱之中㊷，搖尾而求食，積威約之漸也。故士有畫地為牢，勢不可入，削木為吏，議不可對，定計於鮮也。今交手足，受木索，暴肌膚，受榜㊸箠，幽於圜牆之中。當此之時，見獄吏則頭搶地，視徒隸則心惕息㊹。何者？積威約之勢也。及以至是，言不辱者，所謂強顏耳，曷足貴乎？且西伯，伯也，拘於羑里；李斯，相也，具於五刑㊺；淮陰，王也，受械於陳；彭越、張敖㊻，南面稱孤，繫獄抵罪；絳侯㊼誅諸呂，權傾五伯，囚於請室㊽；魏其㊾，大將也，衣赭衣，關三木；季布㊿為朱家鉗奴；灌夫受辱於居室㈤。此人皆身至王侯將相，聲聞鄰國，及罪至罔加，不能引決自裁，在塵埃之中。古今一體，安在其不辱也！由此言之，勇怯，勢也；強

弱，形也。審矣，何足怪乎？夫人不能早自裁繩墨之外，以稍陵遲，至於鞭箠之間，乃欲引節，斯不亦遠乎！古人所以重施刑於大夫者，殆為此也。

夫人情莫不貪生惡死，念父母，顧妻子。至激於義理者不然，乃有所不得已也。今僕不幸，早失父母，無兄弟之親，獨身孤立。少卿視僕於妻子何如哉？且勇者不必死節，怯夫慕義，何處不勉焉？僕雖怯懦欲苟活，亦頗識去就之分矣，何至自沉溺縲紲之辱哉？且夫臧獲⁵²婢妾猶能引決，況僕之不得已乎？所以隱忍苟活，幽於糞土之中而不辭者，恨私心有所不盡，鄙陋沒世而文采不表於後世也。

古者富貴而名磨滅，不可勝記，唯倜儻非常之人稱焉。蓋文王拘而演《周易》；仲尼厄而作《春秋》；屈原放逐，乃賦《離騷》；左丘失明，厥有《國語》；孫子臏腳，《兵法》修列；不韋遷蜀，世傳《呂覽》；韓非囚秦，《說難》《孤憤》。《詩》三百篇，大抵聖賢發憤之所為作也。此人皆意有所鬱結，不得通其道，故述往事，思來者。及如左丘無目，孫子斷足，終不可用，退而論書策，以舒其憤，思垂空文以自見。僕竊不遜，近自託於無能之辭，網羅天下放失⁵³舊聞，略考其事，綜其終始，稽其成敗興壞之紀。上計軒轅，下至於茲。為十表，本紀十二，書八章，世家三十，列傳七十，凡百三十篇，亦欲以究天人之際，通古今之變，成一家之言。草創未就，會遭此禍。惜其不成，是以就極刑而無慍色。僕誠已著此書，藏之名山，傳之其人，通邑大都。則僕償前辱之責，雖萬被戮，豈有悔哉？然此可為智者道，難為俗人言也。

且負下未易居，下流多謗議。僕以口語遇遭此禍，重為鄉黨戮笑⁵⁴，以污辱先人，亦何面目復上父母之丘墓乎？雖

累百世，垢彌甚耳！是以腸一日而九回[55]，居則忽忽若有所亡，出則不知其所往。每念斯恥，汗未嘗不發背沾衣也。身直為閨之臣[56]，寧得自引深藏於巖穴邪？故且從俗浮沉，與時俯仰，以通其狂惑。今少卿乃教以推賢進士，無乃與僕之私心刺謬乎？今雖欲自雕瑑[57]，曼辭以自飾，無益，於俗不信，適足取辱耳。要之，死日然後是非乃定。書不能悉意，故略陳固陋。謹再拜。

【注釋】

① 牛馬走：謙詞，意為像牛馬一樣以供奔走。走：意同「僕」。

② 曩（音囊）：從前。

③ 罷：通「疲」。駑：劣馬。

④ 點：通「玷」，玷污。

⑤ 會東從上來：太始四年三月，司馬遷跟隨漢武帝東巡泰山等地，五月間返回長安。

⑥ 卒卒：通「猝猝」，匆匆忙忙的樣子。

⑦ 季冬：即十二月。按漢律，每年十二月處決囚犯。

⑧ 薄：迫近。雍：地名，在今陝西鳳翔南。當時此地設有祭祀五帝的神壇五畤。

⑨ 不可諱：死的委婉說法。任安這次下獄，後被漢武帝赦免。但兩年之後，任安又捲入戾太子事件被處腰斬。

⑩ 憯：通「慘」。

⑪ 詬：恥辱。宮刑：割除男性生殖器的酷刑，也稱「腐刑」。

⑫ 衛靈公：春秋衛國君主，曾和夫人乘車出遊，讓宦官雍渠同車，而讓孔子坐後面一輛車。孔子深以為恥，就離開了衛國。

⑬ 商鞅：戰國時期著名政治家，曾協助秦孝公變法，使得秦國迅速強盛起來。當初他是由秦孝公寵信的宦官景監推薦給秦孝公的。

⑭ 同子：指漢文帝的宦官趙談。因其與司馬遷的父親司馬談同名，避諱而稱「同子」。

⑮ 袁絲：即袁盎，漢文帝時任郎中。有一天，文帝坐車去看他的母親，

趙談陪乘，袁盎伏在車前說：「臣聞天子所與共六尺輿者，皆天下豪英。今漢雖乏人，奈何與刀鋸之餘共載？」文帝只得令趙談下車。

⑯ 待罪：做官的謙詞。輦轂下：皇帝的車駕之下，代指京城長安。

⑰ 搴（音千）：拔取。

⑱ 外廷：漢制，凡遇疑難不決之事，則令群臣在外廷討論。末議：微不足道的意見。

⑲ 闒茸（音踏容）：卑劣，下賤。

⑳ 鄉曲：鄉里。

㉑ 周衛：周密的護衛，即宮禁。

㉒ 戴盆何以望天：當時諺語，形容忙於職守，識見淺陋，無暇他顧。

㉓ 李陵：西漢名將李廣之孫，善騎射。武帝時，為騎都尉，率兵出擊匈奴，戰敗投降。俱居門下：司馬遷與李陵同在朝中任職，故稱。

㉔ 趨舍：嚮往和捨棄。

㉕ 媒糵（音播）：釀酒的酵母。這裡用作動詞，誇大的意思。

㉖ 旃裘（音求）：毛氈與皮裘。這裡代指匈奴。

㉗ 沬血：血流滿面。沬：洗臉。

㉘ 絭（音娟）：強硬的弓弩。

㉙ 觴：酒杯。上壽：這裡指祝捷。

㉚ 慘愴怛悼：悲痛傷心。

㉛ 睚眥（音崖至）：龍之七子，龍身豺首，性格剛烈，好勇善鬥，總是嘴銜寶劍，怒目而視，因此用以形容瞪眼怒視的樣子。

㉜ 沮：詆毀。貳師：貳師將軍李廣利，漢武帝寵妃李夫人之兄。李陵被圍時，李廣利並未率主力救援，致使李陵兵敗。司馬遷為李陵辯解，武帝以為他有意詆毀李廣利。

㉝ 理：掌管司法的官吏。

㉞ 圜圄：監獄。

㉟ 佴：即「恥」。蠶室：像蠶室一樣溫暖封閉的房子。初受腐刑的人怕風，故須住此。

㊱ 剖符：把寫有契約的竹一剖為二，君臣各執一塊，上面寫著同樣的誓詞，以示守信。丹書：把誓詞用丹砂寫在鐵製的契券上。凡持有剖符、丹書的功臣，其子孫犯罪可獲赦免。

㊲文史星曆：史籍和天文曆法，都屬太史令掌管。

㊳詘：通「屈」。

㊴易服：換上囚犯的服裝。

㊵關：套上。木索：木枷和繩索，指刑具。箠楚：指打犯人的棍棒。

㊶剃毛髮：把頭髮剃光，即髡刑。嬰金鐵：頸上戴鐵鏈，即鉗刑。嬰：環繞。

㊷檻：關獸的籠子。阱：捕獸的陷坑。

㊸榜：鞭打。

㊹惕息：膽顫心驚。

㊺具於五刑：遭受五種酷刑，即黥（臉刺字）、劓（割鼻子）、刖（斬左右趾）、梟首（砍頭）、菹（剁成肉醬）。

㊻彭越：漢高祖的功臣，曾被封梁王，後以謀反罪被夷滅三族。張敖：漢高祖功臣張耳的兒子，劉邦的女婿，襲父爵為趙王，後因謀反罪被下獄定罪。

㊼絳侯：漢初功臣周勃，封絳侯。曾與陳平等一起定計誅諸呂，迎立劉邦中子劉恆為文帝。

㊽請室：大臣犯罪等待判決的地方。周勃後被人誣告謀反，囚於獄中。

㊾魏其：漢景帝時大將軍竇嬰，被封為魏其侯。武帝時被人誣告，下獄判處死罪。

㊿季布：項羽手下大將，曾多次重創劉邦軍。項羽敗死，劉邦出重金緝捕季布。季布改名換姓，受髡刑和鉗刑，賣身給魯人朱家為奴。

(51)灌夫：漢景帝時為中郎將，武帝時為太僕。因得罪了丞相田蚡，被囚於居室，後受誅。居室：少府所屬的官署。

(52)臧獲：對奴婢的賤稱。奴曰臧，婢曰獲。

(53)失：通「佚」，散失。

(54)戮笑：辱笑，恥笑。

(55)九回：九轉。形容痛苦至極。

(56)閨之臣：指宦官。閨、都是宮中小門，指皇宮內廷。

(57)雕琢（音鑽）：雕刻成連綿狀的花紋。這裡指刻意妝飾。

【譯文】

牛馬般奔走的僕人司馬遷再拜陳說。

少卿足下：前些時候承蒙您給我寫信，教導我要謹慎地待人接物，將推舉賢人、引薦人才當作自己的責任。信中情意懇切真摯，好像抱怨我沒有聽從您的教誨，卻隨著世俗之人的意見而改變主張。我是不敢這樣做的呀！我雖然平庸無能，但也曾聽過德高望重的長者遺留下來的風尚。只是自以為身體殘缺、地位低下，一舉一動都會遭人鄙視指責，想做點貢獻卻反把事情搞壞，所以心情抑鬱，無人可以訴說。諺語說：「為誰做呢？又讓誰來聽呢？」鍾子期死後，伯牙再也沒有彈琴。為什麼呢？因為士人只為知己者效力，女子只為喜歡自己的人梳妝打扮。像我這樣身體已經殘缺的人，即使有像隨侯珠、和氏璧那樣珍貴的才華，有像許由、伯夷那樣高潔的品行，終究沒有什麼可光彩的，恰恰只會讓人感到可笑以致自取其辱。您的來信本該及時回覆，但恰逢我跟從皇上東巡歸來，又忙於一些瑣碎之事，彼此相見的機會很少，忙忙碌碌沒有片刻的空閒可以讓我傾訴衷腸。現在，您遭遇無法揣測的罪名，再過一個月就臨近歲末了，我又將不得不跟從皇上到雍地去，擔心您會在此間突然遭到不幸，那我就永遠不能把滿腔悲憤向您訴說，而您的在天之靈一定也會抱憾無窮。那就請允許我簡略地陳述褊狹、淺陋之見。這麼長時間沒能及時回信，還請見諒。

我曾聽說：「增加自身的修養是智慧的表現，樂於施捨是仁的開端，獲取和給予恰當是守義的標誌，知道什麼是恥辱是勇敢的先決條件，樹立好的名聲是行動的最高目標。」士人具備了這五種品質，才可以立身處世，躋身於君子的行列。所以，禍害沒有比貪利更悲慘的了，悲哀沒有比傷心更痛苦的了，行為沒有比讓祖先受辱更惡劣的了，而恥辱沒有比遭受宮刑更嚴重的。受過宮刑的人，不能同常人相提並論，不僅當今之世如此，歷史上由來已久。從前，衛靈公和宦官雍渠同車，孔子便離開衛國去了陳國；商鞅通過宦官景監被秦孝公召見，趙良就為他寒心；宦官趙談陪漢文帝乘車，袁盎勃然變色。自古以來，人們就鄙視宦官。中等才能的人，只要與宦官沾邊，沒有不自感氣餒的，更何況慷慨激昂志向遠大之士呢？如今朝廷雖然缺乏人才，又怎麼會讓受過宮刑的人來推薦天下的豪傑俊士呢？

我靠著先父未竟的事業，得以在京師任職，至今已二十多年了。我這樣自我反省：對上，不能獻納忠言，獲得有奇策和才能的聲譽，從而取得聖明的皇上的信任；其次，又不能為皇上拾遺補闕、招納賢才、引薦能人，使隱居之士揚名於世；對外，不能投身軍旅，攻城拔寨，建立斬殺敵將、拔取敵旗的功勳；對下，不能積累功勞而獲取高官厚祿，使得宗族、朋友增光得益。這四個方面均無所成，不過是勉強找個容身之處，沒有尺寸之功，也是顯而易見的了。過去我也曾置身於下大夫的行列，侍奉於外廷之上，發表一些不值一提的議論。沒有在那時伸張國家的法度，竭盡智謀，到現在形體已經殘廢，相當於打掃台階的差役，置身卑微下賤者的行列，卻要昂首揚眉，說是道非，豈非太輕視朝廷、太羞辱當今的士人了嗎？唉！唉！像我這樣的人，還能說什麼呢？還能說什麼呢？

　　而且，事情的原委本不容易搞清楚。我年少時自恃才華非凡、不可限量，但長大後並沒有在故鄉獲得好名聲。幸虧皇上因為我父親而使我得以奉獻微薄的技能，出入於宮廷之中。我以為頭上頂著木盆怎麼能夠望見天空呢？所以謝絕賓客的交往，將家庭的私事拋在一邊，日夜想竭盡自己平庸的才幹和能力，專心致志，恪盡職守，以求得皇上的青睞和信任。但是，事情完全不是這樣。

　　我與李陵同在朝中任職，但向來沒有什麼交往。因為不是一路人，所以未曾在一起喝酒，互相表示情誼。然而，我觀察過李陵的為人，的確是個有節操的傑出之士，他侍奉父母很孝順，結交士人守信用，在錢財面前很廉潔，待人接物符合禮義，懂得名分和差別而謙讓，恭敬節儉，甘居人後，常想奮不顧身地去排解國家的危難。這些長期養成的好品德，我以為他有國士的風範。作為臣子，有寧肯萬死而不求一生的意念，奔赴國家的危難之地，這已經很了不起了。現在辦事稍有不妥當，那些平日裡只求保全自己的身軀和妻兒的大臣，就立即誇大他的過失，我實在感到非常痛心。況且李陵率領不足五千步兵，深入敵方腹地，直達匈奴單于的王庭，在虎口垂餌誘敵，奮勇向強悍的匈奴挑戰，向居高臨下的匈奴大軍發起攻擊，與匈奴大軍鏖戰十多天，所殺死的匈奴兵超過了自己將士的人數，使得敵寇連救死扶傷都來不及。匈奴的君主將領都感到震驚和恐怖，於是全數調集左、右賢王的軍隊，出動所有能拉弓

放箭的人，合全國之力圍攻李陵。李陵率軍轉戰數千里，箭矢用盡，陷入絕境，而援軍遲遲不至，死傷的士卒遍地堆積。但只要李陵振臂一呼鼓舞士兵，士兵沒有不掙扎起身，以血洗臉，以淚解渴，拉開沒有箭的空弓，冒著敵人寒光閃閃的兵刃，爭著向北與敵拚死一搏的。當李陵的軍隊還沒有覆沒時，有信使來報捷，朝中的公卿王侯都向皇上祝賀勝利。幾天後，李陵兵敗的奏書傳來，皇上為此食不甘味，上朝聽政也悶悶不樂。大臣們擔心害怕，無以應對。我沒有顧及自己地位卑賤，見到皇上悲傷痛苦，實在是想誠懇地獻上自己的淺薄的見解。我以為李陵治軍體恤部下，向來先人後己，因此將士們願意為他拚死效命，即使是古代的名將，也比不過他。他雖因兵敗而被困匈奴，但看他的用意，應該是想要尋找一個適當的機會來報效漢朝。這件事已經無可奈何，但他曾擊敗強敵，其功勞也足以顯揚於天下。我想要把這些說給皇上聽，但沒有機會。正逢皇上召見，我就這樣論述了李陵的功績，想以此寬慰皇上，堵塞那些怨恨李陵的言辭。我沒能把這些意思表達清楚，以致英明的皇上沒有明白我的心意，誤以為我在詆毀貳師將軍，有意為李陵開脫，於是把我交司法官問罪。我耿耿忠心，卻無法為自己辯白，因而被定了欺矇皇上的罪名，皇上終於認同了獄吏的判決。我家境貧困，沒有足夠的錢財為自己贖罪，沒有哪個朋友出來救援，皇上的左右親信也不為我說一句求情的話。我不是木塊、石頭，卻要獨自與執法的獄吏打交道，被關押在深牢之中，內心的痛苦能向誰訴說呢？這些正是您親眼看到的，我的處境難道不是這樣嗎？李陵既然已經活著投降了匈奴，敗壞了他家族的聲譽，而我關在囚牢中蒙受恥辱，被天下的人看著嘲笑。可悲啊，可悲！這樣的事情又怎麼向世俗之人去說呢！

　　我的祖先並沒有立下受賜剖符丹書這樣可以免罪的功勳，只是掌管文史書籍和天文曆法，地位接近於掌管占卜和祭祀的官員，本來就是供皇上戲弄，像樂工伶人一樣養著，為世人所輕視。假如我受法律的制裁而被殺，就像在九頭牛身上去掉一根牛毛，與死了一隻螻蟻有什麼區別呢？世人不會把我比之於堅持節操而死的人，只認為我是智窮力竭而又罪大惡極，無法逃脫，終於只能受死而已。為什麼呢？是由我所從事的職業決定的。人必然有一死，有的死比泰山還要重，有的死比鴻毛還要輕，這是因為死的價值不同。首先，不使祖先受辱；其次，不使自身受

辱；其次，不在道理和顏面上受辱；其次，不在言辭上受辱；其次，被捆縛而受辱；其次，換上囚服而受辱；其次，戴上刑具受到刑罰而受辱；其次，剃光了頭髮頭頸上戴著鐵鏈而受辱；其次，毀壞肌膚、截斷四肢而受辱；最下等的，就是遭受宮刑，這是達到極點了！《禮記》中說：「大夫以上的人不受刑罰。」這是說士大夫的節操不可以不勉勵。猛虎處在深山之中，足以讓百獸震驚、恐懼，一旦落入陷阱，關進籠中，就搖著尾巴乞求食物，這是長期受到威勢的逼迫而逐漸造成的結果。所以，在地上劃圈為牢，氣節之士也不肯踏入；用木頭削成獄吏，氣節之士也不願受其審訊：他們的態度是非常鮮明的。如今，手足被捆住，戴上了枷鎖，頭髮被剃去，遭受竹鞭和棍棒的抽打，被關押在監獄之中。在這個時候，見到獄吏就跪下叩頭，見到獄卒就嚇得不敢喘息。為什麼呢？這是受到威勢逼迫而逐漸形成的局面啊。已經到了這種地步，還說沒有遭受侮辱，就是所謂的厚臉皮，還有什麼尊貴可言呢？況且，西伯是一方諸侯之長，卻被拘禁在羑里；李斯是秦朝的丞相，卻遭受五種酷刑而死；淮陰侯韓信原本是王，卻在陳地成了囚徒；彭越、張敖曾南面封王，卻下獄判罪；絳侯周勃誅殺了諸呂，權勢超過了春秋五霸，卻被關進請室；魏其侯竇嬰身為大將，卻穿上赭色囚衣，戴上三重枷鎖；季布削髮戴上項圈賣身為朱家之奴；灌夫被關進居室蒙受侮辱。這些人都位至王侯將相，名聲遠播鄰國，等到犯了罪以至法網加身，卻不能果斷自殺，結果陷於骯髒恥辱的境地。古今一脈相承，怎麼能不受到侮辱呢？由此說來，勇敢和膽怯，堅強和懦弱，都是環境所造成的。終於明白了，還有什麼值得奇怪的呢？況且，人不能在受到法律制裁之前就自殺，已經有點卑下了，到了遭受鞭打的時候才想到要以自殺來保持節操，不是已經差得很遠了嗎！古人之所以不輕易對大夫用刑，大概就是這個原因。

貪生怕死，思念父母，眷戀妻兒是人的天性。至於被正義和真理所激發起來的人就不是這樣了，他們有一種身不由己的驅動。現在，我不幸雙親早亡，沒有兄弟姐妹，獨自一人孤單地生活。您看我對妻兒的態度怎樣？況且勇敢的人不一定非要為了名節而死，懦夫仰慕高義，又何處不能勉勵自己呢？我雖然怯弱，想苟活偷生，但也知道該做不該做的界線，怎麼會自甘陷於牢獄而受侮辱呢？就是奴婢還能夠下決心自殺，

更何況我這樣處於不得已的境況之中呢？我之所以暗暗地忍受，苟且偷生，關在污穢的監獄裡仍不肯去死，就因為怨恨自己心中的理想沒有實現，如果在屈辱中死去，我的文章才華就不能流傳於後世了。

自古以來，生前富貴顯赫死後默默無聞的人多得無法記載，只有傑出卓越、非同尋常的人才能為後人稱道：周文王被囚禁而推演出《周易》；孔子處於困境而寫成了《春秋》；屈原被楚懷王放逐，於是創作了《離騷》；左丘明雙目失明，才完成了《國語》；孫臏膝蓋骨被截，卻撰寫了《孫臏兵法》；呂不韋謫遷蜀地，《呂氏春秋》卻流傳於世；韓非子被囚禁在秦國，這才有了《說難》《孤憤》；《詩經》共三百篇，大多是聖人賢士為抒發憤懣而寫作的。這些人都是心中抑鬱，無法施展抱負，所以才追述往事，而寄希望於將來的。至於像左丘明眼瞎，孫臏腿斷，以為永遠不可能被起用了，於是退而著書立說，以抒發心中的憤懣，想藉助流傳後世的文章來表現自己。我私下里不自量力，近來靠著拙劣的文字，收集記載散失於天下的舊說遺聞，大略考證其中的事件，推究歷史上成敗、興衰的規律。上從軒轅黃帝開始，下到當今為止。寫成表十篇，本紀十二篇，書八篇，世家三十篇，列傳七十篇，共一百三十篇。也是想以此探究自然和人間的關係，搞明白自古至今的變化規律，成為一家之言。草稿還沒有完成，卻遇上那場大禍。我痛惜全書未完，所以即使受最嚴厲的刑罰也毫無怨恨。如果我完成那本書，就把它藏在名山之中，傳給能夠理解它的後人，在四通八達的都市裡散佈。這樣就彌補了所受的所有侮辱，即使被千刀萬剮，還有什麼可後悔的呢？然而，這些話只能對智者說，難以和一般人談。

再說，背負因罪受刑之名的人難以安生，地位卑賤的人常常遭誹謗。我因為一時多嘴而遭到這次災禍，被故鄉人恥笑不止。侮辱了祖先，我還有什麼臉面去給父母親上墳呢？即使百代之後，這種恥辱仍會不斷加深！所以我天天滿腹苦楚，在家時恍恍惚惚，失魂落魄，出門不知要到哪裡去。每當想起那種恥辱，沒有不冷汗從背上滲出，濕透衣服的。我已經形同宦官，哪有資格自行引退，藏身山林岩穴之中呢？所以，暫且只好隨波逐流，見機行事，自我疏解內心的憤怒與矛盾。現在您卻讓我推舉賢人，引薦人才，不正與我內心的想法相反嗎？如今，我即使想要修飾打扮，用美妙的言辭為自己開脫，也無濟於事，世人不會

相信，只是自取其辱罷了。總之，人死後是非才有定論。信中不能詳盡地表達心意，只是簡略地陳述我褊狹淺陋的見解。謹再次叩首。

過秦論（上） 賈誼

【題解】

賈誼（前200—前168），洛陽人，西漢初期著名的文學家、政治家，年輕時有才名，二十多歲即被漢文帝召為博士，不久升任太中大夫。由於他力主革除政治弊端，觸犯了當時權貴們的利益，被貶為長沙王太傅。四年後，又被召為梁懷王太傅。懷王墜馬身亡，賈誼自慚失職，鬱鬱而死。賈誼的政論文透徹地分析形勢，切中時弊，有深刻獨到的見解。

《過秦論》分上、中、下三篇，分別評論秦始皇、秦二世、秦子嬰三代的過失，總結秦亡的教訓。這裡選錄的是上篇。文章大半部分敘述了秦國的崛起，肯定了從商鞅變法開始銳意進取所取得的成就，比照其後迅速衰亡的原因。認為秦之過，在於「仁義不施」，不知「攻守之勢異」。賈誼寫作此文，目的在於為漢文帝提供政治上的借鑑。文章旁徵博引、鋪張渲染，直到最後才點出論點，具有難以辯駁的氣勢。在中國散文史上，《過秦論》首創了「史論」這一體裁，對漢以後的散文創作產生了重要影響。

【原文】

秦孝公①據殽函之固，擁雍州②之地，君臣固守，以窺周室；有席捲天下、包舉宇內、囊括四海之意，併吞八荒③之心。當是時也，商君④佐之，內立法度，務耕織，修守戰之具；外連衡⑤而鬥諸侯。於是秦人拱手而取西河之外⑥。

孝公既沒，惠文、武、昭蒙故業，因遺策，南取漢中，西舉巴蜀，東割膏腴之地，收要害之郡。諸侯恐懼，會盟而謀弱秦，不愛珍器、重寶、肥饒之地，以致天下之士，合從

締交，相與為一。當此之時，齊有孟嘗，趙有平原，楚有春申，魏有信陵。此四君者，皆明智而忠信，寬厚而愛人，尊賢而重士，約從離橫，兼韓、魏、燕、楚、齊、趙、宋、衛、中山之眾。於是六國之士，有寧越、徐尚、蘇秦、杜赫之屬為之謀，齊明、周最、陳軫、召滑、樓緩、翟景、蘇厲、樂毅之徒通其意，吳起、孫臏、帶佗、兒良、王廖、田忌、廉頗、趙奢之倫制其兵。嘗以十倍之地，百萬之眾，叩關[7]而攻秦。秦人開關而延敵，九國之師逡巡[8]遁逃而不敢進。秦無亡矢遺鏃之費，而天下諸侯已困矣。於是從散約解，爭割地而賂秦。秦有餘力而制其弊，追亡逐北[9]，伏屍百萬，流血漂櫓[10]。因利乘便，宰割天下，分裂河山，強國請服，弱國入朝。

延及孝文王、莊襄王，享國之日淺，國家無事。

及至始皇，奮六世[11]之餘烈，振長策而御宇內，吞二周[12]而亡諸侯，履至尊而制六合[13]，執敲朴以鞭笞天下[14]，威震四海。南取百越[15]之地，以為桂林、象郡[16]。百越之君，俯首繫頸[17]，委命下吏。乃使蒙恬北築長城而守藩籬[18]，卻匈奴七百餘里。胡人不敢南下而牧馬，士不敢彎弓而報怨。於是廢先王之道，燔百家之言[19]，以愚黔首[20]。隳[21]名城，殺豪俊，收天下之兵聚之咸陽，銷鋒鏑[22]，鑄以為金人十二，以弱天下之民。然後踐華為城，因河為池，據億丈之城，臨不測之溪以為固。良將勁弩，守要害之處；信臣精卒，陳利兵而誰何[23]！天下已定，始皇之心，自以為關中之固，金城千里，子孫帝王萬世之業也。

始皇既沒，餘威震於殊俗。然而陳涉，甕牖繩樞之子[24]，甿隸[25]之人，而遷徙之徒[26]也，才能不及中庸，非有仲尼、墨翟之賢[27]，陶朱、猗頓之富[28]；躡足行伍之間[29]，俛起

阡陌之中^{�30}，率罷弊之卒，將數百之眾，轉而攻秦。斬木為兵，揭竿為旗，天下雲集而響應，贏糧而景從^㉛，山東豪俊遂並起而亡秦族矣。

　　且夫天下非小弱也。雍州之地，殽函之固，自若也。陳涉之位，非尊於齊、楚、燕、趙、韓、魏、宋、衛、中山之君也；鋤、耰、棘矜^㉜，非銛於鉤、戟、長鎩也^㉝；謫戍之眾，非抗^㉞於九國之師也；深謀遠慮，行軍用兵之道，非及曩時之士^㉟也。然而成敗異變，功業相反也。試使山東之國與陳涉度長絜大^㊱，比權量力，則不可同年而語矣。然秦以區區之地，致萬乘^㊲之權，招八州而朝同列^㊳，百有餘年矣。然後以六合為家，殽、函為宮。一夫作難而七廟^㊴隳，身死人手，為天下笑者，何也？仁義不施，而攻守之勢異也。

【注釋】

① 秦孝公：姓嬴，名渠梁，公元前至前年在位。他任用商鞅實施變法，使秦國開始走上國富兵強的道路。

② 雍州：古九州之一，其地域約相當於今陝西中北部、甘肅、青海部分地區，當時為秦國統治的區域。

③ 八荒：即八方。古人把東南西北稱作四方，把東南、東北、西南、西北稱作四隅，合稱八方。此泛指荒遠的地方。

④ 商君：即商鞅，原是衛國的庶公子，稱衛鞅，戰國時期法家的傑出代表人物。入秦後佐秦孝公主持變法，以功封於商，號曰商君。

⑤ 連衡：即連橫，地處西方的秦和處於東方的各國分別聯合起來以攻打別國，各個擊破。下文中的「合從」即「合縱」，指東方六國南北聯合抗擊秦國的策略。

⑥ 拱手：兩手合抱，比喻輕而易舉。西河：指魏國在黃河以西的地區。秦孝公二十二年，秦國派商鞅向東擴張，大破魏軍。魏國割河西之地給秦國。

⑦ 叩關：這裡指攻打函谷關。公元前年齊、燕、韓、趙、魏五國，公元

前年楚、趙、韓、燕、魏五國，分別攻打秦國，均以失敗告終。

⑧ 逡巡：遲疑徘徊，欲行又止。

⑨ 亡：逃亡。北：敗走。

⑩ 櫓：盾牌。

⑪ 六世：指孝公、惠文王、武王、昭襄王、孝文王、莊襄王。

⑫ 二周：東週末年赧王時，東西周分治，西周都王城，東周都鞏，為兩個獨立的小國。秦昭襄王五十一年滅西周，莊襄王元年滅東周。

⑬ 履至尊：登上帝位。六合：天、地和四方。

⑭ 敲朴：棍棒。短的為敲，長的為朴。笞：鞭打。

⑮ 百越：指散居我國東南沿海地區眾多越族部落的總稱。

⑯ 桂林：地處今廣西北部及東部地區。象郡：地處今廣西南部地區。兩郡均為秦始皇新置。

⑰ 繫頸：以帶繫頸，表示投降。

⑱ 蒙恬：秦朝名將。秦統一六國後，蒙恬率兵三十萬擊退匈奴，並主持修築長城。後為秦二世所逼，自殺。藩籬：籬笆，這裡引申為邊防。

⑲ 燔百家之言：指秦始皇三十四年，秦始皇下令焚燒《秦記》以外的各國史記和《詩》《書》。次年又將四百六十多名方士和儒生坑死在咸陽。史稱「焚書坑儒」。

⑳ 黔首：百姓。黔：黑色。

㉑ 隳（音揮）：毀壞。

㉒ 鏑：箭頭。

㉓ 誰何：呵問是誰，即盤問。何：通「呵」。

㉔ 甕牖（音有）：用破甕作窗。繩樞：用繩子拴門。樞：門上的軸。

㉕ 氓隸：自己沒有土地的農民，即僱農。

㉖ 遷徙之徒：罰去邊地戍守的士卒。

㉗ 仲尼：孔子，名丘，字仲尼。墨翟：墨子，名翟。

㉘ 陶朱：春秋時范蠡輔佐越王勾踐滅吳，隨即棄官出走，在陶經商成為巨富，號陶朱公。猗頓：春秋時魯人，靠經營鹽業致富。

㉙ 躡足：插足，置身。行伍：軍隊。

㉚ 俛起：奮起。俛：通「勉」。阡陌：田間小路，指鄉間。

㉛ 贏：擔負。景：通「影」。

㉜ 櫌（音憂）：古代平整土地的農具，形似鋤頭。棘矜：棘木做的木棍。

㉝ 銛（音先）：鋒利。鏺：長矛。

㉞ 抗：通「亢」，高出，超過。

㉟ 曩時之士：上文提及的六國傑出人士。曩時：從前，當初。

㊱ 度長絜大：量長短大小。絜（音潔）：度量物體的粗細。

㊲ 萬乘：根據周制，諸侯地百里，兵車千乘，天子地千里，兵車萬乘。

㊳ 八州：指九州中除雍州以外的八州。朝同列：使原先與秦國平起平坐的各諸侯向秦國臣服。

㊴ 七廟：根據周制，天子宗廟奉祀七代祖先。

【譯文】

秦孝公占據殽（音遙）山和函谷關那樣險固的關隘，擁有雍州的地盤，君臣固守疆土，暗中覬覦周王朝的天下，懷有席捲天下、包舉四方、囊括四海、吞併八荒之地的野心。那時，商鞅輔佐秦孝公，對內建立法規制度，鼓勵農民種田和織布，整治防守和進攻的武器裝備；對外推行連橫政策，使諸侯之間互相爭鬥。就這樣，秦人輕而易舉奪取了黃河以西的大片土地。

秦孝公死後，惠文王、武王、昭襄王繼承先輩留下來的事業，遵循既定的政策，向南兼併了漢中，向西取得了巴、蜀，向東占據了肥沃的土地，割取了地勢險要的州郡。諸侯各國都感到恐懼，共同結盟企圖削弱秦國，不吝惜珍奇的器具、貴重的寶物、肥沃的土地，用以招納天下傑出之士，結成「合縱」同盟，形成一個整體。在那時，齊國有孟嘗君，趙國有平原君，楚國有春申君，魏國有信陵君。這四位都是智慧而忠誠守信之人，對人寬厚而友愛，尊敬重用賢士，相約用合縱來離散秦國的連橫，聯合了韓國、魏國、燕國、楚國、齊國、趙國、宋國、衛國、中山國的兵力。於是，東方六國有寧越、徐尚、蘇秦、杜赫這班人替他們出謀獻策，有齊明、周最、陳軫、召滑、樓緩、翟景、蘇厲、樂毅這班人替他們互通消息，有吳起、孫臏、帶佗、兒良、王廖、田忌、廉頗、趙奢這班人替他們統率軍隊。他們曾以十倍於秦的土地為依託，率領百萬大軍，進逼函谷關進攻秦國。秦人大開關門應戰，九國將士畏

縮猶豫，徘徊著不敢進擊。秦國沒有用一支箭，便讓諸侯各國陷入了困境。於是合縱離散，盟約解除，各國爭著割讓土地去討好秦國。秦國有餘力利用他們的弱點，追擊戰敗的敵人，殺了上百萬士兵，流的血可以漂浮起大盾。秦國乘著勝利的機會，宰割天下的土地，分裂各國的疆土，迫使強國請求投降，弱國入秦朝拜。

延續到孝文王、莊襄王，他們在位的時間短，國家沒有發生重大事件。到了秦始皇，他繼承了六世祖先積聚的功業，揮動長鞭駕馭天下，吞併了西、東二周，滅亡了六國諸侯，終於登上至高無上的皇帝寶座，統治了整個天下，手執棍棒鞭撻天下百姓，威震四海。他向南攻取了百越的土地，設置桂林郡和象郡。百越的君主低著頭、脖頸上套著繩索前來投降，將性命交給秦朝的下級官吏。於是，派遣蒙恬在北方修築長城並防住這道屏障，迫使匈奴後退了七百多里。從此匈奴人不敢南下放馬，其士兵也不敢尋釁報仇。於是，秦始皇完全拋棄了先王的治國原則，焚燒諸子百家的著作，以使百姓愚昧無知。又毀壞六國的名城，殺害六國的豪傑俊才，收集天下的兵器聚集到咸陽，銷熔兵器鑄成十二個銅人，以削弱百姓的力量。然後憑藉華山作為城牆，依靠黃河作為護城河，據守著億丈高的城牆，下臨深不可測的護城河，以為這樣就固若金湯了。又派遣大將，手持硬弓駐守要害之處，派遣忠實的大臣率領精銳的士兵，手執銳利的兵器盤問過往的行人。天下已經安定了，秦始皇的心裡，自以為關中地勢險固，如同千里銅牆鐵壁，立下了子孫後代稱帝的萬世基業。

秦始皇死後，他的餘威還波及偏遠地區。然而，陳涉這個用破甕作窗、用繩子拴著門板的貧家子弟，連土地都沒有的僱農，一個被徵召去戍邊的士卒，才能不及一般人，沒有孔子、墨子的賢能，陶朱公、猗頓的富有，置身於士卒之間，卻從中奮起，率領疲憊散亂的士卒，領著區區數百人的隊伍，掉頭攻打秦朝。砍斷樹桿作為兵器，舉起竹竿當作旗幟，天下之人像雲一般匯聚起來，像回聲一般響應，背上糧食如影子一樣跟從他，於是，山東豪傑英俊一齊行動，消滅了秦王朝。

秦朝的天下並沒有縮小削弱，雍州的地勢，殽山和函谷關的險固，仍然和過去一樣。陳涉的地位不比齊、楚、燕、趙、韓、魏、宋、衛、中山的君主尊貴；鋤頭和木棍並不比鉤、戟、長矛鋒利；流放守邊士卒

的戰鬥力並不能與九國軍隊相抗衡；深謀遠慮，行軍用兵的謀略，比不上當時那些謀士。然而，成功和失敗卻發生了逆轉，建立功業的人正好相反。

如果比較一下山東諸侯各國與陳涉的優劣強弱，比較二者的權勢實力，簡直不可同日而語。然而，當初秦國憑藉小小的國土發展到萬輛兵車的國力，奪得其餘八州土地，迫使原來地位相當的各諸侯稱臣，已經一百多年了。然後將整個天下歸自己一家，把殽山和函谷關當作宮牆。誰料陳涉一人起來發難，秦朝的宗廟社稷就毀滅了，國君死在別人的手裡，被天下人嘲笑，這是什麼道理呢？就是因為不施行仁義，而攻守的形勢發生了根本變化。

論貴粟疏　晁錯

【題解】

晁錯（前200—前154），潁川（今河南禹縣）人，西漢文帝、景帝時期的政治家。初學申不害、商鞅的法家學說。文帝時任太常掌故，曾奉命從故秦博士伏生受《尚書》。後為太子家令，得太子（即景帝）信任，號「智囊」。景帝即位，任為御史大夫。他堅持「重本抑末」政策，主張納粟受爵，建議募民充實邊塞，積極備御匈奴的攻掠，並進言削藩以鞏固中央集權，得到景帝採納。吳王劉濞等以「請誅晁錯，以清君側」為名，發動七國叛亂。景帝為平息事態，將晁錯殺死。

本文是晁錯寫給漢文帝的奏疏。晁錯對比了堯、舜、商湯時遭遇天災糧食充裕與漢朝太平盛世糧食不足的現象，層層分析，提出了「貴粟」的政治主張和具體的實施方略，文筆犀利，邏輯嚴密，說服力強。

【原文】

聖王在上而民不凍飢者，非能耕而食之^①，織而衣之^②也，為開其資財之道也。故堯、禹有九年之水，湯有七年之

旱，而國無捐瘠③者，以畜積多而備先具也。今海內為一，土地人民之眾不避禹、湯，加以亡④天災數年之水旱，而畜積未及者，何也？地有餘利，民有餘力，生穀之土未盡墾，山澤之利未盡出也，游食之民未盡歸農也。民貧則奸邪生。貧生於不足，不足生於不農，不農則不地著⑤，不地著則離鄉輕家。民如鳥獸，雖有高城深池，嚴法重刑，猶不能禁也。

夫寒之於衣，不待輕暖；飢之於食，不待甘旨；飢寒至身，不顧廉恥。人情一日不再食則飢，終歲不製衣則寒。夫腹飢不得食，膚寒不得衣，雖慈母不能保其子，君安能以有其民哉？明主知其然也，故務民於農桑，薄賦斂，廣畜積，以實倉廩，備水旱，故民可得而有也。

民者，在上所以牧之，趨利如水走下，四方無擇也。夫珠玉金銀，飢不可食，寒不可衣，然而眾貴之者，以上用之故也。其為物輕微易藏，在於把握，可以周海內而亡飢寒之患。此令臣輕背其主，而民易去其鄉，盜賊有所勸，亡逃者得輕資也。粟米布帛生於地，長於時，聚於力，非可一日成也。數石之重，中人弗勝，不為奸邪所利，一日弗得而飢寒至。是故，明君貴五穀而賤金玉。

今農夫五口之家，其服役者不下二人，其能耕者不過百畝，百畝之收不過百石。春耕，夏耘，秋穫，冬藏，伐薪樵，治官府，給徭役；春不得避風塵，夏不得避暑熱，秋不得避陰雨，冬不得避寒凍，四時之間，無日休息。又私自送往迎來，弔死問疾，養孤長幼在其中。勤苦如此，尚復被水旱之災，急政⑥暴虐，賦斂不時，朝令而暮改。當其有者，半賈而賣，亡者取倍稱之息。於是有賣田宅、鬻子孫以償債者矣。而商賈大者積貯倍息，小者坐列販賣，操其奇贏，日

遊都市，乘上之急，所賣必倍。故其男不耕耘，女不蠶織，衣必文采，食必粱肉；亡農夫之苦，有阡陌之得。因其富厚，交通王侯，力過吏勢；以利相傾；千里游遨，冠蓋相望，乘堅策肥，履絲曳縞⑦。此商人所以兼併農人，農人所以流亡者也。今法律賤商人，商人已富貴矣；尊農夫，農夫已貧賤矣。故俗之所貴，主之所賤也；吏之所卑，法之所尊也。上下相反，好惡乖迕⑧，而欲國富法立，不可得也。

方今之務，莫若使民務農而已矣。欲民務農，在於貴粟；貴粟之道，在於使民以粟為賞罰。今募天下入粟縣官⑨，得以拜爵，得以除罪。如此，富人有爵，農民有錢，粟有所渫⑩。夫能入粟以受爵，皆有餘者也。取於有餘以供上用，則貧民之賦可損，所謂損有餘、補不足，令出而民利者也。順於民心，所補者三：一曰主用足，二曰民賦少，三曰勸農功。今令民有車騎馬一匹者，復卒三人。車騎者，天下武備也。故為復卒。神農之教曰：「有石城十仞，湯池百步，帶甲百萬，而亡粟，弗能守也。」以是觀之，粟者，王者大用，政之本務。今民入粟受爵，至五大夫⑪以上，乃復一人耳，此其與騎馬之功相去遠矣。爵者，上之所擅，出於口而無窮；粟者，民之所種，生於地而不乏。夫得高爵與免罪，人之所甚欲也。使天下人入粟於邊，以受爵免罪，不過三歲，塞下之粟必多矣。

【注釋】

① 食之：給他們吃。「食」作動詞用。

② 衣之：給他們穿。「衣」作動詞用。

③ 捐瘠：被遺棄和瘦弱的人。捐：拋棄。瘠：瘦。

④ 亡：通「無」。

⑤ 地著：定居一地。著：附著。

⑥政：通「征」。

⑦履絲曳縞：腳穿絲鞋，身披綢衣。縞（音稿）：潔白的絲織品。

⑧乖迕（音午）：違背。

⑨縣官：漢代對官府的通稱。

⑩渫（音泄）：散出，流通。

⑪五大夫：漢代的一種爵位，在侯以下二十級中屬第九級。

【譯文】

聖明君王統治時期，百姓不會挨餓受凍，這並非因為君王會親自種糧食給他們吃，會親自織布給他們穿，而是因為他能給百姓開闢增加財富的渠道。所以唐堯、夏禹時期曾有過九年的水災，商湯時期曾有過七年的旱災，但境內並沒有餓死餓瘦的人，這是因為貯藏積蓄的糧食多，事先已做好了準備。現在全國統一，土地遼闊，人口眾多，不亞於湯、禹之時，又沒有遇上連年的水旱災害，但積蓄反而不如湯、禹之時，這是什麼原因呢？原因就在於土地沒有得到很好的開發，而百姓剩餘的力量沒有使出來，能生長穀物的土地還沒全部開墾，山林湖沼的資源尚未完全開發，外出遊蕩的人還沒有回鄉務農。百姓貧窮困頓，就會去做邪惡的事情。貧困是由於不富足，不富足是由於不務農，不務農就不會在一個地方定居下來，不定居就會離開故鄉，輕視家園。若是百姓像鳥獸一般四處覓食，那即使有高高的城牆，很深的護城河，嚴厲的法令，殘酷的刑罰，也無法制約他們。

人在挨凍的時候，不會非要等有了輕暖的皮衣才穿；人在飢餓的時候，不會非要等有了美味佳餚才吃；飢寒交迫的時候，就顧不上廉恥了。人之常情是，一天不吃兩頓飯就覺得餓，整年不做衣服就會受凍。肚子餓了沒飯吃，身上冷了無衣穿，即使是慈母也留不住她的兒子，國君又怎能保有他的百姓呢？賢明的君主懂得這個道理，所以鼓勵百姓從事農耕，種桑養蠶，減輕他們的賦稅，大量貯備糧食，以充實倉庫，防備水旱災荒，因此也就獲得了百姓的擁護。

百姓呢，在於君主如何去管理他們。他們追逐利益，就像水往低處流一樣，不管東南西北。珠玉金銀這些東西，餓了不能當飯吃，冷了不能當衣穿，然而人們還是把它當寶貝，這是因為君主需要它。珠玉金銀

這些東西輕便小巧，容易收藏，拿在手裡，就可以周遊全國，不用擔心會忍飢挨餓。這就會使臣子輕易地背棄他的君主，百姓也草率離開家鄉，盜賊因此受到了誘惑，犯法逃亡的人有了便於攜帶的財物。粟米和布帛都是田地裡種出來的，生長要一定的季節，收穫也需要一定的人力，並非一天就能辦成的。幾石重的糧食，一般人還扛不動，所以難以被壞人所貪圖；可要是一天沒有這些東西就會挨餓受凍。因此，賢明的君主重視五穀而輕視金玉。

現在五口之家的農戶，可以參加勞作的不少於二人，能夠耕種的土地不超過百畝，百畝的收成不超過百石。他們春天耕種，夏天耘田，秋天收穫，冬天儲藏，還得砍木柴，修理官府的房舍，服勞役；春天不能避風塵，夏天不能避暑熱，秋天不能避陰雨，冬天不能避寒凍，一年四季，沒有一天休息；生活中還要交際往來，弔唁死者，看望病人，贍養孤老，撫育幼兒。這樣辛勤勞苦，還要遭受水旱災害，官府的橫徵暴斂，不時有苛捐雜稅攤派勞役，早晨發命令，晚上又更改。交賦稅時，有糧食的人，半價賤賣後完稅；沒有糧食的人，只好以加倍的利息借債納稅；於是就出現了賣田地房屋、賣子孫來還債的事情。而那些商人，大的囤積貨物，獲取加倍的利息；小的擺攤設鋪，販賣貨物，牟取利潤。他們每日在集市上晃蕩，趁朝廷急需貨物的機會，加價拋出物品。所以，這些人男的不用耕地耘田，女的不用養蠶織布，卻穿的必定是華麗的衣服，吃的必定是上等的米和肉；沒有農夫的勞苦，卻占有農桑的收穫。他們依仗自己擁有的巨大錢財，與王侯結交，勢力甚至超過官吏，憑藉著財富相互傾軋；他們千里遨遊，浩浩蕩蕩，彼此可以望見冠服和車蓋，乘著堅固的車，騎著肥壯的馬，腳穿絲鞋，身披綢衣。這就是商人盤剝農民，農民流離失所的原因了。當今雖然法律上輕視商人，可商人實際上已經富貴了；法律上尊重農民，而農民事實上卻已貧賤了。所以一般人所看重的，正是君主所輕視的；一般官吏所鄙視的，正是法律所尊重的。上下相悖，好惡顛倒，在這種情況下，要想使國家富強，法令得以實施，那是不可能的。

當今之要務，沒有比讓百姓務農更為重要的了。而要想使百姓願意從事農業，就要抬高糧價；抬高糧價的辦法，在於讓百姓拿糧食來求賞免罰。現在應該號召天下百姓向官府繳糧，納糧的可以封爵，也可以贖

罪。這樣，富人就可以得到爵位，農民就可以得到錢財，糧食就會流通起來不會被囤積。那些能繳納糧食得到爵位的，都是富裕之人。從富人那裡得到多餘的糧食以供官府使用，就能減輕貧苦百姓所擔負的賦稅，這就叫作拿富有的去補不足的。這個法令一頒佈，百姓就能獲利。順應民心，表現為三個好處：一是君主需要的東西充足，二是百姓的賦稅減少，三是鼓勵從事農業生產。按現行法令，百姓拿出一匹戰馬的，可以免去三個人的兵役。戰馬是國家的軍事裝備，所以可以使人免除兵役。神農氏曾經教導：「有七八丈高的石城牆，有百步之寬滿是沸水的護城河，有上百萬全副武裝的兵士，然而沒有糧食，那是守不住的。」由此看來，糧食是國君最需要的東西，是治理國家的根本。現在讓百姓納糧封爵，爵位即使到五大夫以上，也才免除一個人的兵役，這與一匹戰馬的功用相差得太遠了。賜封爵位，是國君專有的權力，只要一開口，就可以無窮無盡地封給別人；糧食是百姓種出來的，生長在土地中而不會缺乏。能夠封爵與免罪，是人們十分嚮往的。假如讓天下百姓都繳納糧食，用於邊塞，以此換取爵位或免罪，那麼不用三年，邊塞的糧食必定會多起來。

獄中上梁王書　　鄒陽

【題解】

　　鄒陽（約前206—前129），西漢文學家、政治家。早先侍奉吳王劉濞，因劉濞陰謀叛亂，上書婉諫，吳王不聽，離吳投奔梁孝王。梁孝王劉武是文帝竇皇后的小兒子，漢景帝的同母弟，有意嗣位。當時漢景帝聽從袁盎進言，立七歲的劉徹為太子。羊勝、公孫詭為梁王獻謀，派人刺殺袁盎。鄒陽堅決反對，羊勝、公孫詭乘隙進讒，鄒陽被捕下獄。他在獄中上書，慷慨陳辭。梁王見書，立即釋放了他。

　　鄒陽上書之時處境非常險惡：一方面是梁孝王聽信讒言將其下獄，若直說自己無罪，則等於直斥梁王昏聵。另一方面，若不將梁孝王偏信讒言說明，則又無以自白無辜。為此，鄒陽採用了高超的表達技巧，既沒有哀憐諂媚之詞，

也沒有直陳梁王之過，而是引經據典，運用大量歷史事件，讓梁王自我警覺。
該文文采飛揚，鋪張揚厲，意多慷慨，有戰國縱橫家的韻致。

【原文】

臣聞忠無不報，信不見疑，臣常以為然，徒虛語耳。昔荊軻慕燕丹之義[①]，白虹貫日[②]，太子畏之；衛先生為秦畫長平之事[③]，太白食昴[④]，昭王疑之。夫精變天地而信不諭兩主，豈不哀哉！今臣盡忠竭誠，畢議願知，左右不明，卒從吏訊，為世所疑。是使荊軻、衛先生復起，而燕、秦不寤也。願大王孰察之。

昔玉人[⑤]獻寶，楚王誅之；李斯竭忠，胡亥[⑥]極刑。是以箕子陽狂[⑦]，接輿[⑧]避世，恐遭此患也。願大王察玉人、李斯之意，而後楚王、胡亥之聽，毋使臣為箕子、接輿所笑。臣聞比干[⑨]剖心，子胥鴟夷[⑩]，臣始不信，乃今知之。願大王孰察，少加憐焉。

語曰：「有白頭如新，傾蓋如故[⑪]。」何則？知與不知也。故樊于期[⑫]逃秦之燕，藉荊軻首以奉丹事；王奢[⑬]去齊之魏，臨城自剄，以卻齊而存魏。夫王奢、樊於期非新於齊、秦而故於燕、魏也，所以去二國死兩君者，行合於志，慕義無窮也。是以蘇秦[⑭]不信於天下，為燕尾生[⑮]；白圭[⑯]戰亡六城，為魏取中山。何則？誠有以相知也。蘇秦相燕，人惡之燕王，燕王按劍而怒，食以駃騠[⑰]；白圭顯於中山，人惡之於魏文侯，文侯賜以夜光之璧。何則？兩主二臣剖心析肝相信，豈移於浮辭哉！

故女無美惡，入宮見妒；士無賢不肖，入朝見嫉。昔司馬喜臏腳於宋[⑱]，卒相中山；范雎拉脅折齒[⑲]於魏，卒為應侯。此二人者，皆信必然之畫，捐朋黨之私，挾孤獨之交，故不能自免於嫉妒之人也。是以申徒狄[⑳]蹈雍之河，徐衍[㉑]負

石入海，不容於世，義不苟取比周^㉒於朝，以移主上之心。故百里奚乞食於道路，繆公委之以政；寧戚^㉓飯牛車下，桓公任之以國。此二人者，豈素宦於朝，借譽於左右，然後二主用之哉？感於心，合於行，堅如膠漆，昆弟不能離，豈惑於眾口哉？故偏聽生奸，獨任成亂。昔魯聽季孫^㉔之說逐孔子，宋任子冉之計囚墨翟^㉕。夫以孔、墨之辯，不能自免於讒諛，而二國以危。何則？眾口鑠金，積毀銷骨也。秦用戎人由余而伯中國^㉖，齊用越人子臧而強威、宣^㉗。此二國豈繫於俗，牽於世，繫奇偏之浮辭哉？公聽並觀，垂明當世。故意合則吳越為兄弟，由余、子臧是矣；不合則骨肉為仇敵，朱、象、管、蔡是矣^㉘。今人主誠能用齊、秦之明，後宋、魯之聽，則五伯不足侔^㉙，而三王易為也。

是以聖王覺寤，捐子之^㉚之心，而不說田常^㉛之賢，封比干之後，修孕婦之墓^㉜，故功業覆於天下。何則？欲善無厭也。夫晉文親其仇^㉝，強伯諸侯；齊桓用其仇^㉞，而一匡天下。何則？慈仁殷勤，誠加於心，不可以虛辭借也。

至夫秦用商鞅^㉟之法，東弱韓、魏，立強天下，卒車裂之。越用大夫種^㊱之謀，禽勁吳而伯中國，遂誅其身。是以孫叔敖^㊲三去相而不悔，於陵子仲辭三公為人灌園^㊳。今人主誠能去驕傲之心，懷可報之意，披心腹，見情素^㊴，墮^㊵肝膽，施德厚，終與之窮達，無愛於士，則桀之犬可使吠堯，跖之客可使刺由，何況因萬乘之權，假聖王之資乎？然則荊軻湛七族^㊶，要離^㊷燔妻子，豈足為大王道哉！

臣聞明月之珠，夜光之璧，以暗投人於道，眾莫不按劍相眄^㊸者。何則？無因而至前也。蟠木根柢，輪囷^㊹離奇，而為萬乘器者，以左右先為之容也。故無因而至前，雖出隨珠和璧，只怨結而不見德；有人先游，則枯木朽株，樹功而不

忘。今夫天下布衣窮居之士，身在貧羸，雖蒙堯、舜之術，挾伊、管之辯㊺，懷龍逢㊻、比干之意，而素無根柢之容，雖極精神，欲開忠於當世之君，則人主必襲按劍相眄之跡矣。是使布衣之士不得為枯木朽株之資也。

是以聖王制世御俗，獨化於陶鈞㊼之上，而不牽乎卑亂之語，不奪乎眾多之口。故秦皇帝任中庶子蒙嘉之言以信荊軻㊽，而匕首竊發；周文王獵涇渭，載呂尚歸，以王天下。秦信左右而亡，周用烏集㊾而王。何則？以其能越攣拘㊿之語，馳域外之議，獨觀乎昭曠之道也。

今人主沉諂諛之辭，牽帷牆之制㊉，使不羈之士與牛驥同皂㊒，此鮑焦㊓所以憤於世也。

臣聞盛飾入朝者，不以私污義，底厲㊔名號者，不以利傷行。故里名勝母，曾子不入㊕；邑號朝歌㊖，墨子回車㊗。今欲使天下寥廓之士籠於威重之權，脅於位勢之貴，回面污行，以事諂諛之人，而求親近於左右，則士有伏死窟穴岩藪㊘之中耳，安有盡忠信而趨闕下者哉！

【注釋】

① 荊軻：戰國末衛人，好讀書擊劍。燕丹：燕太子丹，曾在秦國做人質，逃回燕國後，厚交荊軻，使刺秦王。荊軻答應入秦行刺後，為做好準備，遲遲沒有動身，太子丹曾擔心他因畏懼而變卦，所以下文言「太子畏之」。

② 白虹貫日：古人常以天人感應的說法解釋罕見的天文現象。此指荊軻的精誠感動了上天。

③ 衛先生：秦將白起手下的謀士。長平之事：公元前年，秦軍在長平大破趙軍後，主將白起欲乘勢滅趙，派衛先生回秦向昭王增兵增糧。秦相范雎害怕白起功勞更大，從中阻撓，害死衛先生。昭王聽信范雎之言，致使當時秦國錯失滅趙的機會。下文「昭王疑之」即指此事。

④ 太白：金星，古時認為是戰爭的徵兆。昴：二十八宿之一，西方白虎七宿的第四宿，古人認為昴宿在趙國分野。太白星侵入昴宿，預示趙國將遭到軍事打擊。

⑤ 玉人：指楚人卞和。據說卞和得璞於楚山，獻楚武王，武王令玉匠察看，回說不是玉，就以欺君的罪名砍去卞和左腳；武王死，文王立。卞和又獻，文王也命玉匠察看，玉匠回說不是玉，又以欺君的罪名砍去卞和右腳。文王死，成王立，卞和抱玉在楚山下哭了三日三夜，淚盡泣血，成王聽說，召令玉匠鑿璞，果得寶玉，加工成璧，稱為和氏之璧。

⑥ 胡亥：秦二世名，秦始皇次子。荒淫無道，不理政事，聽信奸臣趙高讒言，將為秦國立下汗馬功勞的丞相李斯腰斬於咸陽，夷三族。

⑦ 箕子：名胥餘，商紂王的叔父。陽狂：即佯狂。

⑧ 接輿：春秋時期楚國隱士。

⑨ 比干：商紂王的叔父，因紂王荒淫，極力勸諫，被紂王剖心而死。

⑩ 子胥：伍員，字子胥，春秋時楚人。被楚平王迫害逃到吳國，輔助吳王闔閭奪得王位。闔閭用伍子胥、孫武之計攻破楚都，成為春秋霸主。闔閭死，夫差立，敗越後不滅越，又以重兵北伐齊國。伍子胥力陳吳之患在越，觸怒了夫差。夫差聽信伯嚭讒言，迫使伍子胥自殺。鴟夷：馬皮製的袋。伍子胥臨死說：「我死後把我眼睛挖出來掛在吳國東城門上，觀看越寇進滅吳國。」夫差大怒，用鴟夷盛子胥屍投入錢塘江中。

⑪ 白頭如新：指有的人相處到老而不相知。蓋：車上的帳頂，車停之時車蓋傾斜。

⑫ 樊于期：原為秦將，因得罪秦王，逃亡燕國。秦王曾以重金懸賞捉拿樊于期。荊軻入秦行刺，想以獻樊于期的頭顱取得秦王信任，樊于期聽說後，慷慨自刎而死。

⑬ 王奢：原為齊國大臣，因得罪齊王，逃到魏國。後來齊伐魏，王奢跑到城牆上對齊將說，不會為自己而牽累魏國，當即自刎而死。

⑭ 蘇秦：戰國時縱橫家，遊說六國聯合抵制秦國，為縱約長，掛六國相印。後秦國利用六國間的矛盾，破壞合縱之約。各諸侯不再信任他，只有燕王仍信任他。

⑮ 尾生：傳說他與一女子約於橋下，女子未至，潮水漲起，尾生抱橋柱
被淹死。古人以他為守信的典範。蘇秦與燕王相約，假裝因得罪燕王
而逃到齊國，設法從內部削弱齊國以增強燕國，後來蘇秦在齊國死於
車裂。這裡用尾生來比喻他以生命守信於燕。

⑯ 白圭：戰國初曾為中山國大將，連失六城，中山國君要處死他。他逃
到魏國，受到魏文侯厚待，後來他助魏攻滅了中山國。

⑰ 駃騠（音決堤）：良馬名。

⑱ 司馬喜：戰國時人，曾三次任中山國相。臏：剔除膝蓋骨的酷刑。

⑲ 拉脅折齒：腋下的肋骨和牙齒都被打折。范雎隨魏中大夫須賈出使到
齊國，受齊襄公禮遇，須賈回國後報告魏相，中傷范雎洩密，范雎因
此遭酷刑。後范雎入秦為相，封應侯。

⑳ 申徒狄：殷朝末年人，身世不詳。

㉑ 徐衍：周朝末年人，身世不詳。

㉒ 比周：結黨。

㉓ 寧戚：春秋時衛國人，到齊國經商，夜裡邊餵牛邊敲著牛角唱「生不
遭堯與舜禪」，桓公聽了，知是賢者，任為大夫。

㉔ 季孫：魯大夫季桓子。魯定公十四年，大司寇孔子代理國相，齊國給
魯國送來八十名能歌善舞的美女。魯定公、季桓子欣然接受。魯定公
從此怠於政事，三日不聽政，孔子只得棄官離開魯國。

㉕ 墨翟：即墨子，墨家學派的創始人。子冉：史書無傳。

㉖ 由余：祖先本是晉國人，早年逃亡到西戎。戎王派他到秦國考察，秦
穆公發現他的才幹，用計把他拉攏過來。後來秦國征服西戎，正是由
余的功勞。伯：通「霸」。

㉗ 子臧：史書無傳。威、宣：齊威王和齊宣王父子。

㉘ 朱：丹朱，堯的兒子，相傳他頑凶不肖，因而堯禪位給舜。象：舜的
同父異母弟，曾多次想殺害舜。管、蔡：管叔、蔡叔，皆周武王之
弟。武王死後，子成王年幼，由周公攝政。管叔、蔡叔與紂王之子武
庚一起叛亂。周公東征，誅武庚、管叔，放逐蔡叔。

㉙ 侔（音眸）：相等。

㉚ 子之：戰國時燕王噲之相。曾引誘燕王噲將王位讓給他，結果導致燕
國大亂。齊國乘機伐燕，燕王噲死，子之被剁成肉醬。

㉛田常：即陳恆，齊簡公的左相。他深得簡公信任，卻殺簡公，立簡公弟平公，獨攬政權。

㉜修孕婦之墓：紂王暴虐無道，曾剖孕婦之腹觀看胎兒。武王滅殷後，為被殘殺的孕婦修墓。

㉝親其仇：當初晉獻公聽信驪姬讒言，派宦者勃鞮殺重耳。重耳跳牆逃脫，勃鞮斬下他的衣袖。後來重耳回國即位，是為晉文公。呂省、郤芮策劃謀殺他，勃鞮告密，晉文公不念舊惡，接見了他，挫敗了呂、郤的陰謀。

㉞用其仇：齊公子糾與公子小白爭位，輔助公子糾的管仲射殺公子小白未遂。公子小白即位，是為齊桓公。桓公聽從鮑叔牙薦賢，重用管仲，成就了一代霸業。

㉟商鞅：戰國時衛人，入秦輔佐孝公變法，奠定了秦國富強的基礎。秦孝公死後，商鞅被貴族誣害，被車裂而死。

㊱大夫種：春秋時越國大夫文種。曾輔佐勾踐戰勝吳國，使越國稱霸中原。事後勾踐猜忌文種，賜劍令其自盡。

㊲孫叔敖：春秋楚莊王時人。曾三次為相併不欣喜，三次被免職也不苦惱。

㊳於陵：齊國地名。子仲：即陳仲子，戰國齊人，因見兄長食祿萬鐘以為不義，避兄離母，隱居在於陵。楚王派使者持黃金百鎰聘他為相，他和妻子一起逃走，為人灌園。

㊴見：表現出。素：通「愫」，真誠。

㊵墮：通「隳」，毀壞，引申為剖開。

㊶湛：通「沉」。湛七族：滅七族。

㊷要離：春秋吳國人。公子光派他刺殺吳王僚的兒子慶忌，他用苦肉計讓公子光斬斷自己的右手，燒死自己妻子，裝作逃到慶忌那裡，最終殺了慶忌。

㊸眄（音免）：斜視。

㊹輪囷（音俊）：盤繞彎曲的樣子。

㊺伊：伊尹，商湯時的賢相，輔佐湯滅夏建商的主要功臣。管：管仲。

㊻龍逢：關龍逢，夏末賢臣，因忠諫夏桀，被囚殺。

㊼陶鈞：制陶器所用的轉輪。比喻造就、創建治國的大道。

⑱中庶子：官名。蒙嘉：秦王的寵臣。荊軻至秦，先以千金之禮厚賂蒙嘉，由蒙嘉引見秦王。

⑲烏集：烏鴉聚集在一起。這裡指偶然相識的呂尚。

⑳攣拘：這裡是固執偏頗的意思。

㉑帷：床帳，喻指妃妾。牆：指宮牆，喻指近臣。

㉒皂：餵馬或餵牛的飼槽。

㉓鮑焦：春秋時齊國人，厭惡時世污濁，自己採蔬而食。子貢譏諷他：「你不受君主俸祿，為什麼住在君主的土地上，吃上面長出來的蔬菜呢？」鮑焦就丟掉蔬菜而餓死。

㉔底厲：通「砥礪」，磨刀石。

㉕曾子：名參，孔子弟子，以純孝著名。據說他不去用「勝母」作地名的地方，因為這不符合孝道。

㉖朝歌：殷代後期都城，在今河南淇縣。

㉗墨子回車：墨子主張「非樂」，不願進入以「朝歌」為名的城市，因為與自己的主張不符。

㉘藪：草澤。

【譯文】

我聽說忠心沒有不得到報答，誠實沒有遭到懷疑的。我曾經這樣認為，現在想來卻不過是句空話罷了。從前荊軻仰慕燕太子丹的義氣，以至感動上天出現了白虹橫貫太陽的景象，太子丹卻擔心他不會去刺殺秦王；衛先生為秦國謀劃趁長平之勝滅趙的計劃，他的忠心使得上天呈現太白星進入昂宿的吉相，秦昭王卻懷疑他。精誠感動了上天，忠信卻得不到兩位君主的理解，難道不令人悲哀嗎？現在我盡忠竭誠，將自己的見解都說了出來，希望您瞭解，但您還是不明白，結果聽信獄吏的審訊，使我被世人懷疑。這是讓荊軻、衛先生重生，而燕太子丹、秦昭王仍然不覺悟啊！希望大王仔細考慮一下。

從前卞和獻寶，楚王卻砍掉他的腳；李斯對秦國忠心耿耿，秦二世卻將他處以極刑。正因為如此，箕子裝瘋賣傻，接輿隱居逃世，都是害怕遭受這類禍害啊。希望大王體察卞和、李斯的本意，將楚王、秦二世的偏聽偏信置於腦後，別讓我受箕子、接輿的笑話。我曾聽說比干被開

膛挖心，伍子胥被迫自殺後屍體被塞進皮囊裡扔進江中。原先我不相信真會有這樣的事，今天終於知道是真的了。希望大王對此事深思明察，對臣稍加憐惜。

俗話說：「有的人相處到老還是陌生人，有的人路上相遇便一見如故。」為什麼會這樣呢？關鍵在於理解和不理解啊。所以樊於期逃離秦國來到燕國，把自己的腦袋借給荊軻，讓他去完成太子丹託付的事；王奢離開齊國投奔魏國，在城樓上自刎身亡，以使齊軍退去保全了魏國。王奢、樊于期對齊、秦並非新結識，而與燕、魏也不是老交情，他們之所以離開前兩個國家，為魏文侯與燕太子丹效死，是因為其行為與志向相契合，他們對道義的仰慕無窮無盡。因此蘇秦不被天下各國信任，卻是燕王最信任的人；白圭為中山國作戰連失六城，到了魏國卻為魏攻取了中山國。這是為什麼呢？確實是因為君臣之間彼此相知啊。蘇秦在燕國為相時，有人向燕王說他壞話，燕王按著劍把怒視著那人，將名貴馬的肉賞賜給了蘇秦。白圭因功獲得顯赫的地位，有人向魏文侯進讒，魏文侯將夜光璧賜給白圭以示恩寵。為什麼會這樣呢？這兩對君臣，互相推心置腹、肝膽相照，豈能被不實之辭所離間？

所以女子不論美醜，選入宮中都會遭到嫉妒；士人無所謂賢能不賢能，一入朝廷都會遭到排擠。從前司馬喜在宋國受臏刑，後來到中山國擔任宰相；范雎在魏國被打斷了肋骨敲掉了牙齒，後來到秦國被封為應侯。這兩個人，都自信自己的謀略一定會得到君主的賞識，因此摒棄拉幫結派之伎倆，獨來獨往只結交幾個朋友，這才不可避免地受到別人的嫉妒。也正因為如此，申徒狄只得自沉於雍水，徐衍只得背負石頭跳進大海，他們不容於當世，卻堅持操守，不肯在朝廷苟且結黨，去改變君主的主意。所以百里奚沿途乞討，秦穆公卻把國政託付給他；寧戚曾在車下餵牛，齊桓公委任他治國。這兩個人，難道是向來在朝廷裡做官，靠了左右親信說好話，然後兩位君主才重用他們的嗎？這是因為他們與君主心靈相通，行為相符，因此君臣關係牢如膠漆，即使親兄弟都不能離間他們，難道還會被他人的言辭所迷惑嗎？所以偏聽偏信會產生奸邪，獨斷獨行會釀成禍患。從前魯君聽信了季孫氏的壞話趕走了孔子，宋國採用了子冉的詭計囚禁了墨翟。憑孔子、墨翟的口才，尚且不能使自己免遭讒言中傷，進而導致魯、宋兩國陷於危險的境地。這是為什麼

呢？眾人之嘴足以使金子熔化，積年累月的誹謗能將骨骸銷蝕啊。當初秦國任用了戎人由余而稱霸中原，齊國任用了越人子臧而使威王、宣王兩代強盛一時。這兩個國家的君主難道受俗見的束縛，被世人所牽制，為片面的不實之辭所左右嗎？他們能聽各種意見，從各個方面考察，為當時留下一個明智的榜樣。所以心意契合，胡人越人也可以成兄弟，由余、子臧就是這樣的例子；心意不合就是親骨肉也可以成為仇敵，丹朱、象、管叔、蔡叔就是例子。現在君主若能採取齊國、秦國的明智做法，將宋國、魯國的偏聽偏信拋在腦後，那麼五霸的功績將難以相比，三王的事業也是容易做到的啊。

因此，聖明的君王能夠醒悟，摒棄子之的那種「忠心」，厭惡田常的那種「賢能」，像周武王那樣封賞比干的後人，為遭紂王殘害的孕婦修墓，所以他們的功業才能覆蓋天下。這是為什麼呢？因為向善的願望是沒有止境的。晉文公親近往日的仇人勃鞮，終於稱霸於諸侯；齊桓公重用過去的敵人管仲，從而成就一匡天下的霸業。這是什麼原因呢？這是因為他們慈善之心殷切，確實放在心上，而不是說些冠冕堂皇的話。

至於秦國採用商鞅的變法，東邊削弱韓、魏，終於強盛於天下，卻隨即將商鞅五馬分屍；越國採用大夫文種的計謀，征服了強大的吳國而稱霸中原，最後卻逼迫大夫文種自殺。因此孫叔敖三次離開楚相之位也不後悔，於陵子仲推辭三公的高官去為人澆灌菜園。當今的君主真要能夠去掉傲慢之心，懷著有功必報的誠意，坦露心扉，現出真情，披肝瀝膽，厚施恩德，始終與人同甘苦，待人無所吝惜，那麼夏桀的狗也能令其衝著堯狂吠，盜跖的部下也可以叫他去行刺許由。何況憑著君主的權勢，藉助於聖王的地位呢！這樣，那麼荊軻被滅七族，要離被燒死妻子兒女，難道用我對大王細說嗎？

我聽說，夜間將明月珠、夜光璧投擲給路人，人們沒有不握著劍柄怒目斜視的。為什麼會這樣呢？因為無緣無故，突如其來啊。彎曲的樹枝樹根，奇形怪狀，卻成為君主的玩賞之物，是因為君主身邊的人先對其刻意雕飾呀。無緣無故地來到面前，即使是隨侯珠、和氏璧這樣的瑰寶，也只能結怨而不會有好報；有人先為其美言鼓吹，那枯木朽株受到青睞而令人難忘。當今天下，民間貧寒出身的士人，即使身藏堯、舜的治國方略，掌握伊尹、管仲的學說，心懷著關龍逢、比干的忠誠，可是

從來沒有像老樹根那樣受到雕飾，即使再盡心竭力，想要向當世的君主獻上忠心，君主也一定會因襲按著劍柄怒目斜視的老套路。這就使平民出身的士人連枯木朽株的機遇也得不到啊。

因此，聖明的君主統治天下，像陶工在轉盤上製造陶器一樣，要有主見而不被阿諛奉承之言所左右，不因眾說紛紜而改變主張。當初秦始皇聽信了中庶子蒙嘉的話而相信了荊軻，結果圖窮匕見而遭行刺；周文王獵於涇水渭水之間，得到呂尚同車而回，從而取得了天下。秦輕信左右而滅亡，周任用偶然認識的人而王天下。為什麼會這樣呢？因為文王能擺脫左右偏頗之言，吸收朝廷之外的議論見解，獨自看到光明正大的道理。假如當今君主沉湎於阿諛奉承的包圍之中，受到妃妾近侍的牽制，使思想不受陳規拘束的人才與牛馬同槽，這就是鮑焦憤世嫉俗的原因啊！

我聽說盛裝入朝的人不會因私心玷污節操，修身立名的人不會因私利敗壞德行。所以，遇到以「勝母」為名的裡巷，曾子就不肯進入；遇到以「朝歌」為名的城市，墨子就調轉車頭。如今，如果使天下志向高遠者都被權貴所籠絡，受到地位顯貴者的脅迫，而改頭換面，敗壞操守，去侍奉那些阿諛奉承的小人，以求得親近君主的機會，那麼，士人只能隱居於山洞草澤之中直到死去，哪會有竭盡忠信投奔君主的人呢！

上書諫獵　　司馬相如

【題解】

司馬相如（前179—前117），字長卿，西漢著名文學家、辭賦家。景帝時做過武騎常侍。因《子虛賦》受到武帝賞識，召為郎。後來拜為孝文園令。司馬相如是漢代最著名的辭賦作家，其賦氣勢磅礴，渲染鋪張，詞藻華麗，備受推崇。

本篇是勸諫漢武帝不要熱衷於狩獵的一篇奏章。漢武帝是一位有作為的帝王，為漢朝的強盛做出了突出貢獻，同時他的好大喜功、奢靡侈費等也向來深受詬病。他喜好享受，熱衷於遊獵。司馬相如為郎時，曾作為武帝的隨從行獵

長楊宮。武帝喜歡親自搏擊熊和野豬等猛獸。司馬相如的這篇諫文，行文委婉，勸諫與奉承結合，用形象的敘述闡明抽象的道理，武帝看了也稱「善」。

【原文】

　　臣聞物有同類而殊能者，故力稱烏獲①，捷言慶忌②，勇期賁、育③。臣之愚，竊以為人誠有之，獸亦宜然。今陛下好陵阻險，射猛獸，卒然遇逸材之獸④，駭不存之地，犯屬車之清塵⑤，輿不及還轅，人不暇施巧，雖有烏獲、逢蒙⑥之技不得用，枯木朽株盡為難矣。是胡越起於轂⑦下，而羌夷接軫也⑧，豈不殆哉！雖萬全而無患，然本非天子之所宜近也。

　　且夫清道而後行，中路而馳，猶時有銜橛之變⑨。況乎涉豐草，騁丘墟，前有利獸之樂，而內無存變之意，其為害也不難矣。夫輕萬乘之重不以為安，樂出萬有一危之涂⑩以為娛，臣竊為陛下不取。

　　蓋明者遠見於未萌，而知者避危於無形，禍固多藏於隱微，而發於人之所忽者也。故鄙諺曰：「家累千金，坐不垂堂⑪。」此言雖小，可以喻大。臣願陛下留意幸察。

【注釋】

①烏獲：戰國時秦國的大力士。

②慶忌：春秋時吳王僚之子。據說他有萬人莫當之勇，奔跑極速，能追奔獸、接飛鳥。

③賁、育：孟賁、夏育，皆戰國時衛人，著名勇士。

④卒：通「猝」。逸材：非凡的才能。逸：通「軼」，超越。這裡比喻異常凶猛的野獸。

⑤屬車：隨從之車。這裡是不便直指皇帝的委婉說法。清塵：即塵土。

⑥逢蒙：古代善於射箭的人，相傳學射於羿。

⑦轂：車輪中心用以鑲軸的圓木，也可代稱車輪。

⑧軨：車箱底部四圍的橫木。這裡指車。

⑨銜：馬嚼。橛：車的鉤心。銜橛之變：泛指行車中的事故。

⑩涂：通「途」。

⑪垂堂：靠近屋簷下。此處容易瓦片墜落傷身，比喻危險之處。

【譯文】

我聽說物有相同而功能卻不一樣，所以論力氣要數烏獲，論敏捷要說慶忌，論勇敢要算孟賁、夏育。以我愚蠢的見識，私下認為人類確實有這種情況，而獸類同樣如此。現在陛下喜歡登險峻難行之處，射獵猛獸，要是突然遇到特別凶猛的野獸，它因走投無路而驚起，撲向您陛下隨從車輛所揚起的飛塵之中，車子來不及掉頭，人來不及施展武藝，即使有烏獲、逢蒙的本領也用不上，連枯樹朽枝也都成了障礙。這就像胡人、越人從陛下車輪下起兵，羌人夷人緊逼車廂，豈不是很危險嗎？即使一切安全不會有危險，那本來也不是皇上應該接近的地方啊！

況且，清道之後才出行，馳騁在大路中間，還不時會出現扯斷馬嚼子、車鉤心脫落錯位之類的事故。何況穿行在茂密的草叢中，奔馳在丘陵曠野上，眼前有獵獲野獸之樂在引誘，心裡沒有應付突發事件的準備，這樣造成禍害也就不難想見了。忽視皇帝的貴重地位不能以為安全，出沒於萬一可能發生危險的地方卻以為有趣，臣子私下以為陛下不應該這樣做。

聰明的人能在事情還沒有發生之前就預見到，有智慧的人能在危險還沒有形成之前就避開它，災禍本來就多半藏在隱蔽細微之處，而發生在人們忽視它的時候。所以俗語說：「家裡積聚千金，不坐屋簷之下。」這話說的雖是小事，卻可以說明大道理。臣子希望陛下留意明察，那就萬幸啦。

答蘇武書　李陵

【題解】

　　李陵（？—前74），字少卿，名將李廣之孫。李陵善騎射，愛士卒，頗得美名。天漢二年（前99），率五千步兵深入匈奴境內，遭數十倍於己的匈奴主力圍困，力盡而降。武帝族滅其家，李陵遂留匈奴，娶單于之女為妻，為匈奴右校王。在匈奴二十餘年，元平元年病死。

　　李陵投降之後，曾與被匈奴扣留的蘇武數次相見。始元六年（前81），蘇武得以歸漢，寫信勸李陵歸漢，李陵以此作答。這封信的主旨是為自己的投降行為解脫，字裡行間無不瀰漫著濃郁的絕望氣氛，那悲風凄雨的蠻荒景象與悲壯慘烈的戰鬥場面，都渲染得扣人心弦。

　　後世多有學者認為此文並非出自李陵之手，而是後人偽作。

【原文】

　　子卿①足下：

　　勤宣令德，策名②清時，榮問休暢③，幸甚，幸甚！

　　遠托異國，昔人所悲；望風懷想，能不依依？昔者不遺，遠辱還答，慰誨勤勤，有逾骨肉，陵雖不敏，能不慨然？

　　自從初降，以至今日，身之窮困，獨坐愁苦。終日無睹，但見異類。韋韝毳幕④，以禦風雨；羶肉酪漿，以充飢渴。舉目言笑，誰與為歡？胡地玄冰，邊土慘裂，但聞悲風蕭條之聲。涼秋九月，塞外草衰。夜不能寐，側耳遠聽，胡笳⑤互動，牧馬悲鳴，吟嘯成群，邊聲四起。晨坐聽之，不覺淚下。嗟乎，子卿！陵獨何心，能不悲哉！

　　與子別後，益復無聊；上念老母，臨年被戮；妻子無辜，並為鯨鯢⑥；身負國恩，為世所悲。子歸受榮，我留受

辱，命也何如！身出禮義之鄉，而入無知之俗；違棄君親之恩，長為蠻夷之域，傷已！令先君之嗣，更成戎狄之族，又自悲矣！功大罪小，不蒙明察，孤負陵心區區之意。每一念至，忽然忘生。陵不難刺心以自明，刎頸以見志，顧國家於我已矣，殺身無益，適足增羞，故每攘臂⑦忍辱，輒復苟活。左右之人，見陵如此，以為不入耳之歡，來相勸勉。異方之樂，只令人悲，增忉怛⑧耳。

嗟乎子卿！人之相知，貴相知心。前書倉卒，未盡所懷，故復略而言之。

昔先帝授陵步卒五千，出征絕域。五將失道，陵獨遇戰。而裹萬里之糧，帥徒步之師；出天漢之外，入強胡之域；以五千之眾，對十萬之軍；策疲乏之兵，當新羈之馬。然猶斬將搴旗，追奔逐北，滅跡掃塵，斬其梟帥，使三軍之士視死如歸。陵也不才，希當大任。意謂此時，功難堪矣。

匈奴既敗，舉國興師。更練精兵，強逾十萬。單于臨陣，親自合圍。客主之形既不相如，步馬之勢又甚懸絕。疲兵再戰，一以當千，然猶扶乘創痛，決命爭首。死傷積野，余不滿百，而皆扶病，不任干戈。然陵振臂一呼，創病皆起，舉刃指虜，胡馬奔走。兵盡矢窮，人無尺鐵，猶復徒首奮呼，爭為先登。當此時也，天地為陵震怒，戰士為陵飲血。單于謂陵不可復得，便欲引還。而賊臣⑨教之，遂使復戰，故陵不免耳。

昔高皇帝以三十萬眾，困於平城⑩。當此之時，猛將如雲，謀臣如雨，然猶七日不食，僅乃得免。況當陵者，豈易為力哉？而執事者云云，苟怨陵以不死。然陵不死，罪也；子卿視陵，豈偷生之士而惜死之人哉？寧有背君親、捐妻子而反為利者乎？然陵不死，有所為也。故欲如前書之言，報

恩於國主耳。誠以虛死不如立節，滅名不如報德也。昔范蠡[11]不殉會稽之恥，曹沫[12]不死三敗之辱，卒復勾踐之仇，報魯國之羞。區區之心，竊慕此耳。何圖志未立而怨已成，計未從而骨肉受刑。此陵所以仰天椎心而泣血[13]也。

足下又云：「漢與功臣不薄。」子為漢臣，安得不云爾乎？昔蕭樊囚縶[14]，韓彭葅醢[15]，晁錯[16]受戮，周魏見辜[17]。其餘佐命立功之士，賈誼亞夫之徒[18]，皆信命世之才，抱將相之具，而受小人之讒，並受禍敗之辱，卒使懷才受謗，能不得展。彼二子之遐舉[19]，誰不為之痛心哉？陵先將軍[20]，功略蓋天地，義勇冠三軍，徒失貴臣之意，剄身絕域之表。此功臣義士所以負戟而長歎者也。何謂不薄哉？且足下昔以單車之使，適萬乘之虜。遭時不遇，至於伏劍[21]不顧；流離辛苦，幾死朔北[22]之野。丁年[23]奉使，皓首而歸；老母終堂，生妻去帷[24]。此天下所希聞，古今所未有也。蠻貊[25]之人，尚猶嘉子之節，況為天下之主乎？陵謂足下當享茅土之薦[26]，受千乘之賞。聞子之歸，賜不過二百萬，位不過典屬國[27]，無尺土之封，加子之勤。而妨功害能之臣，盡為萬戶侯；親戚貪佞之類，悉為廊廟宰。子尚如此，陵復何望哉？且漢厚誅陵以不死，薄賞子以守節，欲使遠聽之臣望風馳命，此實難矣。所以每顧而不悔者也。陵雖孤恩，漢亦負德。昔人有言：「雖忠不烈，視死如歸。」陵誠能安，而主豈復能眷眷乎？男兒生以不成名，死則葬蠻夷中，誰復能屈身稽顙[28]，還向北闕[29]，使刀筆之吏弄其文墨邪？願足下勿復望陵。

嗟乎，子卿！夫復何言！相去萬里，人絕路殊。生為別世之人，死為異域之鬼。長與足下，生死辭矣！幸謝故人[30]，勉事聖君。足下胤子[31]無恙，勿以為念。努力自愛。時因北風，復惠德音。李陵頓首。

【注釋】

① 子卿：蘇武，字子卿，西漢杜陵人。天漢元年蘇武奉命出使匈奴，因故被扣，在匈奴滯留十九年。蘇武拒絕了匈奴的威脅利誘，堅貞不屈，最終返回漢朝。足下：古代用以稱上級或同輩的敬詞。

② 策名：古代官吏的姓名書寫在官府的簡策上。這裡指做官。

③ 榮問：好名聲。問：通「聞」。休暢：吉祥順利。休：美。暢：通。

④ 韋韝（音勾）：皮革製的長袖套，用以束衣袖。毳（音翠）幕：毛氈製成的帳篷。

⑤ 胡笳：古代北方民族的一種樂器，其音悲涼。此處指胡笳吹奏的音樂。

⑥ 鯨鯢：鯨魚雄曰鯨，雌曰鯢，用來比喻凶惡之人。此處用作動詞，借指被牽連誅殺的人。

⑦ 攘臂：捋起袖口，露出手臂，形容準備勞作或搏鬥的樣子。這裡形容發怒。

⑧ 忉怛（音刀答）：悲痛憂傷。

⑨ 賊臣：指叛投匈奴的管敢。因為此人的出賣，李陵部最終陷於絕境。

⑩ 困於平城：漢高祖七年，漢高祖劉邦親率大軍三十萬北擊匈奴，在平城被匈奴冒頓單于的四十萬騎兵圍困七日之久。

⑪ 范蠡：春秋時越國大夫，越王勾踐兵敗被困會稽山之際，范蠡勸勾踐忍辱負重，向吳王夫差求和，並作為人質前往吳國。後輔助勾踐振興越國、興師滅吳。

⑫ 曹沫：春秋時魯國大將，曾與齊國作戰，三戰三敗。後齊魯會盟於柯，曹沫以匕首劫持桓公，迫使他全部歸還侵占的魯國土地。

⑬ 椎心而泣血：捶胸痛哭，流出血淚，形容極度悲傷。

⑭ 蕭：蕭何，輔助劉邦建立基業，論功第一，官至相國，封酇侯。他曾因請求將專供皇族狩獵的上林苑向老百姓開放而遭囚禁。樊：樊噲，跟從劉邦起兵，屢建功勳，封舞陽侯。曾因被告與呂后家族結黨而囚拘。繫（音執）：捆綁。

⑮ 韓：韓信，劉邦得天下的主要功臣，封楚王，後貶為淮陰侯，因謀反罪被呂氏斬首。彭：彭越，劉邦手下大將，封梁王，後因被告發謀反被處死，並夷三族。菹醢：古代一種殘酷的刑罰，將人剁成肉醬。

⑯ 晁錯：景帝的主要謀士，主張削各諸侯國封地。後吳楚等七國諸侯以
「請誅晁錯，以清君側」為名造反，景帝殺晁錯。

⑰ 周：周勃，從劉邦起事，以軍功為將軍，拜絳侯。呂氏死後，與陳平
共誅諸呂，立文帝。周勃曾被誣告欲造反而下獄。魏：魏其侯竇嬰，
竇太后之侄。景帝時，平定吳楚七國之亂有功，封魏其侯。武帝時，
因與丞相田蚡結仇遭誣陷被殺。見：受。辜：罪。

⑱ 賈誼：漢初著名政治家、文學家，曾深得漢文帝賞識。後因得罪權貴
遭到排擠，貶出京城，抑鬱而亡。亞夫：周亞夫，周勃之子，封條
侯，以治軍嚴整聞名。景帝時，任太尉，率師平定七國叛亂。後獲罪
入獄，絕食而亡。

⑲ 二子：指賈誼、周亞夫。遐舉：原指遠行，此處指死亡。

⑳ 陵先將軍：指李陵的祖父李廣。李廣駐守邊塞，匈奴不敢入寇，被稱
為「飛將軍」。元狩四年隨大將軍衛青伐匈奴，李廣為前將軍，受命
迂迴匈奴單于側翼，因迷失道路，未能參戰，事後被衛青追逼問罪，
憤愧自殺。

㉑ 伏劍：以劍自殺。當初蘇武的副手張勝捲入匈奴內部爭鬥，事情敗
落，丁令王衛律審訊蘇武，並逼迫他投降，蘇武引佩刀自刺，後被救
回。

㉒ 朔北：北方。這裡指匈奴。蘇武拒絕投降後，被送到天寒地凍荒無人
煙的北海牧羊。

㉓ 丁年：成丁的年齡，即成年。指蘇武出使時年輕。

㉔ 去帷：改嫁。去：離開。

㉕ 蠻貊：泛指少數民族。這裡指匈奴。貊：古代對居於東北地區民族的
稱呼。

㉖ 茅土：分茅裂土，分封諸侯的儀式。古代帝王社祭之壇共有五色土，
分封諸侯則按封地方向取壇上一色土，以茅包之，稱茅土，給所封諸
侯在國內立社壇。

㉗ 典屬國：官名，掌管民族交往事務。

㉘ 稽顙：叩首，以額觸地。顙：前額。

㉙ 北闕：原指宮殿北面的門樓，後借指帝王宮禁或朝廷。

㉚ 故人：老朋友，指當時朝中與李陵有些交情的霍光、上官桀、任立政

等人。

㉛ 胤子：兒子。蘇武曾娶匈奴女為妻，生子名通國，蘇武歸時仍留匈
奴，宣帝時才回到漢朝。

【譯文】

　　子卿足下：

　　您如此辛勤地弘揚美德，在太平盛世入朝為官，美名傳遍四方，實在是值得慶幸啊！

　　我流落在遠方異國，這是前人所悲痛的。遙望故鄉，懷念親友，怎能不讓人思緒綿綿？以前承蒙您不棄，從遠處給我回信，殷勤地安慰教誨，感情超過了骨肉。我雖然愚鈍，又怎能不深為感慨？

　　自從當初降匈奴，直到今日，我處窮困之中，一人獨自坐著愁悶苦惱。整天看不到別的，都是些異族之人。戴著皮袖套，住在氈幕中，以擋風遮雨；用腥羶的肉和乳漿來充飢解渴。舉目望去，有誰能一起談笑歡樂呢？所看到的只是胡地的冰天雪地，邊塞上的土被凍得裂開，所聽到的只是悲慘淒涼的風聲。深秋九月，塞外草木凋零，夜晚無法入眠，側耳傾聽，遠處胡笳聲此起彼伏，牧馬悲哀地嘶叫，交織在一起，在邊塞的四面八方迴蕩。清晨坐起來聽著這些聲音，不知不覺地流下淚水。唉，子卿！我是什麼樣的心情，能不悲傷嗎？

　　同您分別以後，我更加無聊。上念老母，在垂暮之年還被殺戮；妻子、兒女都是無辜的，也一起慘遭殺害。我有負皇恩，被世人所悲嘆。您回國後享受榮耀，我留在這裡蒙受羞辱。這都是命中注定的，有什麼辦法呢？我出身於講究禮義的國家，卻進入矇昧無知的地方。背棄了國君和雙親的恩德，終身居住在蠻夷的區域，真是傷心啊！讓先父的後代，變成了戎狄的族人，怎能不感到悲痛！我與匈奴作戰功大罪小，卻沒有蒙受主上的明察，辜負了我微小的誠意。每當想到這裡，突然間就不想活下去了。我不難以刺心來表白自己，以自刎來顯示志向，但皇上都已經對我恩斷義絕，自殺毫無益處，只會增加羞辱。因此常常憤慨地忍受侮辱，苟且活在世上。周圍的人見我這樣，用不中聽的寬心話來勸慰我。但異國的快樂，只能令人悲傷，增加憂傷罷了。

　　唉，子卿啊！人彼此相互瞭解，貴在知心。前一封信草草而就，沒

能夠充分表達我的心情，所以再簡略地說一下。

當初先帝交給我步兵五千，出征極遠之地。五員大將都迷失道路，我單獨遭遇匈奴軍開戰。我攜帶著出征萬里的糧草，率領著徒步行軍的部隊；走出大漢的國境，進入強胡的疆域；以五千士兵，對付十萬敵軍；指揮疲憊不堪的隊伍，對抗養精蓄銳的騎兵。但是，依然斬敵將，拔敵旗，追逐敗逃之敵，如同掃除塵土一樣，斬殺其敵方驍勇的將領，使我全軍將士都能視死如歸。我李陵沒有什麼能耐，也很少擔當重任。但我內心暗自以為，此時的戰功是很少有能相提並論的。

匈奴遭受失敗後，全國動員，重新挑選出十萬多精兵。單于親臨陣前，指揮對我軍的合圍。孤軍深入的我軍與在本土作戰的敵軍天時地利不相稱，步兵與騎兵的力量相比更加懸殊。疲憊的將士連續作戰，一人要敵千人，但仍然帶傷忍痛，拚命衝在前。死傷的將士漫山遍野，剩下的已不滿百人，而且都是有傷在身，甚至不能手握兵器。但是，我只要振臂一呼，重傷和輕傷的士兵都掙扎起來，拿起兵器殺向敵人，殺得敵騎狼狽逃竄。兵器耗盡，箭也射完，將士手無寸鐵，依然赤手昂頭高呼殺敵，爭著衝向前去。在這時刻，真是天地為我震怒，戰士為我飲泣。單于認為我李陵是不能再俘獲的，便打算引軍撤兵。不料叛逃的管敢唆使單于，於是匈奴軍繼續鏖戰，我最終沒能免於失敗。

以前高皇帝率領三十萬大軍，被匈奴圍困在平城。那時軍中猛將如雲，謀臣如雨，然而還是斷糧七天，最終僥倖脫身而已。何況像我這種情況，難道還輕易有更好的作為嗎？而當政的權貴七嘴八舌，一味指責我不能以死報國。當然，未能殉國的確是有罪的；但您看看我，難道是貪生怕死之人嗎？難道我會是那種寧願背棄國君雙親，拋棄妻兒，為自己謀取私利的人嗎？我之所以不死，是因為想有所作為。就像前一封信上所說的那樣，是要向皇上報恩啊！實在是因為徒勞死去不如樹立名節，身死名滅不如報答恩德。從前范蠡沒有因會稽山投降之恥而殉難，曹沫不因三戰三敗之辱而自殺，最終范蠡為越王勾踐報了仇，曹沫為魯國雪了恥。我區區一點赤誠心願，就是暗自仰慕他們而已。哪裡料到志向沒有實現，怨恨已經產生；計謀尚未實行，親人已遭殺戮。這就是我仰望蒼天椎心泣血的原因啊！

您又說道：「漢朝待功臣並不薄。」您是漢朝之臣，怎能不說這種

話呢？可是，以前蕭何、樊噲被拘捕囚禁，韓信、彭越被剁成肉醬，晁錯被殺，周勃、竇嬰被判罪處刑。其餘輔助漢室立下功勞的人，像賈誼、周亞夫等，確實都是當時傑出的人才，具備擔任將相的能力，卻遭受小人的讒言陷害，遭受迫害和屈辱，最終空懷抱負而受到誹謗，才能無法施展。他們二人的遭遇，誰不為之痛心呢？我的祖父李廣將軍，其功勛蓋天地，其忠勇冠全軍，只是因為不屑於迎合當朝權貴的心意，結果在極遠的地方自殺身亡。這就是功臣義士扛著兵器嘆息不止的原因啊！怎麼能說「不薄」呢？您當初乘單車出使擁有強兵的匈奴，遇上時運不佳，竟至伏劍自殺也不在乎；顛沛流離，艱難困苦，差點死在北方的荒野中。壯年時奉命出使，滿頭白髮而歸，老母已經去世，妻子也改嫁離去。這是天下很少聽到的，古往今來未曾發生過。異族未開化的人尚且讚歎您的節氣，何況是天下的君主呢？我認為您應當有分封諸侯享受千乘之國的待遇。可是聽說您回國後，賞賜不過二百萬，封官不過典屬國之職，沒有一尺土的封賞，來獎勵您對國家的貢獻。而那些排擠功臣、陷害忠良的朝臣，卻都成了萬戶侯；皇親國戚和貪婪諂媚之徒，把持著朝廷。您尚且如此，我還有什麼指望呢？像這樣，朝廷因為我未能殉國而大開殺戒，而對您堅貞守節卻只給予微薄的獎賞，要想叫遠方的臣民急切地投奔效命，這實在是難以辦到的。所以我常常回想往事而不覺得後悔。我雖然辜負了漢朝的恩情，漢朝也辜負了我的功德。前人說過這樣的話：「忠誠之人雖然未能殉國，也能做到視死如歸。」若是我李陵果真安心殉國，皇上難道還能眷顧我嗎？男子漢活著不能成就英名，死了就葬在蠻夷之地吧，誰還願意彎腰叩首回到漢廷，聽憑那幫舞文弄墨的刀筆吏胡言亂語、肆意擺佈呢？希望您別再勸我歸漢了。

　　唉，子卿！還有什麼話可說呢！相隔萬里，往來斷絕，道路不同。活著時是另一世界的人，死後便成了異域之鬼。我和您就此永訣，生死都不再相見了。請代向老朋友致意，希望他們盡心儘力侍奉聖明的君主。您的兒子很好，不要掛念。願您自己好好珍重，盼您時常依託北風的方便不斷給我來信。李陵頓首。

誡兄子嚴敦書　馬援

【題解】

　　馬援（西元前 14 年—西 49 年），字文淵，任伏波將軍，封新息侯。馬援為劉秀的統一戰爭立下了赫赫戰功。天下統一之後，馬援雖已年邁，但仍請纓東征西討，其「老當益壯」「馬革裹尸」的氣概深得後人的崇敬。

　　這封信寫於馬援出征交趾時。馬援在戎馬倥傯之際，不忘對後輩的教育。信中以自己的人生經驗，運用生動的俗語，援引身邊熟悉的人事，諄諄教誨，體現了對晚輩深切的關懷與期待。

【原文】

　　援兄子嚴、敦並喜譏議^①，而通輕俠客。援前在交趾^②，還書誡之曰：

　　「吾欲汝曹^③聞人過失，如聞父母之名，耳可得聞，口不可得言也。好議論人長短，妄是非正法，此吾所大惡也，寧死不願聞子孫有此行也。汝曹知吾惡之甚矣，所以復言者，施衿結縭^④，申父母之戒，欲使汝曹不忘之耳！

　　「龍伯高^⑤敦厚周慎，口無擇言^⑥，謙約節儉，廉公有威。吾愛之重之，願汝曹效之。杜季良^⑦豪俠好義，憂人之憂，樂人之樂，清濁無所失；父喪致客，數郡畢至。吾愛之重之，不願汝曹效也。效伯高不得，猶為謹敕之士，所謂『刻鵠不成尚類鶩』者也^⑧。效季良不得，陷為天下輕薄子，所謂『畫虎不成反類狗』者也。訖今季良尚未可知，郡將下車輒切齒^⑨，州郡以為言，吾常為寒心，是以不願子孫效也。」

【注釋】

① 嚴：馬嚴，字威卿。敦：馬敦，字孺卿。二人均為馬援之兄馬余的兒子。

② 交趾：郡名，轄境在今越南北部。

③ 汝曹：你等，爾輩。

④ 施衿結縭：古時禮俗。女子出嫁前，母親為其整衣，繫上佩巾、衣，父親告誡女兒。

⑤ 龍伯高：東漢京兆人，初為山都長，光武帝劉秀看到馬援這封信後，提拔其為零陵太守。

⑥ 口無擇言：說出來的話沒有不好的。擇：通「斁」，敗壞。

⑦ 杜季良，東漢京兆人，官至越騎司馬。後因「為行浮薄，亂群惑眾」被罷免。

⑧ 鵠：天鵝。鶩：野鴨。

⑨ 郡將：即郡守。下車：指官員初到任。切齒：表示痛恨。

【譯文】

　　馬援的侄兒馬嚴和馬敦都喜歡譏笑議論他人，還喜歡結交輕薄的俠客。馬援以前在交趾的時候，寫信回來告誡他們：

　　「我希望你們聽到別人的過失，就像聽到父母的名字一樣，耳中可以聽見，嘴裡卻不可以說出來。喜歡議論別人的長短，胡亂評論朝廷的法度，這都是我深惡痛絕的。我寧死也不願意聽到自己的子孫有這種行為。你們已經知道我非常厭惡這種行徑，之所以現在還要強調，就好比女兒在出嫁前父母為其繫上衣帶和佩巾時再三叮嚀，是希望你們永遠不要忘記。

　　「龍伯高敦厚、周密、謹慎，說出的話沒有什麼可挑剔的，還謙遜節儉，清廉公正，不失威嚴。我喜歡他，敬重他，希望你們向他學習。杜季良豪放俠義，把別人的憂愁作為自己的憂愁，把別人的快樂作為自己的快樂，三教九流的人都結交。他的父親去世辦喪事，幾個郡的人都來了。我喜歡他，敬重他，但不希望你們向他學習。因為學習龍伯高不到位，至少還是個謹慎謙虛的人，正所謂『刻畫天鵝不成還像隻野鴨』。而學習杜季良不到位，那就成了輕薄的紈褲子弟，即所謂的『畫

虎不成像隻狗』了。現今杜季良還不知道能怎樣，郡守剛到任就對他恨得咬牙切齒，州郡的官吏將這些說給我聽，我常常為他寒心，所以不希望自己的子孫效仿他。」

前出師表　諸葛亮

【題解】

　　諸葛亮（181—234），字孔明，琅琊陽都（今山東沂南）人，三國時期傑出的政治家、軍事家。東漢末年，他避亂隱居南陽隆中（今湖北襄陽西），自比管仲、樂毅，號稱「臥龍」。劉備慕名三顧茅廬，諸葛亮為其制定了取得荊、益二州為基業，東連孫權，北抗曹操的方針，這就是著名的「隆中對」。劉備稱帝時，諸葛亮為丞相。劉備病死於白帝城，臨終把後事囑託給諸葛亮。後主劉禪繼位後，蜀國軍政大事，一應由他裁決。諸葛亮數次北伐中原，最終病死於軍中，未能完成興復大業。

　　《前出師表》出自《三國志·蜀志·諸葛亮傳》。當時為建興五年，蜀漢已從劉備敗亡中逐漸恢復了元氣，外結孫吳，內定南中，勵清吏政，兵精糧足。諸葛亮認為已有能力北伐中原，實現劉備匡復漢室的遺願，而讓諸葛亮憂心的是昏庸無能的後主劉禪。既要不失臣子向君主進表的分寸，又要規勸劉禪，讓其明白自己的心跡，諸葛亮可謂煞費苦心。諸葛亮突出一個「情」字。回顧自己的身世，追憶劉備創業之艱辛，感情真摯，態度懇切，令人讀之無不動容。

【原文】

　　臣亮言：先帝創業未半而中道崩殂①，今天下三分，益州疲敝，此誠危急存亡之秋也！然侍衛之臣不懈於內，忠志之士忘身於外者，蓋追先帝之殊遇，欲報之於陛下也。誠宜開張聖聽，以光先帝遺德，恢弘志士之氣；不宜妄自菲薄，引喻失義，以塞忠諫之路也。

宮中府中②，俱為一體，陟罰臧否③，不宜異同。若有作奸犯科及為忠善者，宜付有司論其刑賞，以昭陛下平明之理；不宜偏私，使內外異法也。

侍中、侍郎郭攸之、費禕、董允等④，此皆良實，志慮忠純，是以先帝簡拔以遺陛下。愚以為宮中之事，事無大小，悉以咨之，然後施行，必能裨補闕漏，有所廣益。將軍向寵⑤，性行淑均，曉暢軍事，試用於昔日，先帝稱之曰能，是以眾議舉寵為督。愚以為營中之事，事無大小，悉以咨之，必能使行陣和睦，優劣得所。

親賢臣，遠小人，此先漢所以興隆也；親小人，遠賢臣，此後漢所以傾頹也。先帝在時，每與臣論此事，未嘗不嘆息痛恨於桓、靈也⑥！侍中、尚書、長史、參軍⑦，此悉貞亮死節之臣，願陛下親之信之，則漢室之隆，可計日而待也。

臣本布衣，躬耕於南陽，苟全性命於亂世，不求聞達於諸侯。先帝不以臣卑鄙⑧，猥自⑨枉屈，三顧臣於草廬之中，咨臣以當世之事。由是感激，遂許先帝以驅馳。後值傾覆⑩，受任於敗軍之際，奉命於危難之間，爾來二十有一年矣！先帝知臣謹慎，故臨崩寄⑪臣以大事也。

受命以來，夙夜憂嘆，恐託付不效，以傷先帝之明；故五月渡瀘⑫，深入不毛。今南方已定，兵甲已足，當獎帥三軍，北定中原；庶竭駑鈍⑬，攘除奸凶，興復漢室，還於舊都⑭。此臣之所以報先帝而忠陛下之職分也。至於斟酌損益，進盡忠言，則攸之、禕、允之任也。

願陛下托臣以討賊興復之效，不效，則治臣之罪，以告先帝之靈。若無興德之言，則責攸之、禕、允等之咎，以彰其慢。陛下亦宜自謀，以諮諏⑮善道，察納雅言，深追先帝

遺詔，臣不勝受恩感激！

　今當遠離，臨表涕零，不知所言。

【注釋】

① 先帝：指蜀昭烈帝劉備。崩殂：天子之死稱崩；殂：也是死的意思。

② 宮中：指劉禪宮庭內的親近侍臣，如文中的侍中、侍郎之類。府中：指丞相府中的官吏，如文中的長史、參軍等。

③ 陟：晉陞，提拔。臧否：好壞，善惡。

④ 侍中、侍郎：都是皇帝親近侍臣的官名，隨從出入，應對顧問。郭攸之：字演長，以器識才學知名於時。費禕：字文偉，後主即位時為黃門侍郎，後遷侍中，位至大將軍，錄尚書事。延熙十年，被魏降人郭循刺死。董允：字休昭，後主即位時為黃門侍郎，尋遷侍中，以能抑制宦官黃皓，對後主多有匡助，以侍中兼尚書令。

⑤ 向寵：蜀大臣向朗胞弟，當初劉備伐吳慘遭失敗，只有向寵的部隊未受損失，諸葛亮認為其善於治軍，後主時先後任中部督和中領軍。

⑥ 桓：東漢桓帝劉志。靈：東漢靈帝劉宏。

⑦ 尚書：協助皇帝處理公文政務的官吏，此指陳震。長史：丞相府主要佐官，此指張裔。參軍：丞相府主管軍務的佐官，此指蔣琬。

⑧ 卑鄙：地位低，見識淺。

⑨ 猥自：降低身分。

⑩ 傾覆：指建安十三年，曹操南侵荊州時，劉備在當陽長坂被擊敗一事。

⑪ 寄：託付。這句指劉備東伐孫吳，在秭歸被吳將陸遜擊敗，退居白帝。章武三年四月，劉備病死永安宮，臨終託孤於諸葛亮，要他輔助後主劉禪，討魏興漢。

⑫ 五月渡瀘：建興三年諸葛亮率軍南征，渡過瀘水，平定了南中四郡的叛亂。瀘：瀘水，即金沙江。

⑬ 駑鈍：劣馬鈍刀，比喻才能的平庸。

⑭ 舊都：指漢朝曾建都的長安和洛陽。

⑮ 諮諏：徵詢。

古文觀止

【譯文】

　　臣諸葛亮上表言：先帝開創大業尚未完成一半就中途駕崩了。現在天下三足鼎立，蜀漢弱小貧困，這真是生死存亡的緊要關頭啊！然而，輔佐陛下的大臣在朝中絲毫不敢懈怠；忠誠勇敢的將士在外捨生忘死，那是因為大家懷念先帝不一般的知遇之恩，要將恩情報答於陛下啊！陛下確實應該廣泛地聽取群臣的意見，以光大先帝留下來的德行，以弘揚群臣堅貞為國的精神；不可輕率地自己看輕自己，言談訓諭時有失大義，以致堵塞了群臣向您盡忠規勸的言路。

　　宮中的侍臣和相府的官吏，都是一個整體，獎賞懲罰，不應該有差異。無論是做了壞事觸犯法令還是忠貞廉潔、建立功勛，都應該交由相關部門評審應受什麼處罰或受什麼賞賜，以顯示陛下公正賢明的治理方針。不可有所偏袒，使得宮中與府中的法令不一。

　　侍中郭攸之、費禕，侍郎董允等，都是善良誠實、忠貞純正之人，所以先帝選拔出來，留給陛下任用。臣以為，朝廷中的事情，無論大小，都要先徵詢他們的意見，然後再實施，這樣必定能夠補救疏漏，提高效益。向寵將軍，品行端莊，精曉軍事，當初試用之時，先帝就稱讚他能幹，所以大家醞釀著推舉他做中部督。臣以為，禁衛部隊的事務，無論大小，都要徵詢他的意見，這樣一定能使軍隊齊心和睦，將士各得其所。

　　親近賢良的臣子，疏遠奸佞小人，這是漢朝前期興旺強盛的原因；親近小人，疏遠賢臣，這是漢朝後期衰落最終覆滅的原因。先帝在世之時，每每與臣議論這些，沒有不對桓、靈二帝表示痛惜而發出感嘆的。侍中郭攸之、費禕，尚書令陳震，長史張裔，參軍蔣琬，都是堅貞坦誠，能以死報國的忠臣，希望陛下親近他們，信任他們；這樣漢家天下的興盛，就指日可待了。

　　臣原本是個平民百姓，自己在南陽耕田，只求在亂世中能保全生命，不想向諸侯謀求高官厚祿和顯赫的名聲。先帝不認為臣地位低賤、常識淺薄，不惜降低身分而三顧茅廬，向臣詢問對天下大事的看法。臣因此感動，就答應為先帝效力。後來遇上戰事失利，臣在敗亡之際接受任命，擔負起挽救危局的重任，至今已有二十一年了！先帝知道臣做事謹慎，所以在臨終前將輔助陛下興復漢室的大事託付給我。

自從接受先帝遺命以來，臣日夜擔憂嘆息，生怕不能履行所托之事，從而有損先帝明於鑑察的聲名；所以臣在炎熱的五月渡過瀘水，深入蠻荒之地。現在南方已平定，兵員裝備充足，應該激勵並率領三軍將士，北上平定中原。臣將竭盡全力，剷除凶殘的奸賊，光復漢家江山，收復故都。這就是臣回報先帝，效忠陛下的職責。至於權衡朝政得失、掌握分寸，向陛下進獻忠言，那是郭攸之、費禕、董允他們的責任了。

　　希望陛下把討伐曹魏、興復漢室的事交給臣，如果沒有成效，就治臣下之罪，以告先帝在天之靈。如果沒有勸勉陛下發揚聖德的忠言，那就要追究郭攸之、費禕、董允等人的怠惰之罪，公佈他們的過失。陛下自己也應該謀慮國事，徵詢治國好方略，明察並接納群臣好的建議，牢牢不忘先帝的遺願，臣下就感激不盡了。

　　如今即將出發遠征，面對表文，不禁潸然淚下，也不知自己到底說了些什麼啦。

六朝文

陳情表　李密

【題解】

　　李密（224—287），又名虔，字令伯，犍為武陽（今四川彭山縣東）人。他為人正直，頗有才幹，曾任蜀國尚書郎。蜀亡以後，晉武帝司馬炎為了鞏固新政權，籠絡蜀漢舊臣人心，徵召李密為太子洗馬。他上表陳情，以祖母年老無人供養為由，辭不從命。祖母死後，出任太子洗馬，官至漢中太守。後被讒免官，死於家中。

　　晉武帝徵召李密為太子洗馬，李密不願應詔，寫此表申訴自己不能應詔的苦衷。晉國篡權奪位而來，因為特別標榜強化封建倫理道德，號稱「以孝治天下」。李密便緊緊扣住這一點，從自己幼年的不幸遭遇寫起，說明自己與祖母相依為命的特殊感情，敘述委婉，辭意懇切，語言簡潔生動，富有強烈的感染力。相傳晉武帝看了此表後很受感動，特賞賜給李密奴婢二人，並命郡縣按時給其祖母供養。

【原文】

　　臣密言：臣以險釁①，夙遭閔凶②。生孩六月，慈父見背。行年四歲，舅奪母志③。祖母劉，愍臣孤弱，躬親撫養。臣少多疾病，九歲不行，零丁孤苦，至於成立。既無叔伯，終鮮兄弟，門衰祚④薄，晚有兒息。外無期功強近之親⑤，內無應門五尺之童，煢煢孑立⑥，形影相弔⑦。而劉夙嬰⑧疾病，常在床蓐⑨。臣侍湯藥，未曾廢離。

　　逮奉聖朝，沐浴清化⑩。前太守臣逵，察臣孝廉⑪；後刺史臣榮，舉臣秀才。臣以供養無主，辭不赴命。詔書特下，拜臣郎中，尋蒙國恩，除臣洗馬⑫。猥以微賤，當侍東宮，非臣隕首⑬所能上報。臣具以表聞，辭不就職。詔書切峻⑭，責臣逋慢⑮；郡縣逼迫，催臣上道。州司臨門，急於星火。

臣欲奉詔奔馳，則劉病日篤；欲苟順私情，則告訴不許。臣之進退，實為狼狽。

伏惟[16]聖朝以孝治天下，凡在故老，猶蒙矜育[17]，況臣孤苦，特為尤甚。且臣少仕偽朝[18]，歷職郎署，本圖宦達，不矜[19]名節。今臣亡國賤俘，至微至陋，過蒙拔擢，寵命優渥[20]，豈敢盤桓，有所希冀？但以劉日薄西山，氣息奄奄，人命危淺，朝不慮夕。臣無祖母，無以至今日，祖母無臣，無以終餘年。母孫二人，更相為命，是以區區不能廢遠。臣密今年四十有四，祖母劉今年九十有六，是臣盡節於陛下之日長，報劉之日短也。烏鳥私情[21]，願乞終養。

臣之辛苦，非獨蜀之人士及二州牧伯所見明知，皇天后土，實所共鑑。願陛下矜愍愚誠，聽臣微志，庶劉僥倖，保卒餘年。臣生當隕首，死當結草[22]。臣不勝犬馬怖懼之情，謹拜表以聞。

【注釋】

① 險釁（音信）：災難禍患。指命運坎坷。

② 夙：早，這裡指幼年時。閔凶：憂患，這裡指不幸。

③ 舅奪母志：指舅父逼迫李密母親改嫁之事。

④ 祚：福氣。

⑤ 期功強近之親：指比較親近的親戚。古代喪禮制度以親疏規定服喪時間的長短，服喪一年稱「期」，九月稱「大功」，五月稱「小功」。強近：比較親近。

⑥ 煢煢孑立：孤身一人，無依無靠。煢煢（音瓊）：孤獨的樣子。孑（音決）：孤單。

⑦ 弔：安慰。

⑧ 嬰：糾纏。

⑨ 蓐（音辱）：草墊子，草蓆。

⑩ 清化：清明的政治教化。

⑪ 察：考察，這裡是推舉的意思。孝廉：推舉人才的一種科目，「孝」指孝順父母，「廉」指品行廉潔。

⑫ 除：任命官職。洗馬：太子的屬官。

⑬ 隕首：落腦袋。

⑭ 切峻：急切嚴厲。

⑮ 逋慢：迴避怠慢。

⑯ 伏惟：舊時奏疏、書信中下級對上級常用的敬語。

⑰ 矜育：憐惜撫育。

⑱ 偽朝：指蜀漢。

⑲ 矜：誇耀。

⑳ 優渥：優厚。

㉑ 烏鳥私情：相傳烏鴉能反哺，所以常用來比喻子女孝養父母。

㉒ 結草：據《左傳·宣公十五年》記載，晉國大夫魏武子臨死的時候，囑咐他的兒子魏顆，把他的遺妾殺死以後殉葬。魏顆沒有照他父親說的話做。後來魏顆跟秦國的杜回作戰，看見一個老人把草打了結把杜回絆倒，杜回因此被擒。到了晚上，魏顆夢見結草的老人，他自稱是沒被殺死的魏武子遺妾的父親。後來就把「結草」用來表示報恩。

【譯文】

臣子李密呈言：我命運坎坷，幼年就遭遇不幸，剛出生六個月，慈父就不幸去世了。過了四年，舅父逼迫我的母親改嫁。我的祖母劉氏，可憐我形影相弔，又體弱多病，便親自撫養我。我小時候經常生病，九歲時還不會走路。孤苦零丁，直到成人。既沒有叔叔伯伯，也沒有哥哥弟弟，門庭衰微福氣少，直到很晚才有兒子。在外沒有近親，家中沒有照管門戶的僮僕。孤孤單單地生活，每天只有自己的身體和影子相互安慰。而祖母劉氏向來疾病纏身，常年臥床不起。我侍奉她喝湯吃藥，從來就沒有停止過。

到了晉朝建立，我沐浴著清明政治的教化。之前郡太守逵考察推薦我為孝廉，後來刺史榮又推舉我為秀才。我因為沒有人照顧祖母，都推辭掉了，沒有赴命。朝廷又特地下詔書，任命我為郎中；不久又蒙受國家恩典，任命我為太子洗馬。以我這樣卑微的身分，擔當侍奉太子的職

務，我即使肝腦塗地也不足以報答朝廷。當時我將以上苦衷上表報告，推辭而沒有去就職。詔書很快又下來了，言辭嚴厲，責備我推脫怠慢。郡縣長官催促我立刻上路；州司官吏登門督促，像流星一樣急迫。我很想遵從皇上的旨意立刻為國奔走效命，但祖母劉氏的病卻一天比一天重；想要暫且遷就自己的私情，向官府申訴又不被准許。我進退維谷，處境十分狼狽。

　　我想聖朝是以孝道來治理天下的，凡是老年人都會得到贍養照料，何況我這樣孤單困難特別嚴重的呢？而且我早年曾在蜀漢偽朝為官，做過郎中和尚書郎，本來圖的就是仕途通達，無意以名譽節操來炫耀。現在我是一個卑賤的亡國俘虜，極其卑微，承蒙過分的提拔，給予的官祿十分優厚，怎敢猶豫不決另有非分之想呢？確實只是因為祖母劉氏已是太陽落山那樣，氣息微弱，生命垂危，朝不保夕。我如果沒有祖母的養育，就不能活到今天；而祖母現在如果沒有我的照料，就無法度過她的餘生。我祖孫二人，相依為命，正是如此，我的內心實在是不忍拋下祖母獨自遠去。我今年四十四歲了，祖母今年九十六歲。所以我效忠陛下的日子還長著呢，而在祖母劉氏面前盡孝的日子卻不多了。我懷著烏鴉反哺的私情，乞求陛下能夠準許我為祖母養老送終。

　　我的苦衷，不僅是蜀地的百姓及益、梁二州的長官看到瞭解，就連天地神明也都看得清清楚楚。希望陛下能憐憫我愚昧至誠的心，滿足我一點小小的心願，使祖母劉氏能夠僥倖地保全天壽。我活著當以性命盡忠，死了也會結草啣環來報答陛下的恩情。我懷著犬馬在主人面前誠惶誠恐的心情，恭敬地呈上此表以求過目。

蘭亭集序　王羲之

【題解】

　　王羲之（321—379），字逸少，東晉琅邪臨沂（今山東臨沂）人。曾任江州刺史、會稽內史、右軍將軍等職，世稱「王右軍」，中國歷史上著名的書法大師。他所創作和書寫的這篇《蘭亭集序》，既是書苑珍品，也是文壇傑作，

千百年來為人所盛讚傳誦。

晉穆帝永和九年（353）三月三日，王羲之與當時名士謝安、孫綽以及本家子侄凝之、獻之等四十一人宴集於蘭亭，置身於景色宜人的青山綠水之間，眾人飲酒賦詩，各抒懷抱。王羲之為詩集寫了這篇序。序文生動而形象地記敘了這次集會的盛況和樂趣，抒發了盛事不常、人生短暫的感慨。王羲之對老莊「一死生」、「齊彭殤」的批評，在玄學盛行、崇尚清談的東晉也屬難能可貴，在一定程度上表露出積極進取的意向。這篇序文不追求華麗的辭藻，敘事狀景，清新自然，抒懷寫情，樸實深摯，達到了內容與形式的和諧一致。

【原文】

永和九年①，歲在癸丑，暮春之初，會於會稽山陰之蘭亭②，修禊③事也。群賢畢至，少長咸集。此地有崇山峻嶺，茂林修竹，又有清流激湍，映帶左右，引以為流觴曲水④。列坐其次，雖無絲竹管弦之盛，一觴一詠，亦足以暢敘幽情。是日也，天朗氣清，惠風和暢。仰觀宇宙之大，俯察品類之盛，所以遊目騁懷，足以極視聽之娛，信可樂也！

夫人之相與，俯仰一世。或取諸懷抱，晤言一室之內；或因寄所托，放浪形骸⑤之外。雖取捨萬殊，靜躁不同，當其欣於所遇，暫得於己，快然自足，曾不知老之將至。及其所之既倦，情隨事遷，感慨繫之矣。向之所欣，俯仰之間，已為陳跡，猶不能不以之興懷，況修短隨化，終期於盡。古人云：「死生亦大矣！」豈不痛哉？

每覽昔人興感之由，若合一契⑥，未嘗不臨文嗟悼，不能喻之於懷。固知一死生為虛誕，齊彭殤⑦為妄作。後之視今，亦猶今之視昔，悲夫！故列敘時人，錄其所述。雖世殊事異，所以興懷，其致一也。後之覽者，亦將有感於斯文。

【注釋】

① 永和：東晉穆帝年號，公元一年。

② 會稽：郡名，包括今浙江西部、江蘇東南部一帶。山陰：今浙江紹興。蘭亭：位於紹興西南蘭渚山。

③ 修禊：古代習俗，於陰曆三月上旬的巳日，人們群聚於水濱嬉戲洗濯，以袚除不祥和求福。實際上這是古人的一種游春活動。

④ 流觴曲水：修禊時一種勸酒取樂的活動。用漆製的酒杯盛酒，放入彎曲的水道中任其漂流。杯停在某人面前，某人就引杯飲酒。

⑤ 放浪形骸：行為放縱不羈，形體不受世俗禮法所拘束。

⑥ 契：符契，古代的一種信物。在符契上刻上字，剖而為二，各執一半，作為憑證。

⑦ 齊彭殤：把高壽和短命等量齊觀。彭：彭祖，相傳為顓頊帝的玄孫，活了八百歲。殤：指短命夭折的人。

【譯文】

　　永和九年，是癸丑年。暮春三月初，我們在會稽郡山陰縣的蘭亭聚會，舉行修禊活動。眾多的賢能之士都來了，年輕的年長的聚集在一起。這地方有高山峻嶺，茂密的樹林和高高的翠竹，又有清澈湍急的溪水，輝映縈繞在亭子左右，正好將其引來作為漂流酒杯的彎曲水道。大家依次坐在水邊，雖然沒有音樂一起演奏的盛況，可一面飲酒、一面賦詩，也足以酣暢地抒發內心的情懷。這一天，天氣晴朗，空氣清新，和風徐徐，溫暖舒暢。抬頭仰望宇宙的廣闊，低首俯察萬物種類之繁多，因此放眼縱覽，舒展胸懷，足以盡情享受眼見耳聞的樂趣，確實是很快樂啊！

　　人們交往相處，轉瞬間便度過一生。有的人襟懷坦蕩，喜歡在屋裡與朋友傾心交談；有的人把情趣寄託在某些事物上，不受世俗禮法拘束而縱情遊樂。雖然對生活的取捨千差萬別，性情也有沉靜和急躁的差異，可一旦遇到喜歡的事情，就忘情於一時，充滿喜悅和滿足，竟然連自己悄然間正走向衰老都忘卻了。等到他們對已經得到的事物產生厭倦，心情隨之發生了變化，感慨也就產生了。從前所感到歡欣的，頃刻之間已成為往事，不能不深有感觸，何況人的壽命長短，隨著各種原因

而變化，但終有盡頭。古人說：「死生也是人生的大事啊！」難道不讓人很悲痛嗎？

　　每當我看到前人興懷感慨的原因，與我所感嘆的如同符契一樣相合，沒有一次不對著那些文章嘆息悲傷，心裡卻不知道為什麼會是這樣。我向來認為把死和生看作一樣是錯誤的，把長壽和早夭看作一樣也是荒謬的。後世人看當今之人，正如當今之人看古代人一樣，可悲啊！因此我記下參與聚會者的名字，抄錄了他們吟詠的詩篇。即使世代變遷，事情也會變化，但人們所抒發的感慨還是大體一致的。後世的讀者，也將對這些詩文產生共鳴。

歸去來兮辭　陶淵明

【題解】

　　陶淵明（365—427），一名潛，字元亮，潯陽柴桑（今江西九江西南）人。陶淵明出身於沒落的仕宦家庭，據稱東晉開國元勛陶侃是他的曾祖，祖父陶茂做過武昌太守，父親陶逸做過安城太守。但陶淵明八歲的時候，父親去世，家境逐漸衰落。他年輕時也懷有建功立業的壯志，曾幾次出仕，但都只是無足輕重的小官。由於他不願受官場的拘束，四十一歲那年棄官歸田，在農村中過躬耕隱居生活。

　　陶淵明是著名的田園詩人，他在歸隱以後，對農村生活有所體驗，寫出了不少描述美好的田園風光和抒發自己恬靜閒適心情的作品，反映了他厭棄官場生活的思想感情。這篇《歸去來兮辭》記述了他辭官的經過，表達了對田園生活的嚮往和熱愛，寄託了作者的理想和情趣。就像他的田園詩一樣淡雅舒朗，趣味盎然。

【原文】

　　　　余家貧，耕植不足以自給。幼稚[①]盈室，瓶無儲粟，生生[②]所資，未見其術。親故多勸余為長吏，脫然

有懷③，求之靡途。會有四方之事④，諸侯以惠愛為德，家叔⑤以余貧苦，遂見用於小邑。於時風波未靜，心憚遠役。彭澤去家百里，公田之利，足以為酒，故便求之。及少日，眷然有歸歟之情⑥。何則？質性自然，非矯厲所得；飢凍雖切，違己交病。嘗從人事，皆口腹自役；於是悵然慷慨，深愧平生之志。猶望一稔，當斂裳⑦宵逝。尋程氏妹喪於武昌⑧，情在駿奔⑨，自免去職。仲秋至冬，在官八十餘日。因事順心，命篇曰《歸去來兮》。乙巳歲⑩十一月也。

歸去來兮，田園將蕪，胡⑪不歸！既自以心為形役⑫，奚惆悵而獨悲！悟已往之不諫，知來者之可追⑬。實迷途其未遠，覺今是而昨非。舟遙遙⑭以輕颺，風飄飄而吹衣。問征夫以前路，恨晨光之熹微。

乃瞻衡宇⑮，載欣載奔。僮僕歡迎，稚子候門。三徑⑯就荒，松菊猶存。攜幼入室，有酒盈樽。引壺觴以自酌，眄庭柯以怡顏⑰。倚南窗以寄傲⑱，審容膝之易安⑲。園日涉以成趣，門雖設而常關。策扶老以流憩，時矯首而遐觀⑳。雲無心以出岫㉑，鳥倦飛而知還。景翳翳以將入㉒，撫孤松而盤桓。

歸去來兮，請息交以絕遊。世與我而相違，復駕言兮焉求！悅親戚之情話，樂琴書以消憂。農人告余以春及，將有事於西疇㉓。或命巾車，或棹孤舟。既窈窕㉔以尋壑，亦崎嶇而經丘。木欣欣以向榮，泉涓涓而始流。羨萬物之得時，感吾生之行休。

已矣乎！寓形宇內㉕復幾時，曷不委心任去留㉖？胡為遑遑欲何之？富貴非吾願，帝鄉㉗不可期。懷良辰以孤往，或植杖而耘耔㉘。登東皋以舒嘯㉙，臨清流而賦詩。聊乘化以歸盡㉚，樂夫天命復奚疑！

【注釋】

① 幼稚：指孩童。

② 生生：指維持生計。前一「生」字為動詞，後一「生」字為名詞。

③ 脫然：猶言豁然。有懷：動了做官的念頭。

④ 四方之事：指陶淵明接受建威將軍江州刺史劉敬宣的任命出使之事。

⑤ 家叔：指陶夔，曾任太常卿。

⑥ 眷然：依戀的樣子。歸歟之情：回去的心情。

⑦ 斂裳：收拾行裝。

⑧ 尋：不久。程氏妹：嫁給程家的妹妹。

⑨ 駿奔：急著前去奔喪。

⑩ 乙巳歲：晉安帝義熙元年。

⑪ 胡：何，為什麼。

⑫ 以心為形役：讓心靈被形體所驅使。

⑬ 「悟已往」二句：語自《論語‧微子》：「楚狂接輿歌而過孔子曰：『鳳兮，鳳兮！何德之衰！往者不可諫，來者猶可追。已而，已而，今之從政者殆而！』」諫：止，挽救。來者：指未來的事情。追：這裡指彌補。

⑭ 遙遙：漂蕩。

⑮ 衡宇：猶衡門，橫木為門，形容房屋簡陋。

⑯ 三徑：漢代蔣詡隱居後，在屋前竹下開了三條小路，只與隱士求仲、羊仲二人交往。

⑰ 眄（音免）：斜視。柯：樹枝。

⑱ 寄傲：寄託傲世的情緒。

⑲ 審：明白，深知。容膝：形容居室狹小，僅能容膝。

⑳ 矯首：抬頭。遐觀：遠望。

㉑ 岫（音右）：山巒。

㉒ 景：日光。翳翳：陰暗的樣子。

㉓ 疇：田地。

㉔ 窈窕：幽深的樣子。

㉕ 寓形宇內：寄身於天地之間。

㉖ 曷（音何）不：何不。委心：隨自己的心意。去留：指生死。

㉗帝鄉：天帝之鄉，這裡指仙境。

㉘植杖：把手杖放在旁邊。耘：田地裡除草。耔：在苗根培土。

㉙皋：水邊高地。舒嘯：放聲長嘯。

㉚乘化：隨順著大自然的運轉變化。歸盡：歸向死亡。

【譯文】

　　我的家境貧困，耕種田地不足於維持生計。家中孩子很多，米缸裡經常沒有存糧。維持生活的本領，我都沒能掌握。親戚朋友都勸我出去做個小官，我自己也有了這種念頭，但苦於沒有門路。碰巧有出使外地的機會，聽說各地州郡長官都以愛惜人才為美德，叔父因為見我貧苦就幫忙推薦，於是被任命為一個小城的官吏。這時戰亂沒有停息，心裡害怕去遠地當差。彭澤縣離開家鄉只有一百里路程，公田收穫的糧食足夠釀酒之用，因此就求得了那個職位。但過了沒幾天，就思念家鄉，產生了回家的念頭。怎麼會這樣呢？只因為我率性自然，不會勉強自己去做什麼；飢餓寒冷固然是急迫之事，但違背自己本心更會使人感到十分痛苦。雖然也曾在官場上與人打過交道，但都是為生活所驅使；於是常常感到失意憤懣，有愧於平生的志願。但還是覺得應該等到秋後，再收拾行裝連夜離去。不久，嫁給程家的妹妹在武昌去世，要急著前去奔喪，就棄官離職了。從秋天八月到冬季，只做了八十多天的官。就借此事抒發一下自己內心的感慨，給這篇文章命名為《歸去來兮》。時間是乙巳年十一月。

　　回去吧，田園快要荒蕪了，為什麼還不回去呢！既然讓自己的心靈被形體所驅使，那又為什麼還要悵然，獨自悲哀呢？醒悟過去的錯失已經無法挽回，但知道未來的事情還是可以彌補。誤入迷途但還沒有走得太遠，認識到如今歸隱是對的，之前出仕是錯的。船在水面上輕快地漂蕩著前行，微風吹拂著我的衣裳。向行人詢問前面的路程，只恨晨光暗淡天色朦朧，還不十分明亮。

　　剛剛望見簡陋的家門，我就高興地飛奔而去。家中的僮僕前來迎接，年幼的孩子都在門口等候。院中的小路上已經長滿荒草，只有松樹和菊花還是原樣。拉著孩子們的手進入屋裡，盛滿酒的壺已經擺上了

桌。端起酒杯來自斟自酌，望著院子裡的樹木心情舒暢。依靠著南面的窗戶寄託自己傲世的情懷，深知簡陋的居室也可以使人安樂滿足。每天到園子裡散散步自得其樂，屋子雖然有門卻經常關著。拄著手杖四處隨意走走停停，不時抬起頭來向遠處眺望。雲彩自然而然地從山巒邊飄出，鳥兒飛倦了也知道歸巢。日光漸漸暗下去，太陽快要落山了，我撫摸孤松徘徊著不願離去。

回去吧，讓我斷絕與世俗之人的交往。既然世俗與我的性情相違背，我還要駕車出遊追求什麼呢？跟親友傾心交談能讓人愉悅，彈琴讀書能使我消愁解憂。農夫告訴我春天到了，將要到西邊的田地裡去耕種。我有時乘著有篷簾的小車，有時划著小船。時而探尋曲折幽深的山澗，時而經過崎嶇的小道進入山丘。看到樹木欣欣向榮，泉水涓涓流淌，我真羨慕自然界萬物正生機勃勃，感嘆自己的生命即將結束。

算了吧！寄身於天地之間能有多少時間，為什麼不隨應自己的心意任其自然？為什麼心神不定還想到哪裡去呢？富貴榮華不是我所求的，神仙之鄉也不是我所期待的。只希望風和日麗獨自出去遊覽，或者把手杖放在一邊去田裡除草培苗。有時登上東邊的高崗放聲長嘯，有時面對清澈的水流吟詠詩歌。姑且隨順著大自然的變化以了結此生，樂天安命，又有什麼可疑慮的呢！

桃花源記　　陶淵明

【題解】

這是陶淵明晚年隱居時期的作品，用虛構的形式描述了心目中的理想社會。沒有戰亂，沒有剝削，自給自足，和睦安然。這樣的世外桃源在當時根本不可能存在，但從中表達了作者對黑暗腐朽的現實社會的不滿和批判，對美好的理想社會的熱愛與追求，在一定程度上反映了當時廣大民眾的願望。全文敘述委婉曲折，層次分明，語言質樸自然，寫景明麗如畫，雖幻似真，雖虛似實。如聞其聲，如見其景，讀來讓人有身臨其境之感。「世外桃源」因此成為封建時代民眾心目中的理想社會，古代東方的「烏托邦」。

【原文】

　　晉太元[1]中，武陵[2]人捕魚為業，緣溪行，忘路之遠近。忽逢桃花林，夾岸數百步，中無雜樹，芳草鮮美，落英繽紛[3]；漁人甚異之，復前行，欲窮其林。

　　林盡水源，便得一山。山有小口，彷彿若有光；便舍船從口入。初極狹，才通人，復行數十步，豁然開朗。土地平曠，屋舍儼然，有良田、美池、桑竹之屬；阡陌[4]交通，雞犬相聞。其中往來種作，男女衣著，悉如外人；黃髮垂髫[5]，並怡然自樂。見漁人，乃大驚；問所從來，具答之。便要[6]還家，設酒殺雞作食。村中聞有此人，咸來問訊。自云先世避秦時亂，率妻子邑人來此絕境，不復出焉；遂與外人間隔。問今是何世，乃不知有漢，無論魏、晉。此人一一為具言所聞，皆嘆惋。餘人各復延至其家，皆出酒食。停數日，辭去。此中人語云：「不足為外人道也。」

　　既出，得其船，便扶向路[7]，處處志[8]之。及郡下，詣太守，說如此。太守即遣人隨其往，尋向所志，遂迷，不復得路。

　　南陽劉子驥[9]，高尚士也。聞之，欣然規往。未果，尋病終。後遂無問津者。

【注釋】

① 太元：東晉孝武帝年號。這裡的年代是假托的。

② 武陵：郡名，郡治在今湖南省常德縣。

③ 落英繽紛：形容鮮花盛開。落英：初開的鮮花。

④ 阡陌：田間小路。南北向稱阡，東西向稱陌。

⑤ 黃髮：指老人。老年人髮白轉黃，故以代稱。垂髫：兒童下垂的短髮，代指兒童。

⑥ 要：通「邀」，請。

⑦扶：沿著。向路：舊路，指來時的路。

⑧志：標記。

⑨南陽：郡名，郡治在今河南南陽。劉子驥：當時的隱士。

【譯文】

　　晉朝太元年間，有個武陵人以捕魚為業。有一天他沿著溪流划船前行，不知道走出了多遠，忽然遇到一片桃林，夾岸有數百步之長，其間沒有其他樹木，地上的芳草鮮嫩優美，樹上繁花似錦；漁人覺得十分驚奇，將船繼續向前划，想走完這片桃林。

　　桃林的盡頭就是溪水的發源地，那裡能看到一座山。山中一個小的洞口，彷彿透出亮光。漁人棄船往洞口走進去。剛進去時洞很狹窄，僅容一個人通過。再朝前走了幾十步，突然開闊明亮起來。土地平坦開闊，房屋排列整齊，有肥沃的田地，美麗的池塘以及桑林、竹園等。田間道路縱橫交錯，彼此可以聽到雞鳴狗吠之聲。桃花源中的人往來耕種勞作，以及人們穿的衣服，都同外面的人一模一樣；老人孩子逍遙快樂。他們看到漁人後，大吃一驚，問他從哪裡來的。漁人一一答覆。他們就邀請漁人去家裡，備酒殺雞，熱情款待。村裡其他人聽說來了這樣一個人，都來詢問打聽消息。他們說自己的祖先為了躲避秦時的戰亂，帶領妻子兒女和眾鄉親，來到這個與外界隔絕的地方，從此就再沒出去，於是跟外界隔絕了。又問漁人現在是什麼朝代，他們竟不知道有漢朝，更不要說魏朝和晉朝了。漁人將自己所知道的事情詳細講給他們聽，他們都十分感嘆。其他的人也都邀請漁人到自己家裡，拿出酒食款待。住了幾天，漁人要告辭回去。桃花源中的人叮囑他說：「這裡的事不必告訴外人。」

　　漁人出來後，找到他的船，就沿著老路回去，一路上處處留下標記。回到了郡城，就去拜見太守，述說了自己的奇遇。太守立即派人跟隨漁人前去，按留下的標記尋去，結果還是迷路了。

　　南陽劉子驥，是個志趣高雅的隱士。他聽說此事後，興致勃勃地打算前去探訪，但還未能成行，不久就生病死了。此後就再也沒有去尋找的人了。

五柳先生傳　　陶淵明

【題解】

　　這是一篇借用他人口吻，以史傳的形式寫成的自傳。陶淵明通過五柳先生這一假想人物，描繪了他理想中的人生境界。用白描的手法，塑造了一個愛好讀書、不慕榮利、安貧樂道、曠達自任的隱士形象。語言質樸洗練，筆調風趣詼諧，平淡自然而又意味深長。

【原文】

　　先生不知何許①人也，亦不詳其姓字。宅邊有五柳樹，因以為號焉。閑靜少言，不慕榮利。好讀書，不求甚解②；每有會意③，便欣然忘食。性嗜酒，家貧，不能常得。親舊知其如此，或置酒而招之。造④飲輒盡，期在必醉；既醉而退，曾不吝情去留。環堵⑤蕭然，不蔽風日。短褐穿結⑥，簞瓢屢空⑦，晏如⑧也。常著文章自娛，頗示己志。忘懷得失，以此自終。

　　贊⑨曰：黔婁⑩之妻有言：「不戚戚⑪於貧賤，不汲汲⑫於富貴。」其言茲若人之儔乎？銜觴賦詩，以樂其志，無懷氏⑬之民歟？葛天氏之民歟？

【注釋】

① 何許：何處，什麼地方。
② 不求甚解：指對所讀的書只求理解精神，不咬文嚼字穿鑿附會。
③ 有會意：指對書中的意義有所體會。
④ 造：去，到。
⑤ 環堵：房屋四壁。堵：牆壁。
⑥ 短褐：粗布短衣。穿結：指衣服破爛。穿：破。結：打補丁。
⑦ 簞（音單）：盛飯的圓形竹器。瓢：舀水的葫蘆。

⑧晏如：安然自得。

⑨讚：古人常用於傳記體文章的結尾處，表示作傳人對被傳人的評論。

⑩黔婁：春秋時魯國人，無意仕進，屢次辭去諸侯的聘請。他死後，曾
子前去弔喪，黔婁的妻子稱讚黔婁：「甘天下之淡味，安天下之卑
位，不慼慼於貧賤，不忻忻於富貴。求仁而得仁，求義而得義。」

⑪慼慼（音戚）：憂慮的樣子。

⑫汲汲：極力營求的樣子。

⑬無懷氏：傳說上古社會中的中古樸淳厚的帝王。後文「葛天氏」同
義。

【譯文】

　　這位先生不知道是什麼地方人，也不清楚他的姓名字號。他的屋旁
種有五棵柳樹，因此就用「五柳」作為他的別號了。五柳先生悠閒恬
靜，沉默寡言，不羨慕榮華利祿。他喜歡讀書，但不糾結瑣細的考證；
每當讀書有會心領悟之時，就會高興得忘了吃飯。他生性嗜好喝酒，但
家境貧寒，不能經常喝到。親朋好友知道他這種境況，有時便備酒請他
來喝。他去喝酒時總是開懷暢飲，直到大醉方休；醉後就會告辭，從不
拘泥於去留。他住的屋子四壁空空蕩蕩，擋不住風吹日曬；他穿的粗布
短衣打滿補丁，經常連飯都吃不上，可他卻怡然自得。他經常以寫些詩
文自我娛樂，抒發自己的志趣。他忘掉了世俗的得失，只願這樣無拘無
束地度過自己的一生。

　　贊曰：黔婁的妻子曾經這樣描述自己的丈夫：「不因為貧困潦倒而
終日憂心忡忡，不為了追求富貴而四處奔走鑽營。」說的不正是五柳先
生這樣的人嗎？飲酒賦詩，滿足自己的志趣，這是無懷氏時代的人呢還
是葛天氏時代的人？

北山移文　孔稚珪

北山移文　孔稚珪

【題解】

孔稚珪（447—501），字德璋，會稽山陰（今浙江紹興）人。南朝齊文學家，少時即以博學聞名，曾任齊太子詹事。喜愛山水，不樂俗務。「移」是一種文體，與檄文類似，用於責備和揭露。北山，即鍾山，又稱紫金山，因在建康城（今南京）北，故名北山。

魏晉南北朝時期，社會動盪，政治黑暗，因此隱逸之風盛行。與此同時，也滋生了一批標榜清高，以求進身之階的假隱士。孔稚珪對此類虛偽齷齪之人深惡痛絕，寫下這篇遊戲文章，痛加揭露和諷刺。該文想像奇特，運用擬人化的手法，嬉笑怒罵，犀利辛辣，讓人覺得酣暢淋漓。

【原文】

鍾山之英[①]，草堂之靈，馳煙驛路，勒移山庭[②]。

夫以耿介拔俗之標[③]，瀟灑出塵之想，度白雪以方潔，干[④]青雲而直上，吾方知之矣。若其亭亭物表，皎皎霞外，芥[⑤]千金而不盼，屣萬乘其如脫[⑥]，聞鳳吹於洛浦[⑦]，值薪歌於延瀨[⑧]，固亦有焉。豈期終始參差，蒼黃反覆[⑨]，淚翟子[⑩]之悲，慟朱公[⑪]之哭。乍回跡以心染，或先貞而後黷[⑫]，何其謬哉！嗚呼，尚生[⑬]不存，仲氏[⑭]既往，山阿寂寥，千載誰賞！

世有周子[⑮]，俊俗之士；既文既博，亦玄亦史。然而學遁東魯[⑯]，習隱南郭[⑰]；竊吹[⑱]草堂，濫巾北嶽[⑲]。誘我松桂，欺我雲壑。雖假容於江皋[⑳]，乃纓情於好爵[㉑]。

其始至也，將欲排巢父，拉[㉒]許由，傲百氏，蔑王侯。風情張[㉓]日，霜氣橫秋。或嘆幽人長往，或怨王孫不遊。談空空於釋部[㉔]，核玄玄於道流[㉕]，務光[㉖]何足比，涓子不能儔

六朝文　北山移文

二二三

六朝文　北山移文

二二三

。及其鳴騶㉘入谷，鶴書㉙赴隴，形馳魄散，志變神動。爾乃眉軒席次，袂聳筵上，焚芰制而裂荷衣㉚，抗塵容而走俗狀㉛。風雲淒其帶憤，石泉咽而下愴，望林巒而有失，顧草木而如喪。

　　至其鈕金章，綰墨綬㉜，跨屬城之雄㉝，冠百里㉞之首。張英風於海甸，馳妙譽於浙右。道帙長擯㉟，法筵久埋㊱。敲撲㊲喧囂犯其慮，牒訴倥傯裝其懷㊳。琴歌既斷，酒賦無續。常綢繆於結課㊴，每紛綸於折獄。籠張趙於往圖㊵，架卓魯於前錄㊶。希蹤三輔豪㊷，馳聲九州牧。使其高霞孤映，明月獨舉，青松落蔭，白雲誰侶？澗戶摧絕無與歸，石徑荒涼徒延佇。至於還飆㊸入幕，寫霧出楹㊹，蕙帳空兮夜鶴怨，山人去兮曉猿驚。昔聞投簪㊺逸海岸，今見解蘭縛塵纓㊻。

　　於是南嶽獻嘲，北隴騰笑，列壑爭譏，攢峰㊼竦誚。慨遊子之我欺，悲無人以赴吊。故其林慚無盡，澗愧不歇，秋桂遣風，春蘿罷月。騁西山之逸議㊽，馳東皋之素謁㊾。

　　今又促裝下邑，浪栧㊿上京。雖情投於魏闕[51]，或假步於山扃[52]。豈可使芳杜厚顏，薜荔蒙恥，碧嶺再辱，丹崖重滓[53]，塵游躅[54]於蕙路，污淥池以洗耳。宜扃岫幌[55]，掩雲關，斂輕霧，藏鳴湍，截來轅於谷口，杜妄轡[56]於郊端。於是叢條瞋膽，疊穎[57]怒魄。或飛柯[58]以折輪，乍低枝而掃跡。請回俗士駕，為君謝逋客[59]。

【注釋】

①鍾山：即南京紫金山，因在城北，又稱北山。英：神靈，此處指山神。

②勒：刻。移：移文。

③耿介：光明正直。拔俗：超越流俗之上。標：風度、格調。

④干：犯，凌駕。

⑤芥：小草，此處用作動詞。

⑥屣（音洗）：草鞋，此處用作動詞。萬乘（音勝）：萬輛車，這裡指天子之位。

⑦「聞鳳吹」句：《列仙傳》：「王子喬，周靈王太子晉，好吹笙作鳳鳴，常游於伊、洛之間。」浦：水邊。

⑧「值薪歌」句：《文選》呂向註：「蘇門先生游於延瀨，見一人采薪，謂之曰：『子以終此乎？』采薪人曰：『吾聞聖人無懷，以道德為心，何怪乎而為哀也。』遂為歌二章而去。」值：碰到。瀨：水流沙石上為瀨。

⑨蒼黃：青色和黃色。反覆：變化無常。

⑩翟子：墨翟，先秦著名哲學家。據《淮南子‧說林訓》，他曾見白絲而哭泣，因為其可能被染成黃色，也可能染成黑色。

⑪朱公：楊朱，先秦著名哲學家。據《淮南子‧說林訓》，楊朱見歧路而哭，以為既可以往南，也可以往北。

⑫貞：正。黷：污濁骯髒。

⑬尚生：尚子平，東漢末隱士，入山擔薪，賣之以供食飲。

⑭仲氏：仲長統，東漢末年人，每州郡命召，輒稱疾不就。

⑮週子：舊稱指南齊周顒，但考其身世並不相符，此處應該是偽托。

⑯東魯：指顏闔，春秋時隱士。魯君曾派人重金聘請他出來做官，但他逃走了。

⑰南郭：指《莊子》中隱機而坐的南郭子綦。

⑱竊吹：借用濫竽充數的典故，說周子冒充隱士。

⑲濫巾：濫用隱士的服飾冒充隱士。北嶽：北山。

⑳假容：假裝。江皋：江岸。這裡指隱士所居的長江之濱鐘山。

㉑纓情：繫情，忘不了。爵：官爵。

㉒拉：折辱。

㉓張：這裡指遮掩。

㉔空空：佛家義理。佛家認為世上一切皆空，故曰「空空」。釋部：佛經。

㉕核：研究。玄玄：道家義理。

㉖務光：相傳為夏代人，商湯曾要將王位讓給他，他拒不接受，負石投河。

㉗ 涓子：齊國隱士。儔：匹敵。

㉘ 鳴騶：指使者的車馬。鳴：喝道。騶：隨從侍從。

㉙ 鶴書：書體名，也叫鶴頭書。古時用於寫詔書。

㉚ 芰制、荷衣：均指以荷葉做成的隱者衣服。

㉛ 抗：高舉，這裡指顯露。走：表現出。

㉜ 綰：繫。墨綬：黑色的綬帶。金章、墨綬為當時縣令所佩帶。

㉝ 跨：超越。屬城：一郡所屬各縣。

㉞ 百里：古時一縣約管轄百里。這裡代指縣。

㉟ 道帙：道家的經典。帙：書套，這裡指書籍。擯：拋棄。

㊱ 法筵：講佛法的座席。埋：廢棄。

㊲ 敲撲：鞭打。

㊳ 牒訴：訴訟狀紙。倥傯：繁忙迫切的樣子。

㊴ 綢繆：糾纏。結課：計算賦稅。

㊵ 籠：籠蓋。張趙：張敞、趙廣漢。兩人都是西漢的能吏，做過京兆尹。往圖：過去的記載。

㊶ 架：超越。卓魯：卓茂、魯恭。兩人都是東漢的循吏。錄：前代的典籍史傳。

㊷ 蹤：追隨。三輔：漢代稱京兆、左馮翊、右扶風為三輔。三輔豪：三輔有名的能吏。

㊸ 還飆：旋風。

㊹ 寫霧：流動的霧。寫：通「瀉」。楹：屋柱。

㊺ 投簪：拋棄冠簪，指棄官歸隱。

㊻ 蘭：用蘭做的珮飾，指隱士的服飾。塵纓：塵世的冠纓。

㊼ 攢峰：密聚在一起的山峰。

㊽ 騁：傳播之意。西山：指首陽山，伯夷、叔齊的隱居地。《採薇》曰：「登彼西山兮，采其薇矣。」逸議：隱逸高士的清議。

㊾ 東皋：東面水邊的高地。陶淵明有言：「登東皋以舒嘯。」素謁：高尚有德者的言論。

㊿ 浪栧（音益）：鼓槳，駕舟。

51 魏闕：高大門樓，這裡指朝廷。

52 假步：借步。山扃：山門。

㉝重淬：再次蒙受污辱。

㉞躅：足跡。

㉟岫幌：猶言山穴的窗戶。岫：山穴。幌：帷幕。

㊱妄轡：肆意亂闖的車馬。

㊲穎：草芒。

㊳飛柯：飛落的樹枝。

㊴君：北山神靈。逋客：逃亡者。

【譯文】

　　鍾山的精靈，草堂的神靈，騰雲駕霧般馳騁於驛路上，把這篇移文鐫刻在山崖。

　　自以為有著耿直超俗的格調，瀟灑出塵的理想，品德純潔像白雪一般，人格高尚與青雲比肩。我現在知道這樣的人了。至於亭亭玉立、超然物外，潔身自好、立於雲端，視千金如芥草而不屑一顧，視帝位如破草鞋隨意脫去，在洛水之濱鳳鳴般地吹奏仙樂，在延瀨遇到高人隱士采薪行歌，這種人固然也是有的。但怎麼也想不到前後不一，反覆無常，真令人如墨翟面對白絲而悲，楊朱面對歧路而泣。到山中來隱居，內心深處卻被塵世的習氣所污染，開始時或許還很堅貞，隨後卻變得污濁不堪，多麼荒謬啊！唉，尚子平已經不在了，仲長統也已去了，山林寂靜落寞，千年萬載，還有誰來欣賞！

　　當今有一位姓周的先生，是名超凡脫俗的俊士，文采斐然，學問淵博，既通玄學，亦長於史學。可是他偏學顏闔的遁世，效南郭的隱居，混在草堂裡濫竽充數，住在北山中冒充隱士，迷惑青松香桂，欺騙山壑雲霞。他雖然在長江邊假裝隱居，卻一心惦記著高官厚祿。

　　他初來之時，大有排斥巢父，貶低許由，傲視諸子百家，輕蔑王侯顯貴的氣概。氣勢簡直能遮蔽太陽，神情凜冽勝過秋霜。時而慨嘆當今沒有幽居的隱士，時而責怪王孫遠遊不歸。他能高談四大皆空的佛經，也能探究玄之又玄的道家義理，自以為上古的務光不能與他比，涓子更不能和他相提並論。等到朝廷的使者前呼後擁，將徵召的詔書送到山中，頓時他神魂顛倒，志向改變，心意動搖。在宴請使者的筵席上，揚眉揮袖，將隱居時所穿的菱花衫付之一炬，荷葉衣也撕得粉碎，露出了

市儈的臉色，表現出惡俗的舉止。山中的風雲淒哀含憤，石下清泉嗚咽悲愴。遙望林木山巒，若有所失；環顧花草樹木，黯然神傷。

後來他佩著銅印墨綬，掌管一郡之中的大縣，聲勢為各縣令之首，威風遍及海濱地區，美名傳到浙東。道家的書籍早就扔掉，講佛法的座席也已拋棄。鞭打罪犯的喧囂聲擾亂了他的思緒，文書訴狀之類急迫的公務裝滿了胸懷。彈琴唱歌既已斷絕，飲酒賦詩也不能繼續，常常被催繳賦稅之類的事牽纏，每每為判斷案件而勞碌，只圖做官的政績蓋過史書記載中的張敞和趙廣漢，凌架於卓茂和魯恭之上，企圖趕上三輔的英豪，聲譽傳遍天下的同僚。這使得山中的朝霞孤單地映照在天空，明月獨自懸掛天空，青松落寞地投下綠蔭，白雲有誰和它做伴？澗間草屋坍塌了也沒有人歸來，石徑荒涼仍在徒勞地等待著。旋風吹入帷幕，雲霧從屋柱之間出沒，香草帷帳空懸，夜間的飛鶴哀怨，山中隱士已去，清晨的山猿也感到吃驚。昔日曾聽說有人脫去官服逃到海濱隱居，今天卻見到有人解下了隱士的佩蘭而為塵世的冠纓所束縛。

於是南嶽嘲諷，北隴恥笑，所有的溝壑爭相譏諷，山巒群峰一齊譏笑。慨嘆我們被那位遊子所欺騙，傷心沒有人來慰問。因此，山林羞愧不已，山澗慚愧不止，秋桂謝絕了飄香之風，春蘿避開了增色之月。西山似乎還迴蕩著隱逸者的清議，東皋彷彿還傳播著有德者的議論。

如今，這位周先生正匆忙整理行裝，乘船趕赴京城。雖然他一心想著的是朝廷，但或許會順道在山中駐足。豈能讓山裡的芳草蒙厚顏之名，薜荔遭受羞恥，碧嶺再受侮辱，丹崖重新被玷污，讓世俗之塵污染了山中的蘭蕙之路，使許由洗耳的清泉變得渾濁。應當鎖上北山的門戶，關閉白雲的門窗，收斂輕霧，藏起泉流。將他的車攔在谷口，將他亂闖的馬擋在山外。這時，山中層層密林怒不可遏，重重野草義憤填膺，或者用飛落的樹枝打折他的車輪，或者用垂下的枝葉遮蔽他的路徑。請你這位俗客回去吧，我們以山神的名義謝絕你這位逃客再次到來！

唐文

諫太宗十思疏　魏徵

【題解】

　　魏徵（580—643），字玄成，唐朝傑出的政治家。魏徵在歷史上以敢於犯顏直諫著稱，前後陳諫二百餘事，大多被唐太宗採納。魏徵建議太宗廣開言路，認為「兼聽則明，偏聽則暗」。魏徵病卒後，唐太宗痛惜「遂亡一鏡矣」。

　　唐太宗即位初期，勵精圖治。隨著社會安定，國家富強，滋長了奢靡享樂之風，不願意聽逆耳之言。魏徵以此為憂，多次上疏切諫，本文是其中的一篇。全文圍繞「思國之安者，必積其德義」的主旨，規勸唐太宗「居安思危，戒奢以儉」，具體在政治上慎始敬終，虛心納下，賞罰公正；用人時知人善任，簡能擇善；生活上崇尚節儉，不輕用民力。全文結構縝密，說理透徹，尤其是以排比形式寫成的「十思」，言簡意賅，音韻鏗鏘，讀起來朗朗上口。

【原文】

　　臣聞：求木之長者，必固其根本；欲流之遠者，必浚其泉源；思國之安者，必積其德義。源不深而望流之遠，根不固而求木之長，德不厚而思國之安，臣雖下愚，知其不可，而況於明哲乎？人君當神器①之重，居域中②之大，不念居安思危，戒奢以儉，斯亦伐根以求木茂，塞源而欲流長也。

　　凡昔元首，承天景③命，善始者實繁，克終者蓋寡。豈取之易，守之難乎？蓋在殷憂④，必竭誠以待下；既得志，則縱情以傲物。竭誠，則吳、越為一體；傲物，則骨肉為行路。雖董⑤之以嚴刑，振之以威怒，終苟免而不懷仁，貌恭而不心服。怨不在大，可畏惟人。載舟覆舟，所宜深慎。

　　誠能見可欲，則思知足以自戒；將有作，則思知止以安人；念高危，則思謙沖而自牧⑥；懼滿盈，則思江海下百

川；**樂盤遊**⑦，則思三驅⑧以為度；憂懈怠，則思慎始而敬終；慮壅蔽，則思虛心以納下；懼讒邪，則思正身以黜惡；恩所加，則思無因喜以謬賞；罰所及，則思無以怒而濫刑。總此十思，宏茲九德⑨。簡⑩能而任之，擇善而從之，則智者盡其謀，勇者竭其力，仁者播其惠，信者效其忠。文武並用，垂拱⑪而治。何必勞神苦思，代百司之職役哉！

【注釋】

① 神器：帝位。

② 域中：天地間。

③ 景：大。

④ 殷憂：深憂。

⑤ 董：督責，監督。

⑥ 謙沖：謙虛。自牧：自我修養。

⑦ 盤遊：指打獵遊樂。

⑧ 三驅：一年打獵三次。《禮·王制》：「天子諸侯無事，則歲三田。」

⑨ 九德：古代賢人所具備的九種優良品格。具體內容說法不一。

⑩ 簡：選拔。

⑪ 垂拱：垂手拱衣，比喻輕而易舉。

【譯文】

　　我聽說：要使樹木長得高，就一定要加固它的根本；想要河水流得長遠，就一定要疏通它的源頭；想使國家安定，就一定要積聚道德仁義。水源不深卻希望水流得長遠，根不牢固卻要求樹木生長，道德仁義不深厚卻想使國家安定，我雖然愚笨，也知道那是不可能的，更何況明智的人呢？國君擔負著帝王的重任，處於天地間至尊的地位，不能居安思危，戒除奢侈而厲行節儉，這就像砍斷樹根卻要樹木長得茂盛，堵塞泉源卻希望水流得長遠一樣啊！

　　但凡之前的國君，承受上天之命，開始做得好的確實很多，但能夠

堅持到底的卻很少。難道取得天下容易，守住天下就困難嗎？大概是因為他們在憂患中開創事業，必然竭盡誠意對待下屬；志得意滿之後，便放縱己欲，傲視他人。竭盡誠意，那麼即使像吳、越那樣世代為敵的國家也能親密無間；而傲視他人，那麼骨肉至親也會淪為路人。即使用嚴酷的刑罰督責人們，用威嚴的權勢嚇人們，最終只能使人們力圖苟且以免於刑罰，內心卻不會懷念國君的恩德。表面上態度恭敬，心裡並不服氣。怨恨不在大小，可怕的只是百姓。百姓像水一樣，可以載船，也可以翻船，所以應該特別謹慎。

假如真的能夠做到：見了想要得到的東西，就想到知足以警戒自己；將要大興土木，就想到要適可而止以使百姓安定；考慮到地位高隨時會有危險，就想到謙虛，並加強自我修養；擔心驕傲自滿，就想到江海居於下游能容納百川；喜歡打獵遊樂，就想到每年三次的限度；擔心意志懈怠，就想到做事要始終謹慎；憂慮會受矇蔽，就想到虛心接納臣下的意見；害怕讒佞奸邪，就想到端正自身以斥退邪惡的小人；賞賜於人時，就想到不要因為一時高興而隨意賞賜；施行刑罰時，就想到不要因為正在發怒而濫施刑罰。要完全做到這十思，弘揚九種美德。選拔有才能的人加以任用，甄別好的意見加以採納，那麼，聰明的人就會竭盡他們的智謀，勇敢的人就會竭盡他們的氣力，仁愛的人就會廣施他們的恩惠，誠實的人就會奉獻他們的忠誠。文臣武將都得到任用，就可以輕輕鬆鬆治理天下了，何必勞神費心，自己去代行百官的職責呢？

為徐敬業討武曌 　駱賓王

【題解】

駱賓王（約640—？），婺州義烏（今浙江義烏）人。早慧，七歲能賦詩，有「神童」之譽。早年隨父遊學於齊魯一帶，有志節，以詩文著稱，與王勃、楊炯、盧照鄰齊名，號稱「初唐四傑」。駱賓王懷才不遇，一世落魄，唐高宗永徽年間官至侍御史，因上書言政事而獲罪入獄，並貶為臨海縣丞，乃怏怏棄官而去。光宅元年（684），武則天廢去剛登基的中宗李顯，另立李旦為帝，自

已臨朝稱制；大肆殺戮李唐子孫，為自己登基做準備。統治集團內部矛盾空前激化，身為開國元勳英國公李之孫的李敬業（即徐敬業），以已故太子李賢為號召，在揚州起兵，駱賓王被招入幕府，為藝文令，替他寫就這篇檄文。

這篇檄文立論嚴正，先聲奪人，將武則天置於被告席上，抓住武則天的出身和性格，給予毫不留情的揭露與鞭撻。借此宣告天下，共同起兵，起到了很大的宣傳鼓動作用。據《新唐書》所載，武則天初觀此文時，還嬉笑自若，當讀到「一抔之土未乾，六尺之孤安在」句時，驚問是誰寫的，嘆道：「有如此才，而使之淪落不偶，宰相之過也！」可見這篇檄文煽動力之強了。

【原文】

偽臨朝武氏者，性非和順，地①實寒微。昔充太宗下陳②，曾以更衣③入侍。洎乎晚節④，穢亂春宮⑤。潛隱先帝之私，陰圖後房之嬖⑥。入門見嫉，蛾眉不肯讓人；掩袖⑦工讒，狐媚偏能惑主。踐元后於翬翟⑧，陷吾君於聚麀⑨。加以虺蜴⑩為心，豺狼成性，近狎邪僻，殘害忠良⑪，殺姊屠兄⑫，弒君鴆母⑬。神人之所共嫉，天地之所不容。猶復包藏禍心，窺竊神器。君之愛子，幽之於別宮⑭；賊之宗盟，委之以重任。嗚呼！霍子孟⑮之不作，朱虛侯⑯之已亡。燕啄皇孫⑰，知漢祚之將盡；龍漦帝后⑱，識夏庭之遽衰。

敬業，皇唐舊臣，公侯冢子。奉先君⑲之成業，荷本朝之厚恩。宋微子⑳之興悲，良有以也；袁君山㉑之流涕，豈徒然哉！是用氣憤風雲，志安社稷。因天下之失望，順宇內之推心，爰舉義旗，以清妖孽。南連百越，北盡三河㉒，鐵騎成群，玉軸㉓相接。海陵紅粟㉔，倉儲之積靡窮；江浦㉕黃旗，匡復之功何遠？班聲㉖動而北風起，劍氣沖而南斗平。暗嗚則山岳崩頹，叱咤則風雲變色。以此制敵，何敵不摧？以此圖功，何功不克？

公等或居漢地㉗，或協周親㉘，或膺重寄於話言，或受顧

命於宣室㉙。言猶在耳，忠豈忘心？一抔之土㉚未乾，六尺之孤何托？倘能轉禍為福，送往事居㉛，共立勤王之勳，無廢大君之命，凡諸爵賞，同指山河㉜。若其眷戀窮城㉝，徘徊歧路，坐昧先幾之兆，必貽後至之誅㉞。

　　請看今日之域中，竟是誰家之天下！

【注釋】

① 地：通「第」，門第。

② 下陳：古時客人餽贈禮物陳列在堂下，稱為「下陳」。宮殿中的妾婢站立堂下，也稱「下陳」。這裡指武則天當過唐太宗的才人。

③ 更衣：換衣。古人在宴會時離席休息或入廁的託言。漢武帝當初在姐姐平陽公主處遇到歌女衛子夫，衛子夫趁漢武帝更衣之機入侍而得寵幸。這裡借指武則天以不光彩的手段得到唐太宗的寵幸。

④ 洎：及，到。晚節：原指晚年，這裡指後來。

⑤ 春宮：即東宮，太子居住之處。

⑥ 嬖（音壁）：寵幸。

⑦ 掩袖：戰國時，魏王送給楚王一個美女，楚王夫人鄭袖害怕自己失寵，就對那美女說：「楚王喜歡你的美貌，但不喜歡你的鼻子，你以後見到楚王，要掩住鼻子。」美女照辦，楚王覺得奇怪，便向鄭袖詢問。鄭袖說：「她是討厭聞到您的口臭。」楚王大怒，割去美女的鼻子。這裡借此暗指武則天曾偷偷殺死親生女兒，而嫁禍於王皇后，使得皇后失寵。

⑧ 元后：皇后。翬翟：雉科鳥類，這裡指皇后的禮服。因為唐代皇后的禮服飾以翬翟的圖案。

⑨ 聚麀（音幽）：多匹公鹿共有一匹母鹿，指亂倫。武則天原是唐太宗的姬妾，現在當上高宗的皇后。麀：母鹿。

⑩ 虺（音灰）蜴：指毒物。虺：毒蛇。蜴：蜥蜴，古人以為有毒。

⑪ 忠良：指因立武則天為後而被貶被殺的長孫無忌、上官儀、褚遂亮等大臣。

⑫ 殺姊：武則天的姐姐韓國夫人之女賀蘭氏在宮中得寵，被武則天毒

死。屠兄：武則天當上皇后之後，將異母兄武元慶、武元爽貶謫出
　京，先後死在任所。

⑬ 弒君鴆母：謀殺君王，毒死母親。唐高宗與武則天的母親楊氏均是病
　死的，並非被殺。鴆：傳說中的一種鳥，用其羽毛浸酒能毒死人。

⑭ 君之愛子，幽之於別宮：指唐高宗死後，中宗李顯繼位，旋被臨朝稱
　制的皇太后武則天廢為盧陵王，改立睿宗李旦為帝，但實際上是被幽
　禁起來。

⑮ 霍子孟：霍光，字子孟，受漢武帝遺詔，輔助幼主漢昭帝；昭帝死
　後，昌邑王劉賀繼位，荒淫無道；霍光廢劉賀，更立宣帝，使得漢朝
　得以安定。

⑯ 朱虛侯：劉章，漢高祖子齊惠王劉肥的次子，封朱虛侯。高祖死後，
　呂后掌權，重用呂氏，危及劉氏天下。呂后死後，劉章與丞相陳平、
　太尉周勃等合謀，誅滅陰謀作亂的呂氏，擁立文帝。

⑰ 燕啄皇孫：漢成帝時，趙飛燕入宮為皇后，其妹趙合德為昭儀，二人
　得成帝專寵，卻都無子，還因妒忌暗中殺死了數位皇子，使得漢成帝
　因此無嗣。當時有童謠說「燕飛來，啄皇孫」。這裡借漢朝故事，指
　斥武則天先後廢殺太子李忠、李弘、李賢，致使唐室傾危。

⑱ 龍漦（音梨）帝后：傳說夏朝衰落時，有兩條神龍降臨宮中，自稱是
　褒地的二君。夏帝把龍的唾涎用木盒藏起來。到周厲王時，木盒開
　啟，龍漦溢出，化為玄黿流入後宮。一宮女遇上而懷孕，生褒姒。後
　幽王為其所惑，廢太子，西周因此滅亡。漦：涎沫。

⑲ 先君：指徐敬業的祖父李勣、父親李震。李勣為唐朝開國元勳，封英國
　公，子孫世襲。

⑳ 宋微子：微子名啟，是殷紂王的庶兄。商亡後，被周武王封於宋，所
　以稱宋微子。宋微子去朝見周王，路過荒廢了的殷舊都，作《麥秀
　歌》來寄託自己亡國的悲哀。

㉑ 袁君山：袁安，東漢人，漢和帝時為司徒。也有人認為是指桓譚，光
　武帝時為給事中。

㉒ 三河：洛陽附近河東、河內、河南三郡，是當時的政治中心。

㉓ 玉軸：戰車的美稱。

㉔ 海陵：地名，位於揚州附近，漢代曾在此置糧倉。紅粟：久藏發酵變

成紅色的陳粟。

㉕江浦：地名，與南京隔江相望。

㉖班聲：馬嘶鳴聲。

㉗漢地：漢朝的封地。這裡借指唐朝的封地。

㉘協：相合。周親：至親。

㉙顧命：君王臨死時的遺命。宣室：漢宮中有宣室殿，指受顧命之處。

㉚一抔之土：一小堆土，這裡指皇帝的陵墓。抔：用手捧東西。

㉛送往事居：送走死去的，侍奉在生的。往：死者，指高宗。居：生者，指中宗。

㉜同指山河：語出《史記》，漢初大封功臣，誓詞云：「使河如帶，泰山若厲。國以永寧，爰及苗裔。」這裡意為有功者授予爵位，子孫永享，可以指泰山黃河為誓。

㉝窮城：指孤立無援的城邑。

㉞貽：遺下，留下。後至之誅：傳說禹會見諸侯，防風氏遲到，被處死。這裡指不響應勤王號令者，將被嚴懲。

【譯文】

　　非法篡奪了帝位的武氏，不是溫和善良之輩，而且出身卑賤。她當初是太宗皇帝的才人，曾利用侍奉更衣的機會得到寵幸。到年紀稍大之時，不顧倫常勾引太子，穢亂東宮。她隱瞞先帝曾對她的寵幸，暗中圖謀在宮中專寵的地位。選入宮裡的妃嬪都遭她的嫉妒，她賣弄風騷壓過眾人；處心積慮，讒言誣陷，像狐狸精那樣迷惑皇上。終於登上皇后的大位，使皇上陷於亂倫的境地。加上她心如蛇蠍，性同豺狼，親近奸佞，殘害忠良，殺戮兄姊，謀殺君王，毒死母親。這種人為天神凡人所痛恨，為天地所不容。她還包藏禍心，圖謀奪取帝位。皇上的愛子，被幽禁在別宮中；而她的親屬黨羽，卻被委以重位。唉！霍光這樣的忠臣再也沒有了，劉章那樣的宗親也已消亡。「燕啄皇孫」歌謠的流傳，預示著漢朝的氣數將要窮盡；雙龍的口水流淌在帝王的宮中，生下褒姒將成為王后，標誌著西周覆滅的禍根早在夏朝時就已經埋下。

　　我徐敬業是大唐的舊臣，是王公貴族的長子。繼承先輩的功業，蒙受朝廷的優厚恩典。宋微子為故國的覆滅而悲哀，確實有他的原因；袁

君山為失去爵祿而痛哭流涕，難道是毫無道理的嗎？因此我憤然而起，激起風雲，目的在於安定大唐的江山。趁著天下之人對武氏的失望，順應民心之向背，高舉正義之旗，決心清除妖孽。南至百越，北到三河，鐵騎成群，戰車相連。海陵的粟米多得發酵變紅，倉庫裡的儲存真是無窮無盡；江浦插滿黃色的旌旗，光復大唐的偉大功業還會遙遠嗎！戰馬迎著北風嘶鳴，劍氣直衝天上的星斗。義憤填膺使得山岳崩塌，怒吼咆哮令風雲為之變色。用這樣的勁旅對付敵人，有什麼敵人不能摧毀？用這樣的勁旅建功立業，什麼樣的功業不能完成？

諸位或者是世代蒙受國家的封爵，或者是皇室的姻親，或者是負有重任的將軍，或者是接受先帝遺命的大臣。先帝的遺言還在耳邊迴響，你們的效忠之心難道改變了嗎？先帝的墳土尚未乾透，我們的幼主卻不知託付給了誰！如果能轉變禍為福，好好地送別去世的先帝，侍奉當今的幼主，共同建立匡扶皇室的功勳，不廢棄先皇的遺命，那麼各種封爵賞賜，一定如同泰山黃河般穩固。如果留戀孤單的城池，徘徊猶疑，首鼠兩端，看不清微妙的徵兆，就一定會因遲疑而招致嚴厲的懲罰。

請看今日之中國，究竟是誰家的天下！

滕王閣序　王勃

【題解】

王勃（650—676），字子安，「初唐四傑」之首。擅長詩賦，早年便顯示出非凡的才華。六歲能文，未冠應幽素科及第，授朝散郎，為沛王（李賢）府修撰。因《檄英王雞》一文得罪高宗被逐。隨後漫遊蜀中，補虢州參軍。又因私殺官奴獲死罪，遇赦除名。其父王福畤受累貶交趾令。王勃渡南海省父，溺水而死。

《滕王閣序》寫於王勃前往交趾探望父親之際。洪都閻知府重修滕王閣，大宴賓客。王勃應邀赴宴，席間一揮而就，寫下此文。王勃一掃六朝駢文纖麗綺靡、華而不實之積弊，感懷時事，慨嘆身世，同時抒發了懷才不遇的悲涼與不甘沉淪的上進之心。作為一篇優秀的駢文，作者調動了對偶、用典等藝術手

段，在精美嚴整的形式之中，表現了自然變化之趣；尤其是景物描寫部分，文筆瑰麗，手法多樣，以或濃或淡、或俯或仰、時遠時近、有聲有色的畫面，把秋日風光描繪得神采飛動，令人擊節歎賞。

【原文】

豫章①故郡，洪都②新府。星分翼軫③，地接衡廬④。襟三江而帶五湖⑤，控蠻荊而引甌越⑥。物華天寶⑦，龍光射牛斗之墟⑧；人傑地靈，徐孺⑨下陳蕃之榻。雄州霧列，俊采⑩星馳。台隍枕夷夏之交，賓主盡東南之美。都督閻公之雅望⑪，棨戟⑫遙臨；宇文新州之懿範⑬，襜帷暫駐⑭。十旬⑭休假，勝友如雲；千里逢迎，高朋滿座。騰蛟起鳳，孟學士之詞宗；紫電青霜，王將軍之武庫。家君作宰⑮，路出名區，童子何知，躬逢勝餞。

時維九月，序屬三秋。潦水⑯盡而寒潭清，煙光凝而暮山紫。儼驂騑⑰於上路，訪風景於崇阿。臨帝子⑱之長洲，得仙人之舊館。層巒聳翠，上出重霄；飛閣流丹，下臨無地。鶴汀鳧渚，窮島嶼之縈迴；桂殿蘭宮，列岡巒之體勢。披繡闥⑲，俯雕甍⑳：山原曠其盈視，川澤盱㉑其駭矚。閭閻撲地，鐘鳴鼎食之家；舸艦迷津，青雀黃龍之軸㉒。虹銷雨霽，彩徹雲衢。落霞與孤鶩齊飛，秋水共長天一色。漁舟唱晚，響窮彭蠡㉓之濱；雁陣驚寒，聲斷衡陽㉔之浦。

遙吟俯暢，逸興遄飛。爽籟㉕發而清風生，纖歌凝而白雲遏㉖。睢園㉗綠竹，氣凌彭澤之樽㉘；鄴水朱華㉙，光照臨川㉚之筆。四美㉛俱，二難㉜並。窮睇眄㉝於中天，極娛遊於暇日。天高地迥，覺宇宙之無窮；興盡悲來，識盈虛之有數。望長安於日下，指吳會於雲間。地勢極而南溟㉞深，天柱高而北辰遠㉟。關山難越，誰悲失路之人？萍水相逢，盡是他鄉之客。懷帝閽㊱而不見，奉宣室㊲以何年？

嗚呼！時運不齊，命途多舛；馮唐易老[38]，李廣難封[39]。屈賈誼[40]於長沙，非無聖主；竄梁鴻於海曲[41]，豈乏明時。所賴君子安貧，達人知命。老當益壯，寧移白首之心？窮且益堅，不墜青雲之志[42]。酌貪泉[43]而覺爽，處涸轍[44]以猶歡。北海雖賒[45]，扶搖可接；東隅[46]已逝，桑榆[47]非晚。孟嘗[48]高潔，空餘報國之情；阮籍[49]猖狂，豈效窮途之哭！

　　勃，三尺微命，一介書生。無路請纓，等終軍之弱冠[50]；有懷投筆，慕宗愨[51]之長風。舍簪笏於百齡[52]，奉晨昏於萬里。非謝家之寶樹[53]，接孟氏之芳鄰。他日趨庭，叨陪鯉對[54]；今晨捧袂，喜託龍門。楊意[55]不逢，撫凌雲而自惜；鍾期相遇，奏《流水》以何慚。

　　嗚呼！勝地不常，盛筵難再；蘭亭[56]已矣，梓澤[57]丘墟。臨別贈言，幸承恩於偉餞；登高作賦，是所望於群公。敢竭鄙誠，恭疏短引；一言均賦，四韻俱成。請灑潘江，各傾陸海云爾[58]。

【注釋】

①豫章：滕王閣在今江西省南昌市。南昌為漢豫章郡治。

②洪都：漢豫章郡，唐改為洪州，設都督府。

③星分翼軫：古人用天上二十八宿星座來區別地上區域，稱為分野。豫章為翼軫二星的分野。

④衡：衡山。廬：廬山。

⑤三江：泛指長江中下游的江河。五湖：南方大湖的總稱。

⑥蠻荊：古楚地，今湖北、湖南一帶，先秦時在中原地區之外，故稱。甌越：古越地，今浙江南部及福建一帶。

⑦物華：物類的精華。天寶：天上的寶氣。

⑧龍光：指寶劍的光芒。牛斗之墟：二十八宿中牛、斗星宿所在的方位。據《晉書・張華傳》，晉初張華見牛、斗間常有紫氣照射，得知是豐城有寶劍之精氣上徹於天，便命人尋找，果然掘出龍泉、太阿二

劍。後這對寶劍入水化為雙龍。

⑨ 徐孺：徐孺子的省稱，名徐稚，豫章人，東漢名士。據《後漢書‧徐稚傳》，東漢太尉陳蕃曾為豫章太守，向來不接賓客，唯獨為徐稚來訪特設一榻，徐稚去後便懸掛起來。

⑩ 采：通「宷」，官吏。

⑪ 閻公：名未詳。雅望：崇高的名詞。

⑫ 棨戟（音起己）：外有赤黑色繒作套的戟，用作大官出行的儀仗。這裡借指閻都督。

⑬ 宇文新州：複姓宇文的新州刺史，名未詳。

⑭ 十旬：唐制十日為一旬，遇旬日則官員休息，稱為「旬休」。

⑮ 家君：對自己父親的稱呼。作宰：指在交趾任地方官。

⑯ 潦水：雨後地面的積水。

⑰ 驂（音參）：中間駕轅的馬叫服，服左邊的馬叫驂，右邊的馬叫。這裡指車馬。

⑱ 帝子：指滕王李元嬰。

⑲ 披繡闥：推開雕刻精美的門。

⑳ 甍（音蒙）：屋脊。

㉑ 盱（音須）：張大眼睛。

㉒ 軸：通「舳」，船尾。這裡代指船隻。

㉓ 彭蠡：古大澤名，即鄱陽湖。

㉔ 衡陽：今屬湖南省，境內有回雁峰，相傳秋雁到此就不再南飛，待春而返。浦：水邊。

㉕ 爽籟：排簫。

㉖ 白雲遏：形容音響優美，能駐行雲。《列子‧湯問》：「薛譚學謳於秦青，未窮青之技，自謂盡之，遂辭歸。秦青弗止，餞於郊衢。撫節悲歌，聲振林木，響遏行雲。」

㉗ 睢園：即漢梁孝王劉武營建菟園。司馬相如、枚乘都曾為竹蔭蔽日的睢園賓客，並為之吟詠。

㉘ 彭澤：指陶淵明。他曾任彭澤縣令，世稱陶彭澤。樽：酒杯。

㉙ 鄴水：在鄴下。鄴下是曹魏興起的地方，曹操父子常於此地與文人聚會。朱華：荷花。曹植《公宴詩》：「秋蘭被長阪，朱華冒綠池。」

㉚臨川：南北朝詩人謝靈運，曾任臨川內史。

㉛四美：指良辰、美景、賞心、樂事。

㉜二難：指賢主、嘉賓二者難以並得。

㉝睇眄：斜視，顧盼。

㉞南溟：傳說中極南的海。

㉟天柱：《神異經》：「崑崙之山，有銅柱焉。其高入天，所謂天柱也。」北辰：北極星。

㊱帝閽：天宮的守門人。屈原《離騷》：「吾令帝閽開關兮，倚閶闔而望予。」這裡指朝廷。

㊲宣室：漢未央宮正殿，為皇帝召見大臣議事之處。賈誼遷謫長沙四年後，漢文帝復召他回長安，於宣室中問鬼神之事。

㊳馮唐易老：馮唐很有才華，漢文帝時便為中郎署長，漢景帝時曾為楚相，漢武帝時求賢良，兩次被推薦，但馮唐已經九十多歲了，不能復為官。終身沒有獲得重用。

㊴李廣難封：李廣，漢武帝時名將，多次與匈奴作戰，軍功卓著，卻始終未獲封爵。

㊵屈賈誼：賈誼雖然曾很得漢文帝器重，但因其得罪權貴，遭到讒言誣陷，被貶為長沙王太傅。

㊶竄梁鴻：東漢高士梁鴻因得罪章帝，隱名埋姓避居齊魯、吳中，為人傭工舂米。海曲：指濱海之地。

㊷青雲之志：指高遠的志向。

㊸貪泉：廣州有貪泉，傳說飲此水會貪得無厭。《晉書・吳隱之傳》，吳隱之不信此傳言，赴廣州刺史任，飲貪泉之水，並作詩說：「古人云此水，一歃懷千金。試使夷齊飲，終當不易心。」

㊹涸轍：乾涸的車轍。《莊子・外物》有則寓言，一條鮒魚處涸轍中將死，哀求過路人給一瓢水。魚處涸轍比喻艱難的處境。

㊺賒：遠。

㊻東隅：東方日出處，表示早晨。

㊼桑榆：日落時晚霞照在桑樹、榆樹的梢上，表示傍晚。也比喻晚年。

㊽孟嘗：字伯周，東漢賢能的官吏，曾任合浦太守，以廉潔奉公著稱，後因病隱居。桓帝時，雖有人屢次薦舉，終不見用。

㊾ 阮籍：字嗣宗，晉代名士。阮籍不滿現實，又無法排遣內心的憤懣，常駕車任意行走，至路的盡頭，大哭而返。

㊿ 終軍：字子雲，主動向漢武帝請纓出使南越。「願受長纓，必羈南越王而致之闕下」。弱冠：古人二十歲行冠禮，表示成年。

(51) 宗愨：字元幹，南朝宋人，年少時向叔父自述志向，云「願乘長風破萬里浪」。

(52) 簪笏：冠簪、玉版。官吏用物，這裡代指做官。百齡：百年，一生。

(53) 謝家之寶樹：東晉名臣謝安曾稱讚其侄謝玄是謝家的人才棟梁，可以光耀門楣。

(54) 鯉：孔鯉，孔子之子。對：指庭對，接受教誨。

(55) 楊意：即楊得意。漢武帝時宮廷中的狗監。司馬相如受其推薦得以晉見漢武帝。

(56) 蘭亭：今浙江紹興附近。晉穆帝永和九年三月三日上巳節，王羲之與群賢於此宴集，留下「天下第一行書」《蘭亭集序》。

(57) 梓澤：即晉石崇的金谷園，故址在今河南洛陽西北。

(58) 請灑二句：鐘嶸《詩品》：「陸才如海，潘才如江。」

【譯文】

　　這裡是早先的豫章郡，如今稱洪州都府。在天上是翼、軫二星宿的分野，地理上與衡、廬兩大山脈連接。三江為其衣領，五湖為其衣帶，控制著荊楚，連接著甌越。天上的寶氣凝集而成為萬物的精華，寶劍的光芒直射牛、斗星宿的區域。傑出的人才彙集於蘊藏靈秀之氣的地方，陳蕃專為徐孺子設下一榻。雄偉的州城如雲霧若隱若現，傑出的人才如繁星一般閃耀。城池處在中原與蠻夷交界之處，賓客和主人都是東南一帶的名流。都督閻公有著崇高的聲望，從遠方大駕光臨；宇文刺史是美德的楷模，赴任途中車駕暫停。正逢十天一次的休假，俊雅之士像雲彩一般聚合；不遠千里在此相會，高貴的朋友濟濟一堂。孟學士是詞章宗師，文章的氣勢猶如蛟龍騰飛、鳳凰起舞；王將軍是武林翹楚，紫電和青霜寶劍寒光四射。家父在交趾當縣令，我省親路過這名勝之地；一個年輕後生何德何能，居然有幸參加這次難得的盛宴。

　　時值九月，正當深秋。積水已經退去，寒潭分外清澈；煙靄凝聚，

傍晚的山巒呈現出一派紫色。駕著車馬上路，在崇山峻嶺中尋訪美景；來到當初滕王的長洲，得見滕王居住過的樓閣。樓台層疊，像高聳的青山直插雲霄；樓閣騰空而起，像流動的紅光，往下看不見地面。白鶴和野鴨棲息的小洲沙灘，極盡曲折縈迴之能事；用名貴香木建造的殿堂樓館，錯落有致猶如起伏的山巒。推開雕刻精美的門，俯瞰彩色的屋脊。山峰平原盡收眼底；江湖曲折浩渺，望之令人驚駭。城中宅院密佈，都是鐘鳴鼎食的富貴人家；船舶擠滿渡口，盡是繪有青雀黃龍圖案的巨舟。恰逢雨過天晴，虹消雲散，陽光照耀。落霞伴著孤鳥一齊在天邊飛舞，秋水與長空融成一片澄碧。傍晚的漁船中傳來悠揚的歌聲，響徹鄱陽湖畔；秋寒中的雁群發出陣陣驚鳴，一直傳到衡陽回雁峰的水邊。

放聲長吟，極目遠眺，心情舒暢，奔放激揚，興致勃發。排簫悠揚，鼓蕩起清風陣陣，歌聲美妙，引得白雲依依。彷彿在睢園的綠竹叢中宴飲雅集，豪爽的酒興蓋過了彭澤縣令陶淵明；又如曹操父子在鄴水的荷花池畔吟詠，詩人的文采足以與謝靈運媲美。良辰、美景、賞心、樂事四美俱全，賢主、嘉賓難得一起聚會。極目眺望長天，盡情歡娛假日。天高地遠，令人覺得宇宙無窮無盡；興盡悲來，感到興衰榮辱皆有定數。遙望夕陽映照下的長安，指點雲霧飄渺中的江南。大勢的盡頭南海最為幽深，天柱高聳而北極星更是遙不可及。關山難以踰越，有誰同情失意之人？萍水相逢，大家都是異鄉的遊子。惦記著朝廷卻沒有被召見，何時才能像賈誼那樣奉召到宣室殿侍奉皇上？

唉！命運不好，遭遇坎坷。馮唐一直到老也只是個小官，李廣功勛卓著卻始終沒能封侯。賈誼蒙受屈辱被貶到長沙，並非因為沒遇上聖明的君主；梁鴻逃隱於海濱，難道不是在政治昌明的時代？所能仗恃的不過是君子能夠安於貧賤，而通達事理的人能接受自己的命運罷了。年老了，更應志氣豪壯，哪能到了白頭時還改變初衷？境遇不好更應當堅定，決不能拋棄凌雲的壯志。即使喝了貪泉的水，心志依然清爽純潔；處在乾涸的車轍內，心情卻依然樂觀坦蕩。北海雖然遙遠，乘大風還可以到達；晨光雖已逝去，珍惜黃昏仍然為時未晚。孟嘗品德高潔，空留下報國的熱情；阮籍行為狂放，豈能傚傚他窮途末路時慟哭而返？

我身分低微，只是個書生。儘管已到了與終軍相同的年齡，卻沒有機會請纓建功；他羨慕宗愨那乘風破浪的豪情壯志，也有投筆從戎的志

向。我捨棄一生的富貴前程，不遠萬里前去朝夕侍奉父親。雖不像謝玄那樣是謝家翹楚，卻有幸結交孟母心目中的芳鄰。不久我將到父親身邊，聆聽他的教誨。今天有幸參加盛宴，高興得猶如登上龍門一般。假如沒有遇到楊得意，司馬相如只好手撫自己的文章空自嘆惜；既然遇到鍾子期這樣的知音，就像彈奏《高山流水》一般，我寫此序文又有什麼不好意思呢？

啊！名勝之地不會長存，盛大的宴會也難以再逢。蘭亭的宴集已是陳跡，金谷園也早成了廢墟。臨別贈言，承蒙閻公的盛意作此序文；至於登高作詩，只有仰仗在座諸公。我冒昧地盡情傾吐，恭敬地寫下短序。諸位按照規定的韻字作詩，我的一首也同時作成。敬請諸位展露潘岳般的文采，揮灑陸機般的才華吧。

春夜宴桃李園序　李白

【題解】

李白（701—762），字太白，號青蓮居士。唐朝最著名的詩人，有「詩仙」之美譽。李白的詩歌洋溢著浪漫主義的色彩，天馬行空，豪放灑脫，又如行云流水，宛若天成。少年時的李白曾懷有遠大的抱負，但直到四十多歲才受到唐玄宗的召見，任為翰林學士。但僅三年之後，便因蔑視權貴而遭到讒言，憤然去職。安史之亂時，參加永王李璘的軍隊。後因統治集團內部的爭鬥，李白受到牽連被流放夜郎，中途遇赦放還。晚年顛沛流離，最後死於當涂。

本文是李白與諸叔伯兄弟聚會賦詩而作的序文。良辰美景，美酒佳餚，暢懷高論，吟詩作賦，抒發了熱愛大自然、熱愛生活的豪情逸興。

【原文】

夫天地者，萬物之逆旅①也；光陰者，百代之過客也。而浮生②若夢，為歡幾何？古人秉燭夜遊③，良有以也。況陽春召我以煙景，大塊假我以文章④。會桃李之芳園，序天倫

之樂事⑤。群季俊秀，皆為惠連⑥；吾人詠歌，獨慚康樂⑦。幽賞未已，高談轉清。開瓊筵以坐花，飛羽觴⑧而醉月。不有佳詠，何伸雅懷？如詩不成，罰依金谷酒數⑨。

【注釋】

① 逆旅：旅舍。逆：迎。古人以生為寄，以死為歸。

② 浮生：短暫而飄浮不定的人生。

③ 秉燭夜遊：指人生短暫，要及時行樂。秉：持，拿著。

④ 大塊：指大自然。假：借。文章：原指錯雜的色彩、花紋，此指春天的景象。

⑤ 序：通「敘」。天倫：天然的倫次，此指兄弟。

⑥ 惠連：謝惠連，南朝宋文學家。幼而聰慧，十歲便能作文，深得族兄謝靈運的賞識。

⑦ 康樂：謝靈運，南朝宋著名山水詩詩人，名將謝玄之孫，襲封康樂公。

⑧ 羽觴：酒器，形如雀鳥。

⑨ 金谷酒數：晉石崇在金谷園與友人宴飲，作《金谷詩序》云：「遂各賦詩，以敘中懷。或不能者，罰酒三斗。」

【譯文】

　　天地是萬物的暫歇旅舍，光陰是古往今來的匆匆過客。而飄浮不定的人生像夢境一般，歡樂的日子能有多少？古人手持蠟燭還要夜遊，確實是有道理的啊！況且明媚的春天用秀麗的景色召喚我們，大自然將五彩繽紛錦繡的風光展示給我們。於是我們相會於桃李芬芳的花園中，暢敘兄弟團聚的快樂。諸位弟弟英俊清秀，個個好比謝惠連；大家作詩吟詠，唯獨我慚愧不如謝康樂。悠然欣賞著美景還未結束，高談闊論又轉為清雅。擺開豐盛的宴席，坐在花叢之中；推杯換盞，醉於月光之下。沒有好詩，怎能抒發高雅的情懷？如有作詩不成，須依金谷雅集之例，罰酒三杯。

弔古戰場文　李華

【題解】

　　李華（715—766），字遐叔，趙州贊皇（今河北贊皇）人。唐玄宗開元二十三年（735）進士。曾任監察御史、右補闕。安史之亂時陷叛軍之手，署為鳳閣舍人。亂平後，被貶為杭州司戶參軍。從此因自慚而淡於宦進，後因病辭官隱居。

　　李華不滿六朝以來華靡的文風，是古文運動的先驅者之一。《弔古戰場文》是其代表作。唐玄宗開元後期，驕侈昏庸，好戰喜功，邊將經常投其所好，用陰謀挑起對邊境少數民族的戰爭，以邀功求賞，造成戰禍不斷。本文以憑弔古戰場起興，主張實行王道，以仁德禮義悅服遠人，達到天下一統。文中著力渲染戰爭殘酷悽慘，表示追求和平的願望，具有強烈的針對性。雖用駢文形式，但文字流暢，情景交融，筆調哀婉，感情真摯，主題鮮明，寄意深切，具有很強的藝術感染力。

【原文】

　　浩浩乎平沙無垠，夐①不見人。河水縈帶，群山糾紛。黯兮慘悴，風悲日曛②。蓬斷草枯，凜若霜晨。鳥飛不下，獸鋌亡群。亭長告余曰：「此古戰場也，常覆三軍。往往鬼哭，天陰則聞。」傷心哉！秦歟？漢歟？將近代歟？

　　吾聞夫齊魏③徭戍，荊韓召募。萬里奔走，連年暴露。沙草晨牧，河冰夜渡。地闊天長，不知歸路。寄身鋒刃，腷臆④誰訴？秦漢而還，多事四夷。中州耗⑤，無世無之。古稱戎夏，不抗王師。文教失宣，武臣用奇。奇兵有異於仁義，王道迂闊而莫為⑥。嗚呼噫嘻！

　　吾想夫北風振漠，胡兵伺便。主將驕敵，期門⑦受戰。野豎旄旗⑧，川回組練⑨。法重心駭，威尊命賤。利鏃穿骨，

驚沙入面。主客相搏，山川震眩。聲析江河，勢崩雷電。至若窮陰凝閉⑩，凜冽海隅⑪，積雪沒脛，堅冰在鬚。鷙鳥休巢，征馬踟躕。繒纊⑫無溫，墮指裂膚。當此苦寒，天假強胡，憑陵⑬殺氣，以相剪屠。逕截輜重，橫攻士卒。都尉新降，將軍覆沒。屍填巨港之岸，血滿長城之窟。無貴無賤，同為枯骨，可勝言哉！鼓衰兮力竭，矢盡兮弦絕，白刃交兮寶刀折，兩軍蹙⑭兮生死決。降矣哉？終身夷狄；戰矣哉？暴骨沙礫。鳥無聲兮山寂寂，夜正長兮風淅淅。魂魄結兮天沉沉，鬼神聚兮雲羃羃⑮。日光寒兮草短，月色苦兮霜白。傷心慘目，有如是耶！

吾聞之：牧⑯用趙卒，大破林胡，開地千里，遁逃匈奴。漢傾天下，財殫力痡⑰。任人而已，豈在多乎？周逐玁狁⑱，北至太原。既城朔方⑲，全師而還。飲至策勳⑳，和樂且閒。穆穆棣棣㉑，君臣之間。秦起長城，竟海為關。荼毒生靈，萬里朱殷。漢擊匈奴，雖得陰山㉒，枕骸遍野，功不補患。

蒼蒼蒸㉓民，誰無父母？提攜捧負，畏其不壽。誰無兄弟，如足如手？誰無夫婦，如賓如友？生也何恩？殺之何咎？其存其沒，家莫聞知。人或有言，將信將疑。悁悁㉔心目，寤寐見之。布奠傾觴㉕，哭望天涯。天地為愁，草木淒悲。弔祭不至，精魂無依？必有凶年，人其流離。嗚呼噫嘻！時耶？命耶？從古如斯！為之奈何？守在四夷㉖。

【注釋】
①敻（音瓊）：空曠。
②曛（音熏）：赤黃色，形容日色昏暗。
③齊魏：與下文中的「荊韓」均為戰國時期的國家。這裡代指戰國時代。

④膈臆（音隔意）：苦惱鬱悶。

⑤耗：損耗敗壞。

⑥王道：指儒家宣揚的以禮樂仁義等治理天下的準則。迂闊：迂腐空疏。

⑦期門：軍營的大門。

⑧旄（音貌）旗：古代用氂牛尾裝飾的旗幟。這裡泛指軍旗。

⑨組練：即「組甲被練」，戰士的衣甲服裝。此代指戰士。

⑩窮陰：天氣極度陰沉。凝閉：陰霾密佈。

⑪海隅：海角。這裡指極偏遠之處。

⑫繒纊（音爭礦）：繒：絲織品的總稱。纊：絲綿。

⑬憑陵：憑藉，倚仗。

⑭躄（音促）：迫近，接近。

⑮冪冪（音密）：極為濃密。

⑯牧：李牧，戰國後期趙國名將，長期鎮守雁門，曾大破匈奴，擊敗東胡，降服林胡。其後十餘年，匈奴不敢靠近趙國邊境。

⑰殫：盡。痛：病。這裡指疲憊困頓。

⑱獫狁（音險允）：即犬戎，古代北方的少數民族。周宣王時，獫狁南侵，宣王命尹吉甫統軍抗擊，逐至太原，不再窮追。

⑲城：築城。朔方：語出《詩經‧小雅‧出車》：「天子命我，城彼朔方。」

⑳飲至：古代盟會、征伐歸來，均要告祭於宗廟，舉行宴飲，稱為「飲至」。策勳：把功勳記載在簡策上。

㉑穆穆：端莊恭敬的樣子，多用以形容天子的儀表。棣棣：文雅安和的樣子。

㉒陰山：位於今內蒙古自治區中部，西起河套，東接內興安嶺。漢武帝時，為衛青、霍去病統軍奪取，並派兵屯守。

㉓蒸：通「烝」，眾，多。

㉔悁悁（音捐）：憂愁鬱悶的樣子。

㉕布奠傾觴：把酒倒在地上以祭奠死者。布：陳列。奠：設酒食以祭祀。

㉖守在四夷：意思為只有行王道，四夷才能為帝王守土。

【譯文】

　　廣袤的沙場無邊無際，渺無人煙。河水像帶子一般彎曲縈繞，群山峰巒縱橫重疊。景色陰暗淒涼，寒風悲嘯，日光黯然。蓬蒿斷落，野草枯萎，寒氣凜冽猶如降霜的清晨。鳥兒驚飛不肯落下，野獸狂奔失群。亭長告訴我說：「這兒就是古代的戰場，經常有軍隊在此覆滅。往往有鬼哭的聲音，陰天就能聽到。」真令人傷心啊！這戰場是秦朝的，漢朝的，還是近代的呢？

　　我聽說，戰國時期齊國魏國曾徵集壯丁服役，楚國韓國曾招募士兵征戰。士兵們萬里奔波，年復一年風餐露宿，早晨還在沙漠的綠洲中牧馬，夜晚穿過結冰的黃河。天寬地闊，不知道何處是歸家的道路。轉身於槍鋒刀刃之間，苦悶的心情向誰傾訴？自秦漢以來，四方邊境上戰事頻繁，中原地區遭受塗炭，沒有一個朝代不是如此。古人稱，無論中原還是外夷的軍隊，都不敢抗拒帝王的大軍；但後來禮崩樂壞，武將們就使用奇謀詭計。使用奇謀詭計不符合仁義道德，而王道被認為迂腐不切實際而遭丟棄。唉呀！

　　我想像朔風搖撼著沙漠，胡兵乘機入侵。主將驕傲輕敵，敵兵攻到營門才倉促接戰。原野上插滿旌旗，河谷往來奔馳著將士。嚴峻的軍法使人心驚膽顫，當官的威嚴至尊而士兵的性命微賤。利箭穿骨，飛沙撲面。兩軍激烈交戰，山川為之震撼。那聲浪令江河開裂，其聲勢若雷鳴電閃。何況天氣陰冷，烏雲密佈，天地閉塞，寒氣浸透每個角落；積雪沒過小腿，鬍鬚上掛著冰柱。凶悍的老鷹躲進了巢穴，慣戰的軍馬徘徊不前。絲綿的戰袍沒有一點暖氣，凍落了手指，凍裂了肌膚。如此寒冷的天氣，是老天在幫助強悍的胡兵，令其趁著寒冬肅殺，肆意屠戮。半途中截取軍用物資，攔腰攻殺士兵隊伍。都尉剛剛投降，將軍又戰死疆場。屍體堆積在河岸，鮮血淌滿了長城下的縫隙。無論貴賤，同樣化為枯骨。這慘絕人寰的景象怎麼說得完！鼓聲微弱啊，戰士精疲力竭；箭已射盡啊，弓弦斷絕。白刃相擊啊，寶刀已折斷；兩軍混戰啊，你死我活。投降吧？今生將淪為異族；奮戰吧？屍骨將暴露於荒漠！鳥兒無聲啊群山沉寂，漫漫長夜啊悲風淒淒。陰魂相聚啊天色昏暗，鬼神聚集啊陰云密佈。日光慘澹啊百草枯黃，月色淒苦啊映照白霜。人世間還有這樣慘不忍睹的景況嗎？

我聽說，李牧統率趙國的士兵，大敗林胡，開拓疆土千里，匈奴聞風而逃。漢朝傾全國之力攻打匈奴，使得財富耗盡，國力衰退。可見關鍵在於任人得當，哪在於兵員眾多呢？周朝驅逐獫狁，一直追到太原，在北方築城防禦，然後全軍凱旋而歸，在宗廟舉行祭祀和飲宴，記功授爵，君臣和睦安適。君主端莊和藹，臣子恭敬有禮。而秦朝修築長城，關隘一直延伸到海邊，殘害無數百姓，萬里大地都被鮮血染紅；漢朝出兵攻打匈奴，雖然占領了陰山，但留下漫山遍野的屍骨，功勞無法彌補損失。

天下這麼多百姓，誰人沒有父母？盡心竭力贍養，唯恐其不能長壽。誰人沒有兄弟姐妹，相互愛護情同手足？誰人沒有丈夫或妻子，相敬如賓相親如友？他們活著難道是誰的恩德？他們被殺又是犯了什麼罪過？戰士們的生死存亡，家人無從得知；即使有人傳訊，也是將信將疑。整日憂慮愁苦，只有在夜間夢中相逢。擺酒遙祭，望著遠方痛哭。天地為之憂愁，草木為之悲傷。這樣的弔祭若是不能被感知，他們的精魂又將歸附何處？何況大戰之後必定會出現災荒，百姓又將流離失所。唉呀！這是時勢決定的，還是命中注定的呢？從古以來就是如此！又能怎麼辦呢？唯有宣揚教化，施行仁義，才能使四方各族都為天子守衛疆土啊。

陋室銘　劉禹錫

【題解】

劉禹錫（772—842），字夢得，唐朝著名文學家、政治家。唐德宗貞元九年（793）進士，後歷任監察御史、屯田員外郎。積極參與王叔文集團的政治革新運動，改革失敗後被貶為連州（今廣東連縣）刺史，赴任途中再貶為郎州（今湖南常德）司馬。後曾被短暫召回長安，隨即再次被貶出京，歷任連州、夔州、和州刺史。

銘是古代刻在器物上用來警戒自己、稱述功德的文體。文字精練而富有韻律。這篇《陋室銘》僅寥寥八十一字，寫出了流傳千古的陋室頌歌。作者明寫

陋室，實則處處展現陋室之不陋，以抒發自己潔身自好、不與世俗同流合污的情懷。明寫陋室實則寫居住陋室之人，生動形象，情趣盎然。

【原文】

　　山不在高，有仙則名；水不在深，有龍則靈。斯是陋室，唯吾德馨[1]。苔痕上階綠，草色入簾青。談笑有鴻儒[2]，往來無白丁[3]。可以調素琴[4]，閱金經[5]。無絲竹之亂耳，無案牘[6]之勞形。南陽[7]諸葛廬，西蜀子雲[8]亭，孔子云：「何陋之有[9]？」

【注釋】

① 德馨：指品行高潔。馨：能散佈到遠方的香氣。

② 鴻儒：這裡泛指博學之士。

③ 白丁：未得功名的平民。這裡借指不學無術之人。

④ 素琴：不加裝飾的琴。

⑤ 金經：指用泥金寫成的佛經。

⑥ 案牘：官府人員日常處理的文件。

⑦ 南陽：地名，今湖北省襄陽縣西。諸葛亮出山之前，曾在南陽廬中隱居躬耕。

⑧ 子雲：揚雄，字子雲，西漢文學家、思想家。西蜀人，其住所稱「揚子宅」，據傳他在此寫成《太玄經》，故又稱「草玄堂」，即文中的子雲亭。

⑨ 何陋之有：語出《論語·子罕》：「子曰：『君子居之，何陋之有？』」此處包含「君子居之」之義。

【譯文】

　　山不在於其高低，有神仙出沒便會出名；水不在於其深淺，有蛟龍潛藏就顯示神靈。這雖然是一間陋室，但我的高潔品行卻由此傳播。苔痕佈滿階石，一片碧綠；草色映入簾帷，滿屋青蔥。談笑風生的皆是學富五車之士，迎來送往的沒有孤陋寡聞之人。可以隨心撫弄素琴，可以

潛心研讀佛經。耳邊沒有嘈雜喧鬧的音樂打擾，案頭沒有官府的公文勞心傷神。這裡如同南陽諸葛亮的草廬，又像西蜀揚雄的草玄亭。正如孔子所說：「這有什麼簡陋的呢？」

阿房宮賦　杜牧

【題解】

杜牧（803—852），字牧之，京兆萬年（今陝西西安）人，宰相杜佑之孫。唐文宗太和二年（828）進士。生活於社會動盪的晚唐時期，杜牧早年頗有抱負，主張削平藩鎮，抗擊吐蕃、回紇的侵擾，重鑄盛唐的輝煌。杜牧的散文繼承了韓、柳派古文家的優良傳統，敢於直面軍國大事，指陳時弊，具有較強的現實性。

這篇《阿房宮賦》，正是針對統治者大修宮殿、窮奢極欲，假借秦事諷刺當朝，告誡其不要重蹈覆轍。前面極力鋪敍渲染阿房宮規模之宏大，建築之華麗，運用豐富的想像，既有宏觀的總體的勾勒，又有細節的描繪，讓人身臨其境。同時將描寫和議論緊密結合。後半部分的議論，層層推進，犀利精闢，發人深省。語言上駢散兼行，錯落有致，詞采瑰麗，聲調和諧，為古代賦體中的佳作。

【原文】

六王畢①，四海一。蜀山兀②，阿房出。覆壓三百餘里，隔離天日。驪山北構而西折，直走咸陽。二川③溶溶，流入宮牆。五步一樓，十步一閣。廊腰縵回④，簷牙高啄。各抱地勢，勾心鬥角。盤盤焉，囷囷⑤焉，蜂房水渦，矗不知乎幾千萬落。長橋臥波，未雲何龍？復道⑥行空，不霽何虹？高低冥迷，不知西東。歌台暖響，春光融融；舞殿冷袖，風雨淒淒。一日之內，一宮之間，而氣候不齊。

妃嬪媵嬙⑦，王子皇孫，辭樓下殿，輦⑧來於秦。朝歌夜弦，為秦宮人。明星熒熒，開妝鏡也；綠雲擾擾，梳曉鬟也；渭流漲膩，棄脂水也；煙斜霧橫，焚椒蘭⑨也。雷霆乍驚，宮車過也；轆轆遠聽，杳⑩不知其所之也。一肌一容，盡態極妍，縵立遠視，而望幸焉，有不得見者，三十六年。燕、趙之收藏，韓、魏之經營，齊、楚之菁英，幾世幾年，取掠其人，倚疊如山。一旦不能有，輸來其間。鼎鐺⑪玉石，金塊珠礫。棄擲邐迤⑫，秦人視之，亦不甚惜。

嗟乎！一人之心，千萬人之心也。秦愛紛奢，人亦念其家！奈何取之盡錙銖⑬，用之如泥沙？使負棟之柱，多於南畝之農夫；架樑之椽，多於機上之工女；釘頭磷磷，多於在庾⑭之粟粒；瓦縫參差，多於周身之帛縷；直欄橫檻，多於九土之城郭；管弦嘔啞，多於市人之言語。使天下之人，不敢言而敢怒。獨夫之心，日益驕固。戍卒叫，函谷舉，楚人一炬⑮，可憐焦土。

嗚呼！滅六國者，六國也，非秦也。族秦者，秦也，非天下也。嗟夫！使六國各愛其人，則足以拒秦；秦復愛六國之人，則遞三世，可至萬世而為君，誰得而族滅也？秦人不暇自哀，而後人哀之；後人哀之而不鑑之，亦使後人而復哀後人也。

【注釋】

① 六王：指戰國時齊、楚、燕、韓、趙、魏六國之君。畢：結束，這裡指六國覆滅。

② 兀：突兀，指山上樹木砍盡，露出光禿禿的山頂。

③ 二川：指渭水和樊川。

④ 廊腰：走廊中間的轉折處。縵：無花紋的絲織品。

⑤ 囷囷（音君）：曲折迴旋的樣子。

⑥復道：宮中樓閣相通的通道。

⑦妃：帝王的妾，太子王侯的妻。嬪、嬙：宮中女官。媵：后妃陪嫁的女子，此指各色宮女。

⑧輦：帝王皇后乘坐的車。此用作動詞，乘車。

⑨椒、蘭：兩種芳香植物。

⑩杳：遠。

⑪鐺：一種三足鐵鍋。

⑫邐迤：連綿不絕。這裡是指到處都是。

⑬錙銖：古時很小的重量單位。六銖為錙，一銖相當於後來的二十四分之一兩。此言極微小。

⑭庾：糧倉。

⑮楚人一炬：公元前年，項羽入咸陽，殺秦王子嬰，「燒秦宮室，火三月不滅」。

【譯文】

六國相繼覆滅，天下一統。蜀山的樹木被砍伐一空，阿房宮橫空出世。阿房宮占地三百多里，樓閣高聳，遮天蔽日。從驪山向北構築宮殿，又折往西延伸，一直抵達咸陽。渭水和樊川緩緩流入宮牆。五步一棟樓，十步一座閣。遊廊曲折像綢帶一般迴環，飛簷高挑如鳥兒啄食。樓閣各隨地勢的高低而建，房心鉤連，簷牙如飛龍鬥角相互纏繞。盤旋著、曲折著，像蜂房那樣密集，如水渦那般重疊，不知矗立著幾千萬座。長橋橫臥在渭水上，沒有雲，怎麼會出現龍？樓閣間的通道凌空高架，不是雨過天晴，哪裡來的彩虹？樓閣高低錯落，明暗不定，讓人辨不清東西方向。台上歌聲悠揚，充滿暖意，使人感到春天的和煦。殿中舞袖飄拂，扇起陣陣寒意，使人感到風雨的淒冷。一日之內，一座宮殿之中，氣候竟然如此不同。

那些亡國的六國妃嬪公主，被迫辭別了自己國家的宮殿，被用車送來秦國，日夜歌舞演奏，成為秦國的宮女。星光閃爍，是她們打開了梳妝鏡子；綠雲繚繞，是她們晨起梳妝打扮；渭水上浮起一層油脂，是她們潑掉的洗臉水；空中煙霧瀰漫，是她們在焚燒椒蘭香料。雷霆之聲驟然響起，是皇帝乘坐的宮車馳過；聽那車聲遠去，不知道馳向何方。宮

女們一絲不苟地刻意修飾容貌，打扮得極其嫵媚妍麗，久久地佇立遙望，企盼皇帝的臨幸。有些宮女整整等了三十六年，甚至未能見上皇帝一面。燕、趙收藏的財寶，韓、魏聚斂的金玉，齊、楚蒐集的珍奇，都是經過多少年多少代的掠奪而積攢下來的，原本堆積得如山一樣。一旦國家滅亡，就不再擁有，統統被運進了阿房宮。在這裡寶鼎被看作鐵鍋，美玉被當作石頭，黃金如同土塊一般，珍珠與沙石無異，隨意丟棄，秦人見了毫不珍惜。

　　唉！一個人的心，也就是千萬個人的心。秦始皇窮奢極欲，老百姓也顧念自己的家業！為什麼搜刮百姓的財物一絲一毫都不放過，揮霍時卻像泥沙一樣毫不珍惜？阿房宮中的柱子，比田裡的農夫還多；架在屋樑上的椽子，比織布機上的女工還多；宮室裡的釘頭，比糧倉裡的粟粒還多；錯落密佈的瓦縫，比衣服上的線縫還多；欄杆縱橫，比天下的城郭還多；嘈雜的器樂聲，比鬧市上人們的說話聲還多。暴虐的秦朝統治者讓天下的老百姓敢怒而不敢言，秦始皇這個專制的君主越來越驕橫頑固。陳勝、吳廣振臂一呼，劉邦攻破函谷關，項羽放了一把火，可惜那阿房宮變成了一片焦土。

　　唉！滅亡六國的是六國統治者自己，而不是秦國；滅亡秦國的是秦國統治者自己，而不是天下百姓。唉！如果六國統治者愛護本國百姓，就足以抗拒秦國。如果秦國統治者也能愛護六國的百姓，那秦朝就能傳到三世，乃至萬代，都為君王，誰還能滅掉秦國呢？秦統治者來不及為自己的滅亡哀嘆，只好讓後世的人為他們哀嘆；後世的人如果只是哀嘆而不引為鑒戒，那麼又要讓後世的人為他們哀嘆了。

雜說（四）　韓愈

【題解】

　　韓愈（768—824），字退之，河南河陽（今河南孟州）人，唐代著名文學家、思想家。出身於官宦家庭，從小受儒學正統思想和文學的薰陶，勤學苦讀，有深厚的學識基礎。但三次應考進士皆落第，至第四次才考上。韓愈提出

了「文以載道」和「文道結合」的主張，反對六朝以來的駢偶之風，與柳宗元創導古文運動，影響深遠。

本文原題四則，這是其中之四。作者托物寓意，以千里馬作喻，含蓄地批評了當權者埋沒人才、壓制人才、摧殘人才，抒發自己懷才不遇的憤懣。文章雖然短小，卻言簡意賅，生動形象，氣勢渾厚，耐人尋味。

【原文】

世有伯樂，然後有千里馬。千里馬常有，而伯樂不常有。故雖有名馬，只辱於奴隸人之手，駢死於槽櫪之間①，不以千里稱也。

馬之千里者，一食或盡粟一石。食②馬者，不知其能千里而食也。是馬也，雖有千里之能，食不飽，力不足，才美不外見③，且欲與常馬等不可得，安求其能千里也？策④之不以其道，食之不能盡其材，鳴之而不能通其意，執策而臨之曰：「天下無馬！」嗚呼！其真無馬邪？其真不知馬也！

【注釋】

① 駢死：成雙成對地死去。櫪：馬廄。
② 食：通「飼」，餵養。下一「食」字與此相同。
③ 見（音現）：通「現」，表現出來。
④ 策：馬鞭，這裡作動詞用，鞭策。

【譯文】

世上有了伯樂，然後才有千里馬被發現。千里馬常有遇見，而伯樂卻不常有。因此，雖然有出色的好馬，卻只能被凡夫俗子糟蹋，接連不斷地死於馬廄之中，而不能以千里馬而著名。

日行千里之馬，一頓或可吃盡一石小米。可是餵馬的人，不知道它能日行千里，只是像普通馬一樣飼養它。那些馬，雖然有日行千里的本領，可是吃不飽，力氣不足，其能力就不能充分表現出來。結果即使想

與普通馬一般也做不到，怎麼還能讓它日行千里呢？駕馭時不能順其習性，餵養時又不能給予充足的飼料，馬嘶鳴卻不懂它的意思，還拿著馬鞭走近它說：「天下沒有千里馬啊！」唉！是真的沒有千里馬嗎？是不能識別千里馬吧！

師　說　韓愈

【題解】

　　這是一篇針對社會上不良習氣而寫就的議論文，也是系統論述老師的作用意義的名作。文章開門見山，提出中心論點：古之學者必有師。隨即概括出教師的職責：傳道、授業、解惑。「人非生而知者」，因而必須從師學習。文中列舉正反面的事例層層對比，反覆論證，最後得出「弟子不必不如師，師不必賢於弟子，聞道有先後，術業有專攻」的結論，與首段「無貴無賤，無長無少，道之所存，師之所存」相呼應。文章語言質樸，結構嚴謹，說理透徹，富於批判精神，其真知灼見至今仍有積極意義。

【原文】

　　古之學者必有師。師者，所以傳道、受業、解惑也①。人非生而知之者，孰能無惑？惑而不從師，其為惑也，終不解矣。生乎吾前，其聞道②也固先乎吾，吾從而師之；生乎吾後，其聞道也亦先乎吾，吾從而師之。吾師道也，夫庸知其年之先後生於吾乎？是故無貴無賤，無長無少，道之所存，師之所存也。

　　嗟乎！師道之不傳也久矣！欲人之無惑也難矣！古之聖人，其出人也遠矣，猶且從師而問焉；今之眾人，其下聖人也亦遠矣，而恥學於師。是故聖益聖，愚益愚。聖人之所以為聖，愚人之所以為愚，其皆出於此乎？愛其子，擇師而教

之；於其身也，則恥師焉，惑矣。彼童子之師，授之書而習其句讀③者也，非吾所謂傳其道、解其惑者也。句讀之不知，惑之不解，或師焉，或不焉，小學而大遺，吾未見其明也。巫醫、樂師、百工之人，不恥相師。士大夫之族，曰師、曰弟子云者，則群聚而笑之。問之，則曰：「彼與彼年相若也，道相似也。位卑則足羞，官盛則近諛。」嗚呼！師道之不復，可知矣！巫醫、樂師、百工之人，君子不齒。今其智乃反不能及，其可怪也歟！

聖人無常師。孔子師郯子、萇弘、師襄、老聃④。郯子之徒，其賢不及孔子。孔子曰：「三人行，則必有我師⑤。」是故弟子不必不如師，師不必賢於弟子，聞道有先後，術業有專攻，如是而已。

李氏子蟠⑥，年十七，好古文，六藝經傳皆通習之，不拘於時，學於余。余嘉其能行古道，作《師說》以貽之。

【注釋】

①道：特指儒家孔孟的思想。受：通「授」。惑：疑惑，這裡指疑難問題。

②聞道：語本《論語・里仁》：「子曰：『朝聞道，夕死可矣。』」聞：聽見，引申為懂得。

③句讀：也叫句逗。古代稱文辭意盡處為句，語意未盡而須停頓處為讀，句號為圈，逗號為點。古代書籍上沒有標點，老師教學童讀書時要進行句讀的教學。

④郯（音談）子：春秋時郯國的國君，孔子曾向他請教過少皞（音浩）氏時代的官職名稱。萇（音長）弘：東周敬王時候的大夫，孔子曾向他請教古樂。師襄：春秋時魯國的樂官，孔子曾向他學習彈琴。老聃（音耽）：即老子，春秋時楚國人，道家學派創始人。孔子曾向他請教禮儀。

⑤「三人行」一句：語本《論語・述而》：「子曰：『三人行，必有我

師焉。擇其善者而從之，其不善者而改之。』」

⑥ 李氏子蟠：李蟠，唐德宗貞元十九年進士。

【譯文】

　　古時候求學的人一定有老師。所謂老師，就是傳授道理、教授學業、解答疑難問題的人。人不是生下來就懂道理、有知識的，誰能夠沒有疑難問題呢？有了問題卻不向老師請教，那這些問題最終都不會解決。歲數比我大的人，他懂得道理自然比我早，我跟隨他，以他為師；歲數比我小的人，如果他懂得道理也比我早，我也跟隨他，以他為師。我學習的是道理和知識，哪裡用得著管他年齡比我大還是小呢？因此，不論地位高貴還是低賤，年長還是年少，道理在那裡，老師也就在那裡。

　　唉！從師學習的傳統失傳已經很久了，想要讓人們沒有疑惑是很困難的了！古時候的聖人，智慧遠遠超出一般的人，尚且還拜師求學，向老師請教；現在一般的人，他們與聖人相比實在差得太遠了，卻恥於拜師求學。因此聖人更加聖明，愚人就更加愚蠢了。聖人之所以能成為聖人，愚人之所以會成為愚人，大概都是這個原因吧！人們愛自己的孩子，就選擇老師來教他們；可對於自己呢，卻不好意思拜師求學，這真是太糊塗了。那些小孩子的老師，是教孩子們讀書和學習斷句，並不是我所說的那種傳授道理、解釋疑難問題的。不懂得斷句是一種情況，有疑惑得不到解答是另一種情況。不懂斷句願意向老師請教，有疑惑得不到解答卻不向老師請教，這真是撿了芝麻卻丟了西瓜，我看不出這樣的人有什麼明智聰慧。巫醫、樂師、各種工匠，不把相互從師學習當作難為情的事。讀書走仕途的人，一旦提及「老師」、「學生」這些稱呼，就有許多人聚集在一起譏笑。問他們為什麼這樣，他們就說：「這人與那人年紀差不多，學問也差不多。稱地位低的人為師，足以感到可恥；稱官位高的人為老師，就近於諂媚了。」唉！從師學習的傳統被丟棄，由此可見一斑了。巫醫、樂師和各種工匠，向來被士大夫們瞧不起。如今，他們的明智聰慧反而不及這些人，豈不是很奇怪嗎！

　　聖人沒有固定的老師。孔子曾向郯子、萇弘、師襄、老聃請教過。郯子這些人，德行、能力都不及孔子。孔子說：「三個人一起走，其中

一定有可以當我老師的。」所以，學生不一定不如老師，老師不一定比學生高明。懂得道理有先有後，技能技藝各有擅長，僅此而已。

李家的兒子李蟠，今年十七歲，愛好古文，六經的經文和傳注全都學了，不受時俗的束縛，向我學習。我讚許他能發揚古代從師的傳統，特寫下這篇《師說》來贈給他。

進學解　韓愈

【題解】

本文是元和七年（812）韓愈被貶為國子博士時所作。他借鑑漢代東方朔《答客難》、揚雄《解嘲》的形式，假托向學生訓話，勉勵他們在學業、德行方面取得進步，學生提出質問，他再進行解釋，以抒發自己對懷才不遇、屈居閒職的不滿，表達了自己捍衛儒道的擔當和志向，也用反話含蓄對當權者提出批評。文章沿用漢賦的基本形式，音節鏗鏘，對偶工切，辭采豐富；又吸收散文靈動流暢之長處，氣勢奔放，而富有變化。語言精練，富有創新精神，其中許多生動和有表現力的詞語被後代沿用為成語。

【原文】

國子先生①晨入太學，招諸生立館下，誨之曰：「業精於勤，荒於嬉；行成於思，毀於隨。方今聖賢相逢，治具畢張②。拔去凶邪，登崇俊良。占小善者率以錄，名一藝者無不庸。爬羅剔抉③，刮垢磨光。蓋有幸而獲選，孰云多而不揚？諸生業患不能精，無患有司之不明；行患不能成，無患有司之不公。」

言未既，有笑於列者曰：「先生欺余哉！弟子事先生，於茲有年矣。先生口不絕吟於六藝之文，手不停披於百家之編。紀事者必提其要，纂言者必鉤其玄。貪多務得，細大不

捐。焚膏油以繼晷④，恆兀兀⑤以窮年。先生之業，可謂勤矣。觝排異端，攘斥佛老。補苴罅漏⑥，張皇幽眇。尋墜緒⑦之茫茫，獨旁搜而遠紹。障百川而東之，回狂瀾於既倒。先生之於儒，可謂勞矣。沉浸郁⑧，含英咀華，作為文章，其書滿家。上規姚姒⑨，渾渾無涯；周《誥》殷《盤》⑩，佶屈聱牙⑪；《春秋》謹嚴，《左氏》浮誇；《易》奇而法，《詩》正而葩；下逮《莊》、《騷》，太史所錄；子雲相如，同工異曲。先生之於文，可謂閎其中而肆其外矣⑫。少始知學，勇於敢為；長通於方，左右具宜。先生之於為人，可謂成矣。然而公不見信於人，私不見助於友。跋前躓後⑬，動輒得咎。暫為御史，遂竄南夷⑭。三年博士⑮，冗不見治。命與仇謀，取敗幾時。冬暖而兒號寒，年豐而妻啼飢。頭童齒豁，竟死何裨。不知慮此，而反教人為？」

先生曰：「吁，子來前！夫大木為杗⑯，細木為桷⑰，欂櫨、侏儒，根、闑、扂、楔⑱，各得其宜，施以成室者，匠氏之工也。玉札、丹砂⑲，赤箭、青芝⑳，牛溲、馬勃㉑，敗鼓之皮，俱收並蓄，待用無遺者，醫師之良也。登明選公，雜進巧拙，紆餘為妍㉒，卓犖㉓為傑，校短量長，惟器是適者，宰相之方也。昔者孟軻好辯，孔道以明，轍環天下，卒老於行。荀卿守正，大論是弘，逃讒於楚，廢死蘭陵㉔。是二儒者，吐辭為經，舉足為法，絕類離倫，優入聖域，其遇於世何如也？今先生學雖勤而不尤其統，言雖多而不要其中，文雖奇而不濟於用，行雖修而不顯於眾。猶且月費俸錢，歲靡廩粟㉕；子不知耕，婦不知織；乘馬從徒，安坐而食。踵常途之役役㉖，窺陳編以盜竊㉗。然而聖主不加誅，宰臣不見斥，茲非其幸歟？動而得謗，名亦隨之。投閒置散，乃分之宜。若夫商財賄之有亡，計班資之崇庳㉘，忘己量之

所稱，指前人之瑕疵，是所謂詰匠氏之不以杙為楹㉙，而訾醫師以昌陽引年㉚，欲進其豨苓也㉛。

【注釋】

①國子先生：韓愈自稱，當時他任國子博士。

②治具：治理的工具，主要指法令。張：指建立、確立。

③爬羅剔抉：指蒐羅人才。爬：爬梳，整理。抉：選擇。

④膏油：油脂，指燈燭。晷：日影。

⑤兀兀：形容用心、勞苦的樣子。

⑥補苴罅漏：比喻彌補事物的缺陷。苴（音居）：鞋底中墊的草。罅（音袖）：裂縫。

⑦緒：前人留下的事業，這裡指儒家的道統。韓愈認為，儒家之道從堯舜傳到孔子、孟軻，以後就失傳了，而他以繼承這個傳統自居。

⑧郁：濃厚馥郁。

⑨姚姒：虞舜姓姚，夏禹姓姒。

⑩周《誥》殷《盤》：每指《尚書·周書》中的《大誥》《康誥》《酒誥》《召誥》《洛誥》等篇和《尚書·商誥》中的《盤庚》上、中、下三篇。

⑪佶屈聱牙：形容文字艱澀生僻、拗口難懂。佶（音吉）屈：屈曲。聱（音傲）牙：拗嘴，不順口。

⑫閎：通「宏」，寬廣，博大。肆：奔放。

⑬跋：踩。疐（音至）：絆。語出《詩經·豳風·狼跋》：「狼跋其胡，載疐其尾。」意思是說，狼向前走就踩著領下的懸肉，後退被尾巴絆住。形容進退都有困難。

⑭竄：指貶謫。南夷：南方少數民族地區。韓愈因上書論宮市之弊，觸怒德宗，被從監察御史貶為連州陽山令。

⑮三年博士：韓愈在憲宗元和元年六月至四年任國子博士。

⑯宑（音盲）：屋樑。

⑰桷（音決）：屋椽。

⑱欂櫨（音薄盧）㞘（音店）：斗栱，柱頂上承托棟梁的方木。侏儒：

短椽。楗：門樞臼。闑（音孽）：門中央所豎的短木。：門栓。楔：
門兩旁的長木柱。

⑲ 玉札：地榆。丹砂：硃砂。

⑳ 赤箭：天麻。青芝：龍芝。以上四種都是名貴藥材。

㉑ 牛溲：車前草。馬勃：馬屁菌。以及下文的「敗鼓之皮」，都是賤價
藥材。

㉒ 紆餘：從容寬舒的樣子。妍：美。

㉓ 卓犖：突出，超群出眾。

㉔ 廢死蘭陵：儒家大師荀況，曾在齊國做祭酒，遭人讒毀，逃到楚國。
楚國春申君任他做蘭陵令。春申君死後，他被廢，死在蘭陵。

㉕ 靡：浪費，消耗。廩（音凜）：糧倉。

㉖ 踵：腳後跟，這裡是跟隨的意思。役役：拘謹侷促的樣子。

㉗ 陳編：古舊的書籍。盜竊：指抄襲。

㉘ 庳：通「卑」，低。

㉙ 杙（音益）：小木椿。楹：柱子。

㉚ 訾（音茲）：詆毀，誹謗。昌陽：昌蒲。藥材名，相傳久服可以長
壽。

㉛ 豨苓：又名豬苓，利尿藥。

【譯文】

　　國子先生早晨走進太學，召集學生們站立在學堂前，教導他們說：
「學業精進來自於勤奮，而荒廢則由於貪圖玩樂；德行成於自我反省，
而敗壞則由於因循隨意。當今聖君得賢臣輔佐，法令都得以完備。剷除
奸惡的壞人，提拔傑出賢能之人。只要有點德行的全都錄取，有一技之
長的無不任用。蒐羅人才，加以教育、培養，糾正缺點，提升優點。只
有僥倖而得選上的，誰說才華出眾之人卻得不到推薦重用的呢？諸位只
怕你們學業不夠精進，不要擔心主管官員不能慧眼識珠；只怕你們德行
不夠完美，不要擔心主管官員會不公正。」

　　話沒有說完，有人在行列裡笑道：「先生在忽悠我們吧！我們跟隨
先生學習，到現在已經好幾年了。先生向來嘴裡不斷地誦讀六經的文
章，兩手不停地翻著諸子百家的書籍。對史籍一類的文章一定要提取它

的要點，對論述一類的文章一定要探索它深奧的旨意。永不滿足地多方面學習，力求有所收穫，兼收並蓄都不放棄。點上燈燭夜以繼日，一年到頭這樣刻苦用功。先生對學業可以說非常勤奮了。抵制、批駁異端邪說，排斥佛教與道家；彌補完善儒學，發揚光大精深微妙的義理。尋找渺茫失落的儒學傳統，獨自廣泛搜求，令其傳承久遠。好像疏導縱橫奔流的無數江河，使其東流入海；挽回那狂濤怒瀾，不讓它肆意氾濫。先生您對於儒家，可以說是勞苦功高。沉浸在意味濃郁醇厚的書籍裡，仔細地品嚐咀嚼其中的精髓，寫成的文章，堆滿了整個屋子。向上傚法虞、夏時代的典章，深遠博大、無邊無際；《尚書》中的《大誥》和《盤庚》，艱澀拗口難讀；《春秋》的褒貶非常嚴謹，《左傳》的文辭鋪張誇飾；《易經》變化奇妙而有法則，《詩經》義理端正而文辭華美；往下直到《莊子》《離騷》，司馬遷的《史記》；揚雄、司馬相如的辭賦，風格迥異，卻同樣精彩。先生的文章可以說是內容博大精深而氣勢奔放，波瀾壯闊。先生少年時代就懂得刻苦學習，敢作敢為，成年後通達道理，處理各種事情，無不合宜。先生在做人方面，可以說是有成就的了。可是在公的方面不能被人們信任，在私的方面得不到朋友的幫助。前進退後都會遇到困難，動不動就遭到指責。剛當上御史就被貶到偏遠的南方。做了三年博士，閒散的職位根本無法展現政治才能。拿命運與敵仇打交道，不時遭受失敗挫折。冬天還沒有真正寒冷，您的兒女已經因為單薄而哭著喊冷；豐收之年，您的夫人卻仍為食糧不足而喊餓。您自己頭頂禿了，牙齒掉了，終此一生，又有什麼好處呢？您不知道反省這些，倒反而來教訓別人嗎？」

先生說：「唉，你到前面來啊！那些大的木材可以做屋樑，小的木材做屋椽。斗栱、短椽、門臼、門橛、門栓、門柱等，都量材使用，各適其宜而建成房屋，這是工匠的技巧啊。貴重的地榆、硃砂，天麻、龍芝，還是普通的車前草、馬屁菌、壞鼓的皮，全都收集，儲藏齊備，等到需用的時候就沒有遺缺的，這是醫師的高明之處。選提任用人才公正無私，敏捷的樸質的都按需要引進，有的人從容謙和而美好，有的人豪放曠達而傑出，衡量各人的優缺點，量才錄用，分配適當的職務，這是宰相的職責！從前孟軻擅長辯論，孔子的學說得以闡明，他乘車遊歷天下，最後死於奔波途中。荀況堅守儒家正統的思想，將其學說發揚光

大，因為逃避讒言到了楚國，最終還是遭罷黜死在蘭陵。這兩位儒家大師，說出來的話成為經典，一舉一動都為人們所效仿，遠遠超越常人，進入聖人的境界，可是他們在世時的遭遇是怎樣呢？現在我雖然學習勤奮卻還不能繼承道統，言論雖然不少卻不切合要旨，文章雖然寫得出奇卻沒有實際效用，行為雖然有修養卻算不上出類拔萃，尚且每月領取國家的俸祿，每年消耗倉庫裡的糧食；兒子不懂得耕地，妻子不懂得織布；出門有車馬還有僕人跟隨，心安理得地過著日子。只要按部就班仔細行事，從故紙堆裡抄襲一些前人的言論。這樣聖明的君主不會加以處罰，宰相大臣也不會斥逐，豈不是已經很幸運了嗎？有所舉動就遭到詆毀，名譽也跟著受到影響。被放置在閒散的位置上，確實是恰當的。至於考慮財物的多寡，計較職位的高低，忘記自己的才能與什麼位置相稱，卻去指責上司的過失，這就類似於責問工匠為什麼不用小木樁做柱子，指責醫師用菖蒲延年益壽，卻想要推薦豬苓取而代之一般荒謬！

爭臣論 韓愈

【題解】

　　爭臣，即直言諍諫之臣。這是一篇針對當時實際，論述如何做好諫議大夫的文章。面對的是真人實事，作者直言不諱，旗幟鮮明地亮出了自己的觀點。文章結構別具一格，採用四問四答，假設有人發問，韓愈逐一辯駁，首尾呼應，緊密銜接，層層深入，氣勢奪人。表達了為官必須忠於職守，反對因循敷衍，無所事事的觀點。這些觀點至今仍有借鑑意義。文中所批評的諫議大夫陽城也因此受到觸動，後來改變了處世態度，伏闕上書，挾擊奸臣。可見韓愈文章的影響力之大。

【原文】

　　或問諫議大夫陽城於愈[①]：「可以為有道之士乎哉？學廣而聞多，不求聞於人也。行古人之道，居於晉之鄙。晉之鄙

人，熏其德而善良者幾千人。大臣聞而薦之，天子以為諫議大夫。人皆以為華，陽子不色喜。居於位五年矣，視其德如在野。彼豈以富貴移易其心哉！」

愈應之曰：「是《易》[2]所謂恆其德貞而夫子凶者也。惡得為有道之士乎哉？在《易·蠱》之上九[3]云：『不事王侯，高尚其事。』《蹇》之六二則曰：『王臣蹇蹇[4]，匪躬之故。』夫亦以所居之時不一，而所蹈[5]之德不同也。若《蠱》之上九，居無用之地，而致匪躬之節；以《蹇》之六二，在王臣之位，而高不事之心，則冒進之患生，曠[6]官之刺興。志不可則，而尤不終無也。今陽子在位不為不久矣，聞天下之得失，不為不熟矣，天子待之不為不加矣，而未嘗一言及於政。視政之得失，若越人視秦人之肥瘠，忽焉不加喜戚於其心。問其官，則曰諫議也；問其祿，則曰下大夫之秩也；問其政，則曰我不知也。有道之士，固如是乎哉？且吾聞之：『有官守者，不得其職則去；有言責者，不得其言則去。』今陽子以為得其言乎哉？得其言而不言，與不得其言而不去，無一可者也。陽子將為祿仕乎？古之人有云：『仕不為貧，而有時乎為貧。謂祿仕者也。』宜乎辭尊而居卑，辭富而居貧，若抱關擊柝者可也[7]。蓋孔子嘗為委吏[8]矣，嘗為乘田[9]矣，亦不敢曠其職，必曰會計當而已矣，必曰牛羊遂而已矣。若陽子之秩祿，不為卑且貧，章章[10]明矣，而如此其可乎哉？」

或曰：「否，非若此也。夫陽子惡訕上者，惡為人臣招其君之過而以為名者。故雖諫且議，使人不得而知焉。《書》曰：『爾有嘉謨嘉猷[11]，則入告爾後於內，爾乃順之於外，曰：斯謨斯猷，惟我後之德。』夫陽子之用心，亦若此者。」

愈應之曰：「若陽子之用心如此，滋所謂惑者矣。入則諫其君，出不使人知者，大臣宰相之事，非陽子之所宜行也。夫陽子，本以布衣隱於蓬蒿之下[12]，主上嘉其行誼，擢在此位。官以諫為名，誠宜有以奉其職，使四方後代知朝廷有直言骨鯁之臣，天子有不僭[13]賞從諫如流之美。庶岩穴之士，聞而慕之，束帶結髮，願進於闕[14]下而伸其辭說，致吾君於堯舜，熙鴻號於無窮也。若《書》所謂，則大臣宰相之事，非陽子之所宜行也。且陽子之心，將使君人者惡聞其過乎？是啟之也。」

或曰：「陽子之不求聞而人聞之，不求用而君用之，不得已而起，守其道而不變，何子過之深也？」

愈曰：「自古聖人賢士，皆非有求於聞用也。閔其時之不平，人之不乂[15]，得其道，不敢獨善其身，而必以兼濟天下也。孜孜矻矻[16]，死而後已。故禹過家門不入，孔席不暇暖而墨突不得黔[17]。彼二聖一賢者，豈不知自安佚之為樂哉？誠畏天命而悲人窮也。夫天授人以賢聖才能，豈使自有餘而已？誠欲以補其不足者也。耳目之於身也，耳司聞而目司見，聽其是非，視其險易，然後身得安焉。聖賢者，時人之耳目也；時人者，聖賢之身也。且陽子之不賢，則將役於賢以奉其上矣。若果賢，則固畏天命而閔人窮也，惡得以自暇逸乎哉？」

或曰：「吾聞君子不欲加諸人[18]，而惡訐以為直[19]者。若吾子之論，直則直矣，無乃傷於德而費於辭乎？好盡言以招人過，國武子[20]之所以見殺於齊也，吾子其亦聞乎？」

愈曰：「君子居其位，則思死其官；未得位，則思修其辭以明其道。我將以明道也，非以為直而加人也。且國武子不能得善人，而好盡言於亂國，是以見殺。《傳》[21]曰：『惟

善人能受盡言。』謂其聞而能改之也。子告我曰：『陽子可以為有道之士也。』今雖不能及已，陽子將不得為善人乎哉？」

【注釋】

① 諫議大夫：官名，執掌議論規勸一職。陽城：原隱居中條山，有賢德之名，貞元四年，唐德宗召為諫議大夫。

② 《易》：《周易》，周代的卜筮吉凶的書，共六十四卦，下文的「蠱」與「蹇」都是其中的卦名。《易・恆》原文是：「恆其德貞。婦人吉，夫子凶。」意思是說，永遠保持一種行為的準則而不知變通，對婦人來說是美德，對男子來說卻意味著凶險。

③ 上九：《周易》每卦有六條爻辭，「上九」和下文的「六二」都是爻的名稱。

④ 王臣蹇蹇，匪躬之故：做臣子的不避艱難，輔助國君，是他能不顧自身的緣故。蹇蹇：盡忠的樣子。

⑤ 蹈：踐、踩。此處為履行、遵循之意。

⑥ 曠：空缺。此處為放棄之意。

⑦ 抱關：守關門。擊柝（音拓）：打更。

⑧ 委吏：古代掌管糧食的小官。

⑨ 乘田：古官名。春秋時魯國主管畜牧的小官。

⑩ 章章：顯明的樣子。

⑪ 謨：計謀。猷：謀劃。

⑫ 蓬蒿之下：猶言野草之中，指隱士所居的山野。蓬蒿：茅草。

⑬ 僭：過分，差失。

⑭ 闕：古代宮門兩旁的建築物，原作望樓之用，後也指宮殿。

⑮ 乂（音艾）：治理。

⑯ 孜孜矻矻（音酷）：勤勉不懈的樣子。

⑰ 孔席不暇暖而墨突不得黔：語出班固《答賓戲》：「孔席不暖，墨突不黔。」孔：孔子。席：坐席。墨：墨翟。突：煙囪。黔：黑色。

⑱ 君子不欲加諸人：語出《論語・公冶長》：「我不欲人之加諸我也，

吾亦欲無加諸人。」加：侵凌、欺侮之意。

⑲ 惡訐以為直：語出《論語・陽貨》。訐：攻擊別人的短處。

⑳ 國武子：名佐，春秋時齊大夫。因為直言斥責慶克與齊靈公母孟子私
通之事，被齊靈公所殺。

㉑ 《傳》：這裡指《國語》，即《春秋外傳》。這段話出自《國語・周
語下》。

【譯文】

　　有人向我詢問有關諫議大夫陽城的情況：「他可以算是得道之人
嗎？他學問淵博，見識廣博，不求聞名於世。按古代的規範行事，居住
在晉地的偏遠之處。當地的百姓受到他德行的薰陶而品行善良的有數千
人。有大臣聽說了便舉薦他，天子任命他為諫議大夫。人們都認為這是
很榮耀的事情，但陽子卻沒有沾沾自喜。任職五年了，他的德行還是與
隱居時一樣。他豈是因富貴而改變心志的人啊！」

　　我回答道：「這正是《易經》上所說的，長久地保持一種德操而不
懂得變通，對男人來說是很危險的。他怎麼能因此算是得道之士呢？在
《易經・蠱》的上九爻辭說：『不侍奉王侯，保持高尚的節操。』
《蹇》卦的六二爻辭說：『臣子竭盡忠誠，是奮不顧身的緣故啊。』這
也是因為在不同的時間和環境中，所遵循的道德標準也不相同。如果是
《蠱》卦上九爻辭所說的，處在未被錄用的情況中，卻要致力於奮不顧
身的德行；或者是《蹇》卦六二爻辭所說的，身在臣子之位，卻把不侍
奉君主作為潔身自好，那麼貪圖仕祿的禍患就會產生，對玩忽職守的諷
刺也會有很多。這樣的心志斷然不可傚法，否則最終無法倖免於罪。如
今陽先生在職的時間不能算短了，對於朝政之得失不能說不熟悉了，皇
上待他不能說不加重視了，但他卻未曾有一句事關朝政的話。他看待朝
政的得失，就好像越國人看待秦國人的胖瘦，絲毫沒有引起內心喜憂的
感受。問他什麼官職，就說是諫議大夫；問他的俸祿多少，就說是下大
夫的品秩；問他朝政的情況，他乾脆說不知道。得道之士，難道會是這
樣的嗎？而且我還聽說：「有官職的人，不稱職就應該辭職；有進諫責
任的人，不能提出有價值的諫言也應該辭職。如今的陽先生認為他自己
進諫了嗎？能夠進諫而不進諫，與不能進諫又不願意辭職，二者都是不

可取的。陽先生難道是為了俸祿而出來做官的嗎？古人說：『為官本不是因為家境貧寒，但確實有因為貧窮而做官的。』說的就是為俸祿而做官的人。這種人應當辭去尊貴的官職，從事卑賤的差使，放棄富裕的生活而安居貧窮的生活，比如做個看門的人或者巡夜的人就行了。孔子曾經做過看管糧倉的小官，還曾經做過看管牲畜的小官，卻都不曾放棄自己的職守，他必定會說：清點核實無誤了才算完成任務；必定會說：牛羊長得肥壯了才行啊。像陽先生這樣的官職俸祿，不算卑下和貧窮，這是顯而易見的，卻是如此行事，難道可以嗎？」

有的人說：「不，不是這樣的。陽先生厭惡諷諫皇上，是厭惡身為臣子卻以指謫君主的過錯來博取自己名聲的人。所以他雖然有規諫有評論建議，卻不讓人知道。《尚書》中說：『你有好計策好謀劃，就進裡面告訴你的君主，而在公開場合則稱頌君主道：『這麼好的計策和謀劃，只能出自聖明的君主。』陽先生的用意，也是這樣的。」

我回答道：「如果陽先生的用心真是這樣，那他就更加糊塗了。進去諷諫君主，出來不讓人知道，這是大臣宰相的事情，不是陽先生所應該做的。陽先生原本是平民百姓，隱居在山野之中，皇上讚賞他的品行，提拔他到這個職位上。官職既然稱為諫，完全應該有相稱的行為，讓普天之下的人乃至子孫後代都知道朝廷有敢於直言進諫的骨鯁之臣，天子有不胡亂賞賜、從善如流的美德。這樣那些隱居山林的人士聽了便心生羨慕，束好衣帶盤起頭髮，願意來到朝廷申述他們的見解，致使皇上成為堯舜一樣的賢帝，英明名聲流芳萬古。至於《尚書》所說的，那是大臣宰相的事，不是陽先生所該去做的。況且陽先生的用心，是要讓君主討厭聽到自己的過錯吧？這是促使他這樣做啊。」

有的人說：「陽先生不求聞名，世人卻都知道他，不求入仕而君主任用他，是不得已而來做官的。他堅守自己的準則而不改變，為什麼您責備他這麼苛刻呢？」

我說：「自古聖人賢士都不是因追求名望而被任用的。他們為當時社會的動盪不平而憂慮，為民眾得不到治理而憂慮，有了道德學問之後，是不敢獨善其身，而一定要用以拯救天下；兢兢業業，死而後已。所以大禹治水，三過家門而不入；孔子在家連座席都沒坐暖，又繼續趕路遊說列國；墨子家的煙囪都沒燻黑，長年累月在外奔波。這兩位聖人

一位賢士，難道不知道自己安逸的生活是愉悅舒適的嗎？實在是敬畏上天賦予的使命並且悲憫百姓的困苦啊。上天授予某些人賢能的稟賦，難道是讓他自己享受安樂就罷了嗎？其實是要用他們來補救這個世上的不足之處啊。耳目對於人來說，耳朵是用來聽而眼睛是用來看的，聽清楚那些是非，看清楚那些安危，這樣人身就得以安寧了。聖賢者，就好比是世人的耳目啊；世人，就是聖賢的身體啊。而陽先生如果不是賢人，就應該受賢能的人役使以侍奉君主。如果他真的賢能，就該敬畏天命而為百姓的困苦憂愁，怎能貪圖自己的舒適安逸呢？」

有的人說：「我聽說君子不喜歡強加於人，而且厭惡以攻擊揭發他人的過失來標榜自己的正直。像先生所說的這些，確實是夠直率的，卻未免有損於自己的德行而且浪費口舌了吧？喜歡不加掩飾地將他人的過錯都揭露出來，這正是國武子在齊國被殺的原因，先生大概也聽說過吧？」

我說：「君子坐在官位上，就應該準備以身殉職；沒有做官時，就應該考慮著書立說以闡明自己所遵循的道理。我是為了闡明道理，不是要標榜自己正直而指責他人的。況且國武子因為沒有遇到賢良之人，卻喜歡在動盪混亂的國家什麼都說出來，所以被殺了。《國語》說：『只有賢良之人才能接受直截了當的批評。』這是說他們聽到批評後能夠改正缺點。你告訴我說：『陽先生可以算得上是得道之人。』現在雖然不能達到這樣的境界，難道他將來也不能成為賢良之人嗎？」

與于襄陽書　韓愈

【題解】

　　這是韓愈寫給于襄陽的一封請求舉薦的信。于襄陽，名，字允元。由於做過襄陽大都督，故稱于襄陽。當時韓愈任署理國子監四門博士。這是一個閒職，根本無法施展政治抱負，韓愈為此憂慮，給于襄陽寫信請求引薦。向人求情未免低聲下氣，韓愈當然不能失去文人的骨氣，於是煞費苦心。此信以士欲進身揚名、建功業須前輩援引，而前輩之功業盛名又須有為的後繼者為之傳揚

立論，將兩者視為相輔相成的關係，入情入理。既明確表達了自己的訴求，又顯得不卑不亢。

【原文】

七月三日，將仕郎、守國子四門博士韓愈①，謹奉書尚書閣下。

士之能享大名、顯當世者，莫不有先達之士、負天下之望者為之前焉。士之能垂休光②、照後世者，亦莫不有後進之士、負天下之望者，為之後焉。莫為之前，雖美而不彰；莫為之後，雖盛而不傳。是二人者，未始不相須也。然而千百載乃一相遇焉。豈上之人無可援、下之人無可推歟？何其相須之殷而相遇之疏也？其故在下之人負其能，不肯諂③其上；上之人負其位，不肯顧其下。故高材多感慼之窮④，盛位無赫赫之光。是二人者之所為皆過也。未嘗干⑤之，不可謂上無其人；未嘗求之，不可謂下無其人。愈之誦此言久矣，未嘗敢以聞於人。

側聞閣下抱不世之才，特立而獨行，道方而事實，卷舒⑥不隨乎時，文武唯其所用，豈愈所謂其人哉？抑未聞後進之士，有遇知於左右、獲禮於門下者，豈求之而未得邪？將志存乎立功，而事專乎報主，雖遇其人，未暇禮邪？何其宜聞而久不聞也？

愈雖不材，其自處不敢後於恆人。閣下將求之而未得歟？古人有言：「請自隗⑦始。」愈今者惟朝夕芻⑧米僕賃之資是急，不過費閣下一朝之享而足也。如曰「吾志存乎立功，而事專乎報主。雖遇其人，未暇禮焉」，則非愈之所敢知也。世之齪齪⑨者，既不足以語之；磊落奇偉之人，又不能聽焉。則信乎命之窮也！謹獻舊所為文一十八首，如賜覽觀，亦足知其志之所存。

愈恐懼再拜。

【注釋】

① 將仕郎：文散官名，唐屬從九品下。守：唐代指品級較低的官員較高的官職。國子：即國子監，唐代最高學府，下分六館：國子學、太學、四門學、律學、書學、算學。四門博士：四門館教授。

② 垂：流傳。休：美好。

③ 諂：巴結，討好，這裡指請求。

④ 慼慼：憂慮的樣子。窮：困頓，不得志。

⑤ 干：干謁，求。

⑥ 卷舒：捲縮舒展，這裡是進退變化的意思。

⑦ 隗：郭隗，戰國時燕國人。燕昭王招賢納士，欲報齊國之仇，往見郭隗。郭隗以古人千金買骨為例，讓昭王從重用自己作為榜樣。於是昭王建築黃金台，尊郭隗為師。此舉天下震動，魏國的樂毅、齊國的鄒衍、趙國的劇辛等各國賢士爭相奔赴燕國。

⑧ 芻：餵牲口的草。

⑨ 齦齦：器量狹小，拘於小節。

【譯文】

七月三日，將仕郎兼國子監四門博士韓愈，恭敬地將書信呈給尚書閣下。

讀書人能夠享有盛名，顯揚於當代，沒有哪一個不是靠揚名天下、地位顯達的前輩舉薦。讀書人能夠名垂青史，照耀後代的，也沒有哪一個不是靠揚名天下的後輩做他的繼承人。沒有人替他舉薦，即使有美好的才華也不能施展；沒有繼承人，即使功業盛極一時也不能長久流傳。前輩和後繼者，未嘗不是互相等待的，然而千百年才可能相逢一次。難道是居於上位者沒有可以援助的人，居於下位者沒有值得舉薦的人嗎？為什麼他們互相等待那麼殷切，而相逢的機會卻那樣少呢？其原因在於，居於下位者倚仗自己的才華不肯巴結地位高的人請求舉薦，居於上位者倚仗自己的地位不肯關照地位低的人。所以才華出眾者往往因為懷

才不遇而憂愁，地位尊貴者也不能讓自己顯耀的聲譽發揚光大。這兩種人的作為都是錯誤的。沒有去求取，就不能說上面沒有舉薦人；沒有向下尋找，就不能說下面沒有可以舉薦的人。我琢磨這句話已經很久了，只是沒有冒昧地說給別人聽。

我聽旁人說閣下具有非凡的才能，特立獨行，不隨時俗，行為方正，做事務實，進退有度，不隨波逐流，文武官員能量才任用。難道您就是我前面所說的那種人嗎？然而沒有聽說有後輩得到您的賞識和提攜。難道是您尋求而沒能得到嗎？還是您志在建功立業，一心只想著報答君主，雖然遇到了可以推薦的人才，卻沒有空閒來以禮相待呢？為什麼本該聽到您推薦人才的事卻久久沒有聽到呢？

我雖然沒什麼才能，但對自己的要求卻不敢落後於一般人。閣下是要尋求人才但還沒能找到嗎？古人說過：「請從我郭隗開始。」我現在正為早晚的柴米和雇僕人的費用著急，這些不過花費閣下一頓早飯的費用就足夠了。如果您說：「我志在建功立業，一心只想報答君主，雖然遇到了可以推薦的人才，也沒有空閒來以禮相待。」那就不是我敢去瞭解的了。世間那些器量狹小的人，是不值得對他們說這些話的，而光明磊落、才識卓越的人，又無法讓他們聽到我的話，那真的是我的命運很不好啊！

恭敬地呈上我之前作的文章十八篇，如蒙過目，您足以瞭解我的志向所在。

韓愈誠惶誠恐，再拜。

送孟東野序　韓愈

【題解】

這是韓愈為孟郊去江南就任溧陽縣尉時而作的贈序。孟郊（751—814），字東野，湖州武康（今浙江德清）人，中唐著名詩人。孟郊仕途坎坷，直到四十六歲才中進士，五十歲時被授為溧陽縣尉。他懷才不遇，心情抑鬱。韓愈同情他的遭遇，在其上任之際，寫此文加以寬慰，流露出對朝廷用人不當的感慨

和不滿。文章緊扣一個「鳴」字，運用比興手法，由遠及近，從物不平則鳴，寫到人不平則鳴，層層深入，寓意深刻。文章屢用排比句式，抑揚頓挫，波瀾層疊，氣勢奔放。

【原文】

　　大凡物不得其平則鳴①。草木之無聲，風撓②之鳴。水之無聲，風蕩之鳴。其躍也，或激③之；其趨也，或梗之；其沸也，或炙之。金石之無聲，或擊之鳴。人之於言也亦然，有不得已者而後言，其歌也有思，其哭也有懷。凡出乎口而為聲者，其皆有弗平者乎！

　　樂也者，鬱於中而洩於外者也，擇其善鳴者而假之鳴。金、石、絲、竹、匏、土、革、木④八者，物之善鳴者也。維天之於時也亦然，擇其善鳴者而假之鳴。是故以鳥鳴春，以雷鳴夏，以蟲鳴秋，以風鳴冬。四時之相推奪，其必有不得其平者乎？

　　其於人也亦然。人聲之精者為言，文辭之於言，又其精也，尤擇其善鳴者而假之鳴。其在唐、虞，咎陶⑤、禹，其善鳴者也，而假以鳴，夔⑥弗能以文辭鳴，又自假於《韶》⑦以鳴。夏之時，五子⑧以其歌鳴。伊尹⑨鳴殷，周公⑩鳴周。凡載於《詩》《書》六藝，皆鳴之善者也。周之衰，孔子之徒鳴之，其聲大而遠。傳曰：「天將以夫子為木鐸⑪。」其弗信矣乎！其末也，莊周以其荒唐之辭鳴⑫。楚，大國也，其亡也，以屈原鳴。臧孫辰、孟軻、荀卿⑬，以道鳴者也。楊朱、墨翟、管夷吾、晏嬰、老聃、申不害、韓非、慎到、田駢、鄒衍、尸佼、孫武、張儀、蘇秦之屬⑭，皆以其術鳴。秦之興，李斯鳴之。漢之時，司馬遷、相如、揚雄⑮，最其善鳴者也。其下魏、晉氏，鳴者不及於古，然亦未嘗絕也。就其善者，其聲清以浮，其節數以急⑯，其辭淫以哀，其志

弛以肆[17]；其為言也，亂雜而無章。將天醜其德莫之顧邪？何為乎不鳴其善鳴者也！

唐之有天下，陳子昂、蘇源明、元結、李白、杜甫、李觀[18]，皆以其所能鳴。其存而在下者，孟郊東野始以其詩鳴。其高出魏、晉，不懈而及於古，其他浸淫[19]乎漢氏矣。從吾遊者，李翱、張籍其尤也[20]。三子者之鳴信善矣。抑不知天將和其聲，而使鳴國家之盛邪？抑將窮餓其身，思愁其心腸，而使自鳴其不幸邪？三子者之命，則懸乎天矣。其在上也，奚以喜？其在下也，奚以悲？東野之役於江南[21]也，有若不釋然者，故吾道其命於天者以解之。

【注釋】

① 鳴：泛指表達意見、抒發感情。

② 撓：攪動。

③ 激：阻遏水勢。

④ 金、石、絲、竹、匏、土、革、木：我國古代用以製作樂器的八種材料，稱為「八音」。

⑤ 咎陶：也作「皋陶」、「咎繇」。相傳為舜帝之賢臣，主管刑獄之事。

⑥ 夔：相傳是舜帝時的樂官。

⑦ 《韶》：相傳舜時樂曲名，為夔所作。

⑧ 五子：夏王太康的五個弟弟。據說太康耽於遊樂而失國，他的五個弟弟很怨恨，作《五子歌》告誡。

⑨ 伊尹：名摯，殷湯時的賢相，曾佐商湯伐桀滅亡夏。前後輔佐商湯、外丙、仲壬、太甲四代帝王。起初太甲無道，伊尹將其放逐桐地三年，隨後又將其迎回。

⑩ 周公：名旦，武王之弟。輔佐武王伐紂滅商，建立周王朝。後又輔佐幼主成王，曾代行政事，制禮作樂。

⑪ 天將以夫子為木鐸：語出《論語・八佾》。木鐸，以木為舌的鈴。古代發佈政策教令時，先搖木鐸以引起人們注意。

⑫ 莊周：即莊子，戰國時宋國蒙人，道家學說的代表人物，中國古代著名思想家、文學家。荒唐：廣大而不著邊際，這裡指莊子的散文汪洋恣肆。

⑬ 臧孫辰：即春秋時魯國大夫臧文仲。孟軻：即孟子，戰國時鄒人，繼孔子之後最著名的儒學大師。荀卿：即荀子，戰國末年趙人，著名儒學思想家。

⑭ 楊朱：字子居，戰國時魏人，著名哲學家。墨翟：即墨子，春秋戰國之際魯國人，著名思想家，墨家學派創始者。管夷吾：字仲，春秋時齊國人，著名政治家，輔佐齊桓公稱霸。後人收集其議論編輯成《管子》一書。晏嬰：即晏子，字平仲，春秋時齊國大夫，著名政治家，其言行見於《晏子春秋》。老聃：戰國時齊國人，思想家、哲學家，「稷下先生」的主要成員。鄒衍：戰國時齊國人，哲學家，陰陽學派的代表人物。尸佼：戰國時魏國人，思想家。《漢書・藝文志》列入雜家。孫武：即孫子。春秋時齊國人，著名軍事家。張儀：戰國時魏國人，縱橫家的代表人物。蘇秦：戰國時東周洛陽人，著名縱橫家。

⑮ 揚雄：字子雲，成都人，西漢著名思想家、文學家。

⑯ 節：節拍。數：屢次。

⑰ 弛：鬆弛，引申為頹廢。肆：放蕩。

⑱ 陳子昂：字伯玉，梓州射洪人，初唐著名詩人。蘇源明：字弱夫，唐京兆武功人，文學家。元結：字次山，河南洛陽人，唐代文學家。李白：字太白，號青蓮居士，唐代偉大詩人。杜甫：字子美，唐代偉大詩人。李觀：字元賓，趙州贊皇人，唐代文學家。

⑲ 浸淫：逐漸滲透。這裡比喻接近。

⑳ 李翱：字習之，隴西成紀人，唐代文學家，韓愈的學生和侄女婿。張籍：字文昌，唐代文學家。

㉑ 役於江南：指孟郊赴溧陽就任縣尉。唐代溧陽縣屬江南道。

【譯文】

但凡事物得不到平靜的時候就會發出聲音。草木原本沒有聲音，風吹動它時就發出聲響。水原本沒有聲音，風激盪它時就發出聲響。波浪飛躍，那是有東西阻遏水勢；水流湍急，那是被什麼東西阻塞了；水花

沸騰，那是在被火燒煮。各式金石樂器原本毫無聲息，有人敲擊它就發出音響。人的語言也是這樣，內心積蓄了不可抑制的情緒時才會表達出來。人們唱歌是為了寄託情思，人們哭泣是因為有所懷念。凡是從口中發出而形成聲音的，大概都是因為內心的不平所決定的吧！

音樂，是人們將積鬱於內心的情感抒發出來而產生的，需要選擇最適合發音的東西，藉助它們來完成。金、石、絲、竹、匏、土、革、木這八種，是萬物中最能發聲的。上天對於一年四季也是這樣，選擇最善於發聲的事物，藉助其表現季節特殊的聲響。因此春天讓百鳥歡唱，夏天讓雷霆轟鳴，秋天讓蟲子唧唧，冬天讓寒風呼嘯。一年四季循環推移，也一定有其不能平靜的原因吧！

對於人來說也同樣。人類聲音的精華是語言。文辭對於語言來說，又是精華中的精華，所以尤其要選擇善於表達的人，依靠他們來表達。在唐堯、虞舜時期，皋陶和禹是最善於表達的人，因而藉助他倆說出那個時代的聲音。夔不能用文辭來表達，於是他借演奏《韶》樂來表達。夏朝時，太康的五個弟弟用他們的歌聲來表達。殷朝善於表達的是伊尹，周朝善於表達的是周公。凡是記載在《詩經》《尚書》等儒家六種經典上的詩文，都是表達得非常好的。周朝衰落之時，孔子和他的弟子表達看法，其聲音宏大而傳播遙遠。《論語》中記載：「上天要讓孔子成為時代的代言人。」這難道不是真的嗎？周朝末年，莊周用他那汪洋恣肆的文辭來表達。楚國是一個大國，其滅亡之前由屈原表達。臧孫辰、孟軻、荀卿，用他們的學說來表達。楊朱、墨翟、管仲、晏嬰、老子、申不害、韓非、慎到、田駢、鄒衍、尸佼、孫武、張儀、蘇秦等人，都以各自的主張來表達。秦朝的興起，李斯是表達者。漢朝之時，司馬遷、司馬相如、揚雄，是最善於表達的人。此後的魏朝和晉朝，善於表達的人明顯不及古代，可是也並未絕跡。其中相對比較出色的人，他們的言辭清麗而浮華，節奏繁密而急促，辭藻豔麗而哀傷，志趣頹廢而狂放；他們的文辭，雜亂而沒有章法。這大概是上天厭棄這個時代的德行敗壞而不願眷顧他們吧？為什麼不讓那些善於表達的人出來表達呢！

大唐得天下之後，陳子昂、蘇源明、元結、李白、杜甫、李觀，都以他們的特長來表達心聲。其後來到這個世上的人當中，孟郊開始用他

的詩歌來抒發感情。他的那些作品超過了魏晉，其中的精心之作已達到了上古詩歌的水平。其他作品也都接近了漢朝的水準。同我交往的人中間，李翱、張籍出類拔萃。他們三位的文辭表達確實是很好的。但不知道上天將應和他們，讓他們的作品表達國家的強盛呢，還是要讓他們貧窮飢餓，憂愁傷感，使他們的作品表達自身的不幸遭遇？他們三位的命運，是由上天決定的。若是身居高位，有什麼可揚揚得意的？若是屈居下位，又有什麼可自哀自怨的？東野將前往江南赴任，心裡好像有些想不開，所以我講這番命運由上天決定的話來解開他心中的疙瘩。

送李願歸盤谷序 韓愈

【題解】

　　古人朋友間離別，往往賦詩相贈，好友李願前往盤谷隱居，韓愈送了他一首詩，同時也有了這篇更為著名的序。當時為唐德宗貞元十七年（801）冬，韓愈在長安等候調官。他中進士已近十年，卻一直得不到重用，因此心情抑鬱。韓愈借題發揮，傾吐心中抑鬱不平之情。韓愈借李願之口，形象地刻畫了三種人：玩弄權術的顯貴、潔身自好的隱士和趨炎附勢的官迷，表達他對官場腐化的憎惡和對隱居生活的嚮往。這篇序文駢散交融，別具一格，文筆含蓄委婉，極富韻律感，深得蘇軾的推崇。

【原文】

　　太行之陽①有盤谷。盤谷之間，泉甘而土肥，草木叢茂，居民鮮少。或曰：「謂其環兩山之間，故曰盤。」或曰：「是谷也，宅幽而勢阻，隱者之所盤旋②。」友人李願居之。

　　願之言曰：「人之稱大丈夫者，我知之矣。利澤施於人，名聲昭於時。坐於廟朝③，進退④百官，而佐天子出令；其在外，則樹旗旄⑤，羅弓矢，武夫前呵，從者塞途，供給之人，各執其物，夾道而疾馳。喜有賞，怒有刑。才俊滿

前，道古今而譽盛德，入耳而不煩。曲眉豐頰，清聲而便體⑥，秀外而惠⑦中，飄輕裾⑧，翳⑨長袖，粉白黛⑩綠者，列屋而閒居，妒寵而負恃⑪，爭妍而取憐。大丈夫之遇知於天子，用力於當世者之所為也。吾非惡此而逃之，是有命焉，不可幸而致也。窮居而野處，升高而望遠，坐茂樹以終日，濯清泉以自潔。采於山，美可茹；釣於水，鮮可食。起居無時，惟適之安。與其有譽於前，孰若無毀於其後；與其有樂於身，孰若無憂於其心。車服⑫不維，刀鋸⑬不加，理⑭亂不知，黜陟⑮不聞。大丈夫不遇於時者之所為也，我則行之。伺候於公卿之門，奔走於形勢⑯之途，足將進而趑趄⑰，口將言而囁嚅⑱，處污穢而不羞，觸刑辟⑲而誅戮，僥倖於萬一，老死而後止者，其於為人賢不肖何如也？」

　　昌黎韓愈，聞其言而壯之，與之酒而為之歌曰：「盤之中，維子之宮；盤之土，可以稼；盤之泉，可濯可沿；盤之阻，誰爭子所？窈⑳而深，廓㉑其有容；繚㉒而曲，如往而復。嗟盤之樂兮，樂且無央㉓；虎豹遠跡兮，蛟龍遁藏；鬼神守護兮，呵禁不祥。飲且食兮壽而康，無不足兮奚所望？膏吾車兮秣吾馬，從子於盤兮，終吾生以徜徉㉔！」

【注釋】

①陽：山的南面。

②盤旋：同「盤桓」，滯留。

③坐於廟朝：指參與朝政。廟朝：宗廟和朝廷。

④進退：這裡指任免升降。

⑤旄：旗杆上用牛毛牛尾裝飾的旗幟。

⑥便體：體態輕盈。

⑦惠：通「慧」，聰慧。

⑧裾：衣服的前後襟。

⑨曳：通「曳」，拖曳。

⑩黛：青黑色顏料，古代女子用以畫眉。

⑪負恃：依仗。這裡指自恃貌美。

⑫車服：車馬與服飾。古代以官職的品級高下確定所用車子和服飾，因此代指官職。

⑬刀鋸：指刑罰。

⑭理：治。唐代避高宗李治的名諱，以「理」代「治」。

⑮黜陟：指官吏的升降。

⑯形勢：地位和威勢。這裡指權貴人家。

⑰趑趄（音姿居）：猶豫不前的樣子。

⑱囁嚅：欲言又止的樣子。

⑲刑辟：刑法。

⑳窈：幽遠。

㉑廓：空曠，廣闊。

㉒繚：繞。

㉓央：窮盡。

㉔徜徉：自由自在地往來。

【譯文】

太行山的南面有個盤谷。盤谷中間，泉水甘甜，土地肥沃，草木繁茂，人跡罕見。有人說：「因為其環繞在兩山之間，所以稱為盤。」還有人說：「這個山谷，位於偏僻幽靜、地勢險阻之處，是隱士盤桓停留的地方。」我的朋友李願就住在這裡。

李願說：「人們所說的大丈夫，我是瞭解的。他們將恩澤施與別人，使名聲顯揚於當世。在朝廷上參與政事，任免百官，輔佐天子發號施令。到了朝廷外面，就樹起旗幟，擺開弓箭，武夫在前面吆喝開道，侍從堵塞了道路，負責供給的僕役拿著物品在路兩邊飛快奔跑。他們高興時就任意賞賜，生氣時就隨便處罰。他們跟前聚集著很多舞文弄墨之人，旁徵博引以盛讚其美德，這些話還要讓人聽在耳中而不感到厭煩。那些眉毛彎彎，面頰豐腴，聲音清亮，體態輕盈，外貌秀麗，資質聰慧，起舞時飄動著輕薄的衣襟，拖曳著長長的衣袖，面如皎月，眉似黛

山的女子，悠閒地住在一排排房屋中。自恃貌美，嫉妒別人得到寵幸；爭豔媲美，以求獲取主人的憐愛。這就是那些受到皇帝重用，在當世擁有很大權力的大丈夫的所作所為啊！我並非是厭惡這些而隱居的，只是命中注定，不能僥倖得到啊！生活貧寒而居住在山野之中，登上高處眺望遠方，在繁茂的大樹下終日坐著，用清澈的山泉水洗滌以保持自身潔淨。山間採集的果子，甘甜可食；水中釣來的魚蝦，鮮美可口。日常起居不必定時，只要感到舒適就行了。與其當面受人讚譽，不如背後不遭詆毀；與其身體享受安樂，不如心中沒有憂慮。既不受官職的約束，也不受刑罰的懲處；既不理會天下的治亂，也不關心職位的升降。這些都是不得志的大丈夫的所作所為，我就這樣去做。侍奉於權貴的門下，奔走於通往達官貴人家中的路上，想要邁腳入門卻又猶豫不決，想要開口說話卻又支吾其詞。處於污濁低下的地位而不知羞恥，觸犯了刑法又會遭到誅殺。即使僥倖活了下來，直到終老，這樣的人生究竟是好還是不好呢？」

　　我聽了李願這番話，稱讚他豪放有氣魄，給他斟上酒，並為他作一首歌：「盤谷之中，是你的宮殿。盤谷的土地，可以耕播。盤谷的山泉，可以用來洗滌，又可沿著它散步。盤谷地勢險要，誰會來爭奪你的住所？環境幽遠深邃，廣闊足以容身；山道迴環曲折，像是在往前走卻又回到了原處。啊！盤谷中的快樂啊，快樂無邊。虎豹遠離這兒啊，蛟龍逃跑藏匿。神靈守衛保護啊，驅走災禍不祥。有吃有喝啊，長壽又健康；沒有不滿足的事啊，還有什麼奢望？給車軸加上油，用糧草餵好馬，追隨你到盤谷啊，終生都在那裡徜徉。」

送石處士序　韓愈

【題解】

　　石處士，名洪，曾為黃州錄事參軍，後歸隱洛北十年之久。他頗具才略，在士人中很有威望。唐憲宗之時，內亂不息，名將烏重胤出任河陽軍節度使，尋訪賢才，渴望共濟國事。石洪應邀欣然出山，就任其幕府參謀。東都人士為

此作詩餞別，並請韓愈寫序以贈之。全文分上下兩段，上段以問答形式，通過他人之口塑造了石處士高潔的形象，安貧樂道而又襟懷天下，讓人耳目一新。下半段寫石處士一反常態，沒有絲毫的忸怩，立馬起身。韓愈闡明石處士此次出仕不違初衷，讚揚其「以道自任」、「唯義之歸」，同時通過送行者之口，委婉而得體地道出對石處士與烏公的殷切期望。

【原文】

　　河陽軍節度、御史大夫烏公①，為節度之三月，求士於從事②之賢者。有薦石先生者。公曰：「先生何如？」曰：「先生居嵩、邙、瀍、谷之間③，冬一裘，夏一葛，食朝夕，飯一盂，蔬一盤。人與之錢，則辭；請與出遊，未嘗以事免；勸之仕，不應。坐一室，左右圖書，與之語道理，辨古今事當否，論人高下，事後當成敗，若河決下流而東注；若駟馬駕輕車就熟路，而王良、造父為之先後也④；若燭照，數計而龜卜也⑤。」大夫曰：「先生有以自老，無求於人，其肯為某來邪？」從事曰：「大夫文武忠孝，求士為國，不私於家。方今寇聚於恆，師環其疆⑥，農不耕收，財粟殫⑦亡。吾所處地，歸輸⑧之涂，治法征謀，宜有所出。先生仁且勇，若以義請而強委重焉，其何說之辭？」於是撰書詞，具馬幣，卜日⑨以受使者，求先生之廬而請焉。

　　先生不告於妻子，不謀於朋友，冠帶出見客，拜受書禮於門內。宵則沐浴，戒行李，載書冊，問道所由，告行於常所來往。晨則畢至張上東門外，酒三行，且起。有執爵而言者曰：「大夫真能以義取人，先生真能以道自任，決去就。為先生別。」又酌而祝曰：「凡去就出處何常？惟義之歸。遂以為先生壽。」又酌而祝曰：「使大夫恆無變其初，無務富其家而飢其師，無甘受佞人而外敬正士，無昧於諂言，惟先生是聽。以能有成功，保天子之寵命。」又祝曰：「使先

生無圖利於大夫，而私便其身圖。」先生起拜祝辭曰：「敢不敬蚤夜以求從祝規？」於是東都⑩之人士咸知大夫與先生果能相與以有成也。遂各為歌詩六韻，遣愈為之序云。

【注釋】

① 烏公：即烏重胤，字保君，封張掖郡公，後進為邠國公，謚懿穆，唐朝名將。河陽軍：唐時所置，治所在今河南孟州南。由於唐代的節度使的轄區也是軍區，故稱「軍」。

② 從事：漢以後三公及州郡長官均自辟僚屬，稱為「從事」，到宋代廢除。

③ 嵩：山名，五嶽之一，在河南登封北。邙：山名，在河南西部。瀍：水名，源出洛陽西北，入洛水。谷：水名，源出河南陝縣東部，在洛陽西南與洛水會合。

④ 王良：春秋時晉國的善御者。造父：周代的善御者，傳說為周穆王駕車。

⑤ 數計：用著草計數算卦。龜卜：用火灼龜甲，依據裂紋以推測吉凶。

⑥ 寇聚於恆，師環其疆：唐元和四年，成德節度使王士真死，其子王承宗叛亂，憲宗派吐突承璀統兵討伐，未能成功。次年被迫任命王承宗為成德節度使。此處指受其威脅。恆：州名，治所在今河北正定。

⑦ 殫：盡。

⑧ 歸輸：往來運輸。

⑨ 卜日：占卜選擇日子，表示鄭重。

⑩ 東都：指洛陽。

【譯文】

河陽軍節度使、御史大夫烏大人，擔任節度使三個月，就在幕僚中徵求賢士。有人舉薦石先生，烏大人說：「石先生是個怎樣的人？」回答說：「石先生居住在嵩、邙二山，瀍、谷二水之間，冬天一件皮服，夏天一件麻布衣，早晚就吃一碗飯、一盤蔬菜。別人給他錢，他推辭謝絕；而請他一起出遊，從未藉故推脫；勸他出山做官，便不加理睬；坐

在一間屋子裡，身旁全是圖書。跟他談道論理，辯析古今事物的得失正誤，評論人物的高下短長，事情的結果或成或敗，他口若懸河，滔滔不絕；又像是四匹駿馬駕著輕車走熟路，由技藝高超的王良、造父做他的助手；聽了他的話就如同明燭高照一樣明亮，就如同用著草算卦、龜甲占卜一樣靈驗。」烏大夫說：「石先生有志於隱居、自在終老，不求於人，難道肯為我改變初衷嗎？」幕僚說：「大夫您文武全才，忠孝具備，為國家尋找賢才，不是為自家私利。當今賊寇聚集在恆州，大軍環佈於邊境，農民無法耕種沒有收成，錢財糧草都將耗盡。我們所處的地方，是運輸糧食物資的要道，治理的方法、征討的謀略，需要有人來出謀劃策。石先生仁義並且勇敢，如果以仁義的名義聘請他，並一定對他委以重任，他還能有什麼推脫的理由呢？」於是撰寫聘書，準備好車馬和禮物，占卜選定吉日，交給使者，找到石先生的住處去請他。

　　石先生沒有告訴妻兒，也不與朋友商量，穿戴整齊後出來迎接客人，在家裡拜受聘書和禮物。當晚就沐浴更衣，準備好行裝，將書籍裝上馬車，問清楚道路，便與經常往來的朋友告別。清晨親朋好友都來到東門外為他餞行，酒過三巡，將要起身的時候，有人拿著酒杯說：「烏大夫的確能夠以義選取人才，先生您的確能以道義為己任，決定自己的去留。這杯酒為先生餞行。」又斟上一杯酒祝願說：「無論退隱還是出仕，又有什麼一成不變的呢？只要符合道義的就可以去做。這杯酒祝先生長壽。」再斟上一杯酒祝願道：「願先生讓烏大夫不要改變初衷，不要為了自家富裕而讓將士忍饑挨餓，不是內心喜好阿諛奉承之人而在表面上尊重正直的人，不被讒言所矇蔽，只願他聽從石先生的意見。這樣做了就能獲得成功，確保天子的恩寵。」又有人祝願道：「希望先生不要在烏大夫那裡圖求私利，暗地裡為自己考慮。」石先生起身拜謝回覆道：「怎敢不日夜敬忠職守以遵從你們的祝願和規勸！」於是，東都洛陽的人都知道烏大夫與石先生一定能互相合作而有所成就，便各自做十二行古體詩，讓我為之寫下這篇序。

祭十二郎文　韓愈

【題解】

　　這是韓愈為悼念侄子十二郎而寫的一篇祭文。韓愈有三個哥哥，大哥韓會，二哥韓介。十二郎名老成，是韓介的次子，過繼給了韓會，在族中排行第十二。韓愈二歲喪父，由大哥韓會與嫂撫養成長，因此從小和十二郎生活在一起。兩人年齡相差無幾，雖為叔侄，實同兄弟，彼此感情十分親密。這篇祭文打破常規，不是為死者歌功頌德，而是追敘二人交往中的點點滴滴，尤其是早年與十二郎孤苦相依的往事，以及成年之後奔波於仕途，以致聚少離多的悔恨。看似平凡瑣碎，卻字字血淚，句句深情，出自肺腑之中，感人至深，被前人譽為祭文中的「千年絕調」。

【原文】

　　年、月、日，季父愈聞汝之七日，乃能銜哀致誠，使建中遠具時羞之奠①，告汝喪十二郎之靈：

　　嗚呼！吾少孤，及長，不省所怙②，惟兄嫂是依。中年，兄歿南方③。吾與汝俱幼，從嫂歸葬河陽④。既又與汝就食江南⑤，零丁孤苦，未嘗一日相離也。吾上有三兄，皆不幸早世。承先人後者，在孫惟汝，在子惟吾。兩世一身，形單影隻。嫂嘗撫汝指吾而言曰：「韓氏兩世，惟此而已。」汝時尤小，當不復記憶；吾時雖能記憶，亦未知其言之悲也。

　　吾年十九，始來京城。其後四年，而歸視汝。又四年，吾往河陽省⑥墳墓，遇汝從嫂喪來葬⑦。又二年，吾佐董丞相於汴州⑧，汝來省吾；止一歲，請歸取其孥⑨。明年，丞相薨⑩，吾去汴州，汝不果來。是年，吾佐戎徐州⑪，使取汝者始行，吾又罷去⑫，汝又不果來。吾念汝從於東，東亦客也，

不可以久；圖久遠者，莫如西歸，將成家而致汝。嗚呼！孰謂汝遽[13]去吾而歿乎！吾與汝俱少年，以為雖暫相別，終當久相與處，故舍汝而旅食京師，以求斗斛之祿[14]。誠知其如此，雖萬乘之公相[15]，吾不以一日輟[16]汝而就也！

去年，孟東野[17]往，吾書與汝曰：「吾年未四十，而視茫茫，而髮蒼蒼，而齒牙動搖。念諸父與諸兄，皆康強而早世，如吾之衰者，其能久存乎？吾不可去，汝不肯來，恐旦暮死，而汝抱無涯之戚[18]也。」孰謂少者歿而長者存，強者夭而病者全乎？

嗚呼！其信然邪？其夢邪？其傳之非其真邪？信也，吾兄之盛德而夭其嗣乎？汝之純明而不克蒙其澤乎[19]？少者強者而夭歿，長者衰者而存全乎？未可以為信也！夢也，傳之非其真也，東野之書，耿蘭[20]之報，何為而在吾側也？嗚呼！其信然矣！吾兄之盛德而夭其嗣矣！汝之純明宜業[21]其家者，不克蒙其澤矣！所謂天者誠難測，而神者誠難明矣！所謂理者不可推，而壽者不可知矣！

雖然，吾自今年來，蒼蒼者或化而為白矣，動搖者或脫而落矣。毛血[22]日益衰，志氣[23]日益微，幾何不從汝而死也！死而有知，其幾何離？其無知，悲不幾時，而不悲者無窮期矣。

汝之子始十歲[24]，吾之子始五歲[25]，少而強者不可保，如此孩提者，又可冀其成立耶？嗚呼哀哉！嗚呼哀哉！

汝去年書云：「比得軟腳病，往往而劇。」吾曰：「是疾也，江南之人，常常有之。」未始以為憂也。嗚呼！其竟以此而殞其生乎？抑別有疾而致斯乎？

汝之書，六月十七日也。東野云：汝歿以六月二日。耿蘭之報無月日。蓋東野之使者，不知問家人以月日？如耿蘭

之報，不知當言月日？東野與吾書，乃問使者，使者妄稱以應之耳？其然乎？其不然乎？

今吾使建中祭汝，弔汝之孤與汝之乳母。彼有食可守，以待終喪，則待終喪而取以來；如不能守以終喪，則遂取以來。其餘奴婢，並令守汝喪。吾力能改葬，終葬汝於先人之兆㉖，然後惟其所願。

嗚呼！汝病吾不知時，汝歿吾不知日。生不能相養以共居，歿不得撫汝以盡哀。斂㉗不憑其棺，窆㉘不臨其穴。吾行負神明，而使汝夭，不孝不慈，而不得與汝相養以生，相守以死。一在天之涯，一在地之角，生而影不與吾形相依，死而魂不與吾夢相接。吾實為之，其又何尤㉙！彼蒼者天，曷其有極㉚！

自今以往，吾其無意於人世矣！當求數頃之田於伊、潁㉛之上，以待餘年。教吾子與汝子，幸其成；長吾女與汝女，待其嫁，如此而已。

嗚呼！言有窮而情不可終，汝其知也邪？其不知也邪？嗚呼哀哉！

尚饗㉜。

【注釋】

① 建中：人名，當為韓愈家中僕人。羞：通「饈」，佳餚。
② 怙：依靠。《詩經‧小雅‧蓼莪》：「無父何怙，無母何恃。」後用「怙」代父，「恃」代母。
③ 兄歿南方：唐代宗大曆十四年，韓愈的大哥韓會被貶為韶州刺史，次年死於任所，年四十三。時韓愈十一歲，隨兄在韶州。
④ 河陽：今河南孟州西，是韓氏祖宗墳墓所在地。
⑤ 就食江南：唐德宗建中二年。
⑥ 省：探望，此引申為憑弔。

⑦ 遇汝從嫂喪來葬：韓愈嫂子鄭氏卒於貞元九年，韓愈有《祭鄭夫人文》。貞元十一年，韓愈往河陽祖墳掃墓，與奉其母鄭氏靈柩來河陽安葬的十二郎相遇。

⑧ 董丞相：董晉，官至宰相。貞元十二年時，董晉以檢校尚書左僕射，同中書門下平章事任宣武軍節度使，汴、宋、亳、潁等州觀察使，韓愈在其幕中任節度觀察推官。這是韓愈從政的開始。汴州：州名，治所在今河南開封。

⑨ 孥（音奴）：妻和子的統稱。

⑩ 薨（音哄）二月，董晉死於汴州任所。

⑪ 佐戎徐州：指韓愈在徐州任徐、泗、濠節度使張建封的節度推官。佐戎：輔助軍務。

⑫ 罷去：指貞元十六年五月，張建封去世，韓愈離開徐州。

⑬ 遽：突然。

⑭ 斗斛來長安選官，調四門博士，貞元十九年，遷監察御史。

⑮ 萬乘之公相：泛指顯赫的高官。

⑯ 輟：停止，這裡指離開。

⑰ 孟東野：即韓愈的好友孟郊。當時任溧陽尉，距宣州不遠，故韓愈托他捎信給宣州的十二郎。

⑱ 無涯之戚：無窮無盡的悲傷。

⑲ 純明：純正聰慧。克：能。

⑳ 耿蘭：當為宣州韓氏別業的管家人。

㉑ 業：繼承。

㉒ 毛血：指身體。

㉓ 志氣：指精神。

㉔ 汝之子始十歲：十二郎有二子，長韓湘，次韓滂。當時韓湘十歲。

㉕ 吾之子始五歲：指韓愈長子韓昶。

㉖ 兆：葬域，墓地。

㉗ 斂：通「殮」。為死者更衣稱小殮，屍體入棺材稱大殮。

㉘ 窆（音扁）：下葬。

㉙ 尤：怨恨。

㉚ 彼蒼者天，曷其有極：語出《詩經・唐風・鴇羽》：「悠悠蒼天，曷

其有極。」

③ 伊、潁：流經河南西部的伊水和潁水。此指故鄉。

③ 尚饗：古代祭文結語用詞，意為希望死者享用祭品。

【譯文】

　　某年某月某日，叔叔韓愈在聽到你去世的消息後第七天，才得以滿含哀痛地向你表達心意，派建中從遠方備辦了應時佳餚作為祭品，告慰於你十二郎之靈：

　　唉！我自幼喪父，直到長大，都不知道父親的模樣，全靠著哥哥嫂子撫養。哥哥中年時，死在了南方。當時我和你年紀都還小，跟隨嫂嫂將哥哥的靈柩送回河陽安葬。隨後又和你到江南謀生。孤苦伶仃，我倆沒有一天分離。我上面有三個哥哥，但不幸都很早去世了。繼承先祖的後代，孫子輩裡只有你，兒子輩裡只有我。兩代都只剩一個人，孤孤單單。嫂嫂常常一面撫摸著你一面指著我說：「韓家兩代，只有你們兩個人了！」那時你還很小，當然記不得了；我那時雖能記事，但也不能理解她話中的悲酸。

　　我十九歲時，初次來到京城。四年之後，才回家看望你。又過了四年，我去河陽憑弔祖墳，遇上你護送嫂嫂的靈柩前來安葬。又過了兩年，我在汴州輔佐董丞相，你來看望我，只住了一年，你要求回去接家眷來。第二年，董丞相去世，我離開了汴州，你沒能來。那一年，我在徐州任職，派去接你的人剛要動身，我又罷職離去，你又沒能來。我想，你跟隨我到東邊的徐州，也是異鄉客居，不能久住；從長遠來看，不如我西歸河陽故鄉，將家安頓好再接你來。唉！誰料你竟突然去世離開了我啊！當初，我與你都還年輕，以為雖然暫時分離，終究會長久相聚的，所以我才離開你到京師謀生，以求得微薄的俸祿。如果早知現在這般，縱然是做位尊勢大的三公宰相，我也不願意離開你一天而前去就職啊！

　　去年，孟東野前往江南，我托他捎信給你說：「我年未四十歲，已經視力模糊，頭髮花白，牙齒鬆動。想到諸位叔伯父和各兄長，都是在年富力強之時便過早去世的，像我這樣衰弱的人，能夠活得長久嗎？我不能離開職守，你又不肯來。恐怕我哪一天突然死了，你將會陷入無窮

無盡的悲哀。」誰料想年輕的先離世而年長的卻還活著，健壯的夭折而病弱的卻還保全性命？

唉！難道這是真的嗎，還是做夢呢？傳來的消息不確實？如果是真的，為什麼我哥哥有那麼美好的德行卻喪失了後代？你那麼純正聰慧卻不能承受他的恩澤？難道年輕力壯的反而要早逝，年長衰弱的應該活著嗎？我實在不敢相信這是真的啊！如果這是個夢，傳來的消息不是真的，那孟東野的來信、耿蘭的喪報，卻為什麼又在我的身邊呢？唉！這是真的！我哥哥有那麼美好的德行竟喪失了後代，你那麼純正聰慧本當繼承家業的，竟不能承受他的恩澤！所謂的老天爺啊，實在讓人難以推測；神明啊，實在讓人難以明白！真所謂天理不可推究，壽命不能預知啊！

雖說如此，我自今年以來，斑白的頭髮已經變成全白，鬆動的牙齒有的已經脫落。身體日益衰弱，精神一天不如一天。用不了多久也會跟隨你而死去！如果死後還有知覺，那我們的分離不會太久；如果死後沒有知覺，那我也悲傷不了多少時候，而沒有悲傷的日子則是無窮無盡的。

你的兒子才十歲，我的兒子剛五歲。年輕力壯的尚且不能保全性命，像這樣的孩子，又怎麼能希望他們長大成人呢？啊，悲傷啊！啊，悲傷啊！

你去年來信說：「近來得了軟腳病，時常發作得很厲害。」我說：「這種病，江南人是常有的。」未曾為此擔憂。唉！難道你竟然因此喪失了性命嗎，還是因為有別的疾病而導致不幸呢？

你的信是六月十七日寫的。孟東野說你死於六月二日，耿蘭報喪時沒有說明日期。大概東野派來的差使不知道向家裡人問清楚日期，而耿蘭的喪報又不知道應當說清日期。或是東野給我寫信時，才去問差使，差使信口說了個時間應付。是這樣的嗎，或不是這樣呢？

現在我派建中來祭奠你，慰問你的兒子和你的奶媽。他們家中有糧可以守喪到喪期結束，那就等喪期完了再來接他們；如果不能待到喪期結束，就立即把他們接走。其餘奴婢下人，讓他們為你守喪。如果我有能力給你遷葬，最終一定把你遷入祖先的墓地裡，這樣才了卻我的心願。

　　唉！你患病我不知道什麼時間，你去世我不知道什麼日子；你活著時我們不能生活在一起互相照顧，你去世了我不能撫摸你的遺體表達我的哀思，入斂時我不能靠在你棺木旁，下葬時我不能親臨你墓穴邊。我的德行辜負了神明，而使你英年早逝。我對上不孝，對下不慈，我既不能和你互相照顧共同生活，又不能陪伴你與你一同死去；如今一個在天涯，一個在地角，活著的時候不能與你形影相隨，死後你的魂靈又不能來我夢中相聚。這實在是我造成的，又能怨恨誰呢！那蒼天啊，我的悲傷何時才是盡頭！

　　從今以後，我無心於人世間的事情了！我該回到故鄉在伊水和潁水之畔置幾頃田地，度過我的餘生，教育我的兒子和你的兒子，期望他們長大成人；撫養我的女兒和你的女兒，等到他們出嫁。我的心願僅此而已！

　　唉！話有說完的時候，而我的哀痛之情卻無窮無盡，這些你是知道呢，還是不知道呢？啊，悲痛啊！

　　請享用祭品吧！

柳子厚墓誌銘　韓愈

【題解】

　　柳宗元，字子厚，與韓愈齊名，同為唐代古文運動的領袖。二人具有相同的文學主張，又有多次被貶的經歷，然而政治觀點卻相左。柳宗元早年積極參加王叔文集團，熱衷於政治改革，韓愈則不以為然。而這並不影響二人的私交。柳宗元去世後，韓愈非常悲傷，寫過不少哀悼文字，這是其中的代表作。墓誌銘是古代的一種文體，表示對死者的哀悼和紀念。通常分兩部分，前半部分「志」用散文撰寫，敘述死者的姓氏、籍貫、生平事蹟等；後半部分「銘」，用韻文撰寫，表示對死者的悼念和頌讚。這一篇墓誌銘的銘文極短，著重在前半部分，概括了柳宗元一生的經歷，讚揚其政治才能和文學成就，稱頌其勇於為人，急朋友之難的美德和刻苦自勵的精神。並對他長期遭受貶謫的坎坷經歷深表同情。文章平實質樸、自然流暢，又抑揚頓挫、酣暢淋漓，是韓

愈至性至情之作。

【原文】

　　子厚諱宗元①。七世祖慶②，為拓跋魏侍中③，封濟陰公。曾伯祖奭④，為唐宰相，與褚遂良、韓瑗俱得罪武后⑤，死高宗朝。皇考⑥諱鎮，以事母棄太常博士⑦，求為縣令江南。其後以不能媚權貴⑧，失御史。權貴人死⑨，乃復拜侍御史。號為剛直，所與遊皆當世名人。

　　子厚少精敏，無不通達。逮其父時，雖少年，已自成人。能取進士第⑩，嶄然見頭角，眾謂柳氏有子矣。其後以博學宏詞⑪，授集賢殿正字⑫。俊傑廉悍⑬，議論證據今古，出入經史百子，踔厲風發，率常屈其座人⑭，名聲大振，一時皆慕與之交。諸公要人，爭欲令出我門下，交口薦譽之。

　　貞元十九年，由藍田尉拜監察御史⑮。順宗即位，拜禮部員外郎⑯。遇用事者⑰得罪，例出⑱為刺史。未至，又例貶永州司馬⑲。居閒，益自刻苦，務記覽⑳，為詞章，汎濫停蓄㉑，為深博無涯涘㉒，而自肆於山水間。

　　元和中，嘗例召至京師；又偕出㉓為刺史，而子厚得柳州㉔。既至，嘆曰：「是豈不足為政邪？」因㉕其土俗，為設教禁㉖，州人順賴。其俗以男女質㉗錢，約不時贖，子本相侔㉘，則沒為奴婢。子厚與設方計，悉令贖歸。其尤貧力不能者，令書其傭㉙，足相當，則使歸其質。觀察使㉚下其法於他州，比㉛一歲，免而歸者且千人。衡湘㉜以南為進士者，皆以子厚為師。其經承子厚口講指畫為文詞者，悉有法度可觀。

　　其召至京師而復為刺史也，中山劉夢得禹錫，亦在遣中㉝，當詣播州㉞。子厚泣曰：「播州，非人所居，而夢得親在堂，吾不忍夢得之窮，無辭以白其大人，且萬無母子俱往理。」請於朝，將拜疏㉟，願以柳易播，雖重得罪，死不恨。

遇有以夢得事白上者㊱，夢得於是改刺連州㊲。嗚呼！士窮乃見節義。今夫平居里巷相慕悅，酒食遊戲相徵逐㊳，詡詡強笑語以相取下㊴，握手出肺肝相示，指天日涕泣，誓生死不相背負，真若可信。一旦臨小利害，僅如毛髮比㊵，反眼若不相識；落陷阱，不一引手救，反擠之，又下石焉者，皆是也。此宜禽獸夷狄所不忍為，而其人自視以為得計。聞子厚之風，亦可以少愧矣。

子厚前時少年，勇於為人，不自貴重顧藉㊶，謂功業可立就，故坐廢退㊷。既退，又無相知有氣力得位者推挽㊸，故卒死於窮裔㊹，材不為世用，道不行於時也。使子厚在台省㊺時，自持其身，已能如司馬刺史時，亦自不斥；斥時有人力能舉之，且必復用不窮。然子厚斥不久，窮不極，雖有出於人，其文學辭章，必不能自力，以致必傳於後如今，無疑也。雖使子厚得所願，為將相於一時，以彼易此，孰得孰失，必有能辨之者。

子厚以元和十四年十一月八日卒，年四十七。以十五年七月十日，歸葬萬年㊻先人墓側。子厚有子男二人，長曰周六，始四歲；季曰周七，子厚卒，乃生。女子二人，皆幼。其得歸葬也，費皆出觀察使河東裴君行立㊼。行立有節概，重然諾，與子厚結交，子厚亦為之盡，竟賴其力。葬子厚於萬年之墓者，舅弟盧遵㊽。遵，涿㊾人，性謹慎，學問不厭。自子厚之斥，遵從而家焉，逮其死不去。既往葬子厚，又將經紀其家，庶幾有始終者。銘曰：是惟子厚之室，既固既安，以利其嗣人㊿。

【注釋】

①子厚：柳宗元的字。諱：避諱，加在死者名前，以示尊敬。

②七世祖慶：史書記載，柳宗元七世祖柳慶曾任北魏侍中，其子柳旦，

任北周中書侍郎，封濟陰公。韓愈所記有誤。

③拓跋魏：即北魏。北魏國君姓拓跋，故稱。侍中：官名，北魏時相當於宰相。

④曾伯祖奭（音示）代褚遂良為中書令，相當於宰相。後來高宗欲廢王皇后立武則天為皇后，韓瑗和褚遂良力爭，武則天的親信許敬宗誣陷柳奭與韓、褚等謀反，柳奭因此被殺。柳奭是柳宗元的高伯祖，此誤為曾伯祖。

⑤褚遂良：初唐著名政治家、書法家。唐太宗臨終時命他與長孫無忌一同輔助高宗。後因勸阻高宗改立武后，屢遭貶謫。韓瑗：官至侍中，曾勸阻高宗廢王皇后。褚遂良被貶後極力援救，也被貶黜。武后：武則天。

⑥皇考：對亡父的尊稱。皇：大。考：亡父。

⑦太常博士：太常寺掌宗廟禮儀的屬官。

⑧不能媚權貴：權貴，此指竇參。柳鎮曾任殿中侍御史，因不肯與宰相竇參一同誣陷侍御史穆贊，得罪了竇參，被竇參誣陷貶官。

⑨權貴人死：其後竇參因罪被德宗賜死，柳鎮又任侍御史。

⑩取進士第：貞元九年柳宗元進士及第，時年二十一歲。

⑪博學宏詞：柳宗元貞元十二年中博學宏詞科。唐制，進士及第者可應博學宏詞考選，取中後即授予官職。

⑫集賢殿：集賢殿書院，掌刊輯經籍，搜求佚書。正字：集賢殿置學士、正字等官，正字掌管編校典籍、刊正文字的工作。柳宗元二十六歲授集賢殿正字。

⑬廉悍：清廉剛正。

⑭率：每每。屈：使之屈服。

⑮藍田：今屬陝西。尉：縣府管理治安，緝捕盜賊的官吏。監察御史：御史台的屬官，掌分察百僚，巡按郡縣，糾視刑獄，整肅朝儀諸事。

⑯禮部員外郎：官名，掌管禮儀。

⑰用事者：掌權者，指王叔文。順宗做太子時，王叔文任太子屬官。順宗登位後，王叔文任戶部侍郎，深得順宗信任。於是引用新進，施行改革。憲宗即位後，將王叔文貶黜。柳宗元等一批支持者均遭貶謫，史稱「二王八司馬」。

⑱ 例出：按規定遣出。永貞元年刺史。

⑲ 永州：今湖南零陵。司馬：本是州刺史屬下掌管軍事的副職，唐時為有職無權的閒官。

⑳ 記覽：記誦閱覽。此喻刻苦為學。

㉑ 氾濫：文筆汪洋恣肆。停蓄：文筆雄厚凝練。

㉒ 無涯涘（音賜）：無邊際。涯、涘：均是水邊。

㉓ 偕出：指元和十年，柳宗元等「八司馬」同時被召回長安，又同被遣往更遠的地方。

㉔ 柳州：唐置，屬嶺南道，治所在今廣西柳州。

㉕ 因：順著，按照。

㉖ 教禁：教諭和禁令。

㉗ 質：典當，抵押。

㉘ 子：利息。本：本金。相侔：相等。

㉙ 傭：當雇工。此指雇工勞動的酬勞。

㉚ 觀察使：官名，朝廷派往地方考察官吏政績的官。

㉛ 比：及，等到。

㉜ 衡湘：指衡山、湘江，泛指嶺南地區。

㉝ 中山：今河北定縣。劉夢得：名禹錫，其祖籍中山無極，唐代著名詩人。也參與了王叔文變革，同為「八司馬」之一。

㉞ 播州：治所在今貴州綏陽。

㉟ 拜疏：向皇帝上疏。

㊱ 白上者：指當時御史中丞裴度、崔群上疏為劉禹錫陳情。

㊲ 連州：唐屬嶺南道，州治在今廣東連縣。

㊳ 微逐：相邀過往頻繁。

㊴ 詡詡：討好的樣子。取下：指謙卑之態。

㊵ 如毛髮比：譬喻事情之細微。比：類似。

㊶ 顧藉：顧惜。

㊷ 坐：因他人獲罪而受牽連。廢退：指遭到貶黜。

㊸ 有氣力：有權勢的人。推挽：推舉提攜。

㊹ 窮裔：窮鄉僻壤。

㊺ 台省：御史台和尚書省。

⑯ 萬年：縣名，位於今陝西長安。

⑰ 河東：今山西永濟。裴行立：時任桂管觀察使，是柳宗元的上司。

⑱ 盧遵：柳宗元舅舅之子。

⑲ 涿：今河北涿縣。

⑳ 嗣人：子孫後代。

【譯文】

　　子厚，名叫宗元。他的七世祖柳慶，曾做過北魏的侍中，被封為濟陰公。曾伯祖父柳奭，做過唐朝的宰相，同褚遂良、韓瑗一起得罪了武則天皇后，在高宗時被處死。父親叫柳鎮，為了侍奉母親，放棄了太常博士的官職，請求到江南做一縣令。後來又因為不肯向權貴阿諛奉承，丟失了御史的職位。直到那位權貴死後，才重新被任命為侍御史。他以剛毅正直著稱，所結交的都是當時有聲望的人。

　　子厚小時候就非常聰明機靈，什麼都懂。他父親還在世的時候，他雖然很年輕，但已經成才，能考取進士，顯露出過人的才華，大家都說柳家有個好兒子。後來他又通過博學宏詞科的考試，被任為集賢殿正字。他才華橫溢，清廉剛正，發表議論時旁徵博引，精通經史典籍和諸子百家，言辭犀利，見識高遠，常常讓滿座的人為之折服，因此名聲大振，一時間人們都敬慕而希望與他交往。那些達官貴人爭著要收他為門生，眾口一詞地推薦稱讚他。

　　貞元十九年，他由藍田縣尉遷升為監察御史。順宗即位，又升為禮部員外郎。後來遇上某些當權人獲罪，他也受牽連按例貶出京城去當刺史，還未到任，又被按例貶為永州司馬。身處閒散之地，他更加刻苦為學，專心致志地讀書寫作。他的詩文汪洋恣肆，雄厚凝練，像無邊的大海那樣精深博大。而他自己則縱情於山水之間。

　　元和年間，他與曾經一同遭貶謫的人奉召回到京師，又一起被遣出京城去做刺史，子厚被分派到柳州。上任之後，他慨嘆道：「這裡難道不足以做出政績嗎？」他根據當地的風俗，制定了教化禁令，取得了百姓的順從和信賴。當地有個習俗，用子女做抵押向人借錢，約定如果不能按時償還，等到利息與本金相等時，債主就把人質收為奴婢。子厚為此想方設法，讓他們把子女都贖回來；那些特別窮困實在沒有能力贖回

的，就讓債主記下人質當傭工的酬勞，到其足夠抵消債務時，再讓債主歸還被抵押的人質。觀察使還把這個辦法推廣到別的州，到了一年後，免除奴婢身分得以回家的將近一千人。衡山、湘江以南準備考進士的人，都把子厚當作老師，那些經過子厚親自講授和指點的人，所寫的文章全都合乎規範、可圈可點。

他被召回京師又再次被派出做刺史時，中山劉夢得禹錫也在被遣放之列，應當去播州。子厚流著淚說：「播州不是一般人能住的地方，況且夢得老母還在，我不忍心看到夢得如此困窘，沒有辦法把這事和他的老母說，而且也絕對沒有母子一同前往的道理。」準備向朝廷請求，呈遞奏章，表示情願拿柳州換播州，即使因此再度獲罪，死也無憾。正巧也有人把夢得的情況報告了皇上，夢得因此改任連州刺史。啊！士人到了患難之時，才看得出他的節操和義氣！現在一些人，平日安居里巷之中，互相敬慕友好，一些吃喝玩樂來往頻繁，相互討好裝出一副謙卑的笑臉，握手言歡之際簡直可以挖出肝肺給對方看，指著天日流淚賭咒發誓，不論生死都不會背棄朋友，簡直像真的一樣可信。然而一旦遇到小小的利害衝突，哪怕像頭髮絲那般細小的事，便翻臉不認人，朋友落入陷阱，也不伸手搭救，反而趁勢推擠，再往下扔石頭，這樣的人到處都是啊！這樣的事應該連禽獸和野蠻人都不忍心干，而那些人卻自以為得計。他們聽到子厚的高尚德行，也應該汗顏了吧！

子厚當初年輕時，勇於助人，不知道愛惜自己，認為功名事業唾手可得，所以受到牽連而被貶斥。貶謫之後，又沒有賞識他並有權勢的人推舉幫助，所以最後死在窮鄉僻壤，才華不能為當世所用，抱負不能在當時施展。如果子厚當時在御史台、尚書省任職時，能謹慎約束自己，像後來做司馬、刺史時那樣，自然不會被貶謫了；貶官之後，如果有人能極力推舉他，一定會再次被任用，而不至於窮困潦倒一生。然而，如果子厚被貶斥的時間不長，遭受的困苦沒有達到極點，即使他的才華比別人高，但他在文學辭章上必然不會下這樣的功夫，以致於取得像今天這樣一定會流傳後世的成就，這是毫無疑問的。即使讓子厚如願以償，一度出將入相，拿那個換這個，何者為得，何者為失？一定有人能分辨清楚的。

子厚在元和十四年十一月初八去世，終年四十七歲。在十五年七月

初十，安葬在萬年縣他祖先的墓旁。子厚有兩個兒子，大的叫週六，才四歲；小的叫周七，是子厚去世後才出生的。他的兩個女兒，也都很小。子厚能夠回鄉安葬，費用都是觀察使河東裴行立先生出的。行立先生為人有節操，重信用，與子厚是朋友，子厚對他也盡心儘力，最後竟依靠他辦理了後事。把子厚安葬到萬年縣墓地的，是他的表弟盧遵。盧遵是涿州人，為人謹慎，做學問永不滿足。自從子厚被貶謫之後，盧遵就跟著他和他家人住在一起，直到他去世也沒離開；既送子厚靈柩歸葬，又安排料理子厚家屬的生活，可以稱得上是有始有終的人了。銘文說：這是子厚的墓室，既牢固又安適，對他的子孫會有好處的。

駁《復仇議》　柳宗元

【題解】

柳宗元（773—819），字子厚，河東解（今山西永濟）人，世稱「柳河東」。因官任柳州刺史，又稱「柳柳州」。唐代文學家、哲學家、政治家，與韓愈共同倡導古文運動，並稱為「韓柳」，是唐宋八大家之一。早年積極參與主張革新政治的王叔文集團，並因此多次遭貶謫。

這是一篇針對初唐陳子昂的《復仇議》所作的奏議。柳宗元開門見山，旗幟鮮明地指出陳子昂的觀點是錯誤的。他從闡述「禮」和「刑」的辯證關係入手，強調了二者在根本上的統一性，揭示了陳子昂提出的「誅之而旌其閭」荒謬之處以及危害性。全文論點明確，論據翔實，論證手段縝密嚴謹，語言犀利精準，並援引儒家的經典為自己的觀點作佐證，具有難以辯駁的氣勢。

【原文】

臣伏見天后時①，有同州下邽人徐元慶者②，父爽為縣尉趙師韞所殺。卒能手刃父仇，束身歸罪。當時諫臣陳子昂建議誅之而旌其閭③，且請編之於令，永為國典。臣竊獨過之。

臣聞禮④之大本，以防亂也。若曰無為賊虐，凡為子者殺無赦。刑之大本，亦以防亂也。若曰無為賊虐，凡為治者殺無赦。其本則合，其用則異，旌與誅莫得而並焉。誅其可旌，茲謂濫；黷刑⑤甚矣。旌其可誅，茲謂僭⑥，壞禮甚矣。果以是示於天下，傳於後代，趨義者不知所向，違害者不知所立，以是為典可乎？蓋聖人之制，窮理以定賞罰，本情以正褒貶，統於一而已矣。

向使刺讞⑦其誠偽，考正其曲直，原始而求其端⑧，則刑禮之用，判然離矣。何者？若元慶之父，不陷於公罪，師韞之誅，獨以其私怨，奮其吏氣，虐於非辜，州牧不知罪，刑官不知問，上下蒙冒，籲號不聞。而元慶能以戴天為大恥，枕戈為得禮，處心積慮，以沖仇人之胸，介然自克⑨，即死無憾，是守禮而行義也。執事者宜有慚色，將謝之不暇，而又何誅焉？

其或元慶之父，不免於罪，師韞之誅，不愆⑩於法，是非死於吏也，是死於法也。法其可仇乎？仇天子之法，而戕⑪奉法之吏，是悖驁而凌上也⑫。執而誅之，所以正邦典⑬，而又何旌焉？

且其議曰：「人必有子，子必有親，親親相仇，其亂誰救？」是惑於禮也甚矣。禮之所謂仇者，蓋其冤抑沉痛而號無告也；非謂抵罪觸法，陷於大戮。而曰「彼殺之，我乃殺之」，不議曲直，暴寡脅弱而已。其非經背聖，不亦甚哉！

《周禮》⑭：「調人⑮，掌司萬人之仇。凡殺人而義者，令勿仇，仇之則死。有反殺者，邦國交仇之。」又安得親親相仇也？《春秋公羊傳》曰：「父不受誅，子復仇可也。父受誅，子復仇，此推刃⑯之道，復仇不除害。」今若取此以斷兩下相殺，則合於禮矣。且夫不忘仇，孝也；不愛死，義

也。元慶能不越於禮，服孝死義，是必達理而聞道者也。夫達理聞道之人，豈其以王法為敵仇者哉？議者反以為戮，黷刑壞禮，其不可以為典，明矣。

　　請下臣議附於令。有斷斯獄者，不宜以前議從事。謹議。

【注釋】

① 伏見：看到。舊時下對上有所陳述時的表敬之辭。天后：即武則天，永徽六年被立為唐高宗李治的皇后。

② 同州：唐代州名，治所在今陝西大荔。下邽（音規）：縣名，今陝西省渭南縣。

③ 陳子昂：字伯玉，初唐著名文學家。武后時曾任右拾遺。旌：表彰。閭：里巷的大門，這裡指鄉里。

④ 禮：封建時代道德和行為規範的泛稱。

⑤ 黷（音讀）刑：濫用刑法。

⑥ 僭：超出本分。

⑦ 刺讞：審理判罪。

⑧ 原：推究。端：原因。

⑨ 介然：堅定的樣子。克：控制。

⑩ 愆：違背，違反。

⑪ 戕（音槍）：殺害。

⑫ 悖：傲慢。

⑬ 邦典：國法。

⑭《周禮》：又名《周官》，儒家經典之一。戰國到西漢時期儒家整理彙編的周王室和戰國時各國的官制等歷史資料。

⑮ 調人：周代官名。

⑯ 推刃：往來相殺。

【譯文】

　　臣看過則天皇后時的一些記載，同州下邽縣有個叫徐元慶的人，父

親徐爽被縣尉趙師韞殺了。最後他能夠親手殺掉他父親的仇人，把自己捆了去官府投案自首。當時的諫官陳子昂建議將其處以死罪，同時在他家鄉表彰他的行為。並請求朝廷將這一案例編入法令，永遠作為國家的法典。臣個人認為，這樣做是不對的。

臣聽說，禮的根本作用是為了防止作亂。倘若說不能讓殺人者施暴，那麼凡是被害人的兒子為報父母之仇而殺人就應該處死，不能赦免。刑法的根本作用也是為了防止作亂。倘若說不能讓殺人者施暴，那麼凡是當官的不依據刑法殺了不該殺的人，也必須處死，不能赦免。禮與刑在根本上是一致的，採取的方式則不同。因此表彰和處死不能同時施加於一個人。處死應當表彰的人，這就叫亂殺，就是肆意濫用刑法。表彰應當處死的人，這就是過失，嚴重踐踏了禮制。如果將這樣的案例作為刑法的準則，並傳給後代，那麼追求正義的人就不知道該往哪裡走了，想避開禍害的人也不知道怎樣立身行事，能夠以此作為法則嗎？大凡聖人的原則，是透徹地研究了事物的道理來規定賞罰，根據事實來確定獎懲，無非是把禮、刑二者結合在一起罷了。

當時若能審察案情的真偽，確定其是非，推究案子的起因，那麼刑法和禮制的作用就能明顯地區分開來。為什麼呢？如果徐元慶的父親沒有觸犯法律，趙師韞殺他，只是出於他個人的私怨，施展他當官的威風，虐殺無罪的人，州官不去治趙師韞的罪，執法的官員也不去過問這件事，上下一氣矇騙包庇，對喊冤叫屈的呼聲充耳不聞。而徐元慶將面對不共戴天之仇卻要忍氣吞聲視為奇恥大辱，把時刻不忘報殺父之仇看作是合乎禮制，想方設法，尋機將刀刺進仇人的胸膛，堅定不移地以禮規範自己，即使死了也不感到遺憾，這正是遵守禮而奉行義的行為啊。執法的官員本應感到慚愧，去向他謝罪都來不及，又怎麼能誅殺他呢？

如果徐元慶的父親確實犯了死罪，趙師韞殺他，就不違法，他不是死於官吏錯殺，而是因為犯罪而被處死。法律難道是可以仇視的嗎？仇視皇帝的法律，又殺害執法的官吏，這是悖逆犯上的行為。這樣的人應該抓起來處死，以此嚴正國法，為什麼還要表彰他呢？

而且陳子昂的奏議還說：「人必有兒子，兒子必有父母，如果因為愛自己的親人而互相仇殺，這種混亂局面靠誰來解救呢？」這是對禮太不瞭解了。禮所說的仇，是指蒙受冤屈，悲傷呼號而又投訴無門；並不

是指觸犯了法律，以身抵罪而被處死。而說什麼「他殺了我的父母，我就要殺掉他」，這是不問是非曲直，恃強凌弱罷了。這種違背聖賢經典的做法，不是太過分了嗎？

《周禮》說：「調人，是負責調解眾人怨仇的。凡是合乎禮義的殺人，就不準被殺者的親屬報仇；如要報仇，則處以死刑。如果有反過來再殺死對方的，那便是全民公敵。」這樣，又怎麼會發生因為愛自己的親人而一直互相仇殺呢？《春秋公羊傳》說：「父親無辜而被殺，兒子可以為其報仇。父親犯法被處死，兒子報仇，那就導致循環仇殺，冤冤相報永遠不能消除仇殺的禍害。」現在如果以此來判斷趙師韞殺死徐元慶的父親和徐元慶殺死趙師韞之事，那徐元慶的行為就合乎禮了。而且，不忘父仇，這是孝；不怕死，這是義。徐元慶能不越出禮的範圍，克盡孝道，為義而死，他一定是個明曉事理且懂得聖賢之道的人啊。明曉事理、懂得聖賢之道的人，難道會仇視王法嗎？但上奏議的人反而認為他應當被處死。這種濫用刑法、踐踏禮制的議論，不能作為法典，這是很清楚明白的。

請把我的意見附在法令之後，今後凡是審理這類案件的人，不應再根據以前的意見斷案。謹此發表意見。

箕子碑　柳宗元

【題解】

箕子，名胥餘，殷紂王的叔父，曾任太師之職，因封於箕（今山西太谷東北）地，故稱箕子。他多次勸諫紂王，不被採納，於是佯裝瘋癲，被囚為奴。周滅殷之後，武王將他釋放。箕子向武王進獻《洪範》大法，卻又不願仕周，武王就將朝鮮封給了他。後人對箕子十分推崇，認為他是「智」與「忠」的楷模，並建廟祭祀他，柳宗元為此擬定了這篇碑文。碑是古代的一種文體，一般由兩部分組成，前一部分多用散文以記事，稱為「碑」；後一部分用韻文以讚頌，稱為「銘」或「頌」。這裡只保留了「碑」。柳宗元因參加王叔文集團，實行政治革新而獲罪，被貶謫到荒遠的邊郡為官，其遭遇與箕子多有相似之

處。他在碑文中極力讚美箕子立身處世的三大原則，其實也是對自己的激勵和鞭策，寄託自己的信念和抱負。字裡行間，無不蘊含著深厚的感情和無限的感慨。

【原文】

　　凡大人之道有三：一曰正蒙難，二曰法授聖，三曰化及民。殷有仁人曰箕子，實具茲道以立於世，故孔子述六經之旨，尤殷勤焉。

　　當紂①之時，大道悖亂，天威之動不能戒，聖人之言無所用。進死以並命②，誠仁矣，無益吾祀，故不為。委身以存祀③，誠仁矣，與亡吾國，故不忍。具是二道，有行之者矣。是用保其明哲，與之俯仰；晦是謨範④，辱於囚奴；昏而無邪，隤而不息⑤；故在《易》曰：「箕子之明夷⑥。」正蒙難也。及天命既改，生人以正，乃出大法，用為聖師。周人得以序彝倫⑦而立大典。故在《書》曰：「以箕子歸作《洪範》⑧。」法授聖也。及封朝鮮，推道訓俗，惟德無陋，惟人無遠，用廣殷祀，俾夷為華，化及民也。率是大道，叢於厥躬⑨，天地變化，我得其正，其大人歟？

　　嗚呼！當其周時未至，殷祀未殄⑩，比干已死，微子已去，向使紂惡未稔⑪而自斃，武庚⑫念亂以圖存，國無其人，誰與興理？是固人事之或然者也。然則先生隱忍而為此，其有志於斯乎？

　　唐某年，作廟汲郡⑬，歲時致祀，嘉先生獨列於《易‧象》，作是頌云。

【注釋】

① 紂：名辛，商朝末代君主，歷史上有名的暴君。
② 進死以並命：指冒死進諫的比干。比干，紂王的叔父，受先王的囑託

忠心輔佐紂王，因直言勸諫而被殺。並：通「屏」，捨棄。

③委身以存祀：指出走的微子。微子，名啟，紂王的庶兄。紂王荒淫無
　道，微子屢次勸諫，紂王不聽，微子出走。武王克商，他肉袒面縛乞
　降。周成王封微子於商族發祥地商丘，以示不絕殷商之祀，國號為
　宋。

④晦：昏暗。謨：謀略。

⑤躓（音躓）：跌倒。

⑥明夷：《周易》卦名。卦象指太陽落山。明：太陽。夷：滅。象徵昏
　君在上，明臣在下，明臣不敢顯露自己。

⑦彝倫：指倫理道德。彝：常規。

⑧《洪範》：《尚書》中的一篇。洪：大；範：法。相傳是大禹時的文
　獻，箕子修訂過獻給周武王的「天地之大法」。

⑨厥：其，他的。躬：身體，自身。

⑩殄：盡，絕。

⑪稔：莊稼成熟，這裡指罪惡還沒有發展到頂點。

⑫武庚：紂王之子。武王滅商後，封他為殷君。周成王時，他發動叛
　亂，為周公旦所滅。

⑬汲郡：即唐代衛州，治所在今河南汲縣。

【譯文】

　　一般說來，歷史傑出的偉人立身處世有三個原則：一是即使遭受危
難也要保持正直的品德；二是將治理天下的方法傳授給聖明的君主；三
是使人民接受教化。殷商有位仁人叫箕子，確實具備這三方面的德行而
贏得世人的尊敬。因此孔子在概述「六經」要旨時，特別關切地提到
他。

　　殷紂王當政之時，背棄聖賢之道導致天下大亂，天威示警不能使其
收斂，聖人的教誨也不起作用。冒死進諫，犧牲生命，確實稱得上是
「仁」，但這樣做不利於家族的延續，因此箕子沒有這樣做；忍辱負重
以保存自己宗廟的奉祀，其實也是一種「仁」，只是參與滅亡自己的國
家，箕子也不忍心去做。上述這兩種辦法，已經有人這樣做了。箕子便
保持自己清醒的頭腦，暫且順應這混亂的世道；隱藏自己的見解和主

張，混跡於囚徒之中忍受屈辱；貌似糊塗卻不去做邪惡之事，外表柔弱內心卻自強不息。因此《易經》中說：「箕子的明智藏於內心。」這就是遭受危難而能保持正直的品德啊。等到天命更改，周朝用正道治理百姓，箕子便獻出治國的大法，因此成為聖君的老師。周公根據這些法則來調整倫常綱紀，制定了典章制度。因此《尚書》中說：「因為箕子的歸順才寫成了《洪範》。」這便是將治理天下的方法傳授給聖明的君主啊。等到箕子被封在朝鮮，推行王道以改變風俗，使民眾的思想言行不再鄙陋，人民不再疏遠，使得殷商的文化發揚光大，使異族與華夏民族融合，這便是使人民受到教化啊！遵循著大道，將這些崇高的品德都集於一身，天地變化無常，自己能始終堅持正道，這難道不是偉大的人嗎？

啊！當那周朝的時運尚未到達，殷商的統治尚未終結之時，比干已經死了，微子已經出走了。若是紂王在惡行尚未登峰造極之前死去，其子武庚能為社會動盪而憂慮併力圖保存社稷，國中要是沒有箕子這樣的人，誰與武庚一起使國家復興並加以治理呢？這是人事變化中的一種可能啊。如此看來，箕子這般忍受屈辱，大概早有這樣的考慮吧？

唐朝的某一年，在汲郡修建了箕子的廟，逢年按時祭祀他。我敬慕先生能被列入《易經》中的卦象，寫下了這篇頌。

捕蛇者說　柳宗元

【題解】

曾經雄心勃勃有志於革新朝政的柳宗元被貶到偏遠的永州（今湖南零陵），擔任有職無權的司馬。這使他有更多的機會接觸到下層百姓，瞭解他們的苦難，並因此寫下了許多揭露黑暗統治，同情百姓的優秀作品，《捕蛇者說》便是其中的代表作。文章通過記述捕蛇為業的蔣氏一家三代的悲慘遭遇，運用對比、襯托的手法，形象地展示了苛政猛於虎的社會現實。文章從極寫毒蛇的恐怖與捕蛇的危險開始，但在蔣氏眼中，雖然毒蛇已經奪走了兩代人的性命，但與承擔苛賦相比，捕蛇竟然還是個「美差」。鄉鄰們時常受到驚擾，流

離失所，朝不保夕；捕蛇者一年冒兩次生命危險，其餘時間便可高枕無憂。這種以苦難襯托更大苦難的寫法，具有震撼人心的強烈效果。

【原文】

　　永州之野產異蛇，黑質而白章[①]。觸草木，盡死；以齧[②]人，無禦之者。然得而臘[③]之以為餌，可以已大風、攣踠、瘻、癘[④]，去死肌，殺三蟲[⑤]。其始，太醫以王命聚之，歲賦其二。募有能捕之者，當其租入。永之人爭奔走焉。

　　有蔣氏者，專其利三世矣。問之，則曰：「吾祖死於是，吾父死於是，今吾嗣為之十二年，幾死者數矣。」言之，貌若甚戚者。余悲之，且曰：「若毒之乎？余將告於蒞事者[⑥]，更若役，復若賦，則何如？」蔣氏大戚，汪然出涕曰：「君將哀而生之乎？則吾斯役之不幸，未若復吾賦不幸之甚也。向吾不為斯役，則久已病矣。自吾氏三世居是鄉，積於今六十歲矣，而鄉鄰之生日蹙。殫其地之出，竭其廬之入，號呼而轉徙，飢渴而頓踣[⑦]。觸風雨，犯寒暑，呼噓毒癘，往往而死者相藉也。曩與吾祖居者，今其室十無一焉；與吾父居者，今其室十無二三焉；與吾居十二年者，今其室十無四五焉。非死則徙爾，而吾以捕蛇獨存。悍吏之來吾鄉，叫囂乎東西，隳突[⑧]乎南北，譁然而駭者，雖雞狗不得寧焉。吾恂恂[⑨]而起，視其缶[⑩]，而吾蛇尚存，則弛然而臥。謹食之，時而獻焉。退而甘食其土之有，以盡吾齒。蓋一歲之犯死者二焉。其餘則熙熙而樂，豈若吾鄉鄰之旦旦有是哉！今雖死乎此，比吾鄉鄰之死則已後矣。又安敢毒耶？」

　　余聞而愈悲。孔子曰：「苛政猛於虎也。」吾嘗疑乎是。今以蔣氏觀之，猶信。嗚呼！孰知賦斂之毒，有甚是蛇者乎！故為之說，以俟夫觀人風[⑪]者得焉。

【注釋】

① 質：底色。章：花紋。

② 齧（音虐）：咬。

③ 臘：風乾。

④ 大風：麻風病。攣踠：一種手腳拳曲不能伸直的病。瘻：頸部腫爛流膿。癘：惡瘡。

⑤ 三蟲：古時道家迷信的說法，認為人的腦、胸、腹有「三屍蟲」，此蟲作祟，相關部位便會得病。

⑥ 蒞事者：管這事的官吏。

⑦ 頓：勞累。踣（音博）：倒斃。

⑧ 驤（音揮）突：騷擾。

⑨ 恂恂：小心謹慎的樣子。

⑩ 缶（音否）：口小腹大的瓦罐。

⑪ 人風：民風。唐人避唐太宗李世民的名諱，凡遇「民」字皆寫為「人」。

【譯文】

　　永州的山野中生長著一種奇怪的蛇，黑色的蛇身上有白色的花紋。它碰到草木，草木全都枯死；咬到人，沒有醫治的辦法。然而將其捕獲並風乾，製成藥物，可以治癒麻風、手足屈曲、頸部膿腫、毒瘡這些疑難病，還能除去壞死的肌肉，殺死人體內的「三屍蟲」。起初，太醫奉皇帝的命令徵收這種毒蛇，每年兩次。招募能捕這種蛇的人，用蛇充抵他應繳納的賦稅。永州的百姓都爭著去幹這件差事。

　　有一戶姓蔣的，獨自享有捕蛇免賦的好處已經有三代了。我問起這件事，他說：「我祖父死於捕蛇，我父親死於捕蛇，我接手這差事至今已經十二年了，有好幾次差點被蛇咬死。」說話之時，臉上露出很悲傷的神色。我很同情他，就說道：「你怨恨這差事嗎？我可以去告訴掌管這事的官吏，讓他更換你的差事，恢復你的賦稅，你覺得怎樣？」姓蔣的一聽更加傷心了，眼淚汪汪地說：「你是哀憐我，想讓我活下去嗎？可我這差事的不幸，遠比不上恢復我納稅的不幸嚴重啊！如果當初我不

幹捕蛇這差事，那早就被貧困壓垮了。自我家祖孫三代居住在此地算來，至今已經六十年了。而鄉鄰們的生活一天比一天困難。他們拿出地裡的全部的收穫，用光家裡所有的東西；哭哭啼啼地背井離鄉逃荒，飢寒交迫死在路途中。頂風冒雨，經歷嚴寒酷暑，呼吸毒霧瘴氣，常常是成堆地死在路邊。從前和我祖父同居一村的人，現在十戶中剩下的不到一戶了；和我父親同居一村的人，現在十戶中剩下的不到兩三戶了；和我一起住了十二年的人家，如今十戶中剩下的也不到四五戶了。不是死光了，就是搬走了。而我卻因為捕蛇才獨自倖存下來。凶狠的差役來到我們村裡時，吆喝喧囂，橫衝直撞，到處騷擾，嚇得人驚恐嘩然，連雞狗也不得安寧。我戰戰兢兢地起來，看看那瓦罐子，只要見到我捕的蛇還在裡面，就可以放心地倒頭大睡。平時我小心地餵養蛇，到規定的時候獻上去。回家後就香甜地享用自己田地裡種出來的東西，以此安度天年。一年之中要冒生命危險的時候只有兩次，其他的時間都能過著舒適安樂的生活，哪會像我的那些鄉鄰們，天天都有危險呢！我現在即使死於捉蛇，比起那些早死的鄉鄰們也已經晚了許多，又怎麼還敢怨恨呢！」

我聽了這番話更加難過了。孔子曾經說過：「殘暴的統治比老虎更加凶惡。」我曾經懷疑這句話。如今就蔣氏一家的遭遇來看，還真是確切無疑。唉，誰能想到橫徵暴斂對百姓的殘害比毒蛇更厲害呢！因此我寫下這篇《捕蛇者說》，希望能讓那些考察民情的官吏看到。

種樹郭橐駝傳　　柳宗元

【題解】

本文雖稱為「傳」，實則是一篇寓言性的政論散文。通過記敘郭橐駝的種樹之道，推及為官之道，旗幟鮮明地指出自己的政治觀點，矛頭直指中唐吏治的擾民、傷民，反映出作者同情百姓改革弊政的熱切願望。作者借傳立說，人物刻畫簡潔生動，語言風格亦莊亦諧，以植樹推導出治民，別出心裁，而又自然貼切，令人信服。

【原文】

　　郭橐駝^①，不知始何名。病僂^②，隆然^③伏行，有類橐駝者，故鄉人號之「駝」。駝聞之曰：「甚善，名我固當。」因舍其名，亦自謂「橐駝」云。

　　其鄉曰豐樂鄉，在長安西。駝業種樹，凡長安豪家富人為觀遊及賣果者，皆爭迎取養。視駝所種樹，或移徙，無不活，且碩茂，蚤實以蕃^④。他植者，雖窺伺效慕，莫能如也。有問之，對曰：「橐駝非能使木壽且孳也，能順木之天，以致其性焉爾。凡植木之性，其本欲舒，其培欲平，其土欲故，其築欲密。既然已，勿動勿慮，去不復顧。其蒔^⑤也若子，其置也若棄，則其天者全，而其性得矣。故吾不害其長而已，非有能碩茂之也；不抑耗其實而已，非有能蚤而蕃之也。他植者則不然。根拳而土易，其培之也，若不過焉則不及。苟有能反是者，則又愛之太殷，憂之太勤，旦視而暮撫，已去而復顧。甚者爪其膚以驗其生枯，搖其本以觀其疏密，而木之性日以離矣。雖曰愛之，其實害之；雖曰憂之，其實仇之。故不我若也，吾又何能為哉！」

　　問者曰：「以子之道，移之官理^⑥可乎？」駝曰：「我知種樹而已，官理非吾業也。然吾居鄉，見長人者^⑦好煩其令，若甚憐焉，而卒以禍。旦暮吏來呼曰：『官命促爾耕，勖^⑧爾植，督爾獲；蚤繰而緒^⑨，蚤織而縷^⑩；字^⑪而幼孩，遂而雞豚^⑫。』鳴鼓而聚之，擊木而召之。吾小人輟飧饔以勞吏者^⑬，且不得暇，又何以蕃吾生而安吾性耶？故病且怠若是。則與吾業者，其亦有類乎？」

　　問者嘻曰：「不亦善夫！吾問養樹，得養人術。」傳其事以為官戒也。

【注釋】

① 橐（音駝）駝：駱駝。

② 僂：脊背彎曲，駝背。

③ 隆然：高高突起的樣子。

④ 蚤：通「早」。蕃：繁多。

⑤ 蒔（音時）：移栽。

⑥ 官理：為官治理百姓。唐人避高宗名諱，改「治」為「理」。

⑦ 長人者：指治理百姓的官員。

⑧ 勖（音旭）：勉勵。

⑨ 繅（音騷）：煮繭抽絲。而：通「爾」，你。

⑩ 縷：線，這裡指紡線織布。

⑪ 字：養育。

⑫ 遂：長，餵大。豚：小豬。

⑬ 輟：中止。飧：早飯。

【譯文】

　　郭橐駝，不知道他原先叫什麼名字。由於得了佝僂病，後背高高隆起，俯身走路，好像駱駝的樣子，因此鄉里人稱他為「橐駝」。橐駝聽到後說：「很好啊，這樣叫我太恰當了。」於是捨棄他的原名，也自稱「橐駝」了。

　　他住的地方叫豐樂鄉，在長安城的西郊。橐駱以種植樹木為生，凡是長安城的豪紳富貴人家修建觀賞遊覽的園林，以及種果樹販賣的商人，都競相僱用他。看看橐駱所種植的樹木，即使是移植的，也沒有不成活的。而且長得高大茂盛，果實結得又早又多。其他種樹的人雖然暗中學習傚傚，但都不能趕上他。有人問他其中的奧秘，他回答說：「我郭橐駝並沒有使樹木長得茂盛結更多果實的妙招，只不過是能夠順應樹木自然生長的規律，使它按照自己的習性成長罷了。種植樹林，一般說來是要讓樹根舒展，培土要均勻，移栽樹木要保留根部的舊土，並將土拍打結實。這樣種好之後就不要再去動它，也不要擔心它是否會成活，離開後甚至不必再看顧它了。樹木移栽時要像養育子女一樣精心細緻，栽好後置於一旁要像把它丟棄一樣，那麼樹木的生長規律就可以不受擾

亂，它就能按自己的天性自然生長了。所以說我只是不妨害林木自然生長罷了，並沒有使它長得高大茂盛的特殊本領；我只是不抑制、損害它的結果罷了，並沒有使它果實結得又早又多的訣竅。別的種樹人卻不是這樣，讓樹根彎曲著，將根部的舊土換成新土，培土不是多了就是少了。即使有做法相反的人，卻又對樹木過於關愛，過多地擔憂其是否能成活，早晨去看看，晚上去摸摸，離開之後還要回頭看幾眼。更有甚者會用指甲摳破樹皮來檢驗樹的死活，搖動樹根來察看栽得是鬆是實，因此樹木的本性就日益喪失了。這樣的行為說是愛護樹，實際上是害了樹；與其說是為樹木擔憂，不如說是仇恨樹。所以他們種的樹都不如我，我又有什麼特殊本領呢？」

問的人繼續說：「把你種樹的道理，移到為官治理百姓上，可以嗎？」橐駝說：「我只知道種樹罷了，為官治理百姓不是我的事情啊。然而，我居住在鄉里，看到那些官吏喜歡不斷發布各種命令，好像體恤百姓，但最終都是給百姓帶來災禍。每天早晚，差吏來到村中喊叫：『官府有令，催促你們耕田，勉勵你們播種，督促你們收割。快點繰好你們的絲，快點紡好你們的布。撫育好你們年幼的子女，餵養大你們的雞豬。』又是擊鼓讓人們聚集在一起，又是敲木把大家召來。我們這些小百姓早晚顧不上吃飯忙於應酬慰勞差吏，尚且都沒有空暇，哪有時間使我們人口興旺、生活安定呢？所以都非常困苦而且疲乏。像這些，與我們種樹的情景有些相似之處吧？」

發問的人感慨地說道：「這不是說得很好嗎？我詢問種樹的方法，卻得到了治理百姓的道理。」於是我記下這件事，讓官吏們戒鑑吧！

宋文

待漏院記　　王禹偁

【題解】

　　王禹偁（954—1001），字元之，北宋文學家、政治家。太平興國八年進士，歷任右拾遺、左司諫、知制誥、翰林學士。王禹偁（音稱）敢於直言諷諫，因此屢受貶謫，曾被貶於黃州，世稱王黃州。王禹偁為北宋詩文革新運動的先驅，作品多反映社會現實，風格清新平易，為後來之歐陽修、梅堯臣等人詩文革新運動開闢了道路，因此頗受後人推重。

　　《待漏院記》講的是宰相職責，也反映了中國古代士人的政治理想。在唐宋兩代的政治結構中，宰相的地位舉足輕重。宋時文人當政，宰相權力尤重。王禹偁有感於此，寫了這篇很有時代特色的文章。作者心中理想的政治模式是：君王獨斷而無為於上，百官分職而勤勉於下，而其樞紐，就是宰相。不過，在現實政治中，奸相多而賢相少，還有庸相濫竽充數。作者描繪了三種宰相的形象，褒貶分明，表達了自己的愛憎立場。

【原文】

　　天道不言，而品物亨、歲功成者①，何謂也？四時之吏、五行之佐②，宣其氣矣。聖人不言，而百姓親、萬邦寧者，何謂也？三公③論道，六卿分職④，張其教矣。是知君逸於上，臣勞於下，法乎天也。古之善相天下者，自咎、夔至房、魏⑤，可數也。是不獨有其德，亦皆務於勤耳。況夙興夜寐⑥，以事一人，卿大夫猶然，況宰相乎！

　　朝廷自國初，因舊制，設宰相待漏院於丹鳳門之右，示勤政也。至若北闕向曙，東方未明，相君啟行，煌煌火城，相君至止，噦噦⑦鑾聲。金門⑧未辟，玉漏猶滴。撤蓋下車，於焉以息。待漏之際，相君其有思乎？

　　其或兆民未安，思所泰之；四夷未附，思所來之。兵革

未息，何以弭⑨之。田疇多蕪，何以辟之。賢人在野，我將
進之。佞人立朝，我將斥之。六氣⑩不和，災眚⑪薦至，願避
位以禳⑫之。五刑未措，欺詐日生，請修德以釐⑬之。憂心忡
忡，待旦而入。九門既啟，四聰甚邇⑭。相君言焉，時君納
焉。皇風於是乎清夷，蒼生以之而富庶。若然，則總百官，
食萬錢，非幸也，宜也。

其或私仇未復，思所逐之。舊恩未報，思所榮之。子女
玉帛，何以致之；車馬玩器，何以取之。奸人附勢，我將陟
⑮之；直士抗言，我將黜之。三時⑯告災，上有憂色，構巧詞
以悅之。群吏弄法，君聞怨言，進諂容以媚之。私心慆慆
⑰，假寐而坐，九門既開，重瞳⑱屢回。相君言焉，時君惑
焉。政柄於是乎隳⑲哉，帝位以之而危矣。若然，則下死
獄、投遠方，非不幸也，亦宜也。

是知一國之政，萬人之命，懸於宰相，可不慎歟？復有
無毀無譽，旅進旅退，竊位而苟祿，備員⑳而全身者，亦無
所取焉。

棘寺㉑小吏王禹為文，請志院壁，用規於執政者。

【注釋】

①品物：萬物。亨：通達順利。歲功：一年農事的收穫。

②四時之吏、五行之佐：古代傳說中天上掌管春、夏、秋、冬四季變化
　和金、木、水、火、土五行代興的官員。

③三公：這裡用《周禮》的說法，太師、太傅、太保三公坐而充分準
　備，制定國家大計。

④六卿：《周禮》把執政大臣分為六官，即天官冢宰、地官司徒、春官
　宗伯、夏官司馬、秋官司寇、冬官司空，合稱六卿。這裡泛指朝廷大
　臣。分職：分別掌管職責。

⑤咎：傳說中堯舜的樂官。房：即房玄齡，初唐名相。魏：即魏徵，初
　唐名臣。

⑥夙興夜寐：早起晚睡。夙：早。興：起來。寐：睡。

⑦噦噦（音會）：象聲詞，徐緩而有節奏的響聲。

⑧金門：指皇宮的門。

⑨弭：停止，消除。

⑩六氣：陰、陽、風、雨、晦、明。

⑪眚（音省）：原義為日食或月食，後引申為災異。

⑫禳：除邪消災的祭祀。

⑬釐：治理，矯正。

⑭聰：耳明。邇：近。

⑮陟（音治）：晉陞，提拔。

⑯三時：春、夏、秋三個農忙時節。

⑰惛惛（音叨）：紛亂不息的樣子。

⑱重瞳：眼中有兩個瞳仁，在上古神話裡記載有重瞳的人一般都是聖人。這裡指皇帝的眼睛。

⑲隳（音揮）：崩毀，毀壞。

⑳備員：湊數，充數。

㉑棘寺：大理寺的別稱，朝廷掌管刑獄的最高機關。

【譯文】

　　天道不說話，而萬物卻能順利生長，莊稼年年有收成，這是為什麼呢？那是由於掌握四時、五行的天官們使風雨調暢。君主不說話，而百姓和睦相親，四方萬國卻能安寧，這是為什麼呢？那是由於三公商討了治國綱要，六卿職責分明，弘揚了君主的教化。所以我們知道，君主在上清閒安逸，臣子在下勤於王事，這就是取法於天道。自古以來善於治理國家的賢相，從皋陶、夔到房玄齡、魏徵，屈指可數。這些人不但有德行，而且都勤於政事。早起晚睡為國君效力，連卿大夫都應該如此，何況宰相呢！

　　朝廷從立國之初沿襲前代的舊制，在丹鳳門右邊設立宰相待漏院，以表示要勤於政務。當北面的宮闕映著一線曙光，東方尚未明亮之時，宰相就動身啟行，儀仗隊的燈籠照得全城通亮。宰相來到宮門外，停下

馬車，鑾鈴之聲還在有節奏地迴響。這時宮門尚未打開，計時的玉漏仍在滴水。侍從撩開車上帷蓋，宰相下車到待漏院暫息。在等候朝見之際，宰相大概想得很多吧！

他也許在想，百姓尚未安寧，考慮怎樣讓他們平安；四方的異族尚未歸順，考慮怎樣使他們前來歸附。戰事尚未停止，想著怎樣使其平息；田園還有許多荒蕪，想著怎樣讓百姓前去開墾。賢能之人尚得到任用，怎樣將他們推薦上來；奸邪小人還竊居高位，怎樣將其逐出朝廷。天氣不調和，災害不斷髮生，我願意辭去相位，向上天禱告以消災滅害。各種刑罰未能廢置，欺詐行為不斷髮生，我將請求加強修養德行加以矯正。懷著深深的憂慮，等待天明入宮。皇宮大門打開後，願意聽取各方意見的天子離得很近。宰相向皇帝奏明了意見，皇上採納了他的建議。於是世風清平，百姓生活因此富裕。如能這樣，宰相位居百官之上，享受優厚的俸祿，那就不是僥倖得到寵幸，而是完全應該的。

而有的或許在想，我有私仇未報，考慮著怎樣驅逐仇敵；舊恩未報，考慮著怎樣讓恩人榮華富貴。一心想著金錢美女，怎樣攫取；車馬玩物，如何獲得。奸邪之徒依附我的權勢，我將如何提拔他們；正直之臣直言諫諍，我要如何貶謫他們。春、夏、秋三季各地都有災情報來，皇上心情憂慮，我要如何用花言巧語取悅皇帝；眾官吏貪贓枉法，皇上聽到怨言，我要考慮怎樣奉承獻媚求得其歡心。腦海中私心雜念紛繁繚繞，閉上眼睛坐著假睡。皇宮之門洞開，皇上屢次環視。宰相開口進言，皇上被他蒙惑，朝政由此而敗壞，皇位也因此而動搖。如果是這樣，那即使將宰相打入死牢，或流放遠地，也不是不幸，而是完全應該的。

由此可以明白，一個國家的政權，千百萬百姓的性命，都繫於宰相一身，怎麼可以不謹慎對待呢？還有一種宰相，沒有什麼惡名聲也沒有什麼讚譽，隨波逐流，得過且過，竊取高位，貪圖利祿，濫竽充數，只求保全自身，也是不足取的。

大理寺小官吏王禹偁寫這篇文章，希望能把它刻在待漏院壁的牆上，用以告誡執政的大臣。

書《洛陽名園記》後　李格非

【題解】

　　李格非，字文叔，北宋文學家，官至翰林學士，著名女詞人李清照之父。

　　洛陽園林在宋代號稱天下第一。李格非的《洛陽名園記》記述了十九處名園，並以此為跋。作者由洛陽名園的興廢看到洛陽城的盛衰，又從洛陽的盛衰看到天下的治亂，還由達官貴人競相經營園林，縱情享樂，由小見大，見微知著，揭示其必將沒落的命運。通篇行文簡潔、論事精闢，逐層推理，嚴謹整飭，以唐朝覆滅的例子，警示當今，可見其高瞻遠矚。

【原文】

　　洛陽處天下之中，挾殽、黽之阻[1]，當秦隴之襟喉[2]，而趙魏之走集[3]，蓋四方必爭之地也。天下當無事則已，有事則洛陽必先受兵。予故嘗曰：洛陽之盛衰，天下治亂之候也。

　　唐貞觀、開元之間，公卿貴戚開館列第於東都者，號千有餘邸。及其亂離，繼以五季[4]之酷，其池塘竹樹，兵車蹂蹴[5]，廢而為丘墟。高亭大榭[6]，煙火焚燎，化而為灰燼，與唐共滅而俱亡，無餘處矣。予故嘗曰：園圃[7]之廢興，洛陽盛衰之候也。

　　且天下之治亂，候於洛陽之盛衰而知；洛陽之盛衰，候於園圃之廢興而得。則《名園記》之作，予豈徒然哉？

　　嗚呼！公卿大夫方進於朝，放乎一己之私，自為之，而忘天下之治忽[8]，欲退享此，得乎？唐之末路是已。

【注釋】

①挾：擁有。殽：殽山，在河南洛寧縣西北。黽：黽隘，古隘道名，即

今河南信陽西南的平靖關。

②襟喉：險要之地。襟：衣襟。

③走集：往來必經的險要之地。

④五季：即五代十國時期的後梁、後唐、後晉、後漢、後周。

⑤蹂躙：蹂躪，踐踏。

⑥榭：高台上的敞屋。

⑦園囿：泛指園林宅第。

⑧治忽：猶言治亂。

【譯文】

　　洛陽位於天下的中心，擁有崤山、澠隘的險阻，正當秦、隴二地的咽喉，又是趙、魏之間必經的要道，是四方諸侯必爭之地。天下太平無事也就罷了，一旦發生動盪，那洛陽總是最先遭受戰爭。因此我曾說過：洛陽的興盛和衰敗，是天下太平或者動亂的徵兆啊。

　　唐代貞觀、開元年間，達官貴人、皇親國戚在東都洛陽營建公館宅院的，號稱有一千多家。到了唐末遭受動亂而流離失所，接著是五代的嚴重破壞，那些池塘、竹木，被兵車踐踏，都成了廢墟。高大的亭台樓閣，被戰火焚燒，化成灰燼，跟唐朝一起灰飛煙滅，一處都沒留下。我因此曾說：園林的興盛與毀滅，又是洛陽興盛或衰敗的徵兆。

　　既然天下的太平或動亂從洛陽的興衰就可以看到，洛陽的興衰又可以從園林的興廢可以看到，那我寫《洛陽名園記》，難道是徒勞無益的嗎？

　　唉！那些公卿大夫剛被提拔進朝廷，就放縱一己私慾，為所欲為，將國家的治亂置於腦後，熱衷於經營自己的家園，指望告老還鄉之後還能享受這種園林之樂，這能辦得到嗎？唐朝最後覆滅的情形就是前車之鑒啊！

岳陽樓記 范仲淹

【題解】

范仲淹（989—1052），字希文，北宋著名的政治家、思想家、文學家。真宗祥符八年進士，官至樞密副史、參知政事。他為政清廉，體恤民情，剛直不阿，力主改革，積極推行「慶曆新政」，屢遭奸佞誣謗，數度被貶。

《岳陽樓記》寫於慶曆六年，范仲淹因「慶曆新政」變法運動失敗，被貶出京城。在岳陽遇到同樣遭貶謫的同榜好友滕子京。面對情緒極為低落的好友，范仲淹借作記之機，含蓄委婉地用「不以物喜，不以己悲」相規勸，以自己「先天下之憂而憂，後天下之樂而樂」的濟世情懷和樂觀精神感染和激勵好友。作者將敘事、寫景、議論、抒情自然地結合起來，既有對事情本末的交代，又有對湖光水色的描寫；既有精警深刻的議論，又有惆悵悲沉的抒情。語言精練，胸襟開闊，記樓，記事，更寄託自己的心志。「先天下之憂而憂，後天下之樂而樂」的思想，對後世的志士仁人產生了很大的鞭策和激勵作用。

【原文】

慶曆四年春，滕子京謫守巴陵郡①。越明年，政通人和，百廢俱興。乃重修岳陽樓，增其舊制，刻唐賢、今人詩賦於其上，囑予作文以記之。

予觀夫巴陵勝狀，在洞庭一湖。銜遠山，吞長江，浩浩湯湯②，橫無際涯。朝暉夕陰，氣象萬千。此則岳陽樓之大觀也，前人之述備矣。然則北通巫峽，南極瀟湘，遷客騷人③，多會於此，覽物之情，得無異乎？

若夫淫雨霏霏④，連月不開，陰風怒號，濁浪排空，日星隱曜，山岳潛形，商旅不行，檣傾楫摧⑤，薄暮冥冥⑥，虎嘯猿啼。登斯樓也，則有去國懷鄉，憂讒畏譏，滿目蕭然，感極而悲者矣。

至若春和景明，波瀾不驚，上下天光，一碧萬頃，沙鷗翔集，錦鱗⑦游泳，岸芷汀蘭⑧，鬱鬱青青。而或長煙一空，皓月千里，浮光躍金，靜影沉璧⑨；漁歌互答，此樂何極！登斯樓也，則有心曠神怡，寵辱皆忘，把酒臨風，其喜洋洋者矣。

嗟夫！予嘗求古仁人之心，或異二者之為。何哉？不以物喜，不以己悲。居廟堂之高，則憂其民；處江湖之遠，則憂其君。是進亦憂，退亦憂。然則何時而樂耶？其必曰「先天下之憂而憂，後天下之樂而樂」歟！噫！微斯人，吾誰與歸⑩！

時六年九月十五日。

【注釋】

① 滕子京：名宗諒，字子京，與范仲淹同年進士。巴陵：郡名，即岳州，治所在今湖南省岳陽。滕子京受人誣陷被貶謫岳州。

② 浩浩湯湯：水勢浩大的樣子。

③ 遷客：被貶謫流遷的人。騷人：詩人，戰國時屈原作《離騷》，因此後人也稱詩人為騷人。

④ 淫雨：連綿不斷的雨。霏霏：雨雪密集的樣子。

⑤ 檣：船槳。

⑥ 薄：迫近。冥冥：昏暗的樣子。

⑦ 錦鱗：指色彩斑斕的魚。

⑧ 芷：香草名。汀：水中或水邊的平地。

⑨ 沉璧：比喻水中月影。璧：圓形的玉。

⑩ 誰與歸：即「與誰歸」。歸：歸依，指同道。

【譯文】

慶曆四年春天，滕子京被貶為巴陵郡守。到了第二年，便使當地政通人和，百廢俱興。於是著手重修岳陽樓，在原來的基礎上擴展建築規

模，並把唐代名家和今人的詩賦刻在上面，並囑咐我寫一篇文章來記述這件事。

我看那巴陵郡的美景，都集中在洞庭湖上。它口含遠山，吞吐著長江，浩浩蕩蕩，無邊無際。清晨陽光燦爛，傍晚暮靄沉沉，氣象千變萬化。這些都是站在岳陽樓所能看到的壯麗景觀啊！前人已經描述得很詳細了。既然如此，它向北可以溝通巫峽，往南可以到達瀟水和湘江，貶謫邊遠地區的官吏和失意的文人，常常在這裡聚會。他們觀賞自然風光所觸發的感情，能夠毫無差別嗎？

在那陰雨綿綿，一連數月不放晴的日子裡，陰冷的風怒號著，渾濁的巨浪騰空而來，日月星辰都因此失去光芒，山巒被掩藏了雄姿，往來的商人和旅客不敢上路，桅杆傾倒了，船槳折斷了。傍晚時分，幽暗昏沉，像是虎在咆哮，猿在哀鳴。此刻登上這座樓啊，便會有離開京城、懷念家鄉，擔心讒言誹謗、懼怕他人譏諷的心情。舉目一片蕭瑟的景象，一定會極度傷感、無限悲涼。

到了春風和煦、陽光明媚的時節，湖上風平浪靜，天光水色交相輝映，碧波萬頃不見邊際。沙鷗或展翅飛翔，或聚集棲息，色彩斑斕的魚兒悠閒地游來游去。岸邊的小草，灘頭的幽蘭，散發著濃郁的香氣，鬱鬱蔥蔥。有時漫天煙霧頓時消散，皎潔的月光一瀉千里，水面上波光粼粼跳躍著萬點金星，月輪倒映在水中宛如一塊晶瑩的玉璧。漁船上漁夫歌聲唱和，這樣的快樂無窮無盡！此刻登上這座樓，便覺得胸懷開闊，精神愉悅，忘卻了榮譽和恥辱，臨風舉起酒杯，真是樂不可支啊！

唉！我曾經探究古代品德高尚之人的內心，或許與以上兩種情況不同吧。為什麼呢？因為他們不會由於外在環境稱心順暢而興高采烈，也不會因為個人遭遇挫折失意而悲傷洩氣。在朝廷為官，則為天下百姓擔憂；退身於邊遠的江湖，則為君主憂慮。這真是做官也憂，不做官也憂。那什麼時候才會快樂呢？大概他們一定會說「先天下之憂而憂，後天下之樂而樂」吧！唉，除了這樣的人，我還能與誰同道呢？

時為慶曆六年九月十五日。

諫院題名記　　司馬光

【題解】

　　司馬光（1019—1086），字君實，號迂夫，晚號迂叟，陝州夏縣（今屬山西）涑水鄉人，世稱涑水先生。司馬光是北宋著名政治家、文學家、史學家，歷仕仁宗、英宗、神宗、哲宗四朝，卒贈太師、溫國公，諡文正。他主持編纂了中國歷史上第一部編年體通史《資治通鑑》。

　　司馬光為人溫良謙恭，廉潔奉公，敢於直諫，不阿諛奉承。他在任職諫院之時，寫下這篇《諫院題名記》，提議將諫官之名刻在石上，任後人評說，以警戒諫官。

　　該文立意深遠，文字言簡意賅，明白曉暢。

【原文】

　　古者諫無官，自公卿大夫至於工商，無不得諫者。漢興以來，始置官。夫以天下之政、四海之眾，得失利病，萃①於一官使言之，其為任亦重矣。居是官者，常志其大，舍其細；先其急，後其緩；專利國家而不為身謀。彼汲汲②於名者，猶汲汲於利也，其間相去何遠哉？

　　天禧③初，真宗詔置諫官六員，責其職事。慶曆④中，錢君始書其名於版，光恐久而漫⑤滅。嘉祐⑥八年，刻著於石。後之人將歷指其名而議之曰：某也忠，某也詐，某也直，某也曲。嗚呼！可不懼哉？

【注釋】

① 萃：聚集，集中。

② 汲汲：急切的樣子。

③ 天禧：宋真宗趙恆的年號。

④ 慶曆：宋仁宗趙禎的第六個年號。

⑤漫：模糊。

⑥嘉祐：宋仁宗趙禎的最後一個年號。

【譯文】

　　古代有關進諫之事，沒有設立專門的官職，從王公大臣到工匠商販，沒有不能對君王勸諫的。直到漢朝興盛以來，才開始設立了諫官。將整個國家的政務，普天之下的百姓，朝廷各種得失利弊，都集中在諫官身上，讓他說出正確的判斷，諫官所擔負的責任相當重啊！擔任諫官的人，應當常常注意重要的大事，忽略瑣碎的小事；先考慮緊急的事情，把不急迫的事情放在後面；只為江山社稷的利益考慮，而不為自己謀私利。那些急切關注自己名聲的人，與那些急切地追求個人私利的人一樣，二者之間又有多大的差距呢？

　　天禧初年，真宗下詔設置諫官六員，責成他們掌管具體事務。慶曆年間，錢君開始將諫官的名字書寫在木板上，我擔心日子長了字跡會磨滅掉。於是在嘉祐八年將諫官的名字刻在石頭上。以後的人就能逐個指著名字議論道：這個人忠誠，這個人奸詐，這個人正直，這個人邪惡。哎，這樣能不讓人警戒嗎？

義田記　錢公輔

【題解】

　　錢公輔（1021－1072），字君倚，武進（今江蘇常州）人。宋代文學家，仁宗皇祐元年進士，官至天章閣待制。

　　范仲淹是北宋名臣，功勛卓著。而作者只選取他置辦義田一事，通過范仲淹對他人慷慨施捨與自己終身儉樸，先賢晏子與范仲淹的作為，以及朝中達官貴人只管自己享受不顧他人生死等多重對比，突出了范仲淹的高風亮節。全文以記事為主，記人為輔，在平實流暢的筆調中，以范仲淹為楷模，揭露批判了社會的冷漠與黑暗。

　　范文正公，蘇人也。平生好施與，擇其親而貧，疏而賢者，咸施之。

　　方貴顯時，置負郭常稔之田千畝①，號曰「義田」，以養濟群族之人。日有食，歲有衣，嫁娶凶葬皆有贍。擇族之長而賢者主其計，而時共出納焉。日食，人一升；歲衣，人一縑②；嫁女者五十千，再嫁者三十千，娶婦者三十千，再娶者十五千，葬者如再嫁之數，葬幼者十千。族之聚者九十口，歲入給稻八百斛③。以其所入，給其所聚，沛然有餘而無窮。屏而家居俟代者與焉④，仕而居官者罷其給。此其大較也。

　　初，公之未貴顯也，嘗有志於是矣，而力未逮者二十年。既而為西帥⑤，及參大政⑥，於是始有祿賜之入，而終其志。公既歿，後世子孫修其業，承其志，如公之存也。公既位充祿厚，而貧終其身。歿之日，身無以為斂，子無以為喪。惟以施貧活族之義，遺其子而已。

　　昔晏平仲⑦敝車羸馬，桓子⑧曰：「是隱君之賜也。」晏子曰：「自臣之貴，父之族，無不乘車者；母之族，無不足於衣食者；妻之族，無凍餒者；齊國之士，待臣而舉火者三百餘人。以此，而為隱君之賜乎？彰君之賜乎？」於是齊侯以晏子之觴而觴桓子⑨。予嘗愛晏子好仁，齊侯知賢，而桓子服義也。又愛晏子之仁有等級，而言有次第也。先父族，次母族，次妻族，而後及其疏遠之賢。孟子曰：「親親而仁民，仁民而愛物。」晏子為近之。今觀文正公之義田，賢於平仲。其規模遠舉，又疑過之。

　　嗚呼！世之都三公位，享萬鍾祿，其邸第之雄，車輿之飾，聲色之多，妻孥⑩之富，止乎一己而已。而族之人不得

其門而入者，豈少也哉！況於施賢乎！其下為卿，為大夫，為士，廩稍⑪之充，奉養之厚，止乎一己而已。而族之人，操壺瓢為溝中瘠⑫者，又豈少哉？況於他人乎！是皆公之罪人也。

公之忠義滿朝廷，事業滿邊隅，功名滿天下，後世必有史官書之者，予可無錄也。獨高其義，因以遺其世云。

【注釋】

① 負郭：靠近城郭。負：背倚。稔：莊稼成熟。

② 縑：雙絲的細絹，這裡泛指織物。

③ 斛：古代計量單位，當時一斛為十斗。

④ 屏：棄，指丟了官。俟：等待。

⑤ 西帥：指范仲淹曾出任陝西經略安撫招討副使。

⑥ 參大政：指范仲淹曾出任參知政事，主持朝政，積極推進「慶曆新政」。

⑦ 晏平仲：即晏子，春秋時齊國賢相。

⑧ 桓子：即田無宇，春秋時齊國田氏家族的首領之一。

⑨ 齊侯：指齊景公。觴：古代酒器，此處指罰酒。

⑩ 孥：兒女。

⑪ 廩稍：公家給予的糧食。

⑫ 溝中瘠：指餓死在溝渠中。瘠：瘦弱，此處指餓殍。

【譯文】

范仲淹是蘇州人。他平生樂善好施，總是選擇家族中關係親近而貧窮者，或者關係疏遠但品德好的人，予以資助。

他剛顯貴之時，就購置了近城常年豐收的一千畝良田，稱作「義田」，用來供養救濟族中之人。使他們天天有飯吃，年年有衣穿，嫁女、娶妻、遭災、喪葬都能得到資助。選擇家族中輩分高又賢能的人主管這件事，定期彙總收入和支出。每天的口糧，一人供給一升；每年的衣服，每人一匹細絹。女子出嫁發給五十千錢，女子改嫁的發給三十千

錢；娶媳婦的發給三十千錢，再娶的發給十五千錢；喪葬的費用與女子改嫁數目相同，孩子的喪事發十千錢。族人聚居的有九十多人，義田每年收穫可以用來分配的稻穀有八百斛，用這些收入來供應這裡聚居的族人，綽綽有餘且不會短缺。退居在家、等待任用的人予以供給，出去做官的則停止供給。這就是義田的大致情況。

當初，范公還未做高官之時，他就曾有了這種願望，可因為能力不夠而拖延了長達二十年。後來他出任西部邊境的統帥，繼而入朝參與主持朝政，從此開始有了俸祿、賞賜等收入，終於完成了自己的心願。他去世之後，後代的子孫繼續經營義田，繼承了他的遺志，如同他在世時一樣。他後來雖然高官厚祿，卻始終過著清貧的生活。去世的時候，甚至沒有錢入殮，子孫們也沒錢為他舉辦像樣的喪事。他只是把救濟貧寒、賙濟親族的道義，傳給了兒子而已。

古時候晏子乘破車、駕瘦馬。陳桓子說：「你這是隱瞞君主的賞賜啊。」晏子回答說：「自從我顯貴之後，父系的親族，沒有出門不坐車的人；母系的親族，沒有衣食不足的人；妻子的親族，沒有挨餓受凍的；齊國的士人，靠著我的接濟得以生火做飯的有三百多人。像這樣，究竟是隱瞞了君主的賞賜呢，還是彰明了君主的賞賜呢？」於是，齊君將原本要罰晏子的酒，罰了桓子。我曾經喜歡晏子好行仁德，齊君能夠辨別賢明，桓子能認錯服義。我還喜歡晏子的仁愛有親疏等級，而言辭有井然的次序。先說父系親族，再說母系親族，然後是妻子的親族，最後才提到關係疏遠的賢者。孟子說：「愛自己的親人進而愛百姓，愛百姓進而愛惜世間萬物。」晏子基本上就是這樣了。現在從范公的購置義田這件事來看，是比晏子還要賢明啊。他施行的規模之大、時間之久，恐怕要超過晏子。

唉！當今世上身居三公高位，享受萬鍾俸祿之人，他們宅第富麗堂皇，車駕華麗奢侈，歌舞伎眾多，妻妾兒女富有，都是為滿足自己的私慾而已。同族之人不能登其門的，難道還少嗎？何況是幫助關係疏遠的賢者呢？地位在他們以下的是卿，是大夫，是士，他們也享有朝廷充足的糧食和豐厚的俸祿，也僅是為滿足自己的私慾而已。同族之人，手裡拿著葫蘆瓢討飯，餓死於路旁溝中的，難道還少嗎？何況對於其他的人呢？這些人在范公面前，都是罪人啊！

范公的忠義譽滿朝廷，功業遍佈邊境，功名傳遍天下，後代一定會有史官記載他的事蹟，我可以不用贅言。只是我敬仰推崇他的道義行為，因而記敘「義田」之事，以流傳後人。

朋黨論 歐陽修

【題解】

歐陽修（1007—1072），字永叔，號醉翁，晚年號六一居士。他是北宋古文運動的倡導者和領袖，主張寫文章要切合實用，反對唐末五代以後浮靡晦澀的文風。他的散文說理暢達，語言流暢自然。

慶曆年間，范仲淹等執政，積極推進改革，遭到保守派抵制和攻擊。保守派以最讓皇帝忌諱的「朋黨」罪名誣陷范仲淹等人。歐陽修站了出來，寫下這篇《朋黨論》，予以反擊。作為一篇政論文，歐陽修非但不迴避讓人談虎色變的「朋黨之說」，反而提出「小人無朋，惟君子則有之」。作者列舉不用君子之黨而遭覆滅，重用君子之黨而獲大治的歷史事例，請求宋仁宗納諫，用君子之真朋，退小人之偽朋，以使國家興盛起來。文章邏輯嚴密，論證充分，既從容不迫，又理直氣壯。

【原文】

臣聞朋黨之說，自古有之，惟幸①人君辨其君子小人而已。大凡君子與君子，以同道為朋；小人與小人，以同利為朋。此自然之理也。

然臣謂小人無朋，惟君子則有之。其故何哉？小人所好者祿利也，所貪者財貨也。當其同利之時，暫相黨引②以為朋者，偽也；及其見利而爭先，或利盡而交疏，則反相賊害，雖其兄弟親戚，不能自保。故臣謂小人無朋，其暫為朋者，偽也。君子則不然。所守者道義，所行者忠信，所惜者

名節。以之修身，則同道而相益；以之事國，則同心而共濟；終始如一，此君子之朋也。

故為人君者，但當退小人之偽朋，用君子之真朋，則天下治矣。

堯之時，小人共工、兜等四人③為一朋，君子八元、八愷十六人為一朋④。舜佐堯，退四凶小人之朋，而進元、愷君子之朋，堯之天下大治。及舜自為天子，而皋、夔、稷、契⑤等二十二人並列於朝，更相⑥稱美，更相推讓，凡二十二人為一朋，而舜皆用之，天下亦大治。

《書》曰：「紂有臣億萬，惟億萬心；周有臣三千，唯一心。」紂之時，億萬人各異心，可謂不為朋矣，然紂以亡國。周武王之臣三千人為一大朋，而周用以興。

後漢獻帝⑦時，盡取天下名士囚禁之⑧，目為黨人。及黃巾賊起，漢室大亂，後方悔悟，盡解黨人而釋之，然已無救矣。

唐之晚年，漸起朋黨之論⑨。及昭宗⑩時，盡殺朝之名士，或投之黃河，曰：「此輩清流，可投濁流⑪。」而唐遂亡矣。

夫前世之主，能使人人異心不為朋，莫如紂；能禁絕善人為朋，莫如漢獻帝；能誅戮清流之朋，莫如唐昭宗之世，然皆亂亡其國。更相稱美推讓而不自疑，莫如舜之二十二臣，舜亦不疑而皆用之；然而後世不誚⑫舜為二十二人朋黨所欺，而稱舜為聰明之聖者，以能辨君子與小人也。周武之世，舉其國之臣三千人共為一朋。自古為朋之多且大，莫如周；然周用此以興者，善人雖多而不厭⑬也。

嗟乎！治亂興亡之跡，為人君者，可以鑑矣！

【注釋】

① 幸：希望。

② 黨引：結黨互為援引。

③ 共等四人：指共工、兜、鯀、三苗，被稱為「四凶」，被舜放逐。

④ 八元：傳說中上古高辛氏的八個有德行的臣子。八愷：傳說中上古高陽氏的八個有德行的臣子。

⑤ 皋、稷：傳說中舜時的賢臣，皋掌管刑法，夔掌管音樂，稷掌管農業，契掌管教育。

⑥ 更相：互相。

⑦ 獻帝：東漢末代皇帝劉協。逮捕、囚禁「黨人」應是桓帝、靈帝時的宦官所為。

⑧ 盡取天下名士囚禁之：東漢桓帝時，宦官專權，李膺、杜密等一批名士反對宦官，被誣為結黨營私的黨人而遭逮捕囚禁。靈帝時，李膺、陳蕃等一百多人被殺，六七百人受到株連，歷史上稱為「黨錮之禍」。這事並不是發生在獻帝之時。

⑨ 朋黨之論：唐穆宗至宣宗年間，統治集團內形成的以牛僧孺為首的牛黨和以李德裕為首的李黨，互相爭鬥，歷時四十餘年，史稱「牛李黨爭」。

⑩ 昭宗：唐昭宗李曄。殺名士投之於黃河之事發生在唐哀帝天祐二年，並不在昭宗年間。

⑪ 此輩清流，可投濁流：權臣朱溫的謀士李振多次考進士不中，懷恨在心，向朱溫提出建議：「此輩常自謂清流，宜投之黃河，使為濁流。」朱溫因此在白馬驛殺大臣裴樞等七人，並將他們的屍體投入黃河。清流：指品行高潔的人。濁流：指品格卑污的人。

⑫ 誚：譏笑。

⑬ 厭：滿足。

【譯文】

　　臣聽說有關朋黨的說法，是自古就有的，只是希望君主能分辨出其中的君子和小人而已。一般說來，君子之間因志向一致而結為朋黨，而小人之間則因利益相同而結為朋黨，這是很自然的規律。

但是臣以為，小人是沒有朋黨的，只有君子才有。這是什麼原因呢？小人所喜好的是高官厚祿，所貪求的是財富。當他們利益相同的時候，暫時互相勾結成為朋黨，但這種朋黨是虛假的；當他們見到利益便會爭先恐後地搶奪，而無利可圖時則會相互疏遠，甚至會反過來互相殘害，即使是兄弟親戚，也不會手下留情。所以說小人並無朋黨，他們只是為了利益暫時糾集在一起，都是虛假的。君子就不是這樣，他們堅持的是道義，奉行的是忠信，珍惜的是名節。用這些來提高自身修養，就能志同道合而相互扶助。用這些來為國家效力，那麼就齊心協力、同舟共濟。始終如一，這就是君子的朋黨啊。

　　所以作為君主，應當斥退小人的假朋黨，起用君子的真朋黨，就能使天下得以大治了。

　　堯的時候，共工、兜等四個小人結為一個朋黨，八元、八愷等十六位君子結為一個朋黨。舜輔佐堯，斥退「四凶」的小人朋黨，起用八元、八愷的君子朋黨，使得堯統治時期，天下大治。等到舜自己做天子時，皋陶、夔、稷、契等二十二人並立於朝廷。他們互相稱讚，互相謙讓，二十二人結為一個朋黨。但是虞舜全都起用他們，天下也因此得到大治。

　　《尚書》中說：「商紂有億萬臣子，卻有億萬條心；周武王有三千臣子，卻是一條心。」商紂王的時候，億萬人各懷異心，可以說不成朋黨了，但是紂王因此而亡國。周武王的三千臣子結成一個大朋黨，周朝卻因此而興盛。

　　東漢獻帝的時候，曾把天下名士都囚禁起來，把他們視為黨人。等到黃巾軍興起，天下大亂，朝廷才悔悟，解除黨錮將所有黨人都放了，但已經無可挽救漢王朝的滅亡了。

　　唐朝末年，逐漸產生有關朋黨的議論。到了昭宗時，把朝廷中的名士都殺害了，有的被投入黃河，說：「這些人自命為清流，應當把他們投到濁流中去。」唐朝於是也滅亡了。

　　前代的君主中，能使人人異心而不結為朋黨的，沒有誰比得上商紂王；能禁絕好人結為朋黨的，沒有誰比得上漢獻帝；而殺害「清流」朋黨的，沒有哪個朝代比得上唐昭宗之時。然而，這都使國家動盪以至滅亡了。互相稱讚謙讓而不疑忌的，誰都比不上虞舜的二十二位大臣，而

虞舜毫不猜疑，都重用他們。雖然這樣，後世並沒有譏笑虞舜被二十二人結成的朋黨所矇騙，卻讚美虞舜是英明的聖主，原因就在於他能區別君子和小人。周武王時代，全國所有的臣子三千人結成一個朋黨，自古以來作為朋黨人數之多規模之大，沒有比得上週武王時期的；然而周朝因此而興盛，其原因就在於有德行的人多多益善。

唉，歷史上興盛衰亡安定動盪的事情，作為君主的可以引以為戒鑑了。

縱囚論　歐陽修

【題解】

貞觀六年，唐太宗親自審查了三百九十名死囚，將其放回家去，約定次年秋天回來就刑。這批囚犯全都如期自動歸獄，無一人逃亡。太宗稱許他們知誠守信，於是全部赦免。這事一時傳為美談。歐陽修卻不這樣認為。他指出這裡既不存在恩德，也沒有信義，只是沽名釣譽的把戲。文章條理清晰，邏輯嚴密，反覆辯駁，逐層深入，得出治國必須嚴肅法紀，「必本於人情，不立異以為高，不逆情以干譽」的結論。

【原文】

信義行於君子，而刑戮施於小人。刑入於死者，乃罪大惡極，此又小人之尤甚者也。寧以義死，不苟幸生，而視死如歸，此又君子之尤難者也。

方唐太宗之六年，錄大辟囚三百餘人[1]，縱使還家，約其自歸以就死。是以君子之難能，期小人之尤者以必能也。其囚及期，而卒自歸無後者。是君子之所難，而小人之所易也。此豈近於人情哉？

或曰：「罪大惡極，誠小人矣；及施恩德以臨之，可使變而為君子。蓋恩德入人之深而移人之速，有如是者矣。」

曰：「太宗之為此，所以求此名也。然安知夫縱之去也，不意其必來以冀免，所以縱之乎？又安知夫被縱而去也，不意其自歸而必獲免，所以復來乎？夫意其必來而縱之，是上賊^②下之情也；意其必免而復來，是下賊上之心也。吾見上下交相賊以成此名也，烏有所謂施恩德與夫知信義者哉？不然，太宗施德於天下，於茲六年矣，不能使小人不為極惡大罪；而一日之恩，能使視死如歸而存信義，此又不通之論也。」

然則何為而可？曰：「縱而來歸，殺之無赦；而又縱之，而又來，則可知為恩德之致爾。」然此必無之事也。若夫縱而來歸而赦之，可偶一為之爾。若屢為之，則殺人者皆不死。是可為天下之常法乎？不可為常者，其聖人之法乎？是以堯、舜、三王之治，必本於人情，不立異以為高，不逆情以干譽^③。

【注釋】

① 錄：審查。大辟：即死刑。
② 賊：此處指揣摩。
③ 干譽：求取名譽。

【譯文】

對君子講信用和正義，對小人施刑罰和誅死。被判處死刑的，一定是罪大惡極，這是小人中特別惡劣的。寧願為道義而死，不願苟且偷生，做到視死如歸，這又是連君子都難辦到的。

唐貞觀六年，唐太宗審查了已判死刑的罪犯三百多人，放他們回家，約定到期自動回來接受死刑。這是用君子也最難做到的事，卻期望那些最壞的小人做到。結果到了約定的時間，那些囚犯都主動回來接受死刑，沒有一個遲到。這本是君子都難以做到的，小人卻輕易做到了。這難道合乎人之常情嗎？

有人解釋道：「罪大惡極，確實是小人了；但對其施加恩德之後，就可以使他們變成君子。恩德感化越深，使人改變越迅速，確實有這樣的情況！」我說：「唐太宗之所以這樣做，是為了贏得好名聲！怎麼知道唐太宗釋放囚犯時，不是料想到他們必定按時回來以求赦免，所以才放的呢？又怎麼能知道，囚犯在被釋放之後，不是料想按時回來必定可以獲得赦免，所以才回來的呢？預料囚犯一定能回來而放了他們，這是上面揣測下面的心思；料想按時回來必定會得到朝廷赦免，這是下面揣測上面的心思。我看見的只是上下互相揣測而成就了這種聲譽，哪裡是施加恩德和遵守信義啊？不然的話，太宗佈施恩德於天下，到那時已經六年了，並未能使小人不做罪大惡極的事，然而只有一天的恩德感化，竟能使他們視死如歸，遵守信義，這是根本解釋不通的論調啊！」

既然如此怎麼做才可以呢？我說：「放了又回來，將其處死而不赦免；然後再釋放一批，他們又回來，才可斷定他們是被恩德感化的。」然而，這是決不可能的事。像這樣放了之後又回來便加赦免，這樣的事只能偶然做一次。如果經常這樣做，那殺人犯都可以不被處死了。這能夠成為國家正常的法律嗎？既不能作為正常的法律，難道是聖人的法律嗎？因此，堯、舜和三王治理天下，一定要合乎人之常情，決不故意標新立異以顯示自己的高明，也決不違背情理來博取虛名。

梅聖俞詩集序　　歐陽修

【題解】

北宋詩人梅堯臣，字聖俞，作品風格清新樸實，對矯正宋初靡麗的詩風傾向有很大作用。他一生鬱鬱不得志，死後留下大量詩作。歐陽修將其整理成集，並撰寫序言，同情其身世，推崇其作品，同時宣揚自己「窮而後工」的文學主張。全文以「窮而後工」為統領，夾敘夾議，從容不迫；同時，語言質樸簡練，感情含蓄而深沉，行文跌宕，富於變化。

【原文】

　　予聞世謂詩人少達而多窮①。夫豈然哉？蓋世所傳詩者，多出於古窮人之辭也。凡士之蘊其所有②，而不得施於世者，多喜自放③於山巔水涯之外，見蟲魚草木、風雲鳥獸之狀類，往往探其奇怪，內有憂思感憤之鬱積，其興於怨刺④，以道羈臣⑤寡婦之所嘆，而寫人情之難言，蓋愈窮則愈工。然則非詩之能窮人，殆⑥窮者而後工也。

　　予友梅聖俞，少以蔭補⑦為吏，累舉進士，輒抑於有司⑧，困於州縣，凡十餘年。年今五十，猶從辟⑨書，為人之佐，郁其所蓄，不得奮見於事業。其家宛陵，幼習於詩，自為童子，出語已驚其長老。既長，學乎六經仁義之說。其為文章，簡古純粹，不求苟說於世。世之人徒知其詩而已。然時無賢愚，語詩者必求之聖俞。聖俞亦自以其不得志者，樂於詩而發之，故其平生所作，於詩尤多。世既知之矣，而未有薦於上者。昔王文康公⑩嘗見而嘆曰：「二百年無此作矣！」雖知之深，亦不果薦也。若使其幸得用於朝廷，作為雅、頌⑪以歌詠大宋之功德，薦之清廟⑫，而追商、周、魯頌之作者，豈不偉歟？奈何使其老不得志而為窮者之詩，乃徒發於蟲魚物類、羈愁感嘆之言？世徒喜其工，不知其窮之久而將老也！可不惜哉！

　　聖俞詩既多，不自收拾。其妻之兄子謝景初，懼其多而易失也，取其自洛陽至於吳興以來所作，次⑬為十捲。予嘗嗜聖俞詩，而患不能盡得之，遽喜謝氏之能類次也，輒序而藏之。

　　其後十五年，聖俞以疾卒於京師，余既哭而銘之，因索於其家，得其遺稿千餘篇，並舊所藏，掇⑭其尤者六百七十七篇，為一十五卷。嗚呼！吾於聖俞詩論之詳矣，故不復云。

　　廬陵歐陽修序。

【注釋】

① 達：顯達。窮：困頓不得志。

② 蘊：積聚。所有：指所有的才華、抱負。

③ 放：縱情。這裡指過隱居生活。

④ 怨刺：諷刺。

⑤ 羈臣：羈旅之臣，指在外地宦遊的官吏，也可泛指貶謫在外的官員。

⑥ 殆：大概，幾乎。

⑦ 蔭補：封建社會的一種選官制度，因前輩功績而賜予子弟官職。

⑧ 有司：負有專職的官吏，這裡指主考官。

⑨ 辟：聘書。

⑩ 王文康公：即王曙，字晦叔，宋仁宗時的宰相。

⑪ 雅、頌：指《詩經》中的《雅》《頌》。下文中的《商頌》《周頌》《魯頌》，都是當時貴族對祖先歌功頌德的作品。

⑫ 薦：奉獻。清廟：宗廟。

⑬ 次：編。

⑭ 掇：選取。

【譯文】

　　我聽到世人常說，詩人仕途暢達的少而坎坷困頓的多。難道真是這樣嗎？這大概是由於世上所流傳的詩歌，大多出自古代貧困潦倒之士的筆下吧。凡是懷有才華抱負而不能充分施展於世的士人，大多喜歡縱情於山水之間，看見蟲魚草木、風雲鳥獸之類事物，常常會探究它們的奇特怪異之處。內心積蓄著憂愁感慨，寄託在諷刺之中，道出了宦海沉浮漂泊在外之人和寡婦的慨嘆，寫出了人所難以言傳的感受。大概遭遇的困頓越多寫成的詩越精彩。如此說來，並不是寫詩使人貧困潦倒，應該是貧困潦倒後才能寫出好詩。

　　我的朋友梅聖俞，年輕時因祖上的功勳補為下級官吏，屢次參加進士考試，都遭到主考官員的壓制，被困在地方上十多年。年已五十了，還要靠聘書，去做他人的幕僚。壓抑著自己的才能智慧，不能在事業上充分施展出來。他家鄉在宛陵，從小就學習詩歌。在他還是個孩子時，寫出來的詩句就已讓長輩驚嘆不已了。長大一些後，學習了六經中仁義

的學問。他寫的文章古樸純正，不迎合於流俗以博得世人喜歡，因此世人只知道他會寫詩罷了。然而當時的人不論賢明還是愚笨，只要談論詩歌，必定會向聖俞請教。聖俞也把自己不得志的心情，通過詩歌抒發出來，所以他平時的創作，詩歌最多。世人已經知道他了，卻沒有人向朝廷推薦他。從前王文康公曾看到他的詩作，慨嘆道：「二百年來沒有這樣的作品了！」雖然對他瞭解很深，可還是沒有推薦。假使他有幸得到朝廷的任用，創作《雅》《頌》那樣的作品，歌頌大宋的功業恩德，以獻給宗廟，那他就趕得上《商頌》《周頌》《魯頌》這樣的作品，難道不是很偉大嗎？怎麼能讓他到老也不得志，只能寫貧困潦倒者的詩歌，徒自在蟲魚等物上寄託情感抒發漂泊愁悶的感嘆。世人只喜愛他詩歌的工巧，卻不知道他貧困潦倒很久，將要老死了。這難道不讓人痛惜嗎？

　　聖俞的詩很多，他自己卻不收拾整理。他的內侄謝景初擔心詩太多容易散失，就選取他從洛陽到吳興這段時間的作品，編為十捲（卷）。我曾經酷愛聖俞的詩，擔心不能全部得到，因此十分高興謝氏能將其分類編排，就為之作序並保存起來。

　　從那以後過了十五年，聖俞因病在京城去世，我痛哭著為他作了墓誌銘，並向他家索求，得到了他的遺稿一千多篇，連同我過去保存的，選取其中特別好的共六百七十七篇，編成十五卷。唉，我對聖俞的詩已經評論過很多次了，所以不再重複。

　　廬陵歐陽修序。

豐樂亭記　歐陽修

【題解】

　　「慶曆新政」失敗後，執政大臣杜衍、范仲淹等相繼被斥逐。歐陽修因上書為他們辯護，也被捏造罪名，貶於滁州。滁州曾是五代時激戰之地，但經過宋初近百年的休養生息，已初步恢復元氣。歐陽修政事之暇尋幽訪勝，闢地築亭，並寫下此文除記述建豐樂亭的經過，將當年戰亂的場面與現在安居樂業的情景相對照，歌頌休養生息政策給百姓帶來的福祉，從而寄託了安定來之不

易，應加以珍惜的命意。這篇散文以「樂」開篇，以「樂」終結，「樂」貫串始終，寓意深遠。融記敘、議論、抒情和描寫於一體，情景交融，是一篇難得的美文。

【原文】

修既治滁之明年①，夏，始飲滁水而甘。問諸滁人，得於州南百步之遠。其上則豐山，聳然而特立；下則幽谷，窈然②而深藏；中有清泉，滃然③而仰出。俯仰左右，顧而樂之。於是疏泉鑿石，闢地以為亭，而與滁人往遊其間。

滁於五代干戈之際，用武之地也。昔太祖皇帝④，嘗以周師破李景⑤兵十五萬於清流山下，生擒其將皇甫暉、姚鳳於滁東門之外⑥，遂以平滁。修嘗考其山川，按其圖記⑦，升高以望清流之關，欲求暉、鳳就擒之所。而故老皆無在者，蓋天下之平久矣。自唐失其政，海內分裂，豪傑並起而爭，所在為敵國者，何可勝數？及宋受天命，聖人出而四海一。向之憑恃險阻，鏟削消磨⑧，百年之間，漠然徒見山高而水清。欲問其事，而遺老盡矣！今滁介江淮之間，舟車商賈、四方賓客之所不至，民生不見外事，而安於畎畝⑨衣食，以樂生送死。而孰知上之功德，休養生息，涵煦⑩於百年之深也。

修之來此，樂其地僻而事簡，又愛其俗之安閒。既得斯泉於山谷之間，乃日與滁人仰而望山，俯而聽泉。掇幽芳而蔭喬木，風霜冰雪，刻露⑪清秀，四時之景無不可愛。又幸其民樂其歲物⑫之豐成，而喜與予遊也。因為本其山川，道其風俗之美，使民知所以安此豐年之樂者，幸生無事之時也。

夫宣上恩德，以與民共樂，刺史之事也。遂書以名其亭焉。

【注釋】

①滁：滁州，治所在今安徽滁縣。明年：第二年。

②窈然：幽深的樣子。

③潏然：水勢盛大的樣子。

④太祖皇帝：指宋太祖趙匡胤，當時任後周殿前都點檢。

⑤李景：即李璟，南唐皇帝。

⑥皇甫暉：南唐江州節度使。姚鳳：南唐團練使。

⑦圖記：地圖、文字記載。

⑧鏟削消磨：剷除消滅。

⑨畎畝：田地。

⑩涵煦：滋潤化育。

⑪刻露：清晰地顯露出來。

⑫歲物：收成。

【譯文】

　　我治理滁州的第二年夏天，才飲到滁州的泉水，覺得很甜。向當地人詢問這泉水的源頭，得知就在滁州城南面一百步遠的地方。它的上面是豐山，高聳壁立；下面是幽暗的山谷，深邃莫測；其間有一股清泉，水勢洶湧，往上噴湧而出。我上下左右察看，很讓人陶醉。於是我就叫人疏通泉水，鑿開岩石，辟出一塊空地，建造了一座亭子，和滁州人一起在這裡遊玩。

　　滁州在五代戰亂之際，是個經常打仗的地方。當初，太祖皇帝曾經率領後周大軍在清流山下擊潰李璟的十五萬軍隊，在滁州東門外活捉了其大將皇甫暉、姚鳳，就這樣平定了滁州。我曾經考察過這地方的山川地形，根據地圖和記載，登上高山眺望清流關，想尋找皇甫暉、姚鳳被捉的地方。可是，知道這些事情的人都已經去世，大概是天下太平的時間已經很長了。自從唐朝衰敗以來，國家四分五裂，英雄豪傑蜂擁而起，你爭我奪，到處都是相互敵對的政權，哪能數得清呢？等到宋朝承受天命，聖人出現，天下歸於一統。以前憑藉險要割據一方的勢力都被剷除消滅。在一百年之間，所能見到的只是寂靜的山高水清。要想問問當初的情形，留下來的老人也已經不在人世了。如今，滁州處在長江、

淮河之間，是一個乘船坐車的商人和四面八方的賓客都不到的地方。百姓生來便不知道外面的事情，安心過著農家的日子，無憂無慮地度過一生。有誰知道這是皇帝的功德，讓百姓休養生息，滋潤化育百年之久！

我來到這裡，既喜歡這地方僻靜而公事清簡，又喜歡此地的風俗悠然閒適。在山谷間找到了這甘泉之後，常與滁州的人士來此抬頭望山，低首聽泉。採摘芬香的鮮花，在茂密的樹蔭下歇息，颮風落霜結冰飛雪之時，山水更顯得清秀，四時的風景，無不令人喜愛。又有幸遇到百姓為其豐年而歡慶，樂意與我同遊。因此，我根據這裡的山川，來談論這裡風俗的美好，讓百姓知道能夠安享豐收之年的歡樂，是因為有幸生活在這太平盛世！

宣揚皇上的恩德，與百姓共享歡樂，這是刺史職責範圍內的事。於是我寫下這篇文章來為這座亭子命名。

醉翁亭記　　歐陽修

【題解】

歐陽修被貶至滁州，卻並不消沉。他實行寬簡政治，發展生產，使當地人過上和平安定的生活；同時自己寄情山水，與民同樂。作為一篇山水遊記，《醉翁亭記》繪聲繪色地展現了四季優美的景色，以及官民同樂一齊游賞宴飲的場面。然而在一派歡樂的背後，也蘊含著作者內心的抑鬱之情。歐陽修無法真正施展自己的政治抱負，只能是借山水之樂來排遣謫居生活的苦悶，陶醉於山水美景之中，同時也陶醉於與民同樂之中。全篇情景交融，極富詩情畫意。文字上駢散結合，長短錯落，既整齊又富於變化，讀起來音調鏗鏘，朗朗上口。

【原文】

環滁皆山也。其西南諸峰，林壑尤美。望之蔚然而深秀者，琅琊①也。山行六七里，漸聞水聲潺潺，而瀉出於兩峰

之間者，釀泉也。峰迴路轉，有亭翼然^②臨於泉上者，醉翁亭也。作亭者誰？山之僧智仙也。名之者誰？太守自謂也。太守與客來飲於此，飲少輒醉，而年又最高，故自號曰醉翁也。醉翁之意不在酒，在乎山水之間也。山水之樂，得之心而寓之酒也。

若夫日出而林霏^③開，雲歸而岩穴暝^④，晦明變化者，山間之朝暮也。野芳發而幽香，佳木秀而繁陰，風霜高潔，水落而石出者，山間之四時也。朝而往，暮而歸，四時之景不同，而樂亦無窮也。

至於負者歌於途，行者休於樹，前者呼，後者應，傴僂提攜往來而不絕者^⑤，滁人遊也。臨溪而漁，溪深而魚肥；釀泉為酒，泉香而酒洌^⑥；山肴野蔌^⑦，雜然而前陳者，太守宴也。宴酣之樂，非絲非竹。射^⑧者中，弈者勝，觥籌交錯^⑨，坐起而喧嘩者，眾賓歡也。蒼顏白髮，頹^⑩乎其間者，太守醉也。

已而夕陽在山，人影散亂，太守歸而賓客從也。樹林陰翳^⑪，鳴聲上下，遊人去而禽鳥樂也。然而禽鳥知山林之樂，而不知人之樂；人知從太守遊而樂，而不知太守之樂其樂也。醉能同其樂，醒能述以文者，太守也。太守謂誰？廬陵歐陽修也。

【注釋】

① 琅琊：琅琊山，位於滁縣西南十里處。

② 翼然：鳥展翅的樣子。

③ 霏：雲霧之氣。

④ 暝：昏暗。

⑤ 傴僂：腰背彎曲的樣子，這裡指老年人。提攜：指攙扶著走的小孩子。

⑥洌：清。

⑦山肴：指山中的野味。蔌（音素）：菜蔬。

⑧射：這裡指投壺，宴飲時的一種遊戲，把箭向壺裡投，投中多的為勝，輸者罰酒。

⑨觥籌（音工仇）交錯：酒杯和籌碼相錯雜。形容眾人喝酒盡歡的場面。觥：酒杯。籌：宴會上行酒令時用的籌碼。

⑩頹：倒，這裡形容醉態。

⑪陰翳：形容枝葉茂密遮蓋成陰。翳：遮蔽。

【譯文】

　　環繞滁州的儘是山巒。其西南的幾座山峰，樹木和山谷尤其秀美。放眼望去鬱鬱蔥蔥，幽深秀麗的，就是琅琊山。沿著山道走上六七里，漸漸聽到潺潺的流水聲，從兩座山峰之間傾瀉而下的就是釀泉。山巒重疊環繞，山道曲折蜿蜒，有一座亭子像飛鳥展翅般坐落於泉邊，那就是醉翁亭。建造亭子的是誰呢？就是這山上的和尚智仙。給它取名的又是誰呢？就是自號醉翁的那個太守。太守和他的賓客來這裡飲酒，稍稍喝一點兒就醉，而且年紀又最大，所以自號「醉翁」。醉翁的心意並不在於酒，而在欣賞山水的樂趣。欣賞山水美景的樂趣，領會在心裡，而又寄託在酒中。

　　如果太陽升起，山林中雲霧就散盡了；浮雲歸來，山岩洞穴中又是暮色昏暗。明暗交替變化著，那便是山中的早晨與黃昏。山野中百花盛開，散發出清香；樹木繁茂，形成濃密的樹蔭；秋高氣爽，白露成霜；水位下降，石頭顯露。這就是山中的四季。清晨前往，黃昏歸來，四季的景色又各不相同，樂趣也是無窮無盡的。

　　至於那些背著扛著行李貨物在路上歡唱，行人在樹下休息，前面的招呼，後面的答應，老人孩子南來北往絡繹不絕，那都是滁州百姓出來遊玩。到溪邊釣魚，溪水深而魚兒肥；用釀泉造酒，泉水清香而酒色清洌。山中的野味蔬果，橫七豎八地擺在面前的，那是太守擺下宴席。宴飲酣暢的樂趣，不在於彈琴奏樂；投壺的投中了，下棋的贏了，酒杯和籌碼雜亂地堆在一起，人們時而站起時而坐下，大聲喧鬧，那是賓客們盡情歡樂的景象。有個容貌蒼老、白髮滿頭的老人，昏沉沉地坐在人群

中間，那是太守醉了。

　　不久，夕陽西下，人影散亂，那是賓客們跟隨太守回去了。山林間逐漸暗下來，鳥鳴聲此起彼伏，那是遊人離開後鳥兒在歡唱。然而，鳥兒只知道山林中的樂趣，卻不知道人們的樂趣。人們只知道跟隨太守遊玩的樂趣，卻不知道太守是把能讓人們快樂作為樂趣啊。酣醉時與大家一起沉浸在快樂之中，酒醒後又能記載下來寫成文章，那是太守。太守是誰呢？就是廬陵歐陽修。

秋聲賦　歐陽修

【題解】

　　悲秋是古代詩文的一大主題。作者往往借秋色、秋景、秋聲、秋葉、秋風這些具體的意象，表達羈旅之思、老病之哀、黍離之悲、家國之痛，字裡行間貫穿著一種悲天憫人、憂世傷生的情緒。《秋聲賦》正是其中的代表作。這是作者晚年的作品。當時個人雖然位高權重，但朝廷腐敗，國勢衰落，自己卻無能為力，因此由肅殺的秋景，聯想到世事艱難、人生易老。在作者筆下，秋有聲有色、有形有意，可聽可看、可觸可感，栩栩如生。作品融寫景、敘事、抒情、議論於一體，運用排比、對比、擬人、誇張等多種修辭手法，具有極強的藝術感染力。同時，作者並不是一味消極被動，最後「念誰為之戕賊，亦何恨乎秋聲」，肯定了人自己的作用。

【原文】

　　歐陽子①方夜讀書，聞有聲自西南來者，悚然而聽之，曰：「異哉！初淅瀝以蕭颯②，忽奔騰而砰湃③，如波濤夜驚，風雨驟至。其觸於物也，鏦鏦④，金鐵皆鳴。又如赴敵之兵，銜枚⑤疾走，不聞號令，但聞人馬之行聲。」余謂童子：「此何聲也？汝出視之。」童子曰：「星月皎潔，明河在天，四無人聲，聲在樹間。」余曰：「噫嘻，悲哉！此秋聲

也，胡為乎來哉？

「蓋夫秋之為狀也，其色慘澹，煙霏雲斂⑥；其容清明，天高日晶；其氣慄冽⑦，砭⑧人肌骨；其意蕭條，山川寂寥。故其為聲也，淒淒切切，呼號奮發。豐草綠縟⑨而爭茂，佳木蔥蘢而可悅。草拂之而色變，木遭之而葉脫。其所以摧敗零落者，乃一氣之餘烈。

「夫秋，刑官⑩也，於時為陰。又兵象也，於行為金。是謂天地之義氣，常以肅殺而為心。天之於物，春生秋實。故其在樂也，商聲⑪主西方之音；夷則⑫為七月之律。商，傷也，物既老而悲傷。夷，戮也，物過盛而當殺。

「嗟夫！草木無情，有時飄零。人為動物，惟物之靈。百憂感其心，萬事勞其形。有動乎中，必搖其精。而況思其力之所不及，憂其智之所不能，宜其渥然丹者為槁木⑬，黟然黑者為星星⑭。奈何以非金石之質，欲與草木而爭榮？念誰為之戕賊⑮，亦何恨乎秋聲？」

童子莫對，垂頭而睡。但聞四壁蟲聲唧唧，如助予之嘆息。

【注釋】

① 歐陽子：作者自稱。

② 淅瀝：形容雨聲。蕭颯：形容風聲。

③ 砰湃：通「澎湃」，波濤洶湧的聲音。

④ 錚錚：金屬撞擊的聲音。

⑤ 銜枚：古時行軍或襲擊敵軍時，讓士兵銜枚以防出聲。枚：形似竹筷，銜於口中，兩端有帶，繫於脖上。

⑥ 霏：指煙雲消散。斂：收，聚。

⑦ 慄冽：寒冷。

⑧ 砭：古代用來治病的石針，這裡用作動詞，即刺的意思。

⑨縟（音辱）：繁茂。

⑩刑官：執掌刑獄的官。《周禮》把官職與天、地、春、夏、秋、冬相配，稱為六官。秋天肅殺萬物，所以司寇為秋官，執掌刑法。

⑪商聲：五音之一。五音與四時和方位相配，則角屬春，為東方；宮屬季夏，為中央；徵屬夏，為南方；商屬秋，為西方；羽屬冬季，為北方。因此說「商聲主西方之音」。

⑫夷則：古代樂律名。古樂分十二律，用來確定音階的高下。又把十二律與十二月相配，夷則配七月。

⑬渥然丹者：形容臉色紅潤。槁木：枯木。

⑭黟（音衣）：黑。星星：形容鬢髮花白。

⑮戕（音槍）賊：殘害。

【譯文】

我正在夜裡讀書，聽到有聲音從西南方傳來，驚恐地側耳傾聽，自言自語道：「奇怪啊！起初淅淅瀝瀝的雨聲夾雜著颯颯的風聲，忽然變得奔騰澎湃，猶如波濤在黑夜裡咆哮，狂風暴雨驟然降臨。它碰在物體上，鏗鏘之聲，如同金屬撞擊。又好像奔襲敵陣的隊伍，銜枚急走，聽不到號令聲，只聽見人馬行進之聲。」我問書僮道：「這是什麼聲音？你出去看看！」書僮回來說：「星星月亮皎潔明亮，銀河橫掛天邊，四周寂靜沒有人聲，那奇怪的聲音像是從樹間傳來的。」我恍然大悟道：「啊，好悲傷啊！那是秋天之聲，它為什麼要來呢？

「要說那秋天的情景，其色調陰沉蒼涼，煙雲消散；其容貌清新開明，天空高潔而陽光高照；其氣候凜冽寒冷，刺透肌膚直入筋骨；其意境蕭索淒涼，山川寂靜，了無聲息。因此，秋天之聲淒淒切切，猶如呼嘯疾叫。秋風未到之時，綠草茂盛欣欣向榮，樹木鬱鬱蔥蔥，惹人喜愛。但秋風一到，綠草為之變色，樹木為之落葉。它用來摧殘花草樹木的，就是肅殺之氣的餘威。

「秋天是行刑的季節，在時令上屬於陰；又是戰爭的象徵，在五行中屬於金。這就是所謂天地之間的義氣，常常以肅殺作為根本。自然對於萬物，春天生長，秋天結果。因此秋天在音樂上屬於商聲，商聲代表的是西方之音；夷則是七月的音律。商，就是悲傷，萬物因衰老而悲

傷。夷就是殺戮，萬物過於茂盛就會導致衰敗。

「啊，草木沒有感情，尚且按時令凋零；人作為動物，是萬物中最有靈性的。無數的憂愁刺激其心靈，無數的事情勞累其身軀。心靈受到刺激，定會消耗其精神。何況還要憂慮那些力不能及的事，操心那些智力不能解決的事。紅潤的容顏變得如同枯木，烏黑的頭髮變得花白。為什麼要用本不是金石的身軀，去和草木爭榮鬪盛呢？該去想想究竟誰給我們造成了傷害，又何必去怨恨這秋聲呢？」

書僮沒有回答，垂下頭已經入睡。只聽得四周牆壁上蟲聲唧唧，好像在附和我的嘆息。

瀧岡阡表　歐陽修

【題解】

這是歐陽修在其父下葬六十年之後所寫的一篇追悼文章。歐陽修四歲時父親便已亡故，父親幾乎沒給他留下什麼印象。歐陽修因勢利導，直接借用母親鄭氏之口，自然而貼切地寫出了父親的事蹟。而在追念和表彰其父仁心惠政的同時，巧妙地頌揚其母婦德貞節，將一位賢良淑德的母親形象，展現在讀者眼前。尤其是「汝家故貧賤……」數語，音容笑貌若在眼前，感人肺腑。全文清新質樸，感情真摯，如話家常，用具體事情的描寫取代空泛的溢美之辭。通篇文章因母顯父，以父揚母，詳略得當，次序井然，不枝不蔓，融為一體，別具一格，與唐代韓愈的《祭十二郎文》、清代袁枚的《祭妹文》同被稱為「千古至文」。

【原文】

嗚呼！惟我皇考崇公①，卜吉②於瀧岡之六十年，其子修始克表於其阡③。非敢緩也，蓋有待也。

修不幸，生四歲而孤④。太夫人⑤守節自誓，居窮，自力於衣食，以長以教，俾至於成人。太夫人告之曰：「汝父為

吏，廉而好施與，喜賓客；其俸祿雖薄，常不使有餘。曰：『毋以是為我累。』故其亡也，無一瓦之覆、一壟之植以庇而為生，吾何恃而能自守邪？吾於汝父，知其一二，以有待於汝也。自吾為汝家婦，不及事吾姑[6]，然知汝父之能養也。汝孤而幼，吾不能知汝之必有立，然知汝父之必將有後也。吾之始歸[7]也，汝父免於母喪方踰年，歲時祭祀，則必涕泣曰：『祭而豐，不如養之薄也。』間御酒食，則又涕泣曰：『昔常不足，而今有餘，其何及也！』吾始一二見之，以為新免於喪適然耳。既而其後常然，至其終身未嘗不然。吾雖不及事姑，而以此知汝父之能養也。汝父為吏，嘗夜燭治官書，屢廢而嘆。吾問之，則曰：『此死獄也，我求其生不得耳。』吾曰：『生可求乎？』曰：『求其生而不得，則死者與我皆無恨也；矧[8]求而有得邪？以其有得，則知不求而死者有恨也。夫常求其生，猶失之死，而世常求其死也。』回顧乳者抱汝而立於旁，因指而嘆，曰：『術者謂我歲行在戌將死，使其言然，吾不及見兒之立也，後當以我語告之。』其平居教他子弟，常用此語，吾耳熟焉，故能詳也。其施於外事，吾不能知；其居於家，無所矜飾，而所為如此，是真發於中者邪！嗚呼！其心厚於仁者邪！此吾知汝父之必將有後也。汝其勉之！夫養不必豐，要於孝；利雖不得博於物，要其心之厚於仁。吾不能教汝，此汝父之志也。」修泣而志之，不敢忘。

　　先公少孤力學，咸平三年進士及第，為道州判官[9]，泗、綿二州推官[10]；又為泰州判官。享年五十有九，葬沙溪之瀧岡。太夫人姓鄭氏，考諱德儀，世為江南名族。太夫人恭儉仁愛而有禮；初封福昌縣太君，進封樂安、安康、彭城三郡太君。自其家少微時，治其家以儉約，其後常不使過

之，曰：「吾兒不能苟活於世，儉薄所以居患難也。」其後修貶夷陵[11]，太夫人言笑自若，曰：「汝家故貧賤也，吾處之有素矣。汝能安之，吾亦安矣。」

　　自先公之亡二十年，修始得祿而養。又十有二年，列官於朝，始得贈封[12]其親。又十年，修為龍圖閣[13]直學士，尚書吏部郎中，留守南京[14]。太夫人以疾終於官舍，享年七十有二。又八年，修以非才入副樞密[15]，遂參政事，又七年而罷。自登二府[16]，天子推恩[17]，褒其三世，蓋自嘉祐以來，逢國大慶，必加寵錫[18]。皇曾祖府君，累贈金紫光祿大夫、太師、中書令；曾祖妣[19]，累封楚國太夫人。皇祖府君，累贈金紫光祿大夫、太師、中書令兼尚書令，祖妣，累封吳國太夫人。皇考崇公，累贈金紫光祿大夫、太師、中書令兼尚書令。皇妣，累封越國太夫人。今上初郊[20]，皇考賜爵為崇國公，太夫人進號魏國。

　　於是小子修泣而言曰：「嗚呼！為善無不報，而遲速有時，此理之常也。惟我祖考，積善成德，宜享其隆，雖不克有於其躬，而賜爵受封，顯榮褒大，實有三朝之錫命[21]。是足以表見於後世，而庇賴其子孫矣。」乃列其世譜，具刻於碑，既又載我皇考崇公之遺訓，太夫人之所以教而有待於修者，並揭於阡。俾知夫小子修之德薄能鮮，遭時竊位，而幸全大節，不辱其先者，其來有自。

　　熙寧三年，歲次庚戌，四月辛酉朔，十有五日乙亥，男推誠、保德、崇仁、翊戴功臣[22]，觀文殿學士，特進，行兵部尚書，知青州軍州事，兼管內勸農使，充京東路安撫使，上柱國，樂安郡開國公，食邑四千三百戶，食實封一千二百戶，修表。

【注釋】

① 皇考：指亡父。崇公：歐陽修的父親，名觀，追封崇國公。

② 卜吉：指占卜找到一塊風水寶地。這裡指埋葬。

③ 克：能夠。表：墓表。阡：墓道。

④ 孤：年幼喪父稱孤。

⑤ 太夫人：指歐陽修的母親鄭氏。

⑥ 姑：丈夫的母親，這裡指歐陽修的祖母。

⑦ 歸：出嫁。

⑧ 矧（音審）：況且。

⑨ 道州：州治在今湖南道縣。判官：官名，州、府長官的屬官，掌管文書工作。

⑩ 泗、綿二州：州所分別在今安徽泗縣和四川綿陽。推官：州、府長官的屬官，掌管司法。

⑪ 夷陵：縣名，位於今湖北宜昌。景祐三年，范仲淹被貶，歐陽修為其辯護，因此也被貶為夷陵令。

⑫ 贈封：古代朝廷對官員家屬賜以爵位和稱號。對男性「贈官」，簡稱為「贈」，對女性「敘封」，簡稱為「封」。

⑬ 龍圖閣：保管皇帝御書、御製文集及典籍、圖畫、寶瑞之物等的建築。設有學士、直學士、待制、直閣等官。

⑭ 南京：宋時南京為應天府，治所在今河南商丘。

⑮ 樞密：樞密使，官名，全國最高軍事長官。

⑯ 二府：掌管軍事的樞密院與掌管政務的中書省合稱「二府」。

⑰ 推恩：施恩惠於他人。

⑱ 錫：通「賜」。

⑲ 妣：對已故母親的尊稱。

⑳ 今上：當今的皇上，指神宗趙頊。郊：郊祀，皇帝的祭天大典。

㉑ 三朝：仁宗、英宗、神宗。錫命：指皇帝封贈的詔書。

㉒ 推誠、保德、崇仁、翊戴：均為宋代皇帝賜予皇子、皇親及大臣的褒獎之詞。

【譯文】

唉！我的父親崇國公，安葬在瀧岡六十年後，其子歐陽修才能夠在墓道上建立墓表。並不是我敢有意拖延，確實是有所等待。

我很不幸，四歲時父親就去世了。母親立誓守節，家境貧寒，靠自己的力量維持生計，撫養我，教育我，使我長大成人。母親告訴我說：「你父親為官，清廉而樂於助人，喜歡接待朋友。他的薪俸雖然微薄，經常沒有剩餘。他總是這樣說：『別讓錢財使我受到連累！』所以他去世後，沒有留下一間房、一壟地讓我們賴以維持生活，我靠著什麼守節呢?我對你父親，有所瞭解，因而把希望寄託在你身上。從我成為你們歐陽家的媳婦起，沒趕上侍奉婆婆，但我知道你父親很孝敬父母。你自幼失去了父親，我不能斷定你將來有多大成就，但我相信你父親一定後繼有人。我剛嫁到歐陽家時，你父親為他母親守孝剛滿一年。歲末祭祀祖先，他總是流淚說：『祭祀再豐盛，也不如在世時微薄的供養啊。』偶然吃到些好的酒菜，他也會流淚道：『從前缺吃少穿，如今生活富裕了，可又來不及供養母親了！』剛開始一二次見到這種情形，我總以為是剛服完喪不久才這樣。但自打那之後經常如此，直到他去世。我雖然沒趕上侍奉婆婆，可從這裡能知道你父親是很孝敬父母的。你父親做官時，曾經在夜裡點著蠟燭看卷宗，多次停下來嘆氣。我問他，他說道：『這是一個判了死罪的案子，我想為他求得一條活路，卻做不到。』我問：『可以為死囚找活路嗎?』他說：『想為他尋求活路卻無法辦到，那判處死刑的人與我就都沒有遺憾了；況且尋求活路還真有能做到的呢！正因為有找到活路的，所以我明白不認真尋找而被處死的那些人是有遺恨的。經常為死囚尋求活路，還不免有被錯殺的，何況世上總有人一心想置人於死地呢?』他回頭看見奶媽抱著你站在一旁，便指著你嘆道：『算命先生說我會在歲星行進到戌年時死去，如果真的像他說的那樣，我就看不到兒子長大成人了，將來你要把我的這些話告訴他。』他也常常用這些話教育其他晚輩，我聽得爛熟了，所以能詳細地講出來。他在外面怎樣，我不得而知；但他在家裡，從不裝腔作勢。他所做的是這樣，都出自於內心啊！唉！他的內心比仁者還要厚道啊！這就是我知道你父親一定會有好後代的理由。你一定努力啊！奉養父母不一定要多豐厚，最重要的是要有孝心；做什麼事情雖然不能讓所有人得益，但重要

的是要有仁愛之心。我不能教給你什麼，這些都是你父親的心願。」我流著淚記下了這些教誨，從不敢遺忘。

先父年幼時喪父，靠自己刻苦攻讀，咸平三年考中進士，曾任道州判官，泗州、綿州推官，又做過泰州判官，享年五十九歲，死後葬於沙溪的瀧崗。母親姓鄭，她的父親名德儀，世代為江南有名望的家族。母親恭謹儉樸仁愛而知書達理，起初誥封為福昌縣太君，又晉封為樂安、安康、彭城三郡太君。從家境貧困時，就以勤儉節約持家，後來也時常不讓花費超過那時。她說：「我的兒子不能苟且迎合世人，現在儉約一些為以後可能遭遇的貧困做好準備。」後來，我被貶夷陵令，母親依然談笑自若，說：「你們歐陽家向來貧窮，我生活了這麼久早就習慣了。你能安心過這樣的日子，我也能安心。」

先父死後二十年，我才取得俸祿以供養母親。又過了十二年，進入朝廷任職，才得以贈封雙親。再過了十年，我擔任龍圖閣直學士、尚書省吏部郎中，留守南京。母親因病逝世於官邸，享年七十二歲。又過了八年，我以不相稱的才能進入樞密院任副樞密使，進為參知政事。又過了七年，解除職務。自從進入二府後，皇上推恩，褒獎我家三世先人。自從仁宗嘉祐年間以來，每逢國家大慶，皇上必定對我家賜恩。曾祖父累贈為金紫光祿大夫、太師、中書令；曾祖母累封為楚國太夫人。祖父累贈為金紫光祿大夫、太師、中書令兼尚書令；祖母累封為吳國太夫人。先父崇國公累贈為金紫光祿大夫、太師、中書令兼尚書令；先母累封為越國太夫人。當今皇上初次舉行祭天大禮，賜先父崇國公爵位，封先母為魏國太夫人。

於是我流著淚說：「唉！做善事沒有不得到好報的，只是時間或遲或早，這是平常的道理。我的先祖和父親積累善行，形成美德，理應享有這種隆重的回報。雖然他們在世時沒能享受到，但身後被賜爵位，受封官職，顯赫榮耀，褒揚光大，有仁宗、英宗、神宗三朝封贈的詔書。這就足以能刻在墓表上，顯揚於後世，庇蔭其子孫。」於是排列我家世代的譜系，詳細地刻在石碑上。又記下先父崇國公的遺訓，先母對我的教導與期待，一併刻在墓表上，好讓大家知道我德行淺薄，能力微小，只是適逢其時才到高位。之所以有幸保全大節，沒有辱沒先祖，都是上述的原因。

熙寧三年，歲次庚戌，四月初一辛酉，十五日乙亥，子推誠、保德、崇仁、翊戴功臣，觀文殿學士，特進，兼兵部尚書，知青州軍州事，兼管內勸農使，充任京東路安撫使，上柱國，樂安郡開國公，食邑四千三百戶，食實封一千二百戶，歐陽修立表。

辨奸論　蘇洵

【題解】

蘇洵，字明允，四川眉山人，著名的散文家，「唐宋八大家」之一，與其子蘇軾、蘇轍合稱「三蘇」。蘇洵尤擅政論，其作品古樸簡勁，博辯宏偉，縱厲雄奇，言辭鋒利，具有縱橫雄辯之風。——有關《辨奸論》的作者，一直有爭議。王安石變法，遭到保守派的極端仇視，屢屢對其大肆攻擊，惡意醜化。有學者認為，此文是南宋初年道學家邵伯溫假托蘇洵之名寫的。

就文章本身而言，論點鮮明，論據有力，語言犀利，鋒芒畢露，具有雄辯的說服力。但惡意的人身攻擊，偏離了論說範疇，是不足取的。

【原文】

事有必至，理有固然。惟天下之靜者①，乃能見微而知著。月暈而風，礎潤而雨，人人知之。人事之推移，理勢之相因，其疏闊②而難知，變化而不可測者，孰與天地陰陽之事③？而賢者有不知，其故何也？好惡亂其中，而利害奪其外也。

昔者，山巨源見王衍④，曰：「誤天下蒼生者，必此人也！」郭汾陽見盧杞⑤，曰：「此人得志，吾子孫無遺類矣！」自今而言之，其理固有可見者。以吾觀之，王衍之為人，容貌言語，固有以欺世而盜名者，然不忮⑥不求，與物浮沉。使晉無惠帝⑦，僅得中主，雖衍百千，何從而亂天下乎？盧

杞之奸，固足以敗國；然不學無文，容貌不足以動人，言語不足以眩⑧世。非德宗⑨之鄙暗，亦何從而用之？由是言之，二公之料二子，亦容有未必然也。

今有人，口誦孔、老之言，身履夷、齊之行⑩，收召好名之士、不得志之人，相與造作言語，私立名字，以為顏淵、孟軻復出⑪，而陰賊險狠，與人異趣。是王衍、盧杞合而為一人也，其禍豈可勝言哉？夫面垢不忘洗，衣垢不忘浣⑫，此人之至情也。今也不然，衣臣虜之衣，食犬彘⑬之食，囚首喪面，而談《詩》《書》，此豈其情也哉？凡事之不近人情者，鮮不為大奸慝⑭，豎刁、易牙、開方⑮是也。以蓋世之名，而濟其未形之患，雖有願治之主，好賢之相，猶將舉而用之，則其為天下患，必然而無疑者，非特二子之比也。

孫子曰：「善用兵者，無赫赫之功。」使斯人而不用也，則吾言為過，而斯人有不遇之嘆，孰知其禍之至於此哉？不然，天下將被其禍，而吾獲知言之名，悲夫！

【注釋】

① 靜者：能夠不受外界事物干擾、迷惑，冷靜地觀察周圍事物而做出合理結論的賢人。

② 疏闊：寬大廣闊。這裡指抽象渺茫，難以捉摸。

③ 天地陰陽之事：指一切自然現象。古人認為自然界有陰陽二氣，二氣交互發生作用，便產生了形形色色的自然變化。

④ 山巨源：即山濤，晉初人，任吏部尚書，為當時的「竹林七賢」之一。他喜好評論人物，被認為善於識別人才。王衍：字夷甫，晉初人，著名的清談家，魏晉名士，官至太尉。當時晉室諸王擅權，他周旋於諸王間，唯求自全之計。後率軍戰敗，被石勒活埋。

⑤ 郭汾陽：即郭子儀，累官至太尉、中書令。曾平定安史之亂，破吐蕃，因功封為汾陽郡王，世稱郭汾陽。盧杞：唐德宗時任宰相，搜刮民財，排斥異己。盧杞相貌醜陋，心地險惡，後被貶職死於外地。

⑥忮：嫉恨。

⑦惠帝：晉惠帝司馬衷，晉開國君主司馬炎之子，以痴呆聞名。他在位時不理朝政，大權旁落，導致「八王之亂」，晉室隨之衰敗。

⑧眩：通「炫」，惑亂。

⑨德宗：唐德宗，唐代中期的庸君。他猜忌功臣，削去郭子儀的兵權，重用盧杞，使得朝政紊亂，坐視藩鎮不斷膨脹，導致唐朝日益衰敗。

⑩夷：伯夷。齊：叔齊。二人均為商末孤竹國君之子，商亡後不食周粟，餓死於首陽山，其行為被後代儒家所推崇。

⑪顏淵：即顏回，孔子的得意門生。孟軻：即孟子，儒家學派的代表人物之一。

⑫垢：骯髒。浣：洗。

⑬彘（音至）：豬。

⑭慝（音特）：邪惡。

⑮豎刁、易牙、開方：春秋時齊桓公的親信寵臣。管仲病重時，齊桓公問及此三人中誰可接替他為相。管仲說此三人不愛自己的父母，不愛自己的子女，不愛惜自己的身體，行為不近人情，不可輕信。桓公沒有聽從，後來這三人果然作亂，桓公則是被活活餓死。

【譯文】

　　事情發展有其必定的結果，道理有它本該如此的規律。只有天下那些修養達到相當境界的人，才能夠從細微的跡象中預知日後顯著的結果。月暈的現象出現，預示將要颳風；房屋柱石返潮濕潤，預示著將要下雨；這是人人都知道的。至於世間人事的變化，情理形勢的因果關係，雖然抽象渺茫而難以捉摸，千變萬化而不可預測，但怎能與天地陰陽的變化相比呢？即使賢能的人對此也茫然無知，這是什麼原因呢？這是因為愛好和憎惡之情感擾亂了他心中的見識，而利害得失的考慮又影響了他的行動。

　　從前，山濤見了王衍，過後對人說：「日後禍害天下百姓的，一定是這個人！」汾陽王郭子儀見了盧杞，過後對人說：「此人一旦得志，我的子孫後代都將被殺光！」今天回頭來看他倆的話，其中的道理固然可以預見一些。但依我來說，王衍的為人，不論是容貌還是談吐，固然

具有欺世盜名的條件，然而他不妒忌、不貪污，只是隨波逐流而已。假如當初晉朝不是惠帝當政，而是一個有中等才能的君主，即使有千百個王衍這樣的人，又怎麼能擾亂天下呢？像盧杞那樣的奸臣，固然足以導致國家衰敗，但他不學無術，容貌不足以迷惑人，言談不足以影響社會，如果不是唐德宗的鄙陋昏庸，怎麼可能受到重用呢？由此看來，山濤和郭子儀對王衍和盧杞的預言，未必完全正確。

現在有個人，嘴裡吟誦著孔子和老子的話，親身傲傚伯夷、叔齊的行為，收羅了一批沽名釣譽的讀書人和鬱鬱不得志者，勾結在一起製造輿論，互相吹捧標榜，自以為是顏回、孟軻再世，而內心卻陰險歹毒，與一般人志趣大不相同。這真是把王衍、盧杞集合於一身了，其釀成的災禍難道可以用語言來描述嗎？臉上髒了不忘洗臉，衣服髒了不忘洗衣，這是人之常情。現在那人卻不是這樣，穿的是奴僕的衣服，吃的是豬狗之食，頭髮蓬亂像個囚犯，滿臉陰沉像是家裡死了人，卻在那裡大談《詩》《書》，這難道合乎情理嗎？凡是做事不近人情的，很少有不是大奸大惡的，豎刁、易牙、開方就是這類人。那個人倚仗蓋世的名望，來掩蓋還沒有暴露的禍患，雖然有願意治理好天下的皇帝，有敬重賢才的宰相，還是會推舉、任用此人的。這樣，他將成為天下的禍患就必定無疑了，這就不是王衍、盧杞等人能比擬的。

孫子說：「善於用兵的人，沒有顯赫的功勛。」假如這個人沒有被重用，那人們會認為我的話說錯了，而此人就會發出懷才不遇的慨嘆。這樣的話誰又會知道他所造成的災禍會達到我說的那種地步呢？不然的話，天下將遭受他的禍害，而我將獲得有遠見的名聲，但那就太可悲了！

刑賞忠厚之至論　蘇軾

【題解】

蘇軾（1037—1101），字子瞻，號東坡居士，北宋大文豪，唐宋散文八大家之一。他學識淵博，多才多藝，在書法、繪畫、詩詞、散文各方面都有很高

造詣，是中國文學藝術史上罕見的全才。蘇軾在政治上比較保守，反對王安石變法，但又與司馬光等舊黨保持距離，因此受到新舊兩黨的排斥打擊，多次被貶，差點被殺，最後發配於儋州（今海南），死於遇赦返回的途中。

本文為宋嘉祐二年（1057）蘇軾應禮部試的試卷。題目出自《尚書·大禹謨》偽孔安國的注文：「刑疑付輕，賞疑從眾，忠厚之至。」其立論無非是儒家的施仁政，行王道，推崇堯舜周孔之類的濫調。但蘇軾緊扣題目佈局謀篇，認為刑、賞均以仁為根本，立法貴嚴，責人貴寬，讓人耳目一新。文章揮灑自如，完全沒有一般試卷的戰戰兢兢、揣摩諂媚之相，說理透徹，文筆酣暢，氣勢逼人。主考官歐陽修以為其脫盡五代宋初以來的浮靡艱澀之風，讚歎不已，並說：「讀軾書不覺汗出，快哉！老夫當避此人，放出一頭地。」

【原文】

堯、舜、禹、湯、文、武、成、康之際，何其愛民之深，憂民之切，而待天下以君子長者之道也！有一善，從而賞之，又從而詠歌嗟嘆之，所以樂其始而勉其終。有一不善，從而罰之，又從而哀矜懲創之，所以棄其舊而開其新。故其吁俞之聲[1]，歡休[2]慘慼，見於虞、夏、商、周之書[3]。成、康既沒，穆王立而周道始衰，然猶命其臣呂侯[4]，而告之以祥刑[5]。其言憂而不傷，威而不怒，慈愛而能斷，惻然有哀憐無辜之心，故孔子猶有取焉。

傳曰：「賞疑從與，所以廣恩也；罰疑從去，所以慎刑也。」當堯之時，皋陶為士[6]。將殺人，皋陶曰殺之三。堯曰宥之三。故天下畏皋陶執法之堅，而樂堯用刑之寬。四岳[7]曰：「鯀可用！」堯曰：「不可！鯀方命圮族[8]。」既而曰：「試之！」何堯之不聽皋陶之殺人，而從四岳之用鯀也？然則聖人之意，蓋亦可見矣。《書》曰：「罪疑惟輕，功疑惟重。與其殺不辜，寧失不經。」嗚呼！盡之矣！

可以賞，可以無賞，賞之過乎仁；可以罰，可以無罰，

罰之過乎義。過乎仁，不失為君子；過乎義，則流而入於忍人。故仁可過也，義不可過也。

　　古者，賞不以爵祿，刑不以刀鋸。賞之以爵祿，是賞之道行於爵祿之所加，而不行於爵祿之所不加也。刑以刀鋸，是刑之威施於刀鋸之所及，而不施於刀鋸之所不及也。先王知天下之善不勝賞，而爵祿不足以勸也；知天下之惡不勝刑，而刀鋸不足以裁也。是故疑則舉而歸之於仁，以君子長者之道待天下，使天下相率而歸於君子長者之道。故曰忠厚之至也！

　　《詩》曰：「君子如祉⑨，亂庶遄⑩已。君子如怒，亂庶遄沮⑪。」夫君子之已亂，豈有異術哉？時其喜怒，而無失乎仁而已矣。《春秋》之義，立法貴嚴，而責人貴寬。因其褒貶之義以制賞罰，亦忠厚之至也。

【注釋】

① 吁：驚嘆聲，表示疑問。俞：應詞，表示同意。

② 休：喜悅。

③ 虞、夏、商、周之書：指《尚書》。其中分為《虞》《夏》《商》《周》四個部分。

④ 呂侯：人名，相傳為周穆王的司寇。據《尚書‧呂刑》記載，周穆王採納其建議，從輕制定刑法。

⑤ 祥刑：即詳刑，慎重用刑。

⑥ 士：刑官。

⑦ 四岳：唐堯手下的大臣。

⑧ 命：違抗。圯：毀壞。

⑨ 祉：福，引申為喜悅。

⑩ 遄：快速。

⑪ 沮：通「阻」，阻遏。

【譯文】

唐堯、虞舜、夏禹、商湯、周文王、周武王、周成王、周康王執政之際，他們愛民之心多麼深厚，憂民之心多麼急切，而且用忠厚長者的態度來治理天下。有人做了一件好事，便立即獎賞他，還用歌曲來讚美他，以此表彰他有一個好的開端，並勉勵他堅持到底。有人做了一件不好的事，馬上處罰他，又哀憐懲戒他，用這樣的方式促使他改過自新。因此贊成和反對的聲音，歡樂和憂傷的感情，都記載於虞、夏、商、周的書中。成王、康王去世後，穆王繼承王位，周朝的統治開始衰落了。然而穆王還是吩咐大臣呂侯，告誡他慎重使用刑罰。他說的話憂慮而不哀傷，威嚴而不憤怒，慈愛而能決斷，有哀憐無罪者之心，所以孔子對其還是有所肯定的。

古書上說：「對該不該獎賞有所疑慮時應該給予獎賞，以此推廣恩澤；對該不該處罰有疑慮時應該不用處罰，為的是慎用刑法。」堯當政時，皋陶擔任刑官。要處死一個人時，皋陶多次說當殺，堯卻多次說應當寬恕。所以天下人都畏懼皋陶執法堅決，而喜歡堯量刑寬大。四岳建議：「鯀可以任用。」堯說：「不可！鯀違抗命令，傷害同族。」過後，堯又說：「那就試用一下吧。」為什麼堯不聽從皋陶處死犯人的主張，卻聽從四岳任用鯀的建議呢？從這裡也可以看出聖人的心意了。《尚書》中說：「罪行輕重難以確定時，寧可從輕處置；功勞大小有疑問時，寧可從重獎賞。與其錯殺無辜的人，寧可承擔沒有依法嚴懲的過失。」唉！這句話說得太精闢了！

可以賞也可以不賞時，給予獎賞就過於仁厚了；可以罰也可以不罰時，給予處罰就過於執著於義理。過於仁厚，還不失為一個君子；過於執著於義理，就會成為殘忍之人。所以，仁厚可以推向極致，義理是不能推向極致的。

古時候，獎賞不一定非要用爵位和俸祿，刑罰不一定非要用刀鋸。用爵位、俸祿行賞，只對能得到爵位、俸祿的人起作用，不能影響到沒有得到爵位和俸祿的人。刑罰用刀鋸，只對受這種刑的人起作用，對沒有受這種刑罰的人不起作用。古代君主知道天下的善行是賞不完的，僅用爵位、俸祿不足以起勉勵、激勵作用；也知道天下的罪行是罰不完的，僅用刀鋸無法加以制裁。所以當賞罰不能確定時，就根據仁的原則

來處理。用君子長者的寬厚仁慈對待天下人，使天下人都回到君子長者的忠厚仁愛之道上來，所以說這是忠厚的極致了！

《詩經》上說：「君子如果樂於納諫，禍亂就會快速止息；君子如果怒斥讒言，禍亂也會快速消除。」君子平息禍亂，難道有什麼特殊方法嗎？他不過是適時控制自己的喜怒哀樂，而不違背仁厚寬大的原則罷了。《春秋》的大義是，立法貴在嚴厲，責罰貴在寬大。根據其褒貶原則來制定賞罰制度，這也是忠厚之至啊！

賈 誼 論　蘇軾

【題解】

賈誼是歷史上著名的悲劇人物。他具有王佐之才，卻未能施展出來，英年早逝。前人大多對其懷才不遇、抱恨終身一掬同情之淚，並以此責怪漢文帝錯失人才。蘇軾卻更深一步，指出了賈誼自身的根源。蘇軾是個真正有大智慧的曠達樂天之人，他一生經歷的挫折磨難遠比賈誼多，但他一直能坦然面對。正因為如此，蘇軾能一針見血地指出賈誼「志大而量小，才有餘而識不足」的性格弱點。本文論述的是賈誼，闡明的卻是處世之道、成才之道。蘇軾以自己的胸襟氣度，高屋建瓴，論點精闢，說理透徹，讓人歎服。

【原文】

非才之難，所以自用者實難。惜乎！賈生，王者之佐，而不能自用其才也。

夫君子之所取者遠，則必有所待；所就者大，則必有所忍。古之賢人，皆負可致之才，而卒不能行其萬一者，未必皆其時君之罪，或者其自取也。

愚觀賈生之論，如其所言，雖三代①何以遠過？得君如漢文②，猶且以不用死，然則是天下無堯舜，終不可有所為耶？仲尼聖人，歷試於天下，苟非大無道之國，皆欲勉強扶

持，庶幾③一日得行其道。將之荊，先之以冉有④，申之以子夏⑤。君子之慾得其君，如此其勤也。孟子去齊，三宿而後出晝⑥，猶曰：「王其庶幾召我。」君子之不忍棄其君，如此其厚也。公孫丑問曰：「夫子何為不豫⑦？」孟子曰：「方今天下，捨我其誰哉？而吾何為不豫？」君子之愛其身，如此其至也。夫如此而不用，然後知天下果不足與有為，而可以無憾矣。若賈生者，非漢文之不能用生，生之不能用漢文也。

夫絳侯親握天子璽而授之文帝⑧，灌嬰⑨連兵數十萬，以決劉、呂之雌雄，又皆高帝之舊將。此其君臣相得之分，豈特父子骨肉手足哉？賈生，洛陽之少年，欲使其一朝之間，盡棄其舊而謀其新，亦已難矣。為賈生者，上得其君，下得其大臣，如絳、灌之屬，優游浸漬而深交之⑩，使天子不疑，大臣不忌，然後舉天下而唯吾之所欲為，不過十年，可以得志。安有立談之間，而遽為人痛哭哉？觀其過湘，為賦以吊屈原⑪，縈紆⑫鬱悶，趯然有遠舉之志⑬。其後以自傷哭泣，至於夭絕，是亦不善處窮⑭者也。夫謀之一不見用，則安知終不復用也？不知默默以待其變，而自殘至此。嗚呼！賈生志大而量小，才有餘而識不足也。

古之人，有高世之才，必有遺俗之累⑮。是故非聰明睿智不惑之主，則不能全其用。古今稱苻堅得王猛於草茅之中⑯，一朝盡斥去其舊臣，而與之謀。彼其匹夫略有天下之半，其以此哉！愚深悲生之志，故備論之。亦使人君得如賈生之臣，則知其有狷介⑰之操，一不見用，則憂傷病沮，不能復振。而為賈生者，亦謹其所發哉！

【注釋】

① 三代：夏、商、週三個朝代。

② 漢文：漢文帝劉恆。

③ 庶幾：或許可以，表示希望或推測。

④ 冉有：字子有，春秋末魯國人，孔子的弟子。

⑤ 申：重複，這裡表示再次。子夏：姓卜，名商，字子夏，孔子的弟子。

⑥ 三宿而後出晝：事見《孟子・公孫丑下》。孟子在齊國為卿，其政治主張沒能被齊王採納，便辭官離去。但他在晝地停留了三天，希望齊王能重新召見他。晝：齊國的地名。

⑦ 豫：高興。

⑧ 絳侯：西漢開國功臣周勃。呂氏死後，諸呂妄圖篡奪政權，周勃與陳平、灌嬰等平定諸呂叛亂，擁立漢文帝。璽：皇帝用的大印。

⑨ 灌嬰：西漢開國功臣，封潁侯。諸呂叛亂時，灌嬰手握兵權，與周勃等合謀平叛，擁立漢文帝。

⑩ 優游：悠閒從容。浸漬：漸漸浸透。

⑪ 吊屈原：賈誼被排擠出朝廷，貶為長沙太傅，路過湘江時作《吊屈原賦》，抒發自己不受重用的不平和不甘屈服的心情。

⑫ 縈紆：迴旋曲折，這裡形容糾結複雜的感情。

⑬ 趯：通「躍」，這裡形容情緒激動。遠舉：遠走高飛，這裡指退隱。

⑭ 處窮：身處逆境。

⑮ 遺：背棄，這裡指鄙視。累：連累。

⑯ 符堅：南北朝前秦世祖皇帝，氐族，前期勵精圖治，消滅北方多個獨立政權，成功統一北方。王猛：字景略，十六國時期著名的政治家、軍事家。早年貧寒，以販賣畚箕為業，後受符堅徵召出山，二人一見如故。符堅對其委以重任，並罷黜了詆毀王猛的權貴。草茅：指民間。

⑰ 狷介：孤僻高傲、潔身自好。

【譯文】

一個人具有才能並不難，怎樣發揮自己的才能實在很困難。可惜啊！賈誼是輔佐帝王的人才，但他卻未能施展自己的才能。

君子要想達到長遠的目標，就必須有所等待；要想成就偉大的事業，就一定要能有所忍耐。古代的賢能之士，都有建功立業的才能，但有些人最終未能施展其才能的萬分之一。這未必都是當時君主的過錯，也許是他們自己造成的。

我看賈誼的言論，按照他的規劃，即使夏、商、週三代盛世，又怎能遠遠超過他的目標？他遇上像漢文帝這樣的明君，尚且因為未能得到充分重用而抑鬱死去，那麼，如果天下沒有堯、舜那樣的聖君，就永遠不能有所作為了嗎？孔子是聖人，曾周遊列國宣揚自己的主張，只要不是特別無道的國家，他都想勉力扶助，希望有朝一日實踐他的治國之道。他前往楚國時，先派冉有去說明自己的觀點，再派子夏去加以重申。君子要想得到國君的重用，就是這樣殷切的。孟子離開齊國之時，在畫地停留了三夜才最終離去，還說：「齊宣王大概會召見我的。」君子不忍心別離他的君主，感情是如此深厚。公孫丑問孟子：「先生為什麼不高興？」孟子回答：「當今世上，要想治理好天下，除了我還能有誰呢？我為什麼要不高興呢？」君子愛惜自己，考慮得是如此周全。如果做到了這樣，還是得不到施展，那就應當明白世上果真沒有足以創建功業的君主了，因此也就可以沒有遺憾了。像賈誼這樣的人，不是漢文帝不重用他，而是他不能憑藉漢文帝來施展自己的政治抱負啊。

周勃曾親手持著皇帝的印璽交給漢文帝，灌嬰曾聯合數十萬大軍，決定了劉、呂兩家的勝敗。他們又都是漢高祖的舊部。他們君臣之間相遇的深厚情分，哪裡只是父子骨肉之間的感情所能比擬的呢？賈誼不過是洛陽的一個後生，要想讓漢文帝在一個早上的時間就全部棄舊政另行新政，也真太難了！為賈誼考慮，若是能夠上面取得皇帝的信任，下面取得大臣的支持，對於周勃、灌嬰這樣的大臣，要悠閒從容，逐漸與他們建立濃厚的感情，使得天子不疑慮，大臣不猜忌。這樣以後，整個國家就能按自己的主張去治理了。不出十年，就可以實現自己的理想。怎麼能在簡短交談之後，就急於對人痛哭呢？看他路過湘江時作賦憑弔屈原，憂鬱憤懣，情緒激動大有遠走高飛退隱之意。此後，經常感傷哭

泣，以致於過早去世，可見也是個不善於身處逆境的人。謀略只是一時沒被採納，怎麼知道就永遠不被採用呢？不知道默默地等待形勢的變化，卻如此這般自我摧殘。唉，賈誼真是志向遠大而氣量狹小，才力有餘而識見不足！

古代的人，若有出類拔萃的才能，勢必鄙視世俗而給自己招來困厄。所以如果不是英明智慧、不受矇蔽的君主，就不能使其充分施展才華。從古至今，人們都稱道苻堅能從平民中挖掘到王猛，立即罷黜原來的重臣，而與王猛商討軍國大事。像苻堅這樣一個資質平常的人，當時竟能占據半個中國，大概就是這個原因吧。我很惋惜賈誼沒能實現自己的抱負，因此加以詳盡的評論。同時也想讓君主明白，如果得到了像賈誼這樣的臣子，就應當瞭解其孤僻高傲、潔身自好的性格，一旦不被重用，就會憂傷頹廢，不能重新振作起來。而像賈誼這種人，也應該謹慎地對待自己的所作所為啊！

晁錯論　蘇軾

【題解】

晁錯，歷史上又一個著名的悲劇人物。他曾是漢文帝時的智囊，後又深得漢景帝信任。晁錯提倡重農貴粟，力主削弱諸侯，更定法令。他的政治主張很有見地，但也因此招致王侯權貴的忌恨。吳、楚等七國以「誅晁錯以清君側」為名發動叛亂，晁錯因此被殺。人們往往將晁錯之死歸咎於叛軍的強勢、袁盎的讒言、景帝的動搖妥協，而蘇軾卻看到了晁錯自身的缺陷。晁錯的政治主張沒有問題，他對漢王朝的忠誠也沒有問題，但他缺乏遠見和擔當，危急之時只求自保。蘇軾分析了晁錯的所作所為，並以大禹堅忍不拔、臨危不懼的事蹟相對照，所闡述的是成就大事業的人所必須具備的人格精神。

【原文】

天下之患，最不可為者，名為治平無事，而其實有不測

之憂。坐觀其變，而不為之所①，則恐至於不可救。起而強為之，則天下狃②於治平之安，而不吾信。惟仁人君子豪傑之士，為能出身為天下犯大難，以求成大功。此固非勉強期月之間，而苟以求名之所能也。天下治平，無故而發大難之端，吾發之，吾能收之，然後有辭於天下。事至而循循焉③欲去之，使他人任其責，則天下之禍，必集於我。

昔者晁錯盡忠為漢，謀弱山東之諸侯④。山東諸侯並起，以誅錯為名。而天子不之察，以錯為之說。天下悲錯之以忠而受禍，不知錯有以取之也。

古之立大事者，不惟有超世之才，亦必有堅忍不拔之志。昔禹之治水，鑿龍門⑤，決大河而放之海。方其功之未成也，蓋亦有潰冒衝突可畏之患。惟能前知其當然，事至不懼，而徐為之圖，是以得至於成功。

夫以七國之強，而驟削之，其為變，豈足怪哉？錯不於此時捐其身，為天下當大難之沖，而制吳楚之命，乃為自全之計，欲使天子自將而己居守。且夫發七國之難者，誰乎？己欲求其名，安所逃其患？以自將之至危，與居守之至安，己為難首，擇其至安，而遺天子以其至危，此忠臣義士所以憤怨而不平者也。

當此之時，雖無袁盎，亦未免於禍。何者？己欲居守，而使人主自將。以情而言，天子固已難之矣，而重違其議。是以袁盎⑥之說，得行於其間。使吳楚反，錯以身任其危，日夜淬礪⑦，東向而待之，使不至於累其君，則天子將恃之以為無恐。雖有百盎，可得而間哉？

嗟夫！世之君子，欲求非常之功，則無務為自全之計。使錯自將而討吳楚，未必無功。惟其欲自固其身，而天子不悅，奸臣得以乘其隙。錯之所以自全者，乃其所以自禍歟！

【注釋】

① 所：處所，這裡指解決問題的措施。

② 狃（音扭）：習慣。

③ 循循焉：有次序的樣子。

④ 謀弱山東之諸侯：晁錯曾多次上書漢景帝，主張加強中央集權，削減諸侯封地。山東：指崤山以東。

⑤ 龍門：即禹門口，位於今山西河津縣西北。

⑥ 袁盎：字絲，個性剛直，有才幹。漢文帝時因數次直諫，觸犯皇帝，被貶為隴西都尉，後出任吳相。吳王對其優厚相待，晁錯對其告發，因此降為庶人。七國叛亂時，他趁機奏請斬晁錯以平眾怒。七國之亂平定後，被封為太常。

⑦ 淬礪：鍛鍊磨礪，這裡指操練兵馬精心準備。

【譯文】

　　天下的禍患，最難對付的是表面上太平無事，實際上卻潛伏著無法預料的憂患。如果坐視事情的演變，不去想辦法應對，恐怕事情會發展到無法挽救的地步。但一開始就去強行干預處置，那天下人由於習慣太平安逸的生活，是不會相信我們的。只有那些仁人君子英雄豪傑才能挺身而出，為天下而承擔大風險，以求建立偉大的功業。這當然不是勉強用個把月的時間，由那些只想博取功名的人所能做到的。天下太平無事時，無緣無故地挑起一場大動盪，既然我能挑起它，我也要能收拾它，然後才能對天下人有個交代。如果事到臨頭，自己卻一步步想要躲開了，讓別人來承擔責任，那天下的禍患必然都集中在自己身上。

　　當初晁錯忠心耿耿為漢朝盡力，謀劃削弱山東諸侯的勢力。山東諸侯一齊發難，以誅殺晁錯的名義反叛朝廷。皇上不能明察其禍心，以殺害晁錯取悅於諸侯。天下人都為晁錯忠心報效朝廷卻遭殺戮而悲嘆，卻不知晁錯自身也有自取其禍的原因。

　　古時候能夠成就大事業的人，不只具有出類拔萃的才能，還必須具有堅忍不拔的意志。從前大禹治水，鑿開龍門，疏通黃河，讓洪水流入大海。在他功業尚未完成之時，也有可能發生堤壩潰決和洪水肆虐的可

怕災禍。只因為他事先預料到這種狀況定會發生，事到臨頭才毫不畏懼，沉著冷靜地處置，所以最後獲得了成功。

七國諸侯那樣強盛，卻要一下子削弱它們，那麼他們發動叛亂，有什麼奇怪的呢？晁錯不在這個時候挺身而出，替天下人擔當起平定大難的重任，以消滅吳、楚叛軍，卻為保全自己著想，想讓皇帝親自帶兵出征，自己躲在後方留守。那麼試問，引動七國叛亂的人是誰呢？自己既然想求得功名，又怎能逃避由此造成的禍患呢？以親自領兵出征之極其危險，與留守後方之十分安全相比較，自己是引發這場大難的關鍵，卻選擇最安全的位置，把極為危險的事情留給了皇上，這是忠臣義士憤恨不平的原因。

到了這個時候，就算沒有袁盎從中挑唆，晁錯也未必能免除殺身之禍。為什麼這樣說呢？自己想躲在後方留守，卻讓皇帝親自冒險出征。從情理上說，已經讓皇上難以忍受了，又加上很多人不同意他的建議，所以袁盎的話就能在這中間起作用。假使吳、楚反叛之際，晁錯挺身承擔危險之職責，日夜操勞做好應戰準備，率兵向東去阻擊他們，不讓自己的君王受到牽累，那麼皇上就會依靠他而無所畏懼。這樣，即使有一百個袁盎，可以離間得了嗎？

唉！世上的君子，想要建立不尋常的功名，就不要專為保全自己考慮。假使晁錯自己帶兵去討伐吳、楚，未必就不能成功。只因為他想保全自己，使得皇上不高興，奸臣能夠乘機進讒言。晁錯用來保全自己的計策，正是其招致殺身之禍的原因！

喜雨亭記　蘇軾

【題解】

建造亭子是再平常不過的事情了，而乾旱對農民卻是生命攸關的大事。蘇軾於嘉祐六年（1061）任鳳翔府簽書判官，第二年建造亭子，恰逢喜降春雨，於是命名為「喜雨亭」。文章從該亭命名的緣由寫起，記述建亭經過，表達人們久旱逢雨時的喜悅心情，反映了作者重農、重民的仁政思想。文章開始即點

明了用「雨」命名的緣由，與「喜」字緊密聯繫在一起。作者用排比句一連援引歷史上的三件事作鋪墊，再描繪大雨中萬民歡樂的場面，「喜雨亭」也就水到渠成了。文章句法靈活，筆調活潑，在風趣的對話中輕鬆含蓄地發表見解，最後以吟詠的形式結尾，更顯得搖曳多姿。

【原文】

亭以雨名，志①喜也。古者有喜，則以名物，示不忘也。周公得禾②，以名其書；漢武得鼎③，以名其年；叔孫勝敵④，以名其子。其喜之大小不齊，其示不忘一也。

予至扶風⑤之明年，始治官舍。為亭於堂之北，而鑿池其南，引流種樹，以為休息之所。是歲之春，雨麥於岐山之陽⑥，其占為有年⑦。既而彌月⑧不雨，民方以為憂。越三月，乙卯乃雨，甲子又雨，民以為未足。丁卯大雨，三日乃止。官吏相與慶於庭，商賈相與歌於市，農夫相與忭⑨於野，憂者以喜，病者以愈，而吾亭適成。

於是舉酒於亭上，以屬客⑩而告之，曰：「五日不雨可乎？曰：五日不雨則無麥。十日不雨可乎？曰：十日不雨則無禾。無麥無禾，歲且薦饑⑪，獄訟繁興而盜賊滋熾⑫。則吾與二三子，雖欲優游以樂於此亭，其可得耶？今天不遺斯民，始旱而賜之以雨。使吾與二三子得相與優游而樂於亭者，皆雨之賜也。其又可忘耶？」

既以名亭，又從而歌之，曰：「使天而雨珠，寒者不得以為襦⑬；使天而雨玉，飢者不得以為粟。一雨三日，伊誰之力？民曰太守，太守不有。歸之天子，天子曰不然。歸之造物，造物不自以為功。歸之太空，太空冥冥，不可得而名。吾以名吾亭。」

【注釋】

① 志：記。

② 周公得禾：據傳，周成王的同母弟唐叔得到長在相鄰田畝上的兩禾合生的一穗，獻給了成王。成王將其送給周公。周公因此寫了一篇《嘉禾》。《嘉禾》文已佚亡，今《尚書》僅存篇名。

③ 漢武得鼎：據《漢書・武帝紀》記載，公元前年，漢武帝於汾水得寶鼎，於是年號為元鼎元年。

④ 叔孫勝敵：春秋時期，叔孫得臣奉魯文公之命抵禦北狄鄋瞞國入侵。魯軍得勝，俘獲了鄋瞞國的國君僑如。叔孫得臣便將自己的兒子命名為僑如。

⑤ 扶風：即鳳翔府，治所在今陝西鳳翔。蘇軾曾於嘉祐六年任鳳翔府簽書判官。

⑥ 雨麥：上天下麥子。岐山：位於今陝西岐山。

⑦ 占：占卦。有年：指豐收。

⑧ 彌月：整月。彌：滿。

⑨ 忭：高興，歡悅。

⑩ 屬客：給客人斟酒，勸酒。屬：注，酌。

⑪ 薦饑：連續遭到饑荒。

⑫ 滋熾：日益嚴重。

⑬ 襦：短上衣。

【譯文】

　　這座亭子用雨來命名，是為了紀念下雨的喜樂。古時候有了喜事，就用它來命名事物，表示不忘記。周公得到天子賞賜的稻穗，便用「嘉禾」給自己的文章命名；漢武帝得了寶鼎，便用「元鼎」作為年號；叔孫得臣打敗北狄鄋瞞國的軍隊，用其俘獲的鄋瞞國國君之名作為自己兒子的名字。這些喜事大小不一，但用以表示不忘記的意思卻是一樣的。

　　我到扶風的第二年，才開始建造官邸。建造了一座亭子在正堂的北面，在其南面挖鑿了池塘，引來流水，種上樹木，當作休息的場所。這年春天，岐山的南面下了「麥雨」，占卜此事，認為今年會是豐年。然而，此後整整一個月沒有下雨，百姓才因此擔憂了。過了三月份，四月

初二才下雨，十一日又下雨，百姓認為下得還不夠。十四日再下了大雨，一連三天才停止。官吏們在院子裡一起慶賀，商人們在集市上一起唱歌，農夫們在田野中一起歡笑，憂愁的人因此高興，生病的人因此而痊癒，而我的亭子也恰好在此時落成了。

　　於是，我在亭子裡置辦酒宴，勸酒之際問客人道：「五天不下雨可以嗎？你們會回答說：五天不下雨，麥子就長不出來了。又問：十天不下雨可以嗎？你們會回答說：十天不下雨，稻子就活不了了。沒有麥子沒有稻子，就會連續出現饑荒，訴訟案子就會增多，盜賊也會日益猖獗起來。那麼我與你們諸位，即使想在這亭子裡悠閒地聚會遊玩，還能做得到嗎？現在上天不遺棄這裡的百姓，剛有旱情便賞賜雨水，使我能與你們一起在這亭子中悠閒地遊玩歡樂，全拜這雨水賜啊！這又怎麼能忘記呢？」

　　用雨給亭子命名之後，接著又歌頌此事。歌詞說：「假使上天降下珍珠，挨凍的人不能拿它當短襖穿；假如上天降下美玉，挨餓的人不能拿它當糧食吃。一場雨下了三天，這是誰的功勞？百姓說是太守的，太守說沒有這能耐。歸功於天子，天子也說不是。歸功於造物主，造物主也不認為是自己的功勞。歸之於太空，太空遼闊深遠，無法為它命名。因此，我用『雨』來命名我的亭子。」

放鶴亭記　　蘇軾

【題解】

　　不管身在何處，蘇軾總能找到樂趣。隱士張天驥建了放鶴亭，蘇軾寫文章記述這件事，重點卻是借題發揮，闡述隱士的生活比帝王還強。文中用了一正一反兩個例子，衛懿公喜好最清雅脫俗的鶴，招來了亡國之禍；劉伶、阮籍沉溺於最能亂性誤事的酒，卻在亂世之中保全了自己，並贏得了名聲。含蓄地表達了自己政治失意時對清遠閒放生活的嚮往。文章寫景精約鮮活，敘事簡明清晰，用典切中當今，議論令人拍案叫絕，用活潑的對答歌詠方式抒情達意，顯得輕鬆自由，讀來饒有興味。

　　熙寧十年秋，彭城①大水。雲龍山人張君之草堂②，水及其半扉。明年春，水落，遷於故居之東，東山之麓。升高而望，得異境焉，作亭於其上。彭城之山，岡嶺四合，隱然如大環，獨缺其西一面。而山人之亭，適當其缺。春夏之交，草木際天；秋冬雪月，千里一色。風雨晦明之間，俯仰百變。山人有二鶴，甚馴而善飛。旦則望西山之缺而放焉，縱其所如。或立於陂③田，或翔於雲表，暮則傃④東山而歸，故名之曰「放鶴亭」。

　　郡守蘇軾，時從賓佐僚吏往見山人，飲酒於斯亭而樂之。挹⑤山人而告之曰：「子知隱居之樂乎？雖南面之君，未可與易也。《易》曰：『鳴鶴在陰，其子和之。』《詩》曰：『鶴鳴於九皋⑥，聲聞於天。』蓋其為物清遠閒放，超然於塵埃之外，故《易》《詩》人以比賢人君子。隱德之士，狎⑦而玩之，宜若有益而無損者，然衛懿公好鶴則亡其國⑧。周公作《酒誥》⑨，衛武公作《抑》戒⑩，以為荒惑敗亂，無若酒者；而劉伶、阮籍之徒⑪，以此全其真而名後世。嗟夫！南面之君，雖清遠閒放如鶴者，猶不得好，好之則亡其國；而山林遁世之士，雖荒惑敗亂如酒者，猶不能為害，而況於鶴乎？由此觀之，其為樂未可以同日而語也。」

　　山人欣然而笑曰：「有是哉！」乃作放鶴招鶴之歌，曰：「鶴飛去兮，西山之缺。高翔而下覽兮，擇所適。翻然斂翼，宛將集兮，忽何所見，矯然而復擊。獨終日於澗谷之間兮，啄蒼苔而履白石。鶴歸來兮，東山之陰。其下有人兮，黃冠⑫草履，葛衣而鼓琴。躬耕而食兮，其餘以汝飽。歸來歸來兮，西山不可以久留。」

【注釋】

① 彭城：縣名，治所在今江蘇徐州。

② 雲龍：山名，在徐州云龍區。張君：即張天驥，因隱居於雲龍山，而稱雲龍山人。

③ 陂：水邊。

④ 傃（音素）：向，沿著。

⑤ 挹：酌酒。

⑥ 九皋：曲折深遠的沼澤。皋：水邊的高地。

⑦ 狎：親近。

⑧ 衛懿公好鶴則亡其國：據《左傳‧魯閔公二年》記載，衛懿公喜愛鶴，皇宮裡的鶴乘坐軒車。狄人攻打衛國，衛懿公讓將士出戰。將士們說：「派鶴去打仗吧！鶴享有俸祿和官職！」衛懿公因此亡國。

⑨ 《酒誥》：《尚書》中的一篇。相傳周滅商後，商舊都封給康叔，為衛國。當地百姓嗜酒，周公作《酒誥》，讓康叔在衛國宣佈戒酒。

⑩ 衛武公：衛國第十一代國君。《抑》：即《詩經‧大雅‧抑》，相傳為衛武公用以自我警戒而作。

⑪ 劉伶：字伯倫，西晉沛國人，曾為建威參軍，「竹林七賢」之一。阮籍：字嗣宗，西晉陳留尉氏人，曾任步兵校尉，世稱阮步兵，「建安七子」之一。

⑫ 黃冠：道士所戴冠。

【譯文】

　　熙寧十年的秋天，彭城發生水災，雲龍山人張君的草堂，大水沒至家門的一半。第二年春天，大水退去，雲龍山人搬到故居東面的東山腳下。登高遠眺，望到一個奇特的景觀，於是在那裡建造了亭子。彭城四周山嶺合圍，隱約像一個大環，只是在西面缺一個口，而雲龍山人的亭子恰好對著那個缺口。春夏之交，草木繁盛茂密，似乎與天際相連；秋冬季節，皓月白雪，千里一色。每當颶風下雨，形色或明或暗之際，遠眺近看，景色瞬息萬變。山人養了兩隻鶴，非常溫馴又善於飛翔。清晨朝著西山的缺口將它們放飛，任憑它們飛到哪裡。只見它們時而立在田中，時而高翔於雲天之上，傍晚時便向著東山飛回來，因此給這個亭子

取名為「放鶴亭」。

郡守蘇軾，時常帶著賓客幕僚前往拜見山人，在這放鶴亭裡喝酒，將其當作樂事。蘇軾酌上酒敬山人，並對他說：「您知道隱居的樂趣嗎？即使是南面為王的國君，也不能和他交換的。《易經》上說：『鶴在清幽之處鳴叫，其小鶴便會隨聲應和。』《詩經》上說：『鶴在沼澤深處鳴叫，聲音傳到天空。』這種鶴性格清高閒逸，超脫世俗之外，因此《易經》《詩經》中都把它比作賢人君子。有德行的隱逸之人，親近它賞玩它，應該是有益無害的，但衛懿公喜歡鶴卻導致亡國。周公作《酒誥》，衛武公作《抑》，認為讓人迷亂放蕩，荒廢事業的，沒有比酒厲害的了。而劉伶、阮籍那類人，卻憑藉著酒保全了他們的真性情，並因此名傳後世。唉，至尊的君主，即使像鶴這樣清高閒逸的飛禽都不能過分愛好，過分愛好了就會導致亡國。而隱居山林、超脫世俗的人，即使像酒這樣讓人迷亂放蕩，荒廢事業的東西，都不能造成禍害，何況是喜愛鶴呢？由此看來，隱居的樂趣是沒有任何東西可以與之相提並論的。」

山人欣然笑道：「真的是這樣啊！」於是，我便寫就了放鶴招鶴之歌，唱道：「仙鶴飛去啊，飛到西山的缺口。凌空高飛向下俯瞰啊，尋找適宜的落腳之處。突然收起翅膀，好像準備降落；忽然又像看到了什麼，矯健地又凌空邀翔。獨自終日徘徊於山澗峽谷中啊，啄食青苔踩著白石。鶴歸來吧，到東山的北面。那下面有個人啊，戴著黃色的帽子，穿著草鞋，身披葛麻衣服彈著琴。親自耕種，自食其力，用餘下的糧食餵飽你們。歸來吧歸來啊，西山不可以長久停留。」

石鐘山記　　蘇軾

【題解】

石鐘山命名之緣由向來有爭議，蘇軾強烈地質疑，因此有了這篇考察性的遊記《石鐘山記》。全文分作三段。第一段作者對兩種傳統說法表示質疑。第二段記敘實地考察石鐘山，得以探明其名由來的經過，繪聲繪色，讓人身臨其

境。第三段得出自己的觀點和結論，對那些只滿足於道聽途說，沒有經過自己親身考察的主觀臆斷提出批評。文章通過記游來說明道理，前後呼應，脈絡清晰，將記敘、議論、描寫、抒情熔於一爐，文筆流暢，簡潔生動。

【原文】

《水經》①云：「彭蠡②之口，有石鐘山焉。」酈元③以為下臨深潭，微風鼓浪，水石相搏，聲如洪鐘。是說也，人常疑之。今以鐘磬④置水中，雖大風浪不能鳴也，而況石乎？至唐李渤⑤，始訪其遺蹤，得雙石於潭上。扣而聆之，南聲函胡⑥，北音清越⑦，枹止響騰⑧，餘韻徐歇。自以為得之矣。然是說也，余猶疑之。石之鏗然有聲者，所在皆是也，而此獨以鐘名，何哉？

元豐七年六月丁丑，余自齊安舟行適臨汝⑨，而長子邁將赴饒之德興尉⑩。送之至湖口⑪，因得觀所謂石鐘者。寺僧使小童持斧，於亂石間擇其一二扣之，硿硿⑫然。余固笑而不信也。至其夜，月明，獨與邁乘小舟，至絕壁下。大石側立千尺，如猛獸奇鬼，森然欲搏人。而山上棲鶻⑬，聞人聲亦驚起，磔磔⑭雲霄間。又有若老人咳且笑於山谷中者，或曰：「此鸛鶴⑮也。」余方心動欲還，而大聲發於水上，噌吰⑯如鐘鼓不絕。舟人大恐。徐而察之，則山下皆石穴罅⑰，不知其淺深，微波入焉，涵澹⑱澎湃而為此也。舟回至兩山⑲間，將入港口，有大石當中流，可坐百人，空中而多竅⑳，與風水相吞吐，有窾坎鏜鞳之聲㉑，與向之噌吰者相應，如樂作焉。因笑謂邁曰：「汝識之乎？噌吰者，周景王之無射㉒也；窾坎鏜鞳者，魏莊子之歌鐘㉓也。古之人不余欺也㉔。」

事不目見耳聞而臆斷其有無，可乎？酈元之所見聞，殆與余同，而言之不詳；士大夫終不肯以小舟夜泊絕壁之下，故莫能知；而漁工水師，雖知而不能言，此世所以不傳也。

而陋者乃以斧斤考擊而求之㉕，自以為得其實。余是以記之，蓋嘆酈元之簡，而笑李渤之陋也。

【注釋】

① 《水經》：中國第一部記述水系的專著，簡要記述了條全國主要河流的水道情況。著者和成書年份爭議頗多。《隋書・經籍志》載「《水經》三卷郭璞注」，《舊唐書・經籍志》稱郭璞撰，《新唐書・藝文志》則稱桑欽撰。

② 彭蠡：即鄱陽湖。

③ 酈元：即酈道元，字擅長，北魏地理學家、散文家。他勤奮好學，廣泛閱讀各種奇書，足跡踏遍長城以南、秦嶺以東的中原大地，完成了地理學巨著《水經注》。

④ 磬（音慶）：古代打擊樂器，形狀像曲尺，用玉或石製成。

⑤ 李渤：唐朝洛陽人，寫過一篇《辨石鐘山記》。

⑥ 南聲：南邊那座山的石頭的聲音。函胡：即含糊，這裡形容聲音低沉含混。

⑦ 清越：清脆悠揚。

⑧ 枹：鼓槌。騰：躍起，這裡指聲音迴蕩。

⑨ 齊安：今湖北黃岡。適：往。臨汝：即汝州。蘇軾曾於年被貶到黃州，年調任汝州。

⑩ 邁：蘇軾的長子蘇邁。饒：州名，治所在今江西波陽。德興：縣名，今江西德興。

⑪ 湖口：縣名，今江西湖口。

⑫ 硿硿：象聲詞。

⑬ 鶻（音胡）：鷹的一種。

⑭ 磔磔：鳥鳴聲。

⑮ 鸛鶴：水鳥名，似鶴而頂不紅，頸和嘴都比鶴長。

⑯ 噌吰：擬聲詞，這裡形容鐘聲洪亮。

⑰ 罅（音夏）：裂縫。

⑱ 涵澹：波浪激盪。

⑲ 兩山：石鐘山有南北兩座，南面的稱上石鐘山，北面的稱下石鐘山。

⑳ 竅：窟窿。

㉑ 欵（音款）：鐘鼓聲。

㉒ 周景王之無射鑄成無射鐘。周景王：東周國君。無射：本為樂律名，
　　用作鐘名。

㉓ 魏莊子之歌鐘：《左傳‧襄公十一年》記載，鄭國送給晉侯歌鐘等，
　　晉侯將一半賜給大夫魏絳。莊子：魏絳的諡號。歌鐘：即編鐘。

㉔ 古之人：指酈道元。不余欺：即「不欺余」不會騙人。

㉕ 陋者：淺陋之人。斧斤：都是指斧頭。考：通「拷」，敲打。

【譯文】

　　《水經》上這樣說：「彭蠡湖的出口處，有一座石鐘山。」酈道元認為，這下面是個深潭，微風吹動波浪，水與山石碰撞，發出洪鐘般的聲響。這種解說，常遭人質疑。現在將鐘或磬放在水中，即使是大風浪，也不能使它發出響聲，何況是石頭呢！到了唐朝，李渤才親自去查訪其舊跡，在潭邊尋得兩塊石頭。敲擊石頭聆聽，南邊那座山的石頭聲音低沉含混，北邊那座山的石頭聲音清脆悠揚，停止敲擊後聲音仍在迴蕩，餘音久久才消失。李渤自以為探得其中的奧秘了。但是這種解說，我更加懷疑。石頭撞擊發出鏗鏘之聲的比比皆是，唯獨這裡以石鐘來命名，這是為什麼呢？

　　元豐七年六月丁丑這一天，我從齊安乘船到臨汝去，我的大兒子蘇邁將要到饒州德興去做縣尉。我送他到湖口，因此有機會去看看被稱為石鐘的地方。寺廟裡的僧人讓一個小童拿上斧頭，在亂石中挑幾塊敲擊，石頭發出硿硿的聲響。我仍然覺得可笑，不信這種解釋。到了那天晚上，月光明亮，我只與蘇邁乘小船來到峭壁下面。巨大的岩石聳立，若有千尺之高，像猛獸奇鬼一般，陰森森地像是要撲過來傷人。而山上棲息著的蒼鷹，聽見人聲驚飛而起，在雲霄中磔磔叫著。山谷中又有像老人在邊咳嗽邊笑的聲音，有人說：「這是鸛鶴啊！」我正猶豫著想回去，卻聽到水面上發出巨大的聲響，轟隆轟隆像連續不斷地敲鐘擂鼓的聲音。船伕大為驚恐。我慢慢地察看，發現山下都是石洞石縫，不知有多深，微小的波浪湧入其中，翻騰激盪，便產生這樣的聲響。船轉回到

兩山之間，正準備進港，發現水流中間有塊巨石攔著，上面可坐百人，巨石中空，有很多洞穴，吞吐著風浪，發出物體撞擊和鐘鼓之聲，與先前轟隆的聲音相應和，如同奏樂一般。我笑著對蘇邁說：「你知道那些典故嗎？之前的轟隆聲，像周景王的無射鐘所發出的，眼下撞擊鐘鼓聲，又像是魏莊子的編鐘所發出的。古人沒有騙我們呀！」

　　事情不親眼看到、親耳聽到，就根據自己的主觀臆想判斷其有無，這可以嗎？酈道元所見所聞，大概與我相同，但他說得不詳盡；一般士大夫們終究不會乘小船夜泊峭壁之下探求，所以不能知道真相。而漁夫、船伕，雖然知道怎麼回事卻不能寫下來，這就是世上不能把石鐘山得名的真相流傳開來的原因呀。而見識淺陋的人，竟用斧頭敲擊石頭的方法來探求，自以為得到了結果。我之所以記下這件事，既嘆惜酈道元的記述過於簡略，也嘲笑李渤的見識太淺陋。

前赤壁賦　蘇軾

【題解】

　　蘇軾在湖州任上，因烏台詩案獲罪入獄，後經多方營救，於當年十二月釋放，貶為黃州團練副使，實際上是流放至黃州。這場人生變故，給蘇軾的思想觀念和人生態度帶來了重大改變，他開始更多地轉向大自然，轉向對人生終極意義的體悟。《前赤壁賦》便是這一時期的作品。明月、秋江，與好友夜遊赤壁，蘇軾以其如椽巨筆描繪白露橫江，水光接天的景緻，抒發物是人非之思古幽情，表達曠達超逸的人生態度，以排遣政治失意後內心的抑鬱。很好地體現了蘇軾作品自由豪放，恣肆雄健的陽剛之美。文章以請客對答的形式探討人生，將寫景、抒情、議論結合得天衣無縫，語言清新流暢，韻律優美動人，是一篇內容形式俱佳的美文。

【原文】

　　壬戌之秋，七月既望①，蘇子與客泛舟遊於赤壁之下。

清風徐來，水波不興。舉酒屬客，誦明月之詩②，歌窈窕之章③。少焉，月出於東山之上，徘徊於斗牛之間。白露橫江，水光接天。縱一葦之所如④，凌萬頃之茫然。浩浩乎如馮虛御風⑤，而不知其所止；飄飄乎如遺世獨立，羽化⑥而登仙。

於是飲酒樂甚，扣舷而歌之。歌曰：「桂棹兮蘭槳，擊空明兮溯流光。渺渺兮予懷，望美人⑦兮天一方。」客有吹洞簫者，依歌而和之。其聲嗚嗚然，如怨如慕，如泣如訴，餘音裊裊，不絕如縷。舞幽壑⑧之潛蛟，泣孤舟之嫠婦⑨。

蘇子愀然⑩，正襟危坐，而問客曰：「何為其然也？」客曰：「『月明星稀，烏鵲南飛』，此非曹孟德⑪之詩乎？西望夏口⑫，東望武昌⑬，山川相繆⑭，郁乎蒼蒼，此非孟德之困於周郎⑮者乎？方其破荊州⑯，下江陵⑰，順流而東也，舳艫⑱千里，旌旗蔽空，釃酒⑲臨江，橫槊⑳賦詩，固一世之雄也，而今安在哉？況吾與子漁樵於江渚之上，侶魚蝦而友麋鹿，駕一葉之扁舟，舉匏樽㉑以相屬。寄蜉蝣㉒於天地，渺滄海之一粟。哀吾生之須臾，羨長江之無窮。挾飛仙以遨遊，抱明月而長終。知不可乎驟得，托遺響於悲風。」

蘇子曰：「客亦知夫水與月乎？逝者如斯，而未嘗往也；盈虛者㉓如彼，而卒莫消長也。蓋將自其變者而觀之，則天地曾不能以一瞬㉔；自其不變而觀之，則物與我皆無盡也。而又何羨乎？且夫天地之間，物各有主，苟非吾之所有，雖一毫而莫取。惟江上之清風，與山間之明月，耳得之而為聲，目遇之而成色，取之無禁，用之不竭。是造物主之無盡藏也，而吾與子之所共適。」

客喜而笑，洗盞更酌。肴核㉕既盡，杯盤狼藉。相與枕藉㉖乎舟中，不知東方之既白。

【注釋】

① 既望：過瞭望日後的一天，即十六日。望：月滿為望，即農曆十五日。

② 明月之詩：指《詩經‧陳風‧月出》。

③ 窈窕之章：《月出》首章：「月出皎兮，佼人僚兮，舒窈糾兮，勞心悄兮。」

④ 縱：任憑。一葦：比喻極小的船。葦：葦葉。如：往。

⑤ 馮虛：凌空。馮：通「憑」。虛：天空，太空。御：駕馭。

⑥ 羽化：道教把飛昇成仙叫作「羽化」。

⑦ 美人：比喻內心思慕的人。

⑧ 幽壑：深淵。

⑨ 嫠（音離）婦：寡婦。

⑩ 愀（音悄）然：臉色變得憂愁淒愴。

⑪ 曹孟德：曹操，字孟德，東漢末年傑出的政治家、軍事家、文學家。引詩出自他的《短歌行》。

⑫ 夏口：古地名，孫權所築，隔江望漢水入長江之處，故城在今湖北武漢。

⑬ 武昌：位於今湖北鄂城。赤壁之戰後孫權將都城遷至此。

⑭ 繆：通「繚」，盤繞。

⑮ 週郎：即周瑜，東吳大都督，赤壁之戰的主將。因歲即為中郎將，吳中皆呼為周郎。

⑯ 破荊州：荊州牧劉表去世後，曹操大兵壓境，劉表之子劉琮率眾向曹操投降，曹軍不戰而占領荊州。

⑰ 江陵：當時的荊州首府，今湖北江陵。

⑱ 舳艫（音竹如）：戰船前後相接，這裡指戰船。舳：船後掌舵處。艫：船前搖棹處。

⑲ 釃酒：濾酒。這裡指灑酒。

⑳ 橫槊：橫握長矛。

㉑ 匏樽：葫蘆做的酒器。

㉒ 蜉蝣：一種壽命僅幾小時的飛蟲。

㉓ 盈虛者：指月亮。

㉔一瞬：一眨眼的工夫。

㉕肴核：葷菜和果品。核：果品。

㉖枕藉：相互枕著睡覺。

【譯文】

　　元豐五年的秋天，七月十六日，我和客人乘船遊於赤壁之下。清涼的風緩緩吹來，水面平靜不起波浪。我舉杯勸客人喝酒，吟誦著《明月》詩中《窈窕》那章。一會兒，月亮從東山上升起，徘徊在斗宿和牛宿之間。白茫茫的霧氣籠罩江面，水天連成一片。我們任憑葦葉一般的小船在萬頃江面上隨意漂蕩。江面是那麼浩瀚啊，船兒像凌空乘風而行，不知道將要飛向何方。我們飄然而起，像是脫離了塵世，了無牽掛，飛昇進入仙境。

　　此刻，我們喝著酒快樂極了，敲著船舷唱起歌來。歌詞說：「桂木做的棹啊蘭木做的槳，划開清澈澄明的江水，迎著江面浮動的月光。我的情思啊悠遠茫茫，盼望著美人啊，在天邊遙遠的地方。」客人中有位吹洞簫的，隨著歌聲伴奏。洞簫聲嗚嗚，像是怨恨，又像是思慕，像在抽泣，又像在傾訴，餘音裊裊，像輕柔的絲線延綿不斷。能使潛藏在深淵中的蛟龍隨之起舞，能使孤獨小船上的寡婦聞之哭泣。

　　我不禁覺得傷感，整理好衣服端正地坐著，問客人說：「為什麼簫聲這般悲涼？」客人說：「『月明星稀，烏鵲南飛』，這不是曹操的詩句嗎？向西望是夏口，向東望是武昌，山水互相纏繞，草木茂盛蒼翠，這不是曹操被周瑜打敗的地方嗎？當初他奪得荊州，攻下江陵，順著長江東下之時，戰船連接千里，旌旗遮蔽天空。他在江上灑酒祭奠，橫握長矛吟誦詩篇，本是獨步天下之英雄！如今在哪裡了呢？何況我和您在江中小洲上捕魚打柴，和魚蝦做伴侶，與麋鹿交朋友，駕著一片葉子似的小船，拿著簡陋的酒杯互相勸酒。就像蜉蝣一樣短暫地寄生於天地之間，渺小得像大海裡的一粒米。哀嘆我們生命的短促，羨慕長江之水無窮無盡。希望隨著神仙飛昇遨遊，和明月一起長存。我知道這種想法是不可能突然實現的，只好把感慨通過簫聲寄託在悲涼的秋風中。」

　　我對客人說：「您也瞭解那江水和月亮嗎？江水總是這樣不停地流去，但始終沒有消失。月亮看上去有時圓有時缺，但最終沒有消損和增

長。如果從那變化的一面去看，那麼天地間的萬事萬物，連一眨眼的工夫都沒有不變化的。而從那不變的一面看，那麼事物和我們都是永恆的，又何必羨慕那些呢？再說，天地之間，事物都各自有其主宰，如果不是我的東西，雖然是一絲一毫，也不能得到。只有江上的清風和山間的明月，耳朵聽到了就成為聲音，眼睛看到它了就成為顏色；擁有它們沒人能禁止，享用它們不會竭盡。這是大自然無窮的寶藏，我和您可以共同享用。」

客人聽了高興地笑了，洗了酒杯，重新斟酒。菜餚和果品都吃完了，酒杯盤子雜亂地放著。我和客人們互相靠著在船中睡著了，不知不覺東方已經發亮。

方山子傳　蘇軾

【題解】

貶謫黃州的蘇軾，偶遇十九年前在鳳翔結識的陳慥，當初慷慨激昂、有志於功名之士，如今脫胎換骨，成了拋棄功名富貴的隱士，蘇軾訝異之餘，為其立傳。方山子早年血氣方剛，熱衷於遊俠；成年後刻苦讀書，渴望建功立業。然而得不到賞識，無用武之地。最終棄榮利功名而自甘淡泊貧賤，既可視為一種精神的解脫，又何嘗不是人生的無奈？「野無遺賢，萬邦咸寧。」（《尚書‧大禹謨》）有才能的人不能施展，不僅是個人的不幸，更是社會的損失。蘇軾結合自己當時被貶黃州的處境，寫方山子未嘗不是自悲不遇，所謂借他人之酒澆自己胸中之塊壘。作者抓住人物的特徵，突出前後巨大的反差，寥寥數筆就刻畫出鮮明生動的形象。

【原文】

方山子①，光、黃②間隱人也。少時慕朱家、郭解③為人，閭里之俠皆宗之④。稍壯，折節⑤讀書，欲以此馳騁當世，然終不遇。晚乃遁於光、黃間，曰岐亭。庵居蔬食，不

與世相聞。棄車馬，毀冠服，徒步往來山中，人莫識也。見其所著帽，方聳而高，曰：「此豈古方山冠⑥之遺像乎？」因謂之「方山子」。

余謫居於黃，過岐亭，適見焉。曰：「嗚呼！此吾故人陳慥季常也。何為而在此？」方山子亦矍然⑦問余所以至此者。余告之故。俯而不答，仰而笑，呼余宿其家。環堵蕭然⑧，而妻子奴婢皆有自得之意。

余既聳然異之。獨念方山子少時，使酒好劍，用財如糞土。前十九年，余在岐山，見方山子從兩騎，挾二矢，遊西山。鵲起於前，使騎逐而射之，不獲。方山子怒馬⑨獨出，一發得之。因與余馬上論用兵及古今成敗，自謂一世豪士。今幾日耳，精悍之色猶見於眉間，而豈山中之人哉！

然方山子世有勳閥，當得官。使從事於其間，今已顯聞。而其家在洛陽，園宅壯麗，與公侯等。河北有田，歲得帛千匹，亦足以富樂。皆棄不取，獨來窮山中，此豈無得而然哉？

余聞光、黃間多異人，往往陽狂⑩垢污，不可得而見。方山子儻見之歟？

【注釋】

① 方山子：即陳慥，字季常。太常少卿陳希亮之子，晚年隱居在光州、黃州一帶，蘇軾在任鳳翔簽判時與其相識。

② 光、黃：即光州和黃州。光州和黃州鄰接，宋時同屬淮南西路。

③ 朱家、郭解：均為西漢時著名的遊俠，喜替人排憂解難。

④ 閭里：鄉里。宗：尊崇。

⑤ 折節：改變以往的志向和行為。

⑥ 方山冠：漢代祭祀宗廟時樂舞者所戴的一種帽子，唐、宋時隱者十分喜歡戴。

⑦ 矍然：吃驚地看著的樣子。

⑧ 環堵蕭然：家徒四壁。堵：牆壁。

⑨ 怒馬：使馬振奮。怒：振奮。

⑩ 陽狂：假裝瘋癲。陽：通「佯」，假裝。

【譯文】

　　方山子，是光州、黃州一帶的隱士。年輕時，他仰慕漢代遊俠朱家、郭解的品行，鄉里的好俠之人都尊崇他。年歲稍長，他改變志趣，發憤讀書，想以此在當世做出一番事業，但是一直沒有得到賞識。晚年隱居在光州、黃州一帶名叫岐亭的地方。住茅草屋，吃粗糧素食，不與世人交往。他放棄坐車騎馬，毀掉書生的服飾，徒步在山裡行走，沒有人認識他。人們見他戴的帽子方方的且很高，都說：「這不就是古代方山冠遺留下來的樣子嗎？」因此就稱他為「方山子」。

　　我遭貶居住在黃州時，有一次經過岐亭，正巧碰見了他。我說：「哎，這是我的老朋友陳慥陳季常呀，你怎麼會在這裡呢？」方山子也很驚訝，問我到這裡來的原因。我把緣由告訴了他。他先是低頭不語，繼而仰天大笑，邀請我住到他家去。他的家空空蕩蕩，但他的妻子、兒女和奴僕都顯出怡然自得的樣子。

　　我對此十分驚訝。回想起方山子年輕的時候，嗜酒好劍，揮金如土。十九年前，我在岐山見到方山子，帶著兩名騎馬的隨從，身背兩袋箭，在西山遊獵。只見前方一鵲飛起，他讓隨從追趕射鵲，未能射中。方山子獨自猛然躍馬向前，一箭射中飛鵲。於是他在馬上與我談論用兵之道及古今成敗之事，自認為是一代豪傑。至今已過了多少日子了，但那股精明強幹的神色依然在他眉宇之間，這怎麼會是一位隱居山中的人呢？

　　方山子出身於世代功勛之家，理應得到官職。假如他置身官場，想必到現在已經聲名顯赫了。他原本家在洛陽，園林宅院富麗堂皇，與公侯之家相同。在河北一帶還有田地，每年可得上千匹的絲帛收入，足以讓他生活富裕安樂了。然而他都拋棄不要，偏偏來到這窮瘠的山裡，如果不是有他獨特的樂趣，難道會這樣嗎？

　　我聽說光州、黃州一帶有很多奇人異士，常常假裝瘋顛，骯髒不

堪，但無法見到他們。方山子或許能遇見他們吧？

上樞密韓太尉書　蘇轍

【題解】

蘇轍，字子由，與其父蘇洵、兄蘇軾合稱「三蘇」，均在唐宋八大家之列。仁宗嘉祐元年（1056），蘇軾、蘇轍兄弟隨父親去京師，在京城得到了當時文壇盟主歐陽修的賞識。第二年，蘇軾、蘇轍兄弟高中進士，於是「三蘇」之名享譽天下。

在朝中為官，需要人提攜。當時朝中文有歐陽修，武有韓琦。蘇軾在考試中一鳴驚人，讓歐陽修讚不絕口，收為弟子；蘇轍便向時任樞密使韓琦寫信，希望得到他的賞識。年方十九的蘇轍涉世未深，怎樣才能說動名滿天下的韓琦呢？聰明的蘇轍沒有屈心抑志、奉承阿諛，而是另闢蹊徑，從探討為文之道談起，引出博覽天下奇觀、結交賢達之人的願望，巧妙地把干謁求進之事納入文學活動的範圍，顯得高雅脫俗，令韓琦對其刮目相看。

【原文】

太尉執事①：轍生好為文，思之至深。以為文者氣之所形，然文不可以學而能，氣可以養而致。孟子曰：「我善養吾浩然之氣②。」今觀其文章，寬厚宏博，充乎天地之間，稱其氣之小大。太史公③行天下，周覽四海名山大川，與燕、趙間豪俊交遊，故其文疏蕩④，頗有奇氣。此二子者，豈嘗執筆學為如此之文哉？其氣充乎其中而溢乎其貌，動乎其言而見乎其文，而不自知也。

轍生年十有九矣。其居家所與遊者，不過其鄰里鄉黨之人。所見不過數百里之間，無高山大野可登覽以自廣。百氏之書，雖無所不讀，然皆古人之陳跡，不足以激發其志氣。

恐遂汨沒⑤，故決然捨去，求天下奇聞壯觀，以知天地之廣大。過秦、漢之故都，恣觀終南、嵩、華之高⑥，北顧黃河之奔流，慨然想見古之豪傑。至京師，仰觀天子宮闕之壯，與倉廩、府庫、城池、苑囿之富且大也⑦，而後知天下之巨麗。見翰林歐陽公⑧，聽其議論之宏辯，觀其容貌之秀偉，與其門人賢士大夫遊，而後知天下之文章聚乎此也。太尉以才略冠天下，天下之所恃以無憂，四夷⑨之所憚以不敢發，入則周公、召公⑩，出則方叔、召虎⑪。而轍也未之見焉。

　　且夫人之學也，不志其大，雖多而何為？轍之來也，於山見終南、嵩、華之高，於水見黃河之大且深，於人見歐陽公，而猶以為未見太尉也。故願得觀賢人之光耀，聞一言以自壯，然後可以盡天下之大觀而無憾者矣。

　　轍年少，未能通習吏事⑫。向之來，非有取於斗升之祿⑬。偶然得之，非其所樂。然幸得賜歸待選⑭，使得優游數年之間，將以益治其文，且學為政。太尉苟以為可教而辱教之，又幸矣。

【注釋】

① 太尉：韓琦任樞密使，執掌全國兵權，相當於秦、漢時期的太尉。執事：指身邊的侍從，實際上是對韓琦的敬稱。

② 浩然之氣：指剛正宏大的精神氣質。語出《孟子‧公孫丑上》。

③ 太史公：指司馬遷。

④ 疏蕩：舒暢灑脫。

⑤ 汨沒：埋沒。

⑥ 恣觀：盡情觀賞。終南：終南山，位於今陝西西安南。嵩：嵩山，位於今河南登封，五嶽中的中嶽。華：華山，位於今陝西華陰，五嶽中的西嶽。

⑦ 倉廩：糧倉。苑囿：帝王的獵苑。

⑧ 歐陽公：指歐陽修。

⑨四夷：對周邊少數民族的蔑稱。

⑩周公：周公旦，姓姬，名旦，西周時期的政治家、軍事家、思想家，被尊為「元聖」，儒學先驅。周文王的第四子，周武王的同母弟。武王死後，其子成王年幼，由周公攝政當國。召公：姬奭，曾輔助周武王滅商，隨後與周公一同輔助成王。

⑪方叔、召虎：均為周宣王時的名臣。

⑫通習吏事：通曉官吏的事務。

⑬斗升之祿：微薄的俸祿，這裡指低級官吏。

⑭賜歸待選：回家等待朝廷的選拔。

【譯文】

太尉執事：我平生喜好寫文章，對此有過很深的思考。我以為文章是作者氣質的體現，然而文章不是通過學習就能寫好的，氣質卻可以通過加強修養來獲得。孟子說：「我善於培養我的浩然正氣。」現在看他的文章，寬厚宏博，充滿於天地之間，與他的浩然正氣大小相稱。司馬遷周遊天下，博覽四海名山大川，與燕、趙之地的豪傑壯士交遊，所以他的文章舒暢灑脫，頗有奇偉的氣概。這兩位先生，難道是常握著筆學習而寫出這樣的文章的嗎？這是因為他們的氣質充滿胸中，流露到形貌之外，反映在言辭之中，表現在文章之上，他們自己並不曾覺察到。

我已經十九歲了。在家時所交往的，不過是同鄉鄰里之人，所見識的不過是方圓幾百里間的事物，沒有高山曠野可以攀登眺望以開闊自己的胸襟。諸子百家的書，雖然無所不讀，然而都是古人遺留下來的陳跡，不足以激發我的志氣。我擔心因此而埋沒了自己，所以毅然捨棄了之前的一切，前去尋求天下的奇聞壯觀，以瞭解天地的廣大。我去過秦、漢的故都，盡情觀賞終南山、嵩山、華山的高峻，北望黃河的奔騰之水，感慨地想起了古代的英雄豪傑。到了京城，瞻仰了皇帝宮殿之雄偉，以及國家糧倉、府庫、城池、苑囿的富庶和巨大，這才知道天下的宏偉和壯麗。我拜見了翰林學士歐陽公，聆聽他的宏大而雄辯的議論，看見了他俊秀挺拔的形象。與他門下的賢士交往，這才知道天下文章之精華都聚集在這裡。太尉的雄才大略稱冠天下，國家百姓依仗您而平安無憂，四方各族因為懼怕您而不敢發難。您在朝廷中，如同周公、召公

輔佐君王；您在邊境上，如同方叔、召虎禦敵安邊。然而我還未曾拜見您啊。

況且，一個人在學習方面，如果沒有遠大的志向，即使學得再多又有什麼用呢？我這次出來，關於山，見了終南山、嵩山、華山的高峻；關於水，見了黃河的深廣；關於人，拜見了歐陽公，但遺憾的是沒能拜見太尉您。所以，我希望能夠親眼目睹賢人的風采，即使只聽到一句話也足以激勵自己。這樣就可算是盡覽了天下的壯觀，而不會有什麼遺憾了。

我還年輕，尚未通曉官場上的事務。先前來京都應試，不是為了謀取微薄的俸祿。偶然得到，也不是我所喜歡的。然而有幸得到恩賜回家，等待朝廷的選用，使我能悠閒地度過幾年，將更好地鑽研我的學業，並且學習如何從政。太尉如果認為我還可以指教，並願意屈尊給我指點一二的話，就更讓我感到榮幸了。

黃州快哉亭記　蘇轍

【題解】

宋神宗元豐年間，張夢得、蘇軾都被貶至黃州。張夢得在寓所西南築亭，蘇軾為之命名為「快哉亭」。當時蘇轍也被貶至筠州（今江西高安），政治上也很不得意。失意之人卻暢言「快哉」，自然不僅是快哉亭所處地理位置的景象使人心曠神怡。蘇轍從寫景敘事入手，自然過渡到議論，條理清晰，境界深遠。將寫景、敘事、抒情、議論熔於一爐，巧用典故並加以發揮，把快意渲染得淋漓盡致，得出「使其中不自得，將何往而非病？使其中坦然，不以物傷性，將何適而非快」的結論，無可辯駁，令人歎服。

【原文】

江出西陵①，始得平地，其流奔放肆大②。南合湘、沅③，北合漢、沔④，其勢益張。至於赤壁⑤之下，波流浸灌

⑥，與海相若。清河張君夢得⑦，謫居齊安⑧，即其廬之西南為亭，以覽觀江流之勝。而余兄子瞻⑨名之曰「快哉」。

蓋亭之所見，南北百里，東西一舍⑩。濤瀾洶湧，風雲開闔⑪。晝則舟楫出沒於其前，夜則魚龍悲嘯於其下。變化倏忽，動心駭目，不可久視。今乃得玩之几席之上，舉目而足。西望武昌諸山，岡陵起伏，草木行列，煙消日出。漁夫、樵父之舍，皆可指數⑫。此其所以為「快哉」者也。至於長洲之濱，故城之墟，曹孟德、孫仲謀之所睥睨⑬，周瑜、陸遜之所馳騖⑭。其流風遺跡，亦足以稱快世俗。

昔楚襄王從宋玉、景差於蘭臺之宮⑮。有風颯然而至者，王披⑯襟當之，曰：「快哉此風！寡人所與庶人共者耶？」宋玉曰：「此獨大王之雄風耳，庶人安得共之？」玉之言，蓋有諷焉。夫風無雌雄之異，而人有遇不遇之變。楚王之所以為樂，與庶人之所以為憂，此則人之變也，而風何與焉？士生於世，使其中不自得，將何往而非病？使其中坦然，不以物傷性，將何適而非快？今張君不以謫為患，竊會計之餘功⑰，而自放山水之間，此其中宜有以過人者。將蓬戶甕牖⑱，無所不快，而況乎濯⑲長江之清流，挹⑳西山之白雲，窮耳目之勝以自適也哉？不然，連山絕壑，長林古木，振之以清風，照之以明月，此皆騷人思士之所以悲傷憔悴而不能勝者㉑，烏㉒睹其為快也哉！

【注釋】

① 西陵：西陵峽，又名夷陵峽，長江三峽之一，位於湖北宜昌西北。

② 肆大：水勢浩大。肆：極，甚。

③ 湘：湘江。沅：沅江。湘江、沅江都在長江南岸，流入洞庭湖，注入長江。

④ 漢、沔：就是漢水、沔水。漢水源於陝西寧羌，其上游部分古時又稱

沔水，在長江北岸，於湖北武漢入長江。

⑤赤壁：又稱「赤鼻磯」，位於現湖北黃岡城外，並非赤壁之戰處，蘇
　轍記述有誤。

⑥浸灌：形容水勢浩大。

⑦清河：縣名，現河北清河。夢得：張夢得，字懷民，蘇軾兄弟的友
　人。

⑧齊安：即黃州。

⑨子瞻：蘇軾的字。

⑩舍：三十里。古代行軍每天走三十里宿營，叫作「一舍」。

⑪開闔：風雲變幻莫測。開：開啟。闔：閉合。

⑫指數：用手指清點。

⑬曹孟德：曹操，字孟德。孫仲謀：孫權，字仲謀。睥睨：斜視，形容
　傲慢、高傲的樣子。

⑭周瑜、陸遜：均為三國時東吳的重要將領。

⑮楚襄王：即楚頃襄王，名橫，楚懷王之子。宋玉、景差：都是楚襄王
　之侍臣、辭賦家。蘭台之宮：遺址在湖北鐘祥東。

⑯披：敞開。

⑰竊：偷得，這裡是利用之意。會計：指徵收錢財、賦稅等事務。餘
　功：公事之餘。

⑱蓬戶甕牖（音有）：用蓬草編成門，用破甕當作窗。

⑲濯：洗滌。

⑳挹：汲取。

㉑騷人：詩人，這裡指失意文人。思士：指心中有憂思的人。勝：承
　受，禁得起。

㉒烏：哪裡。

【譯文】

　　長江出了西陵峽，開始進入平原，水勢奔騰浩蕩。南邊與沅水、湘
水合流，北邊與漢水、沔水匯聚，水勢顯得更加壯闊。流到赤壁之下，
波濤洶湧，就像無邊無際的大海。清河張夢得，被貶謫後居住在齊安，
他在屋子的西南面修建了一座亭子，用以觀賞長江勝景。我哥哥子瞻給

這座亭子起名叫「快哉亭」。

　　在亭子裡能看到長江南北約百里、東西三十里。波濤洶湧,風雲變幻。白天,船隻在亭前往來如梭;夜間,魚龍在亭下悲鳴呼叫。景物變化萬端,讓人驚心動魄,不能長久欣賞。如今,我坐在亭中小桌旁觀賞這些景緻,抬起眼來就足夠了。向西眺望武昌的群山,只見山巒連綿起伏,草木排列成行,雲霧消散,陽光照耀,漁民樵夫的房舍,歷歷可數。這就是將亭子命名為「快哉」的原因。至於沙洲的岸邊,古城的廢墟,曾是曹操、孫權所志在必得之處,是周瑜、陸遜率兵馳騁的地方。那些留下的傳說遺跡,也足以讓世人稱快。

　　從前,楚襄王讓宋玉、景差跟隨其游蘭台宮。一陣風吹來,颯颯作響,楚王敞開衣襟,迎著風說:「這風多麼讓人愉快啊!這是讓我和臣民共同享有的吧。」宋玉說:「這只是大王的雄風,百姓怎麼能和你共同享受它呢?」宋玉這話大概有諷喻的意味吧。風並沒有雄雌的區別,而人有是否受到賞識的不同。楚王之所以感到愉快,而百姓之所以感到憂愁,正是由於人們的境遇不同,跟風又有什麼關係呢?讀書人生活在世上,若是心中不坦蕩,那麼,到哪裡沒有憂愁?假如襟懷坦蕩,不因為外物而影響性情,那麼,在什麼地方沒有快樂呢?現在,張夢得不因為被貶官當作憂愁之事,利用公務之餘的時間,自己縱情於山水之間,這應該是他心胸超過常人的地方。即使是用蓬草編成門,以破甕當作窗,都沒有什麼讓他不快樂的,何況在清澈的長江中洗滌,面對著西山的白雲,讓耳目盡情地享受著美好的事物以使得心情舒暢呢?如果不是這樣,連綿的峰巒,深陡的溝壑,廣闊的森林,參天的古木,清風吹拂搖曳,明月高照,這些都會成為詩人遊子為之悲傷憔悴而不能承受的,哪裡看得出這是讓人愉快的呢?

寄歐陽舍人書　曾鞏

【題解】

　　曾鞏,字子固,南豐(今屬江西)人,世稱「南豐先生」。北宋著名文學

家，「唐宋八大家」之一。他早年便有文名，受到歐陽修賞識。嘉祐年間進士，官至中書舍人。散文平易舒緩，長於敘事說理，講究章法結構。

　　曾鞏十分仰慕歐陽修的道德文章，於是在宋仁宗慶曆六年夏，請歐陽修為已故的祖父曾致堯作一篇墓碑銘。當年，歐陽修便寫好《尚書戶部郎中贈右諫議大夫曾公神道碑銘》一文，曾鞏隨即寫信致謝。說是感謝信，卻沒有平常的客套和空泛的溢美之辭，而是通過對銘志作用及流傳條件的分析，闡述了「立言」的社會意義，強調「文以載道」。文章結構嚴謹，層層推進，節奏舒緩，起承轉合非常自然，水到渠成地表達了對歐陽修的敬仰和感激。

【原文】

　　去秋人還，蒙賜書及所撰先大父墓碑銘[1]。反覆觀誦，感與慚並。

　　夫銘志之著於世，義近於史，而亦有與史異者。蓋史之於善惡無所不書，而銘者，蓋古之人有功德、材行、志義之美者，懼後世之不知，則必銘而見之。或納於廟，或存於墓，一也。苟其人之惡，則於銘乎何有？此其所以與史異也。其辭之作，所以使死者無有所憾，生者得致其嚴[2]。而善人喜於見傳，則勇於自立；惡人無有所紀，則以愧而懼。至於通材[3]達識、義烈節士，嘉言善狀，皆見於篇，則足為後法。警勸之道，非近乎史，其將安近？

　　及世之衰，為人之子孫者，一欲褒揚其親而不本乎理。故雖惡人，皆務勒[4]銘以誇後世。立言者，既莫之拒而不為，又以其子孫之請也，書其惡焉，則人情之所不得，於是乎銘始不實。後之作銘者，當觀其人。苟托之非人，則書之非公與是，則不足以行世而傳後。故千百年來，公卿大夫至於里巷之士，莫不有銘，而傳者蓋少。其故非他，托之非人，書之非公與是故也。

　　然則孰為其人，而能盡公與是歟？非畜[5]道德而能文章

者，無以為也。蓋有道德者之於惡人，則不受而銘之。於眾人，則能辨焉。而人之行，有情善而跡非，有意奸而外淑，有善惡相懸而不可以實指，有實大於名，有名侈⑥於實。猶之用人，非畜道德者，惡能辨之不惑，議之不徇⑦？不惑不徇，則公且是矣。而其辭之不工，則世猶不傳，於是又在其文章兼勝⑧焉。故曰非畜道德而能文章者，無以為也，豈非然哉？

然畜道德而能文章者，雖或並世而有，亦或數十年或一二百年而有之。其傳之難如此，其遇之難又如此。若先生之道德文章，固所謂數百年而有者也。先祖之言行卓卓⑨，幸遇而得銘其公與是，其傳世行後無疑也。而世之學者，每觀傳記所書古人之事，至於所可感，則往往蓋然⑩不知涕之流落也，況其子孫也哉！況鞏也哉！其追睎⑪祖德而思所以傳之之由，則知先生推一賜於鞏而及其三世。其感與報，宜若何而圖之？

抑又思若鞏之淺薄滯拙，而先生進之；先祖之屯蹶否塞⑫以死，而先生顯之；則世之魁閎⑬豪傑不世出之士，其誰不願進於門？潛遁幽抑⑭之士，其誰不有望於世？善誰不為，而惡誰不愧以懼？為人之父祖者，孰不欲教其子孫？為人之子孫者，孰不欲寵榮其父祖？此數美者，一歸於先生。

既拜賜之辱，且敢進其所以然。所論世族之次，敢不承教而加詳焉？愧甚不宣。鞏再拜。

【注釋】

①先大父：去世的祖父，指曾致堯。銘：在器物上記述事實、功德等的文字。

②嚴：尊敬。

③通材：兼有多種才能的人。

④ 勒：鐫刻。

⑤ 畜：通「蓄」，積聚。

⑥ 侈：越過。

⑦ 徇：偏袒，曲意順從。

⑧ 兼勝：都好，同樣好。

⑨ 卓卓：卓越，傑出。

⑩ 蠱（音夕）然：痛苦的樣子。

⑪ 睎（音希）：仰慕。

⑫ 屯蹶否塞：形容困頓不得志。屯、否都是《易經》上的卦名。屯卦表示艱難，否卦表示困頓。蹶：跌倒。塞：阻塞。

⑬ 魁閎（音宏）：高大。

⑭ 幽抑：不顯達。

【譯文】

去年秋天，我派去的人回來，承蒙您賜予書信並為先祖父撰寫墓碑銘。我反覆拜讀吟誦，真是又感激又羞愧。

銘志之所以著稱於世，是因為其意義與史傳相接近，而又與史傳不盡相同。因為史傳對人的善惡都加以記載，而銘志呢，大概是古代功德卓越、才能操行出眾，志向道義高尚的人，恐怕後世人不知道，所以一定要作銘文來顯揚自己，有的置於家廟裡，有的放在墓穴中，其用意是一樣的。如果那是個惡人，那在銘文上有什麼好記的呢？這就是銘志與史傳不同的地方。撰寫銘文，為的是讓死者沒有什麼可遺憾的，而活著的人以此表達自己的尊敬之情。善人希望自己的善舉流傳於後世，就會努力去行善；惡人沒有什麼可記載的，就會感到慚愧和惶恐。至於博學多才、見識通達的人，忠義英烈、節操高尚之士，他們美好的言行，都能展現在銘志裡，這就足以使其成為後人的楷模。銘文警世勸戒的作用，不是與史傳相近，又和什麼相近呢？

到了世道衰落之時，為人子孫的，一味吹捧他們死去的親人，而不顧及事實道理。所以即使是惡人，也一定要樹碑立傳以向後人誇耀。而撰寫銘文的人，既然不能推辭不作，又因為死者子孫的一再請託，如果直書死者的惡行，那就不合人情了，於是銘文就開始出現不實之辭。後

代要想給死者作碑銘的，應當考察作者的為人。如果請託的人不合適，那麼寫出來的銘文必定不公正、不正確，也就不能流行於後世。所以千百年來，儘管上自公卿大夫下至平民百姓，死後都有碑銘，但真正流傳下來的卻很少。這裡沒有別的原因，正是請的人不合適，撰寫的銘文不公正、不正確的緣故。

既然這樣，那怎樣的人才能完全做到公正與正確呢？如果不是道德高尚而很能寫文章的人是做不到的。因為道德高尚的人，對於惡人是不會接受請託為其撰寫銘文的；對於一般的人，也能分辨清楚。而人們的品行，有的內心善良而事蹟不是很好，有的內心奸惡卻貌似善良，有的善行惡行並存而很難將其歸類，有的實際德行大於名望，有的則名過其實。好比用人，如果不是道德高尚的人，怎麼能辨別清楚而不被迷惑，評論公允而不徇私情？能不受迷惑，不徇私情，這就能做到公正和實事求是了。然而，如果銘文的文采不出色，依然不能流傳於世，因此就又要求文章寫得漂亮。所以說，不是道德高尚同時善於寫作的人，是不能撰寫銘志的，難道不是如此嗎？

但是，道德高尚而又善作文章的人，雖然有時會同時出現，但也可能數十年甚至一二百年才有一個。銘文的流傳已經是如此之難，恰巧遇上理想的作者更是困難。像先生的道德文章，確實是幾百年一遇的。我先祖的言行高尚，又幸運地遇上先生為其撰寫公正而又符合實際的銘文，它將流傳於後世是毫無疑問的。世上的學者，每當閱讀傳記所載古人事蹟的時候，看到感人之處，就經常傷感，不知不覺潸然淚下，何況是死者的子孫呢？又何況是我曾鞏呢？我追懷先祖的德行，而想到碑銘能傳之後世的原因，就知道先生惠賜一篇碑銘將會恩澤及於我家祖孫三代。這感激與報答之情，我應該怎樣來表示呢？

我又進一步想到像我這樣學識淺薄、才能庸陋的人，先生還提拔鼓勵我，我先祖這樣命途多舛、窮愁潦倒而死的人，先生還寫了碑銘來顯揚他，那麼世上那些俊偉豪傑、世不經見之士，他們誰不願意拜倒在您的門下？那些潛居山林、不求顯達之士，他們誰不希望名聲流播於世？好事誰不想做，而做惡事誰不感到羞愧恐懼？當父親、祖父的，誰不想教育好自己的子孫？做子孫的，誰不想使自己的父親、祖父榮耀顯揚？這種種美德，應當全歸功于先生。我榮幸地得到了您的恩賜，並且冒昧

地向您陳述自己之所以感激的原因。來信所論及的我的家族世系，我怎敢不聽從您的教誨而加以研究審核呢？

漸愧萬分，書不盡懷，曾鞏再拜上。

讀孟嘗君傳　王安石

【題解】

王安石（1021—1086），字介甫，晚號半山，封荊國公，世人又稱王荊公。北宋傑出的政治家、思想家、文學家，唐宋八大家之一。神宗即位後，重用王安石。熙寧二年提其為參知政事，從熙寧三年起，兩度任同中書門下平章事，大力推行新法。王安石變法以緩和階級矛盾、富國強兵為目的，客觀上有利於社會進步和下層百姓，但觸犯了大官僚貴族的利益，遭到保守派激烈反對。熙寧九年王安石罷相，變法失敗。

王安石也有極高的文學成就，尤其是政論文觀點鮮明，辯駁犀利尖銳，筆調雄健有力，表現出很強的戰鬥性。《讀孟嘗君傳》不足百字，立論、論證、結論，簡明扼要，卻讓人難以辯駁。強勁峭拔的氣勢，體現其敢作敢當的政治家風範。

【原文】

世皆稱孟嘗君能得士，士以故歸之。而卒①賴其力，以脫於虎豹之秦②。

嗟呼！孟嘗君特③雞鳴狗盜之雄耳，豈足以言得士？不然，擅④齊之強，得一士焉，宜可以南面而制秦⑤，尚取雞鳴狗盜之力哉？夫雞鳴狗盜之出其門，此士之所以不至也。

【注釋】

①卒：終於，最終。

② 脫於虎豹之秦：據《史記·孟嘗君列傳》，秦昭王曾欲聘孟嘗君為
　　相，孟嘗君來到秦國後有人進讒，秦昭王將其囚禁，並準備殺之。孟
　　嘗君向昭王寵姬求救，寵姬提出要白狐裘為報。而孟嘗君唯一的白狐
　　裘已獻給秦王。於是門客裝狗進入秦宮，盜得狐白裘獻給秦王寵姬。
　　寵姬為孟嘗君說情，昭王釋放孟嘗君，繼而後悔，派兵追趕。孟嘗君
　　逃至函谷關，關法規定雞鳴才能開關，門客有能為雞鳴者，引動群雞
　　皆鳴，孟嘗君才脫險逃出函谷關，回歸齊國。

③ 特：僅僅，只是。

④ 擅：擁有，引申為憑藉。

⑤ 南面而制秦：南面稱王制伏秦國。古代君臣相見，帝王坐北面南，臣
　　在對面朝見。制：制伏。

【譯文】

　　世人都稱讚孟嘗君能夠招攬吸引人才，因此人才都投奔到他的門
下。而孟嘗君最終也藉助他們的力量，得以逃離像虎豹一樣凶惡的秦
國。

　　唉！孟嘗君不過是那些雞鳴狗盜之徒的頭目罷了，哪裡稱得上善於
招攬吸引人才呢？要不是這樣，憑藉著齊國強大的力量，得到一個真正
的人才，就應該南面稱王而制伏秦國，還用得著藉助那些雞鳴狗盜之輩
的力量嗎？雞鳴狗盜之輩出入其門下，這正是真正的人才不到他那裡去
的原因啊！

遊褒禪山記　　王安石

【題解】

　　宋仁宗至和元年（1054），王安石在舒州任通判，閒暇時和幾位同伴遊褒
禪山。這並不是一次完美的出遊，因為沒能儘興，幾乎是半途而廢，《遊褒禪
山記》也不是真正意義上的遊記，而是借遊記的形式說理。作者作記因事見
理，夾敘夾議，表達自己的真知灼見。前面的記游處處從後面的議論落筆，為

議論作鋪墊；後面的議論又處處緊扣前面的記遊，賦予記游內容以特定的思想意義。記敘和議論相輔相成，互為補充，相得益彰。

【原文】

褒禪山[①]亦謂之華山，唐浮圖慧褒始舍於其址[②]，而卒葬之，以故，其後名之曰褒禪。今所謂慧空禪院者，褒之廬冢也[③]。距其院東五里，所謂華山洞[④]者，以其乃華山之陽名之也。距洞百餘步，有碑仆道，其文漫滅[⑤]，獨其為文猶可識，曰花山。今言「華」如「華實」之「華」者，蓋音謬也。

其下平曠，有泉側出，而記遊者甚眾，所謂前洞也。由山以上五六里，有穴窈然[⑥]，入之甚寒。問其深，則其好游者不能窮也，謂之後洞。余與四人擁火以入，入之愈深，其進愈難，而其見愈奇。有怠而欲出者，曰：「不出，火且盡。」遂與之俱出。蓋予所至，比好遊者尚不能十一，然視其左右，來而記之者已少。蓋其又深，則其至又加少矣。方是時，予之力尚足以入，火尚足以明也。既其出，則或咎其欲出者，而予亦悔其隨之，而不得極乎遊之樂也。

於是予有嘆焉：古之人觀於天地、山川、草木、蟲魚、鳥獸，往往有得，以其求思之深而無不在也。夫夷以近，則游者眾；險以遠，則至者少。而世之奇偉、瑰怪、非常之觀，常在於險遠，而人之所罕至焉，故非有志者不能至也。有志矣，不隨以止也，然力不足者，亦不能至也。有志與力，而又不隨以怠，至於幽暗昏惑，而無物以相之，亦不能至也。然力足以至焉，於人為可譏，而在己為有悔。盡吾志也，而不能至者，可以無悔矣，其孰能譏之乎？此予之所得也。

余於仆碑，又有悲夫古書之不存，後世之謬其傳而莫能名者，何可勝[⑦]道也哉！此所以學者不可以不深思而慎取之

也。

　　四人者：盧陵蕭君圭君玉，長樂王回深父，余弟安國平父、安上純父。

【注釋】

① 褒禪山：古稱華山，位於今安徽含山。
② 浮圖：梵語音譯詞，也寫作「浮屠」、「佛圖」，本意是佛、佛塔或佛教徒，這裡指和尚。慧褒：唐代高僧。
③ 廬：房屋。冢：墳墓。
④ 華山洞：應該是「華陽洞」。
⑤ 漫滅：指碑文剝蝕，模糊不清。
⑥ 窈（音咬）然：幽深昏暗的樣子。
⑦ 勝：全部。

【譯文】

　　褒禪山也被稱為華山。唐代高僧慧褒開始在這座山下居住，死後就葬在這裡。因此，後來的人就把這座山稱作褒禪山。現在所謂的慧空禪院，就是慧褒和尚生前居住、死後埋葬的地方。距離慧空禪院東面五里，有個叫華山洞的地方，因為其位於華山的南面而得名。離洞百餘步，有一塊石碑倒在路上，碑文已經模糊不清了，唯有「花山」二字還能辨認出來。現在將「華」字讀成「華實」的「華」，大概是讀錯音了。

　　山下平坦而開闊，有泉水從旁邊湧出，在此遊覽和題字留念的人很多，這就是人們說的前洞。沿路往山上走五六里，有個幽深昏暗的山洞，走進去寒氣逼人。要問這個洞有多深，就連那些喜歡遊山玩水的人也沒能走到盡頭，這就是人們說的後洞，我與四位同遊者舉著火進去，越往裡面，前進越困難，而見到的景色也越奇異。有人感到疲倦想出來了，說：「再不出洞，火把就要燒完了。」於是大家隨著他一起出來了。大概我們所走到的地方，比起那些喜歡遊山玩水的人，還不到十分之一，然而看到左右洞壁，來到這裡並且題字留念的人已經很少了。大

概再繼續深入，進去的人就更少。這時候，我的力氣還足夠繼續往裡面走，火把也還足夠照明。出洞以後，有人就責怪那提議出來的人，我也後悔跟著一起出來了，而不能盡情享受遊覽的樂趣。

於是我頗有感慨。古代的人觀察天地、山川、草木、蟲魚、鳥獸的時候，往往有自己的心得，這是因為他們思考得很深，沒有什麼不考察到的。那些道路平坦而距離又近的地方，遊覽的人自然就很多；路途艱險而又遙遠的地方，抵達的人就少了。然而世界上奇特、壯麗、不同尋常的景觀，往往是在路途艱險遙遠而人們很少到達的地方。因此，不是有志向的人是不能到達的。有志向，不跟隨別人停下腳步，但氣力不足了，也不能到達目的地。既有志向又有體力，也不隨著別人停止，但是到了幽深昏暗令人神迷目亂的地方，沒有外物的藉助，也不能到達目的地。然而，氣力足夠卻沒有到達自己想去的地方，這在別人看來是可以譏笑的，而自己則應感到懊悔。已經盡了自己的努力卻不能達到的人，可以不必懊悔，難道有誰能譏笑他嗎？這就是我因此想到的。

我看到倒在地上的石碑，又感慨許多古書沒能保存下來，後世的人以訛傳訛，不能明白名稱的真實情況，類似的事哪裡能說得完呢！這就是治學的人不能不深思熟慮而慎重取捨的原因。

同遊的四個人：廬陵的蕭君圭字君玉，長樂的王回字深父，我的弟弟安國字平父、安上字純父。

明文

閱江樓記　宋濂

【題解】

宋濂（1310—1381），字景濂，號潛溪，浙江浦江人，明初著名文學家。元朝末年，元順帝曾召他為翰林院編修，他以奉養父母為由，辭不應召，修道著書。至正二十年（1360），與劉基、章溢、葉琛同受朱元璋禮聘，尊為「五經」師。洪武二年，奉命主修《元史》。累官至翰林院學士承旨、知制誥，當時被認為「開國文臣之首」。洪武十年告老還鄉。後因其長孫宋慎牽連胡惟庸黨案，全家流放茂州，途中病死於夔州（今重慶奉節）。

明代開國皇帝朱元璋在金陵獅子山上建閱江樓，令宋濂為之記文。作為應制之作，宋濂《閱江樓記》頗具特色，既寫出了明代開國氣勢，又不一味奉迎，在歌功頌德的同時，意存諷勸。全文有敘有議，駢散兼備，顯得莊重典雅，委婉含蓄，歷來深受好評。

【原文】

金陵①為帝王之州。自六朝迄於南唐，類皆偏據一方，無以應山川之王氣。逮我皇帝②，定鼎於茲，始足以當之。由是聲教所暨③，罔間朔南④，存神穆清⑤，與天同體。雖一豫一遊⑥，亦可為天下後世法。

京城之西北有獅子山，自盧龍蜿蜒而來。長江如虹貫，蟠繞其下。上以其地雄勝，詔建樓於巔，與民同遊觀之樂。遂錫⑦嘉名為「閱江」云。登覽之頃，萬象森列，千載之秘，一旦軒露⑧。豈非天造地設，以俟大一統之君，而開千萬世之偉觀者歟？

當風日清美，法駕⑨幸臨，升其崇椒⑩，憑闌遙矚，必悠然而動遐思。見江漢之朝宗⑪，諸侯之述職，城池之高深，關阨⑫之嚴固，必曰：「此朕櫛風沐雨⑬、戰勝攻取之所致

也。」中夏之廣，益思有以保之。見波濤之浩蕩，風帆之下
上，番舶接跡而來庭，蠻琛⑭聯肩而入貢，必曰：「此朕德綏
⑮威服，覃⑯及外內之所及也。」四陲之遠，益思有以柔之。
見兩岸之間、四郊之上，耕人有炙膚皸足⑰之煩，農女有捋
桑行饁⑱之勤，必曰：「此朕拔諸水火、而登於衽席⑲者也。」
萬方之民，益思有以安之。觸類而推，不一而足。臣知斯樓
之建，皇上所以發舒精神，因物興感，無不寓其致治之思，
奚止閱夫長江而已哉！

　　彼臨春、結綺⑳，非不華矣；齊雲、落星㉑，非不高矣。
不過樂管弦之淫響，藏燕趙之豔姬。一旋踵間而感慨繫之，
臣不知其為何說也。雖然，長江發源岷山，委蛇㉒七千餘里
而始入海，白湧碧翻。六朝之時，往往倚之為天塹。今則南
北一家，視為安流，無所事乎戰爭矣。然則，果誰之力歟？
逢掖㉓之士，有登斯樓而閱斯江者，當思帝德如天，蕩蕩難
名，與神禹疏鑿之功同一罔極。忠君報上之心，其有不油然
而興者耶？臣不敏，奉旨撰記。欲上推宵旰㉔圖治之功者，
勒諸貞玟㉕。他若留連光景之辭，皆略而不陳，懼褻也。

【注釋】
① 金陵：明朝前期的首都，今江蘇南京。
② 皇帝：指明太祖朱元璋。
③ 聲教：天子的聲威、教化。暨：及，至。
④ 罔間朔南：不分北南。朔：北。
⑤ 穆清：和穆清明。
⑥ 一豫一遊：謂巡遊。《孟子‧梁惠王下》：「夏諺曰：吾王不游，吾
　　何以休；吾王不豫，吾何以助。」豫：義同「游」，《晏子春秋‧問
　　下》：「春省耕而補不足者謂之遊，秋省實而助不給者渭之豫。」
⑦ 錫：通「賜」。

⑧ 軒露：顯露。

⑨ 法駕：皇帝的車駕。

⑩ 崇椒：高高的山頂。

⑪ 江漢之朝宗：形容百川入海。朝宗：諸侯朝見天子。

⑫ 阨：通「隘」，險要之處。

⑬ 櫛風沐雨：風梳髮，雨洗頭，形容奔波的辛勞。櫛：梳頭。

⑭ 琛：珍寶。

⑮ 德綏：用德安撫。

⑯ 覃：延長。

⑰ 皲（音軍）足：凍裂腳上的皮膚。

⑱ 饁（音益）：為田裡耕作的農夫送飯。

⑲ 衽席：臥席，意謂有寢息之所。

⑳ 臨春、結綺：南朝陳後主所建之閣。自居臨春閣，張貴妃居結綺閣，
另有望春閣，居龔、孔二貴嬪。

㉑ 齊雲：樓名，故址位於今江蘇吳縣，唐曹恭王所建之樓，後又名飛雲
閣。明太祖朱元璋克平江，張士誠的群妾焚死於此樓。落星：樓名，
故址位於今江蘇江寧落星山，建於三國吳嘉禾元年。

㉒ 委蛇：即「逶迤」，連綿曲折。

㉓ 逢掖：寬袖之衣，古代儒者所服，代指讀書人。

㉔ 宵旰：即「宵衣旰食」，天不亮就起床穿衣，天黑才吃飯，形容勤於
政務。旰：晚，天色晚。

㉕ 勒：刻。貞玟：指碑石。

【譯文】

　　金陵是帝王居住的地方。從六朝到南唐，大抵都是偏安一方，無法
與其山川所呈現的王氣相適應。直到大明皇帝定都於此，才足以與之相
當。從此聲威教化所及，不分南北皆無阻隔；涵養精神，和穆清明，幾
乎與天融為一體。即使一次巡遊、一次娛樂，也可為天下後世傚法。

　　京城的西北方有座獅子山，從盧龍山蜿蜒延伸而來。長江猶如一道
彩虹，盤繞在山腳下。皇上因為這地方形勢雄偉壯觀，下詔在山頂上建

樓，與百姓同享遊覽觀景之樂，於是賜給它美妙的名字叫「閱江」。登上樓極目眺望，萬千景象次第排開，似乎將千年的祕密，一朝顯露無遺。這難道不是天地有意造就的勝景，以等待一統天下的明君，來展現千秋萬世的壯麗奇觀嗎？

每當風和日麗的時候，皇上大駕光臨，登上山巔，倚著欄杆遠眺，必定神情悠悠，浮想聯翩。望著長江、漢水之水滔滔東去，各地官員紛紛赴京朝述職，城高池深，關隘防衛森嚴，必定會說：「這是我櫛風沐雨，戰勝強敵，攻城略地所獲得的啊。」廣闊的華夏大地，更感到想要怎樣保全它。看到波濤浩蕩，帆船隨著波浪上下顛簸，外國船隻連續前來朝見，四方珍寶競相進貢奉獻，必定會說：「這是我用恩德安撫、以威力鎮服，恩澤遍及內外所達到的啊。」四方僻遠的邊陲，更想要設法去安撫。看到長江兩岸、四郊的田野之上，耕夫有烈日烘烤皮膚、嚴寒凍裂腳趾的痛苦，農婦有採桑送飯的辛勞，必定會說：「這是我拯救於水火之中，而安置於床蓆之上的人啊。」天下這麼多黎民百姓，更要考慮如何讓他們安居樂業。看到類似的事物便觸發聯想，真是不勝枚舉。我知道這座樓的興建，是皇上用來振奮自己的精神的。憑藉著不同景物而觸發感慨，無不寄寓著天下大治的思想，哪裡僅僅是觀賞長江的風景呢！

那臨春閣、結綺閣，不是不華美啊；齊雲樓、落星樓，不是不高大啊。但那些只是用來演奏淫蕩的樂曲，藏匿燕趙的美女的場所。轉瞬之間便灰飛煙滅，令後人為之感慨，我真不知道如何去解說。雖然這樣，長江發源於岷山，曲折蜿蜒了七千餘里才向東流入大海，白波洶湧、碧浪翻騰。六朝之時，常常將其倚為天然險阻。如今已是南北一家，長江被視為平安的河流，不再用於戰爭了。然而，這到底是誰的力量呢？讀書人有登上此樓觀賞長江的，應當想到皇上的恩德有如蒼天，浩浩蕩蕩難以言說，簡直與大禹鑿山導水拯救萬民的功績同樣無邊無際。忠君報國的心情，難道不油然而生嗎？我沒有才能，奉皇上旨意撰寫這篇記文。希望將皇上晝夜辛勤為國操勞的功績銘刻於碑石。至於其他流連光景的言辭，一概略去不表，唯恐有所褻瀆。

賣柑者言　劉基

【題解】

　　劉基（1311—1375），字伯溫，青田（今屬浙江）人，明軍事家、政治家、文學家。元至順二年（1331）進士，曾因極力反對招撫方國珍被罷浙東元帥府都事一職。至正二十年（1360）與宋濂等應朱元璋徵召，勸其脫離韓林兒自立。深受倚重，參與機要，為明代開國重臣，封誠意伯。在文壇上，劉基與宋濂一道提倡「師古」，對明初文風由纖麗轉為樸質起了重要作用。他的散文體裁多樣，風格古樸，諷刺小品尤為出色。

　　本文是一篇寓言體散文，通過與一個賣柑橘的小販的對話，假託賣柑者之嘴，以形象、貼切的比喻，揭示了當時盜賊蜂起、官吏貪污、法制敗壞、民不聊生的社會現實，有力地諷刺了那些冠冕堂皇、聲威顯赫的達官貴人們本質上都是「金玉其外，敗絮其中」，有力抨擊了元末統治者的腐朽無能，抒發了作者憤世嫉俗的情感。

【原文】

　　杭有賣果者，善藏柑，涉寒暑不潰。出之燁然①，玉質而金色，剖其中，乾若敗絮。予怪而問之曰：「若所市於人者，將以實籩豆②，奉祭祀，供賓客乎？將炫外以惑愚瞽乎③？甚矣哉，為欺也！」

　　賣者笑曰：「吾業是有年矣。吾業賴是以食吾軀。吾售之，人取之，未聞有言，而獨不足子所乎？世之為欺者不寡矣，而獨我也乎？吾子未之思也。今夫佩虎符、坐皋比者④，洸洸乎干城之具也⑤，果能授孫、吳⑥之略耶？峨大冠、拖長紳⑦者，昂昂乎廟堂之器也⑧，果能建伊、皋⑨之業耶？盜起而不知御，民困而不知救，吏奸而不知禁，法斁⑩而不知理，坐糜廩粟而不知恥⑪。觀其坐高堂，騎大馬，醉醇醴

而飫肥鮮者⑫，孰不巍巍乎可畏、赫赫乎可像也？又何往而不金玉其外，敗絮其中也哉？今子是之不察，而以察吾柑！」

予默默無以應。退而思其言，類東方生⑬滑稽之流。豈其憤世疾邪者耶？而託於柑以諷耶？

【注釋】

①燁（音葉）然：光彩鮮亮的樣子。

②籩（音邊）豆：古代祭祀時盛祭品的兩種器具。竹製為籩，木製為豆。

③炫：炫耀，誇耀。瞽（音古）：瞎子。

④虎符：虎形的兵符，古代用作調兵的憑證。臯比：虎皮，指將軍的坐席。比：通「皮」，毛皮。

⑤洸洸（音彷）：威武的樣子。干城：捍衛國家。干：盾牌。城：城牆。

⑥孫、吳：指古代著名軍事家孫武和吳起。

⑦紳：古代士大夫束在外衣上的帶子。峨冠長紳是古代文臣的裝束。

⑧昂昂：器宇軒昂的樣子。廟堂：指朝廷。

⑨伊、臯：指古代著名政治家伊尹和臯陶。

⑩斁（音杜）：敗壞。

⑪糜：通「靡」，浪費。廩粟：國庫中的糧食，指俸祿。

⑫醇醲：味道醇厚的酒。飫：飽食。

⑬東方生：即東方朔，漢武帝時曾任太中大夫，性格詼諧，善於諷諫。

【譯文】

杭州有個賣水果的人，擅長貯藏柑橘，經過寒冬酷夏也不腐爛，拿出來時還是光彩鮮亮，質地如玉石一般，金燦燦的色澤。但剖開之後，裡面乾得像破爛的棉絮。我很是奇怪，問他道：「你賣給別人的柑橘，是將要準備裝滿盛祭品的盤子，用來供奉神靈、招待賓客的呢，還是要炫耀它的外表，用來迷惑傻瓜和瞎子的呢？你這樣騙人，實在太過分

了！」

賣柑橘的人笑著說：「我做這行已有好多年了，就是靠著這個來養活自己。我賣它，別人買它，不曾聽到誰說過什麼，卻唯獨不能滿足您的要求嗎？世上玩弄欺騙手段的人不少，難道只有我一個嗎？你沒有思考到這些。現在那些佩戴虎形兵符、坐在虎皮椅上的武將，威風凜凜的好像是捍衛國家之才，他們果真有孫武、吳起那樣的謀略嗎？那些頭戴高禮帽，腰垂長帶子的文臣，氣宇軒昂的樣子像是國家的棟梁，他們果真能夠建立伊尹、皋陶的功績嗎？偷盜蜂擁而起卻不懂得怎樣抵禦，百姓貧窮困頓卻不懂得怎樣救助，官吏作奸犯科卻不知道禁止，法律敗壞卻不知道整治，白白耗費國家的俸祿卻不感到羞恥。看看那些坐在高堂上，騎著大馬，喝著美酒，吃著美食的人，哪一個不是外表堂堂令人敬畏，氣勢顯赫值得效仿？可是又有哪一個不是外表如金似玉、內裡卻像破棉絮一般呢？現在你對這些視而不見，卻只盯著我的柑橘！」

我沉默不語，答不上來。回來再細細思索賣柑人的那番話，覺得他像是東方朔那樣詼諧而善言辯的人。難道他真的是憤世嫉俗之人，因而借託柑橘來諷刺嗎？

深慮論　方孝儒

【題解】

方孝儒（1357—1402），字希直，又字希古，號遜志。建文帝繼位，方孝儒任翰林侍講學士，次年，值文淵閣，尊師以禮，帝讀書有疑，即召講解。燕王朱棣發動「靖難之役」，方孝儒為建文帝出謀劃策，朝廷征討檄文，均出自其手。朱棣攻入京城，命方孝儒為其起草即位詔書，孝儒披麻帶孝至，痛罵不絕，拒草詔，後被誅滅十族。

這是一篇史論。作者列舉歷代興亡的史實，指出歷代君王僅僅片面地吸取前代滅亡的教訓，而忽略了另外一些被掩蓋的問題，論證「禍常發於所忽之中，而亂常起於不足疑之事」，目的在於給明代統治者提供歷史教訓。作者認為天意不可揣測，只有積累大德，贏得上天的眷顧，才是國家長治久安的良

策。這在當時是有一定意義的。文章大量引用歷史事例，說理透徹，通俗易懂。

【原文】

　　慮天下者，常圖其所難，而忽其所易；備其所可畏，而遺其所不疑。然而禍常發於所忽之中，而亂常起於不足疑之事。豈其慮之未周歟？蓋慮之所能及者，人事之宜然，而出於智力之所不及者，天道也。

　　當秦之世，而滅諸侯，一天下。而其心以為周之亡在乎諸侯之強耳，變封建而為郡縣①。方以為兵革可不復用，天子之位可以世守，而不知漢帝起隴畝之中②，而卒亡秦之社稷。漢懲秦之孤立，於是大建庶孽③而為諸侯，以為同姓之親，可以相繼而無變，而七國萌篡弒之謀④。武、宣以後⑤，稍削析之而分其勢，以為無事矣，而王莽卒移漢祚⑥。光武之懲哀、平⑦，魏⑧之懲漢，晉⑨之懲魏，各懲其所由亡而為之備，而其亡也，蓋出於所備之外。唐太宗聞武氏之殺其子孫⑩，求人於疑似之際而除之，而武氏⑪日侍其左右而不悟。宋太祖見五代方鎮之足以制其君⑫，盡釋其兵權，使力弱而易制，而不知子孫卒困於敵國。此其人皆有出人之智、蓋世之才，其於治亂存亡之幾，思之詳而備之審矣。慮切於此而禍興於彼，終至亂亡者，何哉？蓋智可以謀人，而不可以謀天。

　　良醫之子，多死於病；良巫之子，多死於鬼。豈工於活人而拙於謀子也哉？乃工於謀人而拙於謀天也。古之聖人，知天下後世之變，非智慮之所能周，非法術之所能制，不敢肆其私謀詭計，而唯積至誠，用大德以結乎天心，使天眷其德，若慈母之保赤子而不忍釋。故其子孫，雖有至愚不肖者足以亡國，而天卒不忍遽亡之。此慮之遠者也。夫苟不能自

結於天，而欲以區區之智籠絡當世之務，而必後世之無危亡，此理之所必無者，而豈天道哉！

【注釋】

① 封建：指自周朝分封疆域，建立諸侯國的制度。郡縣：指秦統一中國後實行的中央集權制，將全國分為三十六郡，郡下設縣，郡縣長官，均由中央任免。

② 漢帝：指漢高祖劉邦。隴畝：田地，山野；代指下層，民間。隴：通「壟」，田埂。

③ 庶孽：原指妾生的子女，這裡泛指宗親。漢高祖即位後曾大封同姓諸侯王。

④ 七國：指漢初分封的吳、楚、趙、膠東、膠西、濟南、臨淄七個同姓諸侯國。篡弒之謀：漢景帝在位時，以吳王劉濞為首的七國，以誅晁錯為名舉兵叛亂。

⑤ 武：指漢武帝劉徹。宣：指漢宣帝劉詢。

⑥ 王莽：西漢末年外戚，掌權後篡權奪位，改國號為新。祚：皇位。

⑦ 光武：東漢光武帝劉秀。哀：指漢哀帝劉欣。平：指漢平帝劉衎。

⑧ 魏：指曹魏，曹丕所建。

⑨ 晉：指西晉，司馬炎所建。

⑩ 唐太宗：李世民。武氏之殺其子孫：貞觀二十二年，據民間流傳的《秘記》說，唐三世之後，女主武氏代有天下。唐太宗曾要將可疑之人殺盡。

⑪ 武氏：指武則天。她十四歲被唐太宗選入宮中為才人。高宗時立為皇后，參預朝政。中宗即位，臨朝稱制。次年廢中宗，立睿宗。年又廢睿宗，自稱聖神皇帝，改國號為周。

⑫ 宋太祖：趙匡胤，宋朝開國皇帝。五代方鎮：指唐代以後後梁朱全忠、後唐李存勗、後晉石敬瑭、後漢劉知遠、後周郭威等割據政權。

【譯文】

籌劃治理天下的人，常常致力於對付困難的事情，而忽略那些簡單

容易的事情；防範那些所謂可怕的事件，而遺漏那些被認為不必擔憂的事情。然而，禍患常常產生於被疏忽的事情上，變亂常常發生在被認為不必疑慮的事情上。難道是他們考慮得不周到嗎？大凡智力所能考慮到的，都是人事發展理應出現的情況，而超出智力所能達到的範圍，那是天道的安排呀！

秦國興起之時，滅六國諸侯，統一天下。秦始皇認為周朝滅亡的原因在於諸侯勢力的不斷強大，於是改封建製為郡縣制。正當他以為從此就能根除戰爭動亂，天子的尊位可以代代相傳時，卻不知漢高祖崛起於鄉野民間，最終推翻了秦朝的統治。漢王室鑒於秦代朝廷孤立無輔，大肆分封兄弟、子侄為諸侯，以為憑藉同宗骨肉的血緣親情，可以使劉漢江山代代相傳，不生變亂，然而吳、楚等七國卻萌生了弒君篡位的陰謀。漢武帝、漢宣帝之後，逐漸分割諸侯王的土地，削弱他們的勢力，以為這樣便平安無事了，沒想到外戚王莽最終奪取了漢朝的皇位。光武帝劉秀吸取了西漢哀帝、平帝的教訓，曹魏吸取了東漢的教訓，西晉吸取了曹魏的教訓，各自都借鑑了前朝覆滅的教訓而加以防範，可他們自己滅亡的原因，都在其防備的範圍之外。唐太宗聽說有姓「武」的人將會殺戮李唐子孫取而代之，便搜尋可疑之人將其統統殺掉。可武則天每天侍奉在他身邊，卻沒被注意到。宋太祖看到五代藩鎮勢力膨脹足以挾制君王，便解除節度使的兵權，使其力量削弱而容易控制，哪料想其子孫後代竟受敵國侵擾逼迫。這些人都有著超人的智慧、蓋世的才華，對國家治亂存亡的誘因，考慮得非常細緻，防範得十分周密了。然而，關注於這邊，災禍卻在那邊產生，最終免不了滅亡，這是為什麼呢？就是因為人的智力只能謀劃人事，卻無法預測天道的安排。

良醫的子女，大多死於疾病；良巫的子女，大多死於神鬼，難道他們善於救助別人而不善於救自己的子女嗎？只是由於他們善於謀劃人事而不能考慮天道啊！古代的聖人，知道國家後世的變化，不是人的智謀能考慮周全的，也不是法律權術所能控制的，因此不敢濫用陰謀詭計，只能積累至誠之心，用大德來感動天心，使上天喜愛他的品德，像慈母保護初生嬰兒那樣不忍心放下。所以儘管他的子孫有非常愚笨沒有才能的，足以使國家滅亡，而上天卻不忍心立即滅其國。這才是思慮得深遠呀！假如不能用大德去贏得上天之心，僅憑著微不足道的智謀，包攬天

下的事務，試圖讓子孫萬代沒有亡國之憂，這在道理上是講不通的，難道天意會如此安排嗎？

象 祠 記　王守仁

【題解】

　　王守仁（1472—1529），幼名雲，字伯安，號陽明，餘姚（今浙江餘姚）人。明代著名的哲學家、思想家、文學家、軍事家，官至南京兵部尚書，因平定朱宸濠之亂封新建伯。王守仁是陸王心學之集大成者，同時是中國歷史上罕見的文武全才。

　　本文是王守仁在被貶為貴州龍場驛丞時所作。象，傳說是虞舜的同父異母兄弟，起初曾在其父的支持下多次設計害舜，皆未得逞。舜不予計較，常以德感化。舜即位後，封象為有鼻國國君。象終於在舜帝仁德的感化下棄惡從善，澤加於民，死後得到百姓立祠供奉。

　　作者分析百姓之所以會祭祀象，是為了論證其「致良知」的觀點。用通俗曉暢的語言對歷史事件進行分析，都是圍繞這一主旨展開。最後得出「天下無不可化之人」的結論，強調了道德修養的重要性。

【原文】

　　靈博之山①，有象祠②焉。其下諸苗夷③之居者，咸神而祠之。宣慰安君因諸苗夷之請④，新其祠屋，而請記於予。予曰：「毀之乎，其新之也？」曰：「新之。」「新之也，何居乎？」曰：「斯祠之肇也，蓋莫知其原。然吾諸蠻夷之居是者，自吾父、吾祖溯曾高而上，皆尊奉而禋祀⑤焉，舉而不敢廢也。」予曰：「胡然乎？有鼻⑥之祀，唐之人蓋嘗毀之。象之道，以為子則不孝，以為弟則傲。斥於唐，而猶存於今；壞於有鼻，而猶盛於茲土也，胡然乎？」

　　我知之矣！君子之愛若人也，推及於其屋之烏，而況於聖人之弟乎哉？然則祠者為舜，非為象也。意象之死，其在干羽既格之後乎[7]？不然，古之驁桀[8]者豈少哉？而像之祠獨延於世。吾於是蓋有以見舜德之至，入人之深，而流澤之遠且久也。

　　象之不仁，蓋其始焉耳，又烏知其終之不見化於舜也？《書》不云乎：「克諧以孝，烝烝乂，不格奸[9]。」「瞽瞍亦允若[10]。」則已化而為慈父。象猶不弟，不可以為諧。進治於善，則不至於惡；不底[11]於奸，則必入於善。信乎，象蓋已化於舜矣！《孟子》曰：「天子使吏治其國。」象不得以有為也。斯蓋舜愛象之深而慮之詳，所以扶持輔導之者之周也。不然，周公[12]之聖，而管、蔡不免焉[13]。斯可以見象之化於舜，故能任賢使能，而安於其位，澤加於其民，既死而人懷之也。諸侯之卿，命於天子，蓋《周官》[14]之制，其殆仿於舜之封象歟？

　　吾於是蓋有以信人性之善[15]，天下無不可化之人也。然則唐人之毀之也，據象之始也；今之諸苗之奉之也，承象之終也。斯義也，吾將以表於世。使知人之不善，雖若象焉，猶可以改；而君子之修德，及其至也，雖若象之不仁，而猶可以化之也。

【注釋】

① 靈博山：山名，在今貴州境內。
② 象祠：供奉象的祠堂。象：人名，傳說中虞舜的弟弟。
③ 苗夷：當時對苗族的蔑稱。
④ 宣尉：即宣慰使，官名，元代始置，掌軍民事務。明代在大部分少數民族地區仍設此職，由當地土人世襲。安君：其人不詳。
⑤ 禋祀：泛指祭祀。禋：古代祭天的一種儀式。

⑥有鼻：古地名，在今湖南道縣境內。相傳舜封象於此。象死後，當地人為他建了祠堂。唐代元和年間，道州刺史薛伯高將象祠拆毀。

⑦干羽：古代舞者所執的舞具。文舞執羽，武舞執干。干：盾。羽：雉尾。《尚書·大禹謨》記載，舜令禹前去討伐有苗，沒有成功；舜推行禮樂教化，「舞干羽於兩階」，有苗歸服。格：來，引申為歸服。

⑧驁桀：暴戾不馴服。

⑨克：能。諧：和諧。烝烝：忠厚的樣子。乂（音益）：善。這兩段引文均出自《尚書·堯典》。

⑩瞽瞍：盲人，這裡指舜的父親。瞽：瞎眼。瞍：沒有瞳仁。允若：確實和順。

⑪底：通「抵」，到達，抵達。

⑫周公：名旦，西周初傑出的政治家。

⑬管：名鮮。蔡：名度。二人都是周公旦的弟弟。滅商之後，他倆分別分封於管、蔡，手握重兵，負責監視紂王之子武庚。周公代理成王執政後，二人不滿，勾結武庚發動叛亂。

⑭《周官》：即《周禮》，儒家經典，相傳為周公旦所著，後被考證為後人偽作。

⑮人性之善：孟子的主要思想之一，認為人的天性是善良的。作者繼承了這種思想，並提出了「致良知」學說。

【譯文】

　　靈博山上有座象的祠堂。山下居住的苗民，都把像當作神來祭祀。宣慰使安君順應苗民的請求，準備將象祠修繕一新，並請我為之寫一篇記文。我問：「你是想將它拆毀，還是重新修繕？」宣慰使說：「是重新修繕。」我說：「重新修繕象祠，是出於什麼目的？」宣慰使說：「當初建造這座祠廟的原因，現在誰也不知道了。然而，居住在這裡的苗民，從我父輩、祖輩，一直追溯到曾祖輩、高祖輩以前，都是恭敬虔誠地祭祀他，按時舉行祭典，不敢廢止。」我說：「怎麼會這樣呢？有鼻那裡的象祠，早在唐朝就被毀掉了。象的品行，作為兒子來說忤逆不孝，作為弟弟來說是傲慢不遜。對象的祭祀，在唐朝就廢棄了，可是這裡卻保存至今；他的祠堂在有鼻被拆毀，可是在這裡卻還興盛。這是為

什麼呢？」

　　我明白了！君子喜愛某個人，就會愛屋及烏，何況是聖人的弟弟呢？既然這樣，那麼興建祠廟是為了祭祀舜，而不是象啊！我推測象去世的時間，大概是在舜用德政感化了苗民之後吧！否則的話，古代凶暴乖戾的人難道還少嗎？但唯獨象祠能延續至今。由此我能夠看到舜的德行高到了極點，因此能夠深入人心，其恩澤影響廣闊持久。

　　象的不仁，在起初是這樣的，但怎麼知道他後來沒有被舜感化呢？《尚書》上不是這樣說嗎：「舜能用孝德使家庭和諧，家人忠厚完美，不幹壞事。」還說：「舜的父親瞽瞍確實和順了。」這就是說，他已經被舜感化成為慈祥的父親。如果像仍然不尊敬兄長，就不能說是全家和睦了。他不斷努力向善，就不至於走上邪惡之路；不走上邪路，就說明一定會向善。由此看來像確實已經被舜感化了！《孟子》說：「舜派官吏治理象的封國。」是因為象在其封國中不能有所作為。這大概是舜對象愛得深切，為其考慮得特別仔細，所以用來扶持輔導他的辦法也很周到。不然的話，像周公這樣的聖人，其兄弟管叔、蔡叔仍不免因叛亂而身敗名裂。從這裡能夠看出象被舜感化了，所以能夠任用賢人，安於自己的職守，把恩澤施給百姓，因此死了以後，人們還懷念他。諸侯的卿，是由天子任命的，這是《周官》的規定，這也許是倣傚舜封象的做法吧！

　　我因此有理由相信，人的本性是善良的，世界上沒有不能夠感化的人。既然這樣，那唐朝人拆毀象的祠堂，是根據象起初的表現；現在苗民還祭祀他，是根據其後來的表現。這個道理，我將準備向世人講明。使人們都知道，人的過錯，即使到了像一般的程度，還是能夠改正的；君子修養自己的品德，達到極高的境界，即便是遇到跟像一樣凶暴的人，也還是能夠感化他。

瘞旅文　王守仁

【題解】

　　作者在被貶於龍場驛的第三年，埋葬了三個素昧平生，甚至不知姓名的客死的異鄉人。觸類傷懷，他寫下一篇哀祭文。王陽明悲客死之人，更是為抒發自己被貶異域的淒苦哀傷，抒發心中的憤懣與不平。正是這種同病相憐，使得文章瀰漫著濃郁的悲愴之情。而作者能夠自寬自解，是其生存下來的重要原因。

【原文】

　　維正德四年秋月三日，有吏目①云自京來者，不知其名氏，攜一子一僕將之任，過龍場②，投宿土苗家。予從籬落間望見之，陰雨昏黑，欲就問訊北來事，不果。明早，遣人覘③之，已行矣。薄④午，有人自蜈蚣坡來，云：「一老人死坡下，傍兩人哭之哀。」予曰：「此必吏目死矣。傷哉！」薄暮，復有人來云：「坡下死者二人，傍一人坐嘆。」詢其狀，則其子又死矣。明日，復有人來云：「見坡下積屍三焉。」則其僕又死矣。嗚呼傷哉！

　　念其暴骨無主，將二童子持畚鍤往瘞之⑤。二童子有難色然。予曰：「嘻！吾與爾猶彼也！」二童憫然涕下，請往。就其傍山麓為三坎，埋之。又以隻雞、飯三盂，嗟吁涕洟而告之曰：

　　嗚呼傷哉！繄⑥何人？繄何人？吾龍場驛丞、餘姚王守仁也。吾與爾皆中土之產。吾不知爾郡邑，爾烏乎來為茲山之鬼乎？古者重去其鄉，遊宦不逾千里。吾以竄逐⑦而來此，宜也。爾亦何辜乎？聞爾官，吏目耳，俸不能五斗，爾率妻子躬耕可有也，胡為乎以五斗而易爾七尺之軀？又不足，而益以爾子與僕乎？嗚呼傷哉！爾誠戀茲五斗而來，則

宜欣然就道，胡為乎吾昨望見爾容蹙然⑧，蓋不勝其憂者？夫沖冒霜露，扳⑨援崖壁，行萬峰之頂，飢渴勞頓，筋骨疲憊，而又瘴癘⑩侵其外，憂鬱攻其中，其能以無死乎？吾固知爾之必死，然不謂若是其速，又不謂爾子、爾僕亦遽然奄忽也⑪！皆爾自取，謂之何哉？吾念爾三骨之無依而來瘞耳，乃使吾有無窮之愴也。嗚呼傷哉！縱不爾瘞，幽崖之狐成群，陰壑之虺⑫如車輪，亦必能葬爾於腹，不致久暴爾。爾既已無知，然吾何能為心乎？自吾去父母鄉國而來此，三年矣。歷瘴毒而苟能自全，以吾未嘗一日之慼慼也。今悲傷若此，是吾為爾者重，而自為者輕也。吾不宜復為爾悲矣。吾為爾歌，爾聽之。

歌曰：連峰際天兮，飛鳥不通。遊子懷鄉兮，莫知西東。莫知西東兮，維天則同。異域殊方兮，環海之中。達觀隨寓兮，莫必予宮；魂兮魂兮，無悲以恫。

又歌以慰之曰：與爾皆鄉土之離兮，蠻之人言語不相知兮。性命不可期！吾苟死於茲兮，率爾子僕來從余兮。吾與爾遨以嬉兮，驂紫彪而乘文螭兮⑬，登望故鄉而噓欷兮。吾苟獲生歸兮，爾子、爾僕尚爾隨兮，無以無侶為悲兮！道傍之塚纍纍兮，多中土之流離兮，相與呼嘯而徘徊兮。餐風飲露，無爾飢兮。朝友麋鹿，暮猿與棲兮。爾安爾居兮，無為厲於茲墟兮⑭！

【注釋】

① 吏目：明朝掌管官府文書的低級官吏。

② 龍場：龍場驛，在今貴州修文縣。

③ 覘（音詹）：探望。

④ 薄：將近。

⑤ 畚：鐵鍬。瘞（音益）：掩埋，埋葬。

⑥繄：發語詞，表語氣。

⑦竄逐：放逐，這裡指被貶謫。

⑧戚然：皺眉憂愁的樣子。

⑨扳：通「攀」。

⑩瘴癘：南方山林間濕熱蒸郁致人疾病之氣。

⑪遽：突然。奄忽：疾速，這裡喻死亡。

⑫虺（音悔）：毒蛇。

⑬驂（音參）：帶有條紋的無角的龍。

⑭屬：屬鬼。墟：村落。

【譯文】

正德四年秋天的某月初三，有一名自稱從京城來這裡的吏目，不知道他的姓名，帶著一個兒子、一個僕人前去赴任，路過龍場，投宿在一戶苗族人家。我從籬笆的縫隙間看到他，當時陰雨連綿天色昏黑，想要向他打聽一些北方的事情，沒有實現。第二天早晨，派人去探視，發現他已經走了。將近中午時，有人從蜈蚣坡那邊來，說：「有一個老人死在坡下，旁邊兩人哭得很傷心。」我說：「這一定是吏目死了。真讓人傷心啊！」傍晚時，又有人來說：「坡下死了兩個人，旁邊一人坐著嘆息。」問明其情狀，方知他的兒子也死了。第二天，又有人來說：「看到坡下堆著三具屍體。」那麼，他的僕人又死了。唉，悲傷啊！

想到他們的屍骨暴露在荒野，無人收斂，我便帶上兩個童僕，拿著畚箕和鐵鍬，前去埋葬他們。兩名童僕臉上流露出為難的神態。我說：「唉，我和你們也會像他們一樣啊。」他倆憐憫地淌下眼淚，願意一起去。於是我們在旁邊的山腳下挖了三個坑，把他們埋了。又供上一隻雞、三碗飯，邊嘆息邊流淚，向死者祭告道：

唉，悲傷啊！你是什麼人？你是什麼人啊？我是龍場驛丞餘姚人王守仁。我和你都出生在中原地區，我不知你的家鄉在什麼地方，你為什麼要來做這座山的鬼魂？古人不會輕易離開故鄉，外出做官不超過千里。我是被流放來的，理當如此。你又是因為什麼罪過呢？聽說你的官職，僅是一個小小的吏目，薪俸不過五斗米，你領著老婆孩子親自種田就會有的，為什麼竟用這五斗米斷送你堂堂七尺之軀？這還覺得不夠，

又搭上你的兒子和僕人呢？唉，太讓人悲傷了！你如果真是為貪圖這五斗米而來，那就應該歡歡喜喜地上路，為什麼我昨天望見你皺著眉愁容滿面，似乎承受不起那深重的憂慮呢？冒著風霜雨露，攀援懸崖峭壁，翻越群山峻嶺，飢渴勞累，筋骨疲憊，加上瘴癘之氣侵其外，憂慮悲傷攻其心，難道能免於一死嗎？我固然知道你必定會死去，可沒有想到會如此之快，更沒有想到你的兒子、僕人也會很快死去。這都是你自找的呀，還說什麼呢？我不過是念及你們三具屍骨無所歸依才來埋葬的，卻引起我自己無窮的悲愴。唉，悲傷啊！縱然我不葬你們，那幽暗的山崖上狐狸成群，陰冷的山谷中毒蛇粗如車輪，一定能夠將你們葬於腹中，不會讓屍骨長久暴露的。你們已經沒有一點知覺了，可我又怎能忍心呢？自從我離開父母之鄉來到此地，已經三年了。經歷了瘴癘毒氣而能僥倖保全性命，是因為我沒有一天讓自己悲傷。今天我卻如此傷痛，這是我為你想得太多，而為自己考慮得很少啊。我不應該再為你悲傷了！我來為你唱首歌，你請聽著。

歌詞是：連綿的山峰高聳入雲啊，飛鳥不能通行。遊子懷念自己的家鄉啊，不能分辨西東。不能分辨西東啊，頭頂的蒼天卻一般相同。異域縱然遠隔啊，仍在那四海之中。放開心胸四海為家啊，又何必守在故居之中？魂靈啊，魂靈啊，不要悲傷不要驚恐！

再唱首歌來安慰你：我與你都是離鄉背井之人，聽不懂蠻人的語言。生命無法預料，假如我也死在這地方啊，請帶上你的兒子、僕人來與我做伴。我們一起邀遊嬉戲，乘坐著紫色猛虎和五彩蛟龍駕馭的車子；登高眺望故鄉啊，放聲嘆息長悲慟。假如我有幸能活著回去啊，你尚有兒子、僕人在身後隨從；不要以為沒有伴侶啊，就常悲切哀痛。道旁的墳堆連成片啊，多是中原流落之人，可以與他們呼喚著徘徊。餐清風飲甘露啊，不要擔心會忍饑挨餓。早上與麋鹿為友啊，夜晚與猿猴同棲一處。安心居住於此啊，不要變成厲鬼在村寨中逞兇！

滄浪亭記　歸有光

【題解】

　　歸有光（1506—1571），明代著名散文家，字熙甫，又字開甫，別號震川，又號項脊生。嘉靖十九年舉人，六十歲方成進士。歸有光與唐順之、王慎中均崇尚內容翔實、文字樸實的唐宋古文，並稱為「嘉靖三大家」。後人稱讚其散文為「明文第一」。

　　滄浪亭，是蘇州市的四大古名園之一。它原是五代廣陵王錢元　的池館，又說是五代末中吳軍節度使孫承祐的別墅。到北宋時，詩人蘇舜欽購得，並臨水築亭，題為「滄浪亭」，園也因亭而得名。後來又屢易其主。南宋初為抗金名將韓世忠所居，故又名韓園。由元至明為佛寺。本文就是歸有光應僧人文瑛之請而作。它記述了滄浪亭的歷代沿革、興廢，感慨於自太伯、虞仲以來的遺跡蕩然無存，錢　等以權勢購築的宮館苑囿也成陳跡，只有蘇子美的滄浪亭能長留於天地間，從中悟及了讀書人垂名於千載的特有原因。

【原文】

　　浮圖①文瑛，居大雲庵，環水，即蘇子美②滄浪亭之地也。亟求余作《滄浪亭記》，曰：「昔子美之記，記亭之勝也，請子記吾所以為亭者。」

　　余曰：昔吳越有國時，廣陵王鎮吳中，治園於子城之西南；其外戚孫承祐亦治園於其偏。迨淮海納土③，此園不廢。蘇子美始建滄浪亭，最後禪者居之。此滄浪亭為大雲庵也。有庵以來二百年，文瑛尋古遺事，復子美之構於荒殘滅沒之餘：此大雲庵為滄浪亭也。

　　夫古今之變，朝市改易。嘗登姑蘇之台④，望五湖⑤之渺茫，群山之蒼翠，太伯、虞仲之所建⑥，闔閭、夫差之所爭，子胥、種、蠡之所經營，今皆無有矣。庵與亭何為者

哉？雖然，錢 因亂攘竊⑦，保有吳越，國富兵強，垂及四世。諸子姻戚，乘時奢僭，宮館苑囿，極一時之盛。而子美之亭，乃為釋子所欽重如此。可以見士之慾垂名於千載，不與其澌然⑧而俱盡者，則有在矣。

　　文瑛讀書喜詩，與吾徒遊，呼之為滄浪僧云。

【注釋】

① 浮圖：梵文音譯，即佛，這裡指和尚。

② 蘇子美：蘇舜卿，北宋詩人，自號滄浪翁。

③ 迨：等到。淮海納士：指吳越國主錢俶獻其地歸順宋朝。

④ 姑蘇之台：姑蘇台，在今蘇州城西南。相傳由春秋末期闔閭、夫差兩代吳王所建，工程浩大。越滅吳時被焚燬。

⑤ 五湖：這裡指太湖。

⑥ 太伯：周先祖太王古公亶父之長子。虞仲：即仲雍，太伯之弟。相傳太王欲傳位給幼子季歷，太伯和二弟仲雍避居江南，開發吳地，為吳國的始祖。

⑦ 錢 ：吳越國的創立者。攘：竊取。

⑧ 澌然：冰雪消融的樣子，比擬消亡。

【譯文】

　　文瑛和尚居住在大雲庵，周圍環水，是蘇子美當初建造滄浪亭的地方。文瑛曾多次請我寫篇《滄浪亭記》，說：「從前蘇子美寫的《滄浪亭記》，描繪了滄浪亭的勝景，請您記述我修復這個亭子的緣由吧。」

　　我這樣寫道：從前吳越建國時，廣陵王錢元 鎮守吳中，曾在內城的西南修建了一座園林，外戚孫承祐也在旁邊修了園子。到吳越納土歸宋時，這座園林還沒有荒廢。最初蘇子美在園中造了滄浪亭，後來和尚居住在了這裡，這樣滄浪亭就演變成大雲庵了。大雲庵至今已有二百年的歷史了。文瑛和尚尋訪古人的遺跡，又在廢墟上按蘇子美當初的構造修復了滄浪亭。這樣大云庵又變回了滄浪亭。

　　古往今來，時代變遷，朝廷變換，集市也在改變。我曾經登上姑蘇

台，遠眺浩淼的五湖，蒼翠的群山，那太伯、虞仲建立的國家，闔閭、夫差爭奪的土地，子胥、文種、范蠡經營的事業，如今都已消失殆盡。大云庵和滄浪亭的興廢又算得了什麼呢？雖然如此，錢 趁天下動盪之際起兵，竊據吳越之地，國富兵強，傳了四代。他的子孫親屬也藉著權勢大肆揮霍，建造的宮館園林盛極一時。而子美的滄浪亭卻被一個和尚如此看重。可見士人想垂名千載，不願像冰雪消融一般全部泯滅，是有其原因的。

文瑛喜歡讀書，又愛作詩，常與我們一起到處遊歷，我們稱他為滄浪僧。

藺相如完璧歸趙論　王世貞

【題解】

王世貞（1526—1590），字元美，號鳳洲、弇州山人，太倉（今屬江蘇）人。嘉靖二十六年進士，官至南京刑部尚書。他與李攀龍等相唱和，繼承「前七子」復古理論，被稱「後七子」，主持文壇二十年。

《藺相如完璧歸趙論》是王世貞一篇有名的史論。作者作翻案文章，開宗明義，對藺相如完璧歸趙這一史實發表不同看法，然後以分析秦、趙時勢入手，從情與理兩方面重點剖析兩國外交上的形勢，從而得出因為秦國不想和趙國為敵，因此藺相如能完璧歸趙的結論。文章邏輯清晰，論述嚴密，辯駁有力，很有說服力。

【原文】

藺相如之完璧，人皆稱之。予未敢以為信也。

夫秦以十五城之空名，詐趙而脅其璧。是時言取璧者情[1]也，非欲以窺趙也。趙得其情則弗予，不得其情則予；得其情而畏之則予，得其情而弗畏之則弗予。此兩言決耳，奈之何既畏而復挑其怒也！

且夫秦欲璧，趙弗予璧，兩無所曲直也。入璧而秦弗予城，曲在秦；秦出城而璧歸，曲在趙。欲使曲在秦，則莫如棄璧；畏棄璧，則莫如弗予。夫秦王既按圖以予城，又設九賓②，齋而受璧，其勢不得不予城。璧入而城弗予，相如則前請曰：「臣固知大王之弗予城也。夫璧非趙璧乎？而十五城秦寶也。今使大王以璧故，而亡其十五城，十五城之子弟，皆厚怨大王以棄我如草芥也。大王弗予城而紿③趙璧，以一璧故而失信於天下。臣請就死於國，以明大王之失信。」秦王未必不返璧也。今奈何使舍人懷而逃之，而歸直於秦！是時秦意未欲與趙絕耳。令秦王怒而僇④相如於市，武安君十萬眾壓邯鄲，而責璧與信，一勝而相如族，再勝而璧終入秦矣。

　　吾故曰：藺相如之獲全於璧也，天也！若其勁澠池，柔廉頗，則愈出而愈妙於用。所以能完趙者，天固曲全之哉！

【注釋】

①情：實情、本意。

②九賓：即《周禮》九儀，我國古代外交上最隆重的禮節，由九個迎賓贊禮的官員司儀施禮，並延引上殿。

③紿（音代）：欺騙，欺詐。

④僇：通「戮」，殺。

【譯文】

　　藺相如完璧歸趙，人人都稱讚他。但我卻對此不敢苟同。

　　秦國以十五座城池為幌子，欺騙趙國並脅迫其交出和氏璧。這時說秦國想得到璧是實情，而不是為了吞併趙國。趙國知道這個實情就不給，不知道這個實情就給；知道這實情而懼怕秦國就給，知道這個實情而不懼怕秦國就不給。這件事只要兩句話就能解決了，為什麼既懼怕秦國而又要去激怒它呢？

再說秦國想要得到玉璧，趙國不願給它，雙方都沒有是非曲直。如果趙國送去玉璧而秦國不給城，則秦國理虧；如果秦國給趙國城池而趙國拿回了玉璧，則趙國理虧。要想使秦國理虧，那不如放棄玉璧；害怕失去玉璧，則不如不送過去。秦王既然已經對著地圖指明了劃給的城池，又設隆重的九賓之儀，齋戒之後才接受玉璧，其局面已經是不得不給城的了。如果秦王得到了璧而不給城，相如便可上前陳述：「我本來就知道大王是不會給城的。這不就是趙國的一塊玉璧嗎？而十五座城池是秦國的寶物。現在大王為了一塊玉璧而拋棄了十五座城池，那十五城的百姓一定都會深深地怨恨大王，認為大王像草芥一樣拋棄了他們。若是大王不將城池給趙國而騙取趙國的玉璧，那便是為了一塊玉璧而失信於天下。我請求死在這裡，以彰顯大王的失信。」這樣，秦王未必不會歸還玉璧。而藺相如為什麼卻要派手下拿上玉璧潛逃回國，從而讓秦國在理了呢！當時秦國只是不想與趙國徹底鬧僵罷了。假如秦王真的發怒，將相如斬於市，再派武安君白起率十萬大軍攻打邯鄲，索取玉璧並譴責趙國失信，一戰獲勝就可使藺相如滅族，再次獲勝就能得到玉璧。

因此我說，藺相如之所以能保全玉璧，那是天意！至於他在澠池與秦國爭鋒，迴避退讓使廉頗醒悟，其謀略確實越來越高明了。而他完璧歸趙，的確是上天保佑啊！

徐文長傳　袁宏道

【題解】

袁宏道（1568—1610），字中郎，號石公，荊州公安（今屬湖北）人。萬曆二十年進士，官至吏部郎中，與其兄袁宗道、其弟袁中道合稱「公安三袁」，提出「獨抒性靈，不拘格套」的性靈說。

徐渭，字文長，號青藤道士。明代文人，在詩文、戲曲、書法、繪畫方面都有相當高的成就。但他命運多舛，一生貧困潦倒，死後逐漸被人淡忘。袁宏道對徐渭非常敬重，因此為其立傳。作者抓住徐渭的典型事例，突出描寫奇人奇事，讓讀者隨之深入徐渭的內心，同時也分析了如此才華橫溢之人終身遭受

不公平待遇的社會原因，從而成功地塑造了傲岸不群、懷才不遇的大才子形象。袁宏道在推崇徐渭傑出藝術成就的同時，也巧妙地表達了自己的藝術觀點。

【原文】

　　徐渭，字文長，為山陰諸生[①]，聲名籍甚。薛公蕙校越時[②]，奇其才，有國士之目。然數奇[③]，屢試輒蹶。中丞胡公宗憲[④]聞之，客諸幕。文長每見，則葛衣烏巾，縱談天下事。胡公大喜。是時公督數邊兵，威鎮東南，介胄之士[⑤]，膝語蛇行[⑥]，不敢舉頭，而文長以部下一諸生傲之，議者方之劉真長、杜少陵云[⑦]。會得白鹿，屬文長作表。表上，永陵[⑧]喜。公以是益奇之，一切疏記，皆出其手。

　　文長自負才略，好奇計，談兵多中，視一世事無可當意者。然竟不偶。

　　文長既已不得志於有司，遂乃放浪曲蘗[⑨]，恣情山水，走齊、魯、燕、趙之地，窮覽朔漠。其所見山奔海立、沙起雷行、風鳴樹偃、幽谷大都、人物魚鳥，一切可驚可愕之狀，一一皆達之於詩。其胸中又有勃然不可磨滅之氣，英雄失路托足無門之悲。故其為詩，如嗔如笑，如水鳴峽，如種出土，如寡婦之夜哭、羈人之寒起。雖其體格時有卑者，然匠心獨出，有王者氣，非彼巾幗而事人者所敢望也。文有卓識，氣沉而法嚴，不以摸擬損才，不以議論傷格，韓、曾之流亞也[⑩]。文長既雅不與時調合[⑪]，當時所謂騷壇主盟者[⑫]，文長皆叱而怒之，故其名不出於越，悲夫！

　　喜作書，筆意奔放如其詩，蒼勁中姿媚躍出，歐陽公所謂「妖韶女，老自有餘態」者也。間以其餘，旁溢為花鳥，皆超逸有致。

　　卒以疑殺其繼室，下獄論死。張太史元汴[⑬]力解，乃得

出。晚年憤益深，佯狂益甚，顯者至門，或拒不納。時攜錢至酒肆，呼下隸與飲。或自持斧擊破其頭，血流被面，頭骨皆折，揉之有聲。或以利錐錐其兩耳，深入寸餘，竟不得死。

周望言晚歲詩文益奇。無刻本，集藏於家。余同年有官越者，托以抄錄，今未至。余所見者，《徐文長集》《闕編》二種而已。然文長竟以不得志於時，抱憤而卒。

石公⑭曰：先生數奇不已，遂為狂疾。狂疾不已，遂為圉圄⑮。古今文人牢騷困苦，未有若先生者也。雖然，胡公間世豪傑，永陵英主。幕中禮數異等，是胡公知有先生矣。表上，人主悅，是人主知有先生矣。獨身未貴耳。先生詩文崛起，一掃近代蕪穢⑯之習，百世而下，自有定論，胡為不遇哉？

梅客生⑰嘗寄予書曰：「文長吾老友，病奇於人，人奇於詩。」余謂文長無之而不奇者也。無之而不奇，斯無之而不奇也。悲夫！

【注釋】

①諸生：明代經過省內各級考試，錄取入府、州、縣學者，稱生員。生員有增生、附生、廩生、例生等名目，統稱諸生。

②薛公蕙：薛蕙，字君采，正德九年進士，官至吏部考功郎中。校：校官，即學官。

③數奇：命運坎坷。

④中丞胡公宗憲：胡宗憲，字汝貞。嘉靖進士，任浙江巡撫，總督軍務，以平倭功，加右都御史、太子太保。因投靠嚴嵩，嚴嵩倒台後，下獄處死。

⑤介胄（音宙）之士：披甲戴盔之士，指武官。

⑥膝語蛇行：跪著說話，伏地爬行，形容極其恭敬惶恐。

⑦劉真長：晉朝劉惔，字真長，曾為簡文帝的宰相。杜少陵：杜甫，曾

為劍南節度使嚴武的幕僚。

⑧ 永陵：明世宗朱厚熜的陵墓，此用來代指明世宗本人。

⑨ 曲蘗：即酒母，釀酒的發酵物，這裡指酒。

⑩ 韓、曾：唐朝的韓愈、宋朝的曾鞏。流亞：相匹配的人物。

⑪ 雅：平素，向來。時調：指當時盛行於文壇的擬古風氣。

⑫ 騷壇：文壇。主盟者：指嘉靖時「後七子」的代表人物王世貞、李攀
　　龍等。

⑬ 張太史元汴：張元汴，字子藎，山陰人，隆慶五年廷試第一，授翰林
　　修撰，故稱太史。

⑭ 石公：作者的號。

⑮ 囹圄：監獄。

⑯ 蕪穢：雜亂，繁冗。

⑰ 梅客生：梅國楨，字客生，萬曆進士，官兵部右侍郎。

【譯文】

　　徐渭，字文長，在山陰當諸生時，名氣就很大了。薛公蕙在浙江當學官時，對他的才華非常欣賞，認為他是國家的棟梁之才。然而徐渭命運坎坷，屢次應試均名落孫山。中丞胡宗憲聽到他的名聲後，將他聘作師爺。文長每次參見胡公，總是身著葛布長衫，頭戴黑巾，滔滔不絕地談論天下大事。胡公聽了十分讚賞。當時胡公統率著數支邊防大軍，威震東南沿海。身著戎裝的將士在他面前，總是跪下回話，彎著腰行走，不敢抬頭。而文長以帳下一生員的身分卻敢這般傲慢。談論此事者都把他比作晉代的劉惔和唐代的杜甫。胡公在一次狩獵時捕獲一頭白鹿，要獻給皇上，讓文長作奏章。奏章送到朝廷後，世宗皇帝看了龍顏大悅。胡公因此更加器重他，所有奏章書信都交他撰寫。

　　文長對自己的才華和謀略非常自負，喜歡出奇特的計謀，談論用兵方略往往切中要害。他將世間的一切都不放在眼裡，卻沒有一展身手的機遇。

　　文長既然不能在官場上得志，於是就放浪形骸，沉溺於飲酒，縱情於山水之間。他遊歷了齊、魯、燕、趙等地，飽覽塞北大漠。他將自己所見的山如奔馬、海浪壁立、飛沙陡起、雷霆震撼、狂風肆虐、樹木倒

伏，還有山谷之幽深，都市之繁華，以及各式人物、奇禽異獸，一切令人驚嘆刺激的景象，都寫入他的詩中。他胸中積蓄著一股強烈而不可磨滅的奮爭精神，又有著懷才不遇、英雄無用武之地的悲涼。所以他的詩時而怒罵，時而嬉笑，時而如洪流在峽谷中奔騰發出呼嘯，時而如嫩芽破土洋溢著蓬勃的生機，時而像寡婦深夜的哭聲那樣淒涼，時而像遊子凌晨冒著嚴寒啟程那樣無奈。雖然他的詩作在體裁格律上不夠嚴謹，但都匠心獨運，有著王者的氣概，不是那些如以色事人的女子一般媚俗的詩作所能比擬的。文長的文章富有真知灼見，氣勢深沉，邏輯嚴謹，不會為模仿他人而犧牲自己的才華，不會隨意議論而傷害文章的格調，可與韓愈、曾鞏等大家相媲美。徐文長向來不迎合流俗，對當時所謂的文壇領袖，他一概加以憤怒的抨擊，因此他的名氣也只侷限在越地，這實在令人為之悲哀！

文長還喜好書法。他的字奔放豪邁，與他的詩類似，而且在蒼勁豪邁中又洋溢著一種嫵媚，躍然紙上，就是歐陽修所謂的「美人遲暮別有一種風韻」。閒暇之時，文長也會畫一些花鳥畫，也都超凡脫俗、情趣盎然。

後來，文長因疑忌而誤殺他的繼室妻子，被關進大牢定成死罪，太史張元汴極力營救，方得出獄。晚年的徐文長更加憤世嫉俗，刻意做出一種狂放的樣子。權貴名士前來拜訪，他時常將其拒之門外。他經常帶著錢到酒店，叫上一些當差做苦力的與他一起喝酒。他甚至拿著斧頭砍破自己的腦袋，血流滿面，頭骨都碎了，用手撫摸能聽到碎骨的聲音。他還曾用鋒利的錐子扎入自己的雙耳達一寸多深，卻竟然沒有死。

周望說文長晚年的詩文更加奇異，但沒有刻本行世，僅收集起來藏在家中。我的科舉同年有在紹興做官的，我曾委託其抄錄文長的詩文，但至今沒有得到。我所見到的，只有《徐文長集》《徐文長集闕編》兩種而已。而他竟然因為鬱鬱不得志，已經懷著悲憤之情而離開了人世。

我認為：徐先生命運多舛，充滿坎坷，致使神經錯亂。病不斷發作，又使他被關進監獄。古往今來的文人，遭遇的困頓挫折，沒有誰超過徐先生的了。儘管如此，胡公這樣的世間豪傑，世宗皇帝這樣的英明君主還是能夠賞識他。文長做師爺時得到胡公的特殊禮遇，證明胡公認識到他的價值；他撰寫的奏章博得皇帝的歡心，表明皇帝對他的賞識，

唯一遺憾的，只是未能在官場上顯赫。文長詩文的崛起，一掃近代文壇雜亂卑陋的習氣，將來歷史上自會有公正的定論，怎麼能說他生不逢時，不被承認呢？

梅客生曾經寫信給我說：「徐文長是我的老朋友，他的病比他這個人更怪，而他這個人又比他的詩更奇。」我則認為，徐文長沒有一處不怪異奇特。正因為如此，注定了他一生坎坷。真令人悲哀呀！

五人墓碑記　　張溥

【題解】

張溥（1602—1641），字天如，號西銘，江蘇太倉人。明崇禎進士，崇禎二年（1629），組織和領導復社與閹黨作鬥爭。復社的聲勢震動朝野。張溥一生著作宏豐，編述三千餘卷，涉及文、史、經學各個學科，精通詩詞，尤擅散文、時論。

《五人墓碑記》描述了明朝末年的東林黨人和蘇州人民不畏強暴與魏忠賢之流英勇鬥爭的事蹟，歌頌了其中五人「激昂大義，蹈死不顧」的英雄氣概，揭示了「明死生之大，匹夫之有重於社稷」的主題思想。敘議相間，慷慨激昂，直抒胸臆，富有感染力。

【原文】

五人者，蓋當蓼洲周公①之被逮，激於義而死焉者也。至於今，郡之賢士大夫請於當道，即除魏閹廢祠之址以葬之②，且立石於其墓之門，以旌其所為。嗚呼，亦盛矣哉！

夫五人之死，去今之墓而葬焉，其為時止十有一月耳。夫十有一月之中，凡富貴之子，慷慨得志之徒，其疾病而死，死而湮沒不足道者，亦已眾矣。況草野之無聞者歟？獨五人之皦皦③，何也？

予猶記周公之被逮，在丁卯三月之望。吾社[4]之行為士先者，為之聲義，斂資財以送其行，哭聲震動天地。緹騎[5]按劍而前，問：「誰為哀者？」眾不能堪，抶[6]而僕之。是時以大中丞撫吳者[7]，為魏之私人，周公之逮所由使也。吳之民方痛心焉，於是乘其厲聲以呵，則噪而相逐。中丞匿於溷藩[8]以免。既而以吳民之亂請於朝，按誅五人，曰：顏佩韋、楊念如、馬傑、沈揚、周文元，即今之 然[9]在墓者也。

然五人之當刑也，意氣揚揚，呼中丞之名而詈[10]之，談笑以死；斷頭置城上，顏色不少變。有賢士大夫發五十金，買五人之脰[11]而函之，卒與屍合。故今之墓中，全乎為五人也。

嗟夫！大閹之亂，縉紳[12]而能不易其志者，四海之大，有幾人歟？而五人生於編伍[13]之間，素不聞《詩》《書》之訓，激昂大義，蹈死不顧，亦曷故哉？且矯詔紛出，鉤黨之捕遍於天下，卒以吾郡之發憤一擊，不敢復有株治。大閹亦逡巡畏義[14]，非常之謀，難於猝發。待聖人之出而投繯[15]道路，不可謂非五人之力也！

由是觀之，則今之高爵顯位，一旦抵罪，或脫身以逃，不能容於遠近，而又有剪髮杜門、佯狂不知所之者。其辱人賤行，視五人之死，輕重固何如哉？是以蓼洲周公忠義暴於朝廷，贈謚美顯，榮於身後；而五人亦得以加其土封[16]，列其姓名於大堤之上。凡四方之士，無有不過而拜且泣者，斯固百世之遇也！不然，令五人者保其首領以老於戶牖之下[17]，則盡其天年，人皆得以隸使之，安能屈豪傑之流，扼腕墓道，發其志士之悲哉！故予與同社諸君子，哀斯墓之徒有其石也，而為之記，亦以明死生之大，匹夫之有重於社稷也。

　　賢士大夫者：冏卿⑱因之吳公、太史文起文公、孟長姚公也。

【注釋】

① 蓼洲周公：周順昌，號蓼洲，明末江蘇吳縣人。明熹宗時，任吏部員外郎，因為得罪宦官魏忠賢被捕，死在獄中。

② 魏閹：大太監魏忠賢。廢祠：魏忠賢當權之時，其黨羽在各地為其建造許多生祠，魏忠賢被黜職後，這些生祠都成了廢祠。

③ 皦皦（音皎）：明亮的樣子。

④ 吾社：指復社。

⑤ 緹（音提）騎：原指穿紅色軍服的騎士，泛稱貴官的隨從衛隊。明代特指東廠和錦衣衛的校尉。

⑥ 扶（音斥）：用鞭、杖或竹板之類的東西打。

⑦ 大中丞撫吳者：以大中丞出任蘇州巡撫的人。指毛一鷺，魏忠賢的死黨。大中丞：官名，掌管接受公卿奏事以及薦舉、彈劾官員的事務。

⑧ 溷（音混）藩：廁所。

⑨ 傫（音累）然：重疊相連的樣子。

⑩ 詈（音立）：罵。

⑪ 脰（音豆）：脖子。這裡指頭顱。

⑫ 縉紳：有官職的或做過官的人。

⑬ 編伍：古代編制戶口，五家為「伍」。這裡指平民。

⑭ 逡巡畏義：畏懼正義而遲疑不敢向前的樣子。

⑮ 投繯：上吊自縊。崇禎皇帝登位後，魏忠賢遭到彈劾，被貶謫鳳陽看守皇陵，在途中得知又將被召回治罪，便畏罪自殺。

⑯ 土封：墳墓。

⑰ 首領：頭顱。戶牖：住所，家。

⑱ 冏卿：太僕卿的別稱，掌皇帝的輿馬和馬政。

【譯文】

　　這五個人，是在周公蓼洲被逮捕時，激於義憤而被殺害的。到如

今，吳郡的一些賢明士大夫還向官府申請，將魏忠賢廢祠的地基加以清理，用來安葬他們，並且在墓門前豎立石碑，以表彰他們的義舉。唉，這也真是隆重啊！

這五人從就義到現在建墓安葬，僅間隔十一個月的時間。在這十一個月中，富貴之人，官運亨通、志得意滿之人，因疾病而死亡，死後被人忘卻不再提及者，也有很多了，何況是原本就默默無聞的草民！唯獨這五個人聲名顯赫，這是為什麼呢？

我還記得周公被捕是在天啟七年三月十五。我們復社中那些品德高尚、為人楷模者為他聲張正義，募集錢財為他送行，哭聲震天動地。那些前來逮捕的錦衣衛握著劍上前呵斥：「誰在替他哀哭？」眾人忍無可忍，把他們打倒在地。當時以中丞出任吳地巡撫的毛一鷺是魏忠賢的親信死黨，周公被捕就是由他指使的，當地百姓對他十分痛恨，於是趁他厲聲呵責之時鼓噪而起，追逐攻擊，中丞嚇著躲在廁所內才得以逃脫。事後他就以吳地百姓暴亂為名申報朝廷，追究處死五人，他們是顏佩韋、楊念如、馬傑、沈揚、周文元，也就是現在一起躺在墓中之人。

這五人臨刑之時慷慨激昂，喊著中丞的姓名斥罵著，談笑中從容就義。砍下的頭掛在城上，臉色毫無改變。有賢明的士大夫拿出五十兩銀子，買下五人的頭顱，用盒子藏起來，最後與屍體合在一起。因此，現在的墓中五個人的屍身是完整的。

唉，在那閹人亂政之時，當官的能不改變其氣節的，雖然天下之大，又能有幾個人呢？而這五個人出身於民間，從來沒有得到正統的教育，卻能為大義所激昂，捨生忘死，這是為什麼呢？況且當時偽造的詔書紛紛下達，普天下都在搜捕黨人，最後正是由於我們地區的這一次憤然抗擊，才不敢繼續株連陷害。魏忠賢這個閹黨之首也對民眾的義憤感到害怕，不敢貿然發動篡位的陰謀。待到聖明的皇帝即位後，而他在路上上吊自殺。這不能說不是這五個人的功績！

由此看來，現今那些達官貴人，一旦被治罪，有的得以脫身逃走，無論遠處近處都沒有容身之地；或剃度為僧，閉門不出，裝瘋作傻而不知該去何處。他們使自己遭受侮辱，品行變得卑賤，與這五個人的大義凜然之死相比，孰輕孰重呢？所以，蓼洲周公的忠義彰顯於朝廷，被贈予褒獎的諡號，死後得到榮耀。而這五人也因此修築大墳，把他們的姓

名排列於大堤之上。四方人士經過此地之人，沒有不憑弔致哀的，這實在是百世一逢的榮幸呀！否則，若是這五人保全自己的腦袋，老死於家中，那麼雖然能夠壽終正寢，卻要被他人奴役，又怎能讓英雄豪傑為之傾倒，在墓門前扼腕痛惜，抒發其志士的悲壯之情呢？因此，我與同社諸君子為此墓徒有墓碑而沒有墓文而哀傷，寫下了這篇墓碑記，也是想要闡明生死的巨大意義，平民百姓也能為國家做出重大貢獻。

上文提及的賢明士大夫，便是太僕卿吳公因之、太史文公文起和姚公孟長。

國家圖書館出版品預行編目資料

古文觀止／吳楚材、吳調侯選編，俞日霞注釋，初版
-- 新北市：新潮社文化事業有限公司，2021.11
　　面；　公分
　　ISBN 978-986-316-803-4（平裝）

835　　　　　　　　　　　　　　　　　110014226

古文觀止

吳楚材、吳調侯／選編

俞日霞／注釋

〔策　　劃〕周向潮、翁天培
〔制　　作〕天蠍座文創
〔出版者〕新潮社文化事業有限公司
　　　　　　電話：(02) 8666-5711
　　　　　　傳真：(02) 8666-5833
　　　　　　E-mail：service@xcsbook.com.tw

〔總經銷〕創智文化有限公司
　　　　　　新北市土城區忠承路89號6樓
　　　　　　電話：(02) 2268-3489
　　　　　　傳真：(02) 2269-6560

印前作業　菩薩蠻電腦科技有限公司

初　　版　2021 年 12 月